Orhan Pamuk

*Das Museum
der Unschuld*

Roman

Aus dem Türkischen
von Gerhard Meier

Büchergilde Gutenberg

Die türkische Ausgabe *Masumiyet Müzesi* erschien 2008
bei Iletişim Yayınları in Istanbul.

Lizenzausgabe für die Büchergilde Gutenberg,
Frankfurt am Main, Wien und Zürich
Mit freundlicher Genehmigung des
Carl Hanser Verlags München
© Carl Hanser Verlag München 2008
Satz: Satz für Satz. Barbara Reischmann, Leutkirch
Druck und Bindung: Friedrich Pustet, Regensburg
Printed in Germany 2008
ISBN 978-3-7632-5978-6

www.buechergilde.de

Für Rüya

Erst sah ich mir die Utensilien auf ihrem Toilettentisch an, die Döschen und Flakons. Ich nahm die kleine Uhr in die Hand, drehte und wendete sie. Dann blickte ich in ihren Schrank. Die vielen Kleider und Accessoires ... All diese Dinge, die eine Frau vervollkommnen, lösten Einsamkeit in mir aus, Mitleid und das Gefühl und den Wunsch, selbst diese Frau zu sein.

Ahmet Hamdi Tanpınar, *Aufzeichnungen*

Wenn ein Mensch im Traum das Paradies durchwanderte, und man gäbe ihm eine Blume als Beweis, dass er dort war, und er fände beim Aufwachen diese Blume in seiner Hand – was dann?

Samuel Taylor Coleridge, *Aufzeichnungen*

Nur sehr naive Menschen glauben, Armut sei bloß ein leichtes Vergehen, das einem verziehen werde, sobald man zu Geld komme.

Celâl Salik, *Aufzeichnungen*

1
Der glücklichste Augenblick meines Lebens

Es war der glücklichste Augenblick meines Lebens, und ich wusste es nicht einmal. Doch hätte ich es gewusst, wäre dann alles ganz anders gekommen und mein Glück mir erhalten worden? Ja, denn wenn ich begriffen hätte, dass ich nie wieder so glücklich sein würde, dann hätte ich dieses Glück doch nicht ziehen lassen! Jener einzigartige Augenblick, in dem mich eine tiefe innere Ruhe überkam, mag wenige Sekunden gedauert haben, und doch erschien mir dieses Glück wie Stunden, wie Jahre. Am Sonntag, den 26. Mai 1975, gegen Viertel vor drei waren wir von Schuld und Sünde, von Reue und Strafe errettet, und in der Welt waren die Gesetze von Zeit und Schwerkraft aufgehoben. Ich küsste Füsuns von Hitze und Liebesspiel errötete Schulter, umarmte das Mädchen von hinten, drang in sie ein und knabberte an ihrem linken Ohr, wobei ihr Ohrring sich löste, kurz in der Luft zu verharren schien und dann herunterfiel. Wir waren so selig, dass wir den Ohrring, auf dessen Form ich damals nicht achtete, gar nicht bemerkten und uns weiter liebkosten. Draußen leuchtete der Istanbuler Frühlingshimmel. Die Menschen auf den Straßen, noch ganz winterlich eingepackt, schwitzten, doch in den Häusern und Geschäften, unter Linden und Kastanienbäumen war es noch kühl. Eine solche Kühle ging auch von der muffigen Matratze aus, auf der wir uns liebten wie glückliche Kinder und alles um uns herum vergaßen. Durch das offene Balkonfenster wehte eine nach Meer und Lindenblüten duftende Frühlingsbrise herein, bauschte die Gardinen und ließ sie wie in Zeitlupe auf unsere nackten, erschauernden Körper herabsinken. Im Hinterzimmer jener Wohnung im zweiten Stock sahen wir vom Bett auf den Hof hinaus, wo in der Maiwärme Kinder ungestüm Fußball spielten und derbe Flüche ausstießen, und als wir merkten, dass wir Wort für Wort vollführten, was die da draußen suggerierten, hielten wir einen Augenblick inne und sahen uns lächelnd an. Unser Glück war aber so tief und so groß, dass wir diesen Scherz, den das Leben uns aus dem Hinterhof zukommen ließ, ebenso schnell wieder vergaßen wie den Ohrring mit dem großen F darauf. Als wir uns tags darauf wieder trafen, sagte mir Füsun, sie vermisse einen ihrer Ohrringe. Ich hatte ihn, als sie fort war, auf dem blauen Laken gesehen und ihn, anstatt ihn beiseite zu legen, irgendwie instinktiv in meine Jackentasche gesteckt, um ihn nicht zu verlieren. »Da ist er«, sagte ich und fasste in die rechte Tasche meiner Jacke, die über dem Stuhl hing. »Ah, nein, doch nicht.« Erst glaubte ich schon an irgendein böses Omen, doch dann fiel mir ein, dass ich wegen des warmen Wetters eine andere Jacke angezogen hatte. »Der ist in der Tasche meiner Jacke von gestern.«

»Bring ihn mir morgen mit, vergiss es nicht, ja?« sagte Füsun mit großen Augen. »Der ist mir sehr wichtig.« »Gut.« Die achtzehnjährige Füsun war eine entfernte mittellose Verwandte von mir, an die ich mich einen Monat vorher kaum hätte erinnern können. Ich selbst war dreißig und stand kurz vor der Verlobung mit Sibel, einer Frau, die nach Meinung aller ausgezeichnet zu mir passte.

2
Boutique Champs-Élysées

Die Geschehnisse und Zufälle, die meinem Leben einen anderen Verlauf geben sollten, nahmen einen Monat vorher ihren Anfang, nämlich am 27. April 1975, dem Tag, an dem ich zusammen mit Sibel in einem Schaufenster eine Handtasche der berühmten Marke Jenny Colon sah. Meine Fastverlobte und ich genossen in der Valikonağı-Straße den lauen Frühlingsabend, und beide waren wir etwas angeheitert und sehr glücklich. Im Fuaye, einem neueröffneten schicken Restaurant im Stadtteil Nişantaşı, hatten wir gerade beim Abendessen mit meinen Eltern ausführlich die Verlobungsvorbereitungen besprochen. Die Feier sollte Mitte Juni stattfinden, damit auch Sibels in Paris wohnende Freundin Nurcihan daran teilnehmen konnte, mit der sie in Istanbul bei den Dames de Sion zur Schule gegangen war und in Paris studiert hatte. Bei İpek, damals einer der angesehensten und teuersten Schneiderinnen von Istanbul, hatte Sibel schon längst ihr Verlobungskleid bestellt. Meine Mutter hatte mit Sibel zum erstenmal darüber beratschlagt, wie die Perlen, die sie ihr dafür geben würde, in das Kleid eingearbeitet werden sollten. Mein zukünftiger Schwiegervater wollte seinem einzigen Kind eine Verlobung ausrichten, die nicht minder prächtig ausfallen sollte als die Hochzeit selbst, und davon war meine Mutter sehr angetan. Mein Vater wiederum war hocherfreut über eine Schwiegertochter, die in Paris an der Sorbonne studiert hatte (wenn aus der Istanbuler Bourgeoisie jemand seine Tochter in Paris studieren ließ, dann hieß es grundsätzlich, sie sei »an der Sorbonne«).

Ich war dabei, Sibel nach dem Essen nach Hause zu bringen, und dachte gerade voller Stolz, den Arm liebevoll um ihre Schulter gelegt, was für ein Glückspilz ich doch war, als Sibel plötzlich ausrief: »Schau mal, die schöne Tasche!« Wenn auch mein Kopf vom Wein schon etwas benebelt war, merkte ich mir sogleich den Laden und die Tasche, um jene am Tag darauf zu erstehen. Eigentlich gehörte ich ja nicht zu den galanten Männern, die aus ganz natürlichem Antrieb eine Frau mit Geschenken verwöhnen und ihr beim geringsten Anlass Blumen schicken, aber vielleicht wollte ich so einer werden. In Vierteln wie Şişli, Nişantaşı und Bebek eröffneten damals gelangweilte Societydamen nicht Kunstgalerien, sondern Boutiquen, in denen sie aus *Elle*, *Vogue* oder *Burda* abgekupferte oder aber kofferweise aus Paris oder Mailand eingeflogene Kleider und nachgemachten Modekram zu aberwitzigen Preisen an andere gelangweilte, aber solvente Hausfrauen zu verhökern suchten. Şenay, die Besitzerin der Boutique Champs-Élysées, erinnerte mich, als ich sie Jahre später besuchte, geflissentlich daran, dass sie genau wie Füsun mütterlicherseits sehr weitläufig mit uns verwandt war. Mein gesteigertes Interesse an allen Gegenständen, die mit Füsun und der Boutique Champs-Élysées zu tun hatten – dieses Ladenschild inklusive –, nahm Şenay ungerührt zur Kenntnis, und sie händigte mir auch alle gewünschten Gegenstände aus, ohne nach den Gründen dafür zu fragen. Ich konnte mich daher des Gefühls nicht erwehren, dass über so manche Seltsamkeit meiner Beziehung zu Füsun nicht nur sie Bescheid wusste, sondern ein viel größerer Personenkreis, als ich vermutet hätte.

Als ich am nächsten Tag gegen halb eins die Boutique Champs-Élysées betrat, ertönte das Klingeln einer kleinen bronzenen Türglocke mit zwei Klöppeln, das mir noch heute das Herz klopfen lässt. Bei der Mittagshitze draußen wirkte das Ladeninnere angenehm dunkel und kühl. Erst dachte ich schon, es sei niemand da. Dann sah ich Füsun. Während meine Augen sich noch an das Halbdunkel gewöhnen mussten, schwoll mir das Herz schon bis zum Mund an wie eine riesige, auf den Strand zurollende Welle.

»Ich hätte gern die Tasche da an der Schaufensterpuppe.«

Ein ausgesprochen hübsches Mädchen, dachte ich, sehr attraktiv.

»Die cremefarbene Jenny-Colon-Tasche?«

Erst als sie mir gegenüberstand, erkannte ich sie.

»Die an der Schaufensterpuppe«, wiederholte ich wie im Traum.

»Augenblick«, sagte sie und ging zum Schaufenster. Rasch streifte sie links ihren gelben, hochhackigen Schuh ab, setzte den nackten Fuß mit den sorgfältig rotlackierten Nägeln auf den Schaufensterboden und beugte sich zu der Puppe vor. Ich sah zuerst auf den verlassenen Schuh und dann auf ihre langen schönen Beine. Sie waren schon im April braungebrannt.

Der gelbe Rock mit den Spitzen wirkte wegen ihrer langen Beine besonders kurz. Sie holte die Tasche, ging damit hinter den Ladentisch, öffnete mit ihren langgliedrigen, geschickten Fingern den Verschluss, zeigte mir geheimnistuerisch und übertrieben ernst – als gewähre sie mir Einblick in etwas ganz Intimes – das Tascheninnere (es kamen cremefarbene Knäuel Seidenpapier zum Vorschein), die beiden Nebenfächer (sie waren leer) und ein Geheimfach, in dem sich ein Papier mit der Aufschrift »Jenny Colon« und eine Pflegeanleitung befanden. Einmal kreuzten sich unsere Blicke.

»Hallo Füsun. Du bist ganz schön groß geworden. Du hast mich wohl nicht erkannt.«

»Doch, Kemal, ich habe Sie sofort erkannt, aber da Sie nichts gesagt haben, wollte ich nicht aufdringlich sein.«

Wir stockten. Ich sah auf die Stelle in der Tasche, auf die sie gerade gedeutet hatte. War es die Schönheit des Mädchens, war es ihr für damalige Zeiten erstaunlich kurzer Rock oder irgend etwas anderes, jedenfalls gelang es mir nicht, mich natürlich zu verhalten.

»Wie geht's dir denn so?«

»Ich bereite mich auf die Zulassungsprüfung für die Uni vor. Und jeden Tag bin ich hier im Laden, da komme ich unter Leute.«

»Wunderbar. Wieviel soll jetzt die Tasche da kosten?«

Sie sah auf die Unterseite der Tasche und las von dem handgeschriebenen kleinen Etikett mit gerunzelter Stirn den Preis ab: »Tausendfünfhundert Lira.« (Das entsprach damals ungefähr dem halben Jahresgehalt eines kleinen Angestellten.) »Aber ich bin sicher, dass Şenay die Tasche für Sie etwas runtersetzt. Sie ist zum Mittagessen nach Hause gegangen. Ich kann sie jetzt nicht anrufen, vielleicht schläft sie. Aber wenn Sie gegen Abend noch mal vorbeischauen …«

»Schon gut«, sagte ich, und in einer Geste, die Füsun später an unserem geheimen Treffpunkt noch oft karikieren sollte, zog ich aus der hinteren Hosentasche meine Brieftasche und entnahm ihr die feuchten Geldscheine. Füsun verpackte die Tasche geschäftig, wenn auch nicht sehr fachmännisch, und steckte sie dann in eine Plastiktüte. Sie war sich wohl bewusst, dass ich, während sie da schweigend hantierte, auf ihre langen braunen Arme achtete und mir keine ihrer raschen, grazilen Bewegungen entgehen ließ. Dann reichte sie mir vornehm die Tüte, und ich bedankte mich. »Einen schönen Gruß an Tante Nesibe und an deinen Vater«, sagte ich noch (der Name von Onkel Tarık fiel mir gerade nicht ein). Kurz hielt ich inne: Mein zweites Ich stand mit Füsun in einer Ecke und küsste sie traumverloren. Schnell ging ich zur Tür. Was für ein Unsinn! Und so hübsch war Füsun gar nicht. Als die Türglocke schellte, hörte ich einen Kanarienvogel zwitschern. Ich trat auf die Straße, die Wärme draußen tat mir gut. Mit meinem Geschenk war ich zufrieden. Ich liebte Sibel sehr, und Füsun würde ich schnell vergessen.

3
Entfernte Verwandte

Dennoch erzählte ich beim Abendessen meiner Mutter, dass ich Sibel eine Tasche gekauft hatte und dabei unserer entfernten Verwandten Füsun begegnet war. »Ach ja, dort arbeitet die Tochter von Nesibe jetzt, leider Gottes!« sagte meine Mutter. »Die besuchen uns nicht einmal mehr an Feiertagen. Dieser Schönheitswettbewerb hat einiges angerichtet. Ich komme ständig an dem Laden vorbei, aber es zieht mich nie hinein, um dem armen Mädchen mal guten Tag zu sagen. Dabei mochte ich sie sehr, als sie noch klein war. Wenn Nesibe zum Nähen kam, war die Kleine auch manchmal dabei. Dann habe ich immer eure Spielsachen aus dem Schrank geholt, und mit denen amüsierte sie sich, während ihre Mutter arbeitete. Nesibes Mutter Mihriver, Gott hab sie selig, war auch eine Seele von Mensch.«

»Wie sind die eigentlich mit uns verwandt?«

Da mein Vater vor dem Fernseher saß und nicht zuhörte, holte meine Mutter ordentlich aus und erzählte davon, wie ihr Vater (also mein Großvater Ethem Kemal), der im gleichen Jahr geboren wurde wie Atatürk und – wie auf dem ersten dieser Fotos hier zu sehen ist – zusammen mit dem Gründer der Republik auch die gleiche Grundschule von Şemsi Efendi besuchte, einige Jahre bevor er meine Großmutter heiratete, mit kaum dreiundzwanzig Jahren eine überstürzte erste Ehe einging. Jenes bosnischstämmige arme Mädchen (Füsuns Urgroßmutter) sei während des Balkankriegs bei der Räumung Edirnes ums Leben gekommen. Die arme Frau habe zwar meinem Großvater Ethem Kemal kein Kind geboren, jedoch aus einer im Kindesalter geschlossenen Ehe schon eine Tochter namens Mihriver gehabt. Somit seien Tante Mihriver (Füsuns Großmutter), die dann von irgendwelchen sonderbaren Leuten aufgezogen wurde, und ihre Tochter Nesibe (Füsuns Mutter) eher als recht entfernte Verwandte zu werten, doch meine Mutter hatte immer darauf bestanden, dass wir die Frauen dieser Linie dennoch mit »Tante« anredeten. In letzter Zeit hatte meine Mutter (ihr Name ist Vecihe) diese verarmte Verwandtschaft, die in einem Gässchen in Teşvikiye wohnte, bei den Feiertagsbesuchen recht kühl behandelt und sie damit gekränkt. Anlass war, dass Füsun zwei Jahre zuvor als sechzehnjährige Gymnasiastin an einem Schönheitswettbewerb teilgenommen und Tante Nesibe nicht nur nichts dagegen unternommen, sondern – wie wir später erfuhren – das Mädchen sogar dazu ermuntert hatte, woraus meine Mutter schloss, dass Tante Nesibe, die sie früher gerne gemocht und unter ihre Fittiche genommen hatte, auf diese Schandtat auch noch stolz war, und so hatte sie ihr den Rücken gekehrt.

Dabei war Tante Nesibe meiner zwanzig Jahre älteren Mutter gegenüber voller Achtung und Zuneigung. Als junges Mädchen war sie ja auch von meiner Mutter sehr unterstützt worden, als sie sich in den besseren Vierteln als Näherin verdingte. »Die waren dermaßen arm!« sagte meine Mutter. Und als fürchtete sie, übertrieben zu haben, fügte sie hinzu: »Aber nicht nur sie, die ganze Türkei war ja arm damals.«

Meine Mutter empfahl zu jener Zeit Nesibe ihren Freundinnen als »hervorragenden Menschen und ausgezeichnete Schneiderin«, und einmal im Jahr (bisweilen auch zweimal) rief sie sie zu uns ins Haus und ließ sich von ihr für einen Empfang oder eine Hochzeit ein Kleid schneidern. Ich sah sie dann kaum, weil ich meist in der Schule war. Als im Spätsommer 1956 für eine Hochzeit noch schnell ein Kleid fertig werden musste, ließ meine Mutter Nesibe in unser Sommerhaus in Suadiye kommen, und dann saßen die beiden in einem kleinen Zimmerchen im zweiten Stock, von dem sie durch Palmenblätter auf das Treiben der Boote und auf die Kinder hinuntersahen, die vom Landesteg ins Wasser sprangen, und umgeben von Stecknadeln, Messbändern, Stoffschnipseln und Spitzen aus Tante Nesibes Nähkästchen mit der Istanbul-Ansicht darauf saßen sie bis Mitternacht nähend zusammen, klagten über die Hitze, die Mücken und die viele Arbeit und lachten und scherzten doch auch wie zwei Schwestern, die sich gut verstehen. Ich weiß noch, wie der Koch Bekri in das nach Hitze und Seide riechende Zimmer gläserweise Limonade brachte, weil Nesibe stets von Schwangerschaftsgelüsten geplagt war und meine Mutter beim gemeinsamen Mittagessen dort einmal halb ernst, halb im Scherz sagte: »Einer Schwangeren muss man zu essen geben, was sie verlangt, sonst kriegt sie ein hässliches Baby!« Als ich damals Tante Nesibes leicht gewölbten Bauch bestaunte, muss ich Füsun zum erstenmal wahrgenommen haben, aber damals wusste man noch nicht einmal, ob es ein Junge oder ein Mädchen werden würde.

»Nesibe hat Füsun für älter ausgegeben, um sie bei diesem Wettbewerb anzumelden, und ihrem Mann hat sie nicht einmal Bescheid gesagt«, erregte sich meine Mutter noch im nachhinein. »Gott sei Dank hat sie nicht gewonnen, so dass ihnen wenigstens diese Schande erspart geblieben ist. Wenn es herausgekommen wäre, hätte man sie von der Schule verwiesen. Jetzt hat sie wenigstens das Abitur, aber ich glaube nicht, dass sie was Ordentliches studiert. Wie soll ich es auch wissen, wenn sie nicht einmal mehr an Feiertagen zu Besuch kommen? Was für Mädchen in diesem Land bei Schönheitswettbewerben mitmachen, ist ja sattsam bekannt. Wie hat sie sich denn dir gegenüber verhalten?« Damit spielte meine Mutter darauf an, dass Füsun angeblich schon mit Männern schlief. Solche Gerüchte waren auch schon unter meinen Kumpels im Viertel aufgekommen, als Füsun unter den Gewinnerinnen der Vorentscheidung in *Milliyet* abgebildet war, aber ich hatte nicht den Anschein erwecken wollen, mich für so ein ehrenrühriges Thema überhaupt zu interessieren. Auch nun schwieg ich wieder, und meine Mutter hob bedeutsam den Finger und sagte: »Pass bloß auf! Du wirst dich bald mit einem ganz besonders hübschen und netten Mädchen verloben! Zeig doch mal die Tasche her, die du für sie gekauft hast. Mümtaz!« (So hieß mein Vater.) »Schau mal, Kemal hat Sibel eine Tasche gekauft!«

»Tatsächlich?« Von seinem Gesicht ließ sich ablesen, dass er die Tasche gesehen hatte, dass sie ihm gefiel und dass er sich mit seinem Sohn und seiner künftigen Schwiegertochter ehrlich mitfreute, aber eigentlich hatte er kaum den Blick vom Fernseher gewandt.

4
Sex im Büro

Was mein Vater gerade auf dem Bildschirm sah, war eine großspurige Werbung für »MELTEM, die erste türkische Fruchtlimonade«, die von meinem Freund Zaim in der ganzen Türkei vermarktet wurde. Ich sah kurz hin, und mir gefiel die Werbung. Mit dem Vermögen seines Vaters, der genau wie meiner als Fabrikant in den letzten Jahren gut verdient hatte, tat Zaim sich kühn mit neuen Geschäftsideen hervor. Ich beriet ihn manchmal und wünschte ihm Erfolg.

Ich selbst hatte in den USA Management studiert und danach meinen Wehrdienst abgeleistet, woraufhin mein Vater, von dem Wunsch beseelt, ich solle in den Firmen, die sich aus seiner ständig expandierenden Fabrik verzweigten, ebenso Führungsaufgaben übernehmen wie mein Bruder, mich schon in jungen Jahren zum Geschäftsführer seiner Vertriebs- und Exportfirma Satsat in Harbiye gemacht hatte. Satsat war ein stattliches Unternehmen und warf hohe Gewinne ab, was aber nicht mir zu verdanken war, sondern den buchhalterischen Tricks, durch die der Gewinn der anderen Firmen auf die meine übertragen wurde. Ich verbrachte meine Tage damit, gegenüber den langgedienten Angestellten, den großbusigen Tanten, denen ich als Sohn des Chefs vor die Nase gesetzt worden war, möglichst wenig den Vorgesetzten herauszukehren und von ihnen die Feinheiten des Betriebes zu erlernen.

Wenn abends alle das alte Firmengebäude in Harbiye verlassen hatten, das immer bebte und zitterte, wenn – ähnlich müde wie die alten Angestellten – einer der betagten Stadtbusse vorbeifuhr – also fast ständig –, dann besuchte mich manchmal Sibel, mit der ich mich bald verloben sollte, und wir schliefen miteinander im Büro des Geschäftsführers. Trotz ihrer ganzen Modernheit und ihren in Europa aufgeschnappten feministischen Parolen hatte Sibel von Sekretärinnen eine Vorstellung, die sich kaum von der meiner Mutter unterschied, und so sagte sie manchmal: »Machen wir es lieber nicht hier, ich komme mir ja vor wie eine Sekretärin!« Doch der eigentliche Grund für die Hemmungen, die ich manchmal bei ihr verspürte, wenn wir uns auf der Ledercouch liebten, lag natürlich in der Furcht der damaligen türkischen Mädchen, ihr Sexualleben schon vor der Ehe zu beginnen. Die Töchter wohlhabender, europaerfahrener Familien machten sich gerade daran, das Jungfräulichkeitstabu zu brechen und schon vor der Ehe mit ihren Freunden Sex zu haben. Sibel rühmte sich manchmal, zu diesen »kühnen« Mädchen zu gehören, denn sie hatte schon elf Monate zuvor zum erstenmal mit mir geschlafen (höchste Zeit also, endlich zu heiraten!).

Nun, da ich nach all den Jahren bemüht bin, meine Geschichte so aufrichtig wie möglich niederzuschreiben, möchte ich weder die Verwegenheit meiner Freundin überbetonen noch auch unterschätzen, was auf Frauen in sexueller Hinsicht für ein Druck ausgeübt wurde. Schließlich hatte sich Sibel mir erst dann »hingegeben«, als sie überzeugt war, dass ich »ernste Absichten« hatte und sie letztendlich heiraten würde. Da ich eine ehrliche Haut war, hatte ich wirklich vor, das zu tun, doch auch, wenn es anders gewesen wäre, hätte ich sie kaum mehr verlassen können, nachdem sie mir doch ihre Jungfräulichkeit »geschenkt« hatte. Diese Verantwortung trübte ein wenig den trügerischen Stolz, den wir in schöner Übereinstimmung darauf empfanden, »frei und modern« zu sein (wenn wir auch diese Begriffe nicht explizit verwendeten), aber sie brachte uns auch einander näher.

Nachdenklich vermerkte ich auch, dass Sibel immer eifriger darauf anspielte, es werde nun doch allmählich Zeit, ans Heiraten zu denken. Wir hatten aber, wenn wir uns im Büro liebten, auch unbeschwerte Zeiten. Während von draußen der Verkehrslärm der Halaskârgazi-Straße hereindröhnte, umarmte ich Sibel im Halbdunkel und dachte oft, dass ich bis an mein Lebensende mit ihr glücklich sein würde. Einmal, als ich danach rauchte und meine Asche in den Aschenbecher mit der Aufschrift »Satsat« schnippte, setzte sich Sibel halbnackt auf den Stuhl meiner Sekretärin Zeynep, klapperte kichernd auf der Schreibmaschine herum und spielte den Typus der dümmlichen blonden Sekretärin nach, eine Lieblingsfigur der damaligen Witzblätter.

5
Im Restaurant Fuaye

Das Fuaye, aus dem Sie hier die bebilderte Speisekarte, eine Werbestreichholzschachtel und eine Serviette sehen, die ich mir Jahre später besorgen konnte, entwickelte sich in kurzer Zeit zu einem der beliebtesten Restaurants in europäischem Stil (also französischer Imitation), das vorwiegend von der verwestlichten Klientel der Stadtteile Beyoğlu, Şişli und Nişantaşı frequentiert wurde, die man in den Klatschspalten der Zeitungen spöttisch als »Society« bezeichnete. Um den Gästen nur möglichst diskret zu vermitteln, dass sie in einer europäischen Stadt speisten, verzichtete man auf pompöse Namen wie Ambassador, Majestik oder Royal und griff statt dessen auf Begriffe wie Kulis, Merdiven und Fuaye zurück, die noch Anklänge an Istanbul enthielten. Als die darauffolgende Generation von Neureichen am liebsten in prunkvoller Umgebung das Essen verzehrte, das sie von ihren Großmüttern gewöhnt war, öffneten in rascher Folge Lokale mit Namen wie Hanedan, Sultan, Hünkâr, Paşa und Vezir, die Pomp und Tradition zu vereinen wussten, und das Fuaye geriet schnell in Vergessenheit.

An dem Tag, als ich die Tasche kaufte, aßen wir erneut im Fuaye zu Abend, und ich sagte zu Sibel: »Was meinst du, sollen wir uns nicht lieber in der Wohnung im Merhamet Apartmanı treffen, wo meine Mutter ihre alten Sachen abstellt? Da, wo der schöne Hinterhof ist.«

»Du denkst also, dass wir nach der Verlobung nicht so bald heiraten und eine eigene Wohnung haben werden?«

»Das meine ich damit gar nicht, Schatz.«

»Ich will mich aber mit dir nicht mehr irgendwo treffen wie eine heimliche Geliebte.«

»Ja, du hast ja recht.«

»Wie bist du jetzt auf diese Wohnung gekommen?«

»Vergiss es«, sagte ich. Ich ließ meinen Blick über die fröhlich lärmende Gästeschar des Fuaye streifen und holte dann die Tasche aus der Plastiktüte.

»Was ist das denn?« fragte Sibel, schon in freudiger Erwartung eines Geschenks.

»Eine Überraschung. Mach schon auf!«

»Wirklich?« Die kindliche Vorfreude, mit der sie die Verpackung aufnestelte, wich erst einem eher fragenden Blick und schließlich kaum verhohlener Enttäuschung.

»Du weißt doch«, wollte ich nachhelfen, »das ist die aus dem Schaufenster, die dir so gefallen hat.«

»Ja. Das ist nett von dir.«

»Sie wird dir wunderbar stehen bei der Verlobung.«

»Leider weiß ich schon lange, was für eine Tasche ich bei der Verlobung tragen werde. Ach, schau nicht so traurig! Es ist ja trotzdem ein schönes Geschenk und wirklich lieb von dir … Na gut, damit du nicht betrübt bist, sag ich es dir: Ich kann diese Tasche sowieso nicht bei der Verlobung tragen, weil sie gefälscht ist.«

»Wie bitte?«

»Es ist keine echte Jenny-Colon-Tasche, lieber Kemal, sondern ein Imitat.«

»Woran merkst du denn das?«

»An einfach allem, Schatz. Schau doch mal, wie das Markenetikett angenäht ist. Und jetzt sieh dir an, wie das bei dieser echten Jenny-Colon-Tasche ist, die ich in Paris gekauft habe. Jenny Colon ist nicht umsonst eine der teuersten Marken Frankreichs und der ganzen Welt. So billigen Faden würden die nie und nimmer verwenden.«

Ich sah mir an, wie die echte Tasche vernäht war, und fragte mich dabei, warum meine künftige Verlobte damit so auftrumpfte. Dass sie »nur« die Tochter eines pensionierten Botschafters war, der die von seinem Vater, einem General, geerbten Grundstücke samt und sonders verwirtschaftet hatte, machte ihr manchmal zu schaffen. Dann erzählte sie gerne, wie gut ihre Großmutter Klavier spielte, dass ihr Großvater am Befreiungskrieg teilgenommen hatte und ihr Großvater mütterlicherseits ein Vertrauter von Sultan Abdülhamit gewesen sei, und ob ihrer rührenden Verlegenheit liebte ich sie gleich noch viel mehr. Infolge des Textil- und Exportbooms Anfang der siebziger Jahre hatte sich die Bevölkerungszahl Istanbuls verdreifacht, die Grundstückspreise vor allem in unserer Gegend hatten ordentlich angezogen und die Firmen meines Vaters so expandiert, dass sein Vermögen ums Fünffache angewachsen war, aber wir waren eben nichts anderes als seit drei Generationen mit Textilgeschäften hochgekommene Reiche. Dass ich trotz des Eifers dieser drei Generationen nicht in der Lage war, eine echte Tasche von einer falschen zu unterscheiden, setzte mir doch zu. Tröstend streichelte mir Sibel die Hand.

»Was hast du denn dafür gezahlt?« fragte sie.

»Tausendfünfhundert Lira. Wenn du sie nicht willst, tausche ich sie morgen um.«

»Nein, verlang lieber das Geld zurück. Die haben dich ganz schön übers Ohr gehauen.«

»Dabei ist die Besitzerin, diese Şenay, sogar verwandt mit uns!« sagte ich ungläubig.

Sibel nahm ihre echte Tasche zurück, in der ich gedankenlos gekramt hatte. Liebevoll lächelnd sagte sie: »Ach Schatz, du bist so gescheit und gebildet, und dennoch merkst du nicht, wenn eine Frau dich hinters Licht führt!«

6
Füsuns Tränen

Am nächsten Mittag trabte ich mit der Plastiktüte wieder in die Boutique Champs-Élysées. Die Türglocke schellte, und erst dachte ich schon, es sei niemand in dem Geschäft, das mir wieder sehr dunkel und kühl vorkam. In die geheimnisvolle Stille hinein zwitscherte plötzlich der Kanarienvogel. Schließlich erblickte ich Füsun schemenhaft zwischen einem Wandschirm und einem riesigen Blumenstock. Sie war vor der Umkleidekabine mit einer dicken Kundin beschäftigt. Diesmal trug sie die rosaviolette Bluse mit dem Hyazinthenmuster, die ihr so gut stand. Als sie mich erblickte, lächelte sie freundlich. »Ach, du hast zu tun«, sagte ich und deutete mit dem Kopf zur Umkleidekabine.

»Hab's gleich«, erwiderte sie in so vertraulichem Ton, als sei ich ein Stammkunde.

Der Kanarienvogel hüpfte in seinem Käfig umher, während mein

Blick unruhig über die in einer Ecke gestapelten Modezeitschriften und den aus Europa importierten Trödel schweifte. Mir drängte sich wieder das auf, was ich hatte vergessen und übergehen wollen. Wenn ich Füsun ansah, kam es mir nämlich vor, als ob ich sie schon lange kennen würde. Sie glich mir irgendwie. Auch meine eigenen Haare waren so wie die ihren früher lockig gewesen und erst mit der Zeit glatt geworden. Mir war, als könnte ich mich leicht in sie hineinversetzen, sie tief im Inneren verstehen. Die Bluse, die sie anhatte, ließ ihren natürlichen Teint und das jetzt gefärbte Blond ihrer Haare noch besser zur Geltung kommen. Mir fiel wieder ein, dass meine Freunde über sie gesagt hatten, sie sei »wie aus dem *Playboy*«. Ob sie wohl mit ihnen geschlafen hatte? Gib die Tasche zurück, nimm dein Geld und geh. Du verlobst dich bald mit einem wunderbaren Mädchen. Ich sah nach draußen auf den Nişantaşı-Platz, doch auf der beschlagenen Schaufensterscheibe erschien sogleich der traumhafte Widerschein von Füsuns Gestalt.

Die dicke Frau verließ schließlich den Laden, ohne etwas zu kaufen, und Füsun legte die Röcke wieder zusammen, die sie anprobiert hatte. »Gestern abend habe ich Sie auf der Straße gesehen«, sagte sie, und ihr Gesicht schien dabei nur noch aus dem großen, anziehenden Mund zu bestehen. Erst dieses süße Lächeln ließ mich gewahren, dass ihre Lippen zartrosa geschminkt waren. Ihr Lippenstift der Marke Misslyn war preiswert und daher sehr verbreitet damals, bei ihr wirkte er aber ganz besonders.

»Wann denn?« fragte ich.

»Am Abend. Sie waren mit Sibel zusammen. Ich stand auf der anderen Straßenseite. Sie waren wohl auf dem Weg zum Essen?«

»Ja.«

»Sie passen fabelhaft zusammen!« sagte sie in dem Ton, in dem ältere Herrschaften sich über das Glück junger Leute entzückt zeigen. Ich fragte nicht, woher sie Sibel eigentlich kannte. »Ich hätte da eine Bitte«, sagte ich und zog verlegen die Tasche hervor. »Ich möchte die da zurückgeben.«

»Selbstverständlich können wir sie umtauschen. Ich könnte Ihnen diese schicken Handschuhe dafür geben oder diesen Hut hier, ganz neu aus Paris. Hat Sibel die Tasche denn nicht gefallen?«

»Ich möchte sie nicht gegen etwas umtauschen«, entgegnete ich betreten, »sondern das Geld zurückbekommen.«
Sie sah überrascht drein, fast furchtsam. »Warum?« fragte sie.
»Anscheinend ist es keine echte Jenny-Colon-Tasche, sondern eine Fälschung«, raunte ich.
»Wie bitte?!«
»Ich verstehe ja nichts davon«, sagte ich hilflos.
»So etwas kommt bei uns nicht vor!« erwiderte sie heftig. »Möchten Sie Ihr Geld sofort zurück?«
»Ja.«
Ihr Gesicht war schmerzlich verzogen. Mein Gott, dachte ich, warum hast du die Tasche nicht einfach fortgeworfen und Sibel gesagt, du hättest das Geld wiederbekommen! »Schau, das hat mit dir und mit Şenay nichts zu tun. Wir Türken schaffen es eben, alles, was in Europa gerade Mode ist, nachzumachen und zu fälschen«, sagte ich, um ein Lächeln bemüht. »Für mich oder überhaupt für uns genügt es schon, dass eine Tasche zu gebrauchen ist und dass sie gut aussieht, aber von wem sie stammt und ob es ein Original ist, spielt keine Rolle.« Aber daran glaubte ich ja nicht einmal selbst.
»Ich gebe Ihnen das Geld schon zurück«, sagte sie knapp. Ich senkte schicksalsergeben den Blick, als schämte ich mich meiner Grobheit.
Doch so verlegen ich war, ich merkte doch, dass irgend etwas nicht stimmte und Füsun nicht tun konnte, was doch eigentlich zu tun war. Sie sah auf die Registrierkasse, als sei jene irgendwie verhext, und rührte sich nicht vom Fleck. Als ich sah, dass ihr rot angelaufenes Gesicht zu zucken begann und ihr die Tränen kamen, ging ich besorgt auf sie zu.
Sie weinte leise. Ich weiß nicht mehr genau, wie es kam, aber ich umarmte sie, und sie lehnte weinend den Kopf an meine Brust. »Entschuldige, Füsun«, flüsterte ich. Ich streichelte ihre weichen Haare, ihre Stirn. »Vergiss das bitte. Es ist doch bloß eine gefälschte Tasche.« Sie zog die Nase hoch wie ein Kind, schluchzte ein paarmal und weinte weiter. Ihren Körper zu berühren, ihre Brüste zu spüren, sie so plötzlich ganz einfach im Arm zu halten, machte mich schwindlig. Um das immer stärker werdende Begehren vor mir selber zu verber-

gen, rettete ich mich in die Illusion, Füsun schon ewig lang zu kennen und vertraut mir ihr zu sein. Sie war meine widerspenstige kleine Schwester, dieses hübsche, liebe Ding! Vermutlich weil ich um unsere entfernte Verwandtschaft wusste, erschien sie mir mit ihren langen Armen und Beinen, dem leichten Knochenbau und den schmalen Schultern wie ein Abbild von mir. Wenn ich ein Mädchen und zwölf Jahre jünger wäre, hätte ich also so einen Körper.« »Da gibt es doch nichts zu weinen«, sagte ich und streichelte dabei ihr langes blondes Haar.

»Ich kann jetzt die Kasse nicht aufmachen«, erklärte mir Füsun. »Wenn Şenay mittags nach Hause geht, sperrt sie die Kasse immer ab und nimmt den Schlüssel mit. Das tut mir wirklich leid jetzt.« Sie lehnte wieder den Kopf an meine Brust und weinte. Ich fuhr ihr sanft übers Haar. »Ich arbeite hier, um unter Leuten zu sein, und nicht wegen des Geldes«, schluchzte sie.

»Man kann auch für Geld arbeiten«, erwiderte ich einfältig.

»Ja, schon«, sagte sie mit traurigem Kinderblick. »Mein Vater ist pensionierter Lehrer. Vor zwei Wochen bin ich achtzehn geworden, da wollte ich ihm nicht mehr auf der Tasche liegen.«

Aus Furcht vor dem sexuellen Tier, das sich in mir regte, nahm ich die Hand von ihren Haaren. Sie begriff sofort, riss sich zusammen, und wir gingen ein wenig auf Abstand.

»Bitte sagen Sie niemandem, dass ich geweint habe«, sagte sie und rieb sich dabei die Augen.

»Versprochen, Füsun, das bleibt unter uns.«

Ich sah, dass sie lächelte. »Die Tasche lasse ich schon jetzt da«, sagte ich, »und das Geld hole ich dann später.«

»Sie können die Tasche hier lassen, aber das Geld sollten Sie nicht selber abholen. Şenay wird bestreiten, dass die Tasche gefälscht ist, und Ihnen Schwierigkeiten machen.«

»Dann tausche ich sie eben um.«

»Das kann ich nicht mehr zulassen«, sagte sie mit dem Stolz eines empfindlichen jungen Mädchens.

»Das ist doch nicht von Bedeutung«, beschwichtigte ich.

»Für mich schon«, sagte sie entschieden. »Wenn Şenay ins Geschäft kommt, lasse ich mir das Geld von ihr geben.«

»Ich will aber nicht, dass sie dir dann Schwierigkeiten macht.«

»Keine Sorge, ich habe mir schon etwas ausgedacht«, sagte sie lächelnd. »Ich werde einfach sagen, dass Sibel die gleiche Tasche schon hat und deshalb diese hier zurückgeben will. Einverstanden?«
»Gute Idee. Dann sage ich Şenay das gleiche.«
»Nein, sagen Sie lieber gar nichts zu ihr«, entgegnete Füsun rasch. »Sie versucht sonst sofort, mehr aus Ihnen herauszukitzeln. Kommen Sie am besten gar nicht mehr ins Geschäft. Ich bringe das Geld Tante Vecihe.«
»Lassen wir meine Mutter lieber aus dem Spiel, sie ist furchtbar neugierig.«
»Wo soll ich das Geld denn sonst hinbringen?« fragte Füsun ratlos.
»Meine Mutter hat in der Teşvikiye-Straße 131 im Merhamet Apartmanı eine Wohnung. Bevor ich nach Amerika ging, war ich dort manchmal zum Lernen oder Musikhören. Die Wohnung hat einen schönen Hinterhof. Mittlerweile halte ich mich wieder jeden Nachmittag zwischen zwei und vier dort auf und arbeite.«
»Gut, dann bringe ich das Geld dorthin. Was hat die Wohnung für eine Nummer?«
»Vier«, sagte ich fast flüsternd. Beim Hinausgehen brachte ich gerade noch drei Worte über die Lippen. »Zweiter Stock. Wiedersehen!«
Mein Herz hatte nämlich die Situation sofort begriffen und schlug wie verrückt. Bevor ich die Tür hinter mir schloss, nahm ich noch einmal meine ganze Kraft zusammen und sah Füsun an, als sei alles völlig normal. Als dann draußen auf der Straße eine wirre Mischung aus Scham, Reue und Glücksvisionen über mich herfiel, erschien mir in der Mittagshitze dieses Frühlingstages in Nişantaşı auf mysteriöse Weise plötzlich alles um mich herum ganz gelb. Meine Beine trugen mich unter Vordächern und blau-weiß gestreiften Markisen von Schatten zu Schatten, und als ich in einem Schaufenster eine gelbe Wasserkaraffe erblickte, kaufte ich sie auf der Stelle. Es ereilte sie nicht das Schicksal der meisten Spontankäufe, sondern sie stand fast zwanzig Jahre lang erst bei meinen Eltern und danach bei meiner Mutter und mir auf dem Esstisch, ohne dass man je ein Wort über sie verloren hätte. Und jedesmal wenn ich beim Abendessen nach ihrem Henkel griff, musste ich an die Anfänge des Unheils denken, in

das ich vom Leben geworfen wurde und auf das mich meine Mutter mit halb vorwurfsvollen, halb bekümmerten Blicken immer wieder stieß.

Als meine Mutter mich an jenem Tag schon mittags zu Hause sah, war sie erfreut und erstaunt zugleich. Ich küsste sie, erklärte ihr, ich hätte die Wasserkaraffe einfach so gekauft, und sagte dann beiläufig: »Gib mir doch bitte den Schlüssel zu der Wohnung im Merhamet Apartmanı. In der Firma geht es manchmal so zu, dass ich gar nicht richtig zum Arbeiten komme. Ich will schauen, ob es dort bessergeht. Ich konnte doch immer gut lernen dort.«

»Aber da ist doch alles verstaubt jetzt«, sagte meine Mutter, holte jedoch sogleich aus ihrem Zimmer den Wohnungs- und den Haustürschlüssel. »Erinnerst du dich noch an die Kütahya-Vase mit dem roten Blumenmuster? Die finde ich zu Hause nicht mehr, schau doch mal, ob sie dort ist. Und arbeite nicht zu viel! Euer Vater hat sich sein ganzes Leben lang abgemüht, damit ihr Kinder es einmal besser habt. Geh mit Sibel aus, genießt den Frühling, amüsiert euch!« Als sie mir die Schlüssel in die Hand drückte, sagte sie noch mit geheimnisvollem Blick: »Pass auf!« Schon als wir klein waren, verwies meine Mutter mit dieser Art von Blick auf Gefahren, die aus der Tiefe des Lebens kamen und über das Aushändigen eines Schlüssels weit hinausgingen.

7
Das Merhamet Apartmanı

Als meine Mutter zwanzig Jahre zuvor die Wohnung im Merhamet Apartmanı gekauft hatte, war ihr damit an einer Investition gelegen, aber auch an einem Ort, an den sie sich hin und wieder zurückziehen und ungestört sein konnte. Bald aber verkam die Wohnung zu einer Rumpelkammer, in der meine Mutter Dinge abstellte, die ihr zu altmodisch vorkamen, oder auch Fehlkäufe, die sie sogleich wieder ausmusterte. Ich mochte die Wohnung schon als Kind, weil sie von riesigen Zypressen und Kastanien beschattet wurde und im Hinterhof immer Fußball gespielt wurde, vor allem aber gefiel mir der Name des Gebäudes, dessen Geschichte meine Mutter mir gerne erzählte.

Als 1934 Atatürk alle Türken darauf verpflichtete, sich einen Nachnamen zuzulegen, wurden in Istanbul zahlreiche neue Gebäude auf den Namen ihrer Besitzer getauft. Das hatte durchaus seinen Sinn, da es in Istanbul mit dem System der Straßennamen und Hausnummern nicht weit her war und man vor allem bei wohlhabenderen Familien ohnehin das große Haus, in dem sie wie zu osmanischen Zeiten alle zusammenlebten, mit ihnen identifizierte. (So wohnen viele reiche Familien, die in dieser Geschichte vorkommen, in einem Haus, das ihren Namen trägt.) Eine Variante bestand in jenen Jahren darin, Häusern hochtrabende Namen wie Freiheit oder Güte zu geben, doch meine Mutter sagte immer, so hielten es meistens diejenigen Leute, die ihr ganzes Leben damit zubrachten, ebendiese Tugenden mit Füßen zu treten. Das Merhamet Apartmanı (»Barmherzigkeit«) ließ ein alter Mann erbauen, den das Gewissen plagte, nachdem er im Ersten Weltkrieg durch Schwarzmarktgeschäfte mit Zucker reich geworden war. Als seine beiden Söhne (die Tochter des einen ging mit mir zur Grundschule) dahinterkamen, dass ihr Vater die Mieteinnahmen über eine Stiftung den Armen zukommen lassen wollte, ließen sie ihn für unzurechnungsfähig erklären, schoben ihn in ein Altersheim ab und rissen sich das Haus unter den Nagel. Den Namen aber, der mir als Kind so seltsam vorkam, änderten sie nicht.

Am nächsten Tag, dem 30. April 1975, einem Dienstag, blieb ich zwischen zwei und vier Uhr in der Wohnung im Merhamet Apartmanı und wartete auf Füsun, doch sie kam nicht. Das verwirrte und kränkte mich etwas, und unruhig kehrte ich ins Büro zurück. Um dieser Unruhe Herr zu werden, ging ich am darauffolgenden Tag erneut in die Wohnung, doch Füsun kam wieder nicht. In den stickigen Zimmern lagerten allerlei verstaubte Vasen, Kleider und andere Dinge, die meine Mutter dorthin verfrachtet und dann vergessen hatte, und sie erinnerten mich an Begebenheiten aus meiner Kindheit und Jugend, von denen ich nicht einmal wusste, dass ich sie vergessen hatte, und durch die Wirkung dieser Dinge legte sich schließlich meine Unruhe. Einen Tag später saß ich mit Abdülkerim, unserem Satsat-Vertreter in Kayseri (den ich schon vom Wehrdienst her kannte), im Restaurant Hacı Arif in Beyoğlu beim Mittagessen und dachte daran, dass ich zwei Tage hintereinander in die leere Wohnung gegangen war und auf Füsun gewartet hatte. Etwa zwanzig Minuten nachdem ich vor lauter Scham beschlossen hatte, Füsun, die gefälschte Tasche und all das ein für allemal zu vergessen, sah ich wieder auf die Uhr, stellte mir vor, dass Füsun vielleicht gerade zum Merhamet Apartmanı unterwegs war, um mir das Geld zurückzugeben, bedachte daraufhin Abdülkerim mit einer Notlüge, schlang mein Essen hinunter und eilte zu der Wohnung.

Zwanzig Minuten nachdem ich dort angelangt war, läutete Füsun an der Tür. Das heißt, es musste ganz einfach Füsun sein. Als ich zur Tür ging, fiel mir wieder ein, dass ich in der Nacht davon geträumt hatte, ich würde ihr die Tür öffnen.

Sie hatte einen Schirm in der Hand. Ihre Haare waren feucht, und sie trug ein gelbes gepunktetes Kleid.

»Ah, ich dachte schon, du hättest es vergessen. Komm doch rein.«

»Ich möchte nicht stören. Ich will nur das Geld zurückgeben und dann wieder gehen.« Sie hielt diesen gebrauchten Umschlag mit der Aufschrift »Privatnachhilfe Voller Erfolg« in der Hand, den ich aber nicht nahm. Ich zog sie an der Schulter herein und schloss die Tür.

»Wie das schüttet«, sagte ich aufs Geratewohl, obwohl ich den Regen gar nicht bemerkt hatte. »Setz dich doch, wirst ja ganz nass da draußen. Ich mach dir zum Aufwärmen einen Tee.«

Ich ging in die Küche. Als ich zurückkam, sah ich, dass Füsun die alten Sachen meiner Mutter begutachtete: Antiquitäten, verstaubte Uhren, Nippes, Hutschachteln, alles mögliche Zeug. Um sie aufzuheitern, erzählte ich ihr in scherzhaftem Ton von all diesen Gegenständen, die aus den schicksten Läden von Nişantaşı und Beyoğlu, aus Antiquitätenläden, heruntergekommenen Herrenhäusern, halb niedergebrannten Bosporusvillen, ja sogar aus aufgelassenen Derwischklöstern stammten oder auf Europareisen nach Lust und Laune zusammengekauft und nach kurzem Gebrauch hier gelagert und schließlich vergessen worden waren. Ich öffnete die nach Naphtalin und Staub riechenden Schränke und zeigte ihr unzählige Stoffballen, das Dreirad, das wir alle beide als Kinder benutzt hatten (was wir nicht mehr brauchten, gab meine Mutter an bedürftige Verwandte weiter), einen Nachttopf, viele Hüte und die rote Vase, die meine Mutter vermisste. Eine kristallene Zuckerdose erinnerte uns an frühere Festtagsessen. Wenn Füsun als Kind mit ihren Eltern an Feiertagen zu uns kam, wurden daraus Bonbons, Zuckermandeln, Marzipan, Kokosmakronen und Lokum gereicht.

»Beim Opferfest sind wir einmal gemeinsam auf die Straße rausgegangen und dann noch mit dem Auto herumgefahren«, sagte Füsun mit glänzenden Augen.

An die Autofahrt konnte ich mich noch erinnern. »Damals warst du noch ein Kind, und inzwischen bist du ein sehr hübsches, sehr attraktives junges Mädchen geworden.«

»Danke. So, ich gehe jetzt.«

»Du hast ja deinen Tee noch gar nicht getrunken. Und es regnet immer noch.« Ich führte sie zur Balkontür und zog die Gardine etwas zurück. Sie sah interessiert hinaus wie ein Kind, das zum erstenmal in eine fremde Wohnung kommt, oder wie eben ein junger Mensch, der noch nicht vom Leben gebeutelt ist und daher allem gegenüber noch offen und unbefangen sein kann. Begehrlich sah ich ihren Nacken an, ihren Hals, diese Haut, die ihre Wangen so unwiderstehlich machte, die vielen kleinen Muttermale, die man aus der Ferne gar nicht wahrnahm (hatte nicht meine Großmutter an jener Stelle einen großen Leberfleck?). Meine Hand streckte sich wie von allein aus, als wäre es die Hand eines Fremden, und fasste an ihre Haarspange mit den vier Vergissmeinnicht darauf.

»Deine Haare sind ganz schön nass.«

»Sie haben doch niemandem erzählt, dass ich im Geschäft geweint habe?«

»Nein. Aber ich würde gern wissen, warum du überhaupt geweint hast.«

»Wieso?«

»Weil ich viel an dich gedacht habe. Du bist so hübsch und so ganz anders. Ich habe dich als süßes kleines Mädchen mit dunklen Haaren in Erinnerung, aber dass du einmal derart schön sein würdest, hätte ich nicht gedacht.«

Nach Art hübscher, wohlerzogener Mädchen, die an Schmeicheleien gewöhnt sind, lächelte sie gemessen und zog skeptisch die Augenbrauen hoch. Schweigend wich sie dann einen Schritt zurück.

»Wie hat denn Şenay reagiert?« fragte ich, um das Thema zu wechseln. »Hat sie zugegeben, dass die Tasche gefälscht ist?«

»Erst hat sie sich aufgeregt. Aber nachdem klar war, dass Sie die Tasche zurückgegeben haben und das Geld zurück möchten, wollte sie kein Aufhebens machen. Ich soll am besten das Ganze auch vergessen, meint sie. Ich denke, ihr ist bewusst, dass die Tasche nicht echt ist. Sie weiß nicht, dass ich hierherkomme, ich habe ihr gesagt, dass Sie mittags gekommen sind und das Geld geholt haben. Und jetzt muss ich gehen.«

»Nicht, bevor du den Tee getrunken hast!«

Ich holte ihn aus der Küche. Ich beobachtete, wie sie sorgfältig auf den noch heißen Tee blies und ihn dann in kleinen Schlucken rasch trank. Ich empfand Bewunderung für sie, Zärtlichkeit, und schämte mich zugleich dafür. Unwillkürlich streckte ich wieder meine Hand aus und streichelte ihr übers Haar. Dann beugte ich den Kopf zu ihrem Gesicht vor, und als ich sah, dass sie nicht zurückwich, küsste ich sie flüchtig auf den Mundwinkel. Sie wurde hochrot. Da sie mit beiden Händen das Teeglas hielt, hatte sie mich nicht rechtzeitig abwehren können. Sie war mir böse, aber zugleich etwas unschlüssig, das sah ich ihr an.

»Ich küsse zwar gerne«, sagte sie stolz, »aber jetzt hier mit Ihnen kommt das natürlich nicht in Frage!«

»Hast du schon oft geküsst?« versuchte ich mich ungeschickt in einem kindlichen Ton.

»Klar. Aber nicht mehr.«

Mit einem Blick, der bedeuten sollte, dass die Männer eben doch alle gleich sind, sah sie noch einmal durch das Zimmer, auf den ganzen Trödel und auf das blau bezogene Bett, das ganz bewusst ungemacht wirken sollte. Ich merkte, wie sie kurz die Situation taxierte, spielte aber meinerseits aus Verlegenheit das Spiel nicht weiter.

Diesen für Touristen produzierten Fes, der mir in einem der Schränke aufgefallen war, hatte ich als Dekoration auf ein Beistelltischchen gestellt. Sie hatte den Umschlag mit dem Geld darangelehnt und auch schon gesehen, dass ich ihn bemerkt hatte; trotzdem sagte sie:

»Den Umschlag habe ich dagelassen.«

»Du bist ja mit dem Tee noch nicht fertig!«
»Ich komme sonst zu spät«, sagte sie, ging aber nicht.
Während wir weiter unseren Tee tranken, sprachen wir über unsere Verwandten, unsere Kindheit, unsere Erinnerungen, ohne über irgend jemanden ein böses Wort zu verlieren. Füsun sagte, sie und ihre Mutter fürchteten sich vor meiner Mutter, achteten sie aber sehr, und Füsun selbst sei ihre Kindheit über gerade von meiner Mutter besonders unterstützt worden, die ihr früher, als sie mit ihrer Mutter zum Nähen kam, meine Spielsachen gegeben hatte, etwa den Aufziehhund, den sie so mochte und deshalb ganz vorsichtig behandelte, und bis zu der Sache mit dem Schönheitswettbewerb habe meine Mutter ihr an jedem Geburtstag von unserem Chauffeur ein Geschenk vorbeibringen lassen, darunter etwa ein Kaleidoskop, das sie immer noch aufhebe. Wenn meine Mutter ihr ein Kleid geschickt habe, dann stets ein paar Nummern zu groß, damit es nicht gleich zu kurz war. Einen Schottenrock mit riesigen Sicherheitsnadeln zum Beispiel habe sie erst ein Jahr später anziehen können, ihn dann aber so heiß geliebt, dass sie ihn später, als jene Mode wieder vorbei war, noch als Minirock getragen habe. Ich sagte, ich hätte sie in diesem Rock einmal in Nişantaşı gesehen; daraufhin wichen wir von diesem Thema wieder ab, das zu sehr an Füsuns zarte Taille und ihre hübschen Beine rührte. Sie sagte, sie habe in Deutschland einen leicht verrückten Onkel namens Süreyya, der bei jedem Heimaturlaub alle Zweige der immer mehr auseinanderdriftenden Familie zeremoniell besuche und somit dafür sorge, dass alle noch wenigstens voneinander hörten.

»Als wir damals am Morgen des Opferfestes mit dem Auto herumgefahren sind, war auch dieser Süreyya im Haus«, sagte Füsun lebhaft. Dann aber zog sie schnell ihren Regenmantel an und suchte nach ihrem Schirm. Den konnte sie nicht finden, da ich ihn auf dem Weg in die Küche hinter der Spiegelkommode im Eingang hatte verschwinden lassen.

»Weißt du nicht mehr, wo du ihn gelassen hast?« fragte ich, als wir den Schirm gemeinsam noch intensiver suchten.

»Da habe ich ihn hingestellt«, sagte sie unschuldig und deutete auf die Spiegelkommode.

Während wir die ganze Wohnung durchsuchten und auch an den

unwahrscheinlichsten Stellen nachsahen, fragte ich sie, was sie denn in ihren »Mußestunden« anfange, wie es in der Klatschpresse immer so schön hieß. Sie hatte im Vorjahr bei der Zulassungsprüfung nicht gut genug abgeschnitten, um an die gewünschte Fakultät zu gehen, und besuchte nun, wenn sie in der Boutique Champs-Élysées frei hatte, eine private Einrichtung, die auf jene Prüfung vorbereitete.

»In welche Fakultät möchtest du denn?«

»Ach, ich weiß nicht so recht«, sagte sie verlegen. »Am liebsten würde ich ans Konservatorium gehen und Schauspielerin werden.«

»Bei der Nachhilfe verliert man doch nur seine Zeit, das sind alles Abzocker. Wenn du irgendwo Probleme hast, in Mathematik zum Beispiel, dann komm doch hierher, ich arbeite hier nachmittags immer und könnte dir helfen.«

»Geben Sie noch anderen Mädchen Mathenachhilfe?« fragte sie und hob dabei wieder spöttisch die Augenbrauen.

»Da sind keine anderen Mädchen.«

»Und Sibel? Die kommt manchmal zu uns ins Geschäft. Eine schöne, sympathische Frau. Heiraten Sie bald?«

»In sechs Wochen ist Verlobung. Tut es der Schirm hier auch?«

Ich zeigte ihr einen Sonnenschirm, den meine Mutter in Nizza gekauft hatte. Sie sagte, damit könne sie natürlich nicht im Laden aufkreuzen. Überhaupt wollte sie jetzt einfach weg, und ob wir den Schirm nun fanden oder nicht, war ihr nicht mehr wichtig. »Es hat aufgehört zu regnen«, rief sie freudig aus. Als sie an der Tür stand, dachte ich aufgeregt, dass ich sie nie mehr sehen würde.

»Komm doch mal wieder, nur zum Teetrinken.«

»Seien Sie mir bitte nicht böse, Kemal, aber ich möchte nicht wiederkommen, und Sie wissen das auch. Keine Sorge, ich sage auch niemandem, dass Sie mich geküsst haben.«

»Und der Schirm?«

»Der gehört Şenay, aber er kann ruhig hierbleiben«, sagte sie, und hastig, aber nicht ohne Gefühl küsste sie mich auf die Wange und ging hinaus.

8
Die erste türkische Fruchtlimonade

Um an die zuversichtliche, glückliche Atmosphäre jener Tage zu erinnern, sind hier einige Zeitungsreklamen und Werbespots der ersten türkischen Fruchtlimonade Meltem und einige Limonadeflaschen in den Geschmacksrichtungen Erdbeere, Pfirsich, Orange und Kirsche ausgestellt. Zaim gab an jenem Abend in seiner Wohnung in Ayazpaşa, die eine wunderbare Aussicht hatte, eine große Party, um zu feiern, dass seine Meltem-Limonade auf den Markt kam. Dabei würde mal wieder der ganze Kreis meiner Kumpel zusammenkommen. Sibel war gerne mit meinen reichen jungen Freunden zusammen und liebte unsere Bootsausflüge auf dem Bosporus, unsere Überraschungspartys zu Geburtstagen, unsere Clubbesuche und die spontanen Autofahrten durch das mitternächtliche Istanbul, und sie war von den meisten meiner Freunde recht angetan, nur ausgerechnet von Zaim nicht. Sie hielt ihn für einen Angeber und Schürzenjäger und für zu »ordinär«. Sie kreidete ihm an, dass er auf Partys plötzlich als Überraschung Bauchtänzerinnen auftreten ließ oder Mädchen die Zigaretten mit einem Feuerzeug mit Playboy-Emblem anzündete. Auch dass er zu kleinen Starlets und Fotomodellen (eine damals in der Türkei ganz neu aufkommende, höchst zweifelhafte Berufsgattung) nur deshalb Beziehungen unterhielt, weil sie mit ihm schliefen, ohne auf eine Heirat zu drängen (an die er sowieso nie gedacht hätte), und dass es bei ihm auch mit anständigen Mädchen nie auf etwas »Ernsthaftes« hinauslief, befremdete sie. So wunderte ich mich, dass Sibel enttäuscht schien, als ich ihr mitteilte, ich könne am Abend nicht zu der Party, weil mir unwohl sei.

»Es kommt aber auch dieses deutsche Fotomodell, das überall auf der Meltem-Werbung zu sehen ist!« sagte Sibel.

»Du sagst doch immer, dass Zaim ein schlechtes Vorbild für mich ist.«

»Also, wenn du nicht zu Zaims Party gehst, musst du wirklich krank sein. Jetzt mache ich mir schon Sorgen. Soll ich bei dir vorbeischauen?«

»Nein, lass nur. Meine Mutter und Fatma kümmern sich schon um mich. Bis morgen ist das wieder vorbei.«

Ich legte mich angezogen aufs Bett, dachte an Füsun und beschloss, sie zu vergessen und bis an mein Lebensende nicht wiederzusehen.

9
F

Am nächsten Tag, nämlich am 3. Mai 1975 um vierzehn Uhr dreißig, kam Füsun ins Merhamet Apartmanı und schlief zum erstenmal mit mir. Als ich an diesem Tag in die Wohnung ging, dachte ich nicht, dass wir uns dort treffen würden. Das heißt, wenn ich jetzt, nach all den Jahren, niederschreibe, was mir widerfahren ist, dann finde ich natürlich, dass mein letzter Satz nicht ganz der Wahrheit entsprechen kann, aber damals glaubte ich wirklich nicht, dass sie kommen würde. Ich hatte Füsuns Worte vom Vortag im Kopf, das Dreirad, die Antiquitäten meiner Mutter, die alten Uhren, das seltsame Licht in der dunklen Wohnung, den Geruch nach Mief und Staub, meinen Wunsch, allein zu sein und auf den Hinterhof hinauszusehen ... Das alles war es wohl, was mich dorthin zog. Außerdem hatte ich vor, an die Begegnung mit Füsun zu denken, sie noch einmal in Gedanken durchzuspielen, das von Füsun benutzte Teeglas abzuwaschen, die Sachen meiner Mutter aufzuräumen und meine Schmach zu vergessen. Beim Aufräumen stieß ich auf ein Schwarzweißfoto, das mein Vater einmal im hinteren Zimmer von Bett, Fenster und Hinterhof gemacht hatte, und ich merkte, dass sich das Zimmer überhaupt nicht verändert hatte. Als es dann an der Tür klingelte, dachte ich: Bestimmt meine Mutter.

»Ich wollte meinen Schirm holen«, sagte Füsun. Sie blieb draußen stehen. »Komm doch herein«, forderte ich sie auf. Sie zögerte. Dann merkte sie wohl, wie unhöflich es gewesen wäre, draußen stehenzubleiben, und kam herein. Ich machte die Tür hinter ihr zu. Sie trug das dunkelrosa Kleid mit den weißen Knöpfen, das ihr so gut stand, und den weißen Gürtel mit der großen Schnalle, der ihre schmale Taille betonte. Als ganz junger Mensch hatte ich die Schwäche gehabt, dass ich mich in Gegenwart hübscher, rätselhafter Mädchen nur wohl fühlen konnte, wenn ich völlig aufrichtig war. Mit Dreißig dachte ich eigentlich, diesen Ehrlichkeitswahn überwunden zu haben, aber das war wohl ein Irrtum.

»Hier ist dein Schirm«, sagte ich und holte ihn hinter der Spiegelkommode hervor. Mir kam gar nicht in den Sinn, mich zu fragen, warum ich das nicht schon vorher getan hatte.

»Wie ist er denn da hingekommen?«

»Hingekommen, das trifft es nicht ganz. Ich habe ihn gestern dort versteckt, damit du nicht gleich gehst.«

Jetzt wusste sie nicht so recht, ob sie lächeln oder die Stirn runzeln sollte. Unter dem Vorwand, Tee zu kochen, nahm ich sie mit in die dunkle, muffig riechende Küche. Dort ging dann alles sehr schnell, wir konnten uns nicht mehr beherrschen und fingen an, uns zu küssen. Lang küssten wir uns, und heftig. Sie war so sehr bei der Sache, schlang ihre Arme so innig um meinen Hals und schloss so fest die Augen, dass ich spürte, wir würden »bis zum Letzten gehen« können. Da sie noch Jungfrau war, schien das aber unmöglich zu sein. Und doch, mitten beim Küssen war mir so, als habe sie den Entschluss gefasst, es doch zu tun. Obwohl so etwas eigentlich nur in ausländischen Filmen vorkam. Dass hier bei uns ein Mädchen plötzlich darauf verfallen könnte, kam mir seltsam vor. Aber vielleicht war sie ja gar keine Jungfrau mehr. Küssend kamen wir aus der Küche heraus, setzten uns auf den Bettrand und entledigten uns umstandslos, aber ohne uns dabei anzusehen, der meisten unserer Kleider und schlüpften unter die Decke. Die Decke war aber zu dick und kratzte mich außerdem genauso wie diejenige Decke, die ich als Kind hatte, so dass ich sie bald wegstrampelte und wir halbnackt dalagen. Wir waren beide schweißgebadet, aber das tat uns irgendwie gut. Durch die zugezogenen Vorhänge kam ein gelblich-orangenes Licht herein, das Füsuns schweißnassen Körper noch gebräunter erscheinen ließ. Dass sie mich nun genauso begutachten konnte wie ich sie und sie sogar beim Betrachten meiner unschicklich angeschwollenen Auswüchse keinerlei Befremden an den Tag legte, sondern nur liebevolle Begierde, weckte in mir den eifersüchtigen Gedanken, dass sie wohl vor mir schon manch andere Männer nackt auf Betten, Sofas oder Autositzen gesehen hatte. Wir überließen uns der Musik des ganz von selbst entstehenden Spieles mit der Lust, das jeder richtigen Liebesgeschichte nun mal innewohnen muss, lasen aber nach einer Weile aus unseren gegenseitigen Blicken heraus, dass uns eine nicht ganz leichte Aufgabe bevorstand. Füsun nahm ihre Ohrringe ab, von denen hier der eine als erstes Objekt unseres Museums ausgestellt ist, und legte sie sorgsam auf das Tischchen neben dem Bett. Diese Geste in der Art eines stark kurzsichtigen Mädchens, das vor dem Bad im Meer die Brille abnimmt, zeigte mir, dass sie wirklich zu allem entschlossen war. Nun zog sie mit den letzten Kleidungsstücken in gleicher Entschiedenheit ihren Slip aus. Ich weiß noch gut, dass damals Mädchen, die eben nicht bis zum Letzten gehen wollten, ihre Slips oder Bikinihöschen stets anbehielten. Ich küsste ihre nach Mandeln duftenden Schultern, fuhr mit der Zunge über ihren seidigen Hals und erschauerte, als ich sah, dass ihre Brüste – obwohl die Badesaison noch nicht begonnen hatte – etwas heller waren als der übrige Körper. Lehrer, die beim Durchnehmen dieser Romanpassage nervös werden, könnten ihren Schülern nahelegen, einfach ein paar Seiten zu überspringen. Der Museumsbesucher hingegen möge einfach die Gegenstände in dem Zimmer betrachten und daran denken, dass ich das, was ich nun tun musste, vor allem für Füsun tat, die mich traurig und furchtsam ansah, in zweiter Linie dann für uns beide und erst ganz zuletzt ein klein wenig zur Förderung meiner eigenen Lust. Wir beide versuchten gleichsam, eine Schwierigkeit, die das Leben uns in den Weg gestellt hatte, möglichst unverzagt zu überwinden. So ließ ich mich auch nicht davon befremden, dass ich – auch wenn sie mir direkt in die Augen schaute – auf meine Frage: »Tut's dir weh, Schatz?« genausowenig eine Antwort bekam wie auf die anderen Zärtlichkeiten, die ich ihr zuflüsterte, während ich ihr gezwungenermaßen zu schaffen machte, und so schwieg ich dann nur noch. Da, wo ich ihr am nächsten kam, verspürte ich ja wie einen eigenen Schmerz, dass aus tiefstem Inneren heraus ihr ganzer Körper leise und fragil erzitterte (man stelle sich dazu unter leichter Brise wogende Sonnenblumen vor).

Wenn sie dann meinen Blicken auswich und mit geradezu medizinischer Aufmerksamkeit auf die unteren Bereiche ihres Körpers sah, hatte ich das Gefühl, dass sie in sich hineinhorchte und das, was da zum ersten- und ja auch letztenmal mit ihr geschah, für sich allein erleben wollte. Ich wiederum musste, um die Sache hinter mich zu bringen und von dieser Reise erleichtert zurückzukehren, ganz egoistisch an meine eigene Lust denken. So erkannten wir instinktiv, dass wir die Wollust, die uns aneinander band, jeder für sich genießen mussten, um sie intensiver zu erleben; einerseits umarmten wir uns heftig, ja voller Gier, und andererseits gebrauchten wir uns nur gegenseitig für unsere jeweils eigene Lust. In der Art, wie Füsun ihre Finger in meinen Rücken krallte, war etwas von der Todesangst des kurzsichtigen kleinen Mädchens zu spüren, das beim Schwimmenlernen plötzlich zu ertrinken meint und sich mit ganzer Kraft an den zu Hilfe eilenden Vater klammert. Als ich Füsun zehn Tage später fragte, was in ihrem Kopf denn für ein Film abgelaufen sei, als sie mich so mit geschlossenen Augen umarmt habe, sagte sie: »Ich habe ein Feld voller Sonnenblumen gesehen.«

Die Kinder, die auch später immer unser Liebesspiel mit ihrem fröhlichen Lachen, ihrem Schreien und Fluchen untermalten, spielten im alten Garten des verfallenen Konaks von Hayrettin Paşa Fußball, und als sie einmal mit ihrem Plärren aufhörten, war es abgesehen von ein paar schamhaften Schreien Füsuns und dem bisschen zufriedenen Gestöhne, das ich hervorbrachte, um mich leichter gehenzulassen, in dem Zimmer plötzlich sehr still. Aus der Ferne hörten wir die Trillerpfeife des Verkehrspolizisten am Nişantaşı-Platz, Autogehupe und ein Hämmern. Ein Kind kickte eine leere Konservendose weg, eine Möwe schrie, irgendwo ging ein Glas kaputt, und die Blätter der Platanen rauschten leise.

In dieser Stille lagen wir dann noch eine Weile umschlungen da und hätten am liebsten all die schändlichen Details ausgeblendet, die von Anthropologen so gerne als Rituale primitiver Gesellschaften beobachtet und klassifiziert werden, als da wären das blutige Leintuch, die herumliegenden Kleider, die Gewöhnung an unsere nackten Körper. Füsun schluchzte und hörte nicht auf meine tröstenden Worte. Dann sagte sie, sie werde das bis an ihr Lebensende nicht vergessen, weinte wieder ein bisschen und verstummte dann. Da das Leben mich Jahre später zum Anthropologen meiner eigenen Erfahrungen machen sollte, möchte ich diese begeisterungsfähigen Menschen, die Kochgeschirr und Werkzeuge aus fernen Ländern ausstellen, um damit ihrem und unserem Leben einen Sinn beizumessen, in keiner Weise herabwürdigen. Dennoch kann die Fixiertheit auf die Spuren und die materiellen Zeugen unseres ersten Geschlechtsverkehrs darüber hinwegtäuschen, was sich zwischen Füsun und mir an intensiven Liebes- und Dankbarkeitsgefühlen entwickelte. Um zu demonstrieren, mit welcher Zärtlichkeit meine achtzehnjährige Geliebte meinen dreißigjährigen Körper streichelte, als wir damals so umarmt auf dem Bett lagen, möchte ich dieses geblümte Baumwolltaschentuch präsentieren, das Füsun damals stets gefaltet in der Handtasche trug. Dieses kristallene Tintenfass, das Füsun danach auf dem Tisch fand, als wir noch eine Zigarette rauchten, soll symbolisieren, von wie zarter Natur unsere Zuneigung war. Da ich beim Anziehen in einer Anwandlung männlichen Stolzes zu angeberisch an die übergroße Schnalle dieses breiten, damals modernen Gürtels griff, erfasste mich sogleich danach ein Schuldgefühl, und so soll er nun heute davon zeugen, wie schwer es uns allein schon ankam, aus paradiesischer Nacktheit wieder in unsere Kleider zu finden und in jener schmutzigen alten Welt auch nur umherzublicken.

Bevor Füsun ging, sagte ich noch, wenn sie wirklich an die Uni wolle, dann müsse sie in den letzten sechs Wochen vor der Prüfung noch ordentlich lernen.

»Hast du etwa Angst, dass ich mein Leben lang hinterm Ladentisch stehe?« erwiderte sie lächelnd.

»Nein, natürlich nicht! Aber ich würde dir gerne bei der Vorbereitung helfen. Wir könnten hier zusammen lernen. Macht ihr klassische oder moderne Mathematik?«

»Im Gymnasium hatten wir moderne Mathematik, und jetzt bei der Nachhilfe bringen sie uns beides bei.«

So kam ich mit ihr überein, dass wir am nächsten Tag im Merhamet Apartmanı mit dem Mathematikunterricht anfangen würden. Kaum war Füsun fort, beschaffte ich mir die entsprechenden Bücher, und als ich sie im Büro bei einer Zigarette durchblätterte, merkte ich, dass ich ihr tatsächlich würde helfen können. Durch die Vorstellung, Füsun Mathematik beizubringen, fiel sogleich eine seelische Last von mir ab, und zurück blieb ein überschäumendes Glücksgefühl und ein seltsamer Stolz. Ich verspürte dieses Glück wie ein leichtes Ziehen im Hals, in der Nase, auf der Haut, und der Stolz, den ich mir nicht verhehlen konnte, drückte sich in einer Art besonderer Freude aus. Im Hinterkopf hatte ich ständig den Gedanken, dass ich mich noch oft mit Füsun im Merhamet Apartmanı treffen und mit ihr schlafen würde. Mir wurde aber auch klar, dass das nur möglich war, wenn ich so tat, als ob in meinem Leben nichts Außergewöhnliches vorgefallen sei.

10
Die Lichter der Stadt
und das Glück

Am Abend verlobte sich Sibels Schulfreundin Yeşim im Hotel Pera Palas, alle würden dasein, also ging ich auch hin. Sibel war ganz hingerissen, sie trug ein silbrig glänzendes Kleid und eine Strickstola, und da sie diese Verlobung als Vorbild für die unsrige ansah, interessierte sie sich für jedes Detail, sprach mit jedermann und lächelte in einem fort.

Als Onkel Süreyyas Sohn, dessen Namen ich mir nicht merken konnte, mich Inge vorstellte, dem deutschen Fotomodell aus der Meltem-Werbung, hatte ich schon zwei Glas Raki intus und war ganz ruhig.

»Wie gefällt Ihnen denn die Türkei?« fragte ich sie auf englisch.

»Ich habe bis jetzt nur Istanbul gesehen. Ich bin überrascht, weil ich mir die Stadt ganz anders vorgestellt hatte.«

»Wie denn?«

Inge stutzte. Sie war ein kluges Mädchen. Sie hatte schnell gemerkt, dass die Türken gleich beleidigt waren, wenn man etwas Falsches sagte. Lächelnd sagte sie auf türkisch, wenn auch mit grauenhaftem Akzent: »Sie verdienen nur das Beste!«

»Innerhalb einer Woche hat die ganze Türkei Sie kennengelernt, was ist das für ein Gefühl?«

»Die Polizisten, die Taxifahrer, jeder auf der Straße erkennt mich«, sagte sie mit kindlicher Freude. »Ein Ballonverkäufer hat mir einen Luftballon geschenkt und dazu gesagt: Sie verdienen nur das Beste! In einem Land mit nur einem Fernsehsender kann man eben schnell berühmt werden!«

Da hatte sie vorsichtig sein wollen und war erst recht ins Fettnäpfchen getreten. Ob sie das wohl merkte? »Wie viele Sender gibt es denn in Europa?« fragte ich. Sie zuckte zusammen. Was ich gesagt hatte, war aber auch überflüssig gewesen. »Jeden Tag auf dem Weg zur Arbeit sehe ich auf einer Hauswand ein Riesenbild von Ihnen, ein schöner Anblick«, sagte ich beschwichtigend.

»Tja, bei der Werbung sind die Türken den Europäern weit voraus.«

Das schmeichelte mir so sehr, dass ich völlig verdrängte, dass es nur aus Höflichkeit gesagt war. Ich versuchte nun, in der fröhlich plappernden Menge Zaim auszumachen. Da stand er ja, im Gespräch mit Sibel. Ich freute mich, denn ich hoffte, die beiden könnten sich anfreunden. Noch nach all den Jahren erinnere ich mich, wie intensiv diese Freude war. Sibel hatte Zaim einen Spitznamen verpasst, sie nannte ihn den »Sie verdienen nur das Beste«-Zaim, da sie diesen Slogan aus der Meltem-Werbekampagne gedankenlos und egoistisch fand. In einer Zeit, in der sich in der armen, sorgenbeladenen Türkei linke und rechte Studenten gegenseitig umbrachten, erschien ihr so ein Slogan höchst unangebracht.

Durch die großen Balkontüren wehte ein frühlingshafter Lindenduft herein, drunten spiegelten sich die Lichter der Stadt im Goldenen Horn, so dass sogar ärmliche Viertel wie Kasımpaşa einen ganz manierlichen Eindruck machten. Ich spürte, dass ich ein glückliches Leben führte, das noch dazu als Einstimmung auf ein künftiges noch glücklicheres Leben gelten durfte. Was ich an dem Tag Gravierendes erlebt hatte, brachte mich natürlich durcheinander, aber hatte nicht jeder seine Geheimnisse, Beklemmungen und Befürchtungen? Auch unter den schicken Gästen hier mochte so mancher seine seelische Wunde haben, doch sobald man in angenehmer Gesellschaft ein paar

Gläser kippte, stellte sich heraus, wie überflüssig die meisten Sorgen waren, die man sich so machte.

»Siehst du den nervösen Mann dort?« fragte Sibel. »Das ist der berüchtigte Suphi, der wie ein Besessener Streichholzschachteln sammelt. Seine ganze Wohnung soll voll davon sein. Es heißt, dass er so geworden ist, weil ihn seine Frau verlassen hat. Übrigens, bei unserer Verlobung möchte ich nicht, dass die Kellner so komisch angezogen sind, was meinst du? Was trinkst du denn heute so viel? Du, ich muss dir noch was erzählen.«

»Was denn?«

»Mehmet ist ganz angetan von dem deutschen Fotomodell und weicht ihr nicht mehr von der Seite, so dass Zaim schon ganz eifersüchtig ist. Übrigens, der Sohn von deinem Onkel Süreyya, der ist auch mit Yeşim verwandt ... Sag mal, hast du irgend etwas?«

»Nein, nein, gar nichts. Ich fühle mich sogar ausgezeichnet.«

Ich erinnere mich noch gut an die zärtlichen Worte, die Sibel mir damals zuflüsterte. Sibel war lustig, intelligent und liebevoll, und ich wusste, dass ich mich an ihrer Seite nicht nur an jenem Abend, sondern mein ganzes Leben lang wohl fühlen würde. Zu später Stunde brachte ich sie nach Hause und ging dann noch lange durch die dunklen leeren Straßen und dachte an Füsun. Mir wollte nicht in den Kopf, dass sie sich mir nicht nur hingegeben hatte, sondern dabei auch noch so wild entschlossen gewesen war. Sie hatte sich überhaupt nicht geziert und mit dem Ausziehen kein bisschen gezögert.

Bei uns zu Hause war das Wohnzimmer leer. Manchmal saß mein Vater noch spätabends im Schlafanzug da, weil er nicht einschlafen konnte, und dann redete ich gerne noch ein wenig mit ihm, aber an jenem Tag waren beide Eltern schon im Bett, und aus dem Schlafzimmer ertönte das Schnarchen meiner Mutter und das Seufzen meines Vaters. Ich trank noch einen Raki und rauchte eine Zigarette, aber im Bett fand ich dann keinen Schlaf. Mir ging noch lange durch den Kopf, wie ich mit Füsun geschlafen hatte, und diese Bilder vermischten sich mit Szenen von der Verlobung.

11
Das Opferfest

Im Halbschlaf fielen mir auch Onkel Süreyya und sein Sohn ein, dessen Namen ich mir nicht merken konnte. Bei dem Opferfest, bei dem Füsun und ich jene Autofahrt unternommen hatten, war auch Onkel Süreyya zugegen gewesen. Während ich mich im Bett hin und her wälzte, erschienen mir Bilder jenes bleigrauen kalten Morgens, so wie man sie manchmal im Traum sieht, zugleich sehr vertraut und doch wie eine ferne, seltsame Anmutung. Ich erinnerte mich an das Dreirad, an Füsun und mich auf der Straße, an die Schlachtung des Schafes, der wir schweigend zusahen, und an die Autofahrt. Als wir uns am folgenden Tag im Merhamet Apartmanı trafen, sprach ich Füsun darauf an.

»Das Dreirad haben wir euch damals zurückgebracht«, sagte Füsun, deren Erinnerung viel präziser war als meine. »Jahre zuvor, als dein Bruder und du es nicht mehr brauchtet, hat deine Mutter es uns gegeben, und als ich dann auch schon lange zu groß dafür war, haben wir es bei jenem Opferfest zurückgegeben.«

»Und meine Mutter hat es dann wohl hierhergebracht. Mit ist auch eingefallen, dass Onkel Süreyya damals bei uns war.«

»Der wollte ja auch den Likör«, sagte Füsun.

Auch an jene Autofahrt hatte Füsun eine deutlichere Erinnerung als ich. Als sie davon erzählte, kam mir langsam alles wieder, und nun verspüre ich das Bedürfnis, meinerseits davon zu berichten. Füsun war damals zwölf und ich vierundzwanzig. Es war der 27. Februar 1969, der erste Tag des Opferfestes. Wie an solchen Tagen üblich, war in unserem Haus in Nişantaşı eine stattliche Ansammlung geschniegelter und gebügelter Verwandter jeglichen Grades versammelt und harrte des Mittagessens. Oft klingelte es an der Tür, und dann kamen neue Besucher herein, wie etwa meine Tante und mein glatzköpfiger Onkel mit ihren herausgeputzten, aufgekratzten Kindern, dann standen immer alle auf, es wurden viele Hände geküsst, man holte Stühle herbei, Fatma und ich reichten den Neuankömmlingen Süßigkeiten, und mitten in all dem Trubel nahm mein Vater mich und meinen Bruder beiseite.

»Kinder, Onkel Süreyya hat schon wieder gemeckert, dass es keinen Likör gibt. Einer von euch geht jetzt in Alaaddins Laden hinunter und holt Pfefferminz- und Erdbeerlikör.«

Da mein Vater gerne einen über den Durst trank, hatte meine Mutter damals schon lange die Sitte abgeschafft, an Feiertagen auf einem silbernen Tablett aus Kristallgläsern Pfefferminz- und Erdbeerlikör servieren zu lassen. Ihr war es dabei vor allem um die Gesundheit meines Vaters zu tun. Zwei Jahre zuvor aber hatte Onkel Süreyya auf dem Likör bestanden, und meine Mutter hatte daraufhin, um das Thema zu beenden, ausgerufen: »An einem religiösen Feiertag willst du Alkohol?!«, was aber nur zu einer der endlosen Debatten über Religion, Zivilisation, Europa und Republik geführt hatte, die sich regelmäßig zwischen meiner Mutter und meinem stramm Atatürktreuen Onkel abspielten.

»Also, wer von euch geht?« fragte mein Vater. Er zückte eine der frisch von der Bank geholten Zehnliranoten, die er bei solchen Festen an die Kinder, Pförtner und Wächter verteilte, die kamen, um ihm ehrerbietig die Hand zu küssen.

»Kemal soll gehen!« rief mein Bruder.

»Nein, Osman!«

»Komm, geh du«, sagte mein Vater zu mir. »Und sag deiner Mutter nicht, was du vorhast.«

Beim Hinausgehen sah ich Füsun.

»Komm mit, gehen wir zum Krämer.«

Sie war damals ein dünnbeiniges Mädchen aus der weiteren Verwandtschaft. Abgesehen von dem weißen Schleifchen in ihrem schwarz glänzenden geflochtenen Haar und ihrem blitzsauberen Kleidchen hatte sie wirklich nichts Besonderes an sich. Was ich sie auf dem Weg zum Aufzug so an Banalitäten fragte, wusste Füsun nach all den Jahren noch herzusagen: In welcher Klasse bist du denn? (In der fünften.) Und in welche Schule gehst du? (In das Mädchengymnasium in Nişantaşı.) Und was willst du später mal werden? (Schweigen!)

Kaum hatten wir draußen in der Kälte ein paar Schritte getan, da sah ich auf einem schlammigen Grundstück unter einer Linde eine Menschenmenge versammelt: Dort wurde ein Opferschaf geschlachtet. Heute würde ich mir denken, das sei kein Anblick für ein kleines Mädchen, da gehe man besser nicht hin. Damals aber marschierte ich in gedankenloser Neugier weiter und sah, dass unser Koch Bekri und unser Pförtner Saim die Ärmel hochgekrempelt hatten und das Schaf, dessen Beine zusammengebunden waren, zu Boden geworfen hatten. Vor dem Schaf kniete ein Mann mit einer Schürze und einem großen Fleischermesser, aber da das Tier ständig zappelte, konnte er nicht zu Werke gehen. Der Koch und der Pförtner, denen vor lauter Anstrengung der Hauch vor dem Mund stand, schafften es schließlich, das Schaf richtig festzuhalten. Der Metzger packte das Schaf am Maul, riss dieses rüde hoch und setzte dem Tier das Messer an die Kehle. Kurze Zeit war es still. Dann fuhr der Metzger mit dem Messer schnell ein paarmal hin und her und schlitzte dem Schaf die weiße Kehle auf. Das Schaf zuckte verzweifelt. Als der Metzger das Messer zurückzog, schoss aus der Kehle hellrotes Blut hervor. Keiner der Umstehenden rührte sich. Der Metzger drehte den Kopf des Schafes etwas zur Seite, und das Blut floss in ein zuvor gegrabenes Loch.

Ich sah, wie ein paar Kinder das Gesicht verzogen, sah unseren Fahrer Çetin und einen alten Mann, der betete. Füsun hielt sich stumm an meiner Jacke fest. Das Schaf vollführte noch ein paar letzte Zuckungen. Der Metzger wischte sich das Messer an der Schürze ab. Jetzt erkannte ich ihn erst, es war der Metzger Kazım, dessen Geschäft gegenüber der Polizeiwache lag. Erst als Bekri und ich uns unvermittelt anschauten, begriff ich, dass das Schaf eigentlich uns gehörte; es war für das Fest gekauft worden und stand seit einer Woche angebunden im Garten hinter dem Haus.

»Komm, gehen wir«, sagte ich zu Füsun.

Schweigend marschierten wir weiter. War mir deshalb so unwohl, weil ich einem kleinen Mädchen so etwas zugemutet hatte? Ich fühlte mich irgendwie schuldig, wusste aber nicht genau, warum.

Meine Eltern waren beide nicht religiös. Nie hatte ich gesehen, dass sie gebetet oder gefastet hätten. Wie zahlreichen in der Gründerzeit der Republik aufgewachsenen Menschen mangelte es ihnen nicht an Respekt gegenüber der Religion, sondern lediglich an Interesse, und sie erklärten sich ihre Glaubenslosigkeit wie die meisten ihrer

Freunde und Bekannten mit ihrer Verehrung für Atatürk und ihrer Bejahung der laizistischen Republik. Wie viele verwestlichte Bürgerfamilien in Nişantaşı ließen aber auch wir zum Opferfest ein Schaf schlachten und das Fleisch, so wie es sich gehörte, an Bedürftige verteilen. Weder mein Vater noch sonst jemand aus der Familie kümmerte sich aber je um Beschaffung und Schlachtung des Tieres, und auch die Verteilung von Fleisch und Fell wurde vom Koch und vom Pförtner besorgt. Auch ich war der am Morgen des Festes stattfindenden Schlachtzeremonie stets ferngeblieben.

Als wir schweigend auf Alaaddins Laden zugingen, wehte von der Teşvikiye-Moschee her auf einmal ein kalter Wind, und ich erschauderte, gleichsam vor lauter Unruhe.

»Hast du vorhin einen großen Schreck bekommen?« fragte ich Füsun. »Wir hätten uns das nicht anschauen sollen.«

»Das arme Schaf!« sagte sie.

»Du weißt doch, warum es geopfert wird, oder?«

»Das Schaf wird uns eines Tages über die Brücke ins Paradies führen.«

So erklärte man es Kindern und Ungebildeten.

»Die Geschichte hat aber auch einen Anfang«, sagte ich im Oberlehrerton. »Kennst du den?«

»Nein.«

»Haben dir das deine Eltern nicht erzählt? Also, der heilige Abraham hatte keine Kinder und betete oft zu Gott: Lieber Gott, schenk mir einen Sohn, dann tue ich alles, was du willst! Schließlich wurden seine Gebete erhört, und er bekam einen Sohn, den er Isaak nannte. Der heilige Abraham war überglücklich. Er liebte seinen Sohn über alles, herzte und küsste ihn und dankte Gott jeden Tag. Eines Nachts erschien Gott ihm im Traum und sagte zu ihm: Bring mir deinen Sohn zum Opfer!«

»Warum wollte Gott das?«

»Hör erst mal zu. Der heilige Abraham tat, wie Gott ihm geheißen. Er zog sein Messer und setzte es auch schon dem Sohn an die Kehle, da hatte er plötzlich statt seines Sohnes ein Schaf vor sich.«

»Wie denn das?«

»Gott hatte mit dem heiligen Abraham Mitleid, und so schickte er ihm ein Schaf, das er anstelle seines Sohnes opfern konnte. Gott hatte nämlich gesehen, dass der heilige Abraham ihm gehorchte.«

»Und wenn Gott kein Schaf geschickt hätte, hätte dann der heilige Abraham wirklich seinem Sohn die Kehle durchgeschnitten?«

»Das hätte er wohl«, sagte ich, unangenehm berührt. »Und weil Gott sich dessen sicher war, hatte er den heiligen Abraham sehr lieb und schickte ihm das Schaf, damit er nicht traurig war.«

Ich sah ein, dass ich einer Zwölfjährigen nicht so recht erklären konnte, warum ein Vater sich daranmachen sollte, seinen geliebten Sohn niederzumetzeln. Der Ärger über mein Unvermögen trat nun an die Stelle meines bisherigen Unbehagens.

»Ach, Alaaddins Laden ist zu! Versuchen wir es auf dem Platz.«

Wir gingen zum Nişantaşı-Platz. Der Kiosk von Nurettin war aber auch geschlossen. Unverrichteter Dinge kehrten wir um. Unterwegs fiel mir eine Version ein, mit der Füsun vielleicht zufriedenzustellen war.

»Zuerst weiß der heilige Abraham natürlich nicht, dass für seinen Sohn ein Schaf kommen wird. Er glaubt aber so sehr an Gott und liebt ihn so sehr, dass er spürt, dass ihm von seiten Gottes nichts Schlimmes widerfahren wird. Wenn wir jemanden sehr lieben und ihm das Wertvollste geben, das wir besitzen, dann wissen wir auch, dass wir von dem Menschen nichts Schlechtes zu erwarten haben. Das ist der Sinn des Opfers. Wen magst du auf der Welt am liebsten?«

»Meine Eltern.«

Auf dem Gehsteig kam uns Çetin entgegen.

»Çetin, mein Vater will, dass wir Likör kaufen, aber in Nişantaşı sind sämtliche Läden zu. Fahr uns doch bitte nach Taksim und dann vielleicht noch ein bisschen herum.«

»Ich darf doch auch mit, oder?« fragte Füsun.

Wir nahmen im violetten 56er Chevrolet meines Vaters auf der Rückbank Platz. Çetin chauffierte das Auto über das mit Schlaglöchern übersäte Kopfsteinpflaster. Füsun sah zum Fenster hinaus. Wir fuhren durch Maçka nach Dolmabahçe hinunter. Außer ein paar Leuten im Festtagsgewand waren die Straßen leer. Hinter dem Dolmabahçe-Stadion sahen wir dann am Straßenrand wieder Menschen ein Schaf schlachten.

»Çetin, erklär doch bitte dem Mädchen, warum wir diese Opfergeschichte machen. Ich hab's nicht hingekriegt.«

»Aber ich bitte Sie, Kemal!« rief der Fahrer aus. Dann konnte er sich aber doch die Genugtuung nicht versagen, uns zu zeigen, dass er über Religion besser Bescheid wusste als wir.

»Wir bringen dieses Opfer, um Gott zu sagen, dass wir ihn zum Glück genauso verehren wie der heilige Abraham. Das Opfer bedeutet, dass wir Gott das Wertvollste darbringen, was wir haben. Wir lieben Gott so sehr, kleines Fräulein, dass wir ihm geben, was wir am meisten lieben, ohne dafür etwas zu erwarten.«

»Und was ist mit dem Paradies?« fragte ich scheinheilig.

»Dahin kommen wir, wenn Gott es so will. Das erfahren wir erst beim Jüngsten Gericht. Wir bringen aber das Opfer nicht, um ins Paradies zu kommen. Wir opfern aus Gottesliebe und ohne eine Gegenleistung zu erwarten.«

»Du bist ja recht beschlagen in religiösen Dingen.«

»Ich bitte Sie, Kemal, Sie haben so viel studiert, Sie kennen sich bestimmt besser aus als ich. Aber für das hier braucht es weder Religion noch Moschee. Es ist einfach so, dass wir jemandem, den wir sehr lieben, das geben, was uns am meisten am Herzen liegt, und dass wir dafür nichts von ihm erwarten.«

»Aber dem, für den wir uns so aufopfern, wird das doch peinlich sein, weil er meint, wir wollten etwas von ihm.«

»Gott ist groß«, sagte Çetin, »Gott sieht alles und weiß alles. Er versteht auch, dass wir ihn lieben, ohne etwas von ihm zu wollen. Niemand kann Gott übertölpeln.«

»Da ist ein offener Laden«, rief ich. »Halt hier, Çetin, ich weiß, dass sie hier Likör verkaufen.«

Zusammen mit Füsun kam ich im Handumdrehen mit je einer Flasche der berühmten Pfefferminz- und Erdbeerliköre der Monopolverwaltung zurück.

»Fahr uns doch noch ein bisschen herum, Çetin, es ist noch früh.«

Was wir dann bei der recht langen Autofahrt miteinander sprachen, konnte Füsun mir Jahre später zum Großteil noch berichten. Mir blieb von dem kalten grauen Morgen vor allem eines in Erinnerung: Istanbul glich am Morgen des Opferfestes einem Schlachthaus. Nicht nur in den ärmeren Bezirken am Stadtrand, auf Brachflächen und zwischen den Trümmern abgebrannter Häuser, sondern auch in den Hauptstraßen der wohlhabendsten Viertel waren seit den frühen Morgenstunden schon Zehntausende von Schafen geopfert worden. Mancherorts waren die Gehsteige und das Kopfsteinpflaster über und über voller Blut. Während unser Auto sich Steigungen hinaufquälte, über Brücken fuhr und sich durch gewundene Gassen schlängelte, sahen wir allenthalben frisch geschlachtete oder schon gehäutete und zerteilte Tiere. Auf der Atatürk-Brücke fuhren wir über das Goldene Horn. Trotz der vielen Flaggen und der herausgeputzten Menschen wirkte die Stadt an diesem Festtag müde und desolat. Durch den Valens-Aquädukt hindurch fuhren wir in den Stadtteil Fatih. Dort wurden auf einem offenen Gelände mit Henna gekennzeichnete Opferschafe zum Verkauf angeboten.

»Werden die auch geschlachtet?« fragte Füsun.

»Vielleicht nicht alle«, sagte Çetin. »Es geht auf Mittag zu, und die haben noch keinen Käufer gefunden. Wenn bis heute abend keiner mehr kommt, bleiben sie erst mal verschont. Aber dann werden sie von den Viehhändlern an Metzgereien verkauft.«

»Wir könnten sie ja vor den Metzgern kaufen und damit retten«, sagte Füsun. Sie lächelte mich an und zwinkerte mir tapfer zu: »Wir nehmen dem Mann, der sein Kind töten wollte, die Schafe weg, was?«

»Ja, machen wir«, erwiderte ich.

»Klug gedacht, kleines Fräulein«, sagte Çetin. »Aber der heilige Abraham wollte seinen Sohn ja gar nicht töten. Der Befehl dazu kam jedoch von Gott. Und wenn wir Gott nicht gehorchen, dann geht es in der Welt drunter und drüber. Das Fundament der Welt ist die Liebe. Und das Fundament der Liebe ist die Gottesliebe.«

»Aber wie soll das ein Kind begreifen, dem der Vater an die Kehle geht?« wandte ich ein.

Unsere Blicke kreuzten sich kurz im Rückspiegel.

»Kemal, ich weiß, dass Sie das genauso wie Ihr Vater nur sagen, um mich ein wenig aufzuziehen. Ihr Vater ist uns sehr zugetan, wir respektieren ihn überaus und nehmen ihm diese Scherze auch gar nicht übel, und Ihnen genausowenig. Aber lassen Sie mich als Antwort auf Ihre Frage ein Beispiel geben. Haben Sie den Film *Abraham* gesehen?«

»Nein.«

»Na ja, Sie gehen natürlich nicht in solche Filme. Aber den sollten Sie sich wirklich ansehen und das kleine Fräulein auch. Sie werden sich bestimmt nicht langweilen. Der heilige Abraham wird von Ekrem Güçlü gespielt. Bei uns war die ganze Familie im Kino, die Frau, die Schwiegermutter, die Kinder, und alle haben wir uns die Augen ausgeweint. Wir haben geweint, als der heilige Abraham das Messer in die Hand nahm und seinen Sohn anschaute. Und als Isaak dann sagte, was auch im Koran steht, nämlich: ›Vater, tu, was Gott dir befohlen hat‹, da haben wir erst recht geweint. Als dann anstatt des Sohnes plötzlich das Opferschaf erschien, haben wir mit dem ganzen Kino zusammen Freudentränen vergossen. Wenn wir einem geliebten Wesen unser Wertvollstes geben, ohne dafür etwas zu erwarten, genau dann ist die Welt ein schöner, lebenswerter Ort, und deshalb haben wir alle geweint, kleines Fräulein.«

Wir fuhren durch ganz Fatih bis Edirnekapı und von dort die alte Stadtmauer entlang durch armselige Viertel bis zum Goldenen Horn hinunter, und es senkte sich dabei ein Schweigen über uns, das lange anhielt. Wir sahen in den Gemüsegärten an der Stadtmauer und auf so manchem vom Unrat primitiver kleiner Werkstätten und von leeren Fässern übersäten Gelände immer wieder geschlachtete Schafe, gestapelte Felle, Eingeweide und Hörner, und dennoch verspürte man in diesen armen Gegenden zwischen den heruntergekommenen Holzhäusern weniger den Opfer- als vielmehr den Freudencharakter dieses Festes. Ich weiß noch gut, wie Füsun und ich einen Rummelplatz mit einem Karussell und Schaukeln bestaunten, wo Kinder mit ihrem Festtagsgeld Bonbons kauften, und Busse vorbeifuhren, denen wie Hörner wirkende kleine Flaggen aufgesteckt waren. Als wir die steile Şişhane-Straße hinauffuhren, stockte der Verkehr, und mitten auf der Fahrbahn standen Leute. Zuerst dachten wir noch, da sei wieder eine Festtagsbelustigung im Gange, und bahnten uns mit dem Auto langsam einen Weg durch die Menge, doch dann hatten wir plötzlich zwei Fahrzeuge vor uns, die anscheinend gerade erst zusammengestoßen waren, und darinnen regten sich die Unfallopfer. Man erklärte uns, bei einem Lastwagen hätten die Bremsen versagt, so dass er auf die andere Straßenseite geraten sei und einen PKW unter sich begraben habe.

»Großer Gott!« rief Çetin aus. »Sehen Sie nicht hin, kleines Fräulein!«

In dem vorne vollkommen zerdrückten PKW sahen wir undeutlich Gestalten den Kopf bewegen, vermutlich in den letzten Zügen. Ich werde nie vergessen, wie wir knirschend über die Glasscherben rollten und lange schwiegen. Wir fuhren dann über Taksim bis Nişantaşı so schnell durch die leeren Straßen, als ob der Tod hinter uns her wäre.

»Wo seid ihr denn so lange geblieben?« fragte mein Vater. »Wir haben uns schon Sorgen gemacht. Habt ihr den Likör?«

»Ist schon in der Küche!« erwiderte ich. Das Wohnzimmer roch nach Parfüm, Kölnisch Wasser und Teppich. Ich mischte mich unter die Verwandtschaft und vergaß die kleine Füsun rasch.

12
Auf die Lippen küssen

Als Füsun und ich uns am Tag darauf wieder trafen, dachten wir noch einmal gemeinsam an jene Autofahrt vor sechs Jahren zurück. Dann vergaßen wir das alles, küssten uns lange und schliefen miteinander. Die Art, wie Füsun die Augen schloss, als durch die Vorhänge und die Gardinen hindurch eine nach Linden duftende Frühlingsbrise ihre honigbraune Haut erschauern ließ, und wie sie mich dann heftig umarmte, wie ein im Meer Ertrinkender sich an den Rettungsring klammert, machte mich so benommen, dass ich gar nicht dazu kam, mir über das, was ich erlebte, tiefere Gedanken zu machen. Mir war eher so, als hätte ich es nötig, mich wieder einmal in eine Männergesellschaft zu begeben, um mich nicht noch weiter in Schuldgefühle und Zweifel zu verstricken und was der gefährlichen Sphären sonst noch sind, aus denen eine Liebe sich nährt. Nachdem ich noch dreimal mit Füsun zusammengewesen war, rief mich an einem Samstagmorgen mein Bruder an und sagte, ich solle doch am Nachmittag zum Fußball kommen, da Fenerbahçe nach dem Spiel gegen Giresunspor höchstwahrscheinlich zum Meister ausgerufen werde. Ich ging also hin. Mir gefiel gleich, dass sich seit meiner Kindheit in dem Stadion kaum etwas geändert hatte, abgesehen davon, dass es nicht mehr Dolmabahçe-, sondern Inönü-Stadion hieß. Ansonsten fiel mir nur auf, dass man versucht hatte, wie in den europäischen Stadien Rasen auszusäen. Da sich dieser nur in den Ecken durchgesetzt hatte, sah der Fußballplatz aus wie ein Glatzkopf, dem nur noch an den Schläfen und im Nacken ein paar Haare verblieben sind. Auf der Tribüne mit den numerierten Sitzplätzen gebärdeten sich die bessergestellten Stadionbesucher wie alte Römer, die Gladiatoren beschimpften, und bedachten die schweißgebadeten Fußballer und insbesondere die nicht so bekannten Verteidiger, wenn sie in die Nähe der Auslinie kamen, mit üblen Schmähungen (beweg endlich deinen Hintern, du schwuler Sack), während es der wilderen Zuschauerschaft auf den unüberdachten Tribünen, die sich aus Arbeitslosen, Schülern und einfachem Volk zusammensetzte, auch noch darauf ankam, ihrem Unmut möglichst Gehör zu verschaffen, so dass sie ihre Flüche im Chor ausstießen und sangen. Wie am folgenden Tag auf der Sportseite der Zeitungen nachzulesen war, hatte Fenerbahçe leichtes Spiel, und als sie ein Tor schossen, sprang ich unwillkürlich genauso jubelnd auf wie alle anderen. Dieses festtägliche Gemeinschaftserlebnis, bei dem sowohl auf dem Platz als auch auf den Tribünen sich ständig Männer umarmten und beglückwünschten, hatte etwas an sich, das meine Schuldgefühle dämpfte und meine Befürchtungen in eine Art Stolz umwandelte. Wenn es aber im Stadion so still wurde, dass jeder der dreißigtausend Menschen die Fußballer auf das Leder eindreschen hörte, dann sah ich über die Tribünen hinweg auf den Bosporus, wo vielleicht gerade ein sowjetisches Schiff am Dolmabahçe-Palast vorbeifuhr, und ich dachte an Füsun. Dass sie – ohne mich recht zu kennen – gerade mich auserwählt und sich mir voller Entschiedenheit hingegeben hatte, ließ mir keine Ruhe. Ständig sah ich ihren langen Hals vor mir, ihren so besonders geformten Nabel, ihren manchmal ganz ernsten, zweifelnden und zugleich treuherzigen Blick, wenn wir im Bett lagen.

»Du denkst wohl an deine Verlobung«, sagte mein Bruder.
»Ja.«
»Bist verdammt verliebt, was?«
»Klar.«

Mit teilnahmsvoll wissendem Lächeln sah mein Bruder wieder auf den Platz hinunter, wo der Kampf gerade im Mittelfeld tobte. Er hatte eine Zigarre in der Hand; vor zwei Jahren hatte er sich angewöhnt, Zigarren der Marke Marmara zu rauchen, weil er das für originell hielt. Der Wind, der schon das ganze Spiel über vom Leanderturm herwehte und die riesigen Fahnen der beiden Mannschaften sowie die kleinen Eckfähnchen lustig flattern ließ, trieb mir allerdings den Zigarrenrauch so penetrant in die Augen, dass sie mir tränten wie seinerzeit als Kind, wenn mein Vater seine Zigaretten geraucht hatte.

»Die Ehe wird dir guttun«, sagte mein Bruder, ohne den Blick vom Spielgeschehen abzuwenden. »Macht am besten gleich Kinder. Wartet nicht zu lange damit, dann können sie noch mit den unseren spielen. Sibel ist eine patente Frau, das ist ein guter Ausgleich zu deiner leichtsinnigen Art. Hoffentlich vergraulst du sie nicht so wie die anderen Mädchen. Mensch, Schiri, das war doch ein Foul!«

Als Fenerbahçe das zweite Tor schoss, sprangen wir wieder alle auf, brüllten »Tor!« und küssten und umarmten uns.

Nach dem Spiel gesellten sich der frühere Militärkamerad meines Vaters, Kova Kadri, und ein paar fußballbegeisterte Geschäftsleute und Anwälte zu uns. Umgeben von grölenden Fans gingen wir die Straße hinauf bis zum Divan Hotel und unterhielten uns dort beim Raki über Fußball und Politik. In Gedanken aber war ich bei Füsun.

»Na, so nachdenklich, Kemal?« sagte Kadri zu mir. »Du interessierst dich wohl nicht so für Fußball wie dein Bruder.«

»Doch, schon, aber in den letzten Jahren …«

»Kemal interessiert sich sehr für Fußball, er kriegt nur nie einen guten Pass«, spöttelte mein Bruder.

»Ich weiß sogar auswendig, wer 1959 bei Fenerbahçe gespielt hat«, versetzte ich. »Özcan, Nedim, Basri, Akgün, Naci, Avni, Mikro Mustafa, Can, Yüksel, Lefter, Ergun.«

»Seracettin hast du vergessen«, sagte Kova Kadri.

»Nein, der war nicht in der Mannschaft.«

Darüber entwickelte sich eine Debatte, die wie üblich auf eine Wette hinauslief. Der Verlierer sollte im Divan Hotel ein Essen ausgeben.

Ich verabschiedete mich schließlich von den anderen und ging nach

Nişantaşı. Im Merhamet Apartmanı musste meine Schachtel mit den Fußballerbildern aus den alten Kaugummipackungen sein. Wenn ich die fand, würde ich die Wette gewinnen.

Aber kaum war ich in der Wohnung, da merkte ich auch schon, dass ich eigentlich wegen Füsun gekommen war. Ich sah auf das zerwühlte Bett, auf den vollen Aschenbecher davor, auf die Teegläser. Die von meiner Mutter angehäuften Sachen, die Schachteln, Schüsseln, Uhren, der Linoleumboden, der miefige Geruch, all das hatte sich mit den vielen Schatten in meinem Geist verquickt und mir das Zimmer zu einem kleinen Paradies werden lassen.

Zwar fand ich an jenem 11. Mai 1975 im Merhamet Apartmanı die Schachtel, in der ich die Bilder von Fußballern und Schauspielern aus den Zambo-Kaugummis aufgehoben hatte, aber sie war leer. Die Schauspielerfotos, die heute in meinem Museum zu besichtigen sind, stammen von Hıfzı, einem der in vollgestopften Zimmern frierenden unglücklichen Sammler, mit denen ich mich später anfreundete. Beim Anblick dieser Fotos wurde mir übrigens erst bewusst, dass ich in den Filmbars, die ich eine Weile frequentiert hatte, Schauspieler wie den Abraham-Darsteller Ekrem Güçlü kennengelernt hatte, deren Bilder früher in meiner Schachtel gewesen waren. An jenem Tag jedenfalls war mir schon klar, dass das geheimnisvolle Zimmer, in dem ich die Aura der alten Sachen und das Glück meiner mit Füsun getauschten Küsse fast körperlich spürte, in meinem Leben einen wichtigen Platz einnehmen würde.

Dass zwei Menschen sich auf die Lippen küssten, hatte ich, wie damals wohl die meisten Leute auf der ganzen Welt, zum erstenmal im Kino gesehen, und war erschüttert gewesen. Sofort war es mein Traum, diese aufregende Sache mein ganzes Leben lang mit einem hübschen Mädchen zu machen. Von ein paar Zufällen während meines Amerika-Aufenthalts abgesehen, hatte ich bis zu meinem dreißigsten Lebensjahr Lippenküsse überhaupt nur im Film gesehen. Nicht nur in meiner Kindheit, sondern auch noch lange Zeit später kamen mir Kinos immer als Orte vor, zu denen man geht, um küssende Paare zu sehen. Die Filmhandlung selbst war nur Beiwerk. Und wenn Füsun mich küsste, dann spürte ich deutlich, dass sie Filmküsse nachzuahmen suchte.

Ich möchte überhaupt noch etwas zu meinen Küssen mit Füsun sagen, um zu verdeutlichen, wie viel meine Geschichte mit Begierde und Sexualität zu tun hat, und um sie zugleich auch nicht zu oberflächlich erscheinen zu lassen.

Der Geschmack nach Puderzucker auf Füsuns Lippen rührte vermutlich von ihrem Kaugummi der Marke Zambo her. Das Küssen mit ihr war nicht mehr wie bei unseren ersten Zusammenkünften ein provokanter Akt, mit dem man sich testet und ausdrückt, wie sehr man sich vom anderen angezogen fühlt, sondern etwas, was wir um seiner selbst willen taten, und zwar in zunehmender Verwunderung. Wenn wir uns ausgiebig küssten, stellten wir fest, dass sich neben unseren feuchten Mündern und unseren herausfordernden Zungen auch unsere Erinnerungen in die Sache einmischten. Ich küsste also zuerst Füsun, dann die Füsun in meinem Gedächtnis, dann öffnete ich kurz die Augen, schloss sie wieder und küsste die gerade gesehene Füsun und die in meiner Erinnerung, aber schon bald tauchten neue auf, die den anderen ähnelten, und die küsste ich dann auch, und wenn ich so viele auf einmal küsste, kam ich mir gleich viel männlicher vor und küsste dann gleichsam als ein anderer, und die Lust, die Füsun mit ihrem kindlichen Mund, ihren breiten Lippen und den Bewegungen ihrer gierig spielerischen Zunge in mir hervorrief, ergab zusammen mit meiner Verwirrung, meinen plötzlich auftauchenden Gedanken (»Eigentlich ist sie ja noch ein Kind« war etwa so ein Gedanke, »Ja schon, aber ein ziemlich frauliches« war ein anderer) und den vielen Kemals und Füsuns, zu denen wir beim Küssen wurden, ein ziemliches Durcheinander. An unseren ersten langen Küssen, unserem allmählich sich herausbildenden Liebeszeremoniell erkannte ich die ersten Anzeichen eines neues Wissens und Glücksgefühls und merkte, dass sich mir das Tor zu einem auf Erden nur seltenen Paradies öffnete. Unsere Küsse führten nicht nur zu einer körperlichen Lust und einer ständig wachsenden Begierde, sondern hoben uns über den Frühlingsnachmittag, den wir gerade erlebten, hinaus in eine größere, weitere Zeit.

War ich etwa in sie verliebt? Ich empfand ein tiefes Glücksgefühl und machte mir zugleich Sorgen. Dieses Verwirrspiel suggerierte mir, dass ich seelisch zwischen zwei Mühlsteine geraten konnte, nämlich die Gefahr, dieses Glück zu ernst zu nehmen, sowie den Leichtsinn, es eben nicht ernst genug zu nehmen. An jenem Abend kam Osman mit seiner Frau Berrin und seinen Kindern zu meinen Eltern und mir zum Abendessen. Ich weiß noch, wie ich den ganzen Abend einzig und allein an Füsun und an unsere Küsse dachte.

Am nächsten Tag ging ich mittags allein ins Kino. Nicht wegen des Filmes an sich, es stand mir einfach nicht der Sinn danach, wie in jeder Mittagspause mit den bejahrten Buchhaltern und den korpulenten, mütterlichen Sekretärinnen von Satsat in dem armenischen Lokal in Pangaltı zu essen und mir dabei anzuhören, was ich doch für ein süßes Kind gewesen sei, sondern ich wollte für mich allein bleiben. Mir war klar, dass es mir schwerfallen würde, mit meinen Angestellten, denen gegenüber ich den »Freund« und den »bescheidenen Direktor« zu geben versuchte, scherzend beim Essen zu sitzen und zugleich an Füsun zu denken und darauf zu warten, dass es endlich drei Uhr schlagen würde.

Als ich durch die Cumhuriyet-Straße in Osmanbey schlenderte, ließ ich mich durch ein Kinoplakat, das für eine Hitchcock-Woche warb, in einen Film locken, in dem eine Kuss-Szene mit Grace Kelly vorkam. Die Zigarette, die ich während der Pause rauchte, das Alaska-Frigo-Eis, das darauf hinweisen soll, dass es sich um eine von Hausfrauen und schulschwänzenden Kindern besuchte Vormittagsvorstellung handelte, die Taschenlampe der Platzanweiserin: all diese hier ausgestellten Objekte mögen als Fingerzeig darauf gelten, dass ich mich damals an das Einsamkeitsbedürfnis und das Kussbedürfnis meiner Pubertätsjahre erinnert fühlte. Es gefiel mir, an jenem sehr warmen Frühlingstag im kühlen Kino die muffige, schwere Luft einzuatmen, das schattige Flackern zu beiden Seiten der dicken Samtvorhänge zu betrachten und dabei in Tagträume zu versinken, während der Gedanke, dass ich Füsun schon bald sehen würde, sich von einem Zipfelchen meines Verstandes aus als Glücksgefühl in meiner ganzen Seele verströmte.

Als ich danach durch die verwinkelten Gassen von Osmanbey vorbei an Stoffgeschäften, Kaffeehäusern, Eisenwarenhändlern und Heißmangeln auf die Teşvikiye-Straße und damit den Ort unseres Rendezvous zuging, dachte ich daran, dass dies eigentlich unser letztes Treffen sein sollte.

Wenn wir zusammen waren, versuchte ich zuerst immer ganz ernsthaft, Füsun etwas Mathematik beizubringen. Wie ihr Haar auf das Blatt Papier herabfiel, ihre Hand sich ruckend über den Tisch bewegte, wie an ihrem Bleistift, an dem sie oft lange herumkaute, das Ende mit dem Radiergummi wie eine Brustwarze zwischen ihre rosa Lippen fuhr und wie hin und wieder ihr nackter Arm meinen nackten Arm berührte, das raubte mir zwar den Verstand, aber ich beherrschte mich.

Wenn Füsun begann, eine Gleichung zu lösen, setzte sie eine stolze Miene auf und blies mir manchmal vor lauter Eifer ihren Zigarettenrauch direkt ins Gesicht. Wenn sie mir dann einen Seitenblick zuwarf, ob ich wohl bemerkt hätte, wie schnell sie mit der Sache zu Rande gekommen sei, vertat sie sich leicht bei einer simplen Addition und vermasselte damit alles, und wenn sie dann sah, dass ihre Lösung weder zu a noch zu b, c, d oder e passte, geriet sie in Aufregung und schob die Schuld allein auf ihre Unaufmerksamkeit. Ich sagte dann besserwisserisch, Aufmerksamkeit sei nun mal auch eine Form von Intelligenz, und wenn sie über einem neuen Problem brütete, sah ich dabei ihren Bleistift wie den Schnabel eines hungrigen Vogels übers Papier huschen, bewunderte, wie sie eine Gleichung erfolgreich vereinfachte und dabei immer stumm an ihren Haaren zupfte, und dann fühlte ich auch schon ganz besorgt, wie die gleiche Unruhe und Ungeduld wieder in mir anwuchs. Dann begannen wir uns zu küssen. Dass wir dabei Begriffe wie Jungfräulichkeit, Scham und Schuld auf uns lasten fühlten, merkten wir unseren Bewegungen durchaus an. Andererseits las ich in Füsuns Augen, dass sie an ihrer Sexualität Spaß hatte und ganz verzaubert davon war, etwas zu entdecken, worauf sie schon seit Jahren neugierig war. Wie ein Abenteurer, der nach langer, entbehrungsreicher Meeresfahrt endlich an dem fernen Kontinent anlangt, dessen Legenden ihn seit jeher träumen ließen, und der nun sogleich jeden Baum, jeden Stein, jede Quelle entzückt bestaunt und jede Blume und jede Frucht ganz aufgeregt, aber doch nicht minder achtsam zum Munde führt, so war auch für Füsun alles Gegenstand schwindelerregender Offenbarung.

Wenn man einmal absieht vom primären männlichen Lustwerkzeug, so war das, was Füsun am meisten interessierte, weder mein Körper noch der »Körper des Mannes« an sich. Ihr eigentliches Interesse galt vielmehr ihr selbst, ihrem eigenen Körper und dessen Lust. Mein Körper wiederum, meine Arme, meine Beine, mein Mund, waren nur dazu nötig, um auf und in ihrer samtenen Haut die Stellen und Möglichkeiten der Lust zu aktivieren. Wenn diese Möglichkeiten – von denen sie manche noch gar nicht kannte, so dass sie dann meiner Hinweise bedurfte – in ihrem Körper zur Entfaltung kamen, durchfuhr sie ein Staunen, und mit ganz nach innen gewandtem süßen Blick verfolgte sie dann glücklich, wie die von ihr selbst ausgehende neue Welle der Lust sich in ihren Adern, ihrem Nacken, ihrem Kopf immer weiter fortpflanzte, und dann tat Füsun auch hin und wieder einen Schrei und erwartete schließlich wieder Hilfe von mir: »Mach das bitte noch einmal, mach es noch mal so!« flüsterte sie dann.

Ich war überglücklich. Es war dies aber kein Glück, das sich mit dem Verstand hätte ermessen lassen, sondern etwas, was ich erst auf meiner Haut erlebte und dann im Alltag als körperliche Erinnerung verspürte, etwa im Nacken, wenn ich gerade telefonierte, im Kreuzbein, wenn ich eine Treppe hinaufeilte, oder an der Brustspitze, als ich Wochen später mit meiner künftigen Verlobten Sibel in einem Restaurant in Taksim vor der Speisekarte saß. Von diesem Gefühl, das ich den ganzen Tag wie ein Parfüm auf meiner Haut mit mir herumtrug, vergaß ich manchmal sogar, dass es von Füsun stammte, so dass es mir ein paarmal widerfuhr, dass ich nach Büroschluss in der Firma hastig mit Sibel schlief und dabei vermeinte, wieder das gleiche große und einzigartige Glücksgefühl zu empfinden.

13
Liebe, Mut und Modernität

Als ich eines Abends mit Sibel im Fuaye war, schenkte sie mir das hier ausgestellte Spleen-Parfüm, das sie mir aus Paris mitgebracht hatte. Obwohl ich mich überhaupt nicht gerne parfümiere, benutzte ich es eines Morgens am Hals, und prompt sprach mich Füsun darauf an, nachdem wir miteinander geschlafen hatten.

»Hat dir Sibel das Parfüm geschenkt?«
»Nein, ich habe es mir selbst gekauft.«
»Damit es Sibel gefällt?«
»Nein, damit es dir gefällt.«
»Du schläfst doch bestimmt auch mit Sibel, oder?«
»Nein.«
»Lüg mich bitte nicht an.« Ihr erhitztes Gesicht sah beunruhigt aus. »Ich finde es ganz normal, dass du auch mit ihr schläfst.« Sie sah mir in die Augen wie eine liebevolle Mutter, die ihr Kind dazu bringen will, endlich die Wahrheit zu sagen.
»Ich schlafe aber nicht mit ihr.«
»Glaub mir, wenn du lügst, dann trifft mich das viel mehr. Sag mir bitte die Wahrheit. Warum solltet ihr nicht mehr miteinander schlafen?«
»Sibel und ich haben uns vorletzten Sommer in Suadiye kennengelernt«, sagte ich und umarmte Füsun. »Da den Sommer über das Haus in Nişantaşı leerstand, gingen wir immer dorthin. Im Herbst ging Sibel dann sowieso nach Paris. Und im Winter habe ich sie dort ein paarmal besucht.«
»Mit dem Flugzeug?«
»Ja. Als Sibel dann letzten Dezember aus Frankreich zurückkam, um ihr Diplom zu machen und mich zu heiraten, haben wir uns den Winter über im Sommerhaus in Suadiye getroffen. Dort war es aber so kalt, dass wir schon bald keine Lust mehr auf Sex hatten.«
»Und da habt ihr damit aufgehört, bis ihr wieder ein warmes Haus gefunden habt?«
»Anfang März, also vor zwei Monaten, sind wir eines Abends wieder nach Suadiye. Es war sehr kalt. Als ich im Kamin Feuer machen wollte, war plötzlich das ganze Haus verraucht, und wir haben uns gestritten. Sibel hat dann eine schwere Grippe erwischt und eine Woche lang mit Fieber im Bett gelegen. Da wollten wir nicht mehr dort miteinander schlafen.«
»Wer von euch wollte nicht mehr? Sie oder du?« Aus ihrem vor Neugier verzerrten Gesicht sprach nicht mehr ein liebevolles »Sag mir bitte die Wahrheit!«, sondern vielmehr ein flehendes »Bitte lüg mich an und tu mir nicht weh!«

»Ich glaube, Sibel denkt, wenn sie vor der Hochzeit nicht mehr so oft mit mir schläft, dann messe ich der Verlobung, der Ehe und überhaupt ihr selbst mehr Wert bei.«

»Aber wenn ihr doch schon miteinander geschlafen habt!«

»Du begreifst eben nicht. Es geht nicht um das erste Mal.«

»Ach so«, sagte Füsun kleinlaut.

»Sibel hat mir schon gezeigt, wie sehr sie mich liebt und mir vertraut. Aber der Gedanke mit dem Sex vor der Ehe ist ihr immer noch nicht ganz geheuer, und ich verstehe das auch. Sie hat zwar in Europa studiert, aber sie ist eben nicht so mutig und so modern wie du.«

Es folgte ein langes Schweigen, über das ich später jahrelang nachgedacht habe, so dass ich mir jetzt ein ausgewogenes Urteil darüber erlauben darf: Mein letzter Satz hatte für Füsun nämlich noch eine andere Bedeutung. Dass Sibel vor der Ehe mit mir schlief, hatte ich mit Liebe und Vertrauen begründet, während ich das gleiche Verhalten bei Füsun mit Mut und Modernität erklärte. Aus dem von mir anerkennend gemeinten Begriffen »mutig und modern«, die ich danach jahrelang bereuen sollte, schloss Füsun nichts anderes, als dass ich ihr keine besondere Verbundenheit oder Verantwortung dafür entgegenbrachte, dass sie mit mir geschlafen hatte. Da sie ja »modern« war, machte es ihr schließlich nichts aus, vor der Ehe mit einem Mann zu schlafen und in der Hochzeitsnacht nicht mehr Jungfrau zu sein. So wie man sich das eben von den Europäerinnen vorstellte oder von bestimmten Frauen in Istanbul, von denen oft die Rede war. Und ich hatte gedacht, ich würde ihr mit diesen Worten Freude machen. Während mir das alles – wenn auch nicht in dieser Deutlichkeit – durch den Kopf ging, sah ich hinaus in den Hinterhof, wo sich die Bäume im Wind wiegten. Wenn wir miteinander geschlafen hatten, sahen wir oft vom Bett aus zu diesen Bäumen hin, zu den Häusern, die man dazwischen erspähte, und zu den Krähen, die scheinbar ziellos umherflogen.

»Ich bin gar nicht mutig und modern!« rief Füsun mit einemmal aus.

Ich hielt das einfach für eine Reaktion darauf, dass ihr das Thema naheging, oder für schlichte Bescheidenheit und ging gar nicht darauf ein.

»Eine Frau kann einen Mann auch jahrelang ganz furchtbar lieben, ohne je mit ihm zu schlafen«, setzte sie bedächtig hinzu.

»Natürlich«, erwiderte ich. Wir schwiegen wieder.

»Das heißt also, ihr schlaft jetzt überhaupt nicht mehr miteinander? Warum hast du denn Sibel nie hierhergebracht?«

»Darauf bin ich nie gekommen«, sagte ich und wunderte mich, warum ich tatsächlich nicht darauf gekommen war. »Ich habe in der Wohnung früher immer gelernt und Musik gehört, und erst wegen dir ist sie mir wieder eingefallen.«

»Das will ich dir gern glauben«, sagte Füsun mit verschlagener Miene, »aber irgend etwas verbirgst du mir doch, stimmt's? Ich will, dass du mich niemals anlügst. Und ich glaub dir auch nicht, dass du nicht mehr mit ihr schläfst. Schwör es mir bitte!«

»Ich schwöre dir, dass ich momentan nicht mit ihr schlafe«, sagte ich und umarmte sie.

»Und wann wolltet ihr wieder damit anfangen? Geht deine Familie im Sommer wieder nach Suadiye? Und wann? Sag mir die Wahrheit, was anderes frage ich dich dann nicht mehr.«

»Sie gehen nach der Verlobung nach Suadiye«, murmelte ich verlegen.

»Hast du mich jetzt angelogen?«

»Nein.«

»Denk erst ein bisschen nach, wenn du willst.«

Ich tat ein wenig, als würde ich nachdenken.

»Und?« fragte Füsun mit erhobener Augenbraue.

»Nein, ich habe dich nicht angelogen.«

»Jetzt gerade nicht oder in letzter Zeit nicht?«

»Noch nie. Wir sind doch in einer Situation, in der wir uns gegenseitig gar nichts vorzumachen brauchen.«

»Wie meinst du das?«

Ich erläuterte ihr, dass zwischen uns ja keinerlei Profitverhältnis bestehe, sondern eine zwar vor jedermann verborgene, aber dennoch auf den denkbar reinsten Gefühlen gründende Beziehung, in der Lug und Betrug ganz überflüssig seien.

»Ich bin aber sicher, dass du mich anlügst.«

»Dein Vertrauen in mich hat sich aber schnell verflüchtigt.«

»Eigentlich wäre es mir sogar recht, wenn du mich anlügen würdest. Man lügt ja nur dann, wenn man fürchtet, sonst etwas zu verlieren.«
»Um deinetwillen lüge ich natürlich schon, nur dich selbst lüge ich nicht an. Wenn du willst, kann ich aber das auch machen. Treffen wir uns morgen wieder?«

»Gut!«

Ich umarmte sie ganz fest und ergötzte mich wieder am Duft ihrer Nase, einem Gemisch aus Meeresalgen, verbranntem Karamel und Kinderkeksen, das mich jedesmal mit Zuversicht und Glück erfüllte, aber dennoch hatten die mit Füsun verbrachten Stunden keinen Einfluss auf den Lauf meines Lebens. Vielleicht lag das daran, dass mir das Glück und die Fröhlichkeit, die ich in mir verspürte, ganz natürlich vorkamen. Nicht weil ich mich wie jeder männliche Türke ohnehin immer im Recht beziehungsweise als Opfer eines Unrechts sah, sondern weil ich ganz einfach nicht merkte, was mir da eigentlich geschah.

In jenen intensiven Tagen taten sich in meiner Seele allmählich Wunden und Risse von der Art auf, die – wie ich zu ahnen begann – manche Männer bis an ihr Lebensende in tiefe, dunkle Einsamkeit stürzen können. Abend für Abend holte ich nun vor dem Schlafengehen die Rakiflasche aus dem Kühlschrank, setzte mich mit einem Glas vor das Fenster und trank in aller Stille vor mich hin. Unsere Schlafzimmer im obersten Stockwerk eines Gebäudes gegenüber der Teşvikiye-Moschee gingen auf die Schlafzimmer zahlreicher anderer Familien von unserem Schlage hinaus, und seit meiner Kindheit hatte es eine beruhigende Wirkung auf mich, aus dem Dunkel meines Zimmers heraus anderen Leuten in die Wohnung zu schauen.

Wenn ich so auf das nächtliche Nişantaşı hinausblickte, ging mir durch den Kopf, dass ich mich nicht in Füsun verlieben durfte, falls ich mein bisheriges bequemes Leben mit all seinen Gewohnheiten so fortsetzen wollte. Ich durfte mich also von ihrer Freundschaft, ihren Sorgen, ihren Scherzen, ihrer ganzen menschlichen Art nicht einfangen lassen. Das war insofern nicht ganz so schwer, als uns ja neben der Mathematiknachhilfe und den Liebesstunden nicht viel Zeit verblieb. Mir kam es manchmal so vor, als wolle auch Füsun sich nicht »einfangen« lassen, weil sie sich hinterher immer rasch anzog und die Wohnung verließ. Heute denke ich, dass es für das Verständnis meiner Geschichte unerlässlich ist, zu wissen, wie sehr wir diese süßen Stunden genossen. Unser Wunsch, diese wieder und wieder zu erleben, ja unsere Abhängigkeit von diesen Lüsten ist selbstverständlich die Triebfeder meiner Geschichte. Wenn ich mir begreiflich zu machen suchte, wie ich so sehr von ihr abhängig sein konnte, dann sah ich – statt logischer Erklärungen – vor meinem inneren Auge immer wieder schöne Bilder auftauchen, etwa, wie Füsun auf meinem Schoß saß und ich ihre große linke Brust in meinen Mund nahm, oder wie mir von Kinn und Stirn Schweißtropfen auf Füsuns anmutigen Hals herabtropften und ich dabei ihren wohlgeformten Rücken bewunderte, oder wie Füsun kurz die Augen schloss, nachdem sie einen Lustschrei ausgestoßen hatte … Dann aber erkannte ich, dass in diesen Bildern nicht der Ursprung meiner Lust und meines Glücks begründet lag; sie waren lediglich eine provozierende Darstellung davon. Ich versuchte mir dann nicht nur unsere Liebesszenen vorzustellen, sondern auch das Zimmer, in dem sie stattfanden, und alles, was uns umgab. Manchmal setzte sich eine der riesigen Krähen aus dem Hinterhof auf das Balkongitter und sah uns stumm an, genau wie die Krähen damals auf dem Balkon unserer Wohnung. Meine Mutter sagte oft: »Schlaf jetzt! Schau, die Krähe sieht dich schon an!«, und das machte mir angst. Und es stellte sich heraus, dass auch Füsun sich vor Krähen fürchtete.

An manchen Tagen war es so, dass die Kälte, die in dem Zimmer herrschte, der Staub, manchmal auch das schmuddelige Bettzeug oder unsere erschlafften Körper, die vielen Schatten, das von draußen hereintönende Leben, das Verkehrsgedröhn, der endlose Baulärm und das Geschrei der Straßenverkäufer uns spüren ließen, dass unsere Liebe kein Traum war, sondern sich im wahren Leben abspielte. Manchmal hörten wir von Dolmabahçe oder Beşiktaş her eine Schiffssirene und versuchten uns dann vorzustellen, um was für ein Schiff es sich wohl handelte. Da unsere Vereinigung von Treffen zu Treffen immer inniger und freier wurde, kam mir schließlich zu Bewusstsein, dass ich nicht nur diese Wirklichkeit und all die höchst erregenden sexuellen Details, sondern auch die eher befremdenden Merkmale von

Füsuns Körper, ihre Pickel und Furunkel, ihre Körperbehaarung, ihre dunklen, beunruhigenden Muttermale, als Quelle des Glücks ansah. Was aber verband mich neben unserer grenzenlosen kindlichen Lust außerdem mit ihr? Und warum konnte ich überhaupt so frei und ungezwungen mir ihr schlafen? War das, was Liebe zwischen uns erzeugte, einfach die pure Freude an der Sexualität und die sich ständig erneuernde Lust darauf, oder etwas anderes, das diese Lust erst hervorbrachte? Als ich mich damals mit Füsun jeden Tag heimlich zum Liebesspiel traf, stellte ich mir diese Fragen nicht, sondern war wie ein Kind, das sich im Süßwarenladen selig mit Bonbons vollstopft.

14
Die Straßen, Brücken und Plätze von Istanbul

Über einen ehemaligen Lehrer von ihr, den sie mochte, sagte Füsun einmal: »Der war nicht so wie die anderen Männer!«, und als ich sie fragte, was sie damit meine, bekam ich keine rechte Antwort. Zwei Tage darauf fragte ich sie noch einmal, was es bedeute, »wie die anderen Männer« zu sein.

»Ich weiß, dass du diese Frage ernst meinst, also will ich dir auch eine ernste Antwort geben. Soll ich?«

»Klar. Aber warum stehst du auf?«

»Weil ich nicht nackt sein will, wenn ich das erzähle.«

»Soll ich mich auch anziehen?« fragte ich und zog mich einfach an, als sie nicht antwortete.

Ausgestellt sind hier ein paar Zigarettenpäckchen, der Aschenbecher, den ich aus einem Schrank ins Schlafzimmer holte, eine Kütahya-Teetasse (die von Füsun), ein Glas sowie die Muschel, mit der Füsun immer wieder nervös herumspielte, während sie die einzelnen Geschichten erzählte, und sie sollen einen Eindruck davon vermitteln, was in dem Zimmer damals für eine dichte, drückende Atmosphäre herrschte. Daneben sind auch ein paar von Füsuns bunten

Haarspangen zu sehen, damit nicht vergessen wird, dass jene Geschichten einem Kind widerfahren sind.

In der Kuyulu-Bostan-Straße war ein kleiner Laden, eine Art Mittelding zwischen Tabak-, Spielzeug- und Zeitungsgeschäft. Der Besitzer, nennen wir ihn Gemeiner Onkel, war ein Freund von Füsuns Vater. Wenn Füsun im Alter von acht bis zwölf vor allem sommers von ihrem Vater dorthin geschickt wurde, um Zigaretten, Limonade oder Bier zu holen, behielt der Gemeine Onkel Füsun immer etwas länger im Laden (»Ich kann dir nicht rausgeben, ich geb dir eine Limo statt dessen«), und wenn gerade niemand sonst da war, fing er an, sie unter irgendeinem Vorwand (»Mensch, wie du schwitzt«) zu betatschen.

Als sie um die zehn, zwölf war, kam ein- oder zweimal pro Woche ein Nachbar, der Schnurrbärtige Scheißer, mit seiner dicken Frau zu Besuch. Wenn sie mit diesem hochgewachsenen Menschen, den Füsuns Vater sehr schätzte, gemeinsam Radio hörten und plauderten, während Tee und Makronen gereicht wurden, dann legte er in einer Art und Weise, dass niemand es merkte und auch Füsun nicht begriff, was eigentlich geschah, seine Hand auf Füsuns Hüfte oder Schulter oder Oberschenkel und ließ sie dann dort ruhen, als hätte er sie schlichtweg vergessen. Manchmal geriet die Hand des Mannes auch wie eine vom Baum direkt in einen Korb gefallene Frucht »aus Versehen« auf Füsuns Schoß, wo sie sich dann zitternd und allmählich wärmer werdend ihren Weg bahnte, und Füsun blieb dann völlig reglos, als würde zwischen ihren Beinen ein Krebs sitzen, während der Mann seelenruhig an der Unterhaltung teilnahm und mit der anderen Hand nach seinem Teeglas griff.

Wenn der Vater mit seinen Freunden Karten spielte und die zehnjährige Füsun sich dabei auf seinen Schoß setzen wollte, wies er sie manchmal ab (»Du siehst doch, dass ich beschäftigt bin«), woraufhin einer der Kartenspieler, der Hässliche Herr (»Setz dich zu mir her, du bringst mir Glück«), sie zu sich auf den Schoß zog und sie in einer Weise streichelte, die so gar nicht unschuldig war.

Die Straßen Istanbuls, die Kinos, Busse, Brücken, die belebten Plätze und einsamen Eckchen waren voll mit den dunklen Schatten von Gemeinen Onkeln, Schnurrbärtigen Scheißern und Hässlichen Herren, die in Füsuns Fantasie als Phantome auftauchten und von denen sie dennoch keinen besonders hasste (»Vielleicht, weil keiner mir je wirklich Eindruck gemacht hat«). Füsun wunderte sich nur, dass ihr Vater es gar nicht merkte, wenn jeder zweite der ins Haus kommenden Besucher sich als Gemeiner Onkel oder Hässlicher Herr entpuppte und sie im Flur oder in der Küche bedrängte und betatschte. Als sie dreizehn war, dachte sie sich, dass es möglich sein müsse, ein gutes Mädchen zu sein, ohne sich über die gemeine, hässliche und hinterhältige Schar dieser Grapscher zu beschweren. Als einmal ein Schulkamerad, der heftig in sie verliebt war (übrigens eine Liebe, über die sie sich nicht beklagte), direkt vor ihrem Haus »Ich liebe dich« auf die Straße geschrieben hatte, zog ihr Vater sie an den Ohren zum Fenster, zeigte ihr das Hingemalte und versetzte ihr eine Ohrfeige. Da diverse Schamlose Onkel ihr in Parks, einsamen Seitengassen und anderen abgelegenen Winkeln ihre Geschlechtsteile zeigten, hatte sie wie jedes Istanbuler Mädchen, das auf sich achtete, schon gelernt, solche Orte zu meiden. Dass solche Belästigungen ihre positive Grundeinstellung zum Leben nicht angetastet hatten, lag wohl daran, dass die Männer ihr zu den Takten der gleichen dämonisch-dunklen Musik eifrig zeigten, wie verletzlich sie im Grunde genommen waren. Da waren Heerscharen, die ihr auf der Straße, vor der Schule, dem Kino oder im Bus begegneten und ihr dann hinterherliefen. Manche wurde sie monatelang nicht los, die übersah sie dann geflissentlich, aber Mitleid hatte sie mit keinem einzigen (das mit dem Mitleid wollte ich von ihr wissen). Der eine oder andere war dann auch bald alles andere als nur geduldig und stummhöflich verliebt, da wurde sie dann schwach angeredet (»Na, schönes Mädchen, darf ich mich anschließen, ich wollte Sie was fragen, sagen Sie mal, sind Sie taub oder was?«), und das steigerte sich bis hin zu wütendem Gehabe, Anzüglichkeiten und Beschimpfungen. Manche Männer liefen ihr zu zweit hinterher, einige brachten Kumpel mit, denen sie zur Begutachtung das Mädchen zeigten, hinter dem sie schon seit Tagen her waren, manche lachten untereinander recht dreckig, andere versuchten, ihr Briefe oder Geschenke zu übergeben, wieder andere weinten gar. Seit einer ihrer Verfolger einmal handgreiflich geworden war und versucht hatte, sie mit Gewalt zu küssen, hatte sie es aufgegeben, auf die Leute direkt zuzugehen, um sie einzuschüchtern, so wie sie das eine Weile lang gehalten hatte. Mit etwa Vierzehn war sie bereits allen Listen und Absichten der »anderen Männer« auf die Schliche gekommen, und es passierte ihr nicht mehr so leicht, dass sie unbemerkt betatscht wurde oder den Männern sonst irgendwie in die Falle ging, aber dennoch waren die Straßen der Stadt voller Männer, die ihren Einfallsreichtum daransetzten, eine Frau irgendwie zu bedrängen oder sich von hinten an sie heranzudrücken. Es wunderte Füsun schon lange nicht mehr, wenn Leute aus dem Autofenster heraus eine Passantin begrapschten, wenn sie auf der Treppe scheinbar unabsichtlich auf einen zustolperten, sich im Aufzug an einen heranmachten oder einem beim Herausgeben des Wechselgeldes wie zufällig die Hand streichelten.

Jeder Mann, der zu einer attraktiven Frau eine heimliche Beziehung unterhält, muss sich verschiedenerlei Geschichten über andere Männer anhören, die seiner Geliebten auf die Pelle rücken oder einfach in sie verliebt sind, und er kann darauf eifersüchtig reagieren, kann das Ganze einfach belächeln, meist wird er mit dem anderen sogar Mitleid haben und auf ihn herabsehen. In den Vorbereitungskursen auf die Zulassungsprüfung saß auch ein gleichaltriger, gutaussehender und sanfter junger Mann, der Füsun immer wieder ins Kino oder in den Teegarten um die Ecke einlud und jedesmal, wenn er sie nur sah, vor lauter Aufregung minutenlang ganz scheu und still wurde. Als er einmal bemerkte, dass sie keinen Stift dabeihatte, schenkte er ihr einen Kugelschreiber, und wenn er dann sah, dass Füsun ihn im Unterricht benutzte, war er selig.

In der Leitung des Instituts arbeitete ein kühl-verschlossener Mann um die Dreißig, nervös und nervend, mit viel Brillantine in den Haaren. Unter Vorwänden wie »Ihre Unterlagen sind noch nicht komplett« oder »Eines von Ihren Antwortblättern fehlt« ließ er Füsun in sein Büro kommen, schwadronierte dann vom Sinn des Lebens, von der Schönheit Istanbuls, von den Gedichten, die er schon veröffentlicht habe, und wenn er von Füsun keinerlei ermutigende Reaktion erfuhr, kehrte er ihr schroff den Rücken zu, sah zum Fenster hinaus und zischte: »Sie können gehen!«

Von den vielen Kunden – es war sogar eine Frau darunter –, die in die Boutique Champs-Élysées kamen, sich auf der Stelle in Füsun verliebten und daraufhin Şenay jede Menge Kleider, Schmuck und Geschenkartikel abkauften, wollte Füsun erst gar nicht erzählen. Ich nötigte sie, doch wenigstens vom lustigsten Fall zu berichten: Das war ein kleiner kugelrunder Mann um die Fünfzig mit Bürstenschnurrbart. Er war schick angezogen und reich, und mit seinem kleinen spitzen Mund streute er in die Konversation mit Şenay immer wieder lange französische Sätze ein. Wenn er ging, hinterließ er stets einen Parfümgeruch im Laden, der Füsuns Kanarienvogel Limon verrückt machte.

Manchmal wurde Füsun von ihrer Mutter mit Heiratskandidaten zusammengebracht – und tat so, als merkte sie nichts davon. Einer davon, dem es eher auf sie selbst ankam als aufs Heiraten, gefiel ihr, so dass sie sich ein paarmal mit ihm traf und auch herumschmuste. Letztes Jahr hatte sie bei einem Musikwettbewerb zwischen verschiedenen Schulen einen Jungen aus dem Robert-Gymnasium kennengelernt, der sich schrecklich in sie verliebte. Eine Zeitlang holte er sie jeden Tag von der Schule ab, und ein paarmal küssten sie sich auch. Ja, mit Bastard-Hilmi war sie auch mal ausgegangen, hatte ihn aber nicht einmal geküsst, da er nichts anderes im Kopf hatte, als alle Mädchen sofort flachzulegen. Hakan Serinkan, dem Sänger und Moderator des Schönheitswettbewerbs, fühlte sie sich nicht wegen seines Ruhms zugetan, sondern weil er sich hinter den Kulissen, wo alle möglichen Intrigen gesponnen wurden und sie sich um ihre Chancen betrogen sah, rührend um sie gekümmert und ihr sogar die Fragen (und die Antworten) verraten hatte, mit denen Wissen und Intelligenz getestet wurden und vor denen sich die anderen Mädchen so fürchteten, aber als der Schnulzensänger danach ein paarmal bei ihr anrief, ließ sie sich verleugnen, allein schon auf dringenden Wunsch ihrer Mutter. Das Gesicht, das ich daraufhin zog, interpretierte Füsun zu Recht als Ausdruck der Eifersucht, und einer Logik zufolge, über die ich mich heute noch wundern muss, hielt sie den berühmten Moderator für den einzigen Grund dieser Eifersucht, so dass sie mir dann frohgemut tröstend erklärte, sie habe sich ohnehin seit ihrem sechzehnten Lebensjahr nicht mehr verliebt. Es sei ihr durchaus nicht unrecht, wenn in Magazinen, im Fernsehen, in Liedern ständig die Rede von der Liebe sei, aber bei vielen Leuten habe sie einfach den Verdacht, dass sie gar nicht wirklich verliebt seien und ihre Gefühle nur übertrieben, um auf sich aufmerksam zu machen. Die Liebe sei etwas, dem ein Mensch sein ganzes Leben widmen und wofür er alles und jedes auf sich nehmen könne, ja, das schon. Sie komme aber im Leben nur einmal vor.

»Und hast du schon etwas gefühlt, was dem nahekommt?« fragte ich und streckte mich neben ihr aus.

»Eigentlich nicht«, erwiderte sie zögernd, aber mit der Gewissenhaftigkeit von jemandem, der grundehrlich sein will, berichtete sie nach kurzem Überlegen doch noch von einem Fall.

Es handelte sich um einen reichen, gutaussehenden und »natürlich« verheirateten Mann Mitte Dreißig, der in beinahe krankhafter Leidenschaft zu ihr entbrannt war, so dass sie meinte, ihn ebenfalls lieben zu können. Er holte Füsun abends, wenn sie aus der Boutique kam, mit seinem Ford Mustang an der Ecke Akkavak-Straße ab und fuhr mit ihr zu dem Park am Dolmabahçe-Palast, wo man neben dem Uhrenturm im Auto Tee trinken und dabei auf den Bosporus schauen konnte, oder zu dem Gelände vor der Sporthalle in Harbiye, und dort küssten sie sich lange im Dunkeln, manchmal im Regen, und der leidenschaftliche Mann vergaß, dass er schon verheiratet war, und machte Füsun einen Antrag. Ich hätte wohl – wie es Füsun beabsichtigt hatte – seinen bemitleidenswerten Zustand verständnisvoll belächeln und meine Eifersucht unterdrücken können, wenn mir nicht aufgrund des Autotyps, des Berufes und der geschilderten »großen grünen Augen« ein Verdacht gekommen wäre, der von Füsun bestätigt wurde, als sie plötzlich seinen Namen nannte, der mir einen dumpfen Schlag versetzte. Jener Turgay war nämlich ein erfolgreicher Textilfabrikant, mit dem mein Vater und mein Bruder sowohl geschäftlichen als auch privaten Umgang pflegten. Es war ein hochgewachsener, schöner, vor Gesundheit strotzender Mann, den ich auf den Straßen von Nişantaşı oft mit seiner Frau und seinen Kindern familiäres Glück hatte demonstrieren sehen. War ich nun deswegen so eifersüchtig, weil ich Turgay bis dahin als familienbewussten, fleißigen und ehrlichen Menschen geschätzt hatte? Ich erfuhr von Füsun, dass er, um sie zu erobern, fast jeden Tag in die Boutique Champs-Élysées gekommen war und bei Şenay, die bald Wind von der Sache bekam, umfangreiche Einkäufe getätigt hatte, um die Frau zu beschwichtigen.

Anfangs hatte Füsun seine Geschenke angenommen, da Şenay sie fast dazu gezwungen hatte, damit ihr »vornehmer Kunde« nicht beleidigt sei, und als sie sich seiner Liebe dann sicher war, traf sie sich mit ihm »aus Neugier« und empfand für ihn sogar, wie sie ihm gestand, »eine seltsame Zuneigung«. Eines verschneiten Tages, als Şenay sie geradezu nötigte, in einer Boutique auszuhelfen, die eine Freundin von ihr in Bebek eröffnet hatte, fuhr sie dort mit dem Mann gemeinsam hin, und nachdem sie auf dem Rückweg in Ortaköy gegessen hatten, drängte der draufgängerische Fabrikant, der eifrig dem Raki zugesprochen hatte, sehr darauf, sie zum Kaffeetrinken in seine Junggesellenwohnung in einer Gasse in Şişli einzuladen, und als sie ablehnte, ging es mit dem »sanften, sensiblen Mann« plötzlich durch, er versprach ihr, er werde ihr »alles geben«, lenkte dann seinen Mustang an eine abgelegene Stelle und wollte sie wie üblich küssen, doch sie wehrte sich dagegen, woraufhin er versuchte, sie mit Gewalt »zu besitzen«. »Außerdem sagte er auch, er werde mir Geld geben«, sagte Füsun. »Am Tag darauf ging ich nach der Arbeit nicht zu unserem sonstigen Treffpunkt. Daraufhin kam er am nächsten Tag in den Laden und hatte anscheinend vergessen, was er getan hatte, oder wollte sich einfach nicht daran erinnern. Er flehte mich an, und zur Erinnerung an unsere schönen Tage hatte er einen Spielzeug-Mustang dabei, den er dann Şenay überließ. In seinen echten Mustang bin ich aber nie wieder eingestiegen. Eigentlich hätte ich ja einfach sagen können: ›Komm nie wieder‹, aber da er so in mich verliebt war, dass er darüber wie ein Kind alles andere vergaß, brachte ich das nicht übers Herz. Vielleicht tat er mir ganz einfach leid, ich weiß auch nicht. Er kam jeden Tag, machte riesige Einkäufe, über die Şenay hochzufrieden war, bestellte Sachen für seine Frau. ›Machen wir's doch wieder wie früher, ich hol dich abends ab, und wir fahren herum, was anderes will ich doch gar nicht!‹ bat er mich inständig mit verhangenen grünen Augen, wenn er mich mal allein in einer Ecke erwischte. Seit ich dich getroffen habe, verziehe ich mich immer in den Hinterraum, sobald er den Laden betritt. Jetzt kommt er sowieso nicht mehr oft.«

»Als ihr euch den Winter über immer im Auto geküsst habt, warum ist es da nicht zu mehr gekommen?«
»Weil ich noch nicht achtzehn war«, erwiderte Füsun mit strengem Blick. »Das bin ich erst am 12. April geworden, zwei Wochen nach unserer Begegnung im Laden.«
Wenn es eines der Hauptanzeichen von Liebe ist, dass man ständig an den anderen denkt, dann war ich dabei, mich in Füsun zu verlieben. Der rationale Mensch, der in mir steckt, behauptete allerdings, meine andauernde Beschäftigung mit Füsun rühre von jenen anderen Männern her. Auf den Einwand, Eifersucht sei ja nun ebenfalls ein Merkmal der Liebe, lautete die hastige Antwort meines Verstandes, es handle sich ja nur um vorübergehende Eifersucht. Schließlich hatte ich mich an die »anderen Männer«, die auf Füsuns Liste standen, innerhalb weniger Tage gewöhnt und verachtete sie sogar, weil es bei ihnen eben übers Küssen nicht hinausgegangen war. Als wir jedoch an dem Tag noch einmal miteinander schliefen und ich dabei merkte, dass ich nicht mit meiner sonstigen, fast kindlichen Freude an spielerischer Sexualität zu Werke ging, sondern eher das instinktive Bedürfnis hatte, Füsun – wie es in den Zeitungen immer hieß – zu »besitzen«, und dass ich ihr meine Wünsche mit heftigen Bewegungen, in fast befehlshaberischer Art zu verstehen gab, da irritierte mich das doch.

15
Ein paar leidige anthropologische Tatsachen

Ausgehend von dem soeben erwähnten Begriff »besitzen« möchte ich noch einmal auf ein Thema zu sprechen kommen, das in gewisser Weise das Fundament meiner Geschichte bildet und einigen unserer Leser und Besucher durchaus vertraut sein dürfte. Da es späteren Generationen – wie etwa Menschen, die um das Jahr 2100 den Weg zu uns finden – vermutlich schwerfallen wird, dieses Thema überhaupt zu begreifen, muss ich hier auf die Gefahr hin, mich zu wiederholen, auf etliche leidige Tatsachen verweisen, die man als »anthropologisch« zu bezeichnen pflegt. 1975 Sonnenjahre nach Christi Geburt war in einem Großraum, der den Balkan, den Nahen Osten und den Südwesten des Mittelmeerraums umfasst und in dessen Zentrum Istanbul liegt, die Jungfräulichkeit eines Mädchens noch immer ein wertvolles Gut, das es bis zur Hochzeit zu bewahren galt. Da infolge der Modernisierung und insbesondere der zunehmenden Verstädterung die Mädchen immer später heirateten, sank in manchen Vierteln Istanbuls der Wert dieses Gutes ein wenig. Anhänger einer Verwestlichung waren zuversichtlich, im Zuge jener Modernisierung, die ihnen als der Zivilisationsprozess schlechthin galt, würden jenes Thema und die dahintersteckende Moral schon bald in Vergessenheit geraten. Doch selbst in den fortschrittlichsten und wohlhabendsten Kreisen Istanbuls hatte es damals eine ganz bestimmte Bedeutung, wenn es zwischen einem Mädchen und einem jungen Mann schon vor der Ehe »zum Letzten« kam.

a) Am harmlosesten war es, wenn die jungen Leute – wie im Fall von Sibel und mir – ohnehin schon beschlossen hatten, die Ehe einzugehen. Ab und zu toleriert wurde in aufgeschlossenen Schichten ein vorehelicher Geschlechtsverkehr zwischen ernsthaften jungen Leuten, die verlobt waren oder es geschafft hatten, ihrem Umfeld plausibel zu machen, dass sie in einer »auf eine Ehe hinauslaufenden Beziehung« lebten. Die gutausgebildeten jungen Frauen aus den besseren Schichten, die schon vor der Ehe mit ihren Zukünftigen schliefen, redeten sich gerne ein, sie täten das nicht aus Vertrauen in jene, sondern weil sie nun mal so frei seien, sich um althergebrachte Sitten nicht zu kümmern.

b) Wenn da, wo jenes Vertrauen nicht herrschte und sich eine »wilde Ehe« noch keiner gesellschaftlichen Akzeptanz erfreute, ein junges Mädchen sich vergaß und seine Jungfräulichkeit »herschenkte«, weil das Begehren des Mannes so drängend wurde oder weil Faktoren wie Alkohol, Unbedarftheit oder Leichtsinn im Spiel waren, dann war es mehr als wünschenswert, dass der betreffende Mann sich aus dem entsprechenden Traditionsverständnis heraus verpflichtet fühlte, das Mädchen zu heiraten, um dessen Ehre zu retten. Ahmet, der Bruder meines Jugendfreundes Mehmet, hat seine Ehefrau Sevda, mit der er heute sehr glücklich ist, unter solchen Umständen geheiratet, verzagt und voller Reue.

c) Wenn der Mann sich vor einer Heirat drücken wollte und das Mädchen noch keine Achtzehn war, ging der wütende Vater des Mädchens manchmal vor Gericht, um eine Ehe mit dem dreisten Kerl einzuklagen. Derlei Prozesse wurden ab und zu auch von der Presse verfolgt, wobei man die Fotos der »verführten Mädchen« mit einem schwarzen Balken über den Augen versah, damit sie nicht zu erkennen waren. Da diese Balken auch für Prostituierte und für ehebrecherische oder vergewaltigte Frauen verwendet wurden, glich damals in der Türkei das Zeitungslesen der Promenade auf einem Maskenball. Abgesehen von den als unseriös angesehenen Sängerinnen, Schauspielerinnen oder Teilnehmerinnen an Schönheitswettbewerben sah man ohnehin kaum einmal ein Foto einer türkischen Frau ohne Balken vor den Augen, und auch in der Werbung zum Beispiel ließ man lieber nichtmuslimische Ausländerinnen agieren.

d) Da als nahezu unvorstellbar galt, dass ein jungfräuliches Mädchen im Vollbesitz seiner geistigen Kräfte sich einem Mann hingab, der keineswegs vorhatte, sie zu ehelichen, war man allgemein der Ansicht, wem so etwas passiere, der könne nicht ganz richtig im Kopf sein. In einer damals sehr beliebten Gattung des türkischen Films wurde zur Abschreckung gerne auf melodramatische Weise das Thema des jungen Mädchens behandelt, dem auf einer harmlosen Tanzparty ein Schlafmittel in die Limo geschüttet wird, woraufhin es in betäubtem Zustand beschmutzt und seines wertvollsten Schatzes beraubt wird, und wenn so ein Mädchen eigentlich brav war, dann starb es am Ende des Films, und wenn nicht, dann wurde es zur Hure.

e) Man sah wohl ein, dass auch bei einem Mädchen die Triebfeder solchen Tuns pures sexuelles Interesse sein konnte. Wenn aber ein Mädchen in so kindlicher Leidenschaft dem Geschlechtlichen zugetan war, dass es sich dazu über Sitten hinwegsetzte, um deretwillen Menschen sogar töteten, dann galt es potentiellen Heiratskandidaten als surreales und gefährliches Wesen, das später seinen Mann aus reiner Lust betrügen konnte. Als ich beim Militär war, gestand mir ein sehr konservativ eingestellter Kamerad einmal voller Beschämung und vor allem Reue, er habe sich von seiner Freundin getrennt, weil sie schon vor der geplanten Ehe so oft mit ihm (nur mit ihm!) geschlafen habe.

f) Trotz dieser strengen Regeln und der über Mädchen, die sie brachen, verhängten Strafen, die vom Ausschluss aus der Gesellschaft bis hin zur Tötung reichen konnten, hielt sich unter den jungen Männern Istanbuls erstaunlich hartnäckig das Gerücht, es liefen in der Stadt zahlreiche junge Frauen herum, die darauf aus waren, nur zum Spaß mit einem zu schlafen. Dieser Glaube, den Sozialwissenschaftler als Wandersage bezeichnen würden, war insbesondere unter den aus der Provinz nach Istanbul zugezogenen ärmeren und kleinbürgerlichen Schichten so verbreitet und wurde so wenig hinterfragt, dass schließlich selbst moderne junge Männer, die in relativ wohlhabenden Vierteln wie Taksim, Beyoğlu, Şişli, Nişantaşı und Bebek lebten, speziell bei sexuellem Notstand den Verlockungen dieser Legende erlagen. Es galt als ausgemacht, dass jene Frauen, die sich »genau wie die Europäerinnen« nur zur Befriedigung ihrer Lust mit Männern abgaben, an Orten wie Nişantaşı lebten, wo unsere Geschichte spielt, und dass sie keine Kopftücher und dafür Miniröcke trugen. Meine Freunde wie der Fabrikantensohn Bastard-Hilmi stellten sich gierige Wesen vor, die ganz scharf darauf waren, sich an reiche Jungs wie sie heranzumachen und in ihren Mercedes zu steigen, und wenn die Kerle sich am Samstagabend in Stimmung getrunken hatten, durchkämmten sie begehrlich Straße für Straße, um endlich so einem Mädchen zu begegnen. Zehn Jahre zuvor, mit Zwanzig also, brachte ich einmal mit Bastard-Hilmi einen ganzen Winterabend damit zu, im Mercedes seines Vaters herumzukurven, und als wir kein kurz- oder auch langberocktes Mädchen auftreiben konnten, gingen wir schließlich in ein Luxushotel in Bebek, wo wir zwei Animiermädchen, die reiche Pinkel und Touristen mit Bauchtanz unterhielten, in ein Zimmer im Obergeschoss abschleppten, nachdem wir ihrem Zuhälter einen Batzen Geld zugesteckt hatten. Mögen die Leser ruhig die Nase über mich rümpfen, mich kümmert das nicht. Lediglich meinen Freund Hilmi möchte ich in Schutz nehmen: Trotz seiner etwas herben Männlichkeit hielt er nicht jedes Mädchen im kurzen Rock für eine jener legendären Frauen, sondern ließ es sich ganz im Gegenteil angelegen sein, Mädchen zu beschützen, die auf der Straße belästigt wurden, weil sie geschminkt, mit gefärbten Haaren und im Minirock herumliefen, und wenn es sein musste, prügelte er sich mit schäbig gekleideten schnauzbärtigen Kerlen und jungen Taugenichtsen herum, um ihnen beizubringen, »was Zivilisation heißt und wie man sich Frauen gegenüber beträgt«.

Dem aufmerksamen Leser dürfte nicht entgangen sein, dass ich diese anthropologischen Betrachtungen hier zwischengeschaltet habe, um mich von der Eifersucht abzulenken, die Füsuns Liebesgeschichten in mir geweckt hatten. Am meisten war ich auf Turgay eifersüchtig. Ich dachte mir, das komme wohl daher, weil er wie ich ein Fabrikantensohn aus Nişantaşı war. So nahm ich diese Eifersucht als natürlich hin und vermutete, sie werde vorübergehend sein.

16
Eifersucht

An dem Tag, an dem Füsun so eifrig von der Leidenschaft erzählte, mit der jener Turgay sie verehrte, war ich abends in der alten Bosporusvilla in Anadoluhisarı, in der Sibel mit ihren Eltern den Sommer verbrachte, und nach dem Essen saßen Sibel und ich noch einmal beisammen.

»Du hast ganz schön viel getrunken heute«, sagte sie. »Passt dir irgend etwas nicht an den Vorbereitungen?«

»Dass die Verlobung im Hilton stattfindet, ist mir ganz recht. Du weißt ja, dass vor allem meine Mutter so einen großen Rahmen wollte. Jetzt ist sie zufrieden.«

»Was ist also los mit dir?«

»Nichts. Gib mir doch mal die Gästeliste.«

»Die hat deine Mutter der meinen gegeben.«

Ich stand auf, ließ mit ein paar Schritten den Parkettboden des alten Hauses erzittern, bei dem jedes Brett auf irgendwie andere Weise knarzte, und setzte mich zu meiner zukünftigen Schwiegermutter.

»Könnte ich bitte mal einen Blick auf die Gästeliste werfen?«

»Aber natürlich.«

Obwohl ich vor lauter Raki kaum mehr geradeaus sah, fand ich auf Anhieb den Namen Turgay, strich ihn mit dem Stift, den meine Mutter dagelassen hatte, kurzerhand aus und schrieb, wohlig erschauernd, daneben die Namen von Füsun und ihren Eltern sowie ihre Adresse in der Kuyulu-Bostan-Straße hin, gab dann die Liste zurück und sagte leise: »Meine Mutter weiß nichts davon; der Gast, den ich da gestrichen habe, ist zwar ein Freund unserer Familie, den wir sehr schätzen, aber neulich hat er bei einem größeren Garngeschäft seine Gier nicht bezwingen können und uns wissentlich erheblichen Schaden zugefügt.«

»Ach, Kemal, mit Freundschaft und Menschlichkeit ist es heute nicht mehr weit her«, sagte sie und zwinkerte mir altersweise zu. »Hoffentlich machen Ihnen die Neuen keinen Ärger, die Sie statt dessen hingeschrieben haben. Wie viele sind es denn?«

»Es ist ein Geschichtslehrer, der irgendwie mit meiner Mutter verwandt ist, seine Frau, die lange als Schneiderin gearbeitet hat, und ihre hübsche achtzehnjährige Tochter.«

»Gut so«, sagte sie. »Es sind so viele junge Männer unter den Gästen, dass wir uns schon Sorgen gemacht haben, wo wir junge hübsche Mädchen herkriegen, die mit ihnen tanzen.«

Als ich auf der Rückfahrt im Wagen meines Vaters vor mich hin döste, sah ich hinaus auf die finsteren Hauptstraßen der Stadt, auf die schönen alten Mauern voller Risse, Schimmel, Moos und politischer Slogans, auf die Scheinwerfer der Stadtdampfer, die ihr Licht in die Seitenstraßen, in das hohe Geäst hundert Jahre alter Platanen sowie in den hier ausgestellten Rückspiegel unseres Autos warfen, und ich lauschte auf das leise Schnarchen meines Vaters, den das Kopfsteinpflaster hinten auf dem Rücksitz in den Schlaf gerüttelt hatte. Meine Mutter indes war selig darüber, dass sie ihren Willen bekommen hatte. Wie immer, wenn wir irgendwo zu Gast gewesen waren, gab sie auf der Heimfahrt zum Ablauf des Besuchs und zu den Leuten ihre Kommentare ab.

»Nein, es sind wirklich reizende Menschen, auch bescheiden und höflich und alles, aber der Zustand, in dem diese schöne Villa ist! Es ist doch jammerschade darum. Ich weiß nicht, haben die denn gar kein Geld? Versteh mich aber nicht falsch, mein Junge, ich glaube wirklich, dass du in ganz Istanbul kein netteres und intelligenteres Mädchen findest als Sibel.«

Ich brachte meine Eltern nach Hause und lief dann noch ein wenig herum. Mir war danach, bei Alaaddins Laden vorbeizuschauen, wo ich als Kind immer mit meinem Bruder und meiner Mutter Schokolade, Murmeln, Spielzeugpistolen, Comics und Kaugummi mit Bildern darin gekauft hatte. Der Laden war noch auf. Alaaddin hatte schon die Zeitungen weggeräumt, die er immer an den Kastanienbaum vor dem Laden heftete, und machte gerade die Lichter aus, aber er bat mich überraschend zuvorkommend herein, und während er mit den Zeitungspacken herumhantierte, die er am Morgen um fünf Uhr zurückgab, wenn die neuen kamen, ließ er mich so lange herumsuchen, bis ich mich für eine billige Puppe entschieden hatte. Ich überschlug, dass noch fünfzehn Stunden vergehen würden, bevor ich Füsun dieses Geschenk überreichen und sie umarmen und meine ganze Eifersucht vergessen könnte, und zum erstenmal versetzte es mir einen Stich, dass ich sie nicht anrufen konnte, einen Schmerz wie ein Reuegefühl. Was sie wohl gerade machte? Es zog mich nicht nach Hause, sondern genau in die entgegengesetzte Richtung. Ich ging in die Kuyulu-Bostan-Straße, vorbei an dem Kaffeehaus, in dem meine früheren Schulfreunde nun Radio hörten und Karten spielten, vorbei an dem Schulhof, in dem wir immer Fußball gespielt hatten. So betrunken ich auch sein mochte, mein Verstand war noch ein bisschen wach und sagte mir einen Skandal voraus, da nicht Füsun die Tür öffnen würde, sondern ihr Vater. Ich ging so weit vor, bis ich ihr Haus mit den erleuchteten Fenstern sehen konnte. Als ich die Fenster im zweiten Stock ausmachte, die von der Kastanie davor fast berührt wurden, begann mir das Herz zu klopfen.

Dieses Gemälde, das ich Jahre später mit all seinen Einzelheiten für das Museum in Auftrag gab, vermittelt einen recht guten Eindruck von dem warmen Licht, das aus Füsuns Haus strahlte, von den im Mondlicht glänzenden Kastanienästen und dem nachtblauen tiefen Himmel über den Dächern und Kaminen von Nişantaşı. Mein benebeltes Gehirn sagte mir, dass ich nicht nur gekommen war, um Füsun in dieser Mondnacht noch einmal zu sehen, sie zu küssen und mit ihr zu reden, sondern auch um zu kontrollieren, ob sie nicht mit einem anderen zusammen war. Denn wo sie jetzt schon einmal »bis zum Letzten« gegangen war, konnte sie doch gut und gerne darauf neugierig sein, wie es wäre, mit einem der Verehrer zu schlafen, die sie mir aufgezählt hatte. Der Eifer, mit dem Füsun sich den Freuden der Liebe widmete, wie ein Kind, das ein wunderbares neues Spielzeug entdeckt hat, diese völlige Hingabe, die ich noch bei keiner Frau erlebt hatte, war mir Grund genug zur ständig anwachsenden Eifersucht. Ich weiß nicht mehr, wie lange ich so zu den Fenstern hinaufschaute. Irgendwann ging ich mit der Puppe in der Hand nach Hause und legte mich schlafen.

Am Morgen ging mir auf dem Weg zur Arbeit durch den Kopf, was ich da in der Nacht getan hatte und wie sehr meine Eifersucht mich schon verfolgte. Mich ausgerechnet jetzt ernsthaft zu verlieben, wäre fatal gewesen. Von einer Hauswand herab riet mir eine Meltem trinkende Inge, ich solle nur ja aufpassen. Um meine Eifersucht nicht ausufern zu lassen, erwog ich schon, Freunde wie Zaim, Mehmet oder Hilmi in mein Geheimnis einzuweihen. Da sie mich aber wegen Sibel, die sie alle mochten, ohnehin schon für einen Glückspilz hielten und auch Füsun attraktiv fanden, würden meine Freunde mir wohl kaum ohne Eifersucht zuhören, geschweige denn mir helfen können. Obendrein würde ich meine Gefühle nicht verhehlen können und den Wunsch verspüren, über Füsun so ernsthaft zu reden, wie meine Liebe zu ihr es verdiente, und dann würden meine Freunde schnell merken, wie schlimm es um mich stand. Während ich im Büro saß und draußen die Busse nach Maçka und Levent vorbeidröhnten, in die ich früher mit meiner Mutter und meinem Bruder so oft gestiegen war, wenn wir von der Tunnelbahn heimfuhren, kam ich daher zu dem Schluss, dass ich im Augenblick nichts Besonderes tun konnte, um zu verhindern, dass meine Neigung zu Füsun meine geplante glückliche Ehe beeinträchtigte, und dass es somit das beste sein würde, den Dingen ihren Lauf zu lassen und die Freuden, die das Leben mir so großzügig darbot, einfach zu genießen, ohne mir Sorgen zu machen.

17
Mein ganzes Leben ist nun mit dem deinen verbunden

Als aber Füsun zehn Minuten nach der verabredeten Zeit noch nicht im Merhamet Apartmanı eintraf, waren meine Vorsätze schon wieder vergessen. Ich sah unablässig auf meinen Nacar-Wecker – ein Geschenk von Sibel, mit dem Füsun gerne herumspielte –, blickte durch die Gardinen auf die Teşvikiye-Straße hinaus und ging auf dem knarzenden Parkett auf und ab, während mir Turgay im Kopf herumspukte. Bald darauf stürzte ich aus dem Haus.

Ich ging die ganze Teşvikiye-Straße entlang bis zur Boutique Champs-Élysées und sah dabei ständig zwischen beiden Gehsteigen hin und her, um Füsun nur ja nicht zu verpassen. Doch auch im Geschäft war sie nicht.

»Was kann ich für Sie tun, Kemal?« fragte Şenay.

»Wir nehmen die Tasche jetzt doch.«

»Ah, Sie haben sich's also anders überlegt«, sagte die Frau. Der spöttische Zug um ihre Mundwinkel hielt sich nicht lange. Schließlich stand meiner Verlegenheit wegen Füsun ihre Schande gegenüber, wissentlich gefälschte Ware zu verkaufen. So schwiegen wir beide. Quälend langsam nahm Şenay die Tasche von der Schaufensterpuppe und zelebrierte die Gewissenhaftigkeit, mit der sie auch noch das letzte Stäubchen davon herunterblies. Ich lenkte mich mit dem Kanarienvogel ab, der auch nicht seinen besten Tag zu haben schien.

Als ich mit dem Paket in der Hand den Laden verließ, sagte Şenay noch in genüsslicher Doppeldeutigkeit: »Jetzt, wo Sie uns vertrauen, werden Sie uns vielleicht öfter beehren.«

»Natürlich.«

Würde sie etwa gegenüber Sibel etwas durchsickern lassen, falls ich in ihrem Laden nicht genügend einkaufte? Mich störte weniger, dass ich der Frau damit allmählich ins Netz gehen konnte, als vielmehr der Gedanke, dass ich überhaupt solche Überlegungen anstellte. Im Laden hatte ich mir vorgestellt, dass Füsun vielleicht mittlerweile im Merhamet Apartmanı gewesen war und mich nicht angetroffen hatte.

Draußen auf der Straße wimmelte es an diesem strahlenden Frühlingstag von einkaufenden Hausfrauen, jungen Mädchen in kurzen Röcken, die unbeholfen der neuen Mode der Plateausohlen huldigten, und Schülern, die an einem der letzten Schultage hinaus ins Freie strömten. Während ich nach Füsun spähte, sah ich Blumen verkaufende Zigeunerinnen, den Mann, der geschmuggelte amerikanische Zigaretten feilbot und angeblich ein Polizist in Zivil war: die übliche Nişantaşı-Mischung.

Ein Tanklaster fuhr vorbei, und dahinter tauchte plötzlich Füsun auf.

»Wo warst du denn?« fragten wir uns gleichzeitig und mussten lachen.

»Das Weibsstück ist über Mittag im Geschäft geblieben, und mich hat sie in den Laden einer Freundin geschickt. Deswegen bin ich zu spät gekommen, und du warst nicht da.«

»Ich habe mir Sorgen gemacht und bin in den Laden gegangen. Da habe ich die Tasche gekauft, zur Erinnerung.«

Füsun trug die Ohrringe, von denen einer im Museumseingang ausgestellt ist. Von der Valikonağı-Straße bogen wir in die ruhigere Emlak-Straße ab. Wir waren gerade an den Praxen meines früheren Zahnarztes und des Kinderarztes vorbei, der mir einmal – unvergesslich – einen kalten, harten Löffel ruppig in den Mund gesteckt hatte, und da sahen wir plötzlich am Ende der Straße einen Menschenauflauf; Leute liefen darauf zu, andere kamen uns entgegen, von dem Gesehenen sichtlich verstört.

Ein Unfall war passiert und die Straße blockiert. Dem Tanklaster, der soeben an uns vorbeigefahren war, hatten in der steil abfallenden Straße die Bremsen versagt, so dass er auf die linke Fahrbahn geraten und dort auf ein Sammeltaxi geprallt war. Der Fahrer des Lasters stand nun neben der Unfallstelle und rauchte mit zitternden Händen eine Zigarette. Das Sammeltaxi, ein Plymouth aus den vierziger Jahren mit langer Kühlerhaube, der die Strecke Teşvikiye-Taksim bediente, war durch den schweren LKW regelrecht zermalmt worden. Einzig der Taxameter war noch heil. Durch die ständig anwachsende Menge der Schaulustigen hindurch sahen wir auf dem Beifahrersitz zwischen Glasscherben und zerdrückten Metallteilen den blutverschmierten Körper einer Frau, die ich erkannte. Sie war kurz zuvor aus der Boutique Champs-Élysées gekommen. Der Boden war von Glassplittern übersät. Ich zog Füsun am Arm und sagte: »Komm, gehen wir.« Sie aber reagierte nicht, sondern stand schweigend da und vermochte sich vom Anblick der eingequetschten Frau nicht zu lösen.

Mehr noch als das im Sterben liegende Unfallopfer (eigentlich musste die Frau nun schon tot sein) beunruhigte mich der Gedanke, wir könnten unter der Menge auf einen Bekannten stoßen, und so entfernten wir uns schließlich vom Unfallort, an dem endlich ein Polizeiwagen eintraf. Stumm und schnellen Schrittes gingen wir an der Polizeiwache vorbei auf das Merhamet Apartmanı zu und näherten uns damit dem eingangs erwähnten glücklichsten Augenblick meines Lebens.

Im kühlen Treppenhaus umarmte ich Füsun und küsste sie auf die Lippen. Als wir die Wohnung betraten, küsste ich sie wieder, doch spürte ich, wie ihre Lippen und ihr ganzer Körper sich irgendwie sträubten.

»Ich muss dir etwas sagen.«

»Na, dann sag's«, erwiderte ich.

»Aber ich habe Angst, dass du mich nicht ernst nimmst oder mich falsch verstehst.«

»Vertrau mir doch.«

»Ich weiß eben nicht, ob ich das kann. Aber ich sag's jetzt einfach mal.« Ihr war sichtlich bewusst, dass sie nun nicht mehr zurückkonnte und ihr Geheimnis offenbaren musste. »Wenn du falsch reagierst, dann bringt mich das um«, sagte sie.

»Vergiss jetzt den Unfall, Schatz, und red endlich.«

Sie begann zu weinen, genau wie damals in der Boutique, als sie mir das Geld für die Tasche nicht zurückgeben konnte. Wie ein Kind, dem ein Unrecht widerfahren ist, stieß sie dann schluchzend hervor: »Ich hab mich in dich verliebt. Ich hab mich ganz furchtbar in dich verliebt!«

Anklagend hörte sich das an, aber zugleich auch unerwartet liebevoll. »Den ganzen Tag muss ich an dich denken, von morgens bis abends.«

Weinend schlug sie die Hände vors Gesicht.

Ich muss zugeben, dass ich beinahe ein dümmliches Lächeln aufgesetzt hätte. Ich unterdrückte es aber und verbarg auch die immense Freude, die mich durchfuhr. So runzelte ich nur zweifelnd die Stirn. Ich erlebte gerade einen der intensivsten Momente meines Lebens, aber in mein Verhalten schlich sich etwas Künstliches ein.

»Ich liebe dich auch sehr.«

Das konnte noch so ehrlich gemeint sein und war dennoch nicht von der gleichen Kraft und Echtheit wie das, was sie gesagt hatte. Sie nämlich hatte als erste gesprochen, und deshalb waren meine eigenen Worte zwar Ausdruck ehrlicher Liebe, aber es haftete ihnen etwas Tröstendes, Höfliches, Nachgeahmtes an. Selbst wenn ich in jenem Moment in sie verliebter gewesen wäre als sie in mich (was vielleicht sogar der Fall war), dann hätte doch Füsun das Spiel verloren, weil sie das Ausmaß ihrer Liebe als erste zugegeben hatte. Irgendein Liebes-Know-how, von dem ich nicht einmal wissen wollte, aus welchen dunklen Quellen ich es überhaupt bezog, vermittelte mir die zynische Ahnung, dass die unerfahrene Füsun deshalb verloren hatte, weil sie die Ehrlichere gewesen war. Ich schloss daraus, dass es mit meiner Eifersucht nunmehr ein Ende haben würde.

Sie weinte immer noch und holte ein zerknülltes Kindertaschentuch hervor. Ich schmiegte mich an sie, streichelte die unglaublich schöne, seidenweiche Haut an ihrem Hals und ihren Schultern und sagte, es gebe wohl nichts Unsinnigeres, als wenn ein hübsches Mädchen wie sie, in das jedermann verliebt sei, weinen müsse, wenn es sage, es sei selbst auch verliebt.

Mit einem Tränenschleier vor den Augen sagte sie: »Hübsche Mädchen verlieben sich also nicht? Wenn du schon so viel weißt, dann sag mir doch das eine.«

»Was denn?«

»Was jetzt aus uns werden soll.«

Ihr Blick verriet mir, dass wir nun beim eigentlichen Thema waren, von dem ich sie mit meinem Liebes- und Schönheitsgeflüster nicht würde ablenken können, und dass es jetzt sehr auf die Antwort ankam, die ich ihr geben würde.

Ich hatte aber keine Antwort parat. Das wird mir jedoch erst heute so richtig bewusst, da ich mich nach Jahren an jenen Augenblick zurückerinnere. Damals fürchtete ich, solche Fragen würden einen Keil zwischen uns treiben, wofür ich Füsun in meinem Innersten verantwortlich machte. Dann küsste ich sie.

Sie erwiderte meinen Kuss, willig und zugleich notgedrungen. Sie fragte mich, ob das jetzt die Antwort auf ihre Frage sei. »Ja«, sagte ich. Dann fragte sie, ob wir nicht vorher ein wenig Mathematik lernen sollten. Als Antwort küsste ich sie wieder, und sie küsste mich auch. Verglichen mit der Sackgasse, in die wir uns manövriert hatten, war das Küssen viel unmittelbarer, war erfüllt von der unerhörten Kraft des Hier und Jetzt. Als Füsun ihre Kleider ablegte, kam nicht etwa ein pessimistisches, mit seinem Verliebtsein haderndes Mädchen zum Vorschein, sondern eine vitale, lebenslustige Frau, die bereit war, sich im Liebesrausch zu vergessen. So begannen wir zu erleben, was ich den glücklichsten Augenblick meines Lebens nenne.

Wer diesen Augenblick gerade erlebt, der weiß es ja in der Regel nicht. Wir können zwar (und sogar oft) denken und sagen, dieser oder jener Augenblick sei nun der glücklichste, aber irgendwie glauben wir doch, es werde sich später einmal noch ein schönerer, glücklicherer einstellen. Da insbesondere in jungen Jahren niemand den Gedanken erträgt, von nun an werde in seinem Leben alles schlechter werden, stellen wir uns in besonders glücklichen Momenten zuversichtlich vor, die Zukunft werde noch schöner werden.

Später aber, wenn wir spüren, dass unser Leben so wie ein Roman in seiner letzten Fassung vor uns liegt, können wir, so wie ich jetzt, rückblickend wählen, was nun wirklich unser glücklichster Augenblick war. Um zu erläutern, warum wir aus so unendlich vielen Momenten gerade jenen einen hervorheben, müssen wir unsere Geschichte erzählen wie einen Roman. Dann wissen wir aber, dass jener gekennzeichnete Moment unwiderruflich vergangen ist, und das lässt uns leiden. Erträglich wird dieses Leiden einzig und allein, wenn uns von jenem goldenen Augenblick irgendein Gegenstand erhalten ist. Greifbare Überbleibsel glücklicher Momente rufen uns die Erinnerungen daran, die Farben, die Freuden am Berühren und am Sehen, viel treuer zurück, als die Menschen dies könnten, die uns den Augenblick verschafft haben. Als wir mitten in unserem Liebesspiel keuchend wie von Sinnen waren und ich von hinten in Füsun eindrang, ihre schweißgebadeten Schultern küsste und an ihrem linken Ohr knabberte, also im glücklichsten Augenblick meines Lebens, fiel jener Ohrring, den ich gar nicht beachtet hatte, von Füsuns schönem Ohr auf das blaue Bettlaken.

Wer sich ein bisschen mit dem Zusammenhang zwischen Kulturen und Museen auskennt, der weiß, dass hinter dem Wissen der westlichen Zivilisation, die der Welt ihren Stempel aufgedrückt hat, Museen stecken und dass die ersten echten Sammler, die später diese Museen begründeten und ihre Objekte klassifizierten und katalogisierten (die ersten Kataloge sind zugleich die ersten Enzyklopädien), bei der Aneignung der ersten Gegenstände meist gar nicht wussten, worauf ihr Tun einmal hinauslaufen würde, ja sich nicht einmal bewusst waren, dass sie überhaupt etwas sammelten.

Als die schönste Liebesvereinigung meines Lebens zu Ende war und wir voneinander Abschied nehmen mussten, war der Ohrring in den Falten des Lakens verborgen, und Füsun sah mir tief in die Augen.

»Mein ganzes Leben ist nun mit dem deinen verbunden«, sagte sie leise.

Das gefiel mir, machte mir zugleich aber auch angst.

Am nächsten Tag war es wieder sehr heiß. Als ich mich mit Füsun im Merhamet Apartmanı traf, sah ich in ihren Augen ebensoviel Hoffnung wie Furcht.

Sie küsste mich und sagte dann: »Ich habe gestern einen Ohrring verloren.«

»Da ist er«, sagte ich und fasste in die rechte Tasche meiner Jacke, die über dem Stuhl hing. »Ah, nein, doch nicht.« Erst glaubte ich schon an ein böses Omen, doch dann fiel mir ein, dass ich wegen des warmen Wetters eine andere Jacke angezogen hatte. »Der ist in der Tasche meiner Jacke von gestern.«

»Bring ihn mir morgen mit, vergiss es nicht, ja?« sagte Füsun mit großen Augen. »Der ist mir sehr wichtig.«

18
Die Geschichte von Belkıs

In allen Zeitungen wurde über den Unfall ausführlich berichtet. Füsun las das zwar nicht, aber Şenay hatte den ganzen Vormittag so viel über das Unfallopfer gesprochen, dass Füsun schon meinte, manche Kundinnen aus Nişantaşı seien nur deshalb in den Laden gekommen, um über die Frau tratschen zu können. »Morgen lässt Şenay den Laden über Mittag zu, damit ich auch zu der Beerdigung gehen kann«, sagte Füsun. »Wir tun alle so, als ob wir die Frau gern gehabt hätten, dabei war es überhaupt nicht so.«

»Warum denn?«

»Sie kam oft in den Laden, aber meist nahm sie irgendein teures Stück aus Paris oder Mailand zur Probe mit nach Hause, trug es bei einem großen Empfang und brachte es uns dann zurück, weil es angeblich doch nicht das Richtige war. Und Şenay war ihr böse, weil ein Kleid, das bei dem Empfang schon jeder gesehen hatte, nicht mehr leicht zu verkaufen war. Şenay mochte die Frau sowieso nicht und zog hinter ihrem Rücken über sie her, weil sie uns von oben herab behandelte und immer hartnäckig feilschte. Aber weil sie einen so einflussreichen Bekanntenkreis hatte, wagte Şenay nie etwas zu sagen. Kanntest du sie denn?«

»Nein. Aber sie war mal die Freundin eines Kumpels von mir«, sagte ich und fühlte mich schäbig, weil ich mir das Plaudern über die Geschichte, die hinter diesem Tod steckte, lieber für Sibel aufsparte – davon versprach ich mir mehr Genuss. Dabei hätte ich noch eine Woche zuvor keinerlei Bedenken gehabt, vor Füsun etwas zu verbergen oder sie gar anzulügen, denn das schien mir eine unvermeidliche und eigentlich recht angenehme Begleiterscheinung dieser Art von Beziehung zu sein. Nun aber überlegte ich, ob ich die Geschichte nicht in irgendeiner entschärften Fassung erzählten sollte, aber ich sah ein, dass das unmöglich war. Da Füsun merkte, dass ich ihr etwas verheimlichte, sagte ich schließlich: »Es ist eine sehr traurige Geschichte. Die Frau ist verachtet worden, weil sie mit ziemlich vielen Männern geschlafen hat.«

Das war nicht einmal meine eigentliche Meinung, sondern nur so dahingesagt. Füsun sagte erst eine Weile gar nichts und dann beinahe im Flüsterton: »Keine Sorge, ich werde bis an mein Lebensende mit keinem anderen schlafen als mit dir.«

Als ich ins Büro zurückkehrte, fühlte ich eine innere Ruhe und arbeitete zum erstenmal seit langem wieder voller Eifer und in dem lustvollen Bewusstsein, Geld zu verdienen. Mit Kenan, einem ehrgeizigen Angestellten, der etwas jünger war als ich, ging ich scherzend die beinahe hundert Namen umfassende Liste unserer Schuldner durch.

»Was sollen wir mit dem da machen?« mokierte sich Kenan über einen Namen, der ungefähr »offene Hand« bedeutete.

»Na, dem werden wir die Hand noch weiter öffnen. Was soll's, der hat eben Pech mit so einem Namen!«

Abends auf dem Nachhauseweg ging ich im Schatten der schon ganz grünen Platanen dahin und sog den Lindenduft ein, der mich aus den Gärten alter Herrschaftshäuser anwehte, von denen viele inzwischen längst abgebrannt sind. Ich sah auf die vielen Männer, die im Stau wütend hupten, und sagte mir, dass ich mit meinem Leben zufrieden sein konnte, da meine Liebes- und Eifersuchtskrise vorbei war und sich alles zum Guten fügte. Zu Hause duschte ich erst einmal. Als ich mir ein gebügeltes Hemd aus dem Schrank holte, fiel mir der Ohrring wieder ein, doch in der Jacke, in der ich ihn glaubte, fand ich ihn nicht, so dass ich in Schubläden und Schränken herumsuchte und auch einen Blick in die Schüssel warf, in der unser Dienstmädchen Fatma abgerissene Knöpfe, abgegangene Kragenstäbchen und Kleingeld oder Feuerzeuge aufhob, die mir aus der Tasche gefallen waren, aber da war der Ohrring auch nicht.

»Fatma«, rief ich mit gedämpfter Stimme, »hast du irgendwo einen Ohrring gefunden?«

Das große, helle Zimmer, das früher meinem Bruder gehört hatte, duftete nach Bügeldampf und Lavendel. Fatma räumte die Handtücher und die Hemden und Taschentücher, die sie meinem Vater und mir am Nachmittag gebügelt hatte, in unsere Schränke, nein, einen Ohrring hatte sie nicht gefunden. Aus einem Korb mit Strümpfen zog sie eine Socke heraus wie ein Katzenjunges, das etwas angestellt hat, und hielt sie mir hin.

»Da, du Nagelbohrer«, sagte sie. Das war einer der Spitznamen, mit denen sie mich als Kind bedacht hatte, »wenn du dir die Zehennägel nicht schneidest, hast du bald keine einzige heile Socke mehr. Ich stopf sie dir nämlich nicht mehr!«

»Schon gut.«

In der Ecke unseres Salons, die auf die Teşvikiye-Moschee hinausging, ließ sich mein Vater vom Friseur Basri die Haare schneiden, und meine Mutter saß ihm wie immer schräg gegenüber und erzählte. Als sie mich sah, sagte sie: »Komm her und hör dir den neuesten Klatsch an.«

Basri hatte bisher so dreingeschaut, als hätte er gar nicht hingehört, aber bei dem Wort Klatsch ließ er die Schere sinken und setzte ein breites Grinsen auf, das seine großen Zähne zeigte, und lauschte.

»Worum geht's denn?« fragte ich.

»Der jüngste Sohn von den Lerzans wollte doch Ralleyfahrer werden, und sein Vater hat es ihm verboten, und –«

»Und jetzt hat er den Mercedes seines Vaters zu Schrott gefahren und ihn dann bei der Polizei als gestohlen gemeldet. Weiß ich schon.«

»Und hast du auch gehört, was die Şaziments gemacht haben, um ihre Tochter mit dem Sohn der Karahans zu verheiraten? Halt, wo willst du denn hin?«

»Ich bin zum Essen nicht da, ich gehe mit Sibel auf eine Party.«

»Dann sag Bekri, er soll die Barben nicht heute abend machen. Er hat sie extra für dich auf dem Fischmarkt von Beyoğlu gekauft. Versprich wenigstens, dass du sie morgen mittag isst!«

»Versprochen!«

Die dünnen weißen Haare meines Vaters fielen auf den Parkettboden, von dem der Teppich ein wenig zurückgeschlagen war.

Ich holte das Auto aus der Garage, machte das Radio an, trommelte im Takt der Musik auf dem Lenkrad herum und gelangte über die Bosporusbrücke innerhalb von einer Stunde nach Anadoluhisarı. Als Sibel mich hupen hörte, kam sie aus der Villa gelaufen. Unterwegs erzählte ich ihr, die Frau, die bei dem Unfall in der Emlak-Straße ums

Leben gekommen war, sei einmal Zaims Freundin gewesen (›Sie-verdienen-nur-das-Beste-Zaim‹, sagte Sibel lächelnd). »Sie hieß Belkıs und war ein paar Jahre älter als ich, so um die zweiunddreißig, dreiunddreißig, und stammte aus einer armen Familie. Als sie später zur Society gehörte, wurde von Neidern gerne herumerzählt, dass ihre Mutter ein Kopftuch trug. Ende der fünfziger Jahre lernte sie als Gymnasiastin beim Jugendfest am neunzehnten Mai einen gleichaltrigen Jungen kennen, der wie sie Fahnenträger war, und die beiden verliebten sich ineinander. Der Junge war Faris, der jüngste Sohn von Kaptanoğlu, einem der reichsten Reeder Istanbuls. Diese Beziehung, die aus einem türkischen Film hätte sein können – armes Mädchen liebt reichen Jungen –, hielt jahrelang an. Die beiden waren so verliebt oder einfach so leichtsinnig, dass sie schon als Schüler unverheiratet miteinander schliefen und das auch noch jedermann wissen ließen. Am vernünftigsten wäre natürlich gewesen, die zwei hätten geheiratet, aber dem widersetzten sich die Eltern des Jungen, die sich einbildeten, das Mädchen sei nur ›bis zum Letzten‹ gegangen, um sich ihren Sohn zu schnappen, und alle Welt wisse darüber Bescheid. Anscheinend hatte der Junge weder den Mumm noch genug eigenes Geld, um gegen seine Eltern anzukommen und das Mädchen auf eigene Faust zu heiraten. So verfiel man auf die Lösung, die beiden jungen Leute auf Kosten der reichen Familie unverheiratet nach Europa zu schikken. Dort aber, in Paris nämlich, starb der Junge drei Jahre später, sei es nun an Drogen oder aus Verzweiflung. Anstatt nun, wie in solchen Fällen üblich, sich mit einem Franzosen aus dem Staub zu machen und die Türkei zu vergessen, kehrte Belkıs nach Istanbul zurück, ließ sich mit anderen reichen Männern ein und führte bald ein Liebesleben, das sämtliche Society-Frauen vor Neid erblassen ließ. Ihr zweiter Geliebter war Rüpel-Sabih … Nachdem sie sich von dem getrennt hatte, war sie mit dem ältesten Sohn der Demirbağs zusammen, der gerade Liebeskummer hatte. Da ihr nächster Freund Rıfkı ebenfalls eine unglückliche Liebesgeschichte hinter sich hatte, nannten die Männer aus der besseren Gesellschaft sie eine Zeitlang den ›Tröstenden Engel‹ und träumten alle davon, mit ihr eine Affäre zu haben. Die meisten Frauen dagegen, die noch nie mit einem anderen Mann geschlafen hatten als ihrem eigenen oder es allerhöchstens zu einem heimlichen Treffen mit einem Liebhaber brachten, das sie aber aus lauter Scham und Furcht nicht richtig genießen konnten, wünschten Belkıs alles erdenklich Böse an den Hals. Als deren Schönheit zu verblühen begann und sie nicht einmal mehr genügend Geld aufbrachte, um sich ordentlich anzuziehen, schien der Wunsch jener Frauen allmählich in Erfüllung zu gehen. So ist der Verkehrsunfall für Belkıs eine Art Erlösung.«

»Mich wundert nur, dass von so vielen Männern keiner sie heiraten wollte«, sagte Sibel. »Es war also keiner genügend verliebt ihn sie.«

»Männer verlieben sich sogar sehr in solche Frauen. Aber Heiraten ist etwas anderes. Wenn sie Faris gleich geheiratet hätte, noch bevor sie mit ihm schlief, dann wäre ihre bescheidene Herkunft schnell vergessen worden. Oder wenn sie von einer wohlhabenden Familie abstammen würde, dann hätte es auch keinen Umstand gemacht, dass sie bei der Hochzeit nicht mehr Jungfrau war. Weil sie aber nicht zustande brachte, was doch den meisten gelingt, und dafür ein reiches Liebesleben hatte, wurde sie von den Society-Weibern jahrelang die ›Tröstende Hure‹ genannt. Einer Frau, die sich in ihrer Jugend kopfüber in die erste Liebe gestürzt und sich ihrem Freund bedenkenlos hingegeben hat, müssten wir eigentlich Achtung entgegenbringen.«

»Und tust du das?« fragte Sibel.

»Nein, ich fand die Frau furchtbar.«

Eines Tages wurde aus irgendeinem Anlass in Suadiye in einem Haus am Meer ein Empfang gegeben, direkt an der langen Kaimauer aus Beton. Etwa sechzig, siebzig Menschen standen mit einem Glas in der Hand herum, taxierten sich gegenseitig und flüsterten sich zu, wer alles gekommen war. Die meisten Frauen schienen innerlich mit der Länge ihrer Röcke zu hadern, die einen, weil sie sich für einen zu langen Rock entschieden hatten, die anderen, weil sie für den kurzen Rock, den sie trugen, entweder zu kurze oder zu dicke Beine hatten. Auf den ersten Blick hätte man sie daher für nervöse, unerfahrene Animierdamen halten können. Gleich neben der Bootsanlegestelle ergoss sich ein Abwasserkanal ins Meer, der sich für die Gäste, zwischen denen weiß behandschuhte Kellner umherwandelten, zu einer ziemlichen Geruchsbelästigung entwickelte.

Ein »Seelendoktor« drückte mir, kaum eingetroffen, seine frisch gedruckte Visitenkarte in die Hand und berichtete von der Praxis, die er nach dem Studium in den USA nun hier eröffnet habe. Auf dringenden Wunsch einer älteren, aber noch sehr koketten Dame lieferte er den Umstehenden eine Definition von Liebe: Als Liebe bezeichne man das Glücksgefühl, trotz anderweitiger Gelegenheiten immer nur mit ein und demselben Menschen schlafen zu wollen. Danach stellte mir eine Frau ihre hübsche achtzehnjährige Tochter vor und fragte, wo sie angesichts des politisch motivierten Boykotts an den türkischen Universitäten das Mädchen nun studieren lassen solle. Auf das Thema gekommen waren wir durch Zeitungsmeldungen vom Tage, die berichteten, wie in den Druckereien, in denen die Fragen für die zentrale Unizulassungsprüfung gedruckt wurden, die Angestellten eine ganze Weile zu einer Art Gefangenendasein verurteilt seien, weil man befürchtete, die Fragen könnten gestohlen werden.

Plötzlich tauchte am Kai der hochgewachsene, gutaussehende Zaim mit seinem energischen Kinn und den schönen Augen auf, und bei sich hatte er die mindestens genauso große, schlanke und naturblonde Inge, das deutsche Fotomodell. Da schlug sich den Leuten nicht nur der Neid aufs Gemüt, von dem das schöne Paar sogleich umgeben war. Insbesondere die Istanbuler Society-Frauen, die sich krampfhaft die Haare blond färbten, die Augenbrauen zupften und von Boutique zu Boutique liefen, um sich europäischer zu fühlen, als sie es tatsächlich waren, sahen sich angesichts der blauäugigen Inge mit ihren langen schlanken Beinen und ihrem schneeweißen Teint mit der bitteren Erkenntnis konfrontiert, dass in bezug auf Hautfarbe und Körperkonstitution sich bestimmte genetische Defizite nun einmal nicht wettmachen ließen. Ich fühlte mich weniger von Inges nordischem Aussehen angezogen als vielmehr von ihrem Lächeln, das mir ganz vertraut erschien. Schließlich lachte Inge mich schon aus der Morgenzeitung an und dann noch einmal auf dem Weg zur Arbeit, von der Hausfassade in Harbiye. Schon bald war die junge Frau von zahlreichen Partygästen umringt.

Auf der Rückfahrt brach Sibel die Stille im Wagen, als sie sagte: »Dieser Sie-verdienen-nur-das-Beste-Zaim mag ja ein ganz netter Kerl sein. Aber als würde es nicht schon genügen, dass er für seine Werbung ein viertklassiges deutsches Fotomodell benützt, das auch mit irgendwelchen arabischen Scheichs schlafen würde, zeigt er sie jetzt auch noch als seine Freundin herum. Findest du das etwa richtig?«

»Höchstwahrscheinlich erwidert das Mädchen seine freundschaftlichen Gefühle und denkt, dass wir auch nicht anders sind als arabische Scheichs. Im übrigen sind die Verkaufszahlen bis jetzt ganz ordentlich. Zaim hat gesagt, wenn die Türken erfahren, dass sich auch Europäer für ein modernes türkisches Produkt interessieren, dann kaufen sie es gleich doppelt so gern.«

»Beim Friseur habe ich gesehen, dass in *Haftasonu* ein doppelseitiges Foto von den beiden war und dazu noch eine Reportage und ein Foto von Inge, auf dem sie halbnackt ist und ziemlich ordinär wirkt.«

Wir schwiegen lange. Irgendwann sagte ich dann: »Der unbeholfene Kerl, der Inge mit seinen paar Brocken Deutsch erzählt hat, wie toll er sie in der Werbung findet, und der dabei immer auf ihre Haare geschaut hat, damit ihm der Blick nicht auf ihren Busen rutscht, das war Rüpel-Sabih, der zweite Geliebte von Belkıs.«

Aber da schlief Sibel schon, während das Auto rasch unter der umnebelten Bosporusbrücke hindurch fuhr.

19
Eine Totenfeier

Am folgenden Tag ging ich mittags von Satsat direkt nach Hause und aß wie versprochen mit meiner Mutter die Barben. Wir befreiten mit chirurgischer Sorgfalt den Fisch von seiner hauchdünnen schmackhaften Haut und von den fast durchsichtigen Gräten und gingen dabei die Verlobungsvorbereitungen und die »neuesten Vorkommnisse« (wie meine Mutter das nannte) durch. Mit einer Reihe von Bekannten, die hatten durchblicken lassen, wie gerne sie geladen wären, und die man nun keinesfalls enttäuschen durfte, war die Gästeliste mittlerweile auf 230 Personen angewachsen, und deshalb begann der Geschäftsführer des Hilton auch schon, sich mit Kollegen aus anderen

Hotels und mit den einschlägigen Spirituosenimporteuren in Verbindung zu setzen, um ja genügend ausländische Alkoholika (ein Fetisch dies) zur Verfügung zu haben. Angesehene Schneiderinnen wie İpek İsmet, Şaziye, Solak Nermin und Madame Mualla, allesamt einmal Freundinnen und Konkurrentinnen von Füsuns Mutter, waren wegen der vielen Kleiderbestellungen für die Verlobung längst ausgebucht und ließen ihre Lehrlinge bis in die Morgenstunden arbeiten. Mein Vater lag wegen Unwohlsein dämmernd im Schlafzimmer, doch meine Mutter war der Ansicht, dahinter stecke nichts Gesundheitliches, sondern eher eine seelische Verstimmung, und sie fragte sich, was ihm denn so kurz vor der Verlobung seines Sohnes gegen den Strich gehe, und forschte auch mich darüber aus. Als unser Koch Bekri den unvermeidlichen Nudelreis auf den Tisch brachte, von dem er schon in unserer Kindheit meinte, der gehöre zum Fisch unbedingt dazu, wurde meine Mutter plötzlich ganz melancholisch.

»Mir tut es so leid um die Frau«, sagte sie tief betrübt. »Sie hat so viel mitgemacht. Sie hat intensiv gelebt, und darum ist sie beneidet worden. Eigentlich war sie ein sehr, sehr guter Mensch.«

Meine Mutter erachtete es gar nicht für nötig zu erklären, wen sie mit »der Frau« meine, und ohne Umschweife erzählte sie, wie meine Eltern sich im Skiurlaub am Uludağ mit ihr und ihrem damaligen Geliebten Demir, dem ältesten Sohn der Demirbağs, angefreundet hätten und wie sie, während mein Vater und Demir Karten spielten, mit Belkıs bis weit nach Mitternacht in der rustikalen Hotelbar zusammengesessen und Tee getrunken und gestrickt und sich unterhalten habe.

»Sie hat so viel gelitten, die arme Frau, erst unter der Armut und dann unter den Männern, ganz furchtbar viel«, betonte meine Mutter. Zu Fatma gewandt sagte sie dann: »Bringen Sie uns den Kaffee auf den Balkon. Wir sehen uns die Trauerfeier an.«

Da ich abgesehen von meinem Amerika-Aufenthalt immer in derselben Wohnung gelebt hatte, deren Salon und Balkon auf den Hof der Teşvikiye-Moschee hinausgingen, in dem jeden Tag ein, zwei Trauerfeiern stattfanden, waren mir in der Kindheit Trauerfeiern ein unverzichtbares Vergnügen, bei dem man dem furchterregenden Geheimnis des Todes auf die Spur kommen konnte. In der Moschee wurde damals nicht nur für die Reichen Istanbuls, sondern auch für bekannte Politiker, Generäle, Journalisten, Sänger und sonstige Künstler das Totengebet gesprochen, und danach begann hier der Leichenzug, bei dem der Sarg auf den Schultern der Trauergemeinde »auf der letzten Reise« bis zum Nişantaşı-Platz getragen wurde, begleitet von Mozarts Trauermarsch, den je nach Rang des Toten eine Militärkapelle oder das städtische Musikcorps spielte. Als Kinder luden mein Bruder und ich uns ein großes, schweres Kissen auf die Schultern, ließen Bekri, Fatma und Çetin hinter uns hergehen, summten den Trauermarsch und zogen so durch die Wohnung, immer leicht schwankend, wie echte Sargträger. Wenn die Beisetzung eines Ministerpräsidenten anstand, eines reichen Prominenten oder eines berühmten Sängers, dann klingelte es oft kurz vorher bei uns, und es stand ein ungebetener Gast vor der Tür, der gerade in der Gegend war und nur kurz vorbeischauen wollte und den meine Mutter dann auch nicht abwies, obwohl sie hinterher immer sagte: »Wegen uns ist der nicht gekommen, der wollte nur glotzen.« Damit ließ sie uns spüren, dass jene Feiern eben nicht veranstaltet wurden, um an unser aller Tod zu gemahnen oder dem Verstorbenen Achtung zu erweisen, sondern um der Schaulust willen und der Freude an Zeremonien.

Kaum saßen wir nun an dem Balkontischchen, sagte meine Mutter: »Setz dich doch hierher, da siehst du besser!« Dann bemerkte sie, dass ich plötzlich erbleichte und eine Miene aufsetzte, die so gar nicht zum Genuss jenes Spektakels passte, und zog einen falschen Schluss daraus: »Du weißt ja, mein Junge, wenn ich jetzt nicht zur Beisetzung dieser Frau gehe, die mir doch so leid tut, dann nicht deshalb, weil dein Vater krank im Bett liegt. Ich würde es nur nicht mit ansehen können, dass Leute wie Rıfkı oder Samim theatralisch dunkle Sonnenbrillen aufsetzen, damit man die Tränen nicht sieht, die sie in Wirklichkeit gar nicht weinen. Und außerdem hat man von hier einen besseren Überblick. Was hast du denn?«

»Nichts. Alles in Ordnung.«

Als ich auf den Stufen, die vom großen Hoftor der Moschee zum Sarg hinunterführten, unter den mit einfachen Kopftüchern oder schicken Schals in Modefarben verhüllten Frauen, die sich wie von selbst dort im Schatten versammelten, plötzlich Füsun erblickte, schlug mir das Herz wie wild. Sie trug einen orangefarbenen Schal. In Luftlinie mochten gut siebzig, achtzig Meter zwischen uns liegen, doch war mir, als würde ich nicht nur sehen, sondern auch spüren, wie Füsun atmete, wie sie die Augenbrauen hob, wie in der Mittagshitze (es war der letzte Maitag) ihre Stirn leicht schwitzte, wie sie unter all den verhüllten Frauen eingezwängt war, wie sie sich verlegen leicht auf die linke Seite der Unterlippe biss und wie sie das Gewicht ihres schlanken Körpers von einem Bein auf das andere verlagerte. Wie im Traum hätte ich am liebsten vom Balkon herunter gewunken und gerufen, aber es kam mir kein Ton über die Lippen, und mein Herz schlug noch immer wie verrückt.

»Mutter, ich gehe jetzt.«

»Was ist denn los mit dir? Du bist ja ganz weiß im Gesicht!«

Ich ging hinunter und beobachtete Füsun von dort. Neben ihr stand Şenay und unterhielt sich mit einer eleganten, doch recht stämmigen Dame, aber Füsun hörte den beiden kaum zu, sondern wikkelte sich gedankenverloren einen Zipfel ihres ungeschickt gebundenen Schals um den Finger. Diese Kopfbedeckung verlieh ihr etwas Stolzes, Heiliges. Von der Freitagspredigt, die über Lautsprecher auf den Hof hinaus übertragen wurde, verstand man wegen der schlechten Tonqualität kaum etwas anderes als ein paar Worte über den Tod als letzte Station und das ständig wiederholte »Allah«, das immer so ungraziös betont wurde, als sollte einem damit Angst eingejagt werden. Hin und wieder traf hastig ein Nachzügler ein wie ein verspäteter Partygast, und während sich alle Köpfe nach ihm reckten, wurde ihm auch schon ein kleines Schwarzweißfoto von Belkıs an den Jackenkragen geheftet. Die Begrüßungen, das Händeschütteln, die Küsse und die tröstenden Umarmungen wurden von Füsun aufmerksam verfolgt.

Auch an Füsuns Kragen war ein Foto geheftet. Die Sitte, den Trauernden ein Foto des Verstorbenen anzuheften, war damals bei den häufigen Trauerfeiern für die Opfer politischer Morde aufgekommen und von der Istanbuler Bourgeoisie rasch übernommen worden. Dadurch, dass die Mitglieder einer zwar trauernden, aber im Grunde doch recht munteren Gesellschaft die gleiche Art Fotos trugen (hier eine kleine Auswahl davon) wie rechte oder linke politische Aktivisten, wurde einer gewöhnlichen, im Stil eines Empfangs ablaufenden Society-Beerdigung die Anmutung eines Ideals verliehen, für das es sich zu sterben lohnt. In der Todesanzeige in den Zeitungen wiederum wirkte das Foto von Belkıs, das nach westlichem Vorbild schwarz umrandet war, wie die Bekanntmachung eines politischen Mordes.

Anstatt mich der Trauergesellschaft anzuschließen, ging ich zum Merhamet Apartmanı, wo ich ungeduldig auf Füsun zu warten begann. Immer wieder sah ich auf die Uhr. Als ich nach langer Zeit in einer plötzlichen Anwandlung an dem auf die Teşvikiye-Straße hinausgehenden Fenster die stets geschlossenen verstaubten Vorhänge einen Spaltweit öffnete, sah ich in einem Leichenwagen langsam Belkıs' Sarg an mir vorbeiziehen.

Genauso schwerfällig wie jener Leichenwagen bewegte sich in meinem Gehirn der Gedanke, dass manche Menschen aus Armut, Unverstand oder sonstigem Missgeschick ihr ganzes Leben lang zu leiden hatten. Mir schien es, als sei dagegen ich selbst seit Anbeginn meines Erwachsenenlebens durch einen unsichtbaren Panzer vor jeglicher Unbill gefeit. Und ich ahnte, dass eine übermäßige Beschäftigung mit dem Unglück anderer mich selber unglücklich machen und meinen Schutzpanzer beschädigen könnte.

20
Füsuns zwei Bedingungen

Füsun kam erst ziemlich spät. Ich war daher einigermaßen nervös, sie jedoch noch viel mehr. Sie habe unterwegs ihre Freundin Ceyda getroffen, sagte sie, aber nicht im Ton einer Entschuldigung, sondern eher anklagend. Ich roch an ihr das Parfüm ihrer Freundin. Die beiden hatten sich bei dem Schönheitswettbewerb kennengelernt. Ceyda war ebenfalls übervorteilt worden und hatte somit nur den dritten Platz errungen, aber nun war sie sehr glücklich, da sie mit dem Sohn der Sedircis ging, einem seriösen jungen Mann, mit dem sie auch schon Heiratspläne schmiedete. »Ist das nicht schön?« fragte Füsun und sah mir dabei entwaffnend direkt in die Augen. Als ich nickte, sagte sie, da sei aber ein Problem. Da der Sohn der Sedircis so seriös sei, wolle er nicht, dass sie als Fotomodell arbeite. »Jetzt werden zum Beispiel gerade Werbungen für Hollywoodschaukeln gemacht. Da ihr Freund sehr konservativ und streng ist, will er sie in der Schaukelreklame weder im Minirock sehen noch sonstwie unschicklich bekleidet. Dabei hat Ceyda Unterricht als Mannequin genommen. Die Firma hätte nichts gegen ein türkisches Modell, aber mit Ceydas Freund ist nicht zu reden.«

»Richte ihr doch von mir aus, dass der Kerl sie bald ganz und gar einsperren wird.«

»Damit, dass sie nach der Hochzeit Hausfrau sein wird, hat sie sich schon abgefunden«, sagte Füsun, verärgert über das Unverständnis, das ich an den Tag legte. »Sie ist sich nur nicht sicher, ob ihr Freund es wirklich ernst mit ihr meint, und will das mit mir besprechen. Aber woran merkt man, ob ein Mann es ernst meint?«

»Keine Ahnung.«

»Du weißt doch, wie Männer sind.«

»Aber mit konservativen Neureichen aus der Provinz kenne ich mich nicht aus. Zeig lieber mal deine Hausaufgaben her.«

»Die habe ich nicht gemacht, damit das schon mal klar ist. Hast du meinen Ohrring gefunden?«

Fast hätte ich so getan wie der gerissene Betrunkene, der bei der Polizeikontrolle haargenau weiß, dass er seinen Führerschein nicht dabeihat, aber trotzdem in allen Taschen und im Handschuhfach herumwühlt; aber dann beherrschte ich mich doch.

»Nein, in der ganzen Wohnung nicht. Aber keine Sorge, der kommt schon wieder zum Vorschein.«

»Jetzt reicht's aber, ich gehe jetzt und komme nie wieder!«

An der fahrigen Art, in der sie ihre Tasche und ihre sonstigen Habseligkeiten zusammensuchte, merkte ich, wie ernst es ihr war. Ich stand an der Schwelle wie der Türsteher einer Bar, flehte sie an, doch bitte nicht zu gehen, und irgendwann sah ich an dem verschmitzten Zug, der sich an ihren Mundwinkeln andeutete, und an einer Aufwärtsbewegung ihrer Augenbraue, die unwillkürlich liebevoller ausfiel, als sie es beabsichtigt hatte, dass meine (durch die Bank wahren) Liebesschwüre allmählich ihre Wirkung taten.

»Gut, dann gehe ich eben nicht«, sagte sie. »Aber unter zwei Bedingungen. Erst musst du mir sagen, wen du auf der Welt am meisten liebst.«

Sie merkte aber gleich, dass sie mir nicht zumuten konnte, jetzt zwischen Sibel und ihr zu wählen, und fügte hinzu: »Welches männliche Wesen ...«

»Meinen Vater.«

»Gut. Meine erste Bedingung ist, dass du mir beim Leben deines Vaters schwörst, mich nie wieder anzulügen.«

»Schwöre ich.«

»Nein, nicht so, sag den ganzen Satz.«

»Ich schwöre dir beim Leben meines Vaters, dass ich dich nie wieder anlügen werde.«

»Du hast dabei nicht mal geblinzelt.«

»Und die zweite Bedingung?«

Bevor sie die nennen konnte, küssten wir uns erst einmal und begannen uns dann lange zu lieben. In unserem Liebesrausch hatten wir beide das Gefühl, in ein Phantasieland zu gelangen, das in meiner Vorstellung die Ausmaße eines fremden Planeten annahm, auf dem es felsig-romantisch aussah wie auf einer einsamen Insel oder wie auf dem Mond. Als wir später über dieses Gefühl einmal sprachen, sagte Füsun, ihr erscheine ein ziemlich dunkler, mit vielen Bäumen bestandener Garten, ein Fenster, das auf diesen Garten und das dahinterliegende Meer hinausging, und ein gelb wogender Abhang voller Sonnenblumen. Diese Bilder drängten sich uns auf, wenn wir uns einander am allernächsten fühlten (so wie in jenem Augenblick), also wenn ich etwa eine der mir erregt entgegengereckten Brüste Füsuns fast ganz in den Mund nahm oder wenn Füsun ihre Nase an die Stelle zwischen meinem Hals und meiner Schulter drückte und mich mit aller Kraft umarmte. Wir lasen uns dann von den Augen ab, dass diese überwältigende Nähe in uns Gefühle auslöste, wie wir sie nie gekannt hatten.

»So, jetzt sage ich dir meine zweite Bedingung«, sagte Füsun in postkoitaler Gelöstheit. »Versprich mir, dass du einmal zu meinen Eltern zum Abendessen kommst und mir den Ohrring und dieses Dreirad mitbringst.«

»Mach ich«, sagte ich spontan, in gleicher Verfassung wie sie.

»Aber was sollen wir deinen Eltern dann erzählen?«

»Du kannst doch mal auf der Straße eine Verwandte getroffen und dich nach ihren Eltern erkundigt haben? Und sie kann dich dann eingeladen haben. Oder du kannst einmal bei uns im Geschäft gewesen sein und daraufhin den Wunsch verspürt haben, meine Eltern wieder einmal zu sehen. Und kannst du nicht auch mit einer Verwandten vor ihrer Prüfung ein wenig Mathematik treiben?«

»Ich komme bestimmt einmal mit dem Ohrring zu deinen Eltern zum Essen, versprochen. Aber das mit der Nachhilfe sagen wir besser niemandem.«

»Warum nicht?«

»Weil du sehr hübsch bist, da meinen alle gleich, wir hätten etwas miteinander.«

»Dann können also ein Junge und ein Mädchen nicht wie die Europäer längere Zeit gemeinsam in einem abgeschlossenen Raum bleiben, ohne miteinander zu schlafen?«

»Natürlich können sie das. Aber weil wir hier in der Türkei sind, wird jeder meinen, dass sie nicht Mathematik, sondern was anderes treiben. Und weil jeder weiß, dass alle so denken, werden auch die beiden anfangen, an so was zu denken. Das Mädchen wird um seine Ehre besorgt sein und vielleicht sagen, lassen wir lieber die Tür offen. Und der Junge wird denken, wenn die so lange mit mir in einem Zimmer bleibt, dann will sie was von mir, und damit das Mädchen nicht denkt, er sei kein richtiger Mann, wird er sich an sie heranmachen. Über kurz oder lang jedenfalls wird beiden der Kopf von dem Gedanken vergiftet, was wohl alle meinen, dass sie gerade tun. Und selbst wenn sie nicht miteinander schlafen, werden sie sich schuldig fühlen und sich nicht mehr lange gemeinsam in dem Zimmer aufhalten können, ohne es dann doch zu tun.«

Wir schwiegen. Wir lagen auf dem Rücken im Bett, und unsere Blicke schweiften zu dem Ensemble, das aus dem Heizungsrohr, dem für das Ofenrohr gedachten Loch und seinem Deckel, der Vorhangstange, dem Vorhang, der oberen Zimmerecke und aus vielen Rissen, abblätternder Farbe und Staub bestand. Um den Museumsbesuchern von unserem damaligen Schweigen eine Vorstellung zu geben, habe ich Jahre später diesen Anblick in allen Details für unser Museum nachbilden lassen.

21
Die Geschichte meines Vaters: Perlenohrringe

Anfang Juni, neun Tage vor der Verlobung, nahm ich an einem sonnigen Donnerstag mit meinem Vater im Restaurant Abdullah Efendi in Emirgân ein Mittagessen ein, von dem ich schon damals ahnte, dass ich es mein Leben lang nicht vergessen würde. Mein Vater, der damals mit seiner anhaltenden Lustlosigkeit meiner Mutter Sorgen bereitete, hatte zu mir gesagt: »Vor deiner Verlobung gehen mal nur wir beide zusammen essen, und dann gebe ich dir ein paar Ratschläge.« Während ich im Auto bereitwillig den Lebensweisheiten meines Vaters lauschte (Geschäftsfreunde sind nicht unbedingt Freunde im Leben, etc.), die ich als eine Art Vorbereitungszeremoniell für die Verlobung ansah, blickte ich auf den draußen vorbeigleitenden Bosporus, die wegen der Strömung seitlich dahintreibenden schönen alten Stadtdampfer und die Schatten der selbst zur Mittagszeit dunkel wirkenden Haine der Bosporusvillen. Anstatt mir wie früher zu predigen, ich solle nicht so faul, so leichtsinnig und träumerisch sein, sondern mich auf meine Pflichten und meine Verantwortung besinnen, sagte mein Vater nun, während durch die offenen Autofenster würzige Meeresluft hereinströmte, dass man das Leben genießen müsse, da es ein nur allzu kurz währendes Gottesgeschenk sei. Die hier ausgestellte Gipsbüste meines Vaters entstand etwa zehn Jahre vor jenem Mittagessen, als wir durch Textilexport innerhalb kurzer Zeit zu Reichtum gelangten. Mein Vater hatte sie auf Veranlassung eines Freundes von dem Bildhauer Somtaş Yontunç anfertigen lassen, einem Akademieprofessor, dessen Name ihm bei der großen Namensreform von Atatürk persönlich verliehen worden war. Aus Unmut über den Künstler, der meinen Vater mit einem verkleinerten Schnurrbart darstellte, um ihn europäischer wirken zu lassen, habe ich der Büste diesen Plastikschnurrbart angeklebt. Wenn mein Vater mich früher wegen meiner Zerstreutheit ausschimpfte, beobachtete ich immer, wie ihm dabei der Schnurrbart zitterte. Dass mein Vater mich nun eher davor warnte, mir wegen meiner Arbeitsamkeit die Freuden des Lebens entgehen zu lassen, wertete ich als Zeichen dafür, dass er mit den Neuerungen, die ich bei Satsat und anderen Firmen eingeführt hatte, recht zufrieden war. Als mein Vater sagte, um bestimmte Dinge, mit denen bisher mein Bruder befasst war, solle nun lieber ich mich kümmern, da erwiderte ich, genau das hätte ich selbst auch vor, und mein Bruder sei in mancher Hinsicht eben zu konservativ und betulich und füge uns allen damit so manchen Schaden zu, und daraufhin lächelte nicht nur mein Vater zufrieden, sondern auch Çetin.

Das Restaurant Abdullah Efendi hatte sich früher in Beyoğlu befunden, an der Hauptstraße neben der Ağa-Moschee. Alles, was reich und berühmt war und in die Lokale und Kinos von Beyoğlu strömte, verkehrte dort, doch da schließlich so gut wie alle Gäste über ein Auto verfügten, zog das Restaurant in einen kleinen Bauernhof auf einer Anhöhe bei Emirgân um, mit Blick auf den Bosporus. Kaum betrat mein Vater das Restaurant, begrüßte er einzeln die diversen Kellner, die er seit Jahren aus anderen Lokalen oder dem alten Abdullah kannte. Dann sah er sich im großen Gastraum um, ob nicht zufällig ein Bekannter von uns zugegen war. Als der Oberkellner uns zu unserem Tisch führte, schaute mein Vater noch bei einem anderen Tisch vorbei, grüßte von ferne zu einem zweiten hin und schäkerte an einem dritten mit einer älteren Dame, die dort mit ihrer hübschen Tochter saß und gleich ausrief, wie schnell ich doch erwachsen geworden sei, wie sehr ich meinem Vater ähnelte und wie gut ich aussähe. Beim Oberkellner, der stillschweigend aufgehört hatte, mich wie früher als Junger Herr zu titulieren, bestellte mein Vater zu den Vorspeisen sogleich Raki.

»Du willst doch auch welchen, oder?« fragte er. »Und rauch ruhig, wenn du willst.« Als hätten wir das Thema, ob ich in seiner Gegenwart rauchen durfte, seit meiner Rückkehr aus den USA nicht schon längst aus der Welt geschafft.

»Bringen Sie meinem Sohn auch einen Aschenbecher«, bat er einen Kellner.

Während ich die kleinen Tomaten beroch, die das Restaurant in eigenen Treibhäusern anbaute, und in raschen Schlucken meinen Raki trank, wurde ich das Gefühl nicht los, mein Vater habe etwas auf dem Herzen und wisse nur noch nicht, wie er in das Thema einsteigen solle. Wir blickten beide zum Fenster hinaus und sahen, wie vor der Tür Çetin mit anderen Chauffeuren ein Schwätzchen hielt.

»Vergiss nie, was wir an Çetin haben«, sagte mein Vater im Ton eines Testaments.

»Ich weiß, was wir an ihm haben.«

»Da bin ich mir eben nicht sicher. Lach nicht über ihn, wenn er seine frommen Geschichten erzählt. Er ist eine Seele von Mensch und seit zwanzig Jahren bei uns im Dienst. Wenn mir einmal etwas zustößt, dann entlass ihn ja nicht. Und kauf dir auch nicht ständig ein neues Auto wie all diese Neureichen. Der Chevrolet ist noch gut in Schuss. Seit man wegen des Devisenmangels keine ausländischen Autos mehr einführen darf, ist Istanbul zwar zu einem Museum für amerikanische Straßenkreuzer geworden, aber das macht nichts, wir haben auch die besten Mechaniker.«

»Keine Sorge, Papa, in dem Auto bin ich doch groß geworden.«

»Gut so«, nickte mein Vater. Da er nun den entsprechenden Ton angeschlagen hatte, konnte er sich seinem wahren Thema zuwenden. »Sibel ist ein tolles Mädchen, ein ganz besonderer Mensch«, fuhr er fort, nein, das war es also noch nicht. »Du weißt doch hoffentlich, dass so jemand nicht leicht zu finden ist? Eine Frau, und noch dazu eine so seltene Blume wie sie, darfst du niemals kränken. Du musst sie immer auf Händen tragen.« Plötzlich sah er ganz verlegen drein. Als regte ihn etwas auf, sagte er ungeduldig: »Du kannst dich doch an das hübsche Mädchen erinnern, mit dem du mich mal in Beşiktaş gesehen hast?«

»Welches Mädchen?«

Er zuckte unwillig die Schultern. »Na, du hast mich doch vor etwa zehn Jahren mal in Beşiktaş mit einem sehr hübschen Mädchen im Barbaros-Park sitzen sehen.«

»Ich kann mich nicht erinnern, Papa.«
»Was heißt hier nicht erinnern? Wir beide haben uns doch sogar in die Augen geschaut. Und neben mir saß das schöne Mädchen.«
»Und dann?«
»Dann hast du weggesehen, um deinen Vater nicht in Verlegenheit zu bringen. Fällt's dir wieder ein?«
»Nein.«
»Aber doch, du hast uns gesehen!«
Ich konnte mich überhaupt nicht an solch eine Begegnung erinnern, aber davon ließ mein Vater sich nur schwer überzeugen. Nach einer langen, unerfreulichen Diskussion kamen wir zu dem Schluss, dass ich damals vielleicht vergessen wollte, die beiden gesehen zu haben, und dass mir das eben gelungen war. Vielleicht hatten die beiden in ihrer Panik sich auch nur eingebildet, ich hätte sie gesehen. Jedenfalls waren wir nun beim Thema.

»Dieses Mädchen ist elf Jahre lang meine Geliebte gewesen, und sie war wirklich sehr hübsch«, sagte mein Vater und fasste damit stolz die beiden wichtigsten Elemente in einem Satz zusammen.

Er war etwas verstimmt, weil ich die Schönheit des Mädchens, von dem er mir wohl schon lange hatte erzählen wollen, nicht gesehen oder, schlimmer noch, sie zwar gesehen, aber vergessen hatte. Mit einem Ruck zog er ein Schwarzweißfoto aus der Tasche, das eine dunkelhaarige junge Frau auf dem Hinterdeck eines Stadtdampfers bei Karaköy zeigte.

»Das ist sie. Das Foto stammt aus der Zeit, als wir uns kennengelernt haben. Da sieht sie gerade etwas traurig drein, aber ist sie nicht schön? Fällt es dir jetzt wieder ein?«

Ich schwieg. Es störte mich, dass mein Vater mir von einer seiner Geliebten erzählte, und mochte sie auch noch so verflossen sein. Was genau mich aber daran störte, hätte ich damals nicht zu sagen gewusst.

»Jetzt pass mal auf. Was ich dir jetzt sage, erzählst du bitte nicht deinem Bruder weiter«, sagte mein Vater und steckte das Foto wieder ein. »Der ist zu bieder und würde so was nicht verstehen. Aber du warst schon in Amerika, und außerdem erzähle ich ja nichts völlig Verwerfliches. Einverstanden?«

»Natürlich, Papa.«

»Dann hör zu«, sagte er, und hin und wieder von seinem Raki nippend, berichtete er von der Frau.

Er lernte sie »vor siebzehneinhalb Jahren, nämlich 1958, an einem verschneiten Januartag« kennen und sei auf der Stelle von ihrer naiven, unschuldigen Schönheit fasziniert gewesen. Sie arbeitete bei Satsat, der Firma, die mein Vater damals gerade gegründet hatte. Erst waren sie nur Kollegen, aber trotz des Altersunterschieds von siebenundzwanzig Jahren hätten in ihrer Beziehung schon bald »tiefe Gefühle« eine Rolle gespielt. Als das Verhältnis des Mädchens mit dem gutaussehenden Chef ein Jahr lang andauerte (ich überschlug, dass mein Vater damals siebenundvierzig gewesen sein musste), verließ sie auf Druck meines Vaters hin die Firma und suchte sich auch keine andere Arbeit, sondern führte von da an in einer von meinem Vater gekauften Wohnung in Beşiktaş ein zurückgezogenes Leben mit der Aussicht, meinen Vater eines Tages zu heiraten.

»Sie war sehr gutherzig, sehr liebevoll, sehr intelligent, ein ganz besonderer Mensch, ganz anders als die anderen Frauen. Ich habe mir den einen oder anderen Seitensprung geleistet, aber so verliebt wie in sie war ich nie. Ich habe ernsthaft daran gedacht, sie zu heiraten, mein Junge. Aber was hätte dann aus deiner Mutter werden sollen, aus euch ...«

Wir schwiegen eine Weile.

»Versteh mich jetzt nicht falsch, Junge, ich sage nicht, dass ich mich aufgeopfert habe, damit es euch gutgeht. Das mit der Heirat war mehr ihre Idee. Ich habe sie jahrelang hingehalten. Ich konnte mir ein Leben ohne sie nicht mehr vorstellen und litt, wenn sie nicht da war. Von diesem Schmerz konnte ich weder dir noch sonst jemandem erzählen. Und eines Tages hat sie dann gesagt: ›Entscheide dich endlich!‹ Entweder ich würde mich von eurer Mutter trennen und sie heiraten, oder sie würde mich verlassen. Schenk dir noch Raki ein.«

»Und dann?«

Er zögerte ein wenig. »Da ich eure Mutter und euch nicht aufgeben wollte, hat sie mich tatsächlich verlassen.« Es fiel ihm sichtlich schwer, das zu sagen, aber zugleich wirkte er erleichtert. Er sah mir ins Gesicht, und als ich ihm zu verstehen gab, er solle ruhig weitererzählen, war er noch mehr erleichtert.

»Ich habe sehr gelitten. Dein Bruder hatte schon geheiratet, und du warst in Amerika. Und vor deiner Mutter versuchte ich meinen Schmerz natürlich zu verbergen, so dass ich heimlich wie ein Dieb vor mich hin leiden musste. Dabei hatte deine Mutter selbstverständlich – wie bei den anderen Geliebten auch – längst etwas geahnt und auch begriffen, dass es diesmal etwas Ernstes war, doch sie ließ sich nichts anmerken. So lebten wir zu Hause zusammen mit Bekri und Fatma wie Leute, die in einem Hotel so tun, als seien sie eine Familie. Ich wusste, dass mein Schmerz nicht nachlassen würde und ich darüber noch verrückt werden konnte, aber irgendwie brachte ich es nicht über mich, endlich zu tun, was ich hätte tun sollen. Und sie« – mein Vater vermied es, mir den Namen der Frau zu nennen – »war in der Zeit auch sehr unglücklich. Sie sagte mir, da sei ein Ingenieur, der ihr einen Heiratsantrag gemacht habe, und wenn ich mich nicht bald für sie entschiede, dann werde sie eben ihn heiraten. Das nahm ich ihr aber nicht ab. Ich war der erste Mann in ihrem Leben gewesen und dachte, sie wolle keinen anderen außer mir und bluffe nur. Manchmal geriet ich dennoch in Panik, aber mir waren ja sowieso die Hände gebunden. So versuchte ich sowenig wie möglich an das Thema zu denken. In jenem Sommer chauffierte uns Çetin alle miteinander nach Izmir, zu der großen Messe. Als wir zurückkamen, erfuhr ich, sie habe einen anderen geheiratet. Ich konnte das nicht glauben. Bestimmt hatte sie das Gerücht nur in die Welt gesetzt, um mich zu verletzen. All meinen Bemühungen um ein Treffen mit ihr wich sie aus und ging nicht einmal ans Telefon. Sie verkaufte sogar die Wohnung, die ich ihr zur Verfügung gestellt hatte, und zog um, ohne ihre neue Adresse zu hinterlassen. Hatte sie nun wirklich geheiratet? Wer war dieser Ingenieur? Hatte sie Kinder? Was machte sie? Ganze vier Jahre lang konnte ich niemanden all das fragen. Ich fürchtete, wenn ich etwas erfahren würde, dann würde mein Schmerz noch schlimmer werden, aber gar nichts zu erfahren war auch furchtbar. Die Vorstellung, dass sie irgendwo in Istanbul lebte, die gleichen Zeitungsmeldungen las wie ich und das gleiche Fernsehprogramm sah, ohne dass ich sie jemals zu Gesicht bekam, machte mich ganz fertig. Das ganze Leben kam mir plötzlich sinnlos vor. Versteh mich nicht falsch, ich bin natürlich stolz auf euch, auf die Firmen, auf eure Mutter. Aber das damals tat schon weh.«

Da mein Vater das alles in der Vergangenheitsform erzählte, ging ich davon aus, dass die Geschichte irgendein Ende gefunden hatte und mein Vater nicht mehr davon geplagt wurde, aber irgendwie gefiel mir der Gedanke gar nicht.

»Schließlich rief ich eines Nachmittags ihre Mutter an. Die wusste natürlich über mich Bescheid, aber sie kannte meine Stimme nicht. Ich gab mich also als Ehemann einer alten Schulfreundin aus. ›Meine Frau liegt im Krankenhaus und würde sich über einen Besuch Ihrer Tochter freuen‹, sagte ich. ›Meine Tochter ist tot‹, erwiderte die Frau und fing gleich an zu weinen. Sie war an Krebs gestorben. Um nicht selber zu weinen, legte ich sofort auf. Ich war auf so etwas überhaupt nicht gefasst gewesen, merkte aber sofort, dass es die Wahrheit war. Der Ingenieur dagegen war reine Erfindung gewesen. Wie furchtbar das Leben doch ist, wie furchtbar leer!«

Meinem Vater flossen Tränen übers Gesicht, und ich fühlte mich ganz hilflos. Einerseits verstand ich ihn, andererseits war ich irgendwie wütend auf ihn, und beim Überdenken dieser Geschichte geriet ich ganz durcheinander und kam mir vor wie einer der Primitiven, die kein Tabu denken können, wie es früher in der Anthropologie immer hieß.

»Nun«, sagte mein Vater, nachdem er sich wieder gefasst hatte, »ich habe dich ja heute nicht hierhergebeten, um dich mit meinem Schmerz zu betrüben. Aber du stehst jetzt kurz vor deiner Verlobung, da wollte ich eben, dass du diese traurige Geschichte kennst und deinen Vater ein bisschen besser verstehst, und ich will dir auch etwas vermitteln damit, weißt du?«

»Was denn?«

»Dass ich heute vieles bereue. Ich bereue etwa, dass ich diese Frau nicht genug gewürdigt und ihr nicht tausendmal gesagt habe, wie lieb und wertvoll sie mir sei. Sie war herzensgut, bescheiden, intelligent und wunderschön. Sie hatte auch überhaupt nicht die Art, ihre Schönheit immer stolz herauszukehren, als ob sie sie selber geschaffen hätte, wie man das hier bei schönen Frauen leider so oft sieht, und sie wollte auch nicht ständig verwöhnt und umschwärmt werden. Und schau, wenn ich heute Jahre später immer noch leide, dann nicht nur, weil ich sie verloren habe, sondern auch, weil ich sie nicht so behandelt habe, wie sie es verdient hätte. Junge, eine Frau muss man gut behandeln, bevor es zu spät ist.«

Nach diesen letzten, in feierlichem Ton gesprochenen Worten zog mein Vater eine mit verblichenem Samt überzogene Schmuckschachtel aus der Tasche. »Als wir damals alle auf der Messe in Izmir waren, habe ich ihr das gekauft und wollte es ihr nach meiner Rückkehr geben, damit sie mir nicht böse war und mir verzieh, aber das hat dann nicht mehr sein sollen.« Er machte die Schachtel auf. »Ohrringe standen ihr immer sehr gut. Die da sind aus Perlen und sehr wertvoll. Ich habe sie jahrelang versteckt. Ich will aber nicht, dass deine Mutter sie nach meinem Tod einmal findet. Nimm du sie. Ich habe viel darüber nachgedacht und finde, dass sie gut zu Sibel passen.«

»Aber Papa, Sibel ist nicht meine heimliche Geliebte, sie wird meine Frau«, sagte ich, sah aber doch in die Schachtel hinein.

»Na und? Du brauchst Sibel die Geschichte der Ohrringe ja nicht zu erzählen, und damit fertig. Und wenn sie sie anlegt, dann denkst du immer an mich. Und du vergisst die Ratschläge nicht, die ich dir gegeben habe, und behandelst dieses schöne Mädchen immer gut. Manche Männer behandeln Frauen herzlich schlecht, würden es aber nie zugeben. Sei du ja nicht so. Lass dir das von mir gesagt sein!«

Er machte die Schachtel wieder zu und drückte sie mir mit der Geste eines osmanischen Würdenträgers wie ein Bakschisch in die Hand. Dann sagte er zum Kellner: »Noch ein bisschen Raki und Eis!« und zu mir: »Schöner Tag heute, was? Und einen tollen Garten haben sie hier. Er duftet so schön nach Linde und nach Frühling!«

Danach brachte ich eine gute Weile damit zu, meinem Vater klarzumachen, dass ich einen Termin hatte, den ich unbedingt einhalten musste, und dass es keine gute Idee wäre, wenn er als Chef bei Satsat anrufen und den Termin einfach absagen würde.

»Das hast du wohl in Amerika gelernt. Bravo.«

Ich konnte ihm zwar die Bitte nicht abschlagen, noch ein Glas Raki mit ihm zu trinken, sah aber immer wieder auf die Uhr, weil ich gerade an dem Tag zu meinem Treffen mit Füsun nicht zu spät kommen wollte.

»Bleib doch noch ein wenig«, sagte mein Vater. »Schau, wie schön wir uns unterhalten, Vater und Sohn. Bald heiratest du, und dann hast du uns schnell vergessen!«

»Papa, ich verstehe jetzt, was du alles durchgemacht hast, und werde deine wertvollen Ratschläge garantiert beherzigen«, sagte ich beim Aufstehen.

Wenn er gerührt war, hatte mein Vater mittlerweile ein ganz bestimmtes Zucken um die Mundwinkel. Er nahm meine Hand und drückte sie fest, und als ich den Druck mit der gleichen Intensität erwiderte, schossen ihm plötzlich Tränen aus den Augen, als hätte ich einen Schwamm gepresst, der unter seinen Wangen versteckt war.

Er nahm sich aber gleich wieder zusammen, verlangte lautstark die Rechnung, und auf der Rückfahrt schlief er sogleich ein.

Im Merhamet Apartmanı brauchte ich nicht lange, um mich zu entscheiden. Als Füsun kam, küsste ich sie lange, erklärte ihr dann, warum ich so eine Fahne hatte, und zog schließlich das samtüberzogene Schächtelchen aus der Tasche.

»Mach auf!«

Bedächtig öffnete sie die Schachtel.

»Das sind doch nicht meine! Die sind aus Perlen und bestimmt ganz schön teuer!«

»Gefallen sie dir?«

»Wo ist mein Ohrring?«

»Deiner war zuerst verschwunden, und eines Morgens bin ich aufgewacht, und da war er wieder da und hatte den anderen gleich mitgebracht. Da habe ich sie in die Schachtel da gesteckt und ihrer Besitzerin gebracht.«

»Ich bin doch kein kleines Kind mehr. Das sind nicht meine Ohrringe.«

»Im übertragenen Sinne schon.«

»Ich will meinen eigenen Ohrring wieder.«

»Das ist ein Geschenk von mir«, sagte ich.

»Die kann ich ja nicht einmal anlegen, da würde jeder gleich fragen, wo ich die herhabe.«

»Dann leg sie eben nicht an. Aber weis bitte mein Geschenk nicht zurück.«

»Das ist doch nur etwas, was du mir anstelle meines eigenen Ohrrings gibst. Wenn du meinen nicht verloren hättest, dann hättest du mir auch das da nicht gebracht. Hast du meinen denn wirklich verloren? Das würde mich allmählich mal interessieren.«

»Der taucht bestimmt irgendwann in einem Schrank wieder auf.«

»Irgendwann ... Wie kannst du das so seelenruhig sagen? Du bist derart leichtsinnig. Wie lange soll ich denn noch warten?«

»Nicht mehr lange«, beeilte ich mich zu sagen, um mich aus der Situation zu retten. »Und an dem Tag bringe ich dann auch deinen Eltern das Dreirad.«

»Das will ich sehen«, sagte Füsun. Dann küssten wir uns. »Du riechst wirklich furchtbar nach Alkohol.«

Ich küsste sie aber weiter, und als wir uns zu lieben begannen, waren alle Sorgen gleich vergessen. Die Ohrringe, die mein Vater seiner Geliebten gekauft hatte, ließ ich an Ort und Stelle.

22
Rahmis Hand

Der Tag der Verlobung rückte näher, und immer mehr Vorbereitungen hielten mich davon ab, meinen Liebeskümmernissen Zeit zu widmen. Mit meinen Freunden, deren Väter wiederum mit meinem Vater befreundet waren, debattierte ich im Club ausführlichst, woher ich mir für den Empfang im Hilton den Champagner und die anderen europäischen Alkoholika besorgen sollte. Den Leuten, die Jahre später in dieses Museum kommen, möchte ich in Erinnerung rufen, dass damals die Einfuhr ausländischer Alkoholgetränke strengster staatlicher Kontrolle unterlag und der Staat ohnehin außerstande war, Importeure mit den notwendigen Devisen auszustatten, so dass nur sehr geringe Mengen an Champagner, Whisky und anderen Spirituosen ins Land gelangten. In besseren Stadtvierteln jedoch, in Delikatessengeschäften, in Läden mit Schmuggelware, in den Bars von Luxushotels sowie bei Losverkäufern, die auf den Gehsteigen mit Säcken voller Lose herumzogen, waren solche Getränke sowie geschmuggelte amerikanische Zigaretten jederzeit zu haben. Wer so wie ich eine etwas anspruchsvollere Hochzeit gestalten wollte, der kam nicht umhin, sich die europäischen Getränke zum Teil irgendwie selbst zu besorgen und sie dann dem Hotel auszuhändigen. Die Barmänner der diversen Hotels waren natürlich fast alle miteinander bekannt und halfen sich gegenseitig mit Flaschenlieferungen aus, um größere Veranstaltungen reibungslos über die Bühne zu bringen. Da sich die Klatschkolumnisten der Zeitungen nach jedem Empfang mit Vorliebe darüber ausließen, wie viele echte ausländische Getränke und wie viel Whisky aus Ankara ausgeschenkt wurde, musste ich ganz schön aufpassen. Wenn ich gerade nicht mit dieser ermüdenden Angelegenheit beschäftigt war, rief Sibel mich oft per Telefon nach Bebek, auf die Anhöhe von Arnavutköy oder in das sich damals gerade entwickelnde Etiler, und dort besichtigten wir im Bau befindliche Wohnungen mit Blick auf den Bosporus. Wir stiefelten durch Rohbauten, die nach Kalk und Zement rochen, und stellten uns beide genüsslich vor, wie wir darin einmal wohnen würden, wo unser Schlaf- und wo unser Wohnzimmer wäre und wohin wir die Couch stellen würden, um den schönsten Ausblick zu haben. Wenn wir abends irgendwo eingeladen waren, berichtete Sibel unseren Freunden eifrig von den besichtigten Wohnungen mit all ihren Vor- und Nachteilen und erörterte überhaupt gerne unsere Pläne mit anderen, aber ich war dann schon nicht mehr so bei der Sache und wechselte aus seltsamem Unbehagen heraus das Thema, um lieber über Zaims Erfolge mit Meltem, über Fußball oder über neu eröffnete Sommerlokale zu reden. Mein heimliches Glück mit Füsun hatte mich im Freundeskreis schweigsamer gemacht; ich blieb nun lieber stummer Beobachter. Es senkte sich langsam ein Seelenschmerz auf mich herab, aber damals war mir das noch nicht so bewusst, sondern ich sehe es jetzt im Rückblick so. Damals bemerkte ich höchstens mein Verstummen.

»Du bist ziemlich schweigsam in letzter Zeit«, sagte Sibel eines Abends, als ich sie um Mitternacht nach Hause fuhr.

»Tatsächlich?«

»Wir haben jetzt eine halbe Stunde nichts geredet.«
»Na ja, dieses Mittagessen neulich mit meinem Vater, das geht mir immer noch nach. Es klingt bei ihm alles so, als würde er sich auf den Tod vorbereiten.«
Am Freitag, den 6. Juni, also acht Tage vor der Verlobung und neun Tage vor der Zulassungsprüfung, fuhr Çetin meinen Vater, meinen Bruder und mich zu einem Beileidsbesuch etwas unterhalb des Çukurcuma-Hammams zwischen Beyoğlu und Tophane. Bei dem Verstorbenen handelte es sich um einen aus Malatya stammenden Arbeiter, der seit jeher bei meinem Vater beschäftigt gewesen war. Der massige, stets freundliche Mann war Teil der Firmengeschichte und hatte zuletzt jahrelang Botengänge erledigt. Er hatte eine künstliche Hand, nachdem er in der Fabrik bei einem Arbeitsunfall mit der Hand in eine Maschine geraten war. Mein Vater hatte dem fleißigen Mann, an dem er sehr hing, daraufhin eine Arbeit im Büro verschafft, wo ich ihn dann kennengelernt hatte. Meinem Bruder und mir war die künstliche Hand zunächst unheimlich – wir waren noch Kinder –, aber der immer gut aufgelegte Rahmi schaffte es, dass wir sie bald schon als Spielzeug ansahen und uns jedesmal, wenn wir ins Büro meines Vaters kamen, irgendwie damit beschäftigten. Einmal beobachteten wir, wie Rahmi in einem leerstehenden Büroraum seinen Gebetsteppich ausbreitete und zum Beten die Hand abnahm und beiseite legte.

Die beiden Söhne Rahmis waren genauso massig und freundlich wie ihr Vater. Sie küssten beide meinem Vater die Hand. Die Witwe, eine füllige Frau mit rosiger Haut, müde und mitgenommen, weinte beim Anblick meines Vaters gleich los und wischte sich mit einem Zipfel ihres Kopftuchs die Tränen ab. Mit einer Herzlichkeit, zu der weder ich noch mein Bruder fähig waren, tröstete mein Vater sie, umarmte und küsste die beiden Söhne und stellte auch mit den anderen Trauergästen in kürzester Zeit ein vertrauliches Verhältnis her. Mein Bruder und ich dagegen waren ob unserer Geniertheit von vagen Schuldgefühlen geplagt. Während mein Bruder in dozierendem Ton irgend etwas von sich gab, kramte ich hilflos Erinnerungen hervor.

Es kommt ja in solchen Situationen weder darauf an, was man sagt, noch wie sehr man wirklich mit den Trauernden mitfühlt; man muss sich vielmehr darauf verstehen, sich an die vorherrschende Atmosphäre anzupassen. Weniger um des Nikotins willen, sondern weil die Zigarette dem Menschen in substanzlosen Momenten so leicht das Gefühl vermittelt, etwas Sinnvolles zu tun, wird dabei auch gerne geraucht. So griffen auch mein Vater, mein Bruder und ich gerne zu, als der ältere der beiden Söhne uns ein Päckchen Samsun hinhielt. Der junge Mann zündete uns die Zigaretten geschickt mit einem Streichholz an, und wir schlugen die Beine übereinander und rauchten, als wäre das nun das Wichtigste auf der Welt.

Wohl wegen des ungewohnten Geschmacks der Samsun saß ich bald dem Irrtum auf, mir »tiefe« Gedanken über das Leben zu machen. Im Leben drehte sich doch alles ums Glück. Manche Menschen waren glücklich, anderen war dies nie vergönnt. Die meisten lagen natürlich irgendwo dazwischen. Ich selbst war damals sehr glücklich, merkte dies aber gar nicht richtig. Heute denke ich, darin liegt das probateste Mittel, sich sein Glück zu bewahren. Damals aber ignorierte ich mein Glück nicht, um es zu bewahren, sondern weil ich mich vor einem drohenden Unglück fürchtete, nämlich davor, Füsun zu verlieren. Es war wohl das, was mich in jenen Tagen stumm und empfindlich werden ließ.

Während ich mich in dem kleinen, armselig eingerichteten, aber peinlich sauberen Wohnzimmer umsah (an der Wand hingen eine Tafel mit der Eröffnungsformel der Koransuren und ein schönes Barometer, wie es in den fünfziger Jahren Mode war), meinte ich plötzlich, gleich mit Rahmis Frau mitweinen zu müssen. Auf dem Häkeldeckchen, das über den Fernseher gebreitet war, lag ein schlafender Porzellanhund; und auch der sah aus, als würde er bald losheulen. Und komischerweise fühlte ich mich beim Anblick dieses Hundes wieder besser, als würde er mich an Füsun erinnern.

23
Schweigen

Füsun und ich schwiegen uns immer mehr an, je näher die Verlobung heranrückte, und bei unseren Tag für Tag mindestens zwei Stunden währenden Treffen liebten wir uns heftiger denn je und wurden dennoch von dieser Stille vergiftet.

»Meine Mutter hat eine Einladungskarte zu deiner Verlobung bekommen«, sagte Füsun einmal. »Sie hat sich sehr gefreut, und auch mein Vater hat gesagt, wir sollen hingehen, mich will er auch dabeihaben. Gott sei Dank ist am Tag darauf die Zulassungsprüfung, da brauche ich mich nicht krank zu stellen.«

»Die Einladung hat meine Mutter geschickt«, erwiderte ich. »Geh ja nicht hin. Ich würde am liebsten auch nicht hingehen.«

Ich hoffte, Füsun würde sagen: »Dann geh doch nicht hin«, aber sie sagte gar nichts. Mit jedem Tag, der uns der Verlobung näherbrachte, gerieten wir im Bett mehr und mehr ins Schwitzen und umarmten uns mit eingespielten Bewegungen wie ein Paar, das schon jahrelang zusammenwohnt, und manchmal lagen wir auch reglos und schweigend da und starrten auf die Gardine, die vom hereinwehenden Wind sanft gebläht wurde.

Bis zum Tag der Verlobung trafen wir uns stets zur gleichen Zeit im Merhamet Apartmanı. Wir redeten nicht über meine Verlobung oder darüber, was aus uns werden sollte, und vermieden auch alles, was uns diese Themen irgendwie in Erinnerung rief. Von draußen hörten wir das Schreien der fußballspielenden Kinder. Auch in unseren Anfangstagen hatten wir über unsere Situation nicht geredet, uns aber über Gott und die Welt unterhalten, über unsere gemeinsamen Verwandten, über Nişantaşı-Klatsch und schlechte Männer und uns dabei köstlich amüsiert. Damit war es abrupt zu Ende gegangen, was wir als Verlust empfanden, als Ungemach. Doch entzweite uns das nicht, sondern schweißte uns seltsamerweise noch mehr zusammen.

Ich ertappte mich schon bei dem Gedanken, mich mit Füsun auch nach der Verlobung noch zu treffen. Die paradiesische Vorstellung, es könne alles so weitergehen wie bisher, entwickelte sich nach und nach zu einer handfesten Überzeugung. So innig und heftig, wie wir uns liebten, konnte Füsun mich doch gar nicht verlassen. Ich behielt das alles für mich, versuchte aber aus Füsuns Worten und Gesten herauszulesen, wie sie die Sache sah. Sie war sich dessen wohl bewusst und ließ sich nichts anmerken, so dass unser Schweigen sich noch ausdehnte. Füsun wiederum beobachtete mich und stellte ratlos ihre eigenen Vermutungen an. Manchmal sahen wir uns lange unverwandt an wie zwei Spione auf der Suche nach dem entscheidenden Detail. Als Zeugen für unser bekümmertes Schweigen stelle ich hier kommentarlos den weißen Slip, die weißen Kindersocken und die schmutzigweißen Gummischuhe aus, die Füsun damals trug.

Der Tag der Verlobung kam und machte alle Vermutungen zunichte. Als erstes musste ich ein kleines Problem bei der Whisky- und Champagnerversorgung lösen (ein Händler wollte nicht mit der Ware herausrücken, ohne vorher Bares zu sehen), dann ging ich nach Taksim hinauf, aß im vertrauten Atlantik-Imbiss (von dem hier die Speisekarte aushängt) einen Hamburger und trank Ayran dazu und ging dann zum Friseur aus meinen Kindertagen, dem geschwätzigen Cevat, der Ende der sechziger Jahre aus Nişantaşı weggezogen war, so dass wir Männer der Familie uns in Nişantaşı einen anderen Friseur suchten, nämlich Basri, aber wenn ich gerade in der Nähe war und eine Aufmunterung durch Cevats Scherze gut gebrauchen konnte, dann ging ich zu ihm in die Ağacami-Straße und ließ mich dort rasieren. Cevat strahlte, als er von meiner Verlobung hörte, und ließ mir gleich eine Bräutigamsrasur angedeihen, bei der er sich mit jedem meiner Barthaare einzeln zu beschäftigen schien. Er benutzte maßvoll einen Rasierschaum und trug am Ende ein angeblich geruchloses Aftershave auf. Danach ging ich zu Fuß nach Nişantaşı ins Merhamet Apartmanı.

Füsun war wie immer rechtzeitig da. Ein paar Tage zuvor hatte ich ihr noch halbherzig gesagt, sie brauche am Samstag nicht zu kommen, da ja am nächsten Tag ihre Prüfung sei, aber sie hatte nur geantwortet, nachdem sie nun so fleißig gewesen sei, brauche sie ein wenig Entspannung. Unter dem Vorwand der Prüfung war sie schon zwei Tage lang nicht in die Boutique Champs-Élysées gegangen. Als sie ankam, setzte sie sich gleich an den Tisch und zündete sich eine Zigarette an.

»Vor lauter Gedanken an dich geht in meinen Kopf keine Mathematik mehr rein«, spöttelte sie. Dann lachte sie laut auf, als habe sie etwas ganz Absurdes gesagt, einen abgedroschenen Satz aus irgendeinem Film, und wurde danach ganz rot.

Wenn sie nicht so verzagend errötet wäre, hätte auch ich das Ganze ins Scherzhafte gewendet. Dann hätten wir so getan, als fiele uns nicht einmal ein, dass ich mich noch am gleichen Tag verloben würde. So aber wurde nichts daraus. Dieser Kummer ließ sich nicht durch einen Scherz verscheuchen, nicht durch Reden bewältigen und auch nicht durch geteiltes Leid auf halbes Leid reduzieren; er ließ sich nur dadurch vertreiben, dass wir miteinander schliefen. Aber selbst diesen Genuss vergällte er uns allmählich. Füsun lag auf dem Bett wie eine Kranke, die in ihren Körper hineinhorcht und dabei über ihren Kopf traurige Wolken hinwegziehen sieht, und ich legte mich zu ihr und blickte ebenfalls zur Decke hinauf. Die Kinder draußen droschen mittlerweile schweigend auf ihren Ball ein, und nach einer Weile verstummten auch die Vögel. In der Ferne hörten wir eine Schiffssirene, und dann noch eine. Dann tranken wir Whisky aus einem Glas, das Ethem Kemal gehört hatte, meinem Großvater und dem zweiten Mann von Füsuns Großmutter, und schließlich begannen wir uns zu küssen. Ich darf bei der Niederschrift dieser Geschichte den Leser nicht zu sehr betrüben: Ein Roman muss nicht traurig sein, nur weil seine Protagonisten es sind. Und im Küssen hatten wir Fortschritte gemacht. Anstatt den Leser zu bedrücken, will ich lieber erzählen, dass Füsuns Zunge in meinem Mund geradezu dahinschmolz. Bei unseren immer längeren Küssen bildete sich in der Höhle unserer vereinigten Münder eine honigsüße Flüssigkeit, die uns manchmal von den Mundwinkeln bis zum Kinn herabtroff, und dann erstand vor unseren Augen ein paradiesisches Traumland, und wir sahen dieses Land im Kopf sich drehen wie ein buntes Kaleidoskop. Wie ein gieriger Vogel, der eine Feige in den Schnabel nimmt, zog manchmal einer von uns die Ober- oder Unterlippe des anderen saugend in den eigenen Mund, knabberte mit den Zähnen an dem gefangenen Stück Lippe, als wollte er sagen »Jetzt bist du mir ausgeliefert!«, und wenn der andere dann die Abenteuer seiner Lippe geduldig-lustvoll verspürt und erlebt hatte, wie reizvoll es sein konnte, dem geliebten Menschen ausgeliefert zu sein (und sich zugleich ausmalte, wie es wohl sein mochte, dem anderen nicht nur die Zunge, sondern beherzt den ganzen Körper zu überlassen, und zum erstenmal im Leben ahnte, dass diese Sphäre zwischen Zärtlichkeit und Unterwerfung die tiefste und dunkelste der Liebe war), dann ließ er dem anderen die gleiche Behandlung angedeihen, und unsere sich ungeduldig windenden Zungen fanden sich schnell zwischen unseren Zähnen und erinnerten uns wieder an den süßen Teil der Liebe, der nicht mit Gewalt, sondern mit Weichheit und Umarmung und Berührung zu tun hat. Nachdem wir uns lange geliebt hatten, schliefen wir eine Weile. Als die Gardine von einer lindenduftenden Brise hochgeweht wurde und seidig über unsere Gesichter fuhr, schreckten wir gleichzeitig hoch.

»Ich war im Traum in einem Sonnenblumenfeld«, sagte Füsun. »Die Sonnenblumen wiegten sich seltsam im Wind. Das machte mir angst, und ich wollte schreien, konnte aber nicht.«

»Du brauchst keine Angst zu haben, ich bin ja bei dir.«

Ich will nicht erzählen, wie wir aufstanden, uns anzogen und zur Tür gingen. Beim Abschied sagte ich ihr noch, sie solle die Prüfung ganz ruhig angehen und nur ja ihre Prüfungsvorladung nicht vergessen, es werde schon alles gutgehen, und dann versuchte ich, in möglichst normalem Ton die Frage zu stellen, die mir seit Tagen unendlich oft durch den Kopf gegangen war.

»Morgen wieder um die gleiche Zeit, ja?«

»Gut!« sagte Füsun mit abgewandtem Blick.

Ich sah ihr lange liebevoll nach und war nun überzeugt, dass die Verlobung ausgezeichnet verlaufen würde.

24
Die Verlobung

Diese Ansichtskarten des Istanbuler Hilton habe ich etwa zwanzig Jahre nach den hier geschilderten Ereignissen gefunden. Ich hatte mich inzwischen mit den bedeutendsten Sammlern Istanbuls angefreundet und war in der Stadt selbst und in ganz Europa ständig unterwegs, um auf Flohmärkten und in kleinen Museen Objekte für das Museum der Unschuld zu suchen. Als nach langen Verhandlungen der berühmte Sammler Hasta Halit mir endlich gestattete, eine der Karten näher anzusehen und zu berühren, erinnerte mich die seinerzeit sehr moderne Fassade des Hilton nicht nur an meine Verlobung, sondern gleich an meine ganze Kindheit. Als ich zehn war, gingen meine Eltern ganz aufgeregt zur Eröffnungsfeier des Hotels, an der neben dem gesamten Istanbuler Establishment auch die inzwischen längst vergessene Hollywoodschauspielerin Terry Moore teilnahm. Meine Eltern gewöhnten sich rasch an, bei jeder sich bietenden Gelegenheit in das Hotel zu gehen, dessen Silhouette – in ihrer maroden Umgebung recht fremd wirkend – man auch von den Fenstern unserer Wohnung aus sah. Die auf Bauchtanz begierigen Vertreter ausländischer Firmen, an die mein Vater Waren verkaufte, stiegen regelmäßig im Hilton ab. Wenn sonntagabends unsere ganze Familie das Hilton aufsuchte, um die wundersame Speise namens Hamburger zu verzehren, die noch in keinem anderen Lokal zu finden war, faszinierte meinen Bruder und mich die blutrote Uniform des schnauzbärtigen Hotelportiers mit ihren goldfarbenen Kordeln und den blitzenden Knöpfen und Epauletten. Alle möglichen westlichen Neuerungen wurden damals bei uns erst im Hilton ausprobiert, und die großen Zeitungen unterhielten alle im Hotel einen Korrespondenten. Wenn meine Mutter auf einem liebgewonnenen Kostüm einen Fleck hatte, ließ sie es zur Reinigung des Hilton bringen, und in der Konditorei der Hotellobby trank sie mit ihren Freundinnen gerne Tee. Im großen Salon im Untergeschoss hatten schon viele meiner Verwandten und Freunde Hochzeit gefeiert. Als wir befanden, die heruntergekommene Bosporusvilla meiner zukünftigen Schwiegermutter in Anadoluhisarı eigne sich für unsere

Hochzeit nicht, fiel unsere Wahl daher rasch auf das Hilton. Außerdem war das Hilton seit seiner Eröffnung eines der wenigen Etablissements in Istanbul, die gutsituierten Herren und unbekümmerten Damen ein Zimmer gaben, ohne nach ihrem Ausweis zu fragen.

Çetin setzte meine Eltern und mich schon frühzeitig an der großen Drehtür ab, deren Sonnensegel wie ein fliegender Teppich aussah.

»Wir haben noch eine halbe Stunde«, sagte mein Vater. Wie immer, wenn er das Hotel betrat, war er ganz aufgekratzt. »Setzen wir uns dorthin und trinken wir noch was.«

Wir nahmen in einer Ecke Platz, von der wir die Lobby übersehen konnten, und beim Oberkellner, den mein Vater kannte und gleich leutselig begrüßte, bestellten wir für uns Raki und für meine Mutter Tee. Es machte uns Spaß, die Hotelgäste und dann immer mehr zur Verlobung Geladene an uns vorbeidefilieren zu sehen und dabei über alte Zeiten nachzusinnen. Da wir hinter einem großen Stock Alpenveilchen verborgen saßen, bemerkten uns die Verwandten und Bekannten nicht gleich, wenn sie einzeln oder in fröhlichen Grüppchen schick gekleidet an uns vorbeikamen.

»Schau mal, wie groß Rezzans Tochter schon ist, und wie süß«, sagte meine Mutter. »Wer nicht die Beine dazu hat, dem sollten Miniröcke verboten werden«, kommentierte sie den Aufzug einer anderen Frau. »Nicht wir haben die Pamuks so weit hinten plaziert, sondern Sibels Eltern«, beantwortete sie eine Frage meines Vaters und deutete schon wieder auf neue Gäste: »Oje, wie sieht denn Fazıla aus! Von ihrer ganzen Schönheit ist rein gar nichts mehr übrig. Hätten sie die Arme doch zu Hause gelassen, damit ich sie so nicht sehen muss! Die Frauen mit den Kopftüchern da müssen Verwandte von Sibel sein, mütterlicherseits. Dieser Hicabi, der seine wunderbare Frau und seine Kinder verlassen hat, um dieses ordinäre Weibsstück zu heiraten, der ist für mich unten durch! Schau dir das an, mein Friseur Nevzat hat doch tatsächlich Zümrüt die gleiche Frisur gemacht wie mir! Und wer ist um Himmels willen das Ehepaar da, haben die nicht was Verschlagenes an sich? Wie die dastehen und die Nasen recken, und wie die angezogen sind! Sag mal, hast du Geld dabei, Junge?«

»Wie kommst du jetzt darauf?« wunderte sich mein Vater.

»Na ja, er ist nach Hause gekommen und hat sich in aller Eile um-

gezogen, als würde er nicht zu seiner Verlobung, sondern nur schnell mal in den Club gehen. Hast du nun Geld, Kemal?«
»Hab ich, Mama.«
»Gut. Und halt dich gerade, du stehst heute im Mittelpunkt. Gehen wir jetzt?«
Mein Vater aber gab dem Kellner durch ein Zeichen zu verstehen, dass er noch einen Raki wolle, dann sah er mich fragend an und bestellte gleich noch einen.
»Du bist ja auf einmal wieder ganz munter«, sagte meine Mutter. »Was ist denn los mit dir?«
»Also, auf der Verlobung meines Sohnes werde ich doch noch was trinken und mich amüsieren dürfen?«
»Schau nur, was für eine Schönheit«, rief meine Mutter aus, als sie Sibel erblickte. »Das Kleid ist zauberhaft, und der Perlenbesatz wirklich gelungen. Aber das Mädchen kann ja anziehen, was es will, die sieht immer gut aus. Aber trotzdem, mit welcher Eleganz sie das trägt! So ein süßes, vornehmes Ding! Sag mal, weißt du eigentlich, was du für ein Glückspilz bist?«
Sibel umarmte zwei hübsche Freundinnen, die gerade an uns vorbeigekommen waren. Die Mädchen hielten dabei vorsichtig die langen Filterzigaretten, die sie sich gerade angezündet hatten, passten übertrieben auf, sich nicht gegenseitig Schminke, Frisur und Kleidung durcheinanderzubringen, und küssten sich, ohne dabei mit dem Lippenstiftmund irgend etwas zu berühren, und gickelnd und lachend zeigten sie einander ihre Kleider, ihre Halsketten, ihre Armbänder.
»Jeder vernunftbegabte Mensch weiß, dass das Leben schön ist und unser Ziel darin besteht, glücklich zu werden«, sagte mein Vater mit Blick auf die drei Mädchen. »Und dann werden doch immer nur die Dummen glücklich. Wieso eigentlich?«
»Heute ist einer der glücklichsten Tage im Leben unseres Jungen, warum sagst du da solches Zeug, Mümtaz?« entrüstete sich meine Mutter. Und zu mir gewandt sagte sie: »Na los, worauf wartest du, geh schon hin zu ihr. Sei immer an ihrer Seite und hab Teil an ihrem Glück!«
Ich stellte mein Glas ab und kam hinter dem Blumenstock zum

Vorschein, und als ich auf die Mädchen zuging, sah ich in Sibels Gesicht ein glückliches Strahlen. Ich küsste sie und fragte:»Wo warst du denn so lange?«

Sie machte mich mit ihren Freundinnen bekannt, dann wandten wir uns der großen Drehtür zu.

»Wunderschön bist du«, flüsterte ich ihr ins Ohr. »Großartig!«

»Du siehst auch gut aus. Aber bleiben wir hier nicht stehen.«

Wir blieben trotzdem dort, und nicht wegen mir. Sibel genoss sichtlich die bewundernden Blicke der uns bekannten und unbekannten Menschen, der Verlobungsgäste und der schicken Touristen, die durch die Drehtür hereinkamen, zu der wir immer wieder unwillkürlich hinsahen.

Wenn ich mich jetzt, nach all den Jahren, einzeln an diese Leute erinnere, wird mir so richtig bewusst, was die westlich orientierte Bourgeoisie Istanbuls damals für einen kleinen Kreis bildete. Da war die Frau mit dem langen Kinn, mit der sich meine Mutter angefreundet hatte, als sie uns Kinder mit Eimer und Schaufel im Maçka-Park spielen ließ; sie hatte in die Halis-Familie aus Ayvalık eingeheiratet, die mit Olivenöl und Seifen reich geworden war und durchweg mit dem gleichen Kinn geschlagen war (Verwandtenehe!), und bei den ebenfalls anwesenden Söhnen aus dieser Ehe war das Kinn gleich noch länger. Der Autoimporteur Kova Kadri, mit dem ich manchmal zum Fußball ging (er selbst war früher Torwart gewesen), und seine Töchter, die vor lauter Ohrringen, Armkettchen, Halsketten und Ringen nur so glänzten. Ein mit dubiosen Handelsgeschäften in Verruf geratener Sohn des früheren Staatspräsidenten kam mit seiner eleganten Frau. Auch Doktor Barbut war zugegen, der in meiner Kindheit die ganze bessere Gesellschaft an den Mandeln operiert und allein schon mit seiner Tasche und seinem kamelhaarfarbenen Mantel nicht nur mich, sondern Hunderte von Kindern in Angst und Schrecken versetzt hatte.

»Sibel hat noch ihre Mandeln«, sagte ich, als der Doktor mich freundschaftlich umarmte.

»Die Medizin hat heute viel modernere Methoden, um hübsche Mädchen zu erschrecken und auf den rechten Weg zu bringen!« sagte der Doktor – ein von ihm gerne angebrachter Scherz.

Als der flotte Harun vorbeikam, der Vertreter von Siemens in der

Türkei, hoffte ich, meine Mutter würde ihn nicht sehen, damit sie sich nicht wieder aufregte. Es war ein ruhig und reif wirkender Mann, doch für meine Mutter war er ein »lebender Schandfleck«, weil er mit der Tochter seiner zweiten Frau (also seiner Stieftochter) eine dritte Ehe eingegangen war und es mit seiner ausgeglichenen Art und seinem sanften Lächeln geschafft hatte, dass die Gesellschaft, die anfangs noch Zeter und Mordio geschrien hatte, diesen Umstand schon nach kurzer Zeit akzeptierte. Dann war da noch Cüneyt mit seiner Frau Feyzan. Als im Zweiten Weltkrieg die Minderheiten mit Sondersteuern belegt wurden und man Juden und Griechen, die diese Steuern nicht zahlen konnten, in Arbeitslager schickte, war Cüneyt günstig an Fabriken solcher Leute gekommen und somit vom Wucherer zum Industriellen avanciert, was bei meinem Vater weniger moralische Entrüstung auslöste als vielmehr puren Neid. Dennoch hatte er für den Mann etwas übrig, und als sich herausstellte, dass nicht nur dessen ältester Sohn Alptekin und ich, sondern auch seine jüngste Tochter Asena und Sibel frühere Schulkameraden waren, fanden wir das so lustig, dass wir vier gleich beschlossen, uns einmal alle miteinander zu treffen.

»Jetzt sollten wir mal runtergehen«, sagte ich.

»Du siehst wirklich gut aus, aber halt dich gerade«, erwiderte Sibel und wiederholte damit, ohne es zu wissen, die Worte meiner Mutter.

Bekri, Fatma, der Pförtner Saim und ihre Familien, alle festlich zurechtgemacht, kamen kurz hintereinander verlegen herein und drückten Sibel die Hand. Fatma und Saims Frau Macide hatten die eleganten Schals, die ihnen meine Mutter aus Paris mitgebracht hatte, zu Kopftüchern umfunktioniert. Ihre pickeligen Söhne in Anzug und Krawatte bewunderten verstohlen Sibel. Dann sahen wir Fasih Fahir, einen Freimaurer und Freund meines Vaters, mit seiner Frau Zarife. Mein Vater war vom Freimaurertum seines Freundes alles andere als angetan, schimpfte zu Hause über die Freimaurer, bezichtigte sie, in der Geschäftswelt als »Cliquenwirtschaft« zu agieren, las kopfschüttelnd und seufzend die von antisemitischen Verlagen herausgegebenen Listen der türkischen Freimaurer und nahm, wenn ein Besuch Fasihs anstand, Bücher wie *Das wahre Gesicht der Freimaurer* und *Ich war ein Freimaurer* schnell noch aus dem Regal. Gleich danach betrat die berühmte Luxus-Şermin das Hotel, die einzige weibliche Zuhälterin Istanbuls (und vielleicht der gesamten islamischen Welt), die ich, da mir ihr Gesicht so bekannt war, zuerst für einen Verlobungsgast hielt. Sie trug als Symbol ihres Gewerbes einen lila Schal (sie nahm ihn nie ab, da er eine Messerwunde verbarg) und hatte eines ihrer hübschen »Mädchen« dabei, das extrem hochhackige Schuhe trug. Dann kamen Fare Faruk, bei dem ich früher immer auf Kindergeburtstagen gewesen war, weil seine Mutter mit der meinen befreundet war, und der Tabakmogul Maruf, mit dem ich eine Zeitlang im Park gespielt hatte, weil unsere Kindermädchen sich kannten, und mit dessen Söhnen Sibel oft im »Großen Club« war.

Der alte, füllige Melikhan, ein früherer Außenminister, der uns die Verlobungsringe anstecken sollte, kam mit meinem zukünftigen Schwiegervater herein und umarmte Sibel, die er schon als Kind gekannt hatte. Er musterte mich kurz und wandte sich dann wieder Sibel zu.

»Na, der sieht ja ganz ordentlich aus«, sagte er. Dann schüttelte er mir die Hand. »Freut mich, junger Mann.«

Sibels Freundinnen traten lächelnd herbei. Mit koketter Ungeniertheit, wie sie bei älteren Herren oft toleriert wird, erging sich der Exminister halb scherzhaft, halb ernst in übertriebenen Lobeshymnen auf die Kleider der Mädchen, die Miniröcke, den Schmuck und die Frisuren, küsste alle auf die Wangen und ging dann mit seiner üblichen selbstzufriedenen Miene in den Salon hinunter.

»Ich kann den Dreckskerl nicht ausstehen«, sagte mein Vater auf der Treppe.

»Ach lass ihn doch!« sagte meine Mutter. »Gib lieber auf die Stufen acht!«

»Die seh ich doch, ich bin ja nicht blind«, sagte mein Vater schroff. Als er dann unten die herrliche Aussicht sah, über den Dolmabahçe-Palast hinweg zum Bosporus, zum Leander-Turm und nach Üsküdar, wurde er wieder fröhlicher. Wir hakten uns bei meinem Vater ein und gingen unter den Gästen und den tablettbalancierenden Kellnern umher, umarmten und küssten und grüßten.

»Also Mümtaz, Ihr Sohn ist Ihnen ja wie aus dem Gesicht geschnitten. Ich habe das Gefühl, Sie stehen als junger Mann vor mir.«

»Ich bin ja immer noch jung, Gnädigste«, antwortete mein Vater. »Aber an Sie kann ich mich nicht erinnern.« Mir flüsterte er dann zu: »Ach Junge, lass meinen Arm lieber los, die Leute meinen ja, ich sei altersschwach.« Langsam entfernte ich mich. Der Garten war voller hübscher Mädchen. Die meisten von ihnen trugen hochhackige, vorne offene Schuhe, hatten ihre Zehennägel voller Eifer feuerwehrrot lackiert, und manche von ihnen trugen so kurze Röcke und Kleider, dass man von ihren Beinen, Armen, Schultern und ihrem Brustansatz so einiges zu sehen bekam, was sie aber nicht daran hinderte, gelassen durch den Saal zu wandeln. Viele der jungen Frauen trugen wie Sibel glänzende kleine Lacktaschen mit Metallverschluss.

Dann nahm Sibel mich bei der Hand und stellte mich einer ganzen Reihe von Verwandten, Freunden und Schulkameraden vor.

»Kemal, ich möchte dir eine Freundin vorstellen, mit der du dich bestimmt gut verstehen wirst«, so ähnlich lauteten jedesmal ihre Worte, die mir reichlich affektiert vorkamen, mochte Sibel sie auch noch so innig aussprechen und dabei vor Freude strahlen. Vermutlich stimmte es sie froh, dass ihr Leben ganz nach Plan verlief. Genauso wie an jenem Abend nach langer Mühe jede Falte ihres Kleides, jede einzelne Perle darauf, jeder Flitter perfekt an die Form ihres schönen Körpers angepasst war und nach monatelangen Vorbereitungen ihre Verlobungsfeier reibungslos verlief, würde wohl auch ihr künftiges Glück sich in allen Einzelheiten so einstellen, wie sie es sich ausgemalt hatte. Daher war für Sibel jeder Augenblick der Verlobung, jedes neue Gesicht, jeder Mensch, der sie umarmte, ein neuer Grund zum Glücklichsein. Manchmal lehnte sie sich an mich und zupfte mir behutsam ein imaginäres Haar oder ein Staubkörnchen von der Schulter.

Wenn gerade niemand zu begrüßen war, bemerkte ich, dass die von eifrigen Kellnern umschwirrten Gäste sich – nicht zuletzt unter dem Einfluss des Alkohols – allmählich entspannten und immer mehr Gekicher und Gelächter zu hören war. Die Frauen waren alle stark geschminkt und festlich gekleidet. Da die meisten eng anliegende dünne Kleider mit tiefem Ausschnitt trugen, sahen sie aus, als würden sie frieren. Die meisten Männer hatten elegante weiße Sommeranzüge an, die sie fest zugeknöpft trugen wie kleine Jungen ihr Festtagsgewand, und in Anlehnung an die einige Jahre zuvor modernen breitbunten »Hippie«-Krawatten hatten sie grellere Schlipse um als der türkische Durchschnitt. Auch dass die ein paar Jahre zuvor weltweit grassierende Mode der langen Haare und Koteletten und der hohen Absätze schon wieder passé war, hatten offensichtlich viele wohlhabende türkische Männer mittleren Alters nicht mitbekommen oder nicht wahrhaben wollen. Aus Modegründen ausufernde, unten möglichst breite schwarze Koteletten verliehen zusammen mit den langen schwarzen Haaren den Männergesichtern etwas Finsteres, und fast jeder jenseits der Vierzig hatte sich Brillantine ins spärliche Haar geschmiert. Der Duft der Brillantine und diverser Männerparfüms vermischte sich mit dem Geruch schwerer Frauenparfüms, dem Dunst der von jedermann mehr gewohnheitsmäßig denn genussvoll gerauchten Zigaretten und dem Bratenfettgeruch aus der Küche und erinnerte mich an die Partys, die meine Eltern immer gegeben hatten, als ich noch klein war, während die vom Orchster (Die Silberblätter) als Einstimmung auf den Abend augenzwinkernd gespielte Fahrstuhlmusik mir zuflüsterte, wie glücklich ich doch war.

Die Gäste wurden vom langen Herumstehen und Warten allmählich ungeduldig, die Älteren unter ihnen waren schon müde, und die besonders Hungrigen begannen, sich unter tatkräftiger Mithilfe der Kinder (»Oma, ich hab unseren Tisch gefunden!« »Wo denn? Lauf nicht so, du fällst mir noch hin!«) an die Tische zu setzen, als der frühere Außenminister sich bei mir unterhakte, mich in Diplomatenmanier beiseite nahm und mir unter Einflechtung zahlreicher Anekdoten auseinandersetzte, wie lieb und feinfühlig Sibel sei und aus was für einer noblen, gebildeten Familie sie stamme.

»Solche Familien gibt es immer weniger, mein lieber Kemal. Sie stehen ja mitten im Geschäftsleben und wissen besser als ich, dass wir immer mehr von neureichen, ungebildeten Provinzlern umgeben sind, deren Frauen und Töchter mit Kopftüchern herumlaufen. Habe ich doch neulich einen gesehen, der ließ seine zwei von oben bis unten schwarzverhüllten Frauen hinter sich hermarschieren und ging mit ihnen zum Eisessen nach Beyoğlu! Nun, bist du fest entschlossen, das Mädchen zu heiraten und mit ihm bis ans Lebensende glücklich zu sein?«

»Ja, das bin ich«, sagte ich. Der Exminister war sichtlich enttäuscht, dass meine Antwort nicht witziger ausfiel. »Eine Verlobung löst man nicht so einfach. Der Name des Mädchens wird auf immer und ewig mit dem deinen verbunden sein. Hast du dir das gut überlegt?«
Inzwischen hatte sich um uns herum schon ein kleiner Kreis gebildet.
»Ja.«
»Also verlobe ich euch jetzt gleich, dann können wir hinterher essen. So, stell dich dahin.«
Er konnte mir offensichtlich nichts abgewinnen, doch ließ ich mir davon die Laune nicht verderben. Zuerst gab der Minister noch einen Schwank aus seiner Militärzeit zum besten, aus dem hervorging, wie arm er selbst und die Türkei vor vierzig Jahren noch gewesen waren, und dann erzählte er, wie schlicht und formlos es seinerzeit auf der Verlobung mit seiner mittlerweile verstorbenen Frau zugegangen sei. Sibel und ihre Familie lobte er über den grünen Klee. Es lag kaum etwas Humorvolles in seinen Worten, doch alle, selbst die Kellner mit dem Tablett in der Hand, hörten ihm lächelnd, ja glückstrahlend zu, als trage er die amüsantesten Geschichten vor. Als Hülya, eine süße Zehnjährige mit Hasenzähnen, die Sibel anhimmelte und die Sibel ihrerseits sehr mochte, auf einem silbernen Tablett die hier ausgestellten Ringe hereintrug, wurde es kurz ganz still im Saal. Wir wussten zunächst nicht recht, welcher Ring an welchen Finger gehörte, was bei Sibel und mir an der Aufregung und beim Minister an seiner allgemeinen Verwirrung lag. Aus der ohnehin lachbereiten Gästeschar ertönten Rufe wie »Nein, nicht der Finger!« oder »Die andere Hand!«, bis schließlich die Ringe an die entsprechenden Finger gefunden hatten, der Minister das Band durchschnitt, das sie bis dahin zusammengehalten hatte, und alle in einen Beifall ausbrachen, der sich anhörte wie ein auffliegender Taubenschwarm. Dass so viele Menschen, die ich im Lauf meines Lebens kennengelernt hatte, uns freudestrahlend applaudierten, löste – obwohl ich darauf gefasst gewesen war – kindliche Aufregung in mir aus. Was mein Herz aber wie rasend schlagen ließ, war etwas anderes.
Ich hatte nämlich, an einem Tisch weiter hinten, zwischen ihren

Eltern, Füsun erblickt. Während ich Sibel auf die Wangen küsste und von meinen Eltern und meinem Bruder umarmt wurde, wusste ich genau um den Grund für meine Erregung, dachte ihn aber nicht nur vor den anderen, sondern auch vor mir selbst verbergen zu können. Unser Tisch war gleich neben der Tanzfläche. Bevor wir uns zum Essen setzten, sah ich noch, dass Füsun und ihre Eltern neben dem Tisch der Mitarbeiter von Satsat saßen.

»Ihr müsst beide sehr glücklich sein«, sagte Berrin, die Frau meines Bruders.

»Aber auch sehr müde«, erwiderte Sibel. »Wenn die Verlobung schon so anstrengend ist, wie muss dann erst die Hochzeit sein!«

»Da werdet ihr dann noch glücklicher sein«, sagte Berrin.

»Was ist denn Glück für dich, Berrin?«

»Du fragst aber Sachen«, seufzte sie und tat kurz so, als dächte sie über ihr eigenes Glück nach, doch da selbst dieser kleine Scherz ihr Unbehagen bereitete, lächelte sie verlegen. Aus dem frohen Stimmengewirr der endlich vor ihren Tellern Sitzenden, dem Geschirrgeklapper und der Orchestermusik hörten wir beide heraus, dass mein Bruder mit seiner kräftigen, durchdringenden Stimme etwas erzählte.

»Eine Familie, Kinder, Menschen um sich herum«, sagte Berrin. »Selbst wenn du nicht glücklich bist und sogar an ganz schlechten Tagen« – dabei wies sie mit dem Blick auf meinen Bruder – »lebst du dann so, als seist du glücklich. In der Familienatmosphäre lösen sich deine Sorgen einfach auf. Ihr solltet auch gleich Kinder kriegen. Viele, wie auf dem Land.«

»Was ist los?« fragte mein Bruder. »Was redet ihr da?«

»Ich habe gesagt, sie sollen Kinder kriegen. Was meinst du, wie viele?«

Ich fühlte mich unbeobachtet und kippte ein halbes Glas Raki hinunter.

Bald danach beugte sich Berrin an mein Ohr: »Wer sind denn der Mann und das hübsche Mädchen da am Tischende?«

»Das Mädchen ist Nurcihan, Sibels beste Freundin, mit der sie auf dem Gymnasium und in Frankreich war. Sibel hat sie absichtlich neben meinen Freund Mehmet gesetzt, um die zwei zu verkuppeln.«

»Na, bisher scheint sich noch nichts getan zu haben!«

Ich erzählte Berrin, dass Nurcihan, die von Sibel bewundert und zugleich ein wenig bemuttert wurde, in ihrer gemeinsamen Pariser Zeit mit Franzosen angebandelt und mit einigen von ihnen geschlafen hatte (wie Sibel mir nicht ohne Neid berichtet hatte) und dass sie ohne Wissen ihrer wohlhabenden Istanbuler Familie sogar mit welchen zusammengewohnt, jedoch beim letzten dieser Liebesabenteuer zu sehr gelitten hatte und nun unter dem Einfluss Sibels wieder zurück nach Istanbul wollte. »Aber dazu muss sie natürlich jemanden kennen- und liebenlernen, der von gleichem Niveau ist und dem ihre französische Vergangenheit und ihre alten Liebhaber nichts ausmachen.«

»Nach zarten Liebesbanden sieht das wahrlich noch nicht aus«, flüsterte Berrin lächelnd. »Was macht denn Mehmets Familie so?«

»Die sind reich. Sein Vater ist ein bekannter Bauunternehmer.«

Als Berrin blasiert die linke Augenbraue hochzog, erklärte ich ihr, Mehmet sei ein völlig vertrauenswürdiger Schulkamerad von mir aus dem Robert-Gymnasium, ein durch und durch ehrlicher Mensch, der sich seiner sehr frommen, konservativen Familie zum Trotz seit Jahren weigere, eine arrangierte Ehe einzugehen, auch wenn seine Kopftuch tragende Mutter ihm mittlerweile schon studierte Istanbulerinnen anbiete; er wolle vielmehr ein Mädchen selbst kennenlernen und erst dann heiraten. »Mit den modernen Mädchen, die er selbst gefunden hat, ist es aber bisher nichts geworden.«

»Kann es ja auch gar nicht«, sagte Berrin wissend.

»Und warum nicht?«

»Schau ihn doch an, seine ganze Art. Einen, der aus dem tiefsten Anatolien kommt, wollen Mädchen lieber über eine Heiratsvermittlerin kennenlernen. Wenn sie nämlich mit so einem zu weit gehen, fürchten sie, dass er sie gleich für eine Nutte hält.«

»So einer ist Mehmet nicht.«

»Aber seine Familie ist so, seine Herkunft, seine Art. Kluge Mädchen schauen nicht darauf, was ein Mann denkt, sondern aus was für einer Familie er stammt.«

»Ja, du hast recht, die gleichen klugen Mädchen – Namen will ich jetzt keine nennen –, die vor Mehmet zurückschrecken und sich trotz seiner Seriosität nicht an ihn heranwagen, können mit anderen Männern, von deren ernsthaften Absichten sie weit weniger überzeugt sind, viel unbefangener umgehen und leichter eine Beziehung aufbauen.«

»Habe ich es nicht gesagt!« sagte Berrin triumphierend. »Was glaubst du, wie viele Männer es in diesem Land gibt, die noch nach Jahren ihre Ehefrauen verachten, weil diese sie vor der Hochzeit zu sehr rangelassen haben. Und noch eins sag ich dir: Dein Freund Mehmet war noch nie in eines der Mädchen verliebt, an die er nicht herankommt. Sonst hätten die Mädchen das nämlich gemerkt und sich ganz anders verhalten. Ich sage nicht, dass sie mit ihm geschlafen hätten, aber es hätte auf eine Hochzeit rauslaufen können.«

»Mehmet konnte sich aber gerade deshalb nicht verlieben, weil die Mädchen zu konservativ und zu ängstlich waren, um ihm näherzukommen. Ob da nun das Ei vor der Henne kommt oder die Henne vor dem Ei ...«

»Das glaube ich nicht. Sich zu verlieben muss nichts mit Sex zu tun haben. Wahre Liebe ist so wie in der Fabel von Leyla und Mecnun, also körperlos.«

»Hm ...« brummelte ich.

»Wir wollen auch wissen, was los ist«, sagte mein Bruder vom anderen Tischende her. »Wer hat mit wem geschlafen?«

Berrin warf ihrem Mann einen Blick zu, der bedeuten sollte: »Da sind doch Kinder!« Dann flüsterte sie mir ins Ohr: »Und darum sollte dein lammfromm aussehender Mehmet sich mal überlegen, warum er sich eigentlich nicht in Mädchen verlieben kann, an die er sich mit ernsten Absichten heranmachen will.«

Um ein Haar hätte ich Berrin, auf deren Intelligenz ich große Stücke gab, nun gestanden, dass Mehmet ein unverbesserlicher Puffgänger war. In vier, fünf Bordellen in Sıraselviler, Cihangir, Bebek und Nişantaşı hatte er Mädchen, die er regelmäßig besuchte. Zum einen bemühte er sich also, mit zwanzigjährigen jungfräulichen Abiturientinnen, die er an seinem Arbeitsplatz kennenlernte, Beziehungen einzugehen, die nie zu etwas führten, und zum anderen verbrachte er laufend wilde Abende in Luxuspuffs mit Mädchen, die westliche Filmstars imitierten, und wenn er viel getrunken hatte, rutschte ihm auch mal heraus, dass er manchmal das Geld für die Mädchen schon gar nicht mehr aufbrachte und sich oft vor lauter Müdigkeit überhaupt nicht mehr konzentrieren konnte, doch wenn wir dann um Mitternacht von irgendeiner Party kamen, dann ging er nicht etwa nach Hause, wo sein Vater mit der Gebetskette in der Hand und seine Mutter und seine Schwestern mit ihren Kopftüchern saßen, sondern er machte sich auf in eines der Bordelle in Cihangir oder Bebek.

»Du trinkst ganz schön viel heute«, sagte Berrin. »Brems dich ein bisschen, hier sind so viele Leute, die heute alle auf dich achten.«

»Gut«, sagte ich und erhob lächelnd mein Glas.

»Schau dir doch den verantwortungsbewussten Osman an! Was bist du doch dagegen leichtsinnig. Wie können zwei Brüder nur so unterschiedlich sein!«

»Das stimmt überhaupt nicht, wir gleichen uns sogar sehr. Und von jetzt an werde ich sogar noch ernsthafter und verantwortungsvoller sein als Osman!«

»Eigentlich bin ich gar nicht so für das Ernsthafte«, erwiderte Berrin. Und irgendwann später sagte sie: »Du hörst mir ja gar nicht zu!«

»Was? Und ob ich dir zuhöre.«

»Also, was habe ich zuletzt gesagt?«

»Du hast gesagt, die Liebe muss wie in den alten Märchen sein. Wie bei Leyla und Mecnun.«

»Du hast mir also doch nicht zugehört«, sagte Berrin lächelnd. Ich sah ihr an, dass sie sich Sorgen um mich machte. Sie wandte sich zu Sibel um, ob die von meinem Zustand schon etwas mitbekommen hatte. Aber Sibel unterhielt sich gerade mit Mehmet und Nurcihan.

Während ich mit Berrin sprach, hatte ich ständig Füsun im Kopf und spürte sie irgendwo hinter mir sitzen, und nicht nur vor den Lesern, sondern auch vor mir selbst habe ich beschämt versucht, das zu verbergen, aber genug damit! Sie sehen ja, dass es mir nicht gelungen ist. Ich will mich bemühen, wenigstens von jetzt an den Lesern gegenüber ehrlich zu sein. Ich stand also unter irgendeinem Vorwand auf und wollte Füsun sehen. An den Vorwand kann ich mich nicht erinnern. Ich spähte nach hinten, fand sie aber nicht. Es waren so viele Leute da, und wie immer redeten alle laut durcheinander. Zwischen den Tischen spielten die Kinder kreischend Verstecken, und zusammen mit der Musik und dem Teller- und Besteckgeklapper entstand ein gehöriger Lärm. Inmitten dieses Getöses ging ich immer weiter nach hinten.

»Kemal, gratuliere!« hörte ich da. »Wann kommt endlich der Bauchtanz?«

Das war der bei Zaim am Tisch sitzende Snob-Selim, und ich lachte, als hätte er einen ausgezeichneten Witz gemacht.

»Sie haben eine sehr gute Wahl getroffen, Kemal«, sagte eine freundliche ältere Dame. »Sie können sich an mich nicht erinnern, ich habe bei Ihrer Mutter …«

Aber bevor sie mir noch erklären konnte, woher sie mit meiner Mutter bekannt war, drängte sich ein Kellner mit einem vollbeladenen Tablett zwischen uns und schob mich weiter. Als ich mich wieder umdrehte, war die Frau schon zu weit weg.

»Lass mich mal deinen Verlobungsring sehen!« rief ein Junge und riss an meiner Hand.

»Ja, schämst du dich nicht!« schimpfte die dicke Mutter des Jungen und zog ihn am Arm. Sie holte zu einer Ohrfeige aus, aber das schien der Junge gewohnt zu sein, denn er wich geschickt zur Seite. »Setz dich da hin!« schrie seine Mutter ihn an. »Entschuldigen Sie bitte. Und: Gratulation!«

Eine mir völlig unbekannte Frau mittleren Alters, die vor Lachen puterrot war, wurde plötzlich ganz ernst, als ich ihr gegenüberstand. Ihr Gatte stellte sich mir vor: Er sei ein Verwandter Sibels, aber wir hätten in Amasya gemeinsam unseren Wehrdienst gemacht. Ob ich mich an ihren Tisch setzen wolle? Ich hielt immer noch nach Füsun Ausschau, sah sie aber nirgends. Sie war verschwunden. Ich fühlte einen Schmerz. Meinen Körper durchfuhr ein nie erlebtes Sehnen.

»Suchen Sie jemand?«

»Meine Verlobte wartet auf mich, aber ein Glas kann ich schon trinken mit Ihnen …«

Das freute die Leute am Tisch, und gleich wurden Stühle gerückt. Nein, Teller brauchte ich keinen, nur ein wenig Raki.

»Sag mal, Kemal, kennst du eigentlich Admiral Erçetin?«

»Ja, doch«, sagte ich, erinnerte mich aber an nichts.

»Ich bin der Mann der Nichte von Sibels Vater!« sagte der Admiral bescheiden. »Gratuliere!«

»Entschuldigen Sie, Herr Admiral, in Zivil habe ich Sie nicht erkannt. Sibel hat mir schon viel von Ihnen erzählt.«

Sibel hatte mir gesagt, eine entfernte Cousine von ihr habe als junges Mädchen in den Sommerferien auf Heybeliada einen gutaussehenden Marineunteroffizier kennengelernt, und ich hatte daraus geschlossen, der inzwischen zum Admiral aufgestiegene Mann sei einfach einer jener hohen Militärs, die man sich in jeder reichen Familie warmhält, weil sie einem bei Beziehungen mit Staatsorganen, Zurückstellungen vom Wehrdienst und anderen Protektionsgeschichten von Nutzen sein können, und hatte nicht weiter zugehört. Aus einem plötzlichen Bedürfnis, mich bei dem Mann einzuschleimen, hätte ich beinahe gesagt: »Wann wird endlich mal die Armee die Zügel in die Hand nehmen, das Land wird ja von Kommunisten und Islamisten von zwei Seiten her ins Unglück gestürzt!«, doch hätte ich das wirklich von mir gegeben, wäre ich wohl trotz meiner Trunkenheit für ziemlich respektlos gehalten worden. Irgendwann stand ich wie im Traum plötzlich auf und sah Füsun.

»Ich muss weiter«, sagte ich zur Tischrunde.

Wie immer, wenn ich viel getrunken hatte, fühlte ich mich beim Gehen wie ein Gespenst.

Füsun hatte sich an einen Tisch ganz weit hinten gesetzt. Sie hatte ein Kleid mit Spaghettiträgern an. Mit ihren nackten Schultern und der eleganten Frisur sah sie wunderschön aus. Allein schon, sie aus der Ferne zu sehen, erfüllte mich mit einem aufregenden Glücksgefühl.

Sie tat, als hätte sie mich nicht bemerkt. Es waren sieben Tische zwischen uns, und an dem vierten saßen die Pamuks. Ich gesellte mich zu ihnen und wechselte ein paar Worte mit den Brüdern Aydın und Gündüz Pamuk, mit denen mein Vater Geschäfte getätigt hatte. Mit dem Kopf war ich dabei schon ganz an Füsuns Tisch und hatte sogleich gemerkt, dass der junge, ehrgeizige Angestellte Kenan nicht die Augen von Füsun wendete und sogar schon mit ihr Kontakt geknüpft hatte.

Wie viele Familien, die einmal reich gewesen waren, aber ihr Vermögen aus lauter Ungeschick nicht hatten behalten können, waren die Pamuks recht zurückhaltend und fühlten sich in Gegenwart von

Neureichen unwohl. Ich konnte an dem dreiundzwanzigjährigen Orhan, der mit seiner hübschen Mutter, seinem Vater, seinem Bruder, seinem Onkel und seinen Cousins am Tisch saß, nichts Nennenswertes feststellen, außer dass er andauernd nervös und ungeduldig rauchte und sich an einem spöttischen Lächeln versuchte. Von dem langweiligen Tisch der Pamuks ging ich weiter in Richtung Füsun. Wie soll ich das Glück auf ihrem Gesicht beschreiben, als sie merkte, dass ich in liebevoller Ungeniertheit auf sie zuging und sie nicht mehr so tun konnte, als würde sie mich nicht sehen? Sie wurde ganz rot, und ihre dunkle Haut belebte sich wundersam. An Tante Nesibes Blicken merkte ich, dass Füsun ihr alles erzählt hatte. Ich drückte erst Tante Nesibes trockene Hand und dann die – wie bei Füsun – feingliedrige Hand meines Onkels, der nicht im Bilde zu sein schien. Meiner Schönen schüttelte ich zuerst die Hand, küsste sie dann auf beide Wangen und wurde durch die empfindsamen Stellen an ihrem Hals und unter ihren Ohren an lustvolle Momente erinnert. Die in mir immer wiederkehrende Frage »Warum bist du gekommen?« verwandelte sich in ein »Gut, dass du gekommen bist!«. Sie hatte die Augenlider leicht geschminkt und sich die Lippen rosa bemalt, und zusammen mit ihrem Parfüm erschien sie mir dadurch auf reizvolle Weise fremder und auch fraulicher. Aus ihren leicht geröteten Augen und einer kleinen Schwellung darunter schloss ich noch, sie müsse am Nachmittag, nachdem sie von mir weggegangen war, zu Hause geweint haben, doch da setzte sie auch schon den Ausdruck einer selbstbewussten jungen Frau auf.

»Kemal, ich kenne Sibel ja, sie ist bestimmt die Richtige für Sie«, sagte sie entschlossen. »Ich gratuliere Ihnen von Herzen.«

»Ah, danke schön.«

»Kemal«, warf da ihre Mutter ein, »Sie sind so beschäftigt und haben sich trotzdem die Zeit genommen, meiner Tochter Nachhilfe in Mathematik zu geben, haben Sie vielen Dank dafür!«

»Ist nicht morgen die Prüfung?« fragte ich. »Da sollte sie heute früh nach Hause gehen.«

»Sie dürfen da natürlich ein Wörtchen mitreden. Aber die Arme hat doch recht unter Ihrem Regiment zu leiden gehabt, da soll sie sich heute abend ein wenig amüsieren dürfen, oder?«

Lehrerhaft gütig lächelte ich Füsun an. Vor lauter Stimmengewirr und Musik schien uns niemand zu hören, wie in einem Traum. Füsun sah ihre Mutter wütend an, so wie manchmal mich im Merhamet Apartmanı, und ich warf einen letzten Blick auf ihre offenherzig zur Schau gestellte Brust, ihre zauberhaften Schultern und ihre kindlichen Arme. Auf dem Weg zurück zu meinem Tisch spürte ich das Glück in mir anwachsen wie eine in Zeitlupe auf den Strand zurollende Riesenwelle, die triumphierend über meine Zukunft hereinbrach. Die Silberblätter spielten *Ein Abend am Bosporus*, eine Fassung von *It's Now or Never*. Wäre ich nicht der festen Überzeugung gewesen, dass ungetrübtes Glück auf dieser Welt nur in der Umarmung eines anderen Menschen und damit unmittelbar im Jetzt zu haben war, so hätte ich jenen Moment zum »glücklichsten Augenblick meines Lebens« deklariert. Aus Tante Nesibes Worten und Füsuns wütenden, gekränkten Blicken hatte ich den Schluss gezogen, dass unsere Beziehung keineswegs zu Ende und sogar Füsuns Mutter unter bestimmten Bedingungen damit einverstanden war. Wenn ich nur umsichtig vorging und Füsun deutlich genug zu verstehen gab, wie sehr ich sie liebte, dann würde sie mein Leben lang nicht von mir weichen! Was Gott nur wenigen Menschen wie etwa meinem Vater und meinen Onkeln und dann auch erst jenseits der Fünfzig und nach vielen Qualen gewährte, nämlich mit einer kultivierten, vernünftigen und ansehnlichen Frau alle Freuden eines glücklichen Familienlebens zu genießen und daneben mit einer wilden Schönheit eine heimliche intensive Liebesbeziehung zu erleben, das gönnte er mir schon mit Dreißig, und noch dazu ohne allzuviel Schmerz. Obwohl ich überhaupt nicht fromm war, prägte sich mir wie eine von Gott gesandte Glückskarte ins Gedächtnis ein, wie ein Teil der fröhlichen Verlobungsgesellschaft draußen im Garten des Hilton zwischen den mit bunten Lampions behangenen Platanen stand und dahinter vor dem nachtblauen Himmel die Lichter des Bosporus funkelten.

»Wo warst du denn?« fragte mich Sibel. Sie war mich suchen gegangen. »Ich hab mir schon Sorgen gemacht. Berrin sagt, du trinkst ein bisschen zuviel. Ist alles in Ordnung?«

»Vorhin war's wohl etwas zuviel des Guten, aber jetzt ist alles okay, Schatz. Ich bin einfach nur überglücklich.«

»Ich bin auch glücklich, aber wir haben da ein Problem.«
»Was denn?«
»Das mit Nurcihan und Mehmet wird nichts.«
»Dann eben nicht. Hauptsache, wir sind glücklich.«
»Aber sie wollen es doch eigentlich beide. Ich bin sicher, wenn sie sich nur ein bisschen näherkommen würden, dann wären sie schon bald Heiratskandidaten. Aber sie sind beide so verlegen. Und ich fürchte, dass uns die Gelegenheit durch die Lappen geht.«

Ich sah von ferne zu Mehmet hin. Er traute sich nicht an Nurcihan heran, und je mehr er sich über seine Unbeholfenheit ärgerte, um so befangener wurde er. Wir standen neben einem Tischchen, auf dem sich leere Teller türmten.

»Setzen wir uns da hin und reden ein bisschen«, sagte ich. »Vielleicht sind wir bei Mehmet einfach zu spät dran, und er kann überhaupt kein anständiges hübsches Ding mehr heiraten.«

»Warum nicht?«

Wir setzten uns. Ich sagte zu Sibel, die mich mit neugierig geweiteten Augen ansah, dass Mehmet sein Glück nirgendwo anders mehr finden könne als in parfümgeschwängerten Zimmern im Rotlichtbezirk. Dann bestellte ich einen Raki.

»Du kennst wohl solche Häuser ganz gut!« rief Sibel aus. »Warst du oft mit ihm dort, bevor wir uns kennengelernt haben?«

»Ich liebe dich sehr«, sagte ich, legte meine Hand auf die ihre und achtete nicht auf den Kellner, der unsere Verlobungsringe anstarrte. »Aber Mehmet hat wohl das Gefühl, dass er mit einem anständigen Mädchen keine tiefe Liebesbeziehung mehr eingehen kann. Und das macht ihm zu schaffen.«

»Wie schade! Weil sich die Mädchen vor ihm fürchten ...«

»Dann hätte er sie eben nicht erschrecken sollen! Die Mädchen haben ja recht. Was ist, wenn der Mann, mit dem sie geschlafen haben, sie nicht heiratet? Was soll das Mädchen machen, wenn es sitzengelassen wird und sich das herumspricht?«

»So was merkt man doch«, sagte Sibel eindringlich.

»Was merkt man?«

»Ob man einem Mann trauen kann oder nicht.«

»So leicht ist das auch wieder nicht. Viele Mädchen fühlen sich hilflos, weil sie mit der Frage nicht zu Rande kommen. Oder sie schlafen mit dem Mann und können es vor lauter Angst nicht genießen. Vielleicht gibt es ja welche, die da gar keine Skrupel haben, ich weiß nicht. Wenn Mehmet nicht so viele verlockende Geschichten über die sexuelle Freiheit in Europa gehört hätte, dann hätte er sich höchstwahrscheinlich gar nicht in den Kopf gesetzt, dass man, um modern und zivilisiert zu sein, schon vor der Hochzeit mit einer Frau schlafen muss. Dann wäre er wohl mit dem erstbesten Mädchen, das sich in ihn verliebt hätte, eine glückliche Ehe eingegangen. Und schau ihn dir jetzt an, wie er sich neben Nurcihan krümmt und windet.«

»Er weiß, dass Nurcihan in Paris mit Männern geschlafen hat. Das fasziniert ihn, und zugleich macht es ihm angst«, sagte Sibel. »Komm, helfen wir ihm.«

Die Silberblätter spielten *Glück*, eine Eigenkomposition, deren Gefühlsseligkeit sich auf mich übertrug. Während ich mich nach Füsun sehnte, erläuterte ich nebenher Sibel väterlich, in hundert Jahren werde die Türkei ja wohl modern sein und dann könne jeder so lieben, wie es das Paradies verheiße, aber bis dahin würden sich noch zahllose Menschen in Geschlechts- und Liebesdingen vor Gram und Schmerzen winden.

»Nein, nein«, sagte meine wohlmeinende Verlobte und nahm mich bei der Hand. »So wie wir heute schon glücklich sind, so werden sie es auch bald sein, wir werden nämlich Mehmet und Nurcihan bald verheiraten.«

»Und wie sollen wir das anfangen?«

»So, so, was haben die Jungverlobten denn zu flüstern?« Ein mir unbekannter dicker Herr sprach uns so an. »Darf ich mich zu Ihnen setzen, Kemal?« Ohne eine Antwort abzuwarten, holte er sich einen Stuhl heran und nahm Platz. Er war um die Vierzig, trug eine weiße Nelke im Knopfloch und verströmte ein süßlich-betäubendes Frauenparfüm. »Wenn Braut und Bräutigam sich so in ein Eckchen zurückziehen, geht die ganze Stimmung kaputt.«

»Wir sind ja noch keine Brautleute, sondern nur verlobt«, berichtigte ich.

»Aber jedermann sagt, dass diese Verlobung glanzvoller ist als die aufwendigste Hochzeit. Haben Sie für die Hochzeit außer dem Hilton noch etwas anderes in Erwägung gezogen?«

»Entschuldigung, mit wem habe ich eigentlich die Ehre?«

»Ich muss mich vielmehr entschuldigen, Sie haben ganz recht. Wir Journalisten meinen immer, jeder müsse uns kennen. Ich heiße Süreyya Sabir. Sie kennen mich vielleicht von den Artikeln her, die ich unter dem Namen Weiße Nelke im *Akşam* veröffentliche.«

»Ach so, ja, Ihre Society-Geschichten liest ja ganz Istanbul«, rief Sibel aus. »Ich dachte immer, Sie seien eine Frau, weil Sie sich so mit Mode auskennen.«

»Wer hat Sie eigentlich eingeladen?« platzte ich indessen heraus.

»Vielen Dank, Sibel. In Europa weiß man, dass feinfühlige Männer sich auch auf Modedinge verstehen. Und Sie, lieber Kemal, möchte ich darauf hinweisen, dass wir laut dem türkischen Pressegesetz unter Vorlegung dieses Presseausweises Zutritt zu allen öffentlichen Veranstaltungen haben. Und als öffentlich gilt auch jede Veranstaltung, zu der Einladungskarten gedruckt werden. Trotzdem bin ich in all den Jahren zu keiner einzigen Soiree gegangen, zu der ich nicht auch eingeladen war. Und zu diesem schönen Abend hat mich niemand anders geladen als Ihre werte Frau Mutter. Als moderner Mensch interessiert sie sich nämlich für das, was Sie Society-Geschichten nennen, also für Gesellschaftsnachrichten, und benachrichtigt mich immer, wenn sie eine Einladung gibt. Wir haben so ein Vertrauensverhältnis, dass sie mir manchmal, wenn ich nicht kommen kann, hinterher telefonisch über das Fest berichtet und ich dann einfach schreibe, was sie mir sagt. Sie ist nämlich genau wie Sie eine gute Beobachterin und würde mich nie falsch informieren. In den Gesellschaftsnachrichten, die ich schreibe, steht nie und nimmer etwas Falsches, mein lieber Kemal.«

»Sie haben Kemal falsch verstanden ...« säuselte Sibel.

»Gerade vorhin hörte ich ein paar Lästermäuler sagen: ›Hier ist doch alles, was es in Istanbul an geschmuggeltem Whisky und Champagner gibt.‹ Und dabei herrscht in unserem Land so ein Devisenmangel, dass die Fabriken nicht einmal genug Kraftstoff importieren können. Es sind hier Leute, die aus Missgunst und Neid auf reiche Leute so etwas in ihrer Zeitung schreiben und diesen schönen Abend in den Schmutz ziehen wollen. Wenn Sie die so ruppig behandeln wie mich, dann werden die Sie erst recht diffamieren, das können Sie mir glauben. Aber ich will Sie nicht ärgern. Und Ihre unschöne Bemerkung werde ich auf der Stelle und für immer und ewig vergessen. Die türkische Presse ist nämlich frei. Aber tun Sie mir doch den Gefallen und beantworten Sie mir ganz ehrlich eine Frage.«

»Aber selbstverständlich, bitte.«

»Sie waren gerade als Jungverlobte in ein so inniges Gespräch vertieft, worum ging es denn da?«

»Wir fragten uns gerade, ob die Gäste wirklich mit dem Essen zufrieden sind«, sagte ich.

»Sibel, ich habe eine ausgezeichnete Nachricht für Sie«, erwiderte die Weiße Nelke strahlend. »Ihr künftiger Gatte ist ein miserabler Lügner.«

»Kemal meint es nur gut«, sagte Sibel. »Nein, es ging vielmehr darum, wie viele von den Leuten hier sich womöglich mit Liebes-, Ehe- oder Sexproblemen herumschlagen.«

»Ach so!« sagte der Klatschjournalist. Das im Türkischen erst neu aufgekommene und mit einem Nimbus umgebene Wort »Sex« war gefallen, und nun wusste der Mann nicht, ob er sich schockiert zeigen oder lieber den mit allem Menschlichen nur allzu Vertrauten geben sollte, und so schwieg er erst einmal kurz. Dann sagte er: »Sie als moderne Glücksmenschen sind natürlich über solche Misslichkeiten erhaben.« Das sollte nicht einmal so sehr Spott sein, sondern war nur aus der Erfahrung heraus geäußert, dass man im Zweifelsfall mit Bauchpinseleien am besten fährt. Mit einer Miene, als sorgte er sich um den Rest der Verlobungsgesellschaft, gab er anschließend zum besten, wessen Tochter gerade in wessen Sohn unglücklich verliebt sei, wessen Tochter wegen »zu großer Freizügigkeit« bei guten Familien unten durch sei, aber allen Männern den Mund wässrig mache, welche Mutter darauf spekuliere, ihre Tochter mit dem unsoliden Sohn eines Krösus zu verheiraten, und in welcher Familie der Taugenichts von Sohn in welches Mädchen verliebt sei, obwohl er doch schon eine Verlobte habe. Sibel und ich hörten uns das alles amüsiert an, und je mehr der Mann das merkte, um so eifriger wurde er. Er sagte, all diese »Schandtaten« würden nach und nach zutage treten, sobald die Leute erst mal auf der Tanzfläche seien, doch da kam meine Mutter und schickte uns an unseren Tisch zurück, da es sich nicht gehöre, dass wir uns da so tuschelnd absonderten, wo doch die Blicke sämtlicher Gäste auf uns gerichtet seien.

Kaum saß ich wieder neben Berrin, als erneut in voller Deutlichkeit das Bild von Füsun in mir aufleuchtete, als hätte ich einen Stecker eingesteckt. Diesmal verbreiteten die Strahlen dieses Bildes aber nicht Unruhe, sondern Glück und erhellten meine gesamte Zukunft. Mir wurde kurz bewusst, dass ich mich bereits verhielt wie all die Männer, deren eigentliches Glück von einer Geliebten herrührt, die aber so tun, als seien sie wegen ihrer Ehefrau und ihrer Familie glücklich, denn ich gab mir den Anschein, als sei ich wegen Sibel glücklich.

Nachdem meine Mutter ein wenig mit dem Klatschjournalisten gesprochen hatte, kam sie wieder an unseren Tisch zurück. »Passt bloß auf, die lügen irgend etwas zusammen, und dann erpressen sie deinen Vater, damit er mehr Werbung schaltet. So, ihr müsst jetzt aufstehen und den Tanz eröffnen, die Leute warten schon.« Sie wandte sich zu Sibel. »Das Orchester fängt wieder an zu spielen. Mein Gott, Schätzchen, wie hübsch du bist!«

Sibel und ich standen auf und tanzten zu Tangomusik. Dass ausnahmslos alle Gäste uns stumm dabei zusahen, verlieh unserem Glück eine künstliche Tiefe. Sibel hatte den Arm um meine Schulter gelegt, als wolle sie mich umarmen, und den Kopf an meine Brust geneigt, als seien wir in der dunklen Ecke irgendeiner Diskothek, und hin und wieder flüsterte sie mir lächelnd etwas zu, und wenn wir uns weiterdrehten, sah ich über ihre Schulter hinweg auf das, was sie mir zeigen wollte, den Kellner etwa, der mit einem vollen Tablett dastand und uns schmunzelnd beobachtete, meine Mutter, die ein paar Tränen vergoss, eine Frau, die ihre Haare zu einer Art Vogelnest hochtoupiert hatte, Nurcihan und Mehmet, die sich in unserer Abwesenheit geradewegs den Rücken zukehrten, oder den neunzigjährigen Kriegsgewinnler (Erster Weltkrieg), der nur noch mit Hilfe seines Dieners essen konnte, nie aber sah ich nach hinten, wo Füsun saß, denn ich hätte mir gewünscht, sie würde das alles nicht mitbekommen.

Mittendrin wurde uns applaudiert, nicht sehr lange, und wir tanzten einfach weiter. Als dann andere Paare die Tanzfläche betraten, kehrten wir an unseren Tisch zurück.

»Gut habt ihr das gemacht, ihr passt wunderbar zueinander«, sagte Berrin. Ich denke, dass Füsun zu diesem Zeitpunkt noch nicht unter den Tanzenden war. Es bedrückte Sibel, dass sich zwischen Nurcihan und Mehmet noch nicht das geringste getan hatte, und so bat sie mich, mit Mehmet zu reden. »Sag ihm, er soll Nurcihan ein wenig den Hof machen«, sagte sie, aber ich tat nichts dergleichen. Berrin mischte sich flüsternd ein und sagte, man könne eben nichts erzwingen. Sie habe die beiden von ihrem Platz aus aufmerksam beobachtet und festgestellt, dass nicht nur Mehmet, sondern auch Nurcihan ziemlich stolz und mimosenhaft sei. Wenn die beiden nicht füreinander geschaffen seien, dann habe es eben keinen Sinn. »Nein, auf Verlobungen und Hochzeiten herrscht ein besonderer Zauber«, wandte Sibel ein, »da lernen sich viele kennen, die später heiraten. Nicht nur Mädchen, sondern auch Jungen sind da in ganz besonderer Stimmung. Man muss nur ein bisschen nachhelfen ...« »Was redet ihr da? Ich will auch Bescheid wissen«, griff mein Bruder ein und sagte dann oberlehrerhaft, mit den arrangierten Ehen sei es zwar vorbei, aber in der Türkei gebe es eben nicht so viele Gelegenheiten sich kennenzulernen wie in Europa, und wer Leute verkuppeln wolle, der habe daher viel zu tun. Und als habe er vollkommen vergessen, was eigentlich der Ausgangspunkt unseres Gesprächs war, wandte er sich an Nurcihan und sagte: »Sie würden sich doch nicht durch eine Heiratsvermittlerin verheiraten lassen, oder?«

»Ach, wenn man einen tollen Mann findet, dann ist es egal, wie«, erwiderte sie kichernd.

Wir lachten alle los, als hätten wir etwas ganz Freches gehört, bei dem es sich nur um einen Scherz handeln könnte. Mehmet aber wurde sofort rot und wandte den Blick ab.

»Siehst du«, flüsterte mir Sibel später zu, »jetzt hat sie ihn verschreckt. Er denkt, sie macht sich über ihn lustig.«

Ich sah gar nicht zu, wer sich auf der Tanzfläche drehte. Als ich aber Jahre später bei der Gründung meines Museums mit Orhan Pamuk sprach, sagte jener, er könne sich erinnern, dass Füsun in jener Phase des Abends mit zwei Männern getanzt habe. Er wusste nicht genau, wer sie zuerst aufgefordert habe, aber aus seiner Beschreibung schloss ich, dass es sich um Kenan von Satsat handelte. Der zweite wiederum war Orhan Pamuk selbst, wie er mir nicht ohne Stolz und mit glänzenden Augen berichtete, obwohl seitdem nicht weniger als fünfundzwanzig Jahre vergangen waren. Wer von Orhan Pamuk selbst erfahren möchte, was er so fühlte, während er mit Füsun tanzte, den verweise ich auf das letzte Buchkapitel mit der Überschrift »Das Glück«.

Während Orhan Pamuk, an dessen aufrichtiger Schilderung ich keinen Zweifel habe, mit ihr tanzte, stand Mehmet auf und verließ unseren Tisch, weil er unsere anspielungsreiche Plauderei über Liebe, arrangierte Ehen und »modernes Leben« und Nurcihans Gekicher dazu nicht mehr aushielt. Die Stimmung war mit einemmal dahin.

»Das haben wir schön hingekriegt«, sagte Sibel. »Jetzt haben wir ihn gekränkt.«

»Du brauchst dabei gar nicht mich anzusehen«, versetzte Nurcihan. »Ich habe nicht mehr gemacht als ihr. Ihr habt auch alle getrunken und lacht ständig miteinander. Aber er ist eben unglücklich.«

»Wenn Kemal ihn an den Tisch zurückholt, bist du dann nett zu ihm, Nurcihan?« fragte Sibel. »Ich weiß, dass du ihn glücklich machen könntest, und er dich auch. Du musst ihn nur gut behandeln.«

Es passte Nurcihan nicht, dass Sibel vor allen Leuten so ungeniert über ihre Verkupplungsversuche redete. »Wir brauchen ja nicht gleich zu heiraten«, sagte sie. »Wir haben uns gerade erst kennengelernt, da hätte er doch wenigstens ein paar nette Worte finden können.«

»Hätte er schon, aber mit einem so selbstbewussten Mädchen wie dir tut er sich eben schwer«, sagte Sibel, den Rest flüsterte sie Nurcihan kichernd ins Ohr.

»Wisst ihr eigentlich, warum bei uns die Leute nicht richtig flirten lernen?« fragte mein Bruder und sah dabei so zutraulich drein wie immer, wenn er getrunken hatte. »Weil wir keinen Ort zum Flirten haben. Und nicht einmal ein eigenes Wort dafür.«

»In deinem Wortschatz«, warf Berrin ein, »heißt Flirten nichts anderes, als dass wir vor der Verlobung am Samstagnachmittag immer ins Kino gegangen sind. Und selbst da hattest du noch dein Transistorradio dabei, um in den fünf Minuten Pause das Ergebnis von Fenerbahçe zu hören.«

»Es ging mir gar nicht um das Fußballspiel, sondern ich wollte mit dem Radio Eindruck schinden, denn es war wohl das erste Transistorradio von ganz Istanbul.«

Daraufhin gab Nurcihan zu, ihre Mutter sei ganz stolz gewesen, den ersten Mixer der Türkei zu besitzen. Gegen Ende der fünfziger Jahre, als es beim Krämer noch keinen Tomatensaft in Dosen zu kaufen gab, servierte ihre Mutter ihren vornehmen Bridge-Freundinnen immer Tomaten-, Sellerie-, Zuckerrüben- und Rettichsaft aus Kristallgläsern und bat sie regelmäßig in die Küche zu einer Vorführung ihres einzigartigen Geräts. Zu den Klängen einer hübschen Musik aus jener Zeit erinnerten wir uns daran, wie die Istanbuler Bourgeoisie sich damals mit Rasierapparaten, elektrischen Messern, Dosenöffnern und noch schlimmeren Apparaten Gesicht und Hände blutig schnitt, in der Aufregung, als erste in der Türkei diese Dinge zu benützen. Wir redeten dann über all die importierten und meist schon bei der ersten Benutzung kaputtgehenden Tonbandgeräte, über die Föns, die regelmäßig die Sicherung durchbrennen ließen, die elektrischen Kaffeemühlen, die die Dienstmädchen verschreckten, die Mayonnaiseapparate, für die es in der Türkei keine Ersatzteile gab, und darüber, dass man es doch nicht übers Herz brachte, diese Dinge wegzuwerfen, die dann meist irgendwo verstaubten. Während wir uns so amüsierten, sahen wir zugleich mit an, wie »Sie-verdienen-nur-das-Beste«-Zaim sich auf den nach Mehmets Abgang frei gewordenen Platz neben Nurcihan setzte, sie umstandslos in ein Gespräch verwickelte und ihr schon nach wenigen Minuten etwas ins Ohr flüsterte, das sie gleich loskichern ließ.

»Was ist denn mit deinem deutschen Fotomodell?« fragte ihn Sibel. »Hast du die auch schon wieder verlassen?«

»Ich hatte ja gar nichts mit Inge. Sie ist nach Deutschland zurück«, sagte Zaim ungerührt. »Wir waren nur Freunde, und ich habe sie ein wenig ausgeführt, um ihr das Istanbuler Nachtleben zu zeigen.«

»Nur Freunde wart ihr also!« stieß Sibel hervor und benutzte damit eine Phrase aus der damals aufblühenden Regenbogenpresse.

»Ich habe sie heute im Kino gesehen«, sagte Berrin, »in der Werbung, wie sie so lieb lächelt und ihre Limo trinkt.« Sie wandte sich ihrem Mann zu. »Beim Friseur ist der Strom ausgefallen, da bin ich ins Site gegangen und habe einen Film mit Sophia Loren und Jean Gabin gesehen.« Und zu Zaim sagte sie:»Man sieht die Werbung in jeder Imbissbude, und nicht nur Kinder trinken die Limo, sondern auch Erwachsene. Meinen Glückwunsch!«

»Tja, es war gutes Timing«, sagte Zaim,»und eine Portion Glück.« Auf Nurcihans fragende Blicke hin und weil Zaim es auch von mir erwartete, erklärte ich Nurcihan kurz, dass Zaim der Besitzer der Firma Sektaş sei, die Meltem herstelle, und dass er es auch sei, der uns Inge vorgestellt habe, die man überall in der Stadt von Plakatwänden herunterlächeln sehe.

»Haben Sie unsere Fruchtlimonaden schon mal probiert?« fragte Zaim Nurcihan.

»Klar. Mir schmeckt vor allem die Erdbeerlimo. So was Gutes kriege ich nicht mal in Frankreich.«

»Sie leben in Frankreich?« fragte Zaim, und dann lud er uns alle fürs Wochenende zu einer Besichtigung seiner Fabrik, einer Bosporus-Tour und einem Picknick im Belgrad-Wald ein. Der ganze Tisch hatte nur noch Augen für ihn und Nurcihan. Bald standen die beiden zum Tanzen auf.

»Hol schnell Mehmet, damit er sie von Zaim loseist!« sagte Sibel zu mir.

»Meinst du, das will sie überhaupt?«

»Ich jedenfalls will nicht, dass meine Freundin diesem Möchtegern-Casanova auf den Leim geht, der sie ja doch nur flachlegen möchte.«

»Zaim ist ein guter Kerl und eine ehrliche Haut, er hat eben nur eine Schwäche für Frauen. Und warum soll Nurcihan hier nicht auch mal ein Abenteuer haben so wie in Frankreich? Muss sie denn unbedingt gleich heiraten?«

»Franzosen verachten eine Frau nicht, nur weil sie mit einem geschlafen hat. Hier dagegen kommt sie gleich in Verruf. Und vor allem will ich nicht, dass Mehmet darunter leidet.«

»Das will ich ja auch nicht, aber müssen wir unsere Verlobungsfeier mit solchen Sachen belasten?«

»Du solltest mal die positiven Seiten unserer Kuppelei sehen. Wenn die zwei heiraten, werden sie auf Jahre unsere besten Freunde sein.«

»Ich glaube aber nicht, dass es Mehmet heute gelingt, Nurcihan

wieder von Zaim wegzulotsen. Auf Partys mit anderen Männern zu konkurrieren ist nicht seine Sache.«
»Red einfach mal mit ihm, er soll keine Angst haben. Ich krieg Nurcihan schon rum, versprochen. Los, hol ihn!« Als sie mich aufstehen sah, lächelte sie liebevoll. »Wirklich gut siehst du aus. Bleib ja nicht irgendwo hängen, sondern komm schnell wieder und tanz mit mir.«
Ich dachte mir, ich würde unterwegs vielleicht Füsun sehen. Während ich, umgeben vom Schreien und Lachen der dichtgedrängten, halbbetrunkenen Menge, Tisch um Tisch nach Mehmet absuchte, musste ich zahlreiche Hände schütteln. Die drei Freundinnen meiner Mutter, die meine ganze Kindheit über unweigerlich jeden Dienstag zum Bézigue-Spielen gekommen waren, trugen – als hätten sie sich abgesprochen – die Haare im gleichen hellen Braunton gefärbt, und von dem Tisch, an dem sie mit ihren Männern saßen, winkten sie mir nun ebenfalls wie abgesprochen im gleichen Augenblick zu und riefen dabei» Kemaal!«, als hätten sie einen kleinen Jungen vor sich. Mit seinem weißen Smoking, seinen goldenen Manschettenknöpfen und seinem Parfüm, das mir an der lange geschüttelten Hand haften blieb, prägte sich mir ganz besonders ein Importeur und Geschäftsfreund meines Vaters ein, der zehn Jahre später als »Ministerstürzer« zu Berühmtheit gelangen sollte, als er einem Zollminister, der maßlose Bestechungsgelder von ihm forderte, in einer riesigen Baklava-Schachtel mit einem Bild der Stadt Antep darauf bündelweise Dollarnoten überreichte und dabei das vertrauliche Gespräch über ein mit Klebeband der Marke Sargo unter seinem Sessel befestigtes Aufnahmegerät mitschnitt und später publik machte. Bei manchen Gesichtern ging es mir so wie mit den Köpfen, die meine Mutter sorgfältig aus Fotos ausschnitt und ins Album klebte: Sie kamen mir einerseits sehr nah und bekannt vor, und doch wusste ich oft nicht, wer nun jetzt wessen Ehemann, Schwester oder sonst etwas war, und das löste bei mir eine seltsame Unruhe aus.

»Mein kleiner Kemal«, sprach mich da eine hübsche Frau mittleren Alters an, »weißt du noch, wie du mir mit Sechs mal einen Heiratsantrag gemacht hast?« Erst als ich ihre wunderschöne achtzehnjährige Tochter sah, erinnerte ich mich wieder. »Ach, Tante Meral, Ihre Tochter ist Ihnen ja wie aus dem Gesicht geschnitten!« sagte ich zur jüngsten Tochter einer Tante meiner Mutter. Als die Frau entschuldigend erwähnte, ihre Tochter müsse am nächsten Morgen wegen der Zulassungsprüfung früh aufstehen, dachte ich, dass der Altersunterschied zwischen der Mutter und mir und der Tochter und mir jeweils genau zwölf Jahre betrug, und unwillkürlich blickte ich in eine bestimmte Richtung, konnte aber weder auf der Tanzfläche noch an den hinteren Tischen Füsun ausmachen, es waren einfach zu viele Leute da. Das Foto, auf dem neben einem Jugendfreund meines Vaters, dem »Schiffeversenker« genannten Versicherungsagent Güven, von mir nur eine Hand zu sehen ist, habe ich Jahre später von einem Sammler bekommen, der in seiner vollgestopften Wohnung Hochzeits- und Partyfotos aus dem Hilton hortete. Auf diesem drei Sekunden später aufgenommenen Foto ist im Hintergrund ein Banker zu sehen, der mir als Bekannter von Sibels Vater vorgestellt wurde, wobei mir zu meiner Verwunderung einfiel, dass ich ihn bei jedem meiner (zwei) Besuche im Londoner Harrods gesehen hatte, und zwar jeweils bei gedankenversunkener Auswahl eines dunklen Anzugs.

Bei meinem Gang von Tisch zu Tisch nahm ich immer wieder kurz Platz und ließ mich mit Gästen zusammen fotografieren, stellte fest, wie viele blondgefärbte dunkle Frauen und angeberische reiche Männer um mich herum versammelt waren, wie sehr all die Krawatten, Uhren, Stöckelschuhe und Armbänder sich glichen, während die Koteletten und Schnurrbärte der Männer alle nach dem gleichen Modell geschnitten schienen, und zugleich merkte ich auch, wie viele Erinnerungen mich mit diesen Menschen verbanden, und voller Glück empfand ich, wie schön doch das vor mir liegende Leben und der nach Mimosen duftende Sommerabend waren. Ich tauschte einen Wangenkuss mit der ersten Miss Europa, die die Türkei hervorgebracht hatte und die sich nun, mit über Vierzig und nach zwei gescheiterten Ehen, der Beschaffung von Spendengeldern für Arme, Behinderte und Waisen und der Veranstaltung von Bällen für Hilfsorganisationen widmete (»Von wegen Idealismus! Die nimmt doch Prozente!« sagte meine Mutter immer) und in dieser Funktion etwa alle zwei Monate ins Büro meines Vaters kam. Mit einer Witwe, deren Ehemann, ein Reeder, bei einer familieninternen Auseinandersetzung durch einen Schuss ins

Auge ums Leben gekommen war, so dass sie nun bei Familientreffen immer völlig verweint erschien, sprach ich darüber, wie gelungen doch der Abend sei. Voll ehrlicher Bewunderung schüttelte ich dann die weiche Hand von Celâl Salik, dem damals beliebtesten, mutigsten und seltsamsten Kolumnisten der Türkei (hier einer seiner Artikel). An dem Tisch, an dem die Söhne, die Tochter und die Enkel des längst verstorbenen Cevdet Bey saßen, des ersten muslimischen Großhändlers von Istanbul, ließ ich ein Erinnerungsfoto schießen. An einem Tisch mit Gästen Sibels wurde darüber gewettet, wie die damals von der ganzen Türkei verfolgte und am darauffolgenden Mittwoch auslaufende Serie *Auf der Flucht* wohl enden würde (Dr. Richard Kimble wurde wegen eines nicht begangenen Verbrechens gesucht, und da er seine Unschuld nicht beweisen konnte, musste er ständig fliehen, fliehen, fliehen!), und auch ich gab meinen Tip ab.

Schließlich fand ich Mehmet in Gesellschaft von Tayfun, einem weiteren Schulkameraden vom Robert-Gymnasium, auf einen Barhocker gefläzt beim Rakitrinken.

»Na, dann sind ja alle Bräutigame da!« rief Tayfun aus, als ich mich dazusetzte. Nicht nur wegen der Wiedersehensfreude, sondern auch wegen der glücklichen Erinnerungen, die jenes Wort von den »Bräutigamen« in uns weckte, zog sich ein sehnsuchtsvolles Lächeln über unsere Gesichter. Im letzten Schuljahr hatten wir drei es uns zur Gewohnheit gemacht, immer wieder in der Mittagspause mit dem Mercedes, den Tayfun von seinem reichen Vater für die Fahrt in die Schule bekommen hatte, ein Luxusbordell aufzusuchen, das jemand in einem alten Herrenhaus auf der Anhöhe von Emirgân eingerichtet hatte, und dort immer mit denselben hübschen Mädchen zu schlafen. Wir unternahmen auch manchmal Spritztouren mit den Mädchen, denen wir gefühlsmäßig viel näher standen, als wir zeigen wollten, und sie verlangten von uns weit weniger Geld als von den alten Wucherern und betrunkenen Händlern, mit denen sie abends zu tun hatten. Die Puffmutter, eine frühere Edelprostituierte, war immer so höflich zu uns, als wären wir auf einem Society-Ball im Großen Club auf Büyükada. Aber wenn sie uns in dem Vorraum, in dem abends die Mädchen rauchend Fotoromane lasen und auf Freier warteten, in unseren Schuluniformen mit Krawatte frisch aus der Schulpause aufkreuzen sah, dann musste sie immer erst einmal lachen und rief: »Mädels, die Bräutigame aus der Schule sind da!«

Ich sah, dass Mehmet bei diesen Erinnerungen aufblühte, und erzählte daher weitere Anekdoten. So waren wir etwa eines Tages, als nach dem Liebesakt die Frühlingssonne schön warm durch die Fensterläden hereinschien, von Müdigkeit übermannt worden und hatten daraufhin den Anfang der ersten Nachmittagsstunde verpasst, und als wir mitten in die Stunde hineinplatzten und die ältliche Erdkundelehrerin uns fragte, was für eine Entschuldigung wir vorzubringen hätten, sagte einer von uns: »Wir haben Biologie gelernt!«, so dass uns von da an das »Biologielernen« als Chiffre für unsere Bordellbesuche galt. Uns fiel auch wieder ein, dass die Mädchen in dem Haus, das offiziell als Restaurant fungierte, allesamt botanische Tarnnamen hatten, und schwatzend sannen wir über den Grund dafür nach. Einmal statteten wir dem Etablissement einen Abendbesuch ab, doch als wir uns gerade auf die Zimmer zurückgezogen hatten, klopfte es an der Tür, und die Mädchen mussten rasch hinunter, weil irgendein Reicher seinen deutschen Geschäftsfreunden einen Bauchtanz präsentieren wollte. Uns wurde zum Trost erlaubt, in einem Eckchen des Restaurants sitzen zu bleiben und den Bauchtanz stumm mitzuverfolgen. Wehmütig erinnerten wir uns nun daran, wie die Mädchen in ihren paillettenbesetzten Kleidern mit dem Bauchtanz eigentlich eher uns betören wollten als die Geldprotze und dass wir nun endgültig wussten, wie verliebt wir in sie waren, und dass wir nie im Leben vergessen würden, was uns da an Glück widerfahren war. Wenn ich in den Sommerferien aus Amerika zu Besuch kam, wollten Mehmet und Tayfun mir immer zeigen, was sie in den teuren Edelbordellen, die mit jedem Wechsel des Polizeidirektors einen Wandel durchmachten, Seltsames gesehen hatten. Da gab es etwa in der Sıraselviler-Straße ein siebenstöckiges Haus, das früher Griechen gehört hatte und in dem nun die Polizei Tag für Tag in einem anderen Stockwerk eine Razzia veranstaltete und alles versiegelte, so dass die Mädchen ihre Freier immer wieder in einer anderen Etage empfingen, aber immer von den gleichen Möbeln und Spiegeln umgeben. In einem Gässchen in Nişantaşı war eine Villa, deren Türsteher jeden, der ihm nicht solvent genug erschien, auf der Stelle davonjagte. Luxus-Şermin, die gerade vorhin das Hotel betreten hatte, fuhr zwölf Jahre zuvor noch mit einem 62er Plymouth abends um das Park-Hotel, den Taksim-Platz und das Divan-Hotel herum, parkte auch manchmal und wartete auf Freier für die zwei, drei mustergültig gepflegten Mädchen, die sie dabeihatte, und bei telefonischer Vorbestellung wurde auch ein »Heimservice« angeboten. Aus den Worten meiner Freunde ging deutlich hervor, dass an solchen Orten weit intensivere Freuden zu erleben waren als mit ängstlich um Ehre und Jungfräulichkeit besorgten »braven« Mädchen.

Füsun sah ich nicht an ihrem Tisch, aber sie war noch nicht gegangen, denn die Eltern saßen noch da. Ich bestellte mir noch einen Raki und fragte Mehmet nach den jüngsten Adressen und Neuheiten, und Tayfun sagte, er könne mir eine ganze Liste davon geben. Sarkastisch erzählte er dann von Abgeordneten, die bei Razzien der Sittenpolizei verhaftet wurden, von Bekannten von ihm, die im Wartezimmer konsequent zum Fenster hinaussahen, um ihn nur ja nicht grüßen zu müssen, und von dem siebzigjährigen Anwärter aufs Ministerpräsidentenamt, von dem es offiziell hieß, er sei in den Armen seiner Frau gestorben, während ihm in Wirklichkeit im Bett seiner Luxusvilla am Bosporus im Clinch mit einer zwanzigjährigen Tscherkessin das Herz versagt hatte, und was da an amüsanten Geschichten über Militärs und Politiker noch mehr war. Im Hintergrund spielte dazu eine sanfte, erinnerungsselige Musik. Ich merkte, dass es Mehmet widerstrebte, so zynisch daherzureden wie Tayfun. Ich erinnerte ihn daran, dass Nurcihan zum Heiraten in die Türkei zurückgekehrt war und dass sie zu Sibel gesagt hatte, Mehmet gefalle ihr.

»Aber jetzt tanzt sie mit diesem Limo-Fritzen«, sagte Mehmet.

»Ja, um dich eifersüchtig zu machen«, erwiderte ich, ohne in Richtung Tanzfläche zu sehen.

Erst zierte Mehmet sich noch ein wenig, aber dann gab er zu, dass ihm Nurcihan auch gefalle; wenn sie es wirklich ernst meine, dann werde er sich gerne zu ihr setzen und nett mit ihr plaudern, und falls aus der Sache was werde, dann sei er mir bis ans Lebensende zu Dank verpflichtet.

»Warum warst du dann nicht gleich nett zu ihr?«

»Weiß auch nicht, ist irgendwie nichts geworden.«

»Gehen wir zum Tisch zurück, bevor sich ein anderer deinen Platz schnappt.«

Ich kämpfte mich wieder zurück an meinen Platz, und um zu sehen, wie weit die Geschichte mit Nurcihan und Zaim gediehen war, sah ich einmal zur Tanzfläche hin, und da erblickte ich Füsun. Sie tanzte mit Kenan, und zwar ziemlich eng. In meinem Bauch machte sich ein Schmerz breit. Ich setzte mich an den Tisch.

»Und?« fragte Sibel. »Hat's nicht geklappt? Mit Nurcihan sieht's inzwischen auch schlecht aus. Die findet diesen Zaim ganz toll. Schau nur, wie sie tanzen. Ist also sowieso egal.«

»Nein, nein, Mehmet ist mit allem einverstanden.«

»Warum ziehst du dann so ein Gesicht?«

»Tu ich doch gar nicht.«

»Komm, man sieht dir doch an, dass was nicht stimmt«, sagte Sibel lächelnd. »Was ist es denn? Und hör endlich auf zu trinken.«

Als das Stück zu Ende war, begann gleich ein neues, ein noch langsameres und gefühlvolleres. Am Tisch stellte sich ein langes Schweigen ein, und ich spürte schmerzlich, wie mein Blut sich mit dem Gift der Eifersucht vermischte. Das wollte ich mir aber nicht eingestehen. Wer die Tanzfläche beobachtete, aus dessen ernsten, neidischen Blikken war abzulesen, dass die Tanzenden sich nun noch enger aneinanderschmiegten. Weder Mehmet noch ich sahen hin. Mein Bruder sagte etwas, an das ich mich nach all den Jahren nicht erinnern kann, aber ich weiß noch gut, wie ich eifrig darauf einzugehen suchte, als sei es etwas Hochinteressantes. Als dann noch ein schmalzigeres und romantischeres Stück gespielt wurde, schielten nicht nur mein Bruder, sondern auch Berrin, Sibel und überhaupt alle zu den eng umschlungenen Tanzenden hin. In meinem Kopf ging alles durcheinander.

»Was meinst du?« fragte ich Sibel.

»Wieso? Ich hab gar nichts gesagt. Ist alles in Ordnung mit dir?«

»Soll ich den Silberblättern ausrichten lassen, dass sie mal eine Pause machen?«

»Warum denn? Lass die Leute doch tanzen! Jetzt haben sich sogar die Schüchternsten getraut, ein Mädchen aufzufordern, das ihnen gefällt. Glaub mir, bei der Hälfte von denen läuft es auf eine Hochzeit raus.«

Ich sah gar nicht hin und vermied auch einen Blickkontakt mit Mehmet.

»Schau, sie kommen«, sagte Sibel.

Mir schlug das Herz, weil ich einen Moment dachte, sie meinte Füsun und Kenan. Es kamen aber lediglich Nurcihan und Zaim vom Tanzen zurück. Mein Herz pochte immer noch. Ich sprang auf und fasste Zaim unterm Arm.

»Komm, ich bestell dir an der Bar was ganz Besonderes«, sagte ich und zog ihn fort. Während ich wieder viele Leute umarmen musste, schäkerte Zaim mit zwei Mädchen herum, die sich sichtlich für ihn interessierten. Die eine war groß und schwarzhaarig und hatte eine osmanische Hakennase, und als ich die traurigen Blicke der anderen sah, fielen mir die Gerüchte ein, sie sei ein paar Sommer zuvor schrecklich in Zaim verliebt gewesen und habe sogar einen Selbstmordversuch unternommen.

»Auf dich fahren doch alle Mädchen ab«, sagte ich, als wir an der Bar saßen. »Was ist denn dein Geheimnis?«

»Ich mach gar nichts Besonderes, glaub mir.«

»Und mit der Deutschen war auch nichts?«

Zaim ignorierte seelenruhig meine Frage. »Ich bin überhaupt nicht gern als Playboy verschrien«, sagte er. »Wenn ich so was Tolles wie Sibel fände, würde ich am liebsten auch gleich heiraten. Ich kann dich wirklich nur beglückwünschen. Sibel ist wirklich perfekt. Und dir kann man auch das Glück von den Augen ablesen.«

»So glücklich bin ich momentan gar nicht. Darüber wollte ich mit dir reden. Du hilfst mir doch, oder?«

»Ich würde alles für dich tun, das weißt du doch«, erwiderte er und sah mir in die Augen. »Du kannst dich mir ohne weiteres anvertrauen.«

Ich bestellte beim Barmann eine besondere Rakisorte und sah zur Tanzfläche. Hatte Füsun zu dieser schnulzigen Melodie etwa ihren Kopf an Kenans Schulter gelegt? Die beiden tanzten in einer schummrigen Ecke der Tanzfläche, und ohne ein Schmerzgefühl konnte ich ohnehin nicht hinsehen, sosehr ich mich auch zusammenriss.

»Da ist ein Mädchen, eine entfernte Verwandte von meiner Mutter«, sagte ich mit Blick auf die Tanzfläche. »Füsun heißt sie.«

»Die mit dem Schönheitswettbewerb? Die tanzt gerade.«
»Woher weißt du das?«
»Die ist dermaßen schön. Ich sehe sie jedesmal, wenn ich an ihrer Boutique in Nişantaşı vorbeikomme. So wie jeder gehe ich dann langsamer und schaue hinein. Ihre Schönheit geht einem nicht aus dem Kopf. Jeder kennt sie.«
Da ich befürchtete, Zaim könne gleich etwas Falsches hinzufügen, sagte ich sofort: »Sie ist meine Geliebte.« Auf dem Gesicht meines Freundes zeigte sich eine Spur von Neid. »Allein schon, dass sie jetzt mit einem anderen tanzt, tut mir weh. Ich bin wohl furchtbar verliebt in sie. Irgendwie muss ich von der Sache loskommen, denn ich will nicht, dass das noch länger dauert.«
»Das Mädchen ist wirklich unglaublich, aber du steckst ganz schön in der Patsche. Lang kann so was ohnehin nicht dauern.«
Ich fragte nicht, warum so etwas nicht lange dauern könne. Ich beobachtete in Zaims Gesicht einen Schatten von Verachtung oder Eifersucht, kümmerte mich aber nicht darum. Ich begriff, dass ich ihm nicht sofort sagen konnte, was ich von ihm wollte. Erst sollte er verstehen, wie tief meine Empfindungen waren, und sollte Achtung davor haben. Aber ich war ja betrunken, und kaum fing ich an, von meinen Gefühlen für Füsun zu erzählen, da merkte ich schon, dass ich nur über den technischen Aspekt meiner Beziehung reden konnte, denn wenn ich meine Gefühle schilderte, würde Zaim mich womöglich lächerlich finden oder trotz seiner eigenen Liebesabenteuer an meinem Verhalten sogar Anstoß nehmen. Eigentlich erwartete ich von ihm nicht, dass er über die Echtheit meiner Gefühle Bescheid wusste, sondern dass er begriff, wie glücklich und erfolgreich ich war. Wenn ich diese Geschichte heute erzähle, ist mir diese Erwartung viel bewusster, aber damals wollte ich sie nicht wahrhaben, und während wir beide zu der tanzenden Füsun hinsahen, erzählte ich Zaim, was ich mit ihr erlebt hatte. Hin und wieder suchte ich sein Gesicht nach Spuren der Eifersucht ab, und während ich mir noch immer vormachte, nicht Neid hervorrufen zu wollen, sondern Verständnis zu heischen, erzählte ich, dass ich der erste Mann in Füsuns Leben war, erzählte von unserem glücklichen Liebesleben, unseren Streitereien und von ein paar Merkwürdigkeiten, die mir gerade so einfielen.

»Kurz gesagt«, sagte ich aus einer Eingebung heraus, »will ich jetzt im Leben vor allem eines, nämlich dieses Mädchen nie verlieren.«
»Das verstehe ich.«

Es tat mir gut, auf so viel männliches Verständnis zu stoßen, ohne mir anhören zu müssen, wie egoistisch ich doch sei und dass diese Art von Liebesglück zu verurteilen sei.
»Momentan beunruhigt mich, dass sie ausgerechnet mit Kenan tanzt, das ist nämlich ein fleißiger junger Mitarbeiter von mir bei Satsat. Sie will mich eifersüchtig machen und gefährdet damit den Arbeitsplatz des Jungen. Und natürlich fürchte ich auch, dass er sie zu ernst nimmt. Er wäre nämlich eigentlich der ideale Ehemann für sie.«
»Ich verstehe«, sagte Zaim wieder.
»Ich werde jetzt dann Kenan an den Tisch meines Vaters holen. Und du sollst dich zur gleichen Zeit um Füsun kümmern und ihr wie ein guter Verteidiger keinen Spielraum lassen, damit ich heute nicht vor Eifersucht umkomme und diesen schönen Abend heil über die Bühne bringe, ohne diesen Kenan in Gedanken schon mal zu entlassen. Sowieso muss Füsun bald aufbrechen, weil sie morgen ihre Zulassungsprüfung hat. Und bald hat es mit dieser unmöglichen Liebe ohnehin ein Ende.«
»Na ja, ich weiß nicht, ob sich dein Mädchen heute abend mit mir abgeben will«, sagte Zaim. »Und da ist auch noch ein Problem.«
»Was denn?«
»Ich habe gemerkt, dass Sibel Nurcihan von mir fernhalten will. Sie will sie wohl mit Mehmet verkuppeln. Aber Nurcihan hat anscheinend was für mich übrig, und ich für sie auch, und zwar nicht wenig. Mir wäre es recht, wenn du mir da behilflich sein könntest. Mehmet ist ja mein Freund, aber es soll doch ein fairer Wettkampf sein.«
»Und was soll ich tun?«
»Heute abend, in Anwesenheit von Sibel und Mehmet, wäre ich sowieso nicht mehr zum Zug gekommen, aber wegen deinem Mädchen kann ich mich überhaupt nicht mehr um Nurcihan kümmern. Du hast also etwas wettzumachen. Versprich mir, dass du zu dem Picknick am Sonntag bei unserer Fabrik Nurcihan mitbringst.«
»Versprochen.«

»Gut. Warum will Sibel mich eigentlich nicht an Nurcihan ranlassen?«

»Na ja, deine ganzen Geschichten mit deutschen Fotomodellen und Tänzerinnen und so ... So etwas gefällt Sibel nicht. Sie will ihre Freundin mit jemandem verheiraten, zu dem sie Vertrauen hat.«

»Sag ihr doch bitte, dass ich kein schlechter Mensch bin.«

»Das tu ich ja«, sagte ich und stand auf. Wir schwiegen kurz. Dann sagte ich: »Ich bin dir dankbar, dass du das für mich machst. Aber pass auf mit Füsun, damit du dich nicht verknallst, sie ist nämlich ein süßes Ding.«

Zaim sah mich dabei so verständnisvoll an, dass ich mich meiner Eifersucht gar nicht schämte, und wenigstens für eine kurze Weile wurde ich ruhiger.

Ich setzte mich zu meinen Eltern an den Tisch. Zu meinem Vater, der schon ziemlich angeheitert war, sagte ich, am Tisch der Satsat-Leute sitze ein ausgezeichneter junger Mitarbeiter, mit dem ich ihn bekannt machen wolle. Um die anderen an seinem Tisch nicht neidisch zu machen, schrieb ich in meines Vaters Namen einen kleinen Zettel, gab ihn dem Kellner Mehmet Ali, den wir schon seit der Gründungszeit des Hotels kannten, und bat ihn, bei der nächsten Tanzpause Kenan den Zettel zu überreichen. Als meine Mutter meinem Vater mit den Worten »Jetzt hör doch mal mit der Trinkerei auf!« das Glas wegnehmen wollte, schüttete er sich Raki auf die Krawatte. In der Tanzpause wurde uns in Gläsern Eis serviert. Ich sah die Brotkrümel, die Gläser mit Lippenstiftrand, die benutzten Servietten, die vollen Aschenbecher, die Feuerzeuge, die schmutzigen Teller und die zerknüllten Zigarettenpäckchen für ein Abbild der Wirrheit in meinem Kopf und fühlte schmerzlich, dass der Abend allmählich zu Ende ging. Wir rauchten damals vor jedem Gang genussvoll eine Zigarette.

Ein kleiner Junge setzte sich mir auf den Schoß, und gleich danach kam Sibel dazu. Als er sich zu Sibel auf den Schoß setzte und meine Mutter sagte: »Steht dir wunderbar!«, war der Tanz noch nicht zu Ende. Bald darauf kam der wie aus dem Ei gepellte Kenan an unseren Tisch und sagte, es sei ihm eine Ehre, meinen Vater und den früheren Außenminister kennenzulernen, der gerade im Gehen begriffen war.

Als der Außenminister davongeschwankt war, erzählte ich ausführlich, wie intensiv Kenan mit der Ausweitung der Geschäfte von Satsat auf die Provinz und insbesondere mit dem Izmir-Dossier befasst war, und lobte den jungen Mann so laut, dass jeder am Tisch es deutlich vernehmen konnte. Mein Vater stellte Kenan die Fragen, die er an jeden neuen Angestellten richtete: »Wie viele Fremdsprachen beherrschen Sie denn, mein Junge? Lesen Sie gerne? Haben Sie Hobbys? Sind Sie verheiratet?« »Verheiratet ist er nicht«, sagte meine Mutter. »Gerade hat er so hübsch mit Füsun getanzt, der Tochter von Nesibe.« »Die ist ja wunderschön geworden«, erwiderte mein Vater. »Ich glaube, ihr langweilt den jungen Mann mit eurem Geschäftskram, ihm steht sicher der Sinn danach, sich mit seinen Freunden zu amüsieren«, sagte meine Mutter. »Nein, nein«, protestierte Kenan, »mit Ihnen und Ihrem Gatten hier Bekanntschaft zu schließen, ist mir viel mehr wert.« »Ein ausgesprochen angenehmer junger Mann«, flüsterte meine Mutter. »Soll ich ihn mal zu uns einladen?«

Geflüstert war es wohl, aber doch laut genug, dass auch Kenan es hörte. Wenn meine Mutter jemanden mochte und so tat, als würde sie nur uns das mitteilen, wollte sie in Wirklichkeit, dass auch der Betreffende ihr Lob mitbekam, und wenn jener dann verlegen wurde, wertete sie das als Beweis für ihre Macht und lächelte. Unterdessen stimmten die Silberblätter ein schwermütiges Lied an, und ich sah, wie Zaim Füsun zum Tanz aufforderte. »Jetzt wo mein Vater hier ist, können wir uns doch mal über die Provinzausweitung unterhalten«, sagte ich. »Was, auf deiner eigenen Verlobung willst du über Arbeit reden?« wunderte sich meine Mutter. »Gnädige Frau«, sagte Kenan, »Sie wissen das vielleicht nicht, aber drei-, viermal die Woche bleibt Ihr Sohn nach Feierabend und bis in die späten Abendstunden in der Firma und arbeitet.« Ich sagte: »Und manchmal bleibt Kenan auch da.« »Wir haben oft viel Spaß miteinander«, sagte Kenan, »und arbeiten bis in den Morgen hinein und kalauern mit den Namen der Schuldner herum.« »Und was macht ihr mit ungedeckten Schecks?« fragte mein Vater. »Darüber sollten wir mit den Satsat-Händlern jetzt mal gemeinsam reden, Papa.«

Während das Orchester einen Schmachtfetzen nach dem anderen spielte, sprachen wir über Schecks, über die bei Satsat einzuführenden Neuerungen, über die Vergnügungslokale in Beyoğlu zu der Zeit, als mein Vater in Kenans Alter war, über die Eigenheiten von Izak, dem ersten Buchhalter meines Vaters, zu dessen Tisch wir jetzt alle hinüberprosteten, über – wie mein Vater es ausdrückte – die Schönheit dieses Abends und der Jugendzeit und über »die Liebe im allgemeinen«, über die mein Vater ein paar Scherze wagte. Auch auf hartnäckiges Fragen meines Vaters hin gab Kenan nicht preis, ob er momentan verliebt war. Meine Mutter fragte Kenan nach seiner Familie aus und erfuhr, dass sein Vater städtischer Angestellter war und jahrelang als Straßenbahnführer gearbeitet hatte. »Ach Kinder, wisst ihr noch, die alten Straßenbahnen!« rief sie aus.

Mehr als die Hälfte der Gäste war schon gegangen. Meinem Vater fielen immer wieder die Augen zu.

Als meine Eltern schließlich ebenfalls aufbrachen und jeden von uns noch einmal umarmten, sagte meine Mutter: »Bleibt nicht allzu lange, hörst du, Junge?«, sah aber dabei nicht mir, sondern Sibel in die Augen.

Kenan wollte zum Satsat-Tisch zurückkehren, doch ich ließ ihn nicht. »Reden wir doch mit meinem Bruder über das Geschäft in Izmir. Wir kommen schließlich nicht oft zusammen.«

Als ich Kenan meinem Bruder vorstellen wollte (den er längst kannte), zog mein Bruder spöttisch die linke Augenbraue hoch und sagte, ich sei ja wohl schon ganz schön benebelt. Mit Blicken wies er Berrin und Sibel auf das Glas in meiner Hand hin. Nun ja, ich hatte gerade schon wieder ziemlich schnell zwei Gläser Raki gekippt. Wenn ich sah, wie Zaim und Füsun miteinander tanzten, packte mich nämlich eine absurde Eifersucht, und der Raki tat mir dann gut. Wie konnte ich nur eifersüchtig sein? Doch während mein Bruder Kenan erläuterte, wie schwierig sich oft die Einlösung der Schecks gestaltete, sah er genauso wie Kenan und wie alle anderen am Tisch Zaim und Füsun beim Tanzen zu. Selbst Nurcihan, die der Tanzfläche den Rücken zukehrte, merkte, dass Zaim sich um eine andere kümmerte, und wurde ganz unruhig. Ich aber dachte mir, was für ein Glück ich doch hatte. Trotz meiner Trunkenheit fühlte ich, dass alles genauso lief, wie ich wollte. In Kenans Gesicht sah ich eine Beunruhigung, die der meinen glich, hatte der ehrgeizige junge Mann sich doch in seiner Unerfahrenheit zu sehr mit seinen Chefs abgegeben und sich dadurch das wunderbare Mädchen entgehen lassen, das er gerade noch in den Armen gehalten hatte. Zum Trost stellte ich ihm – und mir – in feinen hohen Gläsern einen Raki hin. Mehmet forderte nun endlich Nurcihan zum Tanzen auf, und Sibel zwinkerte mir fröhlich zu. »Jetzt reicht's aber mit dem Trinken, Schatz«, sagte sie dann zärtlich. Von diesem Ton betört, bat ich sie zum Tanz. Kaum mischten wir uns unter die Tanzenden, merkte ich aber schon, was für ein Fehler das gewesen war. Das von den Silberblättern gespielte Lied brachte uns unseren glücklich verbrachten letzten Sommer in Erinnerung, und zwar mit einer assoziativen Kraft, wie ich sie mir auch von den Ausstellungsstücken dieses Museums erhoffe, und Sibel schmiegte sich zärtlich an mich. Wie gerne hätte ich diese Geste mit der gleichen Innigkeit erwidert, war mir doch an diesem Abend so richtig bewusst geworden, dass ich mit meiner Verlobten mein ganzes Leben verbringen würde! Aber ich versuchte, Füsun unter den Tanzenden zu erspähen, und hielt mich doch zurück, da ich nicht wollte, dass sie mein und Sibels Glück mit ansah. So verlegte ich mich darauf, die neben uns Tanzenden anzuflachsen. Die wiederum lächelten nachsichtig, wie man es eben mit jemandem hält, der am Ende seiner Verlobung betrunken ist.

Als wir einmal neben den berühmten Kolumnisten gerieten, der mit einer schönen Dunkelhaarigen tanzte, sagte ich zu ihm: »Gleicht die Liebe nicht dem Zeitungsschreiben?« Und als wir neben Nurcihan und Mehmet waren, behandelte ich die beiden wie ein altes Liebespaar. Die Frau, die immer, wenn sie meine Mutter besuchte, mit ihrem Französisch um sich warf – angeblich, weil die Dienstboten nichts verstehen sollten –, bedachte ich nun ebenfalls mit ein paar Brocken Französisch, aber die Leute lachten nicht deshalb, weil meine Scherze so brillant gewesen wären, sondern weil ich sie so lallend hervorbrachte. Sibel sah ein, dass aus einem unvergesslichen Tanz nichts mehr werden würde, und sie flüsterte mir ins Ohr, wie sehr sie mich liebe und wie süß ich in meiner Trunkenheit wirkte, und dass ich doch entschuldigen solle, falls sie mir mit ihrer Kuppelei die Stimmung verdorben habe, aber für das Glück ihrer Freunde tue sie nun mal alles, und Zaim, dieser unzuverlässige Patron, mache sich nun nach Nurcihan an meine Verwandte heran. Ich sagte ihr mit ernster Miene, dass Zaim eigentlich ein guter Junge und ein verlässlicher Freund sei und dass er sich frage, warum Sibel ihn denn so schneide. »Ihr habt über mich gesprochen? Was denn genau?« Da kam in der kurzen Pause zwischen zwei Liedern wieder Celâl Salik neben uns zu stehen, mit dem ich vorher gescherzt hatte. »Ich weiß jetzt, was die Liebe und eine gute Zeitungskolumne gemeinsam haben«, sagte er zu mir. »Was denn?« »Beide müssen uns *jetzt* glücklich machen, aber ihre Schönheit und Kraft misst sich daran, ob sie den Tag überdauern.« »Schreiben Sie das doch mal in einer Kolumne«, sagte ich, aber er hörte schon nicht mehr auf mich, sondern auf die Dunkelhaarige. Nun sah ich auch Füsun und Zaim neben uns. Füsun hatte ihren Kopf ziemlich nah an Zaims Hals und flüsterte ihm etwas zu, und Zaim lächelte glücklich. Nicht nur Füsun, sondern auch Zaim sah uns beide ganz genau, aber er drehte sich einfach zur Musik weiter und ignorierte uns.

Ohne allzusehr aus dem Rhythmus zu kommen, führte ich Sibel auf die beiden zu, und wie ein Piratenschiff, das eine Handelsgaleone von hinten rammt, stießen wir Füsun und Zaim von der Seite her ziemlich heftig an.

»Oh, Verzeihung!« rief ich aus. »Ha, ha. Wie geht's euch so?« Der selig-verwirrte Ausdruck auf Füsuns Gesicht brachte mich zur Räson, und ich merkte, dass meine Betrunkenheit gut als Entschuldigung durchgehen konnte. Ich ließ Sibel los und wandte mich Zaim zu. »Tanzt ihr beide doch mal!« Zaim nahm die Hand von Füsuns Taille. »Du meinst doch, dass Sibel dich verkennt.« Und zu Sibel: »Und du hast bestimmt Zaim etwas zu fragen.« Als vollführte ich seufzend einen Freundschaftsdienst, schob ich die beiden aufeinander zu, und als sie widerwillig zu tanzen begannen, sahen Füsun und ich uns kurz in die Augen. Dann legte ich die Hand an ihre Taille, und in sanfter Drehung tanzte ich mit ihr davon.

Wie soll ich beschreiben, welche Ruhe mich erfüllte, sobald ich sie in den Armen hielt? Was in meinem Kopf ohne Unterlass erbarmungslos rumorte und was ich für das Rauschen der Menge und das Dröhnen des Orchesters gehalten hatte, war in Wirklichkeit nichts anderes als die Sehnsucht nach Füsun. Wie bei einem Baby, das sich nur von einem einzigen Menschen trösten lässt, erfasste mich ein stilles Glück. Ich sah an Füsuns Blicken, dass sie vom gleichen Glück erfüllt war, und wertete unser Schweigen als Zeichen dafür, dass wir wussten, wieviel Glück wir uns zu geben hatten, und so wollte ich, dass dieser Tanz nie zu Ende ginge. Bis mich siedend heiß der Gedanke überfiel, unser Schweigen könne für sie etwas ganz anderes bedeuten, nämlich dass es nun an der Zeit sei, auf die eigentliche Frage (»Was soll aus uns werden?«), der ich bisher immer scherzhaft ausgewichen war, endlich eine Antwort zu geben. Wahrscheinlich war sie nur deshalb gekommen. Und das Interesse, das die Männer an ihr gezeigt hatten, ja die Bewunderung, mit der sogar Kinder sie ansahen, hatten ihr Selbstvertrauen gegeben und ihren Schmerz gelindert. Sie konnte mich ja nun als »flüchtiges Abenteuer« ansehen. Das Gefühl, dass dieser Abend zu Ende ging, vermischte sich in meinem benebelten Kopf, der nun aber fieberhaft arbeitete, auf panische Weise mit der Furcht, damit entgleite mir auch Füsun.

»Wenn zwei Menschen sich so lieben wie wir, kann niemand sie auseinanderbringen. Niemand!« sagte ich und wunderte mich selbst, was mir da so spontan über die Lippen ging. »Weil Liebende wie wir wissen, dass nichts ihre Liebe zerstören kann, fühlen sie sich auch an schlechten Tagen getröstet und sogar dann, wenn sie einander, ohne es zu wollen, die schlimmsten Dinge antun. Du kannst aber sicher sein, dass ich ab jetzt alles in Ordnung bringen werde. Hörst du mir eigentlich zu?«

»Ja.«

Ich vergewisserte mich, dass wir unbeobachtet waren, und sagte dann: »Wir sind uns zu einer sehr ungünstigen Zeit begegnet, und in den ersten Tagen konnten wir auch noch nicht wissen, wie tief unsere Liebe einmal sein würde. Ich bringe jetzt aber alles ins richtige Gleis. Jetzt geht es erst einmal um deine Prüfung morgen, deshalb sollst du dich heute mit diesen Problemen nicht mehr herumschlagen.«

»Aber sag mir doch, was danach geschehen soll.«

»Morgen um zwei, nach deiner Prüfung« – und hier begann mir die Stimme zu zittern – »kommst du doch wieder ins Merhamet Apartmanı, oder? Und dann erkläre ich dir in aller Ruhe, was ich unternehmen werde. Wenn du mir nicht vertraust, wirst du mich aber nie wiedersehen.«

»Nein, ich komme nur, wenn du es mir jetzt sagst.«

Es war so herrlich, mit meinem berauschten Kopf daran zu denken, dass sie am nächsten Tag um zwei Uhr zu mir kommen würde und wir wie immer miteinander schlafen und uns dann unser Leben lang nie wieder voneinander trennen würden, dass ich, während ich ihre wunderbaren Schultern und ihre honigfarbenen Arme berührte, endlich begriff, dass ich für sie einfach alles tun musste.

»Es wird niemand mehr zwischen uns stehen«, sagte ich.

»Gut, dann komme ich morgen gleich nach der Prüfung, und du erzählst mir, wie du vorgehen willst, und hoffentlich stehst du zu deinem Wort!«

Möglichst unauffällig drückte ich zärtlich meine Hand fester auf ihre Hüfte und versuchte, Füsun im Rhythmus der Musik an mich zu ziehen. Dass sie sich dagegen sträubte, stimulierte mich noch mehr. Aber als ich merkte, dass sie es eher als Zeichen von Trunkenheit denn von Liebe werten würde, wenn ich sie hier so vor aller Augen umarmte, ließ ich von meinem Vorhaben ab.

»Wir müssen uns hinsetzen«, sagte sie. »Die Leute schauen schon.« Sie glitt aus meinen Armen. »Geh jetzt gleich schlafen«, flüsterte ich ihr zu. »Und denk bei der Prüfung daran, wie sehr ich dich liebe.«

Am Tisch saßen nur Berrin und Osman, mürrisch und streitend.

»Alles in Ordnung?« fragte mich Berrin.

»Sehr sogar!« Ich sah auf den unordentlichen Tisch und die leeren Stühle.

»Sibel hat zu tanzen aufgehört, und Kenan hat sie zum Satsat-Tisch mitgenommen, da spielen sie irgendwas.«

»Gut, dass du mit Füsun getanzt hast«, sagte Osman. »Ich finde es falsch, dass Mama sie so kühl behandelt. Die Familie sollte sich um Füsun kümmern und ihr zeigen, dass dieser Unsinn mit dem Schönheitswettbewerb vergessen ist. Sie selbst und jeder sollte wissen, dass wir ein Auge auf sie haben. Ich mache mir Sorgen um das Mädchen. She thinks she is too beautiful. Sie läuft zu freizügig herum. Und sie ist in einem halben Jahr vom Kind zur Frau aufgeblüht. Wenn sie nicht bald unter die Haube kommt, wird man über sie zu tuscheln anfangen, und sie rennt noch in ihr Unglück. Was sagt sie denn so?«

»Morgen ist ihre Zulassungsprüfung an der Uni.«

»Und da tanzt sie jetzt noch herum? Es ist Mitternacht vorbei.« Er sah zu ihr hin. »Dein Kenan gefällt mir übrigens. Soll sie doch den heiraten.«

»Soll ich ihnen das sagen?« rief ich laut. Schon seit jeher tat ich liebend gerne das Gegenteil von dem, was mein Bruder von mir wollte. Wenn er mir was erzählen wollte, schlenderte ich etwa, anstatt bei ihm stehenzubleiben, gemächlich ans andere Ende des Gartens.

Ich werde mich mein Leben lang daran erinnern, wie glücklich und gut gelaunt ich war, als ich zu dieser späten Stunde zu den hinteren Tischen ging, wo die Leute von Satsat und Füsun und ihre Familie saßen. Alles geriet nun ins Lot, und in dreizehn Stunden und fünfundvierzig Minuten würde ich mich mit Füsun im Merhamet Apartmanı treffen. Vor mir erstreckte sich, so wie die herrliche Bosporus-Nacht draußen, ein glückverheißendes, wunderbares Leben. Ich lachte und scherzte mit müdegetanzten hübschen Mädchen, deren Kleider sich reizend verschoben hatten, mit Jugendfreunden, die noch so lange ausharrten, und mit netten Damen, die mich schon seit dreißig Jahren kannten, und insgeheim dachte ich, dass ich ja notfalls statt Sibel eben Füsun heiraten konnte.

Sibel saß mit ein paar anderen am fast schon leeren Satsat-Tisch und nahm an einer spiritistischen Sitzung teil, die weniger mit Spiritismus als mit Spirituosen zu tun hatte. Als die ohnehin nicht mit besonderer Inbrunst angerufenen Geister sich nicht blicken ließen, löste sich die Runde schnell auf. Sibel setzte sich mit Füsun und Kenan an den freien Nebentisch. Als ein Gespräch in Gang kam, wollte ich mich zu ihnen gesellen, doch kaum sah Kenan mich kommen, forderte er Füsun zum Tanzen auf. Füsun, die mich gesehen hatte, lehnte ab, weil angeblich ihre Schuhe sie drückten. Als ginge es ihm gar nicht um Füsun, sondern um den anstehenden schnellen Modetanz, forderte Kenan gleich eine andere auf. So saßen Füsun und Sibel an einem Ende des verwaisten Satsat-Tisches, und zwischen den beiden war ein Stuhl frei, auf dem ich sogleich Platz nahm. Ach, wären wir doch damals fotografiert worden; wie gerne würde ich dieses Foto hier ausstellen!

Kaum saß ich zwischen den beiden, da stellte ich freudig überrascht fest, dass sie wie zwei seit Jahren miteinander bekannte und sich gegenseitig aus der Ferne achtende Damen aus Nişantaşı in geradezu ehrerbietigem Ton die spiritistische Sitzung erörterten. Füsun, von der ich vermutet hatte, sie habe wohl kaum eine religiöse Erziehung genossen, erklärte die Existenz von Seelen für eine in »unserer Religion« verankerte Selbstverständlichkeit, doch sei es für uns Diesseitige unrecht, ja geradezu sündig, mit ihnen in Verbindung treten zu wollen. Das war wohl die Meinung ihres Vaters, der vom Nebentisch zu uns herübersah.

»Vor drei Jahren habe ich, anstatt auf meinen Vater zu hören, aus Neugier an einer spiritistischen Sitzung teilgenommen, die Schulkameradinnen von mir organisierten«, sagte Füsun. »Ohne mir dabei etwas zu denken, schrieb ich auf einen Zettel den Namen eines Freundes von mir, den ich sehr mochte, aber ewig nicht gesehen hatte. Und obwohl ich das nur aus Spaß machte und keinen Augenblick daran glaubte, kam die Seele des Jungen tatsächlich, und ich habe es furchtbar bereut, sie gerufen zu haben.«

»Warum denn?«

»Weil ich am Zittern der Tasse vor mir auf dem Tisch erkannte, dass Necdet, so hieß der Freund, große Schmerzen litt. Die Tasse zitterte, und ich merkte, dass Necdet mir etwas sagen wollte. Und dann stand die Tasse plötzlich still. Und alle sagten, nun sei er gestorben. Woher wussten sie das aber?«

»Ja, woher?« fragte Sibel.

»Am gleichen Abend suchte ich in meinem Kleiderschrank nach einem Handschuh, und da stieß ich in einer Schublade auf ein Taschentuch, das Necdet mir vor Jahren geschenkt hatte. Vielleicht war das nur ein Zufall ... Aber das glaube ich nicht. Mir war das eine Lehre. Wenn man einen geliebten Menschen verliert, dann soll man ihn nicht mit Geisteranrufungen belästigen. Ein Andenken an ihn, ein Ohrring etwa, kann uns statt dessen über Jahre hinweg viel besser trösten.«

»Komm, Füsun, wir gehen jetzt nach Hause«, rief ihre Mutter herüber. »Morgen ist deine Prüfung, und deinem Vater fallen sowieso schon die Augen zu, schau nur.«

»Einen Moment noch, Mama!« rief Füsun energisch zurück.

»Ich glaube auch nicht an das Beschwören von Geistern«, sagte Sibel, »aber wenn Leute so etwas spielen, dann lasse ich mir das nicht entgehen, weil ich sehen will, wovor sie sich fürchten.«

»Wenn Sie sich nach einem geliebten Menschen sehr sehnen, was ist Ihnen dann lieber?« fragte Füsun. »Gemeinsam mit Ihren Freunden seine Seele anzurufen oder einen Gegenstand zu finden, den er früher benutzte, sagen wir etwa ein Zigarettenetui?«

Während Sibel überlegte, stand Füsun abrupt auf, holte vom Nebentisch eine Handtasche und stellte sie vor uns hin. »Diese Tasche erinnert mich an das peinliche Erlebnis, Ihnen etwas Gefälschtes verkauft zu haben.«

Dass es »diese« Tasche war, hatte ich nicht begriffen, als ich sie an Füsuns Arm gesehen hatte. Aber hatte ich sie nicht kurz vor dem glücklichsten Augenblick meines Lebens bei Şenay gekauft und dann, als ich auf der Straße Füsun traf, mit ins Merhamet Apartmanı genommen? Sie war doch gestern noch dort gewesen, wie kam sie jetzt plötzlich hierher? Ich kam mir vor wie bei einem Zaubertrick.

»Sie steht Ihnen übrigens sehr gut«, sagte Sibel. »Sie passt so fabelhaft zu dem orangefarbenen Kleid und dem Hut, dass ich ganz neidisch geworden bin. Mich hat schon gereut, dass ich sie zurückgegeben habe. Sie sehen zauberhaft damit aus.«

Mir kam der Verdacht, Şenay habe vielleicht mehr als eine gefälschte Tasche im Geschäft gehabt. Sie hatte wohl mir die eine verkauft und dann gleich die nächste ins Schaufenster gestellt, und auch Füsun konnte sie für diesen Abend eine geliehen haben.

»Seit Sie das mit der Fälschung entdeckt haben, sind Sie gar nicht mehr zu uns in den Laden gekommen«, sagte Füsun und lächelte Sibel an. »Das finde ich schade, aber natürlich haben Sie völlig recht.« Sie machte die Tasche auf und zeigte uns das Innere. »Unsere Fälscher machen europäische Waren schon ziemlich gut nach, alle Achtung, aber ein geübtes Auge wie das Ihre sieht natürlich den Unterschied. Aber ich möchte Ihnen noch etwas sagen.« Sie schluckte, schwieg, und einen Augenblick dachte ich schon, sie würde anfangen zu weinen. Aber dann fasste sie sich und trug mit ernster Miene vor, worauf sie sich wohl zu Hause schon vorbereitet hatte. »Meiner Auffassung nach sträuben sich Leute gegen Nachgemachtes nicht etwa, weil es gefälscht ist, sondern weil sie fürchten, es könnte billig aussehen. Eine Ware nicht nach ihrem Wert an sich zu beurteilen, sondern nach ihrer Marke, ist für mich aber verwerflich. So wie es ja auch Menschen gibt, die nicht auf ihre Gefühle achten, sondern auf das Gerede der Leute.«

Dabei sah sie mich kurz an. »Diese Tasche wird mich immer an diese Verlobung erinnern. Herzlichen Glückwunsch, es war ein unvergesslicher Abend.« Dann stand sie auf, schüttelte uns beiden die Hand und küsste uns auf die Wangen. Als sie schon gehen wollte, fiel ihr Auge auf Zaim, der gerade an den Nebentisch trat, und sie wandte sich noch einmal an Sibel. »Zaim und Ihr Verlobter sind doch gute Freunde, oder?« fragte sie.

»Ja«, antwortete Sibel. Als Füsun sich schon bei ihrem Vater unterhakte, sagte Sibel zu mir: »Warum hat sie denn das gefragt?«, aber es lag keinerlei Missbilligung in ihrer Stimme, sondern im Gegenteil schien sie Füsun richtig liebgewonnen zu haben.

Als Füsun mit ihren Eltern langsam davonging, sah ich ihr voller Liebe und Bewunderung nach.

Zaim setzte sich neben mich. »An dem Tisch von deiner Firma da hinten haben sie sich den ganzen Abend über dich und Sibel lustig gemacht. Das wollte ich dir als Freund nur gesagt haben.«

»Tatsächlich? Wie denn?«

»Kenan hat es Füsun erzählt, und die wiederum mir. Sie war ganz geknickt. Bei Satsat heißt es, dass du dich jeden Tag nach Feierabend dort mit Sibel triffst und im Chefzimmer auf der Couch mit ihr schläfst, und darüber gingen dann die Scherze.«

»Was ist denn?« fragte Sibel, die an den Tisch zurückgekommen war. »Was passt dir denn jetzt schon wieder nicht?«

25
Quälendes Warten

Die ganze Nacht konnte ich nicht schlafen. Ich fürchtete Füsun zu verlieren. Tatsächlich waren Sibel und ich in den letzten vier Wochen hin und wieder bei Satsat zusammengewesen, doch hatte das keine rechte Bedeutung mehr. Gegen Morgen muss ich doch ein wenig eingeschlafen sein. Nach dem Aufwachen spazierte ich lange umher und auf dem Rückweg machte ich einen Abstecher zum hundertfünfzehn

Jahre alten Gebäude der ehemaligen Taşkışla-Kaserne, der jetzigen Technischen Universität, in der Füsun ihre Prüfung ablegte. Vor dem großen Tor, aus dem früher osmanische Soldaten mit Fes und spitzen Schnurrbärten zum Exerzieren herausmarschiert waren, warteten nun Mütter mit Kopftüchern und rauchende Väter auf ihre drinnen schwitzenden Kinder. Unter den zeitunglesenden, schwatzenden oder den Himmel anstarrenden Eltern suchte ich vergeblich nach Tante Nesibe. Zwischen den Fenstern des hohen Steingebäudes sah man noch Einschüsse der »Armee der Bewegung«, die sechzig Jahre zuvor Sultan Abdülhamit gestürzt hatte. Ich sah zu einem der oberen Fenster hinauf und erflehte von Gott, er möge Füsun beistehen und sie danach unbeschwert zu mir schicken.

Aber Füsun kam an dem Tag nicht ins Merhamet Apartmanı. So dachte ich, sie sei mir eben vorübergehend böse. Als die kräftige Junisonne durch die Vorhänge hindurch unser Liebesnest gehörig aufgewärmt hatte, war Füsun schon zwei Stunden überfällig. Der Blick auf das leere Bett deprimierte mich, ich ging wieder hinaus auf die Straße, sah den Leuten zu, die den Schiffen nachblickten, den Soldaten, die sich an diesem Nachmittag im Park die Zeit vertrieben, den glücklichen Familien, deren Kinder Tauben fütterten, den Männern, die auf Bänken am Bosporusstrand gemächlich Zeitung lasen, und ich versuchte mir einzureden, dass Füsun am folgenden Tag zur gewohnten Zeit schon wiederauftauchen würde. Aber das tat sie nicht, und auch nicht die vier Tage darauf.

Ich ging Tag für Tag zur gleichen Zeit ins Merhamet Apartmanı und wartete. Als ich begriff, dass ich um so mehr litt, je früher ich eintraf, beschloss ich, immer erst um fünf Minuten vor zwei zu kommen. Vor Ungeduld zitternd trat ich ein, und die ersten zehn, fünfzehn Minuten vermischten sich Liebesleid und Hoffnung, und der dumpfe Schmerz in der Magengegend kämpfte mit der Aufregung, die ich in Nase und Stirn empfand. Ich sah immer wieder zum Fenster hinaus, starrte auf die verrostete Straßenlaterne vor dem Eingang, räumte im Zimmer irgend etwas auf, horchte auf die Passanten draußen und vermeinte manchmal schon, Füsuns energische Schritte zu vernehmen. Aber diese Schritte gingen vorbei, und die Haustür hatte nur jemand ähnlich schwungvoll zugemacht wie sie.

Um zu veranschaulichen, wie ich jene Zeit verbrachte, in der ich mir eingestehen musste, dass Füsun wieder einmal nicht kam, habe ich hier eine Uhr, ein Streichholzheft und abgebrannte Streichhölzer ausgestellt. Ich ging im Zimmer umher, sah zum Fenster hinaus, stand manchmal auch nur reglos da und konzentrierte mich auf den Schmerz, der mich wellenartig durchfuhr. Das Ticken der Uhren brachte mich dazu, mit den Minuten und Sekunden zu spielen, um meinen Schmerz zu lindern. In den Minuten vor der vereinbarten Zeit blühte in mir wie eine Frühlingsblume das Gefühl auf, ja, heute müsse sie kommen. Da wollte ich, dass die Zeit schnell verging, um sogleich mit meiner Schönen zusammenzusein. Aber diese fünf Minuten wollten und wollten nicht vergehen. Dann dachte ich plötzlich, dass ich mir ja etwas vormachte und eigentlich die Zeit nicht vergehen sollte, da Füsun vielleicht nicht kommen würde. Wenn es dann Schlag zwei Uhr war, wusste ich nicht so recht, ob ich mich freuen sollte, da der Zeitpunkt unseres Treffens gekommen war, oder ob ich mich grämen sollte, dass sich von nun an die Wahrscheinlichkeit ihres Kommens jeden Augenblick verringerte. Wie ein Reisender, dessen Schiff gerade ablegt, wusste ich, dass jede Sekunde mich von meiner Geliebten entfernte, und ich wollte mir daher einreden, so viele Minuten seien es doch noch gar nicht, und so schnürte ich aus den Sekunden und Minuten kleine Bündel. Mit dieser Methode brauchte ich nicht mehr jede Sekunde und jede Minute zu leiden, sondern nur noch einmal alle fünf Minuten, und ich konnte den Schmerz jeweils bis zum absoluten Ende der fünf Minuten hinausschieben. Wenn sich gar nicht mehr leugnen ließ, dass die ersten fünf Minuten vorbei waren und Füsun nicht rechtzeitig gekommen war, trieb sich der Schmerz wie ein Nagel in mich hinein, und dann stürzte ich mich auf den rettenden Gedanken, dass sie ja eigentlich immer fünf bis zehn Minuten zu spät kam, litt in den ersten Minuten des neuen Fünfminutenbündels weniger und stellte mir hoffnungsfroh vor, dass sie gleich läuten und wie bei unserem zweiten Treffen plötzlich vor mir stehen würde. Ich erwog, ob ich ihr dann wegen der vorhergehenden Tage böse sein oder ihr auf der Stelle verzeihen sollte. Diese blitzartigen Tagträume vermischten sich mit Erinnerungen an Füsun, wenn mein Auge etwa auf diese Tasse fiel, aus der sie bei unserem ersten Treffen getrunken hatte, oder auf diese kleine Vase, die sie oft beim Herumwandern in der Wohnung gedankenlos in der Hand hielt. Wenn ich widerstrebend einsehen musste, dass auch das vierte oder fünfte Fünfminutenbündel vergangen war und Füsun an jenem Tag nicht kommen würde, nahm der Schmerz in mir so überfallartig zu, dass ich mich wie ein Kranker aufs Bett warf, um ihn überhaupt auszuhalten.

26
Anatomische Verortung des Liebesschmerzes

Auf dieser Darstellung unserer inneren Organe, mit der damals in den Schaufenstern der Istanbuler Apotheken das Schmerzmittel Paradison beworben wurde, habe ich für die Museumsbesucher gekennzeichnet, wo bei mir der Liebesschmerz in Erscheinung trat, sich steigerte und verbreitete. Dem Leser wiederum sei gesagt, dass Hauptausgangspunkt des Schmerzes der linke obere Teil meines Magens war. Wenn der Schmerz zunahm, verbreitete er sich – wie auf der Abbildung zu sehen – und zog in den Hohlraum zwischen Brust und Magen hinein und beschränkte sich dann auch nicht mehr auf die linke Körperseite. Mir kam es dann vor, als ob jemand in meinem Inneren mit einem Schraubenzieher oder einer glühenden Eisenstange herumfuhrwerken würde. Vom Magen aus arbeiteten sich Säuren in den gesamten Bauchraum vor, und an allen inneren Organen hatten sich klebrige, scharfe kleine Seesterne verfangen. Der Schmerz nahm an Volumen und Intensität zu, erfasste meine Stirn, meinen Nacken, meine Visionen, meinen Rücken, alles, und erstickte mich fast. Manchmal sammelte er sich – wie auf der Abbildung ersichtlich – sternförmig um meinen Bauchnabel herum, würgte sich wie eine brennende Flüssigkeit bis zu meiner Kehle und zum Mund empor, ließ mich in panischer Angst fast umkommen und strahlte dann in den ganzen Körper aus, bis ich nur noch wimmerte. Mit der Faust gegen die Wand zu schlagen, gymnastische Übungen zu vollführen oder den Körper in irgendeiner Form sportlich zu fordern, vermochte den Schmerz kurzfristig zu betäuben; aber selbst in seiner schwächsten Ausprägung tropfte er mir immer noch ins Blut, als käme er aus einem Wasserhahn, der sich nicht ganz zudrehen ließ. Mal fuhr er mir in die Kehle und erschwerte mir das Schlucken, mal strahlte er wieder auf Rücken, Schultern und Arme aus. Im Magen jedoch war er immer, das war sein Zentrum.

Trotz all dieser mit Händen zu greifenden Symptome war mir natürlich klar, dass der Schmerz von meinem Seelenzustand ausging, doch war ich nicht in der Lage, die nötige innere Säuberung anzugehen, um mich von ihm zu befreien. Da mir noch nie so etwas widerfahren war, befiel mich die Verwirrung eines Kommandanten, der zum erstenmal einen Angriff überstehen muss. Erträglich gemacht und zugleich verlängert wurde der Schmerz dadurch, dass ich mir vielerlei Gründe zu der Annahme zusammenphantasierte, jeden Tag könne Füsun wieder vor der Tür stehen.

In ruhigen Momenten dachte ich, sie sei mir eben böse und wolle mich bestrafen, weil ich mich diverser Vergehen schuldig gemacht hatte, als da wären die Verlobung als solche, meine heimlichen Treffen mit Sibel in der Firma, mein eifersüchtiges Bestreben, sie auf der Verlobung von Kenan fernzuhalten, und natürlich die Geschichte mit dem Ohrring. Dann überlegte ich aber auch, dass sie sich selbst ja die gleiche Strafe auferlegte und das genausowenig durchhalten würde wie ich. Ich musste den Schmerz ertragen, mich gegen seine Verbreitung in meinem Körper mit Geduld wappnen, eben die Zähne zusammenbeißen, bis wir uns wiederträfen und sie meine Situation akzeptieren würde. Aber kaum langte ich bei diesem Gedankengang an, da packte mich auch schon die Reue darüber, dass ich ihr aus Eifersucht eine Einladung zu meiner Verlobung hatte schicken lassen, dass ich ihr den verlorengegangenen Ohrring nicht zurückgegeben hatte, dass ich ihr nicht mehr Zeit gewidmet und nicht ernsthafter Mathematik mit ihr getrieben hatte und dass ich ihr nicht das Dreirad zurückgebracht hatte. Dieses Reuegefühl war eher ein nach innen gewandter stechender Schmerz, der auf den hinteren Teil meiner Beine und auf die Lungen einwirkte und eine seltsame Schwäche auslöste. Ich konnte mich dann kaum auf den Beinen halten und hätte mich am liebsten voll Reue aufs Bett geworfen.

Manchmal dachte ich auch, es sei einfach ihre Uniprüfung schlecht gelaufen. Dann stellte ich mir zerknirscht vor, wir würden ganz lange miteinander Mathematik lernen, und als das meinen Schmerz linderte, schloss ich gleich auch noch eine Liebesszene an. Zu diesen Bildern in meinem Kopf gesellten sich Erinnerungen an glücklich verbrachte Stunden, und dann begann ich sogar böse zu werden, weil sie doch das beim Tanz gemachte Versprechen, nämlich gleich nach der Prüfung zu mir zu kommen, nicht gehalten hatte, und noch dazu, ohne einen Grund dafür anzugeben. Dann fiel mir auch noch ein, dass sie schließlich bei der Verlobung versucht hatte, mich eifersüchtig zu machen, dass sie sich außerdem angehört hatte, wie die Satsat-Mitarbeiter über mich spotteten, und noch ein paar Kleinigkeiten mehr, und die Wut, die sich darüber in mir ansammelte, suchte ich dazu zu nützen, um mich von Füsun fernhalten zu können und ihren Wunsch, mich zu bestrafen, voller Gleichmut aufzunehmen.

Trotz meiner Entrüstungen, Hoffnungen und all der anderen Versuche, mir selbst in die Tasche zu lügen, musste ich mich, als ich nach einer Woche begriff, dass sie wieder nicht kommen würde, endlich doch geschlagen geben. Nun war der Schmerz grausam, tödlich, er machte mich fertig wie ein wildes Tier, das sich um das Leben seines Opfers nicht schert. Ich lag wie ein Toter auf dem Bett, versuchte im Laken Füsuns Geruch zu erschnüffeln, erinnerte mich, wie wir noch sechs Tage zuvor miteinander geschlafen hatten, fragte mich, wie ich ohne sie leben sollte, und dann mischte sich plötzlich in meine Wut eine unbezähmbare Eifersucht. Füsun hatte bestimmt einen neuen Liebhaber. Der Eifersuchtsschmerz begann diffus, stachelte aber bald schon den Liebesschmerz in der Magengegend an und brachte mich nahe an den Zusammenbruch. Die von der Eifersucht genährten schändlichen Bilder, die mich so schwächten, waren mir schon vorher manchmal erschienen, nun aber kamen sie unaufhaltsam daher. Füsun brauchte ja unter Kenan, Turgay oder gar Zaim und anderen Bewunderern nur ihre Wahl zu treffen. Wer Bettfreuden so viel abgewinnen konnte, der wollte sie natürlich auch mit anderen erleben. Außerdem war sie mir ja böse und hegte bestimmt Rachegedanken. Obwohl ich mit einem Rest an Verstand noch erkannte, dass meine Eifersucht nichts anderes als eben Eifersucht war, erlag ich widerstandslos diesem erniedrigenden Gefühl, das mich von allen Seiten mit schierer Gewalt ergriff. Wenn ich nicht augenblicklich in die Boutique Champs-Élysées ging und Füsun sah, würde ich vor Wut und Ungestüm zerspringen. Ich rannte hinaus auf die Straße.

Ich weiß noch gut, wie ich hoffnungsvoll klopfenden Herzens die Teşvikiye-Straße entlangeilte. Der Gedanke, Füsun gleich zu sehen, nahm mich so ausschließlich in Anspruch, dass ich mir nicht einmal überlegte, was ich ihr eigentlich sagen wollte. Ich wusste nur, dass bei ihrem Anblick mein Schmerz wenigstens für kurze Zeit abklingen würde. Sie musste mir zuhören, ich hatte ihr etwas zu sagen, wir hatten doch beim Tanzen etwas ganz anderes vereinbart, wir mussten in ein Café gehen und reden. Als die Ladenklingel ertönte, zog sich mir das Herz zusammen: Der Kanarienvogel war nicht an seinem Platz. Ich begriff sofort, dass Füsun nicht da war, versuchte mir aber einzureden, sie könnte sich im Hinterzimmer versteckt haben.

»Was kann ich für Sie tun, Kemal?« fragte Şenay mit einem diabolischen Lächeln.

»Ich würde mir gern die weißbestickte Abendtasche aus dem Schaufenster anschauen«, sagte ich leise.

»O ja, ein sehr schönes Stück. Ihnen entgeht wirklich gar nichts. Sobald ich etwas Besonderes im Laden habe, sind Sie der erste, der es sieht und auch kauft. Wir haben die Tasche gerade erst aus Paris bekommen. In ihrem Verschluss ist ein Edelstein, und drinnen sind ein Spiegel und ein Portemonnaie. Natürlich alles Handarbeit.« Sie holte die Tasche bedächtig aus dem Schaufenster und erging sich dabei in den höchsten Tönen darüber.

Ich spähte durch den Vorhang, mit dem das Hinterzimmer abgetrennt war; dort war Füsun nicht. Dann tat ich so, als würde ich die Tasche inspizieren, und akzeptierte augenblicklich den exorbitanten Preis, den Şenay mir nannte. Während das gerissene Weib die Tasche verpackte, erzählte sie in aller Ausführlichkeit, dass sich jeder über die Verlobung nur ausgesprochen positiv geäußert habe. Nur um noch etwas Teures zu erstehen, ließ ich mir auch noch ein Paar Manschettenknöpfe einpacken. Aus der Freude, die im Gesicht der Frau aufleuchtete, bezog ich den Mut zu der Frage: »Was ist eigentlich mit unserer jungen Verwandten, ist die heute nicht da?«

»Ach, das wissen Sie noch gar nicht? Füsun hat ganz plötzlich gekündigt.«

»Tatsächlich?«

Sie hatte sofort gemerkt, dass ich auf der Suche nach Füsun war, und daraus geschlossen, dass wir uns nicht mehr trafen, und nun sah sie mich aufmerksam an, um noch mehr herauszubekommen. Ich beherrschte mich und fragte nicht weiter. Trotz meines Schmerzes war ich geistesgegenwärtig genug, meine rechte Hand in die Tasche zu stecken, um zu verbergen, dass ich den Verlobungsring nicht trug. Beim Zahlen fiel mir im Gesicht der Frau ein mitfühlender Ausdruck auf, so als wären wir uns nähergekommen, da wir doch beide Füsun verloren hatten. Ich aber konnte es immer noch nicht glauben und schielte noch einmal ins Hinterzimmer.

»Ja, so ist das eben«, sagte Şenay. »Die jungen Leute wollen eben nicht mehr richtig arbeiten, sondern ihr Geld lieber auf leichte Weise verdienen.«

Diese letzten Worte ließen sowohl meinen Liebeskummer als auch meine Eifersucht ins Unerträgliche anwachsen. Vor Sibel aber vermochte ich das zu verbergen. Sie, die mir alles immer sofort ansah, stellte mir zuerst keine Fragen, aber als ich mich drei Tage nach der Verlobung beim Abendessen vor Schmerz schier krümmte, sagte sie mir zuerst sanft, ich hätte wohl wieder mal zu schnell getrunken, und fragte dann: »Was ist eigentlich los mit dir, Schatz?«, worauf ich nur antwortete, der Streit mit meinem Bruder ums Geschäftliche mache mich noch ganz fertig. Als ich mir am Freitag abend das Hirn zermarterte, was Füsun wohl gerade machte, und dabei zugleich einen vom Bauch aufwärtsstrebenden und einen vom Nacken bis in die Beine hinunterziehenden Schmerz verspürte, erfand ich auf eine erneute Frage Sibels hin zu der angeblichen Auseinandersetzung mit meinem Bruder eine ganze Reihe von Details hinzu (die sich – Ironie des Schicksals – Jahre später tatsächlich so ergeben sollten). »Mach dir nichts draus«, sagte Sibel lächelnd. »Soll ich dir nicht lieber erzählen, was Zaim und Mehmet so alles anstellen, um bei dem Picknick am Sonntag möglichst nah an Nurcihan zu sein?«

27
Lehn dich nicht so weit nach hinten, sonst fällst du noch runter

Dieser Picknickkorb, der für Sibel und Nurcihan durch ihre Lektüre französischer Garten- und Einrichtungsmagazine unverzichtbares Utensil ländlicher Gaumenfreuden war, die mit Tee gefüllte Thermosflasche, die Eier, die farcierten Weinbeerblätter in einer Plastikschachtel, die Flaschen mit Meltem-Limo und die schöne Tischdecke, die Zaim von seiner Großmutter hatte, dienen hier zur Symbolisierung unseres Sonntagsausflugs und sollen den Besucher auch ein wenig aus der düsteren Atmosphäre des Merhamet Apartmanı und meiner Leiden herausholen. Es soll aber weder der Besucher noch der Leser denken, ich hätte meinen Schmerz auch nur einen Augenblick lang vergessen. Am Sonntag morgen fuhren wir zunächst zu der Fabrik in Büyükdere am Bosporus, wo Meltem hergestellt wurde. Alle Gebäude der Fabrik waren voll mit riesigen Bildern von Inge und mit übertünchten linken Slogans, und während Zaim uns in den Wasch- und Abfüllanlagen herumführte, in denen schweigsame Arbeiterinnen mit Kopftüchern und blauen Schürzen sowie joviale, laute Chefs arbeiteten (in der Firma, die ganz Istanbul mit ihrer Reklame zupflasterte, waren gerade mal zweiundsechzig Mitarbeiter tätig), gingen mir Nurcihan und Sibel mit ihrer betont europäischen Kleidung – Lederstiefel, modische Gürtel, Jeans – und ihrer selbstsicheren Art ein wenig auf die Nerven, und ich versuchte mein Herz zu beruhigen, das andauernd »Füsun, Füsun, Füsun« schlug.

Dann fuhren wir in zwei Autos zum Belgrad-Wald mit seinen kleinen Stauseen, ließen uns auf einer Wiese nieder, von der wir diesen Ausblick genossen, den der europäische Maler Melling hundertsiebzig Jahre zuvor verewigt hatte, und verhielten uns so, wie wir uns Europäer beim Picknick vorstellten. Gegen Mittag streckte ich mich auf dem Boden aus, sah zum glasklaren blauen Himmel empor und bewunderte die schöne, elegante Sibel, die mit neu gekauften Stricken versuchte, eine Schaukel wie in alten persischen Gärten anzufertigen. Nurcihan, Mehmet und ich spielten dann Mühle. Ich sog den Erdgeruch in mich auf, den Kiefern- und Rosenduft, den kühlende Winde vom Stausee zu uns herwehten, und dachte, dass das vor mir liegende wunderbare Leben doch eine Gabe Gottes war und es demnach eine Riesendummheit, ja geradezu eine Sünde sein musste, sich all diese großzügig gewährte Schönheit durch tödlich-giftig vom Bauch in den ganzen Körper schleichenden Liebeskummer verderben zu lassen. Es war eine Schande, dass ich mich so quälte; diese Schande schwächte mein Selbstvertrauen, und aus dieser Schwäche heraus ließ ich mich zu Eifersucht hinreißen. Mehmet, immer noch bekleidet mit seinem weißen Hemd, Hosen, Hosenträgern und Krawatte, deckte den Tisch.

Ich war froh, Zaim hier zu wissen – auch wenn er gerade mit Nurcihan zum Brombeersammeln verschwunden war –, denn dies war ja der Beweis dafür, dass er nicht mit Füsun zusammen war. Was natürlich nicht zu bedeuten hatte, dass Füsun sich nicht mit Kenan oder irgendeinem anderen traf. Ich unterhielt mich mit meinen Freunden, spielte Fußball, sah meiner hübschen Sibel zu, die sich wie ein Kind auf ihrer Schaukel amüsierte, und mit einem ganz neuen Dosenöffnermodell schnitt ich mich schließlich so tief in den Finger, an dem ich den Verlobungsring trug, dass das Blut nur so rann, und ich merkte, dass es mir in all dieser Zeit gelang, nicht an Füsun zu denken. Mein Finger wollte nicht aufhören zu bluten. Etwa weil mein Blut vom Liebeskummer vergiftet war? Irgendwann stieg ich liebestrunken auf die Schaukel und schwang hin und her, so fest ich nur konnte. Wenn die Schaukel nach unten sauste, ließ der Schmerz in meinem Bauch etwas nach, und noch mehr, wenn ich mich unter den knarzenden Schaukelseilen nach hinten lehnte und den Kopf in den Nacken legte.

»Mensch, Kemal, lehn dich nicht so weit nach hinten, sonst fällst du noch runter!« rief Sibel.

Als es selbst im Schatten der Bäume warm wurde, sagte ich zu Sibel, die Blutung komme einfach nicht zum Stillstand, und da ich mich nicht sehr wohl fühlte, sei es mir lieber, ins Amerikanische Krankenhaus zu fahren und mir den Finger nähen zu lassen. Sie sah mich mit großen Augen an. Ob das nicht bis zum Abend warten könne? Sie versuchte die Blutung zu stillen. Und ich muss zugeben: Damit die Blutung nicht aufhörte, kratzte ich an der Wunde heimlich herum.

»Nein«, sagte ich, »ich will euch doch dieses schöne Picknick nicht verderben, und wenn du mit mir kommst, ist das den anderen gegenüber unhöflich. Die bringen dich heute abend in die Stadt zurück.« Als ich auf das Auto zuging, sah ich in den verständnisvollen, feuchten Augen meiner schönen Verlobten voller Beschämung wieder diesen fragenden Blick. »Was hast du denn?« flüsterte sie, denn sie ahnte ja, dass es um Schlimmeres ging als einen blutenden Finger. Wie gerne hätte ich sie da umarmt und meinen Schmerz und meine Leidenschaft vergessen, oder ihr wenigstens erzählt, wie es um mich stand! Doch ohne ihr noch ein paar zärtliche Worte zu sagen, ging ich unter starkem Herzklopfen fast taumelnd zum Auto und stieg ein. Zaim war vom Brombeersammeln zurück, kam auf mich zu und ahnte wohl, dass etwas vorgefallen war. Falls unsere Blicke sich kreuzten, würde er sofort wissen, wohin ich fuhr, da war ich mir ganz sicher. Den tieftraurigen Blick aber, den ich von meiner Verlobten noch erhaschte, als ich den Motor anließ, möchte ich hier nicht näher beschreiben, damit der Leser mich nicht für gänzlich herzlos hält.

Ich fuhr an diesem angenehm warmen Sommermittag wie ein Verrückter und legte die Strecke von den Stauseen bis Nişantaşı in siebenundvierzig Minuten zurück. Denn während mein Fuß auf das Gaspedal drückte, glaubte mein Herz mehr denn je, dass Füsun endlich wieder ins Merhamet Apartmanı kommen würde. War sie nicht beim erstenmal auch erst nach ein paar Tagen gekommen? Ich parkte das Auto, und als ich vierzehn Minuten vor unserer üblichen Zeit (ich hatte mich gerade rechtzeitig geschnitten) auf das Haus zueilte, rief mir eine Frau mittleren Alters fast schreiend hinterher: »Kemal, Kemal, Sie haben ein Riesenglück!«

Ich drehte mich um, fragte: »Wie bitte?« und versuchte mich zu erinnern, wer die Frau sein konnte.

»Sie sind bei Ihrer Verlobung an unseren Tisch gekommen und haben mitgewettet, wie es mit Dr. Kimble ausgeht. Und Sie haben gewonnen! Dr. Kimble hat seine Unschuld beweisen können!«

»Tatsächlich?«

»Wann wollen Sie Ihren Wettgewinn?«

»Später!« rief ich und eilte weiter.

Ich sah natürlich den glücklichen Schluss der Serie als gutes Omen dafür an, dass Füsun an dem Tag kommen würde. In dem festen Glauben, dass wir zehn, fünfzehn Minuten später schon miteinander schlafen würden, schloss ich mit zitternden Händen die Wohnungstür auf und ging hinein.

28
Der Trost der Dinge

Eine Stunde später war Füsun immer noch nicht da, und ich lag erschlagen auf dem Bett und horchte wie ein sterbendes Tier auf den Schmerz, der in nie empfundener Tiefe und Härte meinen ganzen Körper erfüllte. Ich spürte wohl, dass ich hätte aufstehen müssen, mich mit etwas anderem beschäftigen, diesem Zustand oder wenigstens diesem Zimmer entkommen, den von Füsuns Geruch durchdrungenen Kissen und Laken, aber dazu fehlte mir die Kraft.

Mich reute nun sehr, dass ich nicht bei der Picknickrunde geblieben war. Sibel hatte zwar gemerkt, dass etwas mit mir los war, da wir schon eine Woche nicht mehr miteinander geschlafen hatten, doch bekam sie den genauen Grund nicht heraus und bohrte auch nicht nach. Ich hätte nun ihrer liebevollen Hingabe bedurft und stellte mir vor, wie sie mich auf andere Gedanken gebracht hätte. Aber ich konnte mich ja nicht einmal vom Fleck rühren, geschweige denn ins Auto steigen und wieder zurückfahren. Ich hatte nicht mehr die Kraft, vor dem Schmerz, der nun vom Magen, vom Rücken, von den Beinen aus an allen möglichen Stellen gnadenlos zuschlug, davonzulaufen oder ihn irgendwie zu lindern. Durch diese Einsicht hatte ich noch mehr das Gefühl, gescheitert zu sein, was wiederum einen nach innen gewandten Reueschmerz auslöste, der dem Liebesschmerz in nichts nachstand. Seltsamerweise war mir dann so, als ob ich Füsun nur näherkommen könnte, wenn ich mich wie eine Blume, die ihre Blüte verschloss, in diesen Schmerz verkröche und ihn somit, wenn er mir auch das Herz zerriss, ganz und gar auslebte. Diese Vermutung täuschte mich vielleicht, das ahnte ich wohl, aber ich konnte nun mal nicht anders, als an sie zu glauben (sowieso konnte ich nicht aus dem Haus, weil Füsun vielleicht doch noch kam). Als ich so richtig in den Schmerz hinabtauchte und in meinem Blut und meinen Knochen kleine Säurebomben wie Feuerwerkskörper explodierten, lenkten viele Erinnerungen mich jeweils einen Augenblick lang ab, einmal zehn bis fünfzehn Sekunden, mal auch nur eine oder zwei, und überließen mich dann wieder der noch schmerzhafteren Leere des Hier und Jetzt und füllten diese mit einer erstaunlich intensiven neuen Schmerzwelle, die mir die Brust zerdrückte und meinen Beinen jegliche Kraft entzog. Um ihr zu entgehen, griff ich einmal instinktiv zu einem Gegenstand, mit dem ich eine Erinnerung an Füsun verband, steckte ihn mir in den Mund und entdeckte, dass mir das guttat. Es gab damals in allen Konditoreien Nişantaşıs eine Art von Kringeln mit Walnüssen und Korinthen, von denen ich Füsun, die eine Schwäche dafür hatte, immer einen mitbrachte, und wenn ich nun einen solchen Kringel zum Mund führte, fiel mir gleich wieder ein, worüber wir geredet und gelacht hatten, wenn wir gemeinsam welche gegessen hatten (etwa darüber, dass Hanife, die Frau des Pförtners, Füsun noch immer für eine Patientin des Zahnarztes im obersten Stock hielt), und das heiterte mich dann auf. Genauso beruhigte mich die Erinnerung an glückliche Stunden, wenn ich das alte Mikrofon in die Hand nahm, das Füsun in einem der Schränke meiner Mutter gefunden und mit dem sie eine Parodie von Hakan Serinkan hingelegt hatte, oder den »Ankara-Express«, mit dem sie schon als kleines Mädchen bei uns zu Hause und nun wieder im Merhamet Apartmanı gespielt hatte, oder auch die »Weltraumpistole«, mit der man einen kleinen Propeller abschießen konnte, den wir dann lachend überall suchten. In einem der melancholisch überwölkten Momente, die uns auch zu Zeiten höchsten Glückes immer wieder überkamen, hatte Füsun zu der hier ausgestellten Zuckerdose gegriffen und mich dann gefragt: »Wäre es dir lieber, wenn du statt Sibel zuerst mir begegnet wärst?« Da ich schnell herausbekam, dass der auf jeden Trostspender folgende Schmerz mir buchstäblich den Boden unter den Füßen entzog, stand ich schon gar nicht mehr aus dem Bett auf, und wenn ich dort so lag, brachte mich ohnehin die ganze Umgebung zum Phantasieren und versorgte mich mit Erinnerungen.

Neben mir stand das Beistelltischchen, auf das Füsun bei den ersten Malen immer sorgsam ihre Uhr gelegt hatte. In dem Aschenbecher darauf lag eine Zigarettenkippe, und schon eine Woche lang war mir bewusst, dass sie von Füsun stammte. Nun nahm ich sie in die Hand, sog den brandigen Geruch ein, steckte sie dann zwischen die Lippen und hätte sie fast schon angezündet und fertiggeraucht (und mir dabei kurz vorgestellt, die Kippe sei ich zwischen Füsuns Lippen), aber dann wäre sie ja vernichtet worden. Wie eine Krankenschwester, die liebevoll eine Wunde versorgt, führte ich so statt dessen die Kippe, die Füsuns Lippen berührt hatte, an meine Wangen, unter die Augen, an Stirn und Hals. Da standen vor meinen Augen glückverheißende Kontinente, Szenen aus dem Paradies, Erinnerungen an die Liebe, die ich als kleiner Junge von meiner Mutter erfahren hatte, an die Zeiten, als ich auf dem Arm Fatmas in die Teşvikiye-Moschee mitgenommen worden war. Doch gleich darauf erfasste mich wieder der Schmerz.

Gegen fünf lag ich immer noch im Bett und dachte daran, wie meine Großmutter, um den Schmerz über den Tod meines Großvaters zu ertragen, nicht nur das Bett, sondern auch das Schlafzimmer gewechselt hatte. Ich bot meinen gesamten Willen auf, um mir zu sagen, dass ich von diesem Bett loskommen musste, von diesem Zimmer, diesen Sachen, die alle nach Verliebtheit und glücklicher Liebe rochen und immer wieder irgendein Knacken von sich gaben. Aber es drängte mich vielmehr, genau das Gegenteil zu tun und all diese Dinge zärtlich zu berühren. Entweder ich entdeckte gerade die trostspendende Kraft der Welt der Dinge, oder ich war einfach viel schwächer als meine Großmutter. Das Schreien und Schimpfen der im Hinterhof fußballspielenden Kinder fesselte mich bis zum Einbruch der Dunkelheit ans Bett. Erst abends, als ich zu Hause schon drei Raki getrunken hatte und Sibel sich per Telefon nach meinem Ergehen erkundigte, merkte ich, dass die Wunde an meinem Finger sich schon lange geschlossen hatte.

So ging ich bis Mitte Juli jeden Tag um zwei Uhr ins Merhamet Apartmanı. Der Schmerz, den ich empfand, wenn ich mir eingestehen musste, dass Füsun wieder nicht gekommen war, nahm täglich ein wenig ab, und so meinte ich manchmal schon, ich würde mich an

Füsuns Abwesenheit langsam gewöhnen, aber dem war überhaupt nicht so. Ich half mir nur mit dem Glück, das die Dinge mir spendeten, darüber hinweg. Am Ende der ersten Woche nach meiner Verlobung war ein manchmal größerer, manchmal kleinerer, aber stets bedeutender Teil meines Verstandes ständig mit Füsun beschäftigt, und – um es rechnerisch auszudrücken – die Gesamtsumme des Schmerzes nahm nicht ab, sondern im Gegensatz zu meinen Hoffnungen sogar eher zu. Ich ging in die Wohnung, weil ich mir meine Gewohnheit und meine Hoffnung, Füsun zu sehen, erhalten wollte.

Während der zwei Stunden, die ich jeweils dort verbrachte, lag ich die meiste Zeit träumend im Bett, nahm einen von glücklichen Erinnerungen nur so strahlenden Gegenstand zur Hand, etwa diesen Nussknacker oder die Spieluhr mit der Tänzerin darauf, die Füsun oft mühsam aufgezogen hatte, so dass sie noch immer nach ihrer Hand roch, und dann fuhr ich mir mit dem Gegenstand über Gesicht, Stirn und Hals, um meinen Schmerz zu lindern, und wenn die Zeit vorbei war, also zu der Stunde, zu der wir früher immer aus unserem Schlaf erwachten, versuchte ich, traurig und ermattet, in mein normales Leben zurückzukehren.

Aus meinem Leben war der Glanz gewichen. Sibel, mit der ich immer noch nicht schlafen konnte (mir diente als Vorwand, dass man bei Satsat über unsere Schäferstündchen im Büro Bescheid wusste), wertete meine namenlose Krankheit als eine Art männlicher vorehelicher Panik, eine von medizinischer Seite noch nicht richtig diagnostizierte spezielle Melancholie, und akzeptierte meinen Zustand mit geradezu bewundernswerter Besonnenheit, ja sie gab sich insgeheim wohl sogar selbst ein wenig die Schuld daran, mich von meiner Befangenheit nicht befreien zu können. Ich behandelte sie so gut wie möglich, ging mit ihr und neuen Bekannten in Restaurants, in denen wir noch nie gewesen waren, frequentierte die Lokale am Bosporus und die Clubs, in denen die Istanbuler Bourgeoisie sich in diesem Sommer 1975 gegenseitig bewies, wie reich und wie glücklich sie war, ging auf Empfänge und belächelte zusammen mit Sibel die beneidenswerte Nurcihan, die sich nur noch nicht zwischen Mehmet und Zaim entscheiden konnte. Das Glück erschien mir nun nicht mehr als etwas, das mir in die Wiege gelegt worden war und worauf ich ganz einfach einen Anspruch hatte, sondern vielmehr als ein Gut, das kluge, fleißige und begünstigte Menschen sich erarbeiteten und dann zu bewahren suchten.

Eines Abends waren wir im Mehtap, einem neu eröffneten Restaurant am Bosporus mit Türstehern, und als ich gerade in der Bar neben der Anlegestelle allein einen roten Gazel-Wein trank (Sibel und die anderen saßen am Tisch und lachten), stand mir plötzlich Turgay gegenüber. Mein Herz schlug, als hätte ich Füsun vor mir, und es packte mich wilde Eifersucht.

29
*Wenn ich nicht an sie dachte,
war sie nicht vorhanden*

Turgay, der mich sonst immer höflich anlächelte, wandte den Kopf ab, was mich über Gebühr verletzte. Der Mann mochte zu Recht beleidigt sein, weil ich ihn nicht zu meiner Verlobung eingeladen hatte, doch hegte ich eher den Verdacht, Füsun könne aus Rache zu ihm zurückgekehrt sein, und das machte mich rasend. Am liebsten wäre ich zu ihm gegangen und hätte ihn zur Rede gestellt. Vielleicht hatte er am Nachmittag in seiner Junggesellenwohnung in Şişli mit Füsun geschlafen. Selbst wenn er sie nur gesehen und mit ihr gesprochen hatte, hätte mich das schon wahnsinnig gemacht. Er war selbst einmal in Füsun verliebt gewesen und hatte vielleicht ähnlich gelitten wie jetzt ich, aber das war kein Ventil für meine Wut und meine Erniedrigung, ganz im Gegenteil. Ich trank noch einiges in der Bar und tanzte dann zu Peppino di Capris *Melancholie* eng umschlungen mit der Tag für Tag duldsameren Sibel.

Als am nächsten Morgen die mühsam mit Alkohol betäubte Eifersucht zusammen mit heftigen Kopfschmerzen sogleich wieder einsetzte, stand ich meinem Schmerz hilfloser gegenüber denn je. Ich ging ins Büro (immer noch beobachtet von der zwinkernden Inge), vergrub mich zur Ablenkung in ein Projektdossier und konnte mich doch nicht der Einsicht verschließen, dass mein Schmerz ständig zunahm und ich mich, anstatt Füsun zu vergessen, immer mehr auf sie fixierte. Anders als ich es von Gott erfleht hatte, schwächte die Zeit weder meine Erinnerungen, noch machte sie meinen Schmerz erträglicher. Jeder Tag begann mit der Hoffnung, dass es mir am folgenden Tag etwas besser gehen und ich Füsun ein klein wenig vergessen würde, aber das trat nie ein, sondern ich hatte vielmehr das Gefühl, dass jemand mit einer brennenden Petroleumlampe in meinem Mageninneren herumzündelte. Wie gerne hätte ich glauben wollen, dass es mir einmal gelingen werde, Füsun zu vergessen! Wenn ich ausnahmsweise nicht an sie dachte, war sie ja kaum vorhanden, eigentlich gar nicht. Das konnte flüchtig einmal der Fall sein, mehr nicht. Diese glücklichen Augenblicke mochten ein, zwei Sekunden dauern, dann ging, wie von einer Schaltuhr gesteuert, schon wieder die Petroleumlampe an, versengte mir Bauch, Lungen und Kehle, machte mir das Atmen zur Qual und überhaupt meine Existenz zu einer einzigen Mühsal. In besonders schlimmen Momenten wollte ich aus meinem Leidenszirkel ausbrechen, mir alles von der Seele reden, mich endlich mit Füsun treffen oder mit jemandem, auf den ich fürchterlich eifersüchtig war, einen Streit vom Zaun brechen. Obwohl ich mich im Büro bei jeder Begegnung mit Kenan sehr zu beherrschen suchte, empfand ich heftige Eifersucht. Füsun und Kenan hatten wohl keine Beziehung, aber dass Kenan sich auf der Verlobung an sie herangemacht und Füsun dieses Interesse sichtlich genossen hatte, genügte mir schon, um Kenan zu verabscheuen. Eines Tages ertappte ich mich gegen Mittag dabei, dass ich nach Vorwänden suchte, um Kenan zu entlassen. Er war doch eindeutig ein hinterhältiger Kerl. Ich beruhigte mich ein wenig bei dem Gedanken, dass ich in der Mittagspause ins Merhamet Apartmanı gehen und mit einer winzigen Hoffnung im Herzen auf Füsun warten würde. Als sie dann aber nicht kam, dachte ich entsetzt, dass ich diese Warterei nicht mehr aushielt, dass Füsun auch am nächsten Tag nicht kommen und alles nur immer schlimmer würde.

Mich quälte auch die Frage, wie eigentlich Füsun mit diesem Leiden zurechtkam, oder litt sie gar nicht so? Sie hatte bestimmt einen anderen gefunden, sonst hätte sie es doch gar nicht ausgehalten. Sie musste wohl die Liebesfreuden, die sie vor vierundsiebzig Tagen kennengelernt hatte, nun mit einem anderen genießen, während ich mich Tag für Tag vor Schmerzen auf dem Bett wand und wie ein Idiot auf sie wartete. Nein, Idiot war ich keiner, ich war nur betrogen worden. Trotz all der Spannungen, die auf der Verlobung unsere wunderbare Beziehung auf die Probe stellten, hatten wir liebevoll miteinander getanzt, und sie hatte mir gesagt, dass sie am nächsten Tag gleich nach der Prüfung zu mir kommen würde. Wenn sie wegen der Verlobung beleidigt war und sich von mir trennen wollte – und wer wollte ihr das verübeln? –, wozu dann diese Lüge? Es drängte mich, mit ihr zu streiten, ihr unter die Nase zu reiben, dass sie einen Fehler machte. Immer wieder stellte ich mir einen Streit mit ihr vor, in den paradiesische Szenen unseres Liebesglücks eingeflochten waren, bevor es Punkt für Punkt weiterging mit allem, was ich vorzubringen hatte. Wenn sie mich verlassen wollte, dann musste sie mir das ins Gesicht sagen. Wenn sie ihre Prüfung verhauen hatte, war nicht ich daran schuld, und sie hatte gesagt, wir würden uns auch dann wiedersehen, wenn wir nicht mehr zusammen seien. Sie musste mir eine letzte Chance geben, ich würde auch ihren Ohrring finden und zurückbringen, und glaubte sie etwa, andere Männer würden sie so sehr lieben wie ich? Ich erhob mich vom Bett, und mit dem dringenden Wunsch, alles mit ihr zu bereden, stürzte ich auf die Straße hinaus.

30
Füsun ist nicht mehr da

Ich eilte zu Füsuns Wohnung. Noch vor der Ecke mit Alaaddins Laden stieg aus lauter Vorfreude ein ungeheures Glücksgefühl in mir auf. Ich lächelte eine Katze an, die sich vor der Julisonne an ein schattiges Plätzchen verkrochen hatte, und fragte mich plötzlich, was mich eigentlich bisher davon abgehalten hatte, einfach direkt zu Füsun zu gehen. Der Schmerz in der linken oberen Bauchgegend ließ nach, die Schwäche in den Beinen und die Müdigkeit im Rücken waren wie weggeblasen. Je näher ich dem Haus kam, um so mehr wuchs die Furcht, Füsun werde vielleicht nicht daheim sein, und mein Herz schlug noch schneller. Und was sollte ich überhaupt zu ihr sagen? Oder zu ihrer Mutter, falls die mir die Tür öffnete? Mir kam schon der Gedanke, nach Hause zu gehen und das Dreirad zu holen. Doch nein, wenn wir uns wiedersehen würden, dann würde es gar nicht nötig sein, nach irgendwelchen Vorwänden zu suchen, das würde uns auf den ersten Blick klar sein. Wie ein Phantom trat ich in den Flur des kleinen Mietshauses in der Kuyulu-Bostan-Straße, wie ein Schlafwandler stieg ich in den zweiten Stock hinauf und drückte auf die Klingel.

Der Museumsbesucher wiederum möge bitte auf diesen Knopf drücken, um die gleiche Türklingel zu hören wie ich damals, nämlich das Vogelzwitscherimitat, das damals in Mode war, und er soll sich dabei vorstellen, wie mein Herz wild schlug wie ein Vogel, der mir zwischen Mund und Kehle steckte.

Füsuns Mutter öffnete die Tür und sah den müden Fremden, der da im dunklen Treppenhaus stand, erst mürrisch an wie einen unwillkommenen Hausierer. Als sie mich erkannte, hellte ihr Gesicht sich auf. Gleich ließ mein Bauchweh wieder etwas nach.

»Ah, Kemal, du bist's!«

»Ich war gerade in der Gegend, da wollte ich mal vorbeischauen, Tante Nesibe«, sagte ich im Tonfall wackerer junger Männer aus Hörspielen. »Neulich habe ich gemerkt, dass Füsun nicht mehr in dem Laden arbeitet. Da wollte ich mal fragen, wie ihre Prüfung gelaufen ist, sie hat mich ja gar nicht angerufen danach.«

»Ach, Kemal, Junge, komm doch rein, dann kann ich mal jemand mein Herz ausschütten.«

Ohne diese Anspielung zu begreifen, betrat ich zögernd die ziemlich dunkle Wohnung, der meine Mutter trotz aller Verwandtschaft und gemeinsamer Schneiderarbeit nicht einen einzigen Besuch abgestattet hatte: Sessel mit Überwürfen, Tisch, Büfett mit Zuckerdose darauf, ein Set Kristallgläser, auf dem Fernseher ein schlafender Porzellanhund ... Jeder dieser Gegenstände war schön, denn er hatte zur Bildung eines wunderbaren Wesens namens Füsun beigetragen. Auf einer Ecke des Tisches eine Schneiderschere, Stoffetzen, Fadenrollen in verschiedenen Farben, Stecknadeln, Teile eines zu nähenden Kleides. Und Füsun? Anscheinend war sie nicht zu Hause, aber aus der geheimniskrämerischen Art meiner Tante schöpfte ich ein wenig Hoffnung.

»Setz dich doch, Kemal. Ich mache dir einen Mokka. Du bist ja ganz weiß im Gesicht. Ruh dich ein bisschen aus. Willst du Wasser aus dem Kühlschrank?«

»Ist Füsun nicht da?« entfuhr es dem ungeduldigen Vogel in meinem Mund. Meine Kehle war ganz ausgetrocknet.

»Füsun? Ach nein!« sagte Tante Nesibe, und es klang wie: »Wenn du nur wüsstest!«

»Wie wollen Sie Ihren Mokka?« fragte sie, plötzlich zum Sie übergehend.

»Mittelsüß.«

Im Rückblick ist mir klar, dass meine Tante in der Küche eigentlich mehr die Antwort braute, die sie mir geben sollte, als den Mokka. Damals wäre ich darauf nicht gekommen, denn wenn auch meine Sinnesorgane auf Hochtouren arbeiteten, war mein Verstand ziemlich benebelt von dem Geruch, den Füsun in der Wohnung hinterlassen hatte, und von der Hoffnung, sie zu sehen. Der Kanarienvogel weckte mit seinem Trillern süße Erinnerungen an die Boutique Champs-Élysées und ließ mich noch entrückter werden. Vor mir lag auf einem Tischchen ein dreißig Zentimeter langes hölzernes Lineal mit dünnem weißen Rand, das ich Füsun für ihre Geometriestunden geschenkt hatte (nach meinen Berechnungen bei unserem siebten Treffen). Allem Anschein nach benutzte es nun ihre Mutter beim Schneidern. Ich hielt mir das Lineal unter die Nase, roch sofort den Duft von Füsuns Hand und sah das Mädchen vor mir. Wurden mir die Augen feucht? Als ich Tante Nesibe aus der Küche kommen hörte, steckte ich das Lineal rasch in die Jackettasche.

Sie stellte mir den Mokka hin und setzte sich mir gegenüber. Mit einer Geste, die fatal an ihre Tochter erinnerte, steckte sie sich eine Zigarette an und sagte dann: »Wissen Sie, Füsuns Prüfung ist ganz schlecht gelaufen.« Sie blieb also beim Siezen. »Füsun war so verzagt, dass sie nach der Hälfte der Prüfung weinend rausgelaufen ist. Auf das Ergebnis sind wir schon gar nicht mehr neugierig. Das hat sie sehr mitgenommen, denn jetzt kann sie nicht mehr an die Uni, das arme Ding. Aus lauter Verzweiflung hat sie auch gleich ihren Job aufgegeben. Sie war ja schon von der Nachhilfe bei Ihnen ganz angegriffen. Sie müssen sie ziemlich beansprucht haben. Und auf der Verlobung hat sie auch einiges mitgemacht. Aber das wissen Sie ja bestimmt. Da ist eben so manches zusammengekommen. Die Schuld liegt natürlich nicht nur bei Ihnen. Aber sie ist eben so ein zartes Mädchen, fast noch ein Kind, gerade erst achtzehn geworden. Sie ist jetzt am Boden zerstört. Ihr Vater hat sie weit weg gebracht, ganz weit weg. Am besten, Sie vergessen sie jetzt, und für Füsun gilt das gleiche.«

Als ich zwanzig Minuten später im Merhamet Apartmanı auf unserem Bett lag, zur Decke emporstarrte und fühlte, wie von meinen Wangen einzelne Tränen herabflossen, kam mir das Lineal in den Sinn. Ja, dieses Oberstufenlineal, das ich Füsun geschenkt hatte, weil ich früher selbst ein ähnliches besessen hatte, ist wohl das erste echte Ausstellungsstück unseres Museums. Es ist ein Gegenstand, der mich an sie erinnerte und unter schmerzlichen Umständen ihrem Leben entnommen wurde. Ich steckte mir das Ende des Lineals in den Mund, es hatte einen etwas bitteren Geschmack, aber dennoch beließ ich es dort lange. So verbrachte ich an die zwei Stunden im Bett und erinnerte mich an die Zeit, als sie das Lineal noch benutzt hatte. Das tat mir unendlich gut, und ich fühlte mich so glücklich, als hätte ich Füsun tatsächlich gesehen.

31
Die Straßen, die mich an sie erinnern

Mir war nunmehr klar, dass ich nur wieder in meinen früheren Alltag zurückfinden konnte, wenn ich mir ein Programm ausdachte, um Füsun planmäßig vergessen zu können. Bei Satsat war inzwischen selbst dem Gedankenlosesten aufgefallen, dass der Chef immer trübsinniger wurde. Meine Mutter versuchte aus mir herauszukriegen, ob zwischen Sibel und mir etwas vorgefallen war, und bei den immer seltener werdenden gemeinsamen Abendessen ermahnte sie mich nun genauso wie meinen Vater, nicht so viel zu trinken. Sibels Neugier und ihr Kummer wuchsen im gleichen Maße an wie mein Schmerz, so dass ich befürchtete, es werde bald zu einem Ausbruch kommen. Ohne Sibels Unterstützung würde ich aber aus meiner Krise nicht herauskommen, das wusste ich, sondern erst recht darin versinken. So riss ich mich am Riemen und erlegte mir das Verbot auf, im Merhamet Apartmanı auf Füsun zu warten und mit den Gegenständen dort ihr Bild heraufzubeschwören. Ich hatte zuvor schon versucht, mich an bestimmte Regeln zu halten, sie aber stets unter fadenscheinigen Vorwänden wieder gebrochen – musste ich wirklich, um Sibel Blumen zu kaufen, ausgerechnet an der Boutique Champs-Élysées vorbei? –, doch diesmal ergriff ich eine Reihe strengerer Maßnahmen und beschloss, einige Straßen und Orte, die in meinem bisherigen Leben eine nicht unerhebliche Rolle gespielt hatten, aus dem Stadtplan in meinem Kopf zu verbannen.

Hier nun der neue Plan von Nişantaşı, den ich mir damals vorzustellen und zu eigen zu machen suchte. Für die rot gekennzeichneten Straßen und Orte galt ein absolutes Verbot, so für die Boutique Champs-Élysées in der Nähe der Kreuzung zwischen der Valikonağı- und der Teşvikiye-Straße, überhaupt die ganze Teşvikiye-Straße und die Ecke mit der Polizeiwache und Alaaddins Laden in meinem Kopf so rot wie auf der Karte hier. Des weiteren verbot ich mir die Abdi-İpek-Straße, die damals noch Emlak-Straße hieß, die spätere Celâl-Sakik-Straße, die in Nişantaşı von allen nur die »Polizeiwachenstraße« genannt wurde, die Kuyulu-Bostan-Straße, in der Füsun wohnte, sowie alle Nebenstraßen, die auf eine jener Straßen zuführten. Orange gekennzeichnet waren alle Orte, die ich nur betreten durfte, wenn es wirklich nötig und ich nicht betrunken war und sich damit ein großer Umweg vermeiden ließ, aber auch dann keinesfalls länger als eine Minute und fast im Laufschritt. Unser Haus, die Teşvikiye-Moschee und ein paar Seitenstraßen gehörten zu den orangefarbenen Orten, an denen ich höllisch aufpassen musste, um nicht vom Liebesschmerz überfallen zu werden. Der Weg zu den Treffen mit Füsun, den ich immer von Satsat zum Merhamet Apartmanı gegangen war, und der Heimweg Füsuns von der Boutique aus (den ich mir immerfort vorstellte) waren zwar voller gefährlicher Erinnerungen und Fallstricke, zählten aber zu den gelben Straßen, auf denen ich unterwegs sein durfte, aber eben auf der Hut sein musste. Ich zeichnete noch eine Reihe von anderen Orten an, die in meiner kurzen Beziehung zu Füsun eine Rolle gespielt hatten, wie zum Beispiel den Platz, auf dem das Opfertier geschlachtet worden war, oder das Eckchen im Hof der Moschee, wo ich sie von ferne beobachtet hatte. Ich hatte diese Karte stets im Kopf, betrat tatsächlich die roten Straßen nie mehr und glaubte, nur durch solch eine Vorgehensweise werde meine Krankheit allmählich abklingen.

32
Schatten und Phantome, die ich für Füsun halte

Dass ich mir mit Verboten meinen gewohnten Lebensraum einschränkte und mich von Dingen fernhielt, die mich an Füsun erinnerten, genügte leider überhaupt nicht, um sie zu vergessen, denn nun erschien sie mir auf der Straße und auf Partys als Phantom. Die erste und erschütterndste Begegnung hatte ich, als ich Ende Juli mit der Autofähre über den Bosporus fuhr, um meine Eltern in ihrem Sommerhaus in Suadiye zu besuchen. Die von Kabataş kommende Fähre legte schon fast in Üsküdar an, und wie all die anderen ungeduldigen Fahrer hatte ich bereits vorzeitig den Motor angelassen, als ich plötzlich durch die Fußgängertür Füsun gehen sah. Die Landeklappe für die Autos war noch nicht heruntergelassen, so dass ich Füsun nur einholen konnte, wenn ich aus dem Auto sprang und ihr hinterherrannte, doch dann hätte ich den anderen die Ausfahrt blockiert. Mein Herz schlug wie wild, und ich stürzte aus dem Auto. Gerade wollte ich ihr aus Leibeskräften hinterherrufen, da merkte ich, dass der untere Teil des Körpers, den ich nunmehr im Blickfeld hatte, deutlich voluminöser und ungeschlachter war als bei meiner Schönen, und auch das Gesicht hatte eine ganz andere Form angenommen. Die sieben bis zehn

Sekunden, in denen mein Schmerz sich in freudige Erregung verwandelt hatte, erlebte ich in den folgenden Tagen in Zeitlupe immer von neuem, und ich glaubte fest daran, dass ich Füsun tatsächlich einmal unter den gleichen Umständen begegnen würde.

Ein paar Tage darauf war ich zur Mittagszeit im Konak-Kino, um mich ein wenig zu zerstreuen, und als ich danach schwerfällig die lange, breite Außentreppe zur Straße hinaufstieg, sah ich wenige Stufen vor mir plötzlich Füsun. Ihre langen blondgefärbten Haare und ihr schlanker Körper setzten erst mein Herz und dann meine Beine in Bewegung. Wie im Traum wollte ich ihr im Laufen etwas zurufen, aber es kam kein Laut heraus, weil ich im letzten Moment merkte, dass sie es doch nicht war.

In Beyoğlu, wo ich mich jetzt öfter aufhielt, da dort die Gefahr geringer war, an sie erinnert zu werden, brachte mich einmal in einem Schaufenster ihr Schatten in Bestürzung. Ebenfalls in Beyoğlu, unter der Menge der Passanten und Kinogänger, sah ich sie einmal vor mir, mit ihrem ganz eigenen, etwas hüpfenden Gang. Ich lief ihr hinterher, verlor sie aber aus den Augen. Da ich nicht wusste, ob ich wirklich sie selbst gesehen hatte oder eine von meinem Schmerz erzeugte Fata Morgana, ging ich ein paar Tage nacheinander zur gleichen Zeit zwischen der Ağa-Moschee und dem Saray-Kino ziellos hin und her und setzte mich dann in einem Bierlokal ans Fenster und schaute auf die Straße und die vorbeigehenden Menschen hinaus.

Diese paradiesischen Begegnungen dauerten manchmal nur ganz kurz. Dieses Foto etwa, das Füsuns weißen Schatten auf dem Taksim-Platz zeigt, ist lediglich das Dokument eines Irrtums, der nur ein paar Sekunden andauerte.

In jenen Tagen merkte ich, wie viele Mädchen und Frauen Füsuns Frisur und ihr ganzes Aussehen nachahmten und wie überhaupt viele dunkelhaarige Türkinnen sich die Haare blond färbten. Sobald ich jene Erscheinungen aus der Nähe sah, musste ich immer erkennen, dass sie meiner Füsun ganz und gar nicht ähnelten. Als ich einmal mit Zaim im Bergsteigerverein Tennis spielte, sah ich sie an einem der Tische neben dem Platz mit zwei anderen Mädchen lachen und Meltem-Limo trinken und wunderte mich in erster Linie, was sie in dem Club zu suchen hatte. Einmal sah ich ihr Phantom mit vielen anderen Leuten aus dem Stadtdampfer von Kadıköy steigen und an der Galata-Brücke nach einem Sammeltaxi winken. Herz und Verstand gewöhnten sich allmählich daran, immer wieder so eine Fata Morgana zu sehen. Als ich Füsun einmal im Saray-Kino in der Pause zwischen zwei Filmen im Balkon vier Reihen vor mir mit ihren zwei Schwestern genüsslich an ihrem Schokoladeneis schlecken sah, ignorierte ich erst einmal den Gedanken, dass sie ja gar keine Schwestern hatte, sondern kostete lieber den schmerzlindernden Effekt jenes Anblicks aus und versuchte nach Kräften zu übersehen, dass das betreffende Mädchen nicht nur nicht Füsun war, sondern ihr nicht einmal ähnelte.

Ich sah Füsun vor dem Uhrturm neben dem Dolmabahçe-Palast, auf dem Markt von Beşiktaş als Hausfrau mit einem Einkaufsnetz in der Hand und – für mich am überraschendsten und aufregendsten – aus dem dritten Stock eines Hauses in Gümüşsuyu auf die Straße herabschauen. Als sie merkte, dass ich auf dem Gehsteig stehenblieb und zu ihr hinaufblickte, sah auch sie, also die Phantom-Füsun, mich an. Ich winkte ihr zu, sie winkte zurück. An dem Winken erkannte ich dann aber gleich, dass es doch nicht sie war, und ging verlegen davon. Dennoch stellte ich mir dann vor, ihr Vater habe sie schleunigst mit jemandem verheiratet, damit sie leichter über mich hinwegkam, und nun habe sie in jener Gegend ein neues Leben angefangen, wolle aber trotzdem auch mich sehen.

Abgesehen von den ersten paar Sekunden jeder Begegnung, die so tröstlich wirkten, war mir natürlich klar, dass ich nicht Füsun vor mir hatte, sondern eine Ausgeburt meiner rastlosen Seele. Sie plötzlich vor mir zu sehen war aber so ein süßes Gefühl, dass ich mich vor allem an belebten Orten herumtrieb, wo die Chance, ihre Wiedergängerin zu treffen, am höchsten war, so dass sich in meinem Kopf wieder ein ganz eigener Stadtplan entwickelte. Die Stadt wurde mir zu einer Welt von Zeichen, die alle auf Füsun verwiesen. Und da die Begegnungen meist zustande kamen, wenn ich gerade zerstreut in die Ferne blickte, blickte ich eben beim Gehen zerstreut in die Ferne. Ich sah Füsun auch in verschiedenerlei Aufzug, wenn ich mit Sibel zusammen in Nachtclubs und auf Partys war und zu sehr dem Raki zugesprochen hatte, aber da riss ich mich dann zusammen, weil ich Angst hatte, mich zu verraten, und da war dann der Spuk immer gleich viel schneller vorbei. Diese Strandansichten von Kilyos und Şile zeige ich, weil ich Füsun besonders oft unter den verschämt in Badeanzügen und Bikinis herumlaufenden Frauen und Mädchen sah, wenn mein Kopf zur Mittagszeit von Hitze und Müdigkeit ganz benommen war. Obwohl seit der Gründung der Republik und den Reformen Atatürks schon vierzig, fünfzig Jahre vergangen waren, hatte man sich noch immer nicht ganz daran gewöhnt, sich ohne Scham in Badekleidung gegenüberzutreten, und zwischen dieser Scheu und Füsuns Empfindlichkeit sah ich eine Parallele, die mich irgendwie rührte. Wenn ich es dann vor Sehnsucht gar nicht mehr aushielt, legte ich mich weit abseits von Sibel und Zaim, die mit einem Ball im Wasser spielten, in den Sand, um meinen vor Liebesentzug ganz verkrampften plumpen Körper in der Sonne braten zu lassen, und während ich so über den Strand hinweg in Richtung Mole schielte, hielt ich plötzlich ein Mädchen, das auf mich zulief, für Füsun. Nie hatte ich sie zum Kilyos-Strand mitgenommen, obwohl sie es sich doch immer gewünscht hatte! Warum nur hatte ich den Wert dieses Gottesgeschenks nicht richtig erkannt? Wann würde ich sie wiedersehen? So lag ich unter der Sonne und hätte am liebsten geweint, aber da ich mich selber schuld an allem fühlte, konnte ich nicht einmal das, und so steckte ich nur verzweifelt den Kopf in den Sand.

33
Billige Zerstreuung

Das Leben hatte sich gewissermaßen von mir zurückgezogen, hatte seine Kraft und seine Farben eingebüßt, und die Dinge waren nicht mehr so unmittelbar und so echt, wie ich es früher empfunden hatte (ohne aber so richtig zu merken, was ich da eigentlich empfand). Als ich Jahre später in die Welt der Bücher eintauchte, fand ich das Gefühl des Schalen und Gewöhnlichen, das mich damals überkam, am besten in einem Buch des französischen Dichters Gérard de Nerval ausgedrückt. Nerval, der sich schließlich aus Liebeskummer erhängen sollte, nachdem er die Liebe seines Lebens für immer verloren hatte, schrieb auf der hier aufgeschlagenen Seite von *Aurélie* (hier die Erstausgabe), dass das Leben ihm von nun an nur noch »billige Zerstreuung« zu bieten habe. Mir ging es ähnlich, ich konnte mich des Gedankens nicht erwehren, dass alles, was ich ohne Füsun unternahm, nichtig und leer war, und ich ärgerte mich über jeden Anlass und jeden Menschen, der mir dieses Gefühl vermittelte. Und dennoch hatte ich keineswegs die Hoffnung aufgegeben, Füsun irgendwann einmal zu finden, mit ihr zu sprechen, ja sie zu umarmen, und das hielt mich recht und schlecht am Leben und tat – wie ich rückblickend feststellen musste – das seine, um mein Leiden noch zu verlängern.

An einem der schlimmsten Tage, einem furchtbar heißen Julimorgen, rief mich mein Bruder an und sagte, Turgay, mit dem wir ausgezeichnete Geschäftsbeziehungen hatten, sei uns böse, weil er nicht zu meiner Verlobung geladen worden sei, und wolle nun von einem größeren Exportgeschäft in Sachen Bettwäsche zurücktreten, für das wir gemeinsam den Auftrag bekommen hatten. Mein Bruder war ziemlich erbost (nicht ganz zu Unrecht, hatte er doch von unserer Mutter erfahren, dass ich es gewesen war, der Turgays Name hatte streichen lassen), und um ihn zu beruhigen, versprach ich sogleich, die Sache wieder in Ordnung zu bringen und uns Turgay wieder gewogen zu machen.

Ich rief Turgay sofort an und machte mit ihm einen Termin aus. Am nächsten Tag fuhr ich um die Mittagszeit in sengender Hitze zu seiner riesigen Fabrik in Bahçelievler hinaus, kam dabei durch immer hässlichere Viertel mit unansehnlichen Mietshäusern, Lagern, Fabrikgebäuden und Müllhalden, und mein Liebeskummer kam mir plötzlich gar nicht mehr so unerträglich vor. Das lag natürlich daran, dass ich hoffte, bei Turgay etwas über Füsun in Erfahrung zu bringen. Aber wie in vergleichbaren Situationen (wenn ich etwa mit Kenan sprach oder in Taksim auf Şenay stieß) gestand ich mir den Grund für mein zeitweiliges Hochgefühl nicht ein und tat so, als ob ich aus rein geschäftlichen Gründen dort hinausführe. Hätte ich mir nicht so sehr in die eigene Tasche gelogen, dann wäre der geschäftliche Teil meines Besuches wohl auch erfolgreicher gewesen.

Turgay fühlte sich schon dadurch geschmeichelt, dass ich aus Istanbul gekommen war, um mich bei ihm zu entschuldigen; ihm genügte das, und er war ausgesprochen freundlich zu mir. Ohne groß aufzutrumpfen, führte er mich durch seine Weberei, in der Hunderte von jungen Frauen arbeiteten (eine davon, die mir den Rücken zuwandte, jagte mir als Füsun-Phantom den Puls in die Höhe und bereitete mich so auf das eigentliche Thema vor), durch das neue und moderne Verwaltungsgebäude und die hygienische Kantine und ließ dabei durchblicken, dass es für uns nur von Vorteil sein könne, weiter mit ihm zusammenzuarbeiten. Er schlug dann vor, wir sollten – so wie er es üblicherweise hielt – zusammen mit den Arbeiterinnen in der Kantine essen, aber ich redete mir ein, für meine Entschuldigung noch nicht genug getan zu haben, und sagte, um bestimmte Themen anzuschneiden, sei es vielleicht angebrachter, gemeinsam irgendwo etwas zu trinken. Seinem braven Schnurrbartgesicht war in keiner Weise anzumerken, dass er meine Anspielung auf Füsun verstanden hatte, und da ich ihn noch nicht auf die Geschichte mit der Einladung angesprochen hatte, meinte er nur stolz: »So kleine Unachtsamkeiten kommen nun mal vor, vergessen wir das.« Darauf ging ich aber gar nicht ein und nötigte damit den braven Mann, mich in Bakırköy in ein Fischrestaurant zum Mittagessen einzuladen. Kaum stieg ich in seinen Mustang, da fiel mir ein, wie Turgay und Füsun sich auf diesen Autositzen unzählige Male geküsst hatten, wie ihre Knutschereien sich im Tachoglas spiegelten und wie er die noch nicht einmal Achtzehnjährige bedrängt und betatscht hatte. Ich dachte daran, dass Füsun vielleicht zu ihm zurückgekehrt war, und obwohl ich mich dieser Vorstellung schämte, weil der Mann aller Wahrscheinlichkeit nach völlig ahnungslos war, gelang es mir nicht, mich innerlich zu beruhigen.

Als wir uns dann im Lokal dumpf gegenübersaßen und ich auf seine riesigen Nasenlöcher starrte, seinen aufdringlichen Mund und die behaarten Hände, mit denen er die Serviette auf dem Schoß ausbreitete, da war mir klar, dass die Sache schiefgehen würde, weil ich viel zu sehr von Eifersucht geplagt war, um mich beherrschen zu können. Turgay behandelte den Kellner von oben herab, und wie er es wohl in westlichen Filmen gesehen hatte, tupfte sich immer mit der Serviette so betont zart die Lippen ab, als würde er eine Wunde versorgen. Bis zur Mitte der Mahlzeit konnte ich noch an mich halten, aber der Raki, den ich trank, um das Böse in mir loszuwerden, holte genau dieses Böse schließlich aus mir hervor. Als Turgay in nobelster Manier erläuterte, zwischen uns Partnern sei nun alles bereinigt, so dass es bei dem anstehenden Geschäft keinerlei Schwierigkeiten geben dürfte, erwiderte ich: »Wichtig ist nicht, dass unsere Geschäfte gut laufen, sondern dass wir gute Menschen sind.«

»Kemal«, sagte er mit einem Blick auf das Rakiglas in meiner Hand, »ich habe sehr viel Achtung vor Ihnen, Ihrem Vater, Ihrer Familie. Wir haben alle schon schwierige Zeiten durchlebt. In diesem schönen, aber armen Land reich zu sein ist ein Glück, das der Herr nur seinen liebsten Schäfchen zukommen lässt und für das wir dankbar sein sollten. Lassen wir also unseren Stolz beiseite und beten wir lieber, nur so können wir gut werden.«

»Ich wusste ja gar nicht, dass Sie so fromm sind«, sagte ich spöttisch.

»Mein lieber Kemal, was habe ich denn verbrochen?«

»Sie haben einem jungen Mädchen aus meiner Familie Kummer bereitet, Turgay, Sie haben sich ihr gegenüber schlecht benommen und sogar versucht, sie mit Geld zu erobern. Das Mädchen aus der Boutique, Füsun, ist eine Verwandte von mir.«

Er wurde aschfahl im Gesicht und senkte den Blick. Da merkte ich, dass ich eigentlich nicht deshalb eifersüchtig war, weil er Füsuns letzter Freund gewesen war, sondern weil er es geschafft hatte, die Glut seiner Liebe zu ersticken und wieder in sein bürgerliches Leben zurückzukehren.

»Dass Sie mit Ihnen verwandt ist, wusste ich nicht«, sagte er dann mit überraschend fester Stimme. »Das ist mir jetzt sehr peinlich. Wenn Ihre Familie mich deshalb nicht mehr sehen will und ich aus diesem Grund nicht zur Verlobung eingeladen wurde, dann habe ich dafür volles Verständnis. Denken Ihr Vater und Ihr Bruder auch so wie Sie? Was machen wir jetzt, sollen wir unsere Zusammenarbeit aufgeben?«

»Ich denke, das sollten wir«, sagte ich und bereute es sogleich.

»Dann sind aber Sie es, der vom Vertrag zurücktritt«, sagte er und zündete sich eine Marlboro an.

Zum Liebeskummer kam jetzt auch noch die Scham hinzu. Obwohl ich ziemlich betrunken war, setzte ich mich zur Heimfahrt wieder ans Steuer. So gerne ich seit meinem achtzehnten Lebensjahr in Istanbul und speziell auf der Küstenstraße und an der Stadtmauer entlang Auto fuhr, wurde mir nun wegen meiner katastrophalen inneren Verfassung dieses Vergnügen zur Qual. Die Stadt schien ihre Schönheit verloren zu haben, und um ihr zu entkommen, drückte ich aufs Gaspedal. An einer Stelle hätte ich fast einen Fußgänger überfahren.

Im Büro angekommen, dachte ich mir, dass es wohl das beste sei, sowohl Osman als auch mich selbst davon zu überzeugen, dass eine Aufgabe der Zusammenarbeit mit Turgay letzten Endes gar nicht so schlecht sei. Ich rief Kenan zu mir, der über den Großauftrag bestens Bescheid wusste und mir staunend zuhörte. Mit den Worten »Turgay hat uns aus persönlichen Gründen einen bösen Streich gespielt« fasste ich die Sachlage zusammen und fragte Kenan dann, ob es möglich sei, den Bettwäscheauftrag auch ganz in eigener Regie zu erledigen. Kenan verneinte ausdrücklich und fragte, was denn eigentlich das Problem sei. Ich wiederholte nur, dass Turgay und wir von nun an getrennte Wege gehen müssten. »Kemal, wenn es irgend möglich ist, dann sollten wir das vermeiden. Haben Sie das mit Ihrem Bruder besprochen?« Er sagte, nicht nur für Satsat, sondern auch für unsere anderen Firmen wäre das ein harter Schlag, und unser Vertrag enthalte Klauseln, die uns im Falle einer Nichterfüllung des Großauftrags bei den New Yorker Gerichten erheblichen Ärger einbringen würden. »Weiß Ihr Bruder Bescheid?« fragte er noch einmal. Er erlaubte sich wahrscheinlich diese Pose, weil er sich wegen meiner Rakifahne nicht nur um die Firma, sondern auch um mich persönlich Sorgen machte. »Die Sache lässt sich nicht mehr rückgängig machen«, sagte ich. »Wir müssen den Auftrag eben ohne Turgay durchziehen, was hilft's.« Dass das ein Ding der Unmöglichkeit war, hätte ich auch ohne Kenan gewusst. Aber der rationale Teil meines Verstandes war irgendwie stehengeblieben oder hatte sich einem streitsüchtigen Teufel ergeben. Kenan bestand immer noch darauf, dass ich mich mit meinem Bruder besprechen sollte. Diesen Aschenbecher hier und den Locher, beide mit Satsat-Logo, habe ich ihm damals natürlich nicht an den Kopf geworfen, hätte es aber liebend gerne getan. Ich weiß noch gut, wie mir auf seiner lächerlichen roten Krawatte die gleichen Streifen auffielen wie auf dem Aschenbecher. »Kenan, Sie arbeiten schließlich nicht bei meinem Bruder in der Firma, sondern bei mir!« herrschte ich ihn an. »Aber ich bitte Sie, Kemal, das weiß ich doch«, erwiderte er schnippisch. »Aber Sie haben mich auf Ihrer Verlobung mit Ihrem Bruder bekannt gemacht, und seither tauschen wir uns aus. Wenn Sie ihn in einer so wichtigen Angelegenheit nicht gleich informieren, wird er das sehr bedauern. Er weiß, wie es in letzter Zeit um Sie steht, und möchte Ihnen helfen, so wie jeder.« Dieses »so wie jeder« machte mich rasend. Am liebsten hätte ich ihn auf der Stelle entlassen, aber seine Unerschrockenheit machte mir ein wenig angst. Ich spürte, dass ich wie blind war und vor lauter Liebe und Eifersucht nichts mehr richtig einordnen konnte. Ich litt wie ein Tier in der Falle und wusste nur allzugut, dass mir nur geholfen hätte, Füsun zu sehen. Die Welt kümmerte mich nicht, wo doch alles nur schal und leer war.

34
Wie die Hündin im Weltall

Anstatt mit Füsun traf ich mich mit Sibel. Mein Schmerz war so akut geworden und nahm mich so in Anspruch, dass ich mich, wenn ich nach Feierabend mutterseelenallein in der Firma saß, so einsam fühlte wie die Hündin, die in ihrer kleinen Kapsel ins endlose Dunkel des Weltalls geschickt worden war. Wenn ich Sibel in das leere Bürogebäude kommen ließ, erweckte ich bei ihr damit den Eindruck, wir würden wieder zu unseren Sexualgewohnheiten aus der Zeit vor der Verlobung zurückkehren. So benützte die Gute mein Lieblingsparfüm Sylvie und trug hochhackige Schuhe und die Netzstrumpf-Imitate, von denen sie wusste, dass sie mich erregten. Da sie glaubte, meine Krise sei überwunden, kam sie sehr beschwingt daher, und ich konnte ihr nicht gut sagen, dass vielmehr das Gegenteil der Fall war und ich sie eigentlich hatte kommen lassen, um mich wenigstens ein bisschen von meinen trüben Gedanken abzulenken, indem ich sie so umarmte, wie ich früher immer meine Mutter umarmt hatte. Sibel also ließ mich auf der Couch Platz nehmen und setzte sich lächelnd auf meinen Schoß. Ich darf gar nicht erzählen, wie sehr ihre Haare, ihr Hals, ihr heimeliger Geruch, ihre vertrauenspendende Nähe mich beruhigten, denn sonst wird der treue Leser und der Museumsbesucher noch denken, wir hätten danach miteinander geschlafen, und wird enttäuscht sein. Sibel jedenfalls war enttäuscht. Ich dagegen fühlte mich in der Umarmung so gut, dass ich schon bald in tiefen, ruhigen Schlaf fiel und von Füsun träumte.

Als ich irgendwann schweißgebadet erwachte, lagen wir immer noch eng umschlungen da. Schweigend zogen wir uns im Halbdunkel an, Sibel nachdenklich, ich schuldbewusst. Wie in glücklichen Zeiten sahen wir Autoscheinwerfer und das Funkensprühen der Obusse ins Zimmer leuchten. Ohne uns abzusprechen, gingen wir ins Fuaye, und als wir dort, umgeben von Lichtschein und Geplauder, an unserem Tisch saßen, musste ich wieder einmal daran denken, was Sibel doch für eine tolle, schöne und verständnisvolle Frau war. Eine Stunde lang redeten wir über dieses und jenes, scherzten mit angeheiterten Bekannten, die sich kurz zu uns an den Tisch setzten, und erfuhren vom Chefkellner, dass Nurcihan und Mehmet dagewesen und früh wieder gegangen waren. Unsere Schweigepausen zeigten aber an, dass wir mit unseren Gedanken beim eigentlichen Thema waren, vor dem wir nicht mehr davonlaufen konnten. Ich ließ noch eine zweite Flasche Çankaya-Wein öffnen. Auch Sibel trank nun ziemlich viel.

»Nun sag schon«, fragte Sibel schließlich, »was ist los mit dir?«
»Wenn ich das nur wüsste«, erwiderte ich. »Irgend etwas in mir sperrt sich dagegen, der Sache auf den Grund zu gehen.«
»Du weißt es also selber nicht?«
»Ja, so ist es.«
»Ich denke aber, du weißt mehr als ich«, sagte sie lächelnd.
»Und was zum Beispiel?«
»Beunruhigt es dich gar nicht, was ich von deinem Problem halten könnte?« fragte sie.
»Ich fürchte nur, mit der Sache nicht fertig zu werden und dich dadurch zu verlieren.«
»Hab keine Angst, ich bin geduldig, und ich liebe dich sehr. Wenn

du nicht darüber sprechen willst, dann lass es ruhig. Ich ziehe schon keine falschen Schlüsse daraus, keine Sorge. Wir haben Zeit.«
»Was denn für falsche Schlüsse?«
»Na ja, dass du zum Beispiel homosexuell sein könntest oder so«, sagte sie mit einem Lächeln, das beruhigend wirken sollte.
»Danke. Und was noch?«
»Ich glaube auch nicht, dass du eine Geschlechtskrankheit hast oder irgendein Kindheitstrauma. Trotzdem meine ich, dass es dir guttun würde, mal zu einem Psychologen zu gehen. Das ist überhaupt keine Schande, in Europa und Amerika tut das jeder. Aber dem musst du dann natürlich sagen, was du mir nicht sagst. Na los, erzähl doch, was du auf dem Herzen hast, ich bin dir bestimmt nicht böse.«
»Ich habe Angst davor«, sagte ich lächelnd. »Tanzen wir?«
»Dann gibst du also zu, dass da etwas ist, das du weißt und ich nicht.«
»Mademoiselle, würden Sie bitte mit mir tanzen?«
»Ach, Monsieur, mit was für einem schwierigen Mann bin ich verlobt«, sagte sie, und dann tanzten wir.

Ich erwähne dieses Gespräch als Beispiel für die ganz besondere Art, in der wir miteinander umgingen, miteinander sprachen und uns – wenn man das so nennen kann – innig liebten, wenn wir an jenen heißen Juliabenden unsere Zeit trinkend in Restaurants und Nachtclubs verbrachten, von denen hier Speisekarten und Gläser zu besichtigen sind. Es war eine Liebe, die nicht auf dem Geschlechtlichen basierte, sondern auf zärtlicher Anteilnahme, doch wie bezeugen kann, wer uns neidvoll beobachtete, wenn wir gegen Mitternacht, beide ziemlich betrunken, auf der Tanzfläche standen, entbehrte sie durchaus nicht der körperlichen Anziehung. Wenn wir in feuchtschwüler Nacht draußen zwischen reglosen Bäumen dahinwandelten und von ferne hörten, wie das Orchester *Rosen und Lippen* spielte oder der Diskjockey – auch dies ein neues Phänomen – seine Platten auflegte, dann umarmte ich aus dem Wunsch heraus, beschützt zu werden, zu teilen, eine Gefährtin zu haben, meine Verlobte so wie auf der Couch im Büro, sog den Duft ein, der von ihrem Hals und ihren Haaren ausging, und merkte, dass ich ganz und gar nicht so allein war wie die Hündin im Weltall, sondern dass Sibel stets an meiner Seite sein würde, und gerührt schmiegte ich mich gleich noch enger an sie.

Beim Tanzen konnte es uns passieren, dass wir unter den Blicken anderer romantischer Paare vor Trunkenheit schwankten oder auch einmal geradewegs zu Boden torkelten. Sibel gefiel dieser halb berauschte, halb wunderliche Schwebezustand, der uns der gewöhnlichen Welt entrückte. Sie war der Ansicht, dass es unserem Leben eine gewisse Tiefe verlieh, wegen eines mysteriösen Schmerzes die ganze Welt zu vergessen, während sich auf den Straßen Istanbuls Kommunisten und Nationalisten gegenseitig erschossen und Banken überfallen und Cafés in die Luft gesprengt wurden.

Wenn wir wieder am Tisch saßen, rührte die stockbetrunkene Sibel von neuem an dem merkwürdigen Thema; durch das viele Reden darüber begriff sie es zwar auch nicht besser, aber sie machte aus der Situation etwas irgendwie Akzeptables. So wurde mein seltsamtrauriger Zustand, der mich daran hinderte, mit Sibel zu schlafen, zu einem in Bälde vergessenen Tragödchen heruntergespielt, mit dem lediglich kurz vor der Ehe die Liebe meiner Verlobten zu mir auf die Probe gestellt wurde.

Außerdem konnten wir uns durch meinen Schmerz gewissermaßen von unseren oberflächlichen reichen Freunden abheben, in deren Schnellbooten wir mitfuhren. Wir brauchten nicht nach einer Party vom Steg einer Villa aus betrunken in den Bosporus zu springen, denn wir waren ja durch meinen Spleen schon »etwas Besonderes«. Dass Sibel sich meines Schmerzes so ernsthaft annahm, rührte mich und band uns enger aneinander. Doch wenn dann trotz aller trunkenen Würde, mit der wir den Abend hinter uns brachten, meine Miene sich jäh veränderte, weil ich irgendwo in der Menge ein Mädchen für Füsun hielt, dann ahnte Sibel wohl, dass da noch viel Schlimmeres drohte, als sie ohnehin schon befürchtete.

Daher schlug sie, anfangs ganz freundschaftlich, vor, ich sollte mich einer Psychoanalyse unterziehen, und machte schließlich eine Bedingung daraus. Und um ihren wunderbaren Beistand nicht zu verlieren, ging ich darauf ein. Damals war jener berühmte türkische Psychiater, an dessen Sentenzen über die Liebe sich manch aufmerksamer Leser noch erinnern wird, frisch aus Amerika zurückgekehrt und trachtete mit seiner Fliege und seiner Pfeife danach, dem engen

Kreis der Istanbuler Gesellschaft die Ernsthaftigkeit seines Berufes zu vermitteln. Als ich den Mann Jahre später wieder aufsuchte, um ihn für das Museum um die Fliege und die Pfeife zu bitten und ihn zu fragen, was ihm von damals noch im Gedächtnis sei, merkte ich rasch, dass er sich überhaupt nicht an meine damaligen Probleme erinnerte und nicht einmal andeutungsweise meine traurige Geschichte kannte, die doch mittlerweile der ganzen Istanbuler Society ein Begriff war. Er hatte mich als einen der vielen Gesunden in Erinnerung, die nur aus Neugierde zu ihm kamen. Ich hingegen hatte nicht vergessen, dass Sibel damals darauf bestanden hatte, zu dem Arzt mitzugehen. »Ich bleibe dann im Wartezimmer«, hatte sie gesagt. Ich wollte sie aber nicht dabeihaben. Aus dem gesunden Menschenverstand heraus, wie er dem Bürgertum nicht-westlicher und insbesondere islamischer Länder eigen ist, hielt Sibel die Psychoanalyse für ein wissenschaftliches Ritual der Geheimnisoffenbarung, von Westlern erfunden, die eben nicht wussten, wie therapeutisch es wirkt, wenn man einfach als Familie zusammenhält und Geheimnisse miteinander teilt. Nachdem wir einleitend ein wenig geplaudert und sorgfältig ein paar Formulare ausgefüllt hatten, fragte mich der Doktor, was denn nun eigentlich mein Problem sei, und in einer ersten Anwandlung hätte ich am liebsten gesagt, dass ich mich so einsam wie die in den Weltraum geschossene Hündin fühlte, weil mir meine Geliebte abhanden gekommen war. Dann aber gab ich zu Protokoll, ich könne mit meiner hübschen, attraktiven Freundin nicht mehr schlafen, seit wir verlobt seien. Da fragte er mich nach dem Grund meiner Lustlosigkeit (den ich doch gerade von ihm hatte erfahren wollen). Gott sei Dank fiel mir auf die Schnelle eine Antwort ein, über die ich übrigens heute noch schmunzeln muss, wenngleich sie auch ein Körnchen Wahrheit enthält: »Ich fürchte mich wohl vor dem Leben, Herr Doktor.«

Er verabschiedete mich mit den Worten: »Das brauchen Sie aber nicht«, und ich ging dann nie wieder zu ihm hin.

35
Der Kern meiner Sammlung

Aus den ermunternden Worten des Psychiaters folgerte ich, dass meine blödsinnige Krankheit im Abklingen sei, und gleich kam mir in den Sinn, wieder einmal ein bisschen in den rot gekennzeichneten Straßen herumzugehen, die ich so lange aus meinem Leben verbannt hatte. An Alaaddins Laden vorbeizukommen und die Luft der Läden und Straßen zu atmen, in denen ich mit meiner Mutter immer beim Einkaufen gewesen war, tat mir in den ersten Minuten so gut, dass ich wirklich dachte, meine Krankheit sei auf dem Rückzug und ich brauchte vor dem Leben tatsächlich keine Angst zu haben. Solchermaßen optimistisch gestimmt, bildete ich mir fälschlicherweise ein, auch an der Boutique Champs-Élysées vorbeigehen zu können, ohne vom Liebeskummer gepackt zu werden. Doch kaum sah ich den Laden aus der Ferne, da war es schon um mich geschehen.

Der Schmerz hatte nur darauf gewartet, wieder gereizt zu werden, und verdunkelte mir sogleich die ganze Seele. Um ihm beizukommen, dachte ich sofort daran, dass Füsun ja vielleicht im Laden war, und mein Herz schlug schneller. Augenblicklich war es mit meinem Selbstvertrauen vorbei, ich ging verwirrt über die Straße und sah in das Schaufenster: Sie war tatsächlich da! Einer Ohnmacht nahe stürzte ich auf die Tür zu. Doch als ich eintreten wollte, merkte ich, dass es nicht Füsun war, sondern wieder ein Phantom. Es war einfach eine andere Verkäuferin eingestellt worden! Da dachte ich, ich würde es nicht mehr aushalten können. Mein Leben auf Partys und in Nachtclubs erschien mir plötzlich unglaublich falsch und gewöhnlich. Es gab auf der Welt nur einen Menschen, den ich aufsuchen und umarmen musste, er war der Mittelpunkt meines Lebens, und dass ich mich statt dessen mit billigen Belustigungen zerstreute, war sowohl mir als auch diesem Menschen gegenüber eine Respektlosigkeit. Die Reue- und Schuldgefühle, die mich seit meiner Verlobung plagten, hatten ein unerträgliches Ausmaß erreicht. Ich hatte Füsun verraten! Ich hätte nur an sie denken dürfen. So schnell wie möglich musste ich dorthin, wo ich ihr am nächsten war.

Knappe zehn Minuten später lag ich im Merhamet Apartmanı auf dem Bett, versuchte aus dem Bettlaken Füsuns Duft herauszuriechen und wollte sie in meinem Körper spüren, ja wollte sie selbst sein. Ihr Geruch hatte sich weitgehend verflüchtigt, so dass ich in dem Laken regelrecht herumwühlen musste. Als es gar nicht mehr auszuhalten war, nahm ich vom Tischchen neben dem Bett einen gläsernen Briefbeschwerer. Auf dem Glas war der ganz besondere Geruch von Füsuns Hand, von ihrer Haut, noch ein wenig wahrzunehmen, und wenn ich daran roch, schlug er mir höchst angenehm in Mund, Nase und Lungen. Ich muss noch lange an den Briefbeschwerer hinschnüffelnd im Bett geblieben sein. Meinen späteren Berechnungen zufolge habe ich ihr den Briefbeschwerer bei unserem Treffen am 2. Juni geschenkt, doch wie die meisten anderen meiner Geschenke hatte sie ihn nicht mit nach Hause genommen, um keinen Verdacht zu erregen.

Sibel erzählte ich, mein Besuch beim Psychiater habe ziemlich lang gedauert, ich hätte dem Mann gegenüber nichts gestehen und er auch mir nichts geben können, ich würde nicht mehr zu ihm gehen, mich aber ein klein wenig besser fühlen. Mich im Merhamet Apartmanı auf dem Bett mit einem Gegenstand abzulenken hatte mir gutgetan. Doch eineinhalb Tage später war mein Schmerz wieder so heftig wie zuvor. Und drei Tage darauf ging ich wieder hin, legte mich aufs Bett, nahm einen anderen von Füsun berührten Gegenstand, nämlich einen Malerpinsel voll eingetrockneter Farbe, und wie ein kleines Kind steckte ich ihn mir in den Mund und rieb ihn auf meiner Haut herum. Wieder ließ mein Schmerz eine Zeitlang nach. Einerseits dachte ich mir, dass ich mich langsam an die Sache gewöhnte und wie ein Drogensüchtiger von jenen Objekten abhängig wurde, und dass diese Abhängigkeit es mir nicht gerade leichter machen würde, Füsun zu vergessen.

Da ich aber andererseits meine Besuche im Merhamet Apartmanı nicht nur vor Sibel verbarg, sondern gewissermaßen auch vor mir selbst, und so tat, als würden diese alle zwei, drei Tage jeweils zwei Stunden lang dauernden Aufenthalte gar nicht stattfinden, hatte ich das Gefühl, meine Krankheit sei allmählich auf ein erträgliches Maß herabgemildert worden. Jene Objekte – die Turbanständer meines Großvaters, den Fes, den sich Füsun manchmal zum Spaß aufsetzte, oder Schuhe meiner Mutter, die Füsun genau passten (sie hatten beide Schuhgröße achtunddreißig) – sah ich noch nicht mit Sammleraugen an, sondern wie ein Patient seine Medikamente. Zum einen brauchte ich die Gegenstände, die mich an Füsun erinnerten, um meinen Schmerz zu lindern, doch kaum war dies der Fall, da wollte ich sie und die ganze Wohnung auch schon fliehen, weil sie mich eben an meine Krankheit erinnerten und ich doch voller Optimismus der Meinung war, jene sei im Abklingen. Dieser Gedanke machte mir Mut und ließ in mir schon die halb freud-, halb leidvolle Vorstellung wach werden, ich würde bald zu meinem alten Leben zurückfinden, würde wieder anfangen, mit Sibel zu schlafen, und sie dann heiraten und eine normale, glückliche Ehe führen.

Solche Momente dauerten aber nicht lang, und am Tag darauf verwandelte sich die Sehnsucht wieder in Schmerz und nach zwei Tagen in eine unerträgliche Qual, und dann musste ich wieder ins Merhamet Apartmanı. Dort griff ich dann zu einer Teetasse, einer herumliegenden Haarspange, einem Lineal, einem Kamm, einem Radiergummi, einem Kugelschreiber oder einem anderen Gegenstand, der mir die Freuden in Erinnerung rief, neben Füsun zu sitzen, oder ich suchte mir aus dem Krempel meiner Mutter etwas heraus, was Füsun einmal berührt hatte und was nach ihr roch, und dann ließ ich vor meinem inneren Auge alle Erinnerungen vorbeiziehen, die mich damit verbanden, und erweiterte so stetig meine Sammlung.

36
In der Hoffnung, meinen Schmerz zu lindern

Den hier ausgestellten Brief schrieb ich in der bedeutsamen Zeit, als sich die ersten Stücke meiner Sammlung ergaben. Ich habe ihn in seinem Umschlag gelassen, um meine Geschichte nicht ausufern zu lassen und weil ich mich selbst nach Ablauf von zwanzig Jahren für den Brief noch immer schäme. Wer ihn lesen könnte, der würde sehen, dass ich Füsun regelrecht anflehte. Ich schrieb ihr, dass ich mich ihr gegenüber falsch verhalten hätte und das bitter bereute und nun sehr litt. Die Liebe sei etwas Heiliges, und wenn Füsun zu mir zurückkomme, dann würde ich mich von Sibel trennen. Kaum hatte ich letzteres geschrieben, da bereute ich auch das wieder; ich hätte schreiben sollen, dass ich mich auf jeden Fall von Sibel trennte, doch da ich an jenem Abend wieder einmal schwer betrunken war und nur bei Sibel Trost fand, brachte ich so Grundsätzliches nicht aufs Papier. Dass der Brief überhaupt geschrieben wurde, ist wichtiger als sein Inhalt, und als ich ihn zehn Jahre später in Füsuns Schrank fand, konnte ich mich nur wundern, was ich mir damals vorgemacht hatte. Einerseits versuchte ich mich darüber hinwegzutäuschen, wie heillos verliebt ich in Füsun war, und sah überall die absurdesten Hinweise darauf, dass ich bald wieder mit ihr zusammen sein würde, und zum anderen konnte ich nicht darauf verzichten, mir immer wieder vorzustellen, was ich einmal mit Sibel für ein glückliches Familienleben haben würde. Oder sollte ich etwa die Verlobung mit Sibel lösen und über Ceyda, Füsuns Freundin vom Schönheitswettbewerb, die den Brief überbrachte, Füsun einen Heiratsantrag machen? Ich hatte gemeint, so ein Gedanke würde mir nicht im Traum einfallen, doch als ich mit Ceyda zusammensaß, stand er mir plötzlich in allen Einzelheiten vor Augen.

Hier ein netter Zeitungsausschnitt für alle Besucher des Museums, die sich von meinem Liebesschmerz einmal kurz erholen möchten. Es handelt sich um ein Interview mit Foto, das mit Ceyda anlässlich des Wettbewerbs gemacht worden war. Auf die Frage, worin sie ihren Lebenszweck sehe, hatte Ceyda geantwortet, sie wolle mit ihrem »Traummann« eine glückliche Ehe führen. Ceyda wusste von Anfang an über alle Details meiner qualvollen Geschichte Bescheid, und ich bin ihr dankbar dafür, dass sie für meine Liebe Verständnis zeigte und mir später ihr schönes Jugendfoto zur Verfügung stellte. Ich nahm damals Kontakt mit ihr auf, weil ich den Brief nicht mit der Post schikken wollte, denn er sollte auf keinen Fall Füsuns Mutter in die Hände fallen. Als Ceyda vernahm, dass ich in einer wichtigen Angelegenheit mir ihr sprechen wollte, zierte sie sich nicht lange. Wir trafen uns in Maçka, und ich merkte gleich, dass ich mit Ceyda ganz unbefangen über meinen Liebeskummer reden konnte. Das lag vielleicht an der

Reife, mit der sie alles auffasste, oder aber daran, dass sie auf mich einen überglücklichen Eindruck machte. Sie war schwanger, und deshalb hatte ihr konservativer Freund, ein Sohn der reichen Sediroğlus, beschlossen, sie zu heiraten, und bald sollte auch schon die Hochzeit stattfinden. Auf meine Frage, ob ich dort Füsun treffen würde und wo sie denn überhaupt sei, antwortete Ceyda ausweichend; Füsun hatte ihr das wohl so eingeschärft.

Ich wagte gar nicht mehr, mich weiter nach Füsun zu erkundigen. Gleichzeitig ahnte ich aber, dass Ceyda insgeheim hoffte, ich würde mich von Sibel trennen und Füsun heiraten, so dass wir uns alle zusammen treffen könnten, und da merkte ich, dass auch mir diese Vorstellung angenehm war. Der schöne Anblick, den der Taşlık-Park an jenem Julinachmittag bot, die Bosporusmündung, die Maulbeerbäume vor uns, die Verliebten, die an Tischen im Freien saßen und Limo tranken, die Mütter mit ihren Kinderwagen, die im Sandkasten spielenden Kinder, die lachenden Studenten, die Sonnenblumenkerne und Kichererbsen kauten, die Tauben und Spatzen, die an den Schalen herumpickten, all das erinnerte mich an etwas, was ich langsam vergaß, nämlich, wie schön das ganz gewöhnliche Leben doch sein konnte. Als mir Ceyda dann mit großen Augen sagte, sie werde den Brief übergeben und sei sich auch sicher, dass Füsun antworten werde, da wurde ich von großer Hoffnung erfasst.

Antwort kam dann aber keine.

Anfang August musste ich mir dann eines Morgens eingestehen, dass trotz all meiner Maßnahmen und Trostmethoden mein Schmerz nicht nachgelassen hatte, sondern ganz im Gegenteil immer schlimmer wurde. Wenn ich im Büro arbeitete oder mit jemandem telefonierte, produzierte mein Verstand zwar keine konkreten Gedanken an Füsun, doch dafür hatte der Schmerz in meinem Bauch die Form diffuser Gedankenblitze angenommen, die mir durch den Kopf schossen wie Stromstöße. Was immer ich in der vagen Hoffnung unternahm, meinen Schmerz zu lindern, tat im Augenblick seine beruhigende Wirkung, brachte aber langfristig rein gar nichts. Und doch stürzte ich mich auf alles, was irgendeine Hoffnung versprach, so auch auf Omen und Horoskope. Am meisten vertraute ich auf die Horoskop-Ecke »Ihr Sternbild, Ihr Tag« in der Zeitung *Son Posta* und auf die Vorhersagen in *Hayat*. Dort verhießen Kenner der Sache uns Lesern – und vor allem mir – immer wieder: »Heute bekommen Sie von einem geliebten Menschen ein Zeichen!« Das stand auch bei anderen Sternzeichen oft da, aber es klang gut und glaubwürdig. Ich las die Horoskope aufmerksam, glaubte aber nicht wirklich an die Sterne und beschäftigte mich nicht stundenlang mit Astrologie wie eine gelangweilte Hausfrau. Mein Schmerz war ein akuter. Wenn etwa eine Tür aufging, sagte ich mir: »Wenn jetzt eine Frau eintritt, werde ich mit Füsun wieder zusammenkommen, wenn es ein Mann ist, geht die Sache schlecht aus.«

Auf der Welt, im ganzen Leben wimmelte es nur so von gottgesandten Zeichen, die einen Blick in die Zukunft erlaubten. »Wenn das erste rote Auto von links kommt, bekomme ich von Füsun eine Nachricht, wenn es von rechts kommt, muss ich noch warten«, sagte ich und beobachtete vom Bürofenster bei Satsat aus die unten vorbeifahrenden Wagen. »Wenn ich als erster vom Dampfer auf den Anlegesteg springe, werde ich Füsun bald wiedersehen«, dachte ich und sprang, bevor noch das Halteau ausgeworfen wurde. »Wer zuerst springt, ist ein Esel!« riefen mir die Vertäuer hinterher. Wenn ich dann auch noch eine Dampfersirene hörte, wertete ich das als gutes Zeichen und versuchte mir das Schiff vorzustellen. »Wenn die Treppe zur Fußgängerüberführung eine ungerade Zahl von Stufen hat, sehe ich Füsun bald wieder«, sagte ich auch. Eine gerade Zahl verschlimmerte dann meinen Schmerz, eine ungerade ließ ihn kurzfristig abklingen.

Am schlimmsten war es, wenn ich mitten in der Nacht wach wurde und nicht mehr einschlafen konnte. Dann trank ich Raki, kippte noch ein paar Gläser Whisky oder Wein hinterher und hätte mein Bewusstsein am liebsten ausgeschaltet wie einen dudelnden Radioapparat. Manchmal saß ich um Mitternacht vor dem Rakiglas und legte mit den abgegriffenen Karten meiner Mutter eine Patience oder griff zu den selten benutzten Würfeln meines Vaters, warf sie unzählige Male und sagte mir dabei jedesmal, das sei jetzt aber das letzte Mal. Wenn ich richtig betrunken war, konnte ich meinem Schmerz manchmal ein seltsames Lustgefühl abgewinnen und dachte in törichtem Stolz, meine Situation sei doch reif für ein Buch, einen Film oder eine Oper.

Eines Nachts in unserem Sommerhaus in Suadiye, als es bis zum Morgen noch mehrere Stunden hin waren, ging ich leise auf die dunkle Terrasse am Meer, streckte mich auf einer Liege aus und versuchte, eingehüllt vom Kiefernduft, mit Blick auf die zitternden Lichter der Prinzeninseln einzuschlafen. »Kannst du auch nicht schlafen?« flüsterte da mein Vater. Ich hatte im Dunkeln nicht gesehen, dass er auf der Liege neben mir lag. »Es geht mir zur Zeit hin und wieder so«, flüsterte ich schuldbewusst zurück. »Keine Sorge, das vergeht schon wieder«, sagte er väterlich. »Du bist noch jung. Zum Wachliegen wegen irgendwelcher Leiden ist es noch zu früh. Aber wenn du erst mal so alt bist wie ich und im Leben etwas gemacht hast, das du bereust, dann liegst du bis zum Morgen da und zählst die Sterne. Tu ja nichts, was du irgendwann mal bereuen könntest.«

»In Ordnung, Papa«, erwiderte ich. Da spürte ich, dass es mir bald gelingen würde, meinen Schmerz ein wenig zu vergessen und einzuschlafen. Hier der Kragen des Schlafanzugs, den mein Vater damals trug, und einer seiner Pantoffeln, die mich komischerweise immer wehmütig stimmten.

Ein paar meiner damaligen Angewohnheiten habe ich bisher verschwiegen, weil ich sie nicht für erzählenswert hielt oder weil ich von den Lesern und den Museumsbesuchern nicht gänzlich verachtet werden wollte, aber um der Verständlichkeit meiner Geschichte willen muss ich eine davon jetzt doch noch gestehen. Wenn in der Mittagspause meine Sekretärin Zeynep mit den anderen zum Essen ging, rief ich manchmal bei Füsun zu Hause an. Füsun ging nie ans Telefon, musste also immer noch weg sein, genauso wie ihr Vater. Es hob immer Tante Nesibe ab, die ihre Schneiderarbeiten zu Hause erledigte, aber ich hoffte eben doch, dass eines Tages Füsun ans Telefon gehen oder zumindest Tante Nesibe irgendeine Information über Füsun entschlüpfen würde. Es hätte ja auch sein können, dass einmal Füsun im Hintergrund etwas sagen würde, und so wartete ich immer schweigend. Das war am Anfang noch relativ leicht, aber sobald Tante Nesibe auf mein Schweigen hin redete, konnte ich mich immer schwerer beherrschen. Sie regte sich nämlich jedesmal furchtbar auf, zeigte ihre ganze Angst und Wut und verhielt sich genauso, wie es einen perversen Anrufer am allermeisten freuen musste: »Hallo, hallo, wer ist denn dran, mit wem wollten Sie sprechen, wer sind Sie denn, jetzt sagen Sie doch endlich was, hallo, hallo, wer sind Sie denn und was wollen Sie?« Solcherlei reihte sie schier endlos aneinander und steigerte sich immer mehr in ihre Furcht und Aufregung hinein, und es kam ihr nicht in den Sinn, sofort wieder aufzulegen, oder wenigstens bevor ich es tat. Dass Tante Nesibe auf meine Anrufe reagierte wie ein von Autoscheinwerfern hypnotisierter Hase, erweckte in mir mit der Zeit ein trübseliges, hilfloses Gefühl, so dass ich von dieser Praxis schließlich wieder loskam. Von Füsun aber keine Spur.

37
Eine leere Wohnung

Ende August, als die Störche über den Bosporus, unser Haus in Suadiye und die Prinzeninseln hinwegzogen, beschlossen wir – auf dringenden Wunsch unserer Freunde – wie jedes Jahr, bevor meine Eltern aus ihrem Sommerhaus zurückkehrten, in der leeren Wohnung in der Teşvikiye-Straße eine Sommerabschlussparty zu organisieren. Während Sibel dafür eifrig Einkäufe tätigte, Möbel umstellte und die den Sommer über zusammengerollt eingemotteten Teppiche wieder auf dem Parkettboden ausbreitete, rief ich, anstatt nach Hause zu gehen und ihr zu helfen, wieder einmal bei Füsun an. Ich hatte es ein paar Tage lang immer lange klingeln lassen, und niemand hatte abgehoben, so dass ich schon ganz unruhig war. Als ich nunmehr die kurzen Töne vernahm, die eine gesperrte Leitung anzeigten, griff der Schmerz in meinem Bauch sogleich auf den ganzen Körper und den Kopf über. Gleich danach war ich auch schon in einer der orangefarben gekennzeichneten Straßen, von denen ich mich eine ganze Weile hatte fernhalten können, und ging in der Mittagssonne wie ein Schatten auf Füsuns Haus zu. Als ich zu den Fenstern ihrer Wohnung aufsah, merkte ich, dass keine Vorhänge da waren. Ich läutete, aber niemand machte mir auf. Ich klopfte an die Tür, trommelte daran, und als immer noch niemand öffnete, dachte ich, ich müsse sterben. »Wer ist denn da?« ertönte eine alte Frauenstimme aus der Pförtnersloge im Souterrain. »Ach, die aus der Nummer drei, die sind weggezogen!« Zum Glück hatte ich gerade noch die Geistesgegenwart, mich für einen Mietinteressenten auszugeben. Ich drückte der Frau zwanzig Lira in die Hand, sie sperrte mir mit dem Ersatzschlüssel die Wohnung auf, und ich ging hinein. Mein Gott! Wie soll ich die rührende Einsamkeit dieser leeren Zimmer beschreiben, den heruntergekommenen Zustand der Küchenkacheln, den Zauber, der von dem Waschbecken ausging, in dem meine verschwundene Geliebte sich ihr ganzes Leben lang gewaschen hatte, und von dem Boiler, den sie immer so gefürchtet hatte, den Spuren der Nägel und dem Spiegel und den Bilderrahmen, die zwanzig Jahre lang daran gehangen hatten? Ich prägte mir den Geruch ein, den Füsun in den Zimmern hinterlassen hatte, ihren überall noch gegenwärtigen Schatten, den Grundriss, die Wände und die zerfallende Haut der Wohnung, in der sie zu Füsun geworden war. Von einer Tapete riss ich am Rand ein großes Stück ab, und von der Tür zum Zimmer, das wohl Füsuns gewesen war, montierte ich den Griff ab, den sie achtzehn Jahre lang berührt hatte, und steckte ihn ein. Als ich im Bad den Porzellangriff der Toilettenspülung anfasste, ging er ganz von selbst von der Kette ab. Aus einem Haufen Krimskrams, der in einer Ecke lag, nahm ich heimlich den Arm einer kaputten Puppe Füsuns sowie eine riesige Mica-Murmel und ein paar Haarnadeln heraus, die bestimmt auch Füsun gehört hatten, und in dem beruhigenden Gefühl, dass diese Dinge mir ein wenig Trost spenden würden, fragte ich die Hausmeisterin, warum die Mieter denn nach so vielen Jahren ausgezogen seien. Sie sagte, dass sie schon lange mit dem Hausbesitzer um die Miete gestritten hätten. »Als ob in anderen Vierteln die Mieten niedriger wären!« rief ich aus und fügte noch hinzu, schließlich werde alles immer teurer und das Geld sei schon bald nichts mehr wert. »Wo sind sie denn hingezogen?« »Das wissen wir auch nicht«, antwortete die Hausmeisterin. »Sie waren am Ende auf uns genauso böse wie auf den Vermieter, und das nach zwanzig Jahren Hausgemeinschaft.« Da fühlte ich mich so hilflos, dass es mich fast erstickte. Mir wurde erst klar, dass ich immer irgendwo im Hinterkopf den Gedanken gehabt hatte, eines Tages an dieser Tür zu klingeln und flehend um Einlass zu bitten. Diese tröstliche Vorstellung, diese letzte Hoffnung, Füsun zu sehen, war mir nun genommen, und das würde nur sehr schwer zu ertragen sein.

Keine halbe Stunde später lag ich auf dem Bett im Merhamet Apartmanı und versuchte mit den mitgenommenen Sachen meinen Schmerz zu lindern. Als ich diese Dinge, die Füsun berührt hatte und die dadurch zu Füsun geworden waren, in die Hand nahm und sie mir an den Hals hielt, an die Schultern, auf die nackte Brust, den Bauch, legten die darin angesammelten Erinnerungen sich tröstend über meine Seele.

38
Die Sommerabschlussparty

Danach ging ich, ohne überhaupt im Büro vorbeizuschauen, nach Hause zu den Partyvorbereitungen. »Ich wollte dich wegen des Champagners etwas fragen«, sagte Sibel, »aber jedesmal, wenn ich im Büro angerufen habe, hat es geheißen, du seist nicht da.«

Ohne zu antworten verzog ich mich in mein Zimmer. Ich legte mich aufs Bett, fühlte mich kreuzunglücklich und dachte voller Grauen daran, dass der Abend bestimmt schrecklich verlaufen würde. Dass ich – schmerzlich an Füsun denkend – bei jenen Gegenständen Trost suchte, empfand ich zwar als erniedrigend, aber es öffnete mir auch das Tor zu einer anderen Welt, in die ich weiter eindringen wollte. Ich spürte, dass ich wohl kaum in der Lage sein würde, auf der Party, für die Sibel so eifrig Vorbereitungen traf, die von mir erwartete Rolle des reichen, intelligenten und vor Gesundheit strotzenden Mannes zu spielen, der das Leben zu genießen wusste. Zugleich war mir klar, dass ich mich auf einer Party im eigenen Hause auch nicht gut wie ein griesgrämiger Zwanzigjähriger aufführen konnte, der für alles nur Verachtung übrig hatte. Sibel, die von meiner heimlichen namenlosen Krankheit wusste, hätte das vielleicht noch toleriert, nicht aber die Partybesucher, die sich schließlich amüsieren wollten.

Als gegen sieben Uhr abends die ersten Gäste eintrafen, präsentierte ich ihnen als guter Gastgeber die Hausbar, in der alles vorhanden war, was in Istanbul unterderhand an ausländischen Spirituosen verkauft wurde, und bot ihnen zu trinken an. Dann kümmerte ich mich eine Weile um den Plattenspieler und legte unter anderem Simon and Garfunkel und *Sergeant Pepper* auf, von dem mir die Plattenhülle so gefiel. Lachend und scherzend tanzte ich mit Sibel und dann mit Nurcihan. Es stellte sich heraus, dass Nurcihan sich schließlich und endlich nicht für Zaim, sondern für Mehmet entschieden hatte, doch Zaim schien das nicht sonderlich übelzunehmen. Als Sibel mir stirnrunzelnd mitteilte, Nurcihan habe aber mit Zaim geschlafen, war mir nicht ganz klar, was sie daran störte, aber ich versuchte auch gar nicht, es zu verstehen. Die Welt war doch so ein schöner Ort; der vom Bosporus herwehende Sommerwind ließ die im Hof der Teşvikiye-Moschee stehenden Platanen genauso schön rauschen wie schon damals in meiner Kindheit, und als es dämmerte, flogen über die Mietshäuser und über die Moschee zwitschernde Schwalben hinweg, und aus den Wohnungen der Leute, die keine Sommerhäuser hatten, leuchtete nun deutlicher der Schein der Fernseher heraus, von einem Balkon sah ein gelangweiltes Mädchen eine Weile auf den Verkehr hinunter, später von einem anderen Balkon ein trauriger älterer Mann, und ich wiederum betrachtete das alles wie ein Bild meiner Gefühle und meines Lebens, hatte Angst, den Schmerz in mir drinnen nie loszuwerden und Füsun nicht vergessen zu können. So saß ich also auf dem kühlen Balkon meiner Wohnung, hörte jedem, der sich auf ein Schwätzchen zu mir gesellte, geduldig zu und soff dabei wie ein Loch.

Zaim hatte ein nettes Mädchen mitgebracht, das vor Freude strahlte, weil es bei der Zulassungsprüfung so gut abgeschnitten hatte, Ayşe hieß sie, und ich redete ein wenig mit ihr. Der Abend lag schon lange in seidiger Dunkelheit, als Sibel sagte: »Komm jetzt endlich mal rein, das ist ja schon peinlich.« Eng umschlungen tanzten wir unseren hoffnungslosen, aber romantisch aussehenden Tanz. Ein paar Lampen waren ausgeschaltet worden, und in dem halbdunklen Wohnzimmer, in der Wohnung, in der ich aufgewachsen war, herrschten eine andersartige Atmosphäre und neue Farben vor, und das deckte sich auf gewisse Weise mit meinem Gefühl, mir komme die ganze Welt abhanden, so dass ich mich beim Tanzen fest an Sibel klammerte. Inzwischen war ein Gutteil meiner schon den ganzen Sommer andauernden Mutlosigkeit und meiner ausufernden Trinkgewohnheiten auch auf Sibel übergegangen, und sie schwankte nicht weniger als ich. In der Sprache der damaligen Klatschspalten ausgedrückt, geriet die Party »zu fortgeschrittener Stunde unter dem Einfluss des Alkohols« ziemlich aus dem Ruder. Es gingen Gläser und Flaschen zu Bruch, manche Paare küssten sich ostentativ (vermutlich unter dem Einfluss von Künstler- und Societyberichten aus europäischen Magazinen), während sich andere – angeblich auf ein Schäferstündchen – in mein Zimmer oder das meines Bruders zurückzogen und dort einnickten, und das wirkte alles ein wenig, als hätte unsere Clique in ihrem Bestreben, noch jung und dynamisch zu sein, eine Art Torschlusspanik erfasst. Als ich knappe zehn Jahre zuvor damit begonnen hatte, jeweils ein Fest zu geben, bevor meine Eltern aus ihrem Sommerhaus zurückkamen, wies die Partystimmung noch eher anarchische, gegen die elterliche Autorität gewandte Züge auf. Da hantierten meine Freunde dann etwa ungeschickt mit teuren Küchengeräten und ruinierten sie, zogen aus den Kleiderschränken meiner Eltern grölend alte Hüte, Parfümzerstäuber, elektrische Schuhanzieher, Krawatten und Kleider heraus und zeigten sie sich gegenseitig, und sie meinten dabei, einem politischen Impetus zu folgen, und das tat ihnen gut.

Zu ernsthaftem politischen Engagement fanden aus der ganzen Clique später nur zwei, von denen der eine nach dem Staatsstreich von 1971 inhaftiert und gefoltert wurde und erst 1974 durch eine Amnestie wieder freikam, und beide wollten dann mit uns nichts mehr zu tun haben, da sie uns für leichtsinnige, verwöhnte Bürgerkinder hielten.

Als aber diesmal gegen Morgen Nurcihan die Schränke meiner Mutter durchsuchte, erfolgte das keineswegs aus anarchischer Wut heraus, sondern aus fraulicher Neugier, und noch dazu voller Behutsamkeit. »Wir fahren nach Kilyos ans Meer«, sagte sie ganz ernst. »Da wollte ich mal sehen, ob deine Mutter hier einen Badeanzug hat.«

Da packte mich voller Heftigkeit die Reue, nie mit Füsun nach Kilyos gefahren zu sein, und ich musste mich aufs Bett meiner Eltern werfen, um nicht vom Schmerz übermannt zu werden. Vom Bett aus konnte ich beobachten, wie Nurcihan immer noch unter dem Vorwand, nach einem Badeanzug zu suchen, bestickte Strümpfe meiner Mutter aus den fünfziger Jahren und elegante erdfarbene Mieder begutachtete, und auch Hüte und Schals, die noch nicht ins Exil des Merhamet Apartmanı gewandert waren. Sie stieß hinter der Schublade mit den Nylonstrümpfen auf eine Tasche, in der meine Mutter, weil sie zu Banktresoren kein Vertrauen hatte, die Grundbuchauszüge diverser Wohnungen, Häuser und Grundstücke aufbewahrte, ferner bundweise unnütze Schlüssel zu mittlerweile vermieteten oder verkauften Wohnungen, einen sechsunddreißig Jahre alten Ausschnitt aus der Klatschspalte einer Zeitung mit dem Bericht über ihre Hochzeit mit meinem Vater und ein zwölf Jahre später in der Rubrik »Gesellschaftsnachrichten« der Zeitschrift *Hayat* erschienenes Foto von ihr, das eine ausnehmend schicke und selbstbewusste Frau zeigte. Neugierig besah sich Nurcihan all dies und sagte schließlich: »Deine Mutter muss eine außergewöhnliche Frau gewesen sein.« »Sie lebt noch«, erwiderte ich vom Bett her. Ich hatte gerade gedacht, wie herrlich es sein müsste, mit Füsun in diesem Schlafzimmer mein ganzes Leben zu verbringen, als Nurcihan fröhlich auflachte und – wohl angelockt von diesem geheimnisvoll trunkenen Lachen – erst Sibel und dann Mehmet ins Zimmer kamen. Während Sibel und Nurcihan in alkoholisiertem Ernst die Sachen meiner Mutter durchgingen, setzte sich Mehmet auf den Bettrand, genau dorthin, wo mein Vater morgens, bevor er in die Hausschuhe schlüpfte, erst eine Weile versonnen saß und seine Zehen anstarrte. Mehmet sah Nurcihan voller Liebe und Bewunderung an. Er hatte zum erstenmal ein Mädchen zum Heiraten gefunden, in das er so richtig verliebt war, und konnte sein Glück gar nicht fassen, ja schämte sich fast dafür, doch ich neidete ihm das nicht, da ich ihm schon ansah, dass er sich zugleich bereits jetzt vor dem Betrogenwerden fürchtete, vor einem erniedrigenden Ende seiner Liebe und vor der Reue danach. Was hier zum ehrenden Angedenken an meine längst verstorbene Mutter ausgestellt ist, wurde zusammen mit allerlei anderen Sachen Stück für Stück von Sibel und Nurcihan unter viel Gekicher aus dem Schrank gezogen und jeweils mit Kuratorenmiene begutachtet, bis den beiden wieder einfiel, warum sie eigentlich hier waren. Der ganze Klimbim um den Badeanzug dauerte noch an, als es schon tagte. Eigentlich war niemand mehr nüchtern genug, um noch Auto zu fahren. Mir war ohnehin klar, dass mir – betrunken und übernächtigt, wie ich war – der Schmerz um Füsun am Strand von Kilyos unerträglich sein würde. Ich gab mich daher unlustig und sagte schließlich, Sibel und ich würden nachkommen. So trat ich dann später, als es schon hell war, auf den Balkon hinaus, wo meine Mutter immer ihren Kaffee trank und den Trauerfeiern zusah, und winkte und rief zu unseren Freunden hinunter. Auf der Straße standen Zaim und seine neue Freundin Ayşe, Nurcihan und Mehmet und noch ein paar andere, grölten, alberten mit einem roten Plastikball herum und machten überhaupt genug Lärm, um ganz Teşvikiye aufzuwecken. Als endlich die Türen von Mehmets Auto zugingen, sah ich ein paar alte Männer zum Morgengebet in der Moschee herbeischlurfen, unter ihnen auch den Pförtner vom Haus gegenüber, der an Silvester als Weihnachtsmann verkleidet Lotterielose verkaufte.

Kaum war Mehmet losgefahren, da legte er auch schon eine schleudernde Vollbremsung ein, fuhr rasch wieder zurück und hielt. Die Tür ging auf, Nurcihan stieg aus und brüllte zu uns in den sechsten Stock hinauf, sie habe ihr Seidentuch bei uns vergessen. Sibel lief hinein, holte das Tuch und warf es vom Balkon hinunter. Nie werde ich vergessen, wie das violette Tuch hinunterschwebte, sich im Wind wie ein Drachen spannte und erschlaffte, sich aufblähte und wand, und wie Sibel und ich ihm vom Balkon meiner Mutter hinterhersahen. Es ist dies meine letzte glückliche Erinnerung an Sibel.

39
Das Geständnis

Wir sind nun bei der Geständnisszene angelangt. Bei der Gestaltung dieses Museumsteils habe ich unwillkürlich dafür gesorgt, dass vom Hintergrund bis hin zu den Bilderrahmen alles in einem kalten, abweisenden Gelb gehalten ist. Dabei wurde damals, als unsere Freunde zum Meer unterwegs waren und ich wieder auf dem Bett meiner Eltern lag, das große Schlafzimmer von der riesig über Üsküdar aufgehenden Sonne in tiefes, warmes Orange getaucht. In der Ferne tutete ein Passagierschiff. »Na los«, sagte Sibel, die schon merkte, dass ich so gar keine Lust hatte, »fahren wir ihnen hinterher, bevor es zu spät wird.« Aber so wie ich dalag, war ihr bald klar, dass ich nicht zum Meer fahren würde (dass ich dafür auch zu betrunken war, kam ihr wohl gar nicht in den Sinn) und dass wir ferner – was meine geheime Krankheit betraf – an einem kritischen Punkt angekommen waren. An der Art, wie sie den Blick von mir abwandte, merkte ich, dass sie dem Thema am liebsten ausgewichen wäre, aber wie jemand, der leichtfertig gerade das anpackt, vor dem er sich fürchtet (manche nennen das auch Mut), sprach sie die Sache dann selbst als erste an.

»Wo warst du eigentlich heute nachmittag?« fragte sie. Und schon bereute sie auch das wieder. »Wenn du meinst, dass es dir hinterher peinlich ist, dann sag es lieber nicht«, fügte sie sanft hinzu.

Sie legte sich neben mich. Wie ein Kätzchen schmiegte sie sich so furchtsam und liebevoll an mich, dass ich merkte, wie weh ich ihr tun würde, und mich schämte. Aber der Liebesgeist war nun einmal aus Aladins Lampe heraus und ließ mich erschaudernd spüren, dass er nicht mehr mein alleiniges Geheimnis bleiben konnte.

»Weißt du noch, wie wir im Frühjahr mal im Fuaye waren?« Ich ging die Angelegenheit behutsam an. »Auf dem Heimweg haben wir doch in einem Schaufenster die Tasche gesehen, die dir so gefiel.«

Mit geweiteten Augen erkannte meine Verlobte, dass das eigentliche Thema nicht die Tasche war, sondern etwas viel Ernsteres, und so begann ich ihr die Geschichte zu erzählen, die den Lesern und den Besuchern unseres Museums schon vom ersten Ausstellungsstück an bekannt ist. Um der Erinnerung der Besucher auf die Sprünge zu helfen, sind hier die wichtigsten Gegenstände in kleinformatigen Bildern noch einmal dargestellt.

Ich bemühte mich, Sibel der Reihe nach alles so genau wie möglich zu erzählen. Bald merkte ich, dass die ganze peinliche Geschichte von meiner ersten Begegnung mit Füsun an den Charakter einer unerbittlichen Last aufwies, an der man reuevoll trägt, wie wenn man etwa einen Autounfall verschuldet oder sonst irgendeine schwere Sünde begangen hat. Es kann aber auch sein, dass ich dieses Gefühl nur zu erwecken versuchte, um mein tatsächliches Verhalten vergleichsweise harmlos wirken zu lassen, und noch dazu in weiter Vergangenheit liegend. Den Kern meines Erlebnisses jedoch, nämlich mein sexuelles Glück mit Füsun, verschwieg ich selbstredend und bemühte mich vielmehr, mein Abenteuer als typische voreheliche Eskapade eines gewöhnlichen türkischen Mannes darzustellen. Angesichts von Sibels Tränen verzichtete ich nicht nur darauf, die Geschichte so zu erzählen, wie sie sich wirklich zugetragen hatte, sondern bereute auch, überhaupt davon angefangen zu haben.

»Du Scheusal!« rief Sibel aus. Sie erwischte eine mit alten Münzen gefüllte Tasche meiner Mutter und warf sie nach mir, und danach gleich einen alten Sommerschuh meines Vaters, aber mit keinem der beiden traf sie mich. Die Münzen flogen überall umher wie Glasscherben. Sibel vergoss dicke Tränen.

»Ich habe schon längst Schluss gemacht mir ihr«, beteuerte ich. »Aber was ich da getan habe, hat mich sehr mitgenommen. Es geht gar nicht um dieses Mädchen oder irgendein anderes.«

»Das ist doch die, die sich bei der Verlobung an unseren Tisch gesetzt hat?« fragte Sibel und wagte gar nicht, ihren Namen auszusprechen.

»Ja.«

»Diese ordinäre Verkäuferin! Seht ihr euch noch?«

»Natürlich nicht. Als wir uns verlobt haben, habe ich sie verlassen. Inzwischen ist sie von der Bildfläche verschwunden. Sie soll geheiratet haben.« (Warum ich das dazulog, ist mir noch heute schleierhaft.) »Wegen dieser Geschichte war ich so komisch nach der Verlobung, aber das ist jetzt vorbei.«

Sibel weinte noch eine Weile, dann wischte sie sich das Gesicht ab, fasste sich wieder und fing an Fragen zu stellen. »Du kannst sie also nicht vergessen?« sagte sie und brachte damit, klug, wie sie war, die Wahrheit auf den Punkt. Welcher Mann hätte da so herzlos sein und ja sagen können? »Nein«, sagte ich, wenn auch widerwillig. »Du hast das falsch verstanden. Mich hat nur bedrückt, dass ich dem Mädchen eigentlich übel mitgespielt und zugleich dich betrogen und unsere Beziehung geschädigt habe. Dadurch ist mir die ganze Lebensfreude abhanden gekommen.« Daran konnten wir beide nicht glauben.

»Wo warst du dann heute nachmittag?«

Liebend gerne hätte ich einem verständnisvollen Menschen – nur eben nicht Sibel – erzählt, dass ich Dinge, die mich an Füsun erinnerten, in den Mund genommen und mich damit gestreichelt hatte und schließlich unter Tränen zum Höhepunkt gekommen war. Andererseits spürte ich auch, dass ich nicht würde weiterleben können, ja dass ich den Verstand verlieren würde, falls Sibel mich verließe. Eigentlich hätte ich auf der Stelle zu ihr sagen müssen: »Heiraten wir am besten sofort!« So manche solide, den Zusammenhalt der Gesellschaft fördernde Ehe wurde doch im Anschluss an eine stürmische und unglücklich endende Liebesaffäre eingegangen.

»Ich wollte vor unserer Hochzeit noch einmal nach dem Spielzeug sehen, das ich als Kind besessen habe. So eine Art Nostalgieanfall, weißt du. Deshalb bin ich dorthin.«

»Du gehst mir nicht mehr in diese Wohnung!« rief Sibel. »Habt ihr euch oft dort getroffen?«

Noch bevor ich antworten konnte, brach sie wieder in Tränen aus. Als ich sie umarmte und streichelte, weinte sie nur noch heftiger. Ich war meiner Verlobten zu tiefem Dank verpflichtet und umarmte sie mit einem Gefühl der Verbundenheit, das mir noch tiefer erschien als Liebe. Als Sibel sich ausgeweint hatte, schlummerte sie in meinen Armen ein, und bald darauf schlief auch ich.

Als ich gegen Mittag erwachte, war Sibel schon gewaschen und geschminkt und bereitete das Frühstück zu.

»Wenn du willst, kannst du von gegenüber frisches Brot holen«, sagte sie beiläufig. »Ich kann aber auch das alte toasten.«

»Nein, nein, ich geh schon.«

Im Wohnzimmer, in dem es nach der Party wie auf einem Schlachtfeld aussah, frühstückten wir an dem Tisch, an dem meine Eltern sich seit fünfunddreißig Jahren beim Essen gegenübersaßen. Stellvertretend für das Brot, das ich damals besorgte, präsentiere ich aus dokumentarischen Gründen dieses Brot hier. Es soll daran erinnern, dass seit einem halben Jahrhundert in Istanbul Millionen von Menschen sich außer einem solchen mal schwereren, mal leichteren Brotlaib kaum etwas zum Essen leisten können, und außerdem dafür stehen, dass das Leben aus ständigen Wiederholungen besteht, wir aber schließlich alles erbarmungslos vergessen ...

Sibel wirkte wie zu allem entschlossen, was mich noch heute erstaunt. »Was du für Liebe gehalten hast, war nichts weiter als eine Marotte«, sagte sie. »Das geht vorbei. Ich werde mich um dich kümmern und dir diesen Unfug austreiben.«

Um zu kaschieren, dass ihre Augen vom Weinen geschwollen waren, hatte sie viel Make-up aufgelegt. Dass sie sich trotz ihres Schmerzes rührend bemühte, jedes kränkende Wort zu vermeiden und mich betont liebevoll zu behandeln, hatte mein Vertrauen in sie derart gestärkt, dass ich in ihrer Entschlossenheit den einzigen Weg sah, von meinem Kummer loszukommen, und daher beschloss, brav zu tun, was sie mir sagen würde. Bei unserem Frühstück mit frischem Brot, Schafskäse, Oliven und Erdbeermarmelade kamen wir sogleich überein, dass ich nicht mehr aus dem Haus gehen und mich von Nişantaşı und Umgebung längere Zeit fernhalten sollte. Die roten und orangefarbenen Straßen waren mir wieder einmal verboten.

Da Sibels Eltern wieder in ihr eigentliches Haus in Ankara zurückgekehrt waren, wo sie den Winter verbrachten, stand die Villa in Anadoluhisarı nun leer. Sibel sagte, da wir jetzt verlobt seien, würden ihre Eltern ein Auge zudrücken und uns dort gemeinsam wohnen lassen. Ich sollte am besten gleich zu ihr dorthin ziehen, dann würde ich am ehesten von meinen verderblichen Gewohnheiten loskommen. Ich packte daraufhin halb melancholisch, halb hoffnungsfroh meine Koffer und kam mir dabei vor wie ein träumerisches junges Mädchen, das nach Europa geschickt wird, um seinen Liebeskummer zu kurieren, und als Sibel mir mit den Worten

»Nimm die da auch mit« ein Paar Wintersocken in den Koffer legte, merkte ich bange: Meine Behandlung konnte eine ganze Weile in Anspruch nehmen.

40
Die Tröstungen des Lebens
in der Villa am Bosporus

Das Dasein in der Villa, an das ich mich in dem Gefühl, ein neues Leben zu beginnen, recht schnell gewöhnte, vermittelte mir in den ersten Tagen den Glauben, ich würde von meiner Krankheit schon nach kurzer Zeit genesen. Wir mochten am Abend noch so spät und noch so betrunken von irgendeiner Party zurückkommen, doch wenn am nächsten Morgen durch die Jalousien das von den Bosporuswellen gespiegelte Licht hereindrang und an der Decke zu tanzen begann, dann stand ich sofort auf, schob mit den Fingerspitzen die Lamellen der Jalousien etwas hoch und staunte jedesmal wieder über die Schönheit des Anblicks, der ins Zimmer geradezu hereinplatzte. Ich war im Begriff, die vergessen geglaubte Schönheit des Lebens wiederzuentdecken, oder wenigstens redete ich mir das ein. Manchmal fühlte auch Sibel mein Entzücken, wenn sie in ihrem seidenen Nachthemd mit bloßen Füßen auf dem knarzenden Parkettboden zu mir herantrat und wir dann gemeinsam beobachteten, wie auf dem Bosporus ein rotes Fischerboot dümpelte, wie am gegenüberliegenden Ufer, das in der Sonne gleißte, über dem dunklen Wäldchen Dampf aufstieg und wie in gespenstischer Stille der erste Passagierdampfer schräg gegen die Strömung ankämpfte und dabei das Wasser gluckern ließ; kurz, wir glaubten daran, dass angesichts der Schönheit der Welt und des Lebens alle Sorgen einfach verschwinden mussten.

Auch Sibel glaubte, dass die Genüsse des Lebens in jener Villa auf meine Krankheit wie Medizin wirken würden. Wenn wir uns abends in dem Erker, der auf den Bosporus hinausging, gegenübersaßen wie ein glückliches junges Paar, das an seiner Liebe genug hat, und ein

Stadtdampfer in Anadoluhisarı ablegte und an uns vorbeifuhr, als würde er direkt auf die Villa zutreiben, dann konnte der schnurrbärtige Kapitän von seiner Kommandobrücke aus sehen, dass wir knusprige Makrelen, Auberginensalat, Schafskäse, Honigmelonen und Raki auf dem Tisch hatten, und rief uns »Guten Appetit« zu, was Sibel wiederum als eine der kleinen Freuden ansah, die mich gesunden lassen und glücklich machen würden. Morgens gleich nach dem Aufwachen in die kühlen Fluten springen, im Kaffeehaus an der Anlegestelle zu Tee und einem Sesamkringel die Zeitung lesen, im Garten die Tomaten und Paprikaschoten gießen, gegen Mittag zu den Fischerbooten gehen und Meeräschen und Brassen auswählen und in heißen Septembernächten, wenn sich kein Blatt regt und eine Motte nach der anderen an der Lampe verglüht, spritzend in den nächtlich schillernden Bosporus stürzen: das alles waren Vergnügen, die nach Ansicht von Sibel bei mir doch ganz einfach ihre Wirkung tun mussten; das merkte ich, wenn sie sich nachts mit ihrem herrlich duftenden Körper an mich schmiegte. Wegen meines Liebesschmerzes, der in der linken Leistengegend nach wie vor unablässig rumorte, konnte ich dennoch nicht mit ihr schlafen. »Doch nicht vor der Ehe«, versuchte ich zu scherzen, und sie ging darauf ein, ohne sich etwas anmerken zu lassen. Nur manchmal, wenn ich abends allein auf der Liege am Ufer fast einnickte oder wenn ich gierig einen gekochten Maiskolben abnagte oder Sibel am Morgen, bevor ich zur Arbeit fuhr, auf die Wangen küsste wie ein glücklicher junger Ehemann, da sah ich in ihren Augen allmählich so etwas wie Verachtung aufscheinen. Das lag natürlich daran, dass wir nie miteinander schliefen, aber noch schlimmer erschien ihr wohl der Gedanke, dass die Heilbemühungen, auf die sie so viel Willen und Liebe verwandte, nichts fruchten könnten, oder – noch gravierender – dass ich zwar »gesunden«, aber dennoch in der Zukunft neben ihr auch noch Füsun beibehalten würde. Daran klammerte ich selbst mich auch an schlechten Tagen und stellte mir vor, ich würde eines Tages von Füsun eine Nachricht bekommen und mich wieder jeden Tag mit ihr im Merhamet Apartmanı treffen, und wenn ich dann von meinem Liebesschmerz befreit wäre, würde ich natürlich wieder mit Sibel schlafen können und sie heiraten, und wir würden Kinder bekommen und ein normales Familienleben führen. Richtig glauben konnte ich an solche Vorstellungen aber nur in beschwipstem Zustand oder wenn ein schöner Morgen mich besonders optimistisch stimmte. Meist aber war es so, dass mir zwar Füsun nicht aus dem Kopf ging, mir jedoch mehr als Füsuns Abwesenheit zu schaffen machte, dass ein Ende dieses Schmerzes einfach nicht abzusehen war.

41
Rückenschwimmen

Schließlich entdeckte ich etwas, was mir diese schmerzlichen Septembertage in all ihrer dunklen Schönheit erträglicher machte, und zwar dass Rückenschwimmen meine Bauchschmerzen linderte. Dazu musste ich aber den Kopf so weit wie möglich nach hinten gereckt ins Wasser stecken, jeweils ein paar Armschläge tun, ohne Atem zu holen, und dabei versuchen, bis auf den Grund zu sehen. Wenn ich mich so rücklings durch die Strömung und die Wellen arbeitete, weckte das zunehmende Dunkel des Bosporus in mir ein Gefühl der Unendlichkeit, das meinem Liebesschmerz in keiner Weise glich.

Das Wasser wurde schon unmittelbar neben dem Ufer sehr tief, so dass ich nur manchmal bis auf den Grund hinabsehen konnte. Dass die schillernde Welt, die ich da kopfüber erblickte, so etwas geheimnisvoll Ganzheitliches an sich hatte, erfüllte mich mit Lebensfreude und mit dem Gefühl, etwas ganz Großem anzugehören, was mich bescheiden werden ließ. Ich sah verrostete Konservenbüchsen, Flaschenverschlüsse, aufgeklappte schwarze Muscheln und manchmal auch ein Phantomschiff aus uralten Zeiten, und da wurde mir bewusst, wie unendlich doch Zeit und Geschichte waren und wie unwesentlich ich selbst. In solchen Momenten erkannte ich, wie die Art, in der ich meine Liebe lebte, etwas Protziges an sich hatte und sich selbst sehr wichtig nahm, und dass diese Schwäche den Schmerz, den ich Liebe nannte, nur noch verschlimmerte, und ich bemühte mich um Läuterung. Nicht mein Schmerz war wichtig, sondern Teil der sich unter mir regenden geheimnisvollen, unendlichen Welt zu sein. Ich merkte, wie das Bosporuswasser, das mir Mund, Kehle, Nase und Ohren füllte, auch den Geistern guttat, die in mir für Ausgeglichenheit und Glück sorgten. Wenn ich so in einer Art Meerestrunkenheit Armschlag um Armschlag tat, waren meine Bauchschmerzen so gut wie verschwunden, und an der Liebe zu Füsun, die mich dann durchdrang, merkte ich erst richtig, dass ich in Momenten des Schmerzes viel Wut auf sie empfand.

Wenn Sibel sah, dass ich in ziemlichem Tempo auf einen sowjetischen Öltanker zuhielt, der schon aufgeregt tutete, zappelte sie am Ufer wild schreiend herum, doch ich hörte ihre Rufe meist gar nicht. Da ich auf so manchen Stadtdampfer, auf ausländische Öltanker, Kohlenschleppkähne, Motorboote und auf die Kutter, die die Bosporusrestaurants mit Bier und Meltem belieferten, in überaus gefährlicher und geradezu herausfordernder Manier zuschwamm, wollte Sibel mir das Rückenschwimmen mit untergetauchtem Kopf schon ganz verbieten, aber da sie merkte, wie gut es mir tat, gab sie nach. Manchmal fuhr ich auf Sibels Anraten an windstillen Tagen allein ans Schwarze Meer zu den ruhigen Stränden von Şile oder gemeinsam mit Sibel zu einer der einsamen Buchten hinter Beykoz, und da schwamm ich dann mit dem Kopf unter Wasser, wohin die Gedanken mich trugen. Wenn ich danach am Strand lag, die Augen schloss und mich von der Sonne bescheinen ließ, dachte ich manchmal frohgemut, mir widerfahre nichts anderes als jedem anderen richtigen Mann, der leidenschaftlich verliebt ist.

Seltsam war bloß, dass die Zeit nicht – wie bei den anderen – meine Wunden heilte und dass ganz im Gegensatz zu dem, was Sibel mir um Mitternacht immer tröstend sagte, mein Schmerz eben nicht »schön langsam« verging. Manchmal sagte ich mir, ich müsse diese Lage als Produkt eines mir eigenen geistigen oder seelischen Defizits anerkennen, dann würde der Schmerz schon zu überwinden sein, aber da solche Gedanken mich als einen Schwächling brandmarkten, der ganz auf die Fürsorge seines rettenden mütterlichen Engels angewiesen war, dachte ich sie nicht bis zu Ende, sondern klammerte mich lieber – um nicht ganz zu verzweifeln – an die Vorstellung, durch ausdauerndes Rückenschwimmen den Schmerz letztendlich besiegen zu können. Doch ich machte mir auch da etwas vor.

Ohne es Sibel oder auch mir selbst einzugestehen, ging ich im Verlauf des Septembers insgesamt dreimal ins Merhamet Apartmanı, legte mich ins Bett und versuchte mich mit Gegenständen, die Füsun einmal berührt hatte, auf die Weise zu trösten, die dem Leser nun schon bekannt ist. Ich konnte Füsun einfach nicht vergessen.

42
Herbstmelancholie

Als Anfang Oktober nach einem Poyraz-Sturm der strömungsreiche Bosporus mit einem Schlag zu kalt zum Baden war, nahm mein Unmut so sehr zu, dass es nicht mehr zu verbergen war. Dass der Abend immer früher hereinbrach, sich im Garten und am Ufer das Laub häufte, die nur als Sommerresidenzen genutzten Villen nach und nach verwaisten, viele Boote an Land gezogen und eingemottet wurden und nach den ersten Regentagen auf den nunmehr leeren Straßen unbenützte Fahrräder herumlagen, hatte uns ohnehin schon in ein herbstliches Stimmungstief versetzt, aus dem nur schwer wieder herauszukommen war. Nervös registrierte ich die Anzeichen dafür, dass Sibel es nicht mehr lange aushalten würde, wie ich untätig vor mich hin brütete und mich abends betrank.

Ende Oktober war sie es dann endgültig leid, dass aus den alten Wasserhähnen nur noch rostiges Wasser kam, die Küche sich in einen kalten, unwirtlichen Ort verwandelte und durch die vielen Löcher und Ritzen der Villa der eiskalte Poyraz hereinblies. Unsere Freunde, die an heißen Septemberabenden immer wieder aufgekreuzt und unter großem Hallo betrunken in den Bosporus gesprungen waren, kamen inzwischen auch nicht mehr vorbei und ließen uns damit spüren, dass es im Herbst in der Stadt Amüsanteres zu tun gab. Die feuchten, zersprungenen Gehwegplatten aus unserem Garten mit den Schnekken darauf und die von den Regenfällen verscheuchte Eidechse, die wir so mochten, habe ich als Symbole dafür ausgestellt, dass die Neureichen im Winter ihre Bosporusvillen fluchtartig verließen, und natürlich sollen sie den Besuchern auch einen Eindruck von unserer Herbstmelancholie vermitteln.

Um mit Sibel zusammen den Winter über in der Villa bleiben zu können, hätte ich mit ihr schlafen und ihr damit beweisen müssen, dass ich Füsun vergessen hatte, doch machte uns das Schlafzimmer mit der hohen Decke, das wir mühsam mit elektrischen Heizlüftern zu erwärmen suchten, noch befangener und trübseliger, und die Nächte, in denen wir liebevoll umschlungen einschliefen, wurden immer seltener. Einerseits verachteten wir natürlich die leichtsinnigen Zeitgenossen, die in den Holzvillen elektrische Heizlüfter verwendeten und damit diese historischen Gebäude in akute Gefahr brachten, aber andererseits steckten wir Nacht für Nacht, sobald uns zu kalt wurde, die gefährlichen Stecker doch wieder ein. Anfang November, als überall die Heizungen liefen und wir immer mehr das Gefühl hatten, etwas zu versäumen, fuhren wir in dem Bestreben, näher an den Partys, den neu eröffneten Clubs, den mit Neuigkeiten aufwartenden Lokalen und den Warteschlangen vor den Kinos zu sein, immer öfter unter irgendeinem Vorwand nach Beyoğlu und sogar nach Nişantaşı, bis hin zu den Straßen, die mir eigentlich verboten waren.

Als wir eines Abends aus irgendeinem nichtigen Grund in Nişantaşı waren, wollten wir wieder einmal im Fuaye vorbeischauen. Wir tranken auf nüchternen Magen einen Raki, schwätzten ein wenig mit den Kellnern, die wir kannten, mit dem Oberkellner Sadi und mit Haydar, und klagten dann wie jedermann darüber, dass die bombenlegenden nationalistischen und linksradikalen Eiferer dabei waren, das Land ins Unglück zu stürzen. Wie stets hielten sich die beiden schon etwas älteren Kellner mit politischen Äußerungen weit mehr zurück als wir. Obwohl wir einigen bekannten Gesichtern, die das Lokal betraten, einladende Blicke zuwarfen, setzte sich niemand zu uns an den Tisch, und Sibel fragte mich spöttisch, was mir denn schon wieder die Laune verdorben habe. Da erzählte ich ihr mit knappen Worten, dass mein Bruder sich mit Turgay geeinigt und zusammen mit Kenan, den ich leider nicht rechtzeitig entlassen hatte, eine neue Firma gründen wollte, um unter dem Vorwand eines lukrativen Bettwäscheexports mich endlich auszubooten.

»Etwa der Kenan, der auf unserer Verlobung so gut getanzt hat?« fragte Sibel. Dass er ein guter Tänzer war, erwähnte sie offensichtlich nur, um über Füsun zu reden, ohne ihren Namen auszusprechen. Wir hatten gewisse Details unserer Verlobung noch in unangenehmer Erinnerung, und da uns auf die Schnelle kein unverfängliches Thema einfiel, schwiegen wir eine Weile. Dabei hatte Sibel in den Anfangstagen meiner »Krankheit« selbst in den schlimmsten Momenten noch über eine äußerst vitale Fähigkeit verfügt, unauffällig das Thema zu wechseln.

»Dann wird also dieser Kenan jetzt ein erfolgreicher Firmenchef?« fragte Sibel in dem spöttischen Ton, den sie sich allmählich angewöhnte. Ich sah auf ihre leicht zitternden Hände und ihr stark geschminktes Gesicht. Sie war im Begriff, sich von einem flotten Mädchen, das in Frankreich studiert hatte und guter Dinge war, zu einer sorgenbeladenen, sarkastischen Hausfrau zu entwickeln, die mit einem schwierigen Wohlstandskind verlobt war und immer mehr dem Alkohol zusprach.

Wollte Sibel mich aufziehen, weil sie wusste, dass ich wegen Füsun auf Kenan eifersüchtig war? Einen Monat zuvor wäre mir ein solcher Verdacht nicht einmal in den Sinn gekommen.

»Die wollen nur irgendwas drehen, um ein paar Kröten mehr zu verdienen«, sagte ich. »Vergiss es.«

»Du weißt ganz genau, dass es da nicht nur um ein paar Kröten geht. Du darfst doch nicht so einfach hinnehmen, dass du übervorteilt wirst! Du musst dich wehren und deinen Mann stehen!«

»Was schert mich das Ganze!«

»Ich mag es nicht, wenn du so bist. Du lässt dich völlig gehen und ziehst dich von allem zurück, als würden dir Niederlagen sogar Spaß machen. Du musst stärker sein.«

»Soll ich uns noch einen bestellen?« fragte ich lächelnd und hielt mein Rakiglas hoch.

Schweigend warteten wir auf unsere Getränke. Zwischen Sibels Augenbrauen kam wieder die einem Fragezeichen ähnelnde Falte zum Vorschein, die sich immer bildete, wenn Sibel sich ärgerte.

»Ruf doch Nurcihan und Mehmet an«, schlug ich vor. »Sie sollen hierherkommen.«

»Ich hab's schon versucht, aber das Telefon hier scheint nicht zu funktionieren«, erwiderte Sibel gereizt.

»Was hast du denn heute so gemacht?« fragte ich. »Zeig doch mal her, was du gekauft hast.«

Aber dazu war Sibel nicht in Stimmung.

»Ich bin mir jetzt sicher, dass du sie gar nicht mehr so liebst«, sagte sie plötzlich unerwartet sentenziös. »Dein Problem ist nicht, dass du in eine andere verliebt bist, sondern dass du nicht mehr in mich verliebt sein kannst.«

»Und warum hänge ich dann noch so an dir?« fragte ich und nahm sie bei der Hand. »Warum will ich keinen einzigen Tag leben, ohne deine Hand zu halten?«

Es war nicht das erste Mal, dass wir solche Reden führten, aber diesmal sah ich in Sibels Augen ein merkwürdiges Leuchten und fürchtete, sie würde sagen: Weil du weißt, dass du ohne mich deinen Liebeskummer wegen Füsun nicht ertragen und vielleicht daran zugrunde gehen würdest! Aber zum Glück merkte Sibel noch nicht, dass es tatsächlich so schlimm um mich bestellt war.

»Du klammerst dich nicht aus Liebe an mich, sondern um dir einzureden, dass ein Verhängnis über dich gekommen ist.«

»Warum sollte ich denn so scharf auf ein Verhängnis sein?«

»Weil du dir in der Rolle des leidenden Mannes gefällst, der an allem etwas auszusetzen hat. Aber du musst jetzt endlich zur Vernunft kommen!«

Daraufhin sagte ich zu ihr, dass ich nach den zwei Jungen drei Mädchen mit ihr haben wollte, die ihr möglichst ähnlich sein sollten. Wir würden eine fröhliche große Familie sein und ein langes glückliches Leben führen. Ich würde jeden Tag ihr freundliches Gesicht sehen, ihren klugen Worten lauschen, sie in der Küche hantieren hören und daraus unendliche Lebensfreude beziehen. »Wein bitte nicht!«

»Ich hab das Gefühl, dass aus alledem nichts wird«, sagte sie und weinte nur noch heftiger. Sie machte ihre Hand los, wischte sich mit einem Taschentuch die Tränen ab, holte dann ihre Puderdose hervor und puderte sich ausführlich.

»Warum hast du kein Vertrauen mehr zu mir?« fragte ich.

»Weil ich zu mir selber auch keins mehr habe. Ich denke manchmal, ich bin nicht mehr schön.«
Ich ergriff wieder ihre Hand und sagte ihr, wie wunderschön sie sei, als plötzlich Tayfun»He, ihr Turteltäubchen!« rief.»Alle reden über euch, wisst ihr das eigentlich? Oh, was ist denn los?«
»Und was sagen sie über uns?«
Tayfun war im September oft in die Villa gekommen. Als er sah, dass Sibel weinte, verzog er das Gesicht und hätte sich wohl am liebsten gleich wieder davongemacht, aber Sibel sah ihn so an, dass er stehenblieb.
»Die Tochter eines Bekannten von uns ist bei einem Verkehrsunfall ums Leben gekommen«, sagte sie.
»Also, was wird so über uns geredet?« fragte ich spöttisch.
»Mein Beileid«, sagte Tayfun und sah sich hilfesuchend nach allen Seiten um, bis er schließlich einen Bekannten entdeckte, der gerade zur Tür hereinkam, und ihn übertrieben stürmisch begrüßte. Bevor er ging, sagte er:»Ihr sollt angeblich so verliebt ineinander sein, dass ihr gar nicht mehr heiraten wollt, weil ihr wie manche Europäer fürchtet, dass in der Ehe die Liebe zugrunde geht. Ich finde ja, ihr solltet sofort heiraten, euch beneidet doch jeder nur. Tja, und manche sagen auch, dass euch die Villa Unglück bringt.«
Kaum war er weg, bestellte ich bei einem freundlichen jungen Kellner wieder einen Raki. Den Sommer über hatte Sibel geschickt dafür gesorgt, dass unseren Freunden meine Krisen nicht allzusehr auffielen, aber wir wussten natürlich, dass über uns allerlei Klatsch im Umlauf war und man vor allem über unsere»wilde Ehe« redete. Es waren bei manchen Leuten auch einige von Sibels spitzen Bemerkungen über mich haften geblieben, und über meine Rückenschwimmerei und meine Launen ließ man sich sowieso aus.
»Sollen wir Nurcihan und Mehmet noch mal anrufen oder allein essen?« fragte ich.
»Bleiben wir noch hier«, erwiderte Sibel nervös.»Ruf sie von irgendwoher an. Hast du Jetons?«
Damit die glücklichen Bewohner der neuen Welt, die sich später einmal mit dieser Geschichte befassen, nicht allzusehr auf unser damaliges Istanbul herabblicken, in dem oft das Wasser gesperrt wurde

(weshalb man die besseren Viertel über Lastwagen belieferte) und die Telefone nicht funktionierten, habe ich hier einen jener gerändelten Jetons ausgestellt, die es damals in Tabakgeschäften zu kaufen gab. Zu Beginn meiner Geschichte waren in den spärlichen Telefonzellen Istanbuls die Telefone entweder herausgerissen oder einfach kaputt. Ich kann mich nicht erinnern, dass es mir je gelungen wäre, aus einer öffentlichen Zelle zu telefonieren (das schafften in der Türkei immer nur Filmhelden, weil man es aus ausländischen Filmen so kannte). Ein findiger Kopf war aber darauf gekommen, in Geschäften und Kaffeehäusern Telefone installieren zu lassen, die mit Jetons funktionierten. Ich ging von einem Laden zum anderen und fand in einer Totoannahmestelle schließlich ein freies Telefon. Bei Nurcihan war aber besetzt, und der Toto-Mensch wollte mich nicht ein zweites Mal telefonieren lassen, so dass ich Mehmet erst eine ganze Weile später von einem Blumenladen aus anrufen konnte. Er sagte, er sitze mit Nurcihan zu Hause und könne in einer halben Stunde im Fuaye sein. Auf meiner Suche nach einem Telefon war ich bis ins Herz von Nişantaşı gelangt. Wo ich nun schon so nahe am Merhamet Apartmanı war, dachte ich mir, ein kleiner Aufenthalt dort würde mir vielleicht guttun. Den Schlüssel hatte ich dabei.

Ich betrat also die Wohnung, wusch mir sogleich Gesicht und Hände, legte sorgsam Jacke und Hemd ab wie ein Arzt, der sich auf eine Operation vorbereitet, setzte mich an den Rand des Bettes, in dem ich mit Füsun so oft geschlafen hatte, sah auf die Dinge um mich herum, die so voller Erinnerungen steckten, und mit den dreien davon, die hier ausgestellt sind, verbrachte ich dann glückliche eineinhalb Stunden.

Als ich wieder ins Restaurant zurückkam, saß außer Mehmet und Nurcihan inzwischen auch Zaim da. Ich weiß noch gut, wie ich auf den mit Flaschen, Aschenbechern, Tellern und Gläsern vollgestellten Tisch sah und umgeben vom Stimmengewirr der Istanbuler Society dachte, wie glücklich ich doch war und wie sehr ich das Leben liebte.

»Entschuldigt meine Verspätung, Leute! Wenn ihr wüsstet, was mir passiert ist!« rief ich und hoffte, mir würde irgendeine Lüge einfallen.

»Lass nur«, sagte Zaim nachsichtig. »Setz dich zu uns und vergiss die Sache. Lassen wir es uns gutgehen!«

»Mir geht es sowieso schon gut.«

Die mittlerweile ziemlich betrunkene Sibel hatte offensichtlich begriffen, was ich während meines Verschwindens getan hatte, und sie war zu dem Schluss gekommen, ich würde wohl nie mehr geheilt werden. Sie war mir sehr böse, aber eben schon zu betrunken, um mir eine Szene zu machen. Wieder nüchtern, würde sie das erst recht nicht tun, weil sie mich ja liebte und es als fürchterliche Niederlage empfinden würde, mich zu verlieren und die Verlobung aufzulösen. Und ich würde aus diesen und anderen, mir noch heute unerklärlichen Gründen ihr gegenüber eine tiefe Verbundenheit verspüren, aus der wiederum Sibel neue Hoffnung darauf schöpfen mochte, meine Krankheit werde eines Tages doch noch vergehen, wenn ich auch an jenem Abend merkte, dass ihre Zuversicht endgültig im Verschwinden begriffen war.

Einmal tanzte ich dann mit Nurcihan.

»Du hast Sibel sehr weh getan«, sagte sie. »Du kannst sie doch nicht einfach allein in einem Restaurant sitzenlassen. Sie ist sehr verliebt in dich, und sie ist auch sehr sensibel.«

»Wenn die Rose der Liebe keine Dornen hat, dann duftet sie auch nicht! Wann wollt ihr denn heiraten?«

»Mehmet will sofort, aber ich möchte mich lieber erst mal verloben und dann so wie ihr vor der Ehe unsere Liebe so richtig ausleben.«

»Uns solltet ihr euch nicht unbedingt zum Vorbild nehmen.«

»Weiß ich da vielleicht etwas nicht?« fragte Nurcihan mit einem Lächeln, das ihre Neugier überspielen sollte. Aber diese Worte beunruhigten mich gar nicht weiter. Der Raki milderte meinen Kummer von einem starken Dauerschmerz zu einer hin und wieder auftauchenden Fata Morgana herab. Als ich mitten in der Nacht mit Sibel tanzte, ließ ich sie wie ein verliebter Gymnasiast schwören, dass sie mich niemals verlassen werde, und auch sie war – weil ich so gar nicht lockerließ – sichtlich bemüht, meine Befürchtungen zu zerstreuen. Es kamen noch andere an unseren Tisch und schlugen vor, wir sollten noch woanders hingehen. Die Bedächtigeren meinten, wir könnten an den Bosporus fahren und im Auto Tee trinken, andere waren eher für ein Kuttelessen in Kasımpaşa oder ein Lokal mit orientalischer Musik. Irgendwann erzielten Mehmet und Nurcihan einen großen

Lacherfolg, als sie schwankend und grotesk umschlungen unseren romantischen Tanz imitierten. Als der Morgen graute, traute ich mich trotz aller Proteste noch ans Steuer, doch Sibel merkte entsetzt, dass ich Schlangenlinien fuhr, und so nahmen wir lieber die Autofähre über den Bosporus. Kurz vor Üsküdar waren wir beide im Auto eingeschlafen, und der Schiffsjunge klopfte ganz aufgeregt an unsere Scheibe, weil wir den Lastwagen und Bussen hinter uns den Weg versperrten. Während den Bosporus entlang herbstlichrote Platanenblätter auf uns herabsegelten, fuhren wir schlingernd, aber unfallfrei in die Villa zurück, und wie immer nach solchen durchzechten Nächten schliefen wir dann eng umschlungen ein.

43
Kalte, einsame Novembertage in der Villa

In den darauffolgenden Tagen fragte mich Sibel nicht einmal, was ich eigentlich gemacht hatte, als ich eineinhalb Stunden lang in Nişantaşı so einfach verschwunden war. Wir hatten nämlich beide an jenem Abend zweifelsfrei erkannt, dass ich nie wieder von meinem Wahn loskommen würde, da ganz offensichtlich weder freiwillige Abstinenz noch Verbote irgend etwas gefruchtet hatten. Andererseits vermochten wir dem gemeinsamen Leben in der an Pracht immer mehr einbüßenden Villa einen neuen Reiz abzugewinnen. Wie hoffnungslos unsere Lage auch sein mochte, hatte das alte Gebäude doch etwas an sich, was uns aneinanderschmiedete, unseren Schmerz verbrämte und ihn damit erträglich machte. Unsere Liebe, die allem Anschein nach nicht wiederbelebt werden konnte, wurde durch das Leben in der Villa mit neuen Akzenten angereichert, die von Niederlage und Schicksalsverbundenheit kündeten, und die Überreste vergangener osmanischer Kultur verliehen dem Defizit im Leben von uns Altverliebten und Neuverlobten seelische Tiefe, ja halfen uns sogar über den Kummer hinweg, nicht mehr miteinander schlafen zu können.

Wenn wir abends unseren Tisch mit Blick aufs Meer aufstellten, uns einander gegenüber hinsetzten und, den Ellbogen auf das Balkongitter gelehnt, genüsslich unseren Raki schlürften, las ich aus Sibels Blicken heraus, dass uns – da es mit der Sexualität nun einmal haperte – nur noch eine Ehe aneinanderbinden konnte. Gab es nicht zahlreiche verheiratete Paare – und zwar nicht nur aus der Generation unserer Eltern, sondern durchaus auch Altersgenossen von uns –, die ohne jegliche Sexualität glücklich miteinander lebten, als ob nichts wäre? Nach dem dritten, vierten Glas fingen wir an, uns über alle möglichen Paare, ob nun jung oder alt, mit uns befreundet oder nicht, die Frage zu stellen: »Meinst du, die schlafen noch miteinander?«, und halb im Ernst, halb scherzhaft wogen wir die Argumente gegeneinander ab. Die Selbstsicherheit, mit der wir damit unseren – wie mir heute erscheinen will: bitteren – Spott trieben, bezogen wir selbstverständlich aus der Überzeugung, dass wir selbst noch bis vor kurzem ein sehr glückliches Sexualleben gehabt hatten. Mit diesen Gesprächen, die uns in ihrer komplizenhaften Intimität noch mehr miteinander verbanden, zielten wir wohl insgeheim darauf ab, uns für Augenblicke das Gefühl zu verschaffen, wir könnten auch in unserem jetzigen Zustand heiraten, und das Sexualleben, auf das wir so stolz waren, werde sich schon irgendwann wieder einstellen. Zumindest Sibel ließ sich selbst an trüben Tagen immer wieder von meiner spöttischen Art, meinen Scherzen und meiner Freundlichkeit anstecken, und dann schöpfte sie wieder Hoffnung, wurde ganz fidel und setzte sich manchmal sogar auf meinen Schoß, um gleich in Aktion zu treten. In guten Momenten mochte auch ich empfinden, was Sibel vermutlich empfand, und ich dachte daran, ihr zu sagen, wir sollten doch einfach heiraten, aber ich fürchtete, sie könne in einer plötzlichen Anwandlung meinen Antrag zurückweisen und mich verlassen. Mir kam nämlich allmählich der Verdacht, dass Sibel nur darauf lauerte, ihr Selbstvertrauen dadurch zurückzugewinnen, dass sie aus Rache unsere Beziehung einfach beendete. Noch vor vier Monaten war sie so nahe daran gewesen, eine glückliche Ehe zu führen, um die jeder sie beneiden würde, mit Kindern, Freunden, jeder Art von Amüsement, und dass sie das verloren hatte, konnte sie nicht akzeptieren, aber vielleicht wagte sie auch gerade deshalb nicht, mich zu verlassen. Wir suchten uns über das Schlimme an unserer Situation durch die seltsame Verbundenheit hinwegzuhelfen, die wir füreinander empfanden, und wenn wir nachts unruhig aus dem Schlaf erwachten, in den wir überhaupt erst mit Hilfe des Alkohols hineingefunden hatten, dann bemühten wir uns, unseren Schmerz in einer Umarmung zu vergessen.

Ab Mitte November war es dann so, dass wir in windstillen Nächten, in denen uns Unruhe oder Durst aus dem Schlaf scheuchten, hin und wieder mit anhörten, wie draußen, direkt vor unserem Fenster, ein Fischer im reglosen Wasser seine Netze auswarf. In dem Fischerboot, das so nah an unser Schlafzimmer heranfuhr, befanden sich, den Stimmen nach zu schließen, ein erfahrener Fischer und sein kleiner, drollig wirkender Sohn, der die Anweisungen des Vaters immer prompt ausführte. Sie hatten in dem Boot eine Lampe brennen, deren angenehmen Schein wir durch die Jalousien hindurch an unserer Zimmerdecke sahen, und in ganz ruhigen Nächten hörten wir deutlich, wie die Ruderblätter ins Wasser eintauchten, wie das Wasser von dem herausgezogenen Netz tropfte oder wie Vater oder Sohn hin und wieder hüstelten. Wenn wir erwachten und merkten, dass sie da waren, umarmten wir uns und lauschten darauf, wie die beiden, ohne uns zu bemerken, keine fünf, sechs Meter von unserem Bett entfernt leise Ruderschläge taten, kleine Steine ins Wasser warfen, damit die Fische sich bewegten, und an ihren Netzen zogen, und wir hörten sie atmen und ganz selten miteinander reden. »Halt es fester«, sagte etwa der Vater, oder: »Heb den Korb hoch.« Oder: »Ein bisschen zurück!« Wenn eine ganze Weile später in die tiefe Stille hinein der kleine Sohn mit seinem feinen Stimmchen ausrief: »Da ist noch einer!«, dann fragten Sibel und ich uns in unserem Bett, was der Junge wohl gemeint hatte. Einen Fisch? Oder irgendein seltsames Lebewesen, das wir uns dann vorzustellen versuchten? Wenn wir so im Halbschlaf über den Fischer und seinen Sohn sinnierten, schliefen wir entweder wieder ein oder wir hörten die beiden irgendwann leise davonrudern. Ich kann mich nicht erinnern, dass wir tagsüber je über die beiden gesprochen hätten. Aber wenn in der Nacht das Boot nahte, merkte ich an der Art, wie Sibel mich umarmte, dass auch sie es als äußerst beruhigend empfand, die Worte der Fischer zu hören, und dass sie gleich mir sogar im Schlaf auf die beiden wartete. Es war, als würden wir uns nicht trennen, solange wir nur den Fischer und seinen Sohn hörten.

Dabei habe ich von dieser Zeit in Erinnerung, dass Sibel mir von Tag zu Tag mehr gram war, immer mehr an ihrer Schönheit zweifelte, oft mit Tränen in den Augen herumlief und dass wir aus immer nichtigeren Gründen stritten. Oft genug kam es vor, dass Sibel aus dem Bemühen heraus, uns glücklich zu machen, etwa einen Kuchen gebacken oder mit viel Aufwand ein schönes Beistelltischchen nach Hause gebracht hatte und ich – mit dem Rakiglas in der Hand und in Gedanken bei Füsun – nicht zu einer angemessenen Reaktion imstande war, so dass Sibel dann türenschlagend hinausstürmte und ich, obwohl ich im Zimmer sitzen blieb wie ein Häufchen Elend, es aus Scham und Befangenheit nicht fertigbrachte, zu ihr zu gehen und mich bei ihr zu entschuldigen, oder – wenn ich es doch tat – nur mit ansehen konnte, wie sie sich vor lauter Schmerz ganz in sich verschloss.

Falls unsere Verlobung in die Brüche ginge, würde die bessere Gesellschaft über unsere »wilde Ehe« reden und auf Sibel herabsehen. Wenn wir nicht heirateten, konnte Sibel noch so aufrechten Hauptes dahingehen und ihre Freunde noch so »europäisch« sein, man würde dennoch unsere Beziehung nicht als Liebesgeschichte in Erinnerung behalten, sondern als Beispiel für den Ehrverlust einer Frau, und das wusste Sibel ziemlich gut. Wir sprachen zwar nicht darüber, aber Sibel war sich sehr wohl bewusst, dass die Zeit gegen sie arbeitete. Ich wiederum ging hin und wieder ins Merhamet Apartmanı und beruhigte mich auf dem Bett mit den Gegenständen, die mich an Füsun erinnerten, so dass ich mich zeitweise besser fühlte und dem Irrtum verfiel, mein Schmerz könne nachgelassen haben, worauf ich dann meinte, das könne Sibel neue Hoffnung verleihen. Ich merkte auch, dass es Sibel guttat, wenn wir abends in die Stadt zu Freunden und zu Partys fuhren, aber all das konnte nicht darüber hinwegtäuschen, dass wir abgesehen von den Momenten, in denen wir betrunken waren oder dem Fischer und seinem Sohn lauschten, miteinander unglücklich waren. Um herauszubekommen, wo Füsun war und wie es ihr ging, wandte ich mich an Ceyda, die kurz vor der Entbindung stand, und flehte sie um Hilfe an. Ich machte sogar einen Bestechungsversuch, brachte aber lediglich in Erfahrung, dass Füsun irgendwo in Istanbul war. Sollte ich etwa Straße für Straße die ganze Stadt nach ihr absuchen? Zu Winterbeginn sagte Sibel eines kalten, ungemütlichen Tages, sie plane mit Nurcihan nach Paris zu fahren. Nurcihan habe vor, über Weihnachten dort zu sein, um vor ihrer Verlobung noch Verschiedenes zu erledigen und Einkäufe zu tätigen. Ich ermunterte sie ausdrücklich, Nurcihan zu begleiten. Ich gedachte, in Sibels Abwesenheit fieberhaft nach Füsun zu suchen und dabei ganz Istanbul auf den Kopf zu stellen, und selbst wenn das nichts bringen sollte, würde ich doch die Reue und den Schmerz loswerden, die mich so lähmten, und Sibel nach ihrer Rückkehr heiraten. Sibel war ein wenig misstrauisch, weil ich ihr so sehr zuriet. Ich sagte ihr, eine Luftveränderung täte sowohl ihr als auch mir gut und wir würden uns nach ihrer Heimkehr weiter um eine Lösung bemühen, wobei ich ein-, zweimal das Wort Heirat einfließen ließ, aber so beiläufig wie möglich.

Sibel erhoffte sich von der Reise, sie würde nach einer zeitweiligen Trennung sowohl mich als auch sich selbst ein wenig munterer vorfinden. Ich wiederum fasste den aufrichtigen Gedanken, sie gleich nach ihrer Rückkehr zu heiraten. Wir fuhren zusammen mit Mehmet und Nurcihan zum Flughafen, und als ich Sibel ein letztes Mal umarmte, sah ich Tränen in ihren Augen. Mit einemmal fürchtete ich mich davor, sie so lange Zeit nicht zu sehen, als würden wir dann nie wieder zu unserem früheren Leben zurückkehren können, was ich dann aber gleich als allzu pessimistische Vorstellung abtat. Auf der Rückfahrt vom Flughafen schwiegen wir erst lange, bis Mehmet, der seit Monaten zum erstenmal von Nurcihan getrennt war, schließlich in die Stille hinein sagte: »Mensch, wie sollen wir denn jetzt ohne die Mädchen auskommen!«

In der Nacht kam mir die Villa nun unerträglich leer und trostlos vor. Erst jetzt, als ich allein war, merkte ich so richtig, dass es sich – ganz abgesehen vom ständigen Knarzen des Holzes – so anhörte, als ob durch das alte Gebäude in stets wechselnder Tonart das wimmernde Brausen des Meeres hindurchzöge. Die Wellen schlugen anders gegen den Betonkai als gegen die Felsen, und das Rauschen der Strömung tönte speziell vor dem Bootshaus wieder in ganz eigener

Manier. Als einmal der Poyraz knarrend an der Villa zerrte, lag ich sturzbetrunken im Bett und merkte plötzlich, dass der Fischer und sein Sohn schon lange nicht mehr gekommen waren. Mit dem Teil meines Verstandes, der sich seinen Realitätssinn erhalten hatte, ahnte ich, dass eine Phase meines Lebens zu Ende ging, während der vor der Einsamkeit zurückschreckende Teil sich gegen diese Erkenntnis noch sträubte.

44
Das Hotel Fatih

Am darauffolgenden Tag traf ich mich mit Ceyda. Als Lohn für ihre Überbringerdienste hatte ich einen Verwandten von ihr bei Satsat in der Buchhaltung untergebracht. Ich dachte, es würde nun genügen, ihr noch ein bisschen zuzusetzen, dann würde sie schon mit Füsuns Adresse herausrücken. Sie reagierte aber auf mein Drängen in recht geheimnisvoller Art und Weise. Sie deutete an, Füsun zu sehen würde mich nicht glücklich machen; das Leben, die Liebe, das Glück, das sei alles gar nicht so einfach, und in dieser vergänglichen Welt müsse eben jeder sehen, wo er bleibe! Sie fuhr sich dabei immer wieder über ihren ansehnlichen Bauch. Sie hatte einen Mann, der ihr jeden Wunsch von den Lippen ablas, da hatte es keinen Zweck, dass ich weiter versuchte, sie mit irgend etwas zu ködern. Ich konnte auch nicht wie in amerikanischen Filmen einen Privatdetektiv auf Füsun ansetzen, weil es so etwas in Istanbul erst dreißig Jahre später geben sollte. Auch als ich Ramiz, den Handlanger meines Vaters, dem er auch schon als Leibwächter gedient hatte, damit beauftragte, Füsun, ihren Vater oder Tante Nesibe ausfindig zu machen, weil ich angeblich einem Diebstahl auf der Spur sei, kam jener unverrichteter Dinge zurück. Nicht besser ging es mir mit meinem Onkel Selami, einem pensionierten Polizeikommissar, der sein Leben lang Verbrechern hinterhergejagt war und uns immer aushalf, wenn wir bei Satsat Schwierigkeiten mit dem Zoll oder dem Finanzamt hatten. Er betrieb Nachforschungen in Einwohnermeldeämtern, Polizeiwachen und Rathäusern und berichtete dann, dass gegen die gesuchte Person – nämlich Füsuns Vater – nichts vorliege und eine Fahndung sich daher äußerst schwierig gestalte. Auch mein Versuch, mich in zwei Gymnasien, dem Vefa Lisesi und dem Haydarpaşa Lisesi, in denen Füsuns Vater vor seiner Pensionierung Geschichtslehrer gewesen war, als früherer Schüler auszugeben, der seinem ehemaligen Lehrer einen Besuch abstatten wolle, erwies sich als Fehlschlag. Um an Füsuns Mutter heranzukommen, hätte ich gerne herausgefunden, welche Frauen in Nişantaşı und Şişli sie als Kundinnen hatte. Meine Mutter konnte ich da natürlich nicht fragen. Zaim wiederum erfuhr von seiner Mutter, dass inzwischen kaum jemand mehr diese Art von Schneiderei betrieb. Um eine Schneiderin namens Nesibe ausfindig zu machen, ließ er Bekannte von sich als »Strohfrauen« auftreten, aber ohne Erfolg. Diese Enttäuschungen verschlimmerten meinen Schmerz noch. Ich arbeitete vormittags im Büro, ging in der Mittagspause ins Merhamet Apartmanı, wo ich mich mit Füsun aufs Bett legte und versuchte, mich mit meinen Fetischen zu trösten, und ging dann entweder wieder ins Büro oder stieg gleich ins Auto und fuhr in der Hoffnung, Füsun irgendwo zu treffen, aufs Geratewohl in Istanbul herum.

Als ich so Viertel um Viertel, Straße um Straße durchkämmte, wäre mir nie in den Sinn gekommen, dass mir später einmal diese Fahrten in glücklicher Erinnerung bleiben würden. Da mir speziell in ärmlicheren Gegenden wie Vefa, Zeyrek, Fatih und Kocamustafapaşa wieder die Phantom-Füsun erschien, dehnte ich meine Suche auf die alten Stadtviertel jenseits des Goldenen Horns aus. Wenn ich so mit der Zigarette in der Hand vorsichtig über das ramponierte Kopfsteinpflaster enger Gassen fuhr und plötzlich wieder eine imaginäre Füsun vor mir auftauchen sah, parkte ich sogleich und empfand tiefe Zuneigung für das schöne arme, nach Rauch riechende Viertel, für die müden Kopftuchfrauen, die misstrauischen Jugendlichen, die sehen wollten, wer da hinter den Mysterien ihres Viertels her war, die Arbeitslosen und Alten, die im Kaffeehaus dösten und Zeitung lasen. Auch wenn sich herausstellte, dass irgendein Schatten, den ich von weitem verfolgte, nicht Füsun war, verließ ich das Viertel nicht gleich, sondern spazierte noch lange ziellos herum, weil da, wo Füsuns Phantom sich herumtrieb, ja gut und gerne auch sie selbst wohnen konnte. Es störte mich auch nicht weiter, wenn auf einem Platz, auf dem sich träge die Katzen putzten, nicht nur der alte ausgetrocknete Marmorbrunnen, sondern überhaupt jede ebene Fläche und jede Mauer mit Slogans und Todesdrohungen linker und rechter Gruppierungen beschmiert waren, der »Fraktionen«, wie es damals hieß. Der Gedanke, Füsun könne sich vor kurzem noch dort aufgehalten haben, verlieh den Straßen etwas Märchenhaftes, Glückseliges. Da, wo ihr Phantom sich gezeigt hatte, musste ich noch länger umhergehen, mich in Kaffeehäuser setzen und Tee trinken und darauf warten, bis sie einmal draußen vorbeikäme, und mir ging durch den Kopf, um ihr näher zu sein, müsse ich vielleicht so leben wie sie und ihre Familie.

Von unseren üblichen Abendvergnügungen in Nişantaşı und Bebek zog ich mich allmählich zurück. Ohnehin war ich es leid geworden, dass Mehmet, der sich Abend für Abend mit mir treffen wollte – waren wir doch Schicksalsgenossen! –, mir stets damit in den Ohren lag, was »unsere Mädchen« in Paris wieder alles gekauft hatten. Selbst wenn ich bewusst allein in einen Club ging, machte er mich ausfindig und berichtete mir mit glänzenden Augen, worüber er mit Nurcihan am Telefon geredet hatte, während ich jedesmal, wenn ich Sibel anrief, nur mit Mühe überhaupt eine Konversation zustande brachte. Manchmal hätte ich auch gerne Sibel trostsuchend umarmt, doch war ich so zermürbt von meinen Schuldgefühlen ihr gegenüber, von der Scham über meine Perfidie, dass mir das Alleinsein eigentlich guttat. Da das Verkrampfte, das sich aus unserer Situation ergab, allmählich von mir abfiel, vermeinte ich, zu meinem alten, natürlichen Zustand zurückzukehren. Das ließ mich Hoffnung schöpfen, während ich so auf der Suche nach Füsun durch abgelegene Viertel streifte, und manchmal ärgerte ich mich, in diese reizenden Gegenden nicht schon früher gekommen zu sein. Es reute mich oft, dass ich die Verlobung nicht einfach abgesagt oder wenigstens nachträglich aufgelöst hatte und dass ich mit allem immer zu spät dran war.

Zwei Wochen vor Sibels Rückkehr, also Mitte Januar, packte ich in der Villa meine Koffer und zog in ein Hotel zwischen Fatih und Karagümrük, von dem hier das Briefpapier, ein Schlüssel mit dem Hotelemblem darauf und dieses kleine Schild zu sehen sind, das ich mir

Jahre später besorgen konnte. Mich hatte am Vorabend der Regen in das Hotel getrieben, nachdem ich hinter Fatih am Goldenen Horn entlang stundenlang Straßen und Geschäfte nach Füsun abgesucht hatte. Ich war an jenem Januartag von mittags bis abends an unzähligen jener früher von Griechen bewohnten und nun verwahrlosten Stein- und Holzhäuser vorbeigekommen und hatte in Fenster um Fenster geschaut, bis ich von der Armut der darin lebenden Familien, all dem Gewimmel, dem Lärm, dem Glück und dem Unglück der Bewohner ganz müde war. Der Abend war früh hereingebrochen, und um was zu trinken, noch bevor ich wieder auf der anderen Seite des Goldenen Horns war, ging ich ein steiles Gässchen hinauf und betrat in der Nähe der Hauptstraße ein Bierlokal. Ich schüttete mir Wodka ins Bier und starrte auf den Fernseher, bis ich ziemlich früh – es war noch keine neun Uhr – inmitten der ganzen Männerschar sturzbetrunken war. Als ich das Lokal verließ, wusste ich nicht einmal mehr, wo ich geparkt hatte. Ich ging lange im Regen dahin und hatte dabei weniger mein Auto im Kopf als Füsun, und eigentlich war es schön, in diesen dunklen, matschigen Straßen an sie zu denken, selbst wenn es schmerzliche Gedanken waren. Gegen Mitternacht stand ich plötzlich vor dem Hotel Fatih, nahm mir spontan ein Zimmer und schlief auf der Stelle ein.

Zum erstenmal seit Monaten schlief ich eine Nacht durch. Auch die darauffolgenden Nächte dort waren sehr geruhsam. Das wunderte mich überaus. Manchmal träumte ich gegen Morgen etwas Schönes aus meiner Kindheit oder Jugend und wachte süß erschauernd auf, wie früher, wenn ich den Fischer und seinen Sohn gehört hatte, und dann wollte ich in meinem Hotelzimmer sofort wieder einschlafen und in den gleichen glücklichen Traum zurückkehren.

Schließlich fuhr ich zur Villa, holte meine wollenen Wintersocken und meine sonstigen Sachen, und um den neugierigen Blicken und Fragen meiner Eltern zu entgehen, brachte ich meine Koffer nicht nach Hause, sondern direkt ins Hotel. Dann ging ich wie jeden Morgen zeitig zu Satsat, verließ das Büro am frühen Nachmittag und lief in den Straßen von Istanbul herum. Ich suchte meine Geliebte mit unendlichem Eifer und trank abends gegen meine müden Beine an. So wie es mir auch mit anderen Phasen meines Lebens erging, die ich unmittelbar als mühselig erlebte, sollte ich die Zeit im Hotel Fatih später in glücklicher Erinnerung behalten. In der Mittagspause ging ich immer vom Büro ins Merhamet Apartmanı und betäubte meinen Schmerz mit den sorgsam gehüteten Stücken meiner Sammlung, die sich permanent anreicherte, und abends trank ich und wanderte lang umher. Benebelt zog ich Stunde um Stunde durch die Gassen von Fatih, Karagümrük oder Balat, sah durch offene Vorhänge friedlichen Familien beim Abendessen zu, hatte immer wieder so eine Ahnung, als ob gerade hier, wo ich eben war, Füsun wohne, und fühlte mich wohl dabei.

Manchmal kam mir auch der Gedanke, dass diese Stadtbezirke mir auch aus einem anderen Grunde guttaten. Wenn in diesen Randbezirken auf leeren Grundstücken oder schmutzigen Straßen zwischen Autos und Mülltonnen Kinder im Schein der Straßenlampen mit einem kaputten Ball herumkickten, dann war mir, als würde mir darin das wahre Wesen des Lebens offenbar. Wir waren durch die Geschäftserfolge meines Vaters zunehmend zu Wohlstand gelangt und – damit einhergehend – zu einer immer »europäischeren« Lebensweise genötigt worden, die mich gewissermaßen von den grundlegenden Werten entfernt hatte, so dass ich jetzt in diesen Gassen praktisch auf der Suche nach dem abhanden gekommenen Dreh- und Angelpunkt meines Lebens war. Wenn ich, benommen vom Raki, in engen Gassen und auf gewundenen, immer wieder von Treppen unterbrochenen steilen Wegen dahinging, merkte ich manchmal schaudernd, dass außer mir und ein paar Straßenkötern niemand mehr unterwegs war, und dann sah ich sinnierend auf den gelben Lichtschein, der durch zugezogene Vorhänge aus den Häusern drang, auf den dünnen blauen Rauch aus den Kaminen und auf den Widerschein von Fernsehern. Wenn ich am Abend darauf mit Zaim in einer Kneipe in Beşiktaş bei Fisch und Raki saß, tauchten vor meinem inneren Auge Bilder aus jenen dunklen Straßen auf und schützten mich gleichsam vor der Anziehungskraft der Welt, von der Zaim mir Geschichten erzählte. Zaim berichtete von Tanzpartys und Clubtratschereien, vom Erfolg, den er mit seiner Meltem-Limo hatte, und von allen nennenswerten Gesellschaftsereignissen, aber er tat das eher beiläufig, ohne auf irgend etwas näher einzugehen. Er wusste, dass ich nicht mehr in der Villa wohnte, meine Nächte aber auch nicht bei meinen Eltern verbrachte, aber vermutlich, um mir nicht weh zu tun, fragte er weder nach Füsun noch nach meinem Liebeskummer. Manchmal versuchte ich aus ihm herauszukitzeln, ob er etwas von Füsuns Vergangenheit wusste. Ich kehrte bisweilen den selbstbewussten Mann heraus, der weiß, was er tut, und ließ durchblicken, dass ich jeden Tag ins Büro ging und arbeitete.

An einem verschneiten Januartag rief Sibel aus Paris bei mir im Büro an und sagte ganz aufgeregt, sie habe vom Gärtner erfahren, dass ich aus der Villa ausgezogen sei. Wir hatten lange nicht miteinander telefoniert, was natürlich ein Anzeichen für die Entfremdung zwischen uns war, aber abgesehen davon war es damals auch gar nicht so leicht, ein Ferngespräch zu führen. Man hörte ein seltsames Rauschen im Telefon und musste in den Hörer regelrecht hineinplärren. Der Gedanke, dass halb Satsat die Liebesworte mitbekommen würde, die ich Sibel eigentlich hätte zubrüllen müssen (und noch dazu, ohne so recht daran zu glauben), ließ mich die Anrufe immer hinausschieben.

»Bei deinen Eltern bist du aber anscheinend auch nicht«, rief Sibel.

»Stimmt.«

Wohlweislich wies ich nicht darauf hin, dass wir ja gemeinsam geglaubt hatten, ein Aufenthalt in Nişantaşı würde meine Krankheit nur verschlimmern. Ich fragte sie auch nicht, woher sie überhaupt erfahren hatte, dass ich abends nicht zu Hause war. Zeynep, meine Sekretärin, war aufgesprungen und hatte die Tür zwischen uns zugemacht, um mich in Ruhe telefonieren zu lassen, aber ich musste schreien, um mich überhaupt verständlich zu machen.

»Was machst du denn und wo wohnst du?« fragte Sibel.

Da fiel mir ein, dass außer Zaim niemand wusste, dass ich in einem Hotel wohnte. Ich hatte keine Lust, jetzt schreiend die ganze Firma darüber in Kenntnis zu setzen.

»Bist du wieder mir ihr zusammen?« rief Sibel. »Sag mir die Wahrheit, Kemal!«

»Nein!« erwiderte ich, aber nicht laut genug.

»Ich versteh dich nicht, Kemal, sag's noch mal!«

»Nein!« wiederholte ich, aber wieder schrie ich nicht laut genug. Wenn Sie eine Meeresmuschel ans Ohr halten, gewinnen Sie einen

Eindruck von dem Rauschen, von dem ein Ferngespräch damals unvermeidlich begleitet wurde.
»Kemal, Kemal, ich hör dich nicht, bitte!« rief Sibel.
»Ich bin hier!« schrie ich, so laut ich konnte.
»Sag mir die Wahrheit!«
»Es gibt nichts Neues zu sagen!«
»Ich verstehe!« rief sie da.
Das Meeresrauschen schwoll noch weiter an, dann knackte es und die Leitung war unterbrochen. Da sagte das Fräulein vom Amt: »Die Leitung nach Paris ist unterbrochen, soll ich Sie noch mal verbinden?«
»Nein danke, Mädel.«
Die Angewohnheit meines Vaters, weibliche Angestellte jeglichen Alters mit »Mädel« anzusprechen, war also schon auf mich übergegangen, was mich überraschte. Nicht weniger überraschte mich Sibels Entschlossenheit. Aber ich wollte einfach nicht mehr lügen. Und Sibel rief mich von da an nicht mehr an.

45
Urlaub am Uludağ

Im Februar, zu Beginn der zweiwöchigen Schulferien, erfuhr ich, dass Sibel wieder in Istanbul war und mit Freunden von uns zum Skifahren an den Uludağ bei Bursa fahren würde. Zaim, der zusammen mit seinen Neffen auch mit von der Partie sein sollte, rief mich kurz vorher im Büro an, und wir trafen uns zum Mittagessen im Fuaye. Als wir unsere Linsensuppe löffelten, sah mir Zaim freundschaftlich in die Augen.
»Ich sehe, wie du Tag für Tag bekümmerter wirst. Du läufst irgendwie vor dem Leben davon, und das tut mir in der Seele weh.«
»Mach dir keine Sorgen um mich, mir geht es gut.«
»Den Eindruck machst du aber nicht gerade«, sagte er. »Warum gibst du dir gar keine Mühe, glücklich zu werden?«

»Für mich ist das Glück nicht der einzige Lebenszweck, und du hältst mich deshalb für unglücklich und meinst, ich laufe vor dem Leben davon. Ich bin aber an der Schwelle zu einem anderen Leben, das mir innere Ruhe verschafft.«
»Na gut, dann erzähl doch davon. Darauf sind wir wirklich neugierig.«
»Was heißt da wir?«
»Ach, hör mal, Kemal, jetzt sei doch nicht so! Bin ich etwa nicht dein bester Freund?«
»Doch.«
»Wir, das sind Mehmet, Nurcihan, Sibel und ich. Wir fahren in drei Tagen zum Uludağ, komm doch auch mit. Nurcihan fährt mit einer Nichte, auf die sie ein Auge haben soll, und wir anderen haben beschlossen mitzufahren.«
»Dann ist Sibel also zurück.«
»Seit zehn Tagen, Montag letzter Woche ist sie gekommen. Sie will auch, dass du mitkommst.« Zaim lächelte verschmitzt. »Aber das soll ich dir eigentlich gar nicht sagen, verplapper dich also nicht am Uludağ!«
»Keine Angst, ich komme sowieso nicht mit.«
»Doch, das wird dir guttun. Lass doch die ganze Sache, Schwamm drüber.«
»Wissen denn Nurcihan und Mehmet davon?«
»Sibel auf jeden Fall«, sagte Zaim. »Mit der habe ich darüber geredet. Sibel liebt dich, Kemal. Sie hat Verständnis für deine Schwäche und möchte dir helfen.«
»Tatsächlich?«
»Du bist auf dem Holzweg, Kemal. Man kann sich ja mal in irgendeine verknallen, aber man muss davon auch wieder loskommen, ohne sein ganzes Leben zu ruinieren.«
»Und was ist dann mit all den Liebesromanen und Liebesfilmen?«
»Ich hab für Liebesfilme auch was übrig«, sagte Zaim. »Aber ich habe noch keinen gesehen, in dem einer wie du am Ende gut dasteht. Erst vor einem halben Jahr habt ihr euch vor aller Welt verlobt, es war so ein schöner Abend damals! Und dann habt ihr ohne Trauschein in der Villa zusammengewohnt und dort sogar Partys gegeben, und je-

der hat das als zeitgemäß empfunden, und weil ihr ja später heiraten wolltet, hat euch keiner irgendwelche Vorwürfe gemacht. Manche haben sogar gesagt, sie werden sich euch zum Vorbild nehmen. Und jetzt ziehst du einfach aus der Villa aus und verlässt Sibel? Warum läufst du denn vor ihr davon und erklärst wie ein kleines Kind nicht einmal, warum?«
»Sibel weiß schon Bescheid.«
»Gar nichts weiß sie«, sagte Zaim. »Sie hat keine Ahnung, wie sie die Situation erklären soll. Wie soll sie denn den Leuten noch in die Augen schauen? Soll sie etwas sagen: ›Mein Verlobter hat sich in eine Verkäuferin verliebt, wir haben uns getrennt?‹ Sie ist dir sehr böse. Ihr müsst miteinander reden. Am Uludağ werdet ihr die Sache vergessen. Ich garantiere dir, dass Sibel bereit ist, so zu tun, als ob nichts wäre. Sie wird im Hotel Büyük mit Nurcihan in einem Zimmer sein, und Mehmet und ich haben im zweiten Stock ein Zimmer reserviert, da ist noch ein drittes Bett drin, von dem man auf den vernebelten Gipfel sieht, du weißt doch noch. Wenn du mitkommst, machen wir wieder durch wie früher. Mehmet ist so was von verliebt in Nurcihan, über den werden wir uns gehörig lustig machen.«

»Wenn, dann müsste man sich über mich lustig machen. Mehmet und Nurcihan sind ja wenigstens zusammen.«

»Glaub mir, ich werde weder mir noch sonst einem irgendeinen Scherz erlauben«, sagte Zaim gutmütig.

Daraus schloss ich, dass in der Gesellschaft oder zumindest in unserem engeren Kreis schon jetzt über meine Manie gespöttelt wurde. Aber das hatte ich mir ohnehin schon gedacht. Ich fand es lieb von Zaim, dass er die Fahrt zum Uludağ in die Wege geleitet hatte, um mir zu helfen. Wir fuhren früher immer zum Uludağ in Skiferien, wie die meisten der Geschäfts- und Clubfreunde meines Vaters und überhaupt viele Reiche aus Nişantaşı. Mir gefielen die Aufenthalte dort, bei denen sich in den Lokalen alle kannten, miteinander scherzten und wo Ehen eingefädelt wurden und zu später Stunde selbst die schüchternsten Mädchen lachten und tanzten. Als ich Jahre später in einem Schrank auf einen alten Skihandschuh meines Vaters oder auf diese Skibrille meines Bruders stieß, die später auch ich benutzte, dann wurde ich ganz wehmütig, und als meine Mutter mir Ansichts-

karten mit dem Hotel Büyük darauf nach Amerika schickte, fühlte ich jeweils eine Welle des Glücks und der Sehnsucht in mir hochsteigen. Ich dankte Zaim. »Aber mitkommen werde ich nicht«, sagte ich dann. »Das könnte sonst zu peinlich für mich werden. Aber du hast recht, ich muss mit Sibel reden.«
»Sie wohnt nicht in der Villa, sondern bei Nurcihan«, sagte Zaim. Dann wandte er sich dem von Tag zu Tag bunteren Treiben im Fuaye zu, und lächelnd vergaß er meine Sorgen.

46
Ist es vielleicht normal, dass man seine Verlobte einfach sitzenlässt?

Ich rief Sibel erst Ende Februar an, als sie vom Uludağ zurück war. Am liebsten hätte ich ja gar nicht mit ihr geredet, weil ich eine tränenreiche Auseinandersetzung vermeiden wollte, und ich dachte, eines Tages würde sie mir dann wohl ihren Verlobungsring zurückschicken. Irgendwann aber hielt ich es nicht mehr aus und rief sie also bei Nurcihan an, und wir verabredeten uns für den Abend im Fuaye.

Umgeben von lauter Bekannten würden wir uns wohl kaum zu Gefühlsausbrüchen hinreißen lassen, dachte ich. Zu Anfang ging diese Rechnung auch auf. An den anderen Tischen saßen unter anderem Bastard-Hilmi mit seiner gerade angetrauten Frau, Neslihan, der Schiffeversenker Güven mit seiner Familie, Tayfun sowie Yeşim mit ihrem ganzen Anhang. Wir aßen unsere Vorspeisen, tranken Yakut-Wein, und Sibel erzählte von Nurcihans französischen Freunden und davon, wie schön Paris doch zur Weihnachtszeit war.

»Wie geht es deinen Eltern?« fragte ich dann.
»Gut. Sie wissen noch nichts von der Geschichte.«
»Besser so. Sagen wir niemand was davon.«
»Tu ich ja auch nicht«, erwiderte Sibel, und ihre Augen fragten mich, wie es denn nun weitergehen solle.

Um sie hinzuhalten, erzählte ich ihr, dass mein Vater sich immer mehr verkroch. Sibel sagte, ihre Mutter gewöhne sich an, alte Kleider und sonstigen Kram nicht mehr wegzuwerfen, sondern systematisch aufzuheben. Daraufhin erwähnte ich, dass meine Mutter das auch machte, aber allen alten Krempel in eine andere Wohnung schaffte. Aber da bewegte ich mich schon auf gefährlichem Terrain, und wir verstummten. Sibels Blicke zeigten mir an, dass sie meine Ablenkungsmanöver durchschaute und als Zeichen dafür wertete, dass ich ihr nichts Neues zu sagen hatte.

»Ich sehe, dass du dich anscheinend an deine Krankheit gewöhnt hast«, sagte sie.

»Wie meinst du das?«

»Seit Monaten warten wir darauf, dass sie vergeht. Nachdem ich so viel Geduld aufgebracht habe, muss ich jetzt feststellen, dass nicht nur keine Besserung eingetreten ist, sondern dass du dich fast mit deiner Krankheit identifizierst, und das ist ein Schock für mich, Kemal. Glaub mir, ich habe in Paris gebetet, dass deine Krankheit vorbeigeht.«

»Ich bin gar nicht krank«, sagte ich und wies mit Blicken auf die fröhlich lärmenden Restaurantgäste um uns herum. »Diese Leute da sehen vielleicht meinen Zustand als Krankheit an, aber ich möchte nicht, dass du mich auch so siehst.«

»Aber hatten wir uns in der Villa nicht schon darauf verständigt, dass es eine Krankheit ist?«

»Doch.«

»Und was soll das dann jetzt? Ist es vielleicht normal, dass man seine Verlobte einfach sitzenlässt?«

»Wie bitte?«

»Wegen einer Verkäuferin?«

»Du bringst da was durcheinander. Mit Verkäuferin hin oder her hat das gar nichts zu tun.«

»Es hat vielmehr genau damit etwas zu tun«, sagte Sibel mit der Entschiedenheit von jemandem, der durch langes Nachdenken zu einem schmerzlichen Schluss gekommen ist. »Du konntest so leicht eine Beziehung mit ihr eingehen, weil das Mädchen arm und ehrgeizig ist. Wenn sie keine Verkäuferin wäre, würdest du dich nicht schämen und sie vermutlich heiraten. Und genau das macht dich krank. Dass du dich nicht traust, sie zu heiraten.«

Ich war ihr böse, weil ich überzeugt war, dass sie das nur gesagt hatte, um mich zu ärgern. Und erst recht war ich ihr böse, weil ich irgendwie doch ahnte, dass sie recht hatte.

»Hör mal, wenn jemand wie du solchen Unsinn mit einer Verkäuferin treibt und im Hotel Fatih wohnt, dann ist das nicht normal, und wenn du gesund werden willst, dann musst du das erst einmal einsehen.«

»Natürlich bin ich nicht so verliebt in das Mädchen, wie du denkst«, sagte ich. »Aber ganz allgemein gesprochen: Kann man sich etwa nicht in jemanden verlieben, der weniger Geld hat als man selbst? Gibt es keine Liebe zwischen arm und reich?«

»In einer Beziehung wie der unseren baut die Liebe darauf auf, dass sich gleich und gleich zusammentut. Oder hast du etwa – außer im türkischen Film – schon mal gesehen, dass sich ein reiches junges Mädchen in den Hausmeister Ahmet oder den Bauarbeiter Hasan verliebt, nur weil er gut aussieht?«

Sadi, der Oberkellner des Fuaye, trat mit erfreuter Miene auf uns zu, merkte aber dann, dass wir allzusehr in unser Gespräch vertieft waren, und blieb stehen. Ich bat ihn per Handzeichen um ein bisschen Geduld und wandte mich wieder Sibel zu.

»Ich glaube aber an die türkischen Filme«, sagte ich spontan.

»Kemal, ich habe dich kein einziges Mal in einen türkischen Film gehen sehen. Du gehst ja nicht einmal im Sommer mit deinen Freunden zum Spaß ins Freilichtkino.«

»Das Leben im Hotel Fatih ist wie ein türkischer Film, glaub mir«, sagte ich. »Bevor ich mich abends schlafen lege, gehe ich noch lange durch die einsamen Straßen dort, und das tut mir gut.«

»Kemal, zuerst dachte ich ja, die Sache mit der Verkäuferin sei nur wegen Zaim, also dass du ihm seinen vorehelichen Dolce-Vita-Abklatsch mit Tänzerinnen, Animiermädchen und deutschen Mannequins geneidet hättest. Ich habe mich mit Zaim darüber unterhalten und bin zu dem Schluss gekommen, dass du vielmehr einen Komplex hast, weil du als Reicher in einem armen Land lebst.« (›Komplex‹ war damals ein Modewort.) »Und das ist natürlich noch schlimmer als ein Techtelmechtel mit einer Verkäuferin.«

»Ich weiß nicht recht«, sagte ich.

»In Europa tun die Reichen so, als wären sie gar nicht reich. Das ist wahre Kultur. Es müssen gar nicht alle gleich und frei sein, sondern nur alle so tun, als wären sie das. Dann braucht auch keiner sich dem anderen gegenüber schuldig zu fühlen.«
»Hm, dich haben sie nicht umsonst auf die Sorbonne geschickt. Sollen wir jetzt den Fisch bestellen?«

Nun kam Sadi an den Tisch, und wir erkundigten uns nach seinem Ergehen (Danke der Nachfrage), nach dem Restaurant (Wir sind wie eine große Familie, es kommen jeden Tag die gleichen Leute), nach der allgemeinen Geschäftslage (Es traut sich ja keiner mehr auf die Straße vor lauter Terror von links und rechts) und danach, wer momentan so komme (Es sind alle zurück vom Uludağ). Ich kannte Sadi schon von Abdullah Efendis erstem Restaurant in Beyoğlu her, das mein Vater oft besucht hatte. Vor dreißig Jahren war er im Alter von Neunzehn nach Istanbul gekommen, hatte dort zum erstenmal das Meer gesehen und innerhalb kurzer Zeit von den berühmten griechischen Köchen und Kellnern die Feinheiten der Istanbuler Fischkultur gelernt. Auf einem Tablett präsentierte er uns Barben, einen großen fetten Blaufisch und einen Seebarsch. Wir rochen an den Fischen und befanden, dass ihre Augen glänzend genug und ihre Kiemen rot genug waren. Dann klagten wir gemeinsam über die zunehmende Verschmutzung des Marmara-Meers. Sadi erzählte, im Fuaye werde ihnen so oft das Wasser gesperrt, dass sie dazu übergegangen seien, sich von einer Privatfirma über Wassertanker beliefern zu lassen. Dagegen hätten sie sich noch keinen Generator gegen Stromsperren angeschafft, da die Gäste durchaus Gefallen daran fänden, bei Stromausfall im Licht von Kerzen oder Gaslampen zu essen. Sadi schenkte uns Wein nach und ging dann wieder.

»Du erinnerst dich doch noch an den Fischer und seinen Sohn, auf die wir nachts immer horchten«, sagte ich. »Als du in Paris warst, kamen sie plötzlich nicht mehr. In der Villa wurde es immer kälter, und irgendwann kam ich mir so einsam vor, dass ich es nicht mehr aushielt.« Sibel schien aufmerksam zu registrieren, dass meine Worte nach einer Entschuldigung klangen. Um sie zu zerstreuen, erzählte ich weiter, dass ich oft an den Fischer und seinen Sohn denken musste. »Vielleicht sind sie hinter den Blaufisch- und Bonitoschwärmen her.«

Ich redete dann noch davon, dass es – eine absolute Seltenheit – in jenem Jahr zugleich viele Blaufische und viele Bonitos gebe und dass ich sogar in den Gassen von Fatih Straßenhändler gesehen hätte, die, von Katzen belagert, von ihren Pferdewagen herab Bonitos feilgeboten hätten. Als wir unseren Fisch aßen, kam Sadi noch mal an den Tisch und sagte, die Preise für Steinbutt hätten stark angezogen, seit immer wieder türkische Fischer auf Steinbuttfang in den russischen und bulgarischen Hoheitsgewässern verhaftet würden. Sibels Miene wurde immer finsterer. Sie merkte, dass ich in einem fort vor dem Eigentlichen davonlief. Dabei hätte ich gerne in ruhigem Ton etwas über unsere Situation gesagt, aber mir fiel einfach nichts ein. Ich sah ihr an, dass ich sie nicht länger einlullen konnte, und wurde ganz aufgeregt.

»Schau mal, Hilmi und seine Frau gehen schon«, sagte ich. »Sollen wir sie an den Tisch holen? Sie waren vorhin so herzlich zu uns.« Sibel antwortete nicht, und ich winkte den beiden zu, aber sie sahen mich nicht.

»Lass es lieber«, sagte Sibel.

»Warum? Hilmi ist doch ein netter Kerl, und du magst doch seine Frau, wie heißt sie noch mal?«

»Was soll aus uns werden?«

»Ich weiß es nicht.«

»In Paris habe ich mit Leclercq gesprochen.« Das war ein Wirtschaftsprofessor, auf den sie große Stücke hielt. »Er meint, ich soll meine Doktorarbeit schreiben.«

»Du willst also nach Paris?«

»Hier werde ich nicht glücklich.«

»Soll ich auch mit? Aber ich habe hier viel zu tun.«

Sibel erwiderte nichts. Ich hatte das Gefühl, sie habe über unsere Zukunft bereits entschieden, doch liege ihr noch irgend etwas auf dem Herzen.

»Geh du schon mal nach Paris«, sagte ich, und fühlte mich unwohl dabei. »Ich bringe hier alles in Ordnung und komme dann nach.«

»Da ist noch was, Kemal. Tut mir leid, dass ich so ein Thema anschneiden muss. Aber die Jungfräulichkeit ist kein so wichtiges Thema, als dass dein Verhalten dadurch gerechtfertigt würde.«

»Wie bitte?«

»Wenn wir modern und europäisch denken, hat sie keine Bedeutung. Aber wenn wir unseren Traditionen verhaftet sind und es für dich etwas Bedeutsames und von allen zu Respektierendes ist, dass ein Mädchen noch Jungfrau ist, dann musst du auch alle gleich behandeln!«

Erst wusste ich gar nicht, was sie damit meinte, und zog die Augenbrauen hoch. Doch dann fiel mir ein, dass ja auch sie einzig und allein mit mir »bis zum Letzten« gegangen war. Ich wollte schon sagen: Aber das ist doch für dich nicht das gleiche wie für sie, du bist doch reich und modern!, aber dann ließ ich es und sah verschämt vor mich hin.

»Und noch etwas anderes kann ich dir nicht verzeihen. Wenn du schon von ihr nicht loskommst, wozu haben wir uns dann überhaupt verlobt oder warum hast du nicht wenigstens nachher die Verlobung wieder aufgelöst?« Ihre Stimme zitterte vor Wut. »Wenn alles einmal so enden sollte, warum sind wir dann erst in die Villa gezogen und haben Partys gegeben und in einem Land wie dem unseren vor aller Welt wie ein Ehepaar gelebt, obwohl wir nicht verheiratet waren?«

»Ich habe nie zuvor so eine Vertrautheit und Geborgenheit erlebt wie mit dir in der Villa.«

Sie reagierte gereizt auf diese Worte. Vor lauter Unmut kamen ihr fast die Tränen.

»Entschuldige bitte«, sagte ich. »Das tut mir wirklich alles leid.«

Es entstand ein furchtbares Schweigen. Ich wollte nicht, dass Sibel weinte, und winkte deshalb energisch Tayfun und seiner Frau zu, die noch auf einen freien Tisch warten mussten. Als sie uns bemerkten, kamen sie freudestrahlend auf uns zu, und auf mein Drängen hin setzten sie sich zu uns.

»Ach, ich sehne mich richtig nach der Villa!« sagte Tayfun.

Die beiden waren im Sommer oft zu uns gekommen. Tayfun hatte sich in der Villa und am Bosporus davor wie zu Hause gefühlt, und oft ging er zwanglos zum Kühlschrank und holte für sich oder für andere etwas zu essen oder zu trinken heraus oder blieb auch gleich stundenlang in der Küche und zauberte uns herrliche Mahlzeiten und schwadronierte dann über die Besonderheiten vorbeifahrender sowjetischer und rumänischer Tanker.

»Wisst ihr noch, wie ich einmal abends im Garten eingeschlafen bin und ihr mich überall gesucht habt?« Er holte zu einer Geschichte aus, die sich im Sommer zugetragen hatte. Mit an Bewunderung grenzender Achtung sah ich zu, wie Sibel, ohne sich etwas anmerken zu lassen, Tayfun lauschte und sogar mit ihm scherzte.

»Na, wann heiratet ihr denn?« fragte Tayfuns Frau Figen. Konnte es sein, dass sie von all den Gerüchten nichts mitbekommen hatten?

»Im Mai«, antwortete Sibel. »Wieder im Hilton. Und ihr müsst mir versprechen, dass ihr wie im *Großen Gatsby* alle in Weiß kommt.« Dann sah sie auf ihre Uhr. »Ach, ich bin ja in fünf Minuten mit meiner Mutter verabredet.« Dabei waren ihre Eltern gerade in Ankara.

Sie verabschiedete sich erst von Tayfun und Figen und dann auch von mir mit einem flüchtigen Wangenkuss. Ich saß noch eine Weile mit Tayfun und Figen zusammen und ging dann ins Merhamet Apartmanı und tröstete mich mit Füsuns Sachen. Eine Woche später schickte mir Sibel über Zaim ihren Verlobungsring zurück. Obwohl ich mich immer wieder nach ihr erkundigte, sollte ich sie danach einunddreißig Jahre lang nicht wiedersehen.

47
Der Tod meines Vaters

Die Nachricht von der Auflösung der Verlobung verbreitete sich rasch, und eines Tages kam Osman zu mir ins Büro, schimpfte mich aus und erklärte sich bereit, sich bei Sibel für mich einzusetzen. Es waren Gerüchte im Umlauf, laut denen ich völlig übergeschnappt sei, mich dem Nachtleben hingegeben hätte, in Fatih Mitglied einer Geheimsekte geworden sei oder als kommunistischer Aktivist das Leben in einem Slumviertel gewählt hätte, aber das kümmerte mich alles nicht besonders. Ich stellte mir vielmehr vor, dass Füsun in ihrem Versteck von der Sache erfahren und sich daraufhin bei mir melden würde. Die Hoffnung auf eine Heilung von meiner Krankheit hatte ich inzwischen aufgegeben und statt dessen frönte ich meinem Leid geradezu, trieb mich ungeniert in den verbotenen orangefarbenen Straßen herum und narkotisierte mich vier-, fünfmal pro Woche im Merhamet Apartmanı mit den Erinnerungen an Füsun. Da ich mein Junggesellendasein wiederaufgenommen hatte, hätte ich eigentlich auch bei meinen Eltern in Nişantaşı wohnen können, aber meine Mutter akzeptierte die Auflösung der Verlobung nicht, verheimlichte sie vor meinem Vater, weil er schonungsbedürftig sei, und behandelte sie auch mir gegenüber wie ein Tabu, so dass ich zwar oft bei meinen Eltern zum Essen war und dabei vorwiegend stumm am Tisch saß, aber nie zum Übernachten blieb, da die Wohnung dort etwas an sich hatte, was meine Bauchschmerzen nur noch verschlimmerte.

Dann, Anfang März, starb mein Vater. Überbracht wurde mir die Nachricht von Osman, der sich dazu mit dem Chevrolet bis zum Hotel Fatih fahren ließ. Es war mir nicht recht, dass Osman das Durcheinander in meinem Hotelzimmer sah, den wundersamen Krempel, den ich beim Herumstromern in den Vorstädten bei Trödlern, Krämern und Schreibwarenhändlern zusammengekauft hatte. Osman sah mich nur traurig an, aber ganz ohne Verachtung, und dann umarmte er mich liebevoll. Ich sammelte rasch meine Sachen zusammen, zahlte und verließ das Hotel. Als ich im Auto Çetins bedrückte Miene und seine verweinten Augen sah, fiel mir wieder ein, wie sehr mein Vater mir sowohl ihn als auch das Auto ans Herz gelegt hatte. Es war ein bleigrauer Wintertag, und als wir über die Atatürk-Brücke fuhren, sah ich auf das Wasser des Goldenen Horns hinab, dessen einmal flaschengrün-eisige, dann wieder schlammig-metallische Farbe kalte Einsamkeit verströmte.

Mein Vater war kurz nach sieben, zur Zeit des morgendlichen Gebetsrufs, im Halbschlaf an Herzversagen gestorben, und als meine Mutter erwacht war, hatte sie ihren Mann neben sich zuerst noch schlafend gewähnt und war dann, als sie die Wahrheit erkannte, so hysterisch geworden, dass man ihr das Beruhigungsmittel Paradison verabreichen musste. Nun saß sie im Wohnzimmer auf ihrem gewohnten Sessel und deutete hin und wieder weinend auf den leeren Sessel ihr gegenüber. Als sie mich erblickte, lebte sie ein wenig auf. Wir umarmten uns heftig und wortlos.

Ich ging ins Schlafzimmer, um meinen Vater zu sehen. In dem großen Bett aus Walnussholz, das er mit meiner Mutter fast vierzig Jahre lang geteilt hatte, lag er in seinem Pyjama da wie ein Schlafender, wenn auch die Starre, der überaus blasse Teint und der Gesichtsausdruck eher an jemanden erinnerten, dem sehr unbehaglich war, so als hätte er beim Aufwachen den Tod gesehen und erschreckt die Augen aufgerissen, wie jemand, der sich vor einem unentrinnbar herannahenden Verkehrsunfall schützen will, und als sei dieser entsetzte Ausdruck auf seinem Gesicht wie eingefroren. Auf seinen faltigen, nach Kölnisch Wasser duftenden Händen, die krampfhaft die Bettdecke festhielten, kannte ich jeden Fleck und jedes Härchen; es waren die Hände, die mir als Kind Tausende Male tröstend über Kopf und Schultern gefahren waren. Sie waren aber jetzt so weißlich verfärbt, dass ich sie gar nicht zu küssen wagte. Ich wollte noch einen Blick auf den Körper meines Vaters in seinem üblichen blaugestreiften Pyjama werfen und dazu die Bettdecke lüpfen, aber die hatte sich irgendwie verhakt. Als ich so zerrte und zog, rutschte auf einmal der linke Fuß unter der Bettdecke hervor. Instinktiv sah ich auf den großen Zeh meines Vaters. Wie auf diesem vergrößerten alten Schwarzweißfoto zu sehen ist, wies der Zeh eine ganz besondere Form auf, und mein eigener großer Zeh ist ganz genauso beschaffen. Diese Gemeinsamkeit zwischen Vater und Sohn war zwölf Jahre zuvor Cüneyt, einem alten Freund meines Vaters, aufgefallen, als wir in Suadiye in Badehosen am Strand saßen, und seither brach Cüneyt jedesmal, wenn er uns sah, in schallendes Gelächter aus und fragte: »Na, wie geht's den großen Zehen?«

Ich verschloss die Tür hinter mir und schickte mich an, zum Gedenken an meinen Vater ausgiebig um Füsun zu weinen, aber es kamen keine Tränen. Ich sah mit ganz neuen Augen auf dieses Schlafzimmer, in dem meine Eltern so viele Jahre verbracht hatten, auf dieses nach Kölnisch Wasser, nach dem staubigen Teppich, nach Bohnerwachs, Holz und dem Parfüm meiner Mutter riechenden vertrauten Zentrum meiner Kindheit, auf die Vorhänge, auf das Barometer, zu dem mein Vater mich früher immer hochgehoben hatte. Mir war, als sei mein Lebenszentrum aufgelöst und meine Vergangenheit begraben worden. Ich öffnete den Kleiderschrank und griff nach den altmodischen Krawatten und Gürteln meines Vaters, nach den alten

Schuhen, die hin und wieder poliert wurden, obwohl er sie nie mehr anzog. Als ich auf dem Gang Schritte hörte, packte mich wieder das gleiche Schuldgefühl wie damals, wenn ich als Kind verbotenerweise im Schrank herumstöberte, und schnell machte ich die knarrende Schranktür wieder zu. Auf dem Nachtkästchen lagen Medizinschachteln, Rätselhefte, zusammengefaltete Zeitungen, das geliebte Foto aus der Militärzeit meines Vaters, auf dem er mit Unteroffizieren Raki trank, seine Lesebrille und in einem Glas sein Gebiss. Das Gebiss nahm ich an mich, schlug es in ein Taschentuch und steckte es ein, dann ging ich ins Wohnzimmer und setzte mich meiner Mutter gegenüber in den Sessel meines Vaters.

»Mama, ich nehme Papas Gebiss mit. Nur damit du dich nicht wunderst.«

Sie machte eine Geste, die wohl bedeuten sollte: »Wie du meinst.« Gegen Mittag war die ganze Wohnung schon voller Verwandter, Freunde und Nachbarn. Jeder küsste meiner Mutter die Hand und umarmte sie. Die Tür stand auf, und der Aufzug war unentwegt in Betrieb. Schließlich waren genauso viele Leute beieinander wie früher bei den Familienfeiern zum Opferfest oder zu Silvester. Ich merkte wieder, wie sehr ich diese lauten, herzlichen Familientreffen mochte, wie gern ich etwa mit meinen Cousins zusammen war, die alle die gleiche breite Stirn und die gleiche Kartoffelnase hatten. Eine Zeitlang setzte ich mich mit Berrin auf das Sofa, und wir klatschten über unsere sämtlichen Cousins und Cousinen. Es gefiel mir, dass Berrin über unsere Familie so gut auf dem laufenden war. Ich flüsterte den Leuten aufmunternde Scherzchen zu, redete von dem Fußballspiel, das ich in der Lobby des Hotels Fatih noch gesehen hatte (Fenerbahçe – Boluspor: 2:0), setzte mich an den Tisch mit den dünnen Pasteten, die Bekri trotz seines Kummers in der Küche unentwegt buk, und sah ab und zu wieder ins Schlafzimmer zu der Leiche meines Vater in ihrem Pyjama. Ja, sie bewegte sich tatsächlich nicht. Ich öffnete wieder Schränke und Schubladen und fasste Dinge an, die Kindheitserinnerungen in mir weckten. Ich kannte sie schon ewig, aber durch den Tod meines Vaters waren sie zu Wertgegenständen geworden, die eine verlorene Zeit wiederbrachten. In der nach Hustensaft und Holz duftenden Schublade des Nachtkästchens fand ich alte Telefonrechnungen,

Telegramme und Aspirinschachteln und starrte sie an wie ein Gemälde. Bevor ich mit Çetin losfuhr, um mich um die Bestattungsformalitäten zu kümmern, sah ich noch lange vom Balkon aus auf die Teşvikiye-Straße hinunter und dachte an meine Kindheit zurück. Es hatten sich ja nicht nur die Alltagsgegenstände, sondern selbst simple Straßenansichten zu unverzichtbaren Erinnerungsstücken an eine vergangene, ein sinnvolles Ganzes bildende Welt verwandelt. Da eine Rückkehr nach Hause eine Rückkehr in das Zentrum jener Welt bedeutete, empfand ich ein großes Glück und zugleich ein noch schlimmeres Schuldgefühl als sonst ein Mann, wenn sein Vater stirbt. Im Kühlschrank fand ich eine kleine Flasche Raki, die wohl mein Vater am Vorabend angebrochen hatte, und als später alle Gäste fort waren, setzte ich mich mit meiner Mutter und meinem Bruder hin und trank die Flasche leer.

»Das ist wieder mal typisch euer Vater«, sagte meine Mutter. »Nicht einmal wenn er stirbt, sagt er mir Bescheid.«

Am Nachmittag wurde mein Vater in das Leichenhaus der Sinan-Paşa-Moschee in Beşiktaş gebracht. Meine Mutter hatte gebeten, das Bettzeug nicht wechseln zu lassen, da sie nicht ohne den Geruch meines Vaters einschlafen wollte. Spätabends verabreichten wir ihr eine Schlaftablette und brachten sie ins Bett. Sie roch am Kopfkissen meines Vaters, weinte ein wenig und schlief dann ein. Als auch Osman gegangen war, legte ich mich zu Bett und dachte, dass ich jetzt endlich mit meiner Mutter allein zu Hause war, wie ich mir das als Kind oft gewünscht und vorgestellt hatte.

Noch mehr aber erregte mich ein anderer Gedanke, nämlich dass zur Beerdigung ja auch Füsun kommen konnte. Allein deshalb hatte ich in die Todesanzeigen auch die Namen dieses entfernten Verwandtschaftszweigs setzen lassen. Irgendwo in Istanbul würde vielleicht Füsun in der Zeitung, die ihre Eltern lasen, auf eine dieser Anzeigen stoßen und dann zur Beerdigung kommen. Welche Zeitung sie wohl kauften? Natürlich konnten sie die Nachricht auch von anderen Verwandten erfahren. Am nächsten Morgen blätterte meine Mutter beim Frühstück in allen Zeitungen jeweils bis zu unserer Todesanzeige. Sie murrte ein wenig.

»Sıdıka und Saffet sind sowohl mit mir als auch mit eurem Vater verwandt, Gott hab ihn selig. Sie hätten also nach Perran und ihrem Mann hingehört. Und Nigân, Türkan und Şükran, die Töchter von Şükrü Paşa, stehen auch nicht an der richtigen Stelle. Und Melike, die erste Frau eures Onkels Zekeriya, hätte überhaupt nicht erwähnt zu werden brauchen. Mit dieser Araberin war euer Onkel gerade mal drei Monate verheiratet. Und das arme Baby eurer Großtante Nesime, das schon mit zwei Monaten gestorben ist, hieß nicht Gül, sondern Ayşegül. Wen habt ihr denn da gefragt beim Aufgeben dieser Anzeigen?«

»Aber Mama, das sind einfach Druckfehler, du kennst doch unsere Zeitungen«, sagte Osman. Als meine Mutter dann immer wieder zum Fenster ging, zur Teşvikiye-Moschee hinuntersah und sich fragte, was sie anziehen solle, sagten wir ihr, bei diesem eisigen Wetter solle sie überhaupt nicht aus dem Haus gehen. »Du kannst ja auch nicht gut den Pelzmantel anziehen wie bei einer Einladung im Hilton.«

»Und wenn ich mir den Tod hole, aber ich bleibe bei der Beerdigung eures Vaters nicht zu Hause.«

Aber als sie dann mit ansah, wie der Sarg meines Vaters aus dem Leichenhaus ankam und auf den Aufbahrungsstein gelegt wurde, brach sie in so heftiges Weinen aus, dass wir es nicht für möglich hielten, sie in diesem Zustand die Treppe hinunterzuschaffen und an der Trauerfeier teilnehmen zu lassen. Rechtzeitig zum Totengebet im Hof der Moschee ging meine Mutter dann, gestützt von Fatma und Bekri, in ihrem Persianer auf den Balkon hinaus, doch als der Sarg geschultert und auf den Leichenwagen gestellt wurde, fiel sie trotz ihrer Beruhigungsmittel in Ohnmacht. Der eiskalte Poyraz wehte den Trauergästen kleine Schneeflocken ins Gesicht. Kaum jemand im Hof der Moschee schien von meiner Mutter Notiz zu nehmen. Nachdem Fatma und Bekri sie ins Zimmer gebracht hatten, konnte ich meine ganze Aufmerksamkeit den Menschen um mich herum widmen. Es waren im Grunde genommen die gleichen Leute wie bei meiner Verlobung im Hilton. Wie ich es oft im Winter in den Straßen Istanbuls feststellte, waren die hübschen Mädchen, die mir im Sommer immer auffielen, wie von der Bildfläche verschwunden, die Frauen waren hässlicher als sonst und die Männer sahen noch finsterer und bedrohlicher drein. Wie bei der Verlobung schüttelte ich Hunderte von

Händen, umarmte viele Leute, und jede neue Silhouette, die sich als jemand anderer als Füsun entpuppte, versetzte mir wieder einen Stich, der nicht weniger weh tat als der Schmerz um meinen Vater. Irgendwann musste ich einsehen, dass weder Füsun noch ihre Eltern gekommen waren, und fühlte mich, als ob man zusammen mit dem Sarg meines Vaters auch mich in die kalte Erde hinabließe.

Nicht zuletzt wegen des eisigen Windes waren während der Trauerfeier die vielen Familienmitglieder näher zusammengerückt und wollten nun gar nicht so recht auseinandergehen, nur ich machte mich sogleich davon und fuhr mit dem Taxi ins Merhamet Apartmanı. Dort sog ich den Geruch der Wohnung ein, der allein schon eine beruhigende Wirkung auf mich ausübte, dann griff ich zu den Gegenständen, die mir erfahrungsgemäß am meisten Trost spendeten, nämlich zu einem Bleistift Füsuns und zu einem Teeglas, das ich nicht mehr gespült hatte, seit Füsun fort war, und damit legte ich mich aufs Bett. Diese Dinge zu berühren und mir damit über den Körper zu fahren, linderte schon innerhalb kurzer Zeit meinen Schmerz.

Dem geneigten Leser oder Museumsbesucher, der nun fragt, ob ich eigentlich mehr litt, weil mein Vater gestorben oder weil Füsun nicht zur Beerdigung gekommen war, möchte ich sagen, dass der Liebesschmerz ein Ganzes darstellt. Das echte Liebesleid nistet sich an der Basis unserer Existenz ein, erwischt uns unerbittlich an unserem schwächsten Punkt, greift von da auf alles andere über und verteilt sich unaufhaltsam über unseren ganzen Körper und unser ganzes Leben. Wenn wir unglücklich verliebt sind, dienen unsere sämtlichen Leiden und Sorgen, vom Tod des Vaters bis hin zum banalsten Missgeschick, wie zum Beispiel einem verlegten Schlüssel, als neuerlicher Auslöser für den Urschmerz, der stets bereit ist, wieder anzuschwellen. Wessen Leben durch die Liebe auf den Kopf gestellt wird, so wie meines, der meint immer, zusammen mit dem Liebesleid würden auch alle anderen Sorgen ein Ende finden, und so rührt er unwillkürlich immer wieder an der Wunde in sich drinnen.

So klar sich mir auf der Heimfahrt von der Beerdigung meines Vaters diese Einsichten auch aufdrängten, gelang es mir doch nicht, ihnen gemäß zu handeln. Denn durch die Nöte, die sie gebar, wirkte die Liebe zwar auf meine Seele ein und machte einen reiferen Mann aus mir, aber sie bemächtigte sich auch meines Verstandes und erlaubte ihm kaum, die aus der Reife erwachsende Vernunft auch tatsächlich walten zu lassen. Wer so wie ich über längere Zeit hinweg auf erschütternde Weise verliebt ist, der wird das Verkehrte tun, obwohl er doch genau weiß, dass er schlecht damit fahren wird, und mit der Zeit wird er das immer deutlicher merken. Interessanterweise – und das wird uns kaum bewusst – ruht unser Verstand selbst an besonders schlechten Tagen nie ganz, und wenn er auch gegen unsere Leidenschaft nicht ankommt, flüstert er uns doch immer wieder zu, dass das meiste, was wir veranstalten, nichts anderes bewirkt, als unsere Liebe und unseren Schmerz noch zu steigern. In den neun Monaten seit dem Verschwinden Füsuns hatte dieses Flüstern bei mir so sehr zugenommen, dass es schließlich meinen ganzen Verstand beherrschte und mir die Hoffnung gab, mich von diesem Schmerz zu befreien. Aber da – zusammen mit der Liebe – die Hoffnung (und wenn es nur die Hoffnung war, meine Krankheit eines Tages loszuwerden) mir die Kraft gab, mit meinem Schmerz zu leben, führte sie einzig und allein zu einer Verlängerung meines Leidens.

Während ich im Merhamet Apartmanı meinen Schmerz stillte (der Verlust des Vaters und der Verlust der Geliebten hatten sich zu einem einzigen Einsamkeits- und Verlassenheitsschmerz vereinigt), begriff ich zwar einerseits, warum Füsun und ihre Familie trotz Tante Nesibes Hang zur Verwandtschaft nicht zur Beerdigung gekommen waren, wollte aber irgendwie nicht einsehen, dass daran ich schuld sei. Das hätte nämlich bedeutet, dass Füsun und ihre Familie mir grundsätzlich aus dem Weg gehen und ich Füsun nie wiedersehen würde. Dieser Gedanke war mir so unerträglich, dass ich ihn gar nicht weiterspinnen konnte und mich sofort auf die Suche nach einer neuen Hoffnung machte.

48
Das Wichtigste im Leben ist, dass man glücklich ist

»Du verbreitest also, an dem Schlamassel bei Satsat sei Kenan schuld«, sagte eines Abends Osman leise zu mir. Er kam des öfteren abends zu Besuch, manchmal mit Berrin und den Kindern, meist aber allein, und dann saßen wir zu dritt am Abendbrottisch.

»Wo hast du denn das gehört?«

»So etwas höre ich eben.« Er warf einen Blick ins Nebenzimmer, wo sich meine Mutter gerade aufhielt. »Du hast dich schon vor der Society zum Gespött gemacht, jetzt bewahr wenigstens in der Firma den Anstand!« sagte er scharf. (Dabei mochte er das Wort »Society« selbst nicht.) »Du bist selber schuld daran, dass der Auftrag mit der Bettwäsche nicht zustande gekommen ist«, fügte er hinzu.

»Was ist denn los, worüber redet ihr?« fragte meine Mutter. »Ihr streitet doch nicht schon wieder?«

»Nein, nein«, entgegnete Osman. »Ich habe nur gesagt, es ist gut, dass Kemal wieder zu Hause ist. Stimmt doch, oder?«

»Und ob das gut ist! Man kann sagen, was man will, aber das Wichtigste im Leben ist doch, dass man glücklich ist. Das hat euer Vater selig auch immer gesagt. Die ganze Stadt ist voller hübscher Mädchen, da finden wir bestimmt eine, die schöner und lieber und verständnisvoller ist als die andere da. Eine Frau, die keine Katzen mag, kann einen Mann sowieso nicht glücklich machen. Es braucht keiner mehr irgend etwas hinterherzutrauern. Versprich mir nur, dass du nicht wieder in irgendwelche Hotelzimmer gehst.«

»Unter einer Bedingung!« sagte ich und wiederholte dabei den Satz, den neun Monate zuvor Füsun zu mir gesagt hatte. »Ich möchte Papas Auto und Çetin behalten.«

»Von mir aus«, sagte Osman. »Wenn das Çetin recht ist, soll es mir auch recht sein. Aber misch dich du nicht in die Sache mit Kenan und der neuen Firma ein und streu keine Verleumdungen aus!«

»Streitet mir ja nicht vor anderen Leuten«, rief meine Mutter.

Nach meiner Trennung von Sibel sah ich auch Nurcihan und den immer noch wahnsinnig in sie verliebten Mehmet kaum noch. Zaim ging immer öfter mit ihnen aus, so dass ich mich mit ihm gesondert traf. Nicht so sehr, um mich zu amüsieren, sondern aus therapeutischen Erwägungen war ich ein paarmal mit Leuten wie Bastard-Hilmi oder Tayfun unterwegs, die – obwohl verlobt oder verheiratet – einen Hang zu den dunklen Seiten des Nachtlebens hatten und in den teuersten Bordells und in Hotellobbys verkehrten, in denen sich spöttisch als Studentinnen bezeichnete Mädchen herumtrieben, die etwas gebildeter und weltgewandter waren als der Durchschnitt. Bei mir war es aber so, dass meine Liebe zu Füsun sich aus einer finsteren Seelenecke auf meine ganze Persönlichkeit ausgedehnt hatte, und das Beisammensein mit diesen Bekannten lenkte mich zwar ein wenig ab, aber ich trieb die Sache nicht so weit, dass ich meinen Kummer hätte vergessen können. Meist blieb ich abends zu Hause, setzte mich mit dem Rakiglas in der Hand zu meiner Mutter vor den Fernseher und sah mir an, was der eine Kanal eben zu bieten hatte.

Meine Mutter ließ wie eh und je am Fernsehprogramm kein gutes Haar, ermahnte mich immer wieder – genau wie früher meinen Vater –, ich solle nicht so viel trinken, und schlief dann bald in ihrem Sessel ein. Daraufhin unterhielt ich mich im Flüsterton mit Fatma über das Fernsehen. Sie hatte nicht wie die Dienstmädchen, die wir aus amerikanischen Filmen kannten, in ihrem Zimmer einen eigenen Fernseher. Vier Jahre zuvor hatte das türkische Fernsehen seinen Sendebetrieb aufgenommen, und wir hatten uns gleich einen Apparat angeschafft. Abend für Abend setzte sich Fatma ein wenig schief auf den am weitesten abseits stehenden Stuhl des Wohnzimmers, einen Barhocker, der mittlerweile schon lange »ihr« Stuhl war, und sah mit uns fern. Bei rührseligen Szenen ging sie so richtig mit und zwirbelte dabei an den Enden ihres Kopftuchs herum, und manchmal gab sie auch Kommentare ab. Da es nach dem Tod meines Vaters ihr zugefallen war, auf die endlosen Monologe meiner Mutter zu reagieren, machte sie sich nun stärker bemerkbar. Eines Abends saßen wir wieder einmal so da, meine Mutter schlief schon in ihrem Sessel, und Fatma und ich sahen wie die ganze Türkei langbeinigen norwegischen und sowjetischen Schönheiten beim Eiskunstlauf zu, ohne irgend etwas von den Regeln zu verstehen, und nachdem wir uns eine Weile über den Zustand meiner Mutter unterhalten hatten, über das Wetter, die politischen Morde draußen auf der Straße, die Schlechtigkeit jeder Politik und über Fatmas Sohn, der erst eine Weile bei meinem Vater gearbeitet und dann in Duisburg einen Döner-Laden aufgemacht hatte, lenkte sie das Gespräch schließlich auf mich.

»Sag mal, Nagelbohrer, deine Socken haben ja gar keine Löcher mehr, bravo! Du schneidest dir jetzt deine Fußnägel ganz ordentlich. Dafür gebe ich dir ein Geschenk.«

»Eine Nagelschere?«

»Nein, du hast ja schon zwei, und mit der von deinem Vater sind es drei. Es ist etwas anderes.«

»Was denn?«

»Komm mit.«

Ich merkte ihr an, dass es sich um etwas Besonderes handeln musste, und ging ihr nach. Sie holte etwas aus ihrem Zimmer, ging dann in meins, schaltete das Licht an, machte ihre Hand auf und hielt sie mir lächelnd hin wie einem Kind.

»Was ist denn das?« sagte ich, aber dann klopfte mir auch schon das Herz.

»Der gehört doch dir, dieser Ohrring? Ein Schmetterling mit einem F darauf. Ein komisches Ding.«

»Ja, der gehört mir.«

»Den habe ich vor Monaten in deiner Jackentasche gefunden. Ich habe ihn beiseite gelegt, um ihn dir zu geben, aber dann ist er wohl deiner Mutter in die Hände gefallen. Sie muss gedacht haben, den wollte dein Vater irgendeiner Frau schenken, und das hat ihr nicht gepasst. Deshalb hat sie ihn in das kleine seidene Täschchen gesteckt, in dem sie alles aufhob, was sie deinem Vater, na ja, entwendete«, sagte sie lächelnd. »Nach dem Tod deines Vaters hat sie das Täschchen auf dem Schreibtisch ausgeleert, und da habe ich den Ohrring dann gesehen und an mich genommen, weil ich ja wusste, dass er dir gehört. Und da ist noch ein Foto aus einer Jacke deines Vaters, nimm das besser auch, bevor es deine Mutter sieht. War das richtig so?«

»Und ob das richtig war, Fatma«, erwiderte ich. »Das war klug von dir, du bist ein Schatz!«

Glücklich lächelnd gab sie mir den Ohrring und das Foto. Es war das Bild von der Geliebten meines Vaters, das er mir gezeigt hatte, als wir bei Abdullah zusammen Mittag gegessen hatten. Mir war plötzlich, als habe das traurig dreinblickende Mädchen mit den Schiffen und dem Meer im Hintergrund etwas von Füsun an sich.

Am nächsten Tag rief ich Ceyda an, und zwei Tage darauf trafen wir uns wieder in Maçka und gingen in den Taşlık-Park. Sie trug die Haare nun hochgebunden, war schick angezogen und hatte etwas Strahlendes an sich, wie es jungen Müttern eigen ist. Es schien ihr Selbstvertrauen zu geben, in relativ kurzer Zeit sehr gereift zu sein.

Ich hatte innerhalb von zwei Tagen Füsun vier, fünf Briefe geschrieben, die mir ziemlich leicht von der Hand gegangen waren, und den am vernünftigsten klingenden davon hatte ich in einen gelben Satsat-Umschlag gesteckt. Wie geplant übergab ich ihn Ceyda mit wichtiger Miene und schärfte ihr ein, sie müsse ihn unbedingt an Füsun weiterleiten, da sich etwas Entscheidendes getan habe. Eigentlich wollte ich es dabei bewenden lassen und Ceyda vom Inhalt des Briefes gar nicht unterrichten, aber als ich sah, wie ruhig und gelassen sie alles aufnahm, konnte ich mich nicht beherrschen und erzählte Ceyda in dem Gefühl, eine frohe Botschaft zu überbringen, die Angelegenheit, die zu Füsuns Verstimmung auf mich geführt habe, sei nun bereinigt, und sobald Füsun meine Nachricht erhalten hätte, werde sie sich genauso freuen wie ich, und als einziger Wermutstropfen werde dann nur noch das Bedauern über all die vertane Zeit übrigbleiben. Als Ceyda sich wieder auf den Weg machte, um ihr Kind zu stillen, schickte ich noch hinterher, Füsun und ich würden gleich nach unserer Heirat selbst ein Kind machen, das dann mit Ceydas Sohn zusammen spielen könnte, so dass uns einmal allen gemeinsam diese schwierigen Tage in süßer Erinnerung bleiben würden. Ich fragte sie nach dem Namen des Jungen.

»Ömer«, sagte sie und blickte stolz auf das Baby. »Aber wissen Sie, Kemal, im Leben kommt nicht immer alles, wie wir wollen.«

Als dann wochenlang von Füsun keine Nachricht kam, musste ich oft an diese Worte zurückdenken, aber ich war mir ganz sicher, dass Füsun meinen Brief irgendwann einmal beantworten würde. Ceyda hatte mir bestätigt, dass Füsun über die Auflösung der Verlobung schon Bescheid wusste. Ich hatte ihr geschrieben, ihr Ohrring sei unter den Sachen meines Vaters wiederaufgetaucht, und zusammen mit den anderen Ohrringen und dem Dreirad würde ich ihn ihr zurückbringen. Es sei nun höchste Zeit für das gemeinsame Abendessen mit ihren Eltern, das wir schon so lange ausgemacht hatten.

Als ich dann Mitte Mai im Büro die Post durchging und mich durch meistens handgeschriebene, oft genug auch kaum leserliche Briefe kämpfte, mit denen unsere Händler in der Provinz mir danken, sich bei mir einschmeicheln oder mir drohen wollten, stieß ich plötzlich auf ein Brieflein, dessen Inhalt ich klopfenden Herzens las:

Lieber Kemal,
auch wir möchten Dich gerne wiedersehen. Wir erwarten Dich am 19. Mai zum Abendessen.
Wir haben noch keinen Telefonanschluss. Wenn Du nicht kommen kannst, sag bitte über Çetin Bescheid.
Liebe Grüße
Füsun
Adresse: Dalgıç Çıkmazı 24, Çukurcuma

Das Brieflein enthielt kein Datum, aber ich entnahm dem Poststempel, dass es am 10. Mai am Postamt Galatasaray eingeworfen worden war. Bis zu der Einladung waren es noch zwei Tage. Am liebsten wäre ich auf der Stelle zu der angegebenen Adresse gegangen, aber ich beherrschte mich. Wenn ich Füsun heiraten und sie auf immer an mich binden wollte, durfte ich jetzt nichts überstürzen.

49
Ich wollte ihr einen Heiratsantrag machen

Am Mittwoch, den 19. Mai 1976, fuhr ich abends um halb acht Uhr mit Çetin los zu Füsuns Wohnung in Çukurcuma. Ich sagte Çetin, ich wolle Tante Nesibe ein Kinderfahrrad bringen, gab ihm die Adresse, lehnte mich dann im Sitz zurück und sah hinaus auf die Straße, wo es in Strömen regnete. In den Tausenden von Wiedersehensszenen, die ich mir ein Jahr lang vorgestellt hatte, waren nie solche Sturzbäche vorgekommen, ja nicht einmal ein Nieselregen.

Als ich am Merhamet Apartmanı ausstieg, um das Dreirad und die Perlenohrringe zu holen, war ich im Nu klatschnass. Ganz im Gegensatz zu meinen Erwartungen war ich völlig ruhig. All die Schmerzen, die ich seit unserem letzten Treffen im Hilton-Hotel erlitten hatte, waren wie vergessen. Und wenn ich mich auch Sekunde um Sekunde noch so sehr gewunden hatte, war ich dem Schmerz nun sogar dankbar, weil er mich zu diesem glücklichen Ende geführt hatte, und ich wies niemandem eine Schuld zu.

Wie zu Anfang meiner Geschichte hatte ich wieder das Gefühl, es liege ein vollkommenes Leben vor mir, und so groß und schön wie dieses ließ ich in der Sıraselviler-Straße bei einem Blumenhändler einen Strauß aus roten Rosen binden. Zur Beruhigung hatte ich zu Hause ein halbes Glas Raki getrunken. Als wir nach Beyoğlu hinauffuhren, fragte ich mich, ob ich nicht etwa in einer Kneipe noch ein Glas trinken sollte. Aber wie zuvor der Liebesschmerz hatte mich nun die Ungeduld gepackt. Eine innere Stimme sagte mir: »Pass bloß auf! Mach diesmal ja keinen Fehler!« Während draußen im dichten Regen verschwommen das Çukurcuma-Hamam an uns vorbeiglitt, begriff ich mit einemmal ganz deutlich, dass Füsun mir mit dem, was ich 339 Tage lang durchgemacht hatte, eine gehörige Lehre erteilt hatte: Sie hatte gewonnen. Ich war zu allem bereit, wenn sie mich nur nicht wieder zu der Strafe verurteilte, sie nicht mehr sehen zu dürfen. Wenn ich mich erst einmal davon überzeugt hätte, sie auch tatsächlich vor mir zu haben, würde ich ihr kurz darauf einen Heiratsantrag machen.

Während Çetin sich bemühte, im Regen die Hausnummern zu entziffern, stellte ich mir die Szene mit dem Heiratsantrag vor, die ich mir schon manchmal ausgemalt hatte: Ich würde die Wohnung betreten, unter Scherzen das Dreirad übergeben, mich setzen, einigermaßen zur Ruhe kommen (sollte das möglich sein?), und wenn wir dann den von Füsun gebrachten Kaffee trinken würden, würde ich ihrem Vater kühn in die Augen sehen und ihn um die Hand seiner Tochter bitten. Das Dreirad sei nur ein Vorwand gewesen. Darüber würden wir dann gemeinsam lachen und gar nicht zulassen, auf bis dahin Erlittenes überhaupt noch einzugehen. Dann würden wir uns zu Tisch setzen, den von Füsuns Vater eingeschenkten Raki trinken, und ich würde voller Glück über den Entschluss, den ich gefasst hatte, Füsun lange in die Augen sehen. Über die Einzelheiten von Verlobung und Hochzeit konnten wir ja dann bei meinem nächsten Besuch sprechen.

Wir hielten vor einem alten Haus, das man vor lauter Regen kaum sehen konnte. Mein Herz schlug schneller, als ich klingelte. Tante Nesibe öffnete die Tür. Sie war sichtlich beeindruckt von dem Rosenstrauß und von Çetin, der mich beschirmte, während ich das Dreirad aus dem Kofferraum holte. Ihr besorgter Gesichtsausdruck kümmerte mich nicht weiter, denn Stufe um Stufe ging ich Füsun entgegen.

Auf dem Treppenabsatz begrüßte mich ihr Vater. Zuletzt hatte ich ihn bei der Verlobung gesehen, aber eigentlich war er mir nur von früheren Familienessen her in Erinnerung. Wie so manchen Menschen hatte das Alter ihn nicht hässlicher gemacht, aber irgendwie unscheinbarer.

Hinter ihm stand an der Türschwelle ein hübsches dunkelhaariges Mädchen, das Füsun ähnlich sah und ihre Schwester sein musste. Plötzlich durchfuhr es mich: Es war Füsun selbst! Ihre Haare waren pechschwarz. »Natürlich, das ist ja ihre eigentliche Haarfarbe!« dachte ich und versuchte mich zu beruhigen. Ich hatte vorgesehen, ihr die Blumen zu geben und sie dann sofort zu umarmen, ohne mich um ihre Eltern zu scheren, aber an Füsuns Körperhaltung und ihren Blicken erkannte ich, dass ihr das nicht recht gewesen wäre.

Wir schüttelten uns die Hand.

»Die sind aber schön«, sagte sie über die Rosen, ohne sie mir abzunehmen.

Sie war reifer geworden, und fast noch hübscher. Und sie begriff, dass ich verlegen war, weil ich mir unser Wiedersehen anders vorgestellt hatte.

»Findest du nicht auch?« sagte Füsun und zeigte die Rosen in meinem Arm jemandem, der hinter ihr in der Wohnung stand.

Ich sah nun, wer das war, und dachte zugleich: Hätten sie diesen dicklichen Nachbarsjungen nicht an einem anderen Tag einladen können? Aber ich hatte diesen Gedanken noch nicht einmal fertig gedacht, als ich schon merkte, wie falsch er war.

»Kemal, darf ich dir Feridun vorstellen, meinen Mann«, sagte Füsun wie beiläufig.

Ich sah den Jungen an, als ob er nicht echt, sondern irgendeine vage Erinnerung sei.

»Wir haben vor fünf Monaten geheiratet«, erläuterte Füsun und hob dabei verständnisheischend die Braue.

Als der dicke junge Mann mir die Hand schüttelte, sah ich ihm an, dass er nicht über uns Bescheid wusste. »Freut mich!« sagte ich und lächelte dann Füsun an, die hinter ihrem Mann stand. »Sie haben wirklich Glück, Feridun. Sie haben ein tolles Mädchen geheiratet, und dieses Mädchen hat ein tolles Kinderdreirad!«

»Wir hätten Sie wirklich gerne zur Hochzeit eingeladen, Kemal«, sagte Füsuns Mutter. »Aber dann haben wir von der Krankheit Ihres Vaters erfahren. Füsun, statt dich hinter deinem Mann zu verstecken, könntest du Kemal endlich mal die schönen Rosen abnehmen!«

Als das geliebte Wesen, das ein Jahr lang nicht aus meinen Träumen gewichen war, mit graziöser Geste den Rosenstrauß an sich nahm, kam sie dabei mit ihren rosigen Wangen, ihren sinnlichen Lippen, ihrem seidenweichen Teint, ihrem duftenden Hals, ihrem Busen, dem ich ein Leben lang nahe sein wollte, ganz kurz an mich heran und wich dann wieder zurück. Ich bestaunte sie wie ein Weltwunder.

»Stell die Rosen in eine Vase«, sagte ihre Mutter.

»Kemal, Sie trinken doch Raki?« sagte ihr Vater.

»Tschilp«, sagte ihr Kanarienvogel.

»Raki? Ja ja, natürlich. Klar trinke ich welchen.«

Ich stürzte sogar auf nüchternen Magen gleich zwei Glas davon hinunter, um möglichst schnell betrunken zu werden. Bevor wir uns zu Tisch setzten, wurden im Zusammenhang mit dem Dreirad noch ein paar Kindheitserinnerungen aufgewärmt, aber da Füsun nun verheiratet war, kam dadurch nicht mehr das Komplizenhafte zwischen uns zum Ausdruck, für das das Rad doch eigentlich als Symbol stand, und ich war zu jenem Zeitpunkt noch klar genug im Kopf, um das auch zu merken.

Am Tisch saß Füsun mir gegenüber, war aber bemüht, das als Zufall darzustellen (sie hatte ihre Mutter gefragt, wo sie sich denn hinsetzen solle). Sie wandte mir kaum den Blick zu. Minutenlang war ich so verwirrt, dass ich schon dachte, sie interessiere sich überhaupt nicht mehr für mich. Also versuchte ich, eher wie ein wohlhabender Mann zu wirken, der einer armen Verwandten ein Hochzeitsgeschenk vorbeibringt, dabei aber in Gedanken mit viel wichtigeren Dingen beschäftigt ist.

»Na, und wie steht's mit Nachwuchs?« fragte ich in zerstreutem Plauderton und sah dabei den jungen Ehemann an, denn bei Füsun wagte ich das nicht.

»Daran denken wir noch nicht«, sagte Feridun. »Vielleicht, wenn wir mal eine eigene Wohnung haben.«

»Feridun ist zwar noch jung, aber er ist einer der gefragtesten Drehbuchautoren von ganz Istanbul«, warf Tante Nesibe ein. »Er hat zum Beispiel die *Simit-Verkäuferin* geschrieben.«

Ich bemühte mich den ganzen Abend über, den Tatsachen ins Auge zu sehen, wie es so schön heißt. Immer wieder keimte in mir die Hoffnung auf, das Ganze würde sich als schlechter Scherz entpuppen, und irgendwann würden alle endlich zugeben, dass sie den dicken Nachbarsjungen überredet hatten, sich als Füsuns Kinderliebe und jetzigen Ehemann auszugeben. Als ich nach und nach immer mehr über die beiden erfuhr, konnte ich zwar die Tatsache an sich anerkennen, dass sie verheiratet waren, aber die Einzelheiten, mit denen man mich belästigte, befremdeten mich sehr. Der eingeheiratete Schwiegersohn war zweiundzwanzig Jahre alt und beschäftigte sich mit Film und Literatur. Zwar verdiente er damit noch kein Geld, doch schrieb er außer Drehbüchern auch noch Gedichte. Als Verwandter väterlicherseits hatte er mit Füsun schon als Kind gespielt und war sogar mit dem bewussten Dreirad herumgefahren. Während ich mir das anhörte, zog sich mit Hilfe des Rakis, den Onkel Tarık mir gewissenhaft nachschenkte, meine Seele immer mehr zurück. Während ich sonst in jedem mir unbekannten Haus erst einmal automatisch festzustellen suchte, wie viele Zimmer vorhanden waren, auf welche Straße der Balkon hinausging und warum der Tisch gerade hier und nicht woanders stand, war ich diesmal viel zu benommen, um mich um so etwas zu kümmern. Mein einziger Trost bestand darin, Füsun gegenübersitzen und sie wie ein Gemälde nach Herzenslust betrachten zu dürfen. Ihre Hände waren so unruhig wie eh und je. Obwohl sie verheiratet war, durfte sie noch immer nicht in Gegenwart ihres Vaters rauchen, und so bekam ich keine Gelegenheit, die von mir so geliebte Bewegung mit anzusehen, mit der sie sich eine Zigarette anzündete. Aber zweimal zog sie genauso an ihren Haaren, wie sie es auch früher immer gemacht hatte, und wenn sie darauf wartete, sich in ein Gespräch einzuschalten, zog sie noch immer mit einem Atemzug die Schultern leicht hoch wie damals bei unseren Diskussionen. Wenn ich sie lachen sah, blühte in mir noch immer eine unwiderstehliche Zuversicht auf. Von ihrer Schönheit, ihrem Teint, ihren unheimlich vertrauten Bewegungen ging ein Strahlen aus, das mir Füsun als den Mittelpunkt der Welt zeigte, zu dem ich ganz einfach hinmusste. Alle anderen Orte, Menschen, Tätigkeiten waren nichts weiter als billige Zerstreuungen. Da nicht nur mein Verstand, sondern jede Faser meines Körpers davon überzeugt war, saß ich ihr nun gegenüber und wäre am liebsten aufgestanden, um sie an mich zu drücken. Doch wenn ich so überlegte, was denn nun werden solle, erfasste mich gleich ein solcher Jammer, dass ich gar nicht weiterdenken konnte und die Rolle des Verwandten, der dem jungvermählten Paar seine Glückwünsche überbringt, nicht nur den anderen, sondern allmählich auch mir selbst vorspielte. Obwohl wir einander bei Tisch kaum anschauten, nahm Füsun mein albernes Getue wahr und verhielt sich nun ihrerseits so, wie eine glücklich verheiratete junge Frau sich eben verhält, wenn ein wohlhabender entfernter Verwandter sich eines Abends herchauffieren lässt, und sie scherzte mit ihrem Mann und lud ihm noch einmal etwas Baklava auf den Teller. In meinem Kopf wurde es auf seltsame Weise immer stiller.

Es schüttete unvermindert weiter. Schon zu Beginn des Essens hatte Onkel Tarık mir erzählt, als sie nach Çukurcuma gezogen seien, hätten sie gleich erfahren, dass aufgrund der niedrigen Lage des Viertels ihr Haus schon oft überschwemmt worden sei, und gemeinsam waren wir zum Erker gegangen und hatten mit angesehen, wie das Wasser die abfallende Straße hinunterschoss. Barfüßige Männer mit hochgekrempelten Hosenbeinen schöpften mit Blecheimern und Plastikschüsseln das vom Gehsteig in ihre Häuser schwappende Wasser heraus und versuchten mit Steinhaufen und Tüchern, den Lauf des Wassers umzuleiten. Zwei Männer bemühten sich mit einer Eisenstange, einen verstopften Gullydeckel zu heben, und zwei Frauen, eine mit einem violetten und eine mit einem grünen Kopftuch, deuteten eifrig auf irgend etwas im Wasser und schrien sich etwas zu. Bei Tisch erläuterte Onkel Tarık dann mit wissender Miene, die Abwasseranlagen stammten noch aus der osmanischen Zeit und seien völlig unzureichend, und jedesmal wenn der Regen besonders stark rauschte, rief einer etwas wie »Das ist ja eine Sintflut!« oder »Gott steh uns bei!«, und man stand auf und ging sorgenvoll zum Erker und sah auf die überflutete Straße unter dem fahlen Laternenlicht. Ich hätte eigentlich auch zu den andern gehen und ihre Ängste teilen sollen, doch war ich mittlerweile so betrunken, dass ich fürchtete, irgendwelche Möbel umzustoßen.

»Was wohl der Chauffeur bei diesem Wetter macht?« sorgte sich Tante Nesibe, die auch am Fenster stand.

»Sollen wir ihm was zu essen bringen?« schlug Feridun vor.

»Ich bring ihm was«, sagte Füsun.

Aber Tante Nesibe ahnte wohl, dass mir das nicht recht gewesen wäre, und wechselte das Thema. Ich fühlte mich am Tisch wie ein einsamer, betrunkener Mann, den vom Erker aus alle argwöhnisch beäugten. Ich bemühte mich gerade um ein Lächeln, als plötzlich auf der Straße draußen scheppernd ein Fass umfiel und alle einen Moment den Atem anhielten. Einen Augenblick sahen Füsun und ich uns an, dann wandte sie ihren Blick schon wieder ab.

Wie konnte sie nur so teilnahmslos tun? Das hätte ich sie liebend gerne gefragt. Aber nicht so wie der verlassene Liebhaber, der noch einmal bei der Verflossenen anruft und stammelt: Ich wollte Sie nur noch kurz etwas fragen! Doch, eigentlich schon so.

Warum kam sie denn nicht zu mir, wo ich doch ganz alleine dasaß?

Warum nützte sie diese Gelegenheit nicht aus, um mir alles zu erklären? Wieder sahen wir uns an, und wieder blickte sie weg.

Jetzt wird sie gleich zu dir an den Tisch kommen, sagte eine optimistische Stimme in mir. Und wenn sie tatsächlich kommt, dann ist das ein Zeichen dafür, dass sie eines Tages diese Unglücksehe wieder auflösen und dann die Deine sein wird.

Es donnerte, als Füsun sich vom Fenster löste und mit federleichten Schritten zu mir an den Tisch kam.

»Ich hoffe, du verzeihst mir«, flüsterte sie mir ins Herz. »Ich konnte zur Beerdigung deines Vaters nicht kommen.«

Wieder leuchtete es von einem Blitz seidig zu uns herein.

»Ich habe so auf dich gewartet«, sagte ich.

»Das habe ich mir gedacht, aber ich konnte einfach nicht.«

»Die Markise, die der Krämer ohne Erlaubnis angebracht hat, ist ihm jetzt davongeflogen«, berichtete Feridun, als er zum Tisch zurückkehrte.

»Wir haben es gesehen. Schade drum«, sagte ich.

»Na, so schade auch wieder nicht«, bemerkte Füsuns Vater.

Als er sah, dass seine Tochter die Hände vors Gesicht geschlagen hatte, als weine sie, blickte er erst seinen Schwiegersohn und dann mich an.

»Es hat mir so leid getan, dass ich nicht zur Beerdigung von Onkel Mümtaz konnte«, sagte Füsun mit zitternder Stimme. »Ich mochte ihn so gern und war furchtbar traurig.«

»Ihr Vater mochte auch Füsun sehr gern«, sagte Onkel Tarık. Er drückte seiner Tochter einen Kuss aufs Haupt, setzte sich dann und schenkte mir augenzwinkernd noch ein Glas Raki ein und bot mir Kirschen an.

In meiner Trunkenheit stellte ich mir vor, ich würde die Ohrringe meines Vaters in ihrer Seidenschatulle und Füsuns Ohrring aus der Tasche holen, aber natürlich brachte ich das nicht fertig. Das setzte mir so zu, dass ich aufstehen musste. Zum Übergeben der Ohrringe hätte ich ja eigentlich vielmehr sitzen bleiben müssen. Nun sahen Vater und Tochter mich erwartungsvoll an. Vielleicht wollten sie ja, dass ich ging, aber nein, es herrschte einfach nur eine neugierige Spannung im Raum. Ich brachte es aber nicht über mich, die Ohrringe herauszuholen, obwohl ich so oft davon geträumt hatte. In jenen Träumen war allerdings Füsun ledig gewesen und ich hatte vor dem Überreichen der Geschenke um ihre Hand angehalten. Jetzt, in dieser neuen Situation, wusste ich in meinem Tran einfach nicht, was ich mit den Ohrringen anfangen sollte. Da fiel mir ein, dass ich von den Kirschen schmutzige Hände hatte und die Schatulle ohnehin nicht anfassen konnte. »Ich würde mir gern die Hände waschen«, sagte ich. Füsun konnte jetzt nicht mehr so tun, als ob sie nicht merkte, was in mir vorging. Auf einen auffordernden Blick ihres Vaters hin stand sie auf, um mir das Bad zu zeigen. Als ich sie so vor mir stehen sah, überkamen mich all die Erinnerungen an unsere Treffen im Jahr zuvor.

Ich hätte sie so gerne umarmt.

Wir wissen ja alle, dass unser Verstand in betrunkenem Zustand auf zwei verschiedenen Ebenen arbeitet. Auf der ersten Ebene war mir, als sei ich an einem Ort außerhalb von Zeit und Raum, und ich umarmte Füsun. Auf der zweiten Ebene dagegen waren wir in Çukurcuma um einen Tisch versammelt, und eine innere Stimme sagte mir, dass ich Füsun nicht umarmen konnte, ohne mich unsterblich zu blamieren. Wegen all des Rakis gelangte diese Stimme aber sehr langsam an mein Ohr, mit einer Verzögerung von etwa fünf, sechs Sekunden. In diesen fünf, sechs Sekunden war ich frei, und daher ging ich nun ohne Aufregung neben Füsun her und dann hinter ihr die Treppe hinauf. Wie ich da die Nähe ihres Körpers spürte, das schien aus einem zeitlosen Traum zu stammen, und so blieb es mir dann auch jahrelang im Gedächtnis. Ich bemerkte Füsuns verständnisvollen, besorgten Blick und war ihr dankbar dafür, dass sie nun wenigstens mit den Augen ihre Gefühle ausdrückte. Das zeigte wieder deutlich, dass Füsun und ich füreinander geschaffen waren, und da ich das wusste, hatte ich all die Leiden auf mich genommen, und es war nun nicht mehr wichtig, dass sie verheiratet war, denn um so wie in jenem Moment mit ihr die Treppe hinaufgehen zu dürfen, wäre ich noch zu viel mehr bereit gewesen. Sollte nun ein Museumsbesucher süffisant einwenden, in dem kleinen Haus seien es doch vom Esstisch bis zum Bad im Obergeschoss gerade mal vier, fünf Schritte und dann ganze siebzehn Treppenstufen, dann möchte ich ihm entgegenhalten, dass ich für das

Glück, das ich in dieser Zeitspanne empfand, mein ganzes Leben hergegeben hätte. Ich betrat das kleine Bad, schloss die Tür hinter mir zu und machte mir bewusst, dass mein Leben mir aus der Hand glitt und sich in etwas verwandelte, was sich wegen meiner Abhängigkeit von Füsun ganz außerhalb meines Willens gestaltete. Nur wenn ich daran zu glauben vermochte, konnte ich glücklich werden und das Leben überhaupt aushalten. Auf dem kleinen Bord vor dem Spiegel erblickte ich neben den Zahnbürsten und Onkel Tarıks Rasierzeug auch Füsuns Lippenstift. Ich hielt ihn kurz an die Nase und steckte ihn dann ein. Auch an den Handtüchern an den Haken roch ich kurz, um Füsuns Duft wiederzuerkennen, aber vergebens; wegen meines Besuchs waren wohl lauter frische Handtücher aufgehängt worden. Als ich mich nach einem weiteren Gegenstand umsah, der mir die schweren Tage nach meinem Aufenthalt hier erleichtern könnte, fiel mein Blick auf mein Spiegelbild, und ich staunte, was zwischen meinem Körper und meinem Geisteszustand für eine Kluft bestand. Während sich auf meinem Gesicht nichts als Niedergeschlagenheit und Verblüffung ausdrückten, ging es in meinem Kopf ganz anders zu: Ich hatte als Grundwahrheit des Lebens ausgemacht, dass in meinem Körper ein Herz und ein tieferer Sinn steckten, dass alles aus Begehren und Berührung und Liebe bestand und dass ich meine Schmerzen genau dafür erlitt. Durch das Rauschen des Regens und das Gurgeln der Abflussrohre hindurch vernahm ich plötzlich ein altes Lied, das meine Großmutter früher gerne gehört hatte. Es musste irgendwo ein Radioapparat laufen, und begleitet von schmachtenden Lauten- und beschwingten Zitherklängen drang durch das halbgeöffnete Badezimmerfenster eine müde, aber hoffnungsvolle Frauenstimme an mein Ohr und sang:»... und ist an allem auf der Welt ganz allein die Liebe schuld.« Berührt von jenem melancholischen Lied erlebte ich vor dem Badezimmerspiegel einen der intensivsten Momente meines Lebens und begriff, dass auf der Welt alle Dinge nur eins waren. Und das schloss nicht nur von den Zahnbürsten auf dem Bord bis hin zu der Schüssel mit den Maulbeeren auf dem Tisch und von Füsuns Haarspange, die ich mir schnell in die Tasche steckte, bis zu dem hier ausgestellten Riegel der Badezimmertür alle Gegenstände ein, sondern auch alle Menschen. Und der Sinn unseres Lebens bestand darin, durch die Kraft der Liebe diese Einheit zu verspüren.

Frohen Mutes nahm ich Füsuns Ohrring aus der Tasche und legte ihn an die Stelle des Lippenstifts. Ich wollte gerade zu den Ohrringen meines Vaters greifen, als die Musik mich an Eheleute erinnerte, die in Holzhäusern vor sich hin altern und von vergangenen Liebesstürmen erzählen, und an unerschrockene Liebende, die sich aus Leidenschaft das ganze Leben verderben. Inspiriert durch die melancholische Frauenstimme erkannte ich plötzlich, dass Füsun ja eigentlich recht hatte; was blieb ihr denn zu ihrem eigenen Schutz übrig, als jemand anders zu heiraten, da ich mich doch angeschickt hatte, genau das gleiche zu tun? Ich ertappte mich dabei, wie ich meine Gedanken halblaut in den Spiegel sagte. Das hatte etwas von der spielerischen Naivität, mit der ich als Kind mit meinem Spiegelbild herumexperimentiert hatte, und verwundert stellte ich fest, dass ich, während ich nun Füsun ein wenig nachmachte, mich von mir selber löste und durch die Kraft meiner Liebe zu ihr alles fühlen und denken konnte, was ihr durch Herz und Kopf ging, und dass ich durch ihren Mund sprechen und ihre Gefühle verstehen konnte, noch während sie sie selbst empfand, ja dass ich ganz einfach sie selbst sein konnte.

Verblüfft von dieser Entdeckung muss ich wohl ziemlich lange im Bad geblieben sein. Irgendwann hörte ich vor der Tür jemanden hüsteln. Oder es klopfte auch jemand; so genau weiß ich das nicht mehr, denn ich hatte dann eine Art Filmriss. Diesen Ausdruck verwendeten wir als Jugendliche, wenn wir zuviel tranken und uns dann an nichts mehr erinnern konnten. Jedenfalls weiß ich nicht mehr, wie ich aus dem Bad wieder heraus und zurück an den Tisch kam und wie Çetin irgendwann unter einem Vorwand ins Haus kam und mich abholte – denn allein wäre ich auf keinen Fall mehr die Treppe hinuntergekommen –, um mich nach Hause zu bringen. Ich erinnere mich nur noch daran, dass es ziemlich still war, als ich wieder am Tisch saß. Ich weiß nicht, ob das nun daran lag, dass es aufgehört hatte zu regnen, oder ob alle schwiegen, weil sie nicht länger so tun konnten, als bemerkten sie meine nun ganz offensichtliche Misere nicht, meine fast mit Händen zu greifende Pein.

Feridun allerdings, anstatt wegen des Schweigens misstrauisch zu werden, plauderte dann (passend zu meinem Filmriss) über seine Kinoleidenschaft und seine Hassliebe zu türkischen Filmen, die eigentlich ganz furchtbar seien, obwohl sie so leidenschaftlich gerne gesehen würden (ein Gemeinplatz damals). Mit einem seriösen Kapitalgeber, der nicht nur auf schnelles Geld aus sei, würde man herrliche Filme drehen können. Er habe das Drehbuch für einen Film geschrieben, in dem Füsun die Hauptrolle spielen könne. So oder so ähnlich drückte Feridun sich aus, aber in meinem betrunkenen Kopf blieb davon nicht so sehr hängen, dass Füsuns Mann Geld brauchte und das auch klipp und klar zum Ausdruck brachte, sondern vielmehr der Gedanke, dass Füsun einmal ein Filmstar werden könnte, und der ging mir dann noch durch den Kopf, als ich schon auf der Heimfahrt halb bewusstlos im Fond des Wagens lag. Aber wie betrunken wir auch sein mögen, irgendwann einmal lichten sich die bleiernen Wolken, die uns den Verstand vernebeln, und dann sehen wir eine Wahrheit, von der wir meinen, jeder andere wisse sie schon lange. Und während ich so auf die dunklen Straßen hinausblickte, auf denen überall das Wasser stand, durchzuckte mich auf einmal der Gedanke, Füsun und ihr Mann hätten mich nur deshalb zum Essen eingeladen, weil sie in mir den reichen Verwandten sahen, der sie bei ihren Ambitionen unterstützen konnte. Unter dem Einfluss des Rakis machte mich das nicht einmal wütend, sondern ich stellte mir ganz im Gegenteil Füsun gleich als unwiderstehlichen Star vor, dem einmal die ganze Türkei zu Füßen liegen würde. Zur Gala ihres ersten Films würde sie an meinem Arm umjubelt auf die Bühne treten. Und wie es der Teufel wollte, fuhr das Auto gerade durch Beyoğlu, direkt am Saray-Kino vorbei!

50
Meine letzte Begegnung mit ihr

Am Morgen erkannte ich die Wahrheit. Ich war am Abend zuvor gekränkt, verspottet, erniedrigt worden. Und weil ich mich so betrunken hatte, dass ich nicht mehr stehen konnte, hatte ich meinen Gastgebern auch noch in die Hände gespielt und mich selbst erniedrigt. Füsuns Eltern wiederum hatten der Sache Vorschub geleistet, um den albernen Filmwahn ihres Schwiegersohns zu unterstützen, obwohl sie doch wussten, wie sehr ich in ihre Tochter verliebt war. Ich wollte diese Leute nicht mehr wiedersehen. Erfreut bemerkte ich, dass die Perlenohrringe meines Vaters immer noch in meiner Jackentasche waren. Ich hatte also Füsuns Ohrring zurückgegeben, mir aber nicht die wertvollen Ohrringe abluchsen lassen. Es war gut, dass ich nach einem Jahr Leidenszeit Füsun noch ein letztes Mal gesehen hatte. Meine Liebe zu Füsun rührte nicht von ihrer Schönheit oder ihrer Persönlichkeit her, sondern sie war eine Reaktion meines Unbewussten auf eine mögliche Ehe mit Sibel. Ich hatte damals zwar noch keine Zeile Freud gelesen, weiß aber noch gut, wie ich den irgendwie aufgeschnappten Begriff »Unbewusstes« gerne benützte, um zu erklären, was mir widerfuhr. Bei unseren Altvorderen gab es die Dschinn, jene Dämonen, die in den Menschen hineinfahren und ihn ungewollte Dinge tun lassen. Und ich hatte eben mein »Unbewusstes«, das mich nicht nur für Füsun leiden ließ, sondern auch dafür sorgte, dass ich Peinlichkeiten beging, die gar nicht zu mir passten. Darauf durfte ich nicht mehr hereinfallen. Ich musste in meinem Leben eine neue Seite aufschlagen und alles vergessen, was mit Füsun zu tun hatte.

Als erste Maßnahme zog ich ihre Einladungskarte aus der Brusttasche meiner Jacke und zerriss sie mitsamt dem Umschlag in winzig kleine Fetzen. Ich blieb bis Mittag im Bett und beschloss, mich »endlich« von der fixen Idee zu lösen, die mein Unbewusstes in mir verankert hatte. Dass ich meinen Schmerz und meine Erniedrigung mit einem neuen Wort erklären konnte, verlieh mir Kraft zur Bekämpfung des Phänomens. Als meine Mutter sah, dass ich zu verkatert war, um überhaupt aufzustehen, schickte sie Fatma nach Pangaltı um Garnelen und ließ diese dann mit Knoblauch im Schmortopf zubereiten, wie ich sie am liebsten mochte, und dazu gab es Auberginen in Olivenöl mit viel Zitrone. In der beruhigenden Gewissheit, die richtige Entscheidung getroffen zu haben, aß ich dann mit meiner Mutter zu Mittag, und wir tranken jeder ein Glas Weißwein dazu. Dabei erzählte mir meine Mutter, Billur, die jüngste Tochter des Eisenbahnkönigs Dağdelen, sei gerade achtzehn geworden und habe in der Schweiz das Abitur gemacht. Ihre Familie sei zwar noch unternehmerisch tätig, könne aber die Kredite nicht mehr zurückzahlen, die sie aufgrund wer weiß welcher Beziehungen und Bestechungen von den Banken noch bekommen hätte, und bevor das ruchbar werde – es sei sogar von Konkurs die Rede –, hätten sie das Mädchen gerne noch unter die Haube gebracht. »Sie soll sehr hübsch sein!« sagte meine Mutter fast beschwörend. »Wenn du willst, kann ich sie mir mal anschauen. Ich will nämlich nicht, dass du dich nur Abend für Abend mit deinen Freunden betrinkst wie die Offiziere, die in irgendeinem Provinznest stationiert sind.«

»Also gut, sieh sie dir an, Mama, und dann sehen wir weiter«, erwiderte ich ohne jeden spöttischen Unterton. »Mit dem Mädchen, das ich auf moderne Weise kennengelernt habe, ist es ja nichts geworden, da können wir es ruhig mal mit der traditionellen Methode probieren.«

»Ach Junge, du weißt ja gar nicht, wie mich das freut! Natürlich sollt ihr euch erst mal kennenlernen und miteinander ausgehen. Ihr habt den ganzen Sommer vor euch, und ihr seid noch jung! Hör mal, die musst du aber jetzt gut behandeln! Soll ich dir mal sagen, warum es mit Sibel nicht geklappt hat?«

Ich begriff, dass meine Mutter über die Geschichte mit Füsun sehr wohl Bescheid wusste, sich aber – wie unsere Vorfahren mit den Dschinn – eine ganz andere Erklärung zurechtlegen wollte, und dafür war ich ihr unendlich dankbar.

»Sie war zu stolz und zu ehrgeizig!« sagte meine Mutter und sah mir dabei in die Augen. Und geheimnistuerisch fügte sie hinzu: »Und als ich gemerkt habe, dass sie keine Katzen mag, war ich gleich schon skeptisch.«

Ich konnte mich zwar nicht daran erinnern, dass Sibel irgend etwas gegen Katzen gehabt hätte, aber meine Mutter benutzte dieses Argument nun schon zum zweitenmal, um Sibel schlechtzumachen, so dass ich lieber auf ein anderes Thema überlenkte. Wir tranken dann unseren Kaffee auf dem Balkon und schauten dabei einer Trauerfeier zu. Meine Mutter seufzte zwar hin und wieder »Ach, dein armer Vater!« und vergoss ein paar Tränen, aber eigentlich war sie körperlich und seelisch in recht guter Verfassung. In dem Sarg, der gerade auf dem Aufbahrungstisch stand, befinde sich einer der Besitzer des bekannten Bereket Apartmanı in Beyoğlu, sagte sie. Um mir dessen Lage zu beschreiben, erwähnte sie, es grenze an das Atlas-Kino, und schlagartig sah ich mich dort auf der Premiere eines Films, dessen Hauptrolle Füsun spielte. Nach dem Essen ging ich zu Satsat, und in der Überzeugung, nach Füsun und Sibel sei ich wieder zurück in meinem normalen Leben, stürzte ich mich in die Arbeit.

Dadurch, dass ich Füsun wiedergesehen hatte, hatte sich mein Schmerz teilweise verflüchtigt. Während ich im Büro saß, kam mir immer wieder der beruhigende Gedanke, dass ich von meiner Liebeskrankheit nunmehr geheilt war. Ich testete mich quasi selbst und stellte jedesmal erfreut fest, dass ich nicht den geringsten Wunsch verspürte, Füsun wiederzusehen. Es kam überhaupt nicht in Frage, dass ich dieses elende Haus in Çukurcuma, dieses in Wasser und Schlamm versinkende Rattennest je noch einmal aufsuchte. Wenn ich überhaupt noch so viel an die Sache dachte, dann nicht wegen meiner Liebe zu Füsun, sondern wegen der Wut, die ich auf die ganze Familie und speziell auf den Jungen hatte, der sich Schwiegersohn schimpfte. Aber der war ja noch ein halbes Kind, was sollte ich dem böse sein, eigentlich musste ich mich über meine eigene Dummheit ärgern, denn wie hatte ich mich nur ein geschlagenes Jahr lang mit diesem Liebeskummer abquälen können? Aber es war keine echte Wut, die ich da empfand: Ich versuchte mir einzureden, dass es mit meinem Leiden endgültig vorbei war, und wollte diese neuen, heftigen Gefühle als Beweis dafür werten, dass mein Leben sich geändert hatte. So beschloss ich, mit meinen Freunden, die ich doch ziemlich vernachlässigt hatte, wieder regelmäßig auszugehen und mich zu amüsieren. Lediglich von Zaim und Mehmet gedachte ich mich noch eine Weile fernzuhalten, um nicht unliebsame Erinnerungen an Füsun und Sibel zu wecken. Wenn ich auf irgendeiner Party genug getrunken hatte, wurde mir nach Mitternacht klar, dass sich die Wut in mir weder gegen die Langeweile und die Torheiten dieses Societytreibens richtete, noch gegen mich selbst wegen meines Wahns oder gegen irgendeinen anderen, sondern einzig und allein gegen Füsun; ich ahnte, dass ich eigentlich innerlich ständig mit ihr stritt, und ertappte mich bei dem Gedanken, dass sie ganz allein daran schuld sei, wenn sie sich hier nicht mit amüsierte und sich statt dessen in jenem Loch in Çukurcuma vergrub, und dass man jemanden, der mit einer solch unsinnigen Ehe geistigen Selbstmord beging, eigentlich gar nicht ernst nehmen könne.

Wenn Abdülkerim, der Satsat-Vertreter in Kayseri, früher nach Instanbul kam, kümmerte ich mich nicht besonders um ihn, da ich schon ahnte, dass Sibel den Sohn eines Großgrundbesitzers zu provinziell finden würde, aber nun, vier Tage nach meinem Besuch bei Füsun, nahm ich ihn in das Garaj mit, ein neues Restaurant, das bei der Society gleich eingeschlagen hatte, und um das Leben, das ich führte, gewissermaßen mit seinen Augen zu sehen und mir damit ein gutes Gefühl zu verschaffen, erzählte ich ihm Anekdoten über die reichen Leute, die da ein und aus gingen und manchmal auch an unseren Tisch kamen und artig grüßten. Bald aber ging mir auf die Nerven, dass Abdülkerim sich nicht für das Allgemeinmenschliche an meinen Geschichten interessierte, sondern einzig und allein für die sexuellen Pikanterien aus dieser ihm unbekannten Welt und für jedes einzelne der Mädchen, die mit einem Mann schliefen, ohne verheiratet oder auch nur verlobt zu sein. Als der Abend zu Ende ging, trieb mich daher plötzlich etwas dazu, ihm meine eigene Geschichte, nämlich meine Liebe zu Füsun, so zu schildern, als sei sie irgendeinem anderen reichen Lümmel widerfahren. Um Abdülkerim nicht auf den Gedanken zu bringen, ich selbst könnte damit gemeint sein, schrieb ich die Sache einem jungen Mann zu, der an einem ziemlich weit entfernten Tisch saß.

»Na ja, das lockere Mädel ist unter der Haube, und der arme Kerl ist wieder ein freier Mann«, sagte Abdülkerim schließlich.

»Ich bewundere ihn eigentlich für das, was er auf sich genommen hat«, erwiderte ich. »Er hat für das Mädchen sogar seine Verlobung aufgelöst ...«

In Abdülkerims Augen keimte etwas wie Verständnis auf, aber dann wandte er sich auch schon dem Tabakhändler Hicri zu, der gerade mit seiner Frau und seinen beiden hübschen Töchtern gemächlich auf die Tür zuging. »Wer sind denn die da?« fragte er, ohne den Blick von ihnen zu wenden. Die jüngere der beiden Töchter, Neslişah, hatte sich die dunklen Haare blond gefärbt, und die halb spöttische, halb schmachtende Art, wie Abdülkerim sie anstarrte, gefiel mir gar nicht.

»Tja, es ist spät, gehen wir?«

Ich verlangte die Rechnung. Draußen auf der Straße wechselten wir kein Wort mehr, bis wir uns trennten.

Ich schlug nicht den Heimweg ein, sondern ging in Richtung Taksim. Ich hatte Füsun zwar den Ohrring zurückgegeben, aber nicht so, wie es sich gehörte. Ich hatte ihn lediglich betrunken im Badezimmer liegengelassen. Das war sowohl für Füsun und ihre Familie als auch für mich einfach entwürdigend. Um meine Ehre zu retten, musste ich ihnen zeigen, dass das kein Versehen, sondern Absicht gewesen war. Dann würde ich mich bei Füsun entschuldigen und mich in der beruhigenden Gewissheit, sie nie wiederzusehen, lächelnd von ihr verabschieden. Wenn ich mich dann zur Tür wenden würde, würde Füsun aufgeregt merken, dass dies unser letztes Zusammentreffen war; ich aber würde mich in ein tiefes Schweigen hüllen, wie sie es ein Jahr lang mir gegenüber getan hatte. Vielleicht würde ich ihr ja nicht einmal sagen, dass wir uns gerade das letztemal sahen, sondern ihr lediglich für ihr weiteres Leben so nachdrücklich alles Gute wünschen, dass sie erschrecken würde.

Aber nicht einmal das war sicher, dachte ich, als ich durch die Straßen von Beyoğlu nach Çukurcuma hinunterging, denn womöglich war sie ja in dem Haus mit ihrem Mann ganz einfach glücklich. Aber wenn sie ihren nichtssagenden Ehemann so sehr liebte, dass sie bereit war, mit ihm in jenem Haus unter solchen Bedingungen zu leben, dann hatte ich mit ihr sowieso nichts mehr zu schaffen. Als ich durch enge Gassen auf ramponierten Gehsteigen und schiefgetretenen Treppenstufen zu Füsuns Haus hinunterstieg, sah ich durch schlecht zugezogene Vorhänge, wie Menschen den Fernseher ausmachten, um ins Bett zu gehen, und wie sich arme alte Eheleute noch auf eine letzte Zigarette gegenübersaßen, und ich dachte mir an jenem Frühlingsabend unter dem fahlen Laternenlicht, dass die Menschen in diesen stillen, abgelegenen Vierteln doch eigentlich glücklich sein mussten.

Ich läutete an der Haustür. Im ersten Stock ging das Erkerfenster auf, und Füsuns Vater rief herunter: »Wer ist denn da?«
»Ich bin's.«
»Wer?«
Fast wollte ich schon weglaufen, da machte Füsuns Mutter die Tür auf.
»Tante Nesibe, ich möchte euch so spät auf keinen Fall stören.«
»Ach woher, Kemal, kommen Sie doch rein!«
Wie bei meinem ersten Besuch ging ich wieder hinter ihr her die Treppe hinauf. »Bemüh dich um Haltung!« sagte ich mir, »Du siehst Füsun jetzt das letzte Mal!« In dem festen Bewusstsein, mich von nun an nie wieder erniedrigen zu lassen, betrat ich das Wohnzimmer, aber kaum sah ich Füsun, da schlug mir das Herz so heftig, dass es mir richtig peinlich war. Füsun saß mit ihrem Vater vor dem Fernseher. Als sie mich sahen, standen sie beide verlegen auf und wirkten angesichts meines kummervollen Zustandes und meiner Alkoholfahne fast so, als ob sie sich für irgend etwas entschuldigen wollten. Die ersten paar Minuten über, an die ich gar nicht gerne zurückdenke, bat ich wortreich um Verzeihung für mein spätes Erscheinen. Ich stammelte, ich sei in der Gegend vorbeigekommen und hätte mir gedacht, schau doch mal rein, denn mir sei da was eingefallen, über das ich gerne geredet hätte. Ich erfuhr, dass Füsuns Mann nicht zu Hause war (»Feridun ist mit seinen Freunden vom Film zusammen«). Auf dieses Thema wollte ich gar nicht erst eingehen. Die Mutter ging in die Küche, um etwas herzurichten, und der Vater verschwand wortlos.

»Es tut mir wirklich leid«, sagte ich, und wir blickten dabei beide zum Fernseher. »Ich habe den Ohrring nicht aus böser Absicht zwischen die Zahnbürsten gelegt, ich war nur einfach betrunken. Ich wollte ihn dir vielmehr richtig überreichen.«
»Welcher Ohrring zwischen den Zahnbürsten?« fragte sie mit hochgezogener Augenbraue. »Da war nichts.«
Als wir uns um eine Erklärung ringend anschauten, rief Füsuns Va-

ter ins Wohnzimmer, er habe etwas Besonderes für mich, und brachte dann in diesem Schüsselchen Grießhelva mit Früchten herein. Ich kostete davon und ließ mich lobend darüber aus. Eine Weile schwiegen wir dann, als sei ich um Mitternacht so plötzlich gekommen, nur um diese Helva zu essen. Da begriff ich in all meiner Trunkenheit, dass der Ohrring nur ein Vorwand gewesen und ich natürlich wegen Füsun gekommen war. Und mit ihrer Behauptung, sie habe den Ohrring nicht gesehen, quälte Füsun mich jetzt.

Wir schwiegen, und ich begriff plötzlich, dass alle Peinlichkeiten, die ich auf mich nehmen würde, um Füsun wiederzusehen, nicht so schlimm sein konnten wie der Schmerz, sie nicht mehr zu sehen. Und dennoch war ich gegen diese Peinlichkeiten nicht gewappnet, so dass ich, hin und her gerissen, schließlich aufstand.

Mir gegenüber sah ich meinen alten Freund, den Kanarienvogel. Ich ging auf seinen Käfig zu, und wir sahen uns an. Auch Füsun und ihre Eltern standen auf, vermutlich froh darüber, dass ich bald gehen würde. Auch wenn ich wieder hierher käme, würde ich Füsun, die nun verheiratet war und nur an meinem Geld interessiert war, nicht umstimmen können. Das ist mein letzter Besuch hier! sagte ich mir.

Da klingelte es. Das Gemälde, das uns in genau diesem Moment zeigt, als wir – ich vor dem Kanarienvogel und Füsun und ihre Eltern hinter mir – uns auf das Klingeln hin zur Tür wenden, habe ich viele Jahre später in Auftrag gegeben. Da das Bild aus dem Blickwinkel des Kanarienvogels Limon gemalt ist, dem ich mich in dem Augenblick sonderbar nah fühlte, ist keiner von uns von vorne abgebildet. Der Maler hat – wie ich voller Stolz sagen kann – meine Anweisungen wortwörtlich beachtet und die Rückenansicht von der Liebe meines Lebens genauso abgebildet, wie ich sie in Erinnerung habe, so dass es mir jedesmal wieder die Tränen in die Augen treibt.

Füsuns Vater sah vom Erkerfenster in den Spiegel an der Hausfassade und sagte, der Nachbarsjunge habe geklingelt; dann ging er hinunter, um ihm die Tür zu öffnen. Wir anderen schwiegen. Ich zog meinen Regenmantel an und sah dabei auf den Boden. Dann machte ich die Tür auf und wähnte, nun sei endlich die Racheszene gekommen, auf die ich mich insgeheim schon ein Jahr lang vorbereitete.»Ich gehe jetzt«, sagte ich.

»Kemal«, erwiderte Füsuns Mutter, »ich kann Ihnen gar nicht sagen, wie froh wir sind, dass Sie bei uns vorbeigeschaut haben.« Mit einem Blick auf ihre Tochter sagte sie: »Geben Sie nichts darauf, dass sie so missmutig dreinschaut, sie fürchtet sich nur vor ihrem Vater, aber sie hat sich genauso gefreut, Sie zu sehen, wie wir.«

»Ach Mama, bitte!« sagte meine Schöne.

Wenn mir auch kurz der Gedanke durch den Kopf schoss, mit den Worten »Und ihre dunklen Haare hätte ich sowieso nicht länger ausgehalten!« eine Trennungszeremonie einzuleiten, wusste ich doch sehr gut, dass das nicht stimmte und ich für sie alle Schmerzen der Welt auf mich nehmen und daran zugrunde gehen würde. »Nein, nein, Füsun macht einen guten Eindruck auf mich«, sagte ich und sah ihr dabei in die Augen. »Dich so glücklich zu sehen hat mir das Glück verschafft, das ich suchte.«

»Und uns hat es glücklich gemacht, Sie zu sehen«, sagte Tante Nesibe. »Na ja, jetzt finden Sie ja den Weg zu uns heraus und kommen hoffentlich öfter.«

»Tante Nesibe, das war mein letzter Besuch hier«, sagte ich.

»Warum denn? Gefällt Ihnen etwa unser neues Viertel nicht?«

»Doch, aber jetzt sind Sie dran!« sagte ich in bemüht scherzhaftem Ton. »Ich werde meiner Mutter sagen, sie soll Sie einladen.« Es hatte etwas Unbekümmertes an sich, wie ich das so dahinsagte und dann auf dem Absatz kehrtmachte und die Treppe hinunterstieg.

»Auf Wiedersehen, mein Junge«, sagte unten Onkel Tarık, dem der Nachbarsjunge ein Paket übergab.

Die frische Luft draußen blies mir angenehm ins Gesicht. Ich dachte, dass ich Füsun niemals wiedersehen würde, und meinte wieder einmal, nun ein sorgloses, glückliches Leben vor mir zu haben. Jene Billur, die meine Mutter für mich begutachten wollte, stellte ich mir plötzlich als ein süßes Mädchen vor.

Ich spürte aber, wie es mir mit jedem Schritt von Füsun weg etwas aus dem Herzen riss. Während ich die steile Straße hinaufging, merkte ich, wie mein ganzes Inneres dahin zurückwollte, wo ich gerade herkam, aber ich musste das aushalten und die Sache einem Ende zuführen.

Einiges hatte ich ja nun schon hinter mich gebracht. Jetzt musste ich nur versuchen, mich abzulenken und stark zu sein. Ich betrat eine der Kneipen, die allmählich schlossen, und in dichten Zigarettenrauch gehüllt trank ich zu einer Scheibe Honigmelone zwei Glas Raki. Als ich wieder hinausging, spürte ich, dass weder mein Körper noch meine Seele sich von Füsuns Haus entfernt hatten. Außerdem hatte ich mich anscheinend verlaufen. Da kam mir in der engen Gasse eine bekannte Silhouette entgegen, und ich zuckte zusammen.

»Na hallo!« sagte die Gestalt; es war Füsuns Mann Feridun.

»Das ist ja ein Zufall! Ich war gerade bei Ihnen!«

»Tatsächlich?«

Ich musste mich wieder wundern, wie jung, ja wie kindlich jung er war.

»Seit meinem letzten Besuch geht mir diese Filmgeschichte nicht aus dem Kopf«, sagte ich. »Sie haben, glaube ich, recht, in der Türkei sollten auch so künstlerische Filme gedreht werden wie in Europa. Da Sie nicht zu Hause waren, habe ich Füsun gegenüber das Thema nicht angeschnitten. Sollen wir uns an einem Abend mal darüber unterhalten?«

Er war nicht weniger betrunken als ich, und ich sah ihm deutlich an, dass er meinen Vorschlag nicht recht einzuordnen wusste.

»Soll ich Sie am Dienstag abend um sieben abholen?«

»Füsun kann doch auch mitkommen, oder?«

»Natürlich, sie soll ja in so einem Film die Hauptrolle spielen.«

Wir lächelten uns an wie zwei alte Freunde, die zusammen die Schulbank gedrückt oder den Wehrdienst abgeleistet haben und denen nach vielen Mühen plötzlich die Aussicht vor Augen steht, reich zu werden. Unter der Straßenlaterne sah ich Feridun in die kindlichen Augen, dann gingen wir still auseinander.

51
Glück ist nichts anderes, als dem geliebten Menschen nah zu sein

Oben in Beyoğlu kamen mir die Schaufenster strahlender vor denn je, und zufrieden ging ich zwischen den Menschen dahin, die aus den Kinos strömten. Obwohl ich mich eigentlich hätte schämen müssen, dass Füsuns Einladung nur dem Geld gegolten hatte, das ich in das alberne Filmprojekt der beiden stecken sollte, war mein Glück so groß, dass mich diese Peinlichkeit gar nicht störte. Ich hatte ein Bild im Kopf: Auf der Premiere jenes Films würde sich Füsun mit einem Mikrofon in der Hand von der Bühne des Saray-Kinos herab – oder wäre nicht das Yeni Melek geeigneter? – an ihre Bewunderer richten und keinem anderen als mir ihren besonderen Dank aussprechen. Dann würde ich als der reiche Geldgeber des Films auf die Bühne gerufen, und die mit dem neuesten Klatsch vertrauten Leute würden sich zuflüstern, die junge Starschauspielerin habe sich während der Dreharbeiten in ihren Produzenten verliebt und habe daraufhin ihren Mann verlassen, und das Foto, wie Füsun meine Wange küsste, würde in sämtliche Zeitungen kommen. Eigentlich brauche ich ja gar nicht weiter zu erzählen, was mein Kopf da noch für Vorstellungen produzierte, so wie bestimmte Blumen ein opiumartiges Sekret absondern und sich damit in Schlaf versenken. Mir erging es wie den meisten türkischen Männern aus meinem Milieu und in meiner Situation, die sich über die Frau, in die sie verliebt sind, in den phantastischsten Vorstellungen ergehen, ohne sich je zu fragen, was sie selbst wohl empfinden mag. Als ich die beiden zwei Tage später mit Çetin abholte, merkte ich, sobald Füsun und ich uns ansahen, dass nichts so ablaufen würde wie die Bilder, die mein Gehirn unaufhörlich produzierte, doch Füsun einfach nur zu sehen machte mich schon so glücklich, dass mir die gute Laune nicht verdorben wurde. Ich bat das junge Paar auf die Rücksitze und nahm selber vorne neben Çetin Platz. Während wir durch schattige Straßen und über staubige, chaotische Plätze kamen, drehte ich mich immer wieder nach hinten um und versuchte, mit kleinen Scherzen etwas Stimmung zu machen. Füsun trug eine blut-

und flammenrote Bluse. Um ihre Haut der duftenden Brise auszusetzen, die vom Bosporus herüberwehte, hatte sie die drei obersten Knöpfe aufgemacht. Während wir so auf dem holprigen Kopfsteinpflaster den Bosporus entlangfuhren, spürte ich jedesmal, wenn ich mich umdrehte, um etwas zu sagen, ein Glücksgefühl in mir hochsteigen. Wir fuhren in das Restaurant Andon in Büyükdere, und wie auch an den folgenden Abenden, wenn wir uns jeweils zur Diskussion unseres Filmprojektes trafen, war ich von uns dreien am aufgeregtesten, das merkte ich schnell.

Nachdem wir bei dem alten griechischen Kellner unsere Vorspeisen ausgesucht hatten, sagte Feridun, den ich um sein Selbstbewusstsein nur beneiden konnte: »Wissen Sie, Kemal, Filme bedeuten mir alles im Leben. Damit Sie nicht an mir zweifeln, weil ich noch so jung bin, sollten Sie wissen, dass ich seit drei Jahren bei der türkischen Filmproduktion in Yeşilçam mitwirke, ich habe richtig Glück gehabt. Ich kenne heute jeden dort. Vom Kabelträger bis hin zur Regieassistenz habe ich schon alles gemacht. Und ich habe zehn Drehbücher geschrieben.«

»Und die sind alle verfilmt worden und gut gelaufen«, warf Füsun ein.

»Ich würde diese Filme gern sehen, Feridun.«

»Das lässt sich machen, Kemal. Die meisten davon laufen immer noch in Freiluftkinos und zum Teil auch in Beyoğlu. Aber richtig zufrieden bin ich mit denen nicht. Wenn ich solche Filme drehen wollte, könnte ich bei Konak-Film als Regisseur anfangen, haben sie gesagt.«

»Was denn für Filme?«

»Melodramatische Sachen, die sich gut verkaufen. Gehen Sie denn nie in türkische Filme?«

»Ganz selten.«

»Wer bei uns reich ist und schon in Europa war, der geht in türkische Filme nur noch, um sich darüber lustig zu machen. Ich war mit Zwanzig selber noch so, aber jetzt verachte ich diese Filme nicht mehr. Füsun gefallen sie übrigens mittlerweile auch.«

»Dann machen Sie mich doch bitte auch damit vertraut.«

»Ohne weiteres«, sagte er aufrichtig lächelnd. »Aber die Filme, die wir dank Ihnen drehen, werden ganz anders, keine Sorge. Wir werden

zum Beispiel keinen Film drehen, in dem Füsun aus dem Dorf in die Stadt kommt und durch das französische Kindermädchen innerhalb von drei Tagen zur feinen Dame gemacht wird.«
»Ich würde mich mit dem Kindermädchen nur herumstreiten«, sagte Füsun lachend.
»Es wird bei uns auch kein Aschenputtel geben, das von den reichen Verwandten verachtet wird, nur weil es arm ist«, erklärte Feridun.
»Die arme, erniedrigte Verwandte würde ich schon gern spielen!« sagte Füsun.
Ich fasste diese Worte gar nicht mal als Spott auf; sie verschafften mir bittersüßes Glück. In recht gelöster Atmosphäre wärmten wir Familienerinnerungen auf, dachten an den Tag zurück, als Çetin uns einmal in Istanbul herumgefahren hatte, und an entfernte Verwandte von uns, die einmal in irgendwelchen entlegenen Stadtvierteln gewohnt hatten und jetzt wohl entweder schon gestorben waren oder im Sterben lagen, und an vieles andere mehr. Eine Diskussion darüber, wie genau der Muschelreis zubereitet war, den wir gerade aßen, wurde von dem sehr hellhäutigen griechischen Koch beendet, der extra aus der Küche kam und lächelnd verriet, dass zu den Zutaten auch Zimt gehörte. Ich fand allmählich Gefallen an Feriduns Enthusiasmus und seiner naiven Zuversicht, und es war nicht einmal so, dass er mir seine Drehbuch- und Filmvisionen allzusehr aufgedrängt hätte. Als ich die beiden schließlich nach Hause brachte, vereinbarten wir, uns vier Tage später wieder zu treffen.

Den Sommer 1976 über kamen wir somit abends in einer ganzen Reihe von Bosporusrestaurants zusammen, um über Filme zu reden. Auch Jahre später noch dachte ich jedesmal, wenn ich von einem solchen Restaurant über den Bosporus blickte, daran zurück, wie ich bei jenen gemeinsamen Essen hin und her gerissen war zwischen dem unglaublichen Glück, mit Füsun beisammen zu sein, und der Kaltblütigkeit, der ich doch bedurfte, um sie wieder ganz für mich zu gewinnen. Ich hörte mir Feriduns Träume und seine Thesen über Yeşilçam und die Beschaffenheit des türkischen Kinogängers aufmerksam an und behielt allfällige Zweifel für mich. Da es ja nicht wirklich mein Anliegen war, den türkischen Kinobesucher mit einem künstlerischen

Film im westlichen Sinne zu beschenken, ging ich die Sache bewusst gemächlich an und verlangte etwa nach einem fertiggeschriebenen Drehbuch, lenkte aber Feridun, noch bevor ich dieses bekam, schon wieder mit einem anderen Thema ab.

Eigentlich fand ich den jungen Mann intelligenter und geschickter als die meisten Mitarbeiter von Satsat. Nachdem ich einmal mit ihm darüber gesprochen hatte, was die Produktion eines »richtigen« türkischen Filmes kosten würde, machte ich eine Rechnung auf, nach der man, um aus Füsun einen Star zu machen, in etwa die Hälfte dessen investieren müsste, was in einer Nebenstraße von Nişantaşı eine kleine Wohnung kostete, aber dass das Geschäftliche nicht zügiger voranschritt, lag nicht an der Höhe dieser Summe, sondern daran, dass es mich schon beruhigte, zweimal pro Woche unter dem Vorwand der Filmerei Füsun zu sehen. Ich beschloss, dass das fürs erste genügen müsse, nachdem ich so viele Schmerzen erlitten hatte. Ich hätte Angst gehabt, noch mehr zu verlangen. Nach all der Liebesqual hatte ich das Gefühl, mich erst einmal ausruhen zu müssen.

Nach dem Essen von Çetin nach İstinye chauffiert zu werden und dort süße Hühnerbrust mit viel Zimt zu essen oder in Emirgân Eis mit Helvawaffeln zu kosten und dabei gemeinsam lachend in das dunkle Bosporuswasser zu schauen, erschien mir das Höchste zu sein, was der Mensch sich auf Erden erhoffen durfte. Als ich eines Abends im Yani Füsun gegenübersaß, entdeckte ich das ungeheuer schlichte Glücksrezept, das jedermann kennen sollte, und murmelte es sogar vor mich hin: Glück ist nichts anderes, als dem geliebten Menschen nah zu sein (man braucht ihn nicht gleich zu besitzen). Kurz bevor mir diese Erleuchtung kam, hatte ich durch das Restaurantfenster auf der anderen Bosporusseite die zitternden Lichter der Villa gesehen, in der ich mit Sibel den letzten Herbst verbracht hatte, und ich hatte gemerkt, dass die furchtbaren Liebesschmerzen in meinem Bauch vorbei waren.

Und nicht nur das, ich vergaß in solchen Momenten sogar, dass ich noch vor kurzem wegen dieser Schmerzen erwogen hatte, mich umzubringen. Ich merkte in Füsuns Gegenwart also gar nicht mehr, wie sehr diese Leiden mich mitgenommen hatten, und gab mich der Illusion hin, ich könne ohne weiteres wieder in mein normales Leben zurückkehren, und fühlte mich stark und frei. Bei unserem dritten Treffen wurde mir dann aber doch klar, dass auf diese euphorischen Momente mit schöner Regelmäßigkeit wieder ein Tief folgte, und im Gedanken an die folgenden Tage, an denen ich mich wieder nach Füsun sehnen würde, nahm ich ein paar Gegenstände vom Tisch, um mich in einsamen Augenblicken an ihnen zu laben. Zum Beispiel diesen Blechlöffel, den Füsun aus Langeweile in den Mund nahm und mit dem sie lange herumspielte, als ich bei Aleko in Yeniköy mit ihrem Mann in ein Gespräch über Fußball verwickelt war – zum Glück waren wir beide Anhänger von Fenerbahçe, so dass wir uns ein Scheingefecht ersparten. Diesen Salzstreuer hielt Füsun lange in der Hand, als dicht vor unserem Fenster ein verrosteter sowjetischer Tanker vorbeifuhr, der mit seiner Schiffsschraube die Gläser und Flaschen auf dem Tisch erzittern ließ. Als wir bei unserem vierten Treffen bei Zeynel in İstinye ein Eis kauften und Füsun danach die angebissene Waffel auf die Straße warf, steckte ich sie heimlich ein. Zu Hause in meinem Zimmer starrte ich diese Dinge mit meinen benebelten Sinnen an, und um sie vor meiner Mutter zu verbergen, schaffte ich sie dann ein paar Tage später ins Merhamet Apartmanı zu meinen anderen Wertsachen und kämpfte damit gegen den langsam wieder anschwellenden Schmerz an.

Im Frühling und Sommer entwickelte sich zwischen meiner Mutter und mir eine Art Kameradschaft, wie wir sie nie zuvor empfunden hatten. Das lag natürlich daran, dass meine Mutter meinen Vater verloren hatte und ich Füsun. Dieser Verlust hatte uns beide reifer und toleranter werden lassen. Aber inwiefern wusste meine Mutter überhaupt Bescheid? Wenn sie auf die Eiswaffeln und Löffel gestoßen wäre, die ich nach Hause brachte, was hätte sie dann wohl gedacht? Versuchte sie aus Çetin herauszubringen, wo ich mich herumtrieb? In trüben Stunden grübelte ich darüber nach, und ich wollte nicht, dass sie dachte, ich würde wegen meiner inakzeptablen Macke einen Fehler begehen, den ich mein Leben lang bereuen würde, wie sie das genannt hätte.

Manchmal gab ich mich ihr gegenüber betont fröhlich, und ohne auch nur im Scherz zu kritisieren, dass sie für mich auf Brautschau ging, hörte ich mir gewissenhaft an, was die in Augenschein genommenen Mädchen für Besonderheiten aufwiesen. Bei den Dağdelens war sie inzwischen gewesen und hatte festgestellt, dass sie immer noch mit Köchen und Dienern auf großem Fuß lebten, obwohl sie doch Konkurs angemeldet hatten, und was nun ihre Tochter Billur anging, so sei sie zugegebenermaßen hübsch, für mich aber entschieden zu klein (»Ich will keine unter 1,65 m, verstanden, keine Liliputanerin!« hatte sie schon immer gesagt, als wir noch klein waren).

Die mittlere Tochter der Mengerlis, die ich im Frühsommer des vergangenen Jahres zusammen mit Sibel und Zaim im Büyük Kulüp auf Büyükada kennengelernt hatte, kam meiner Mutter zufolge nicht mehr in Frage: Sie sei bis vor kurzem noch sehr in den ältesten Sohn der Avunduks verliebt gewesen, den sie auch heiraten sollte, doch sei sie von ihm auf schmähliche Weise verlassen worden und daher beträchtlich ins Gerede gekommen.

Ich unterstützte die Bemühungen, die meine Mutter den ganzen Sommer über unternahm, weil ich manchmal tatsächlich glaubte, sie könnten zu einem glücklichen Ende führen, und auch weil sie meine Mutter ablenkten, die sich nach dem Tod meines Vaters immer mehr zurückzog. Manchmal rief sie aus ihrem Sommerhaus in Suadiye gegen Mittag bei mir im Büro an und sagte etwa, dass ein Mädchen, das ich mir unbedingt ansehen solle, in letzter Zeit immer abends mit dem Motorboot der Işıks an den Bootssteg unseres Nachbarn Esat komme, und wenn ich am Abend vor Einbruch der Dunkelheit dort einmal vorbeischaute, dann könnte ich sie sehen und kennenlernen, und das alles war im Ton eines Dorfbewohners gesprochen, der Jägern schildert, wo sie am besten an Rebhühner herankommen. Eigentlich rief sie tagtäglich unter irgendeinem Vorwand bei mir an, und wenn sie etwa in Suadiye in einem Kleiderschrank auf irgendwelche Sachen meines Vaters gestoßen war, zum Beispiel auf diese schwarzweißen Sommerschuhe, und dann am Telefon ausgiebig weinte, flehte sie mich an: »Bitte lass mich nicht allein!«, und sie sagte, auch mir tue das Alleinsein nicht gut und ich solle doch unbedingt zum Abendessen zu ihr nach Suadiye kommen. Zu solchen Essen erschien manchmal auch mein Bruder mit seiner Frau und seinen Kindern, und während sich dann meine Mutter mit Berrin über die Kinder, über Verwandte, die ständig steigenden Preise, neue Geschäfte und irgendwelchen Klatsch unterhielt, setzten Osman und ich uns unter die Palme, unter der früher immer mein Vater von seiner Liege aus auf die Prinzeninseln und die Sterne gesehen und an seine Geliebten gedacht hatte, und wir redeten über die Hinterlassenschaften unseres Vaters. Ohne sonderlichen Nachdruck sagte mein Bruder einmal, ich solle doch in die Firma einsteigen, die er gemeinsam mit Turgay gegründet hatte, und er habe gut daran getan, den von mir bei Satsat entlassenen Kenan an die Spitze der Firma zu setzen, und es sei ein Fehler von mir, mich nicht um ein gutes Verhältnis zu Kenan zu bemühen, und ein weiterer Fehler, nicht doch noch in der Firma Teilhaber zu werden, und ebenso halbherzig fügte er hinzu, dies sei meine letzte Chance, und wenn ich sie nicht wahrnähme, dann werde mich das noch reuen. Dann sagte er oft, ich würde nicht nur vor dem Geschäftsleben, sondern auch vor ihm, unseren gemeinsamen Freunden und vor Erfolg und Glück regelrecht davonlaufen. Ich sagte, es habe mir eben zugesetzt, dass die Verlobung mit Sibel in die Brüche gegangen sei, und ich brauchte jetzt etwas Abstand. An einem besonders heißen Juliabend sagte ich auch, ich verspürte ein tiefes Unbehagen in mir und ein starkes Bedürfnis nach Einsamkeit, und da sah ich Osman an, dass er sich ernsthafte Sorgen um meinen Geisteszustand machte. Er konnte sich meine Verrücktheiten wohl vorläufig gefallen lassen, doch sollten sie überhandnehmen, würde er vermutlich der Versuchung nicht widerstehen, sie in der Firma gegen mich zu verwenden, es sei denn, er fürchtete die Schande, die durch ein Publikwerden meines Zustands über unsere Familie gebracht würde. Solche Dinge gingen mir durch den Kopf, wenn ich mich gerade mit Füsun getroffen hatte und mich also relativ gut fühlte, doch sobald ich mich ein paar Tage darauf wieder nach ihr zu sehnen begann, war ich für andere Gedanken gar nicht mehr zugänglich. Meine Mutter wiederum ahnte zwar etwas von meinem Spleen und vom Dunkel in meiner Seele, aber allzu genau wollte sie davon nicht wissen. Und ich wäre einerseits schon neugierig gewesen, wieviel sie wusste, doch falls sie tatsächlich besser Bescheid wusste, als ich gedacht hatte, dann hätte ich mich dieser Wahrheit am liebsten auch verschlossen. So wie ich mir nach jedem Treffen mit Füsun einzureden versuchte, meine Liebe zu ihr sei nun nicht mehr ganz so intensiv, so bemühte ich mich auch, meine Mutter davon zu überzeugen, dass es nicht gar so schlimm um mich bestellt sei, indem ich einfach das Thema nie anschnitt. Und um ihr zu beweisen, wie frei von jeglichem Komplex ich sei, erzählte ich sogar einmal ganz beiläufig, ich hätte mal diese Füsun, die Tochter von Tante Nesibe, mit ihrem Mann am Bosporus zum Essen ausgeführt, und einmal seien wir auch gemeinsam in einen Film gegangen, zu dem der junge Mann das Drehbuch geschrieben habe.

»Ach, ich hatte schon gehört, dass ihr Mann immer mit Filmleuten unterwegs ist. Aber was soll man schon von einer erwarten, die bei einem Schönheitswettbewerb mitgemacht hat! Na ja, aber wenn du sagst, dass du die beiden nett findest ...«

»Der Junge macht einen ganz vernünftigen Eindruck.«

»Und du gehst ins Kino mit ihnen? Nimm dich nur in acht, Nesibe ist zwar eine warmherzige Frau, mit der man wunderbar lachen kann, aber sie hat es auch faustdick hinter den Ohren. Pass mal auf, heute abend ist am Bootssteg von Esat eine Party, da sind wir eingeladen. Da gehst du am besten hin, und ich lasse mir unter den Feigenbaum einen Sessel stellen und sehe euch aus der Ferne zu.«

52
Ein Film über die Schmerzen des Lebens muss aufrichtig und echt sein

Zwischen Mitte Juni und Anfang Oktober 1976 sahen wir mehr als fünfzig Filme in Freilichtkinos, von denen hier Eintrittskarten, Standfotos aus den Kinolobbys und Handzettel zu sehen sind, die ich mir teilweise erst Jahre später bei Sammlern besorgen konnte. Genau wie zu unseren Besuchen in den Bosporuskneipen holte ich Füsun und ihren Mann in Çukurcuma ab, und anhand der Wegbeschreibung, die Feridun von einem Filmverleiher oder Kinobetreiber aus seinem Bekanntenkreis bekommen und auf einen Zettel gekritzelt hatte, versuchten wir uns zu dem betreffenden Kino durchzuschlagen. Istanbul war in den vergangenen zehn Jahren ungeheuer angewachsen, hatte sich durch Brände und Neubauten stark verändert und war durch Zuwanderung zu einer überfüllten Stadt geworden, so dass wir uns oft verfuhren, uns mühsam durchfragen mussten und zu der Vorführung erst im letzten Moment eintrafen oder gar im Dunkeln unsere Plätze einnahmen und erst in der Pause, wenn für fünf Minuten die Lichter angingen, endlich sahen, an was für einem Ort wir uns eigentlich befanden.

Diese großen Gartenkinos, die später, nachdem man die Maulbeerbäume und Platanen gefällt hatte, zu Baugrundstücken für Hochhäuser, zu Parkplätzen oder zu kleinen Fußballfeldern mit grünem Plastikrasen wurden, waren damals im Grunde recht triste Stätten, umgeben von weißgekalkten Mauern, von Fabrikgebäuden, verfallenden Holzkonaks und mehrstöckigen Mietshäusern mit unzähligen Fenstern und Balkons, doch was mich am meisten faszinierte, waren die Menschen, die sich dort einfanden. In den Kinos saßen Hunderte von Leuten beisammen, die mit den recht melodramatischen Filmen, die wir uns meist ansahen, eifrig mitgingen und dabei unentwegt Sonnenblumenkerne kauten, ganze Familien, Kopftuchmütter, rauchende Väter, Limo trinkende Kinder, Scharen junger Männer, und die Betriebsamkeit dieser Menschen vermengte sich in meinem Kopf mit dem Geschehen auf der Leinwand.

So begegnete ich damals auf der riesigen Leinwand eines Freiluftkinos zum erstenmal Orhan Gencebay, dem Schlager- und Filmkönig, der damals mit Schallplatten, Filmen und Plakaten ins Leben jedes einzelnen Türken trat. Wir waren hinter den neuen Slumvierteln zwischen Pendik und Kartal auf einem Hügel, mit Blick auf das Marmara-Meer, die Prinzeninseln und auf Fabrikmauern, die mit linken Slogans bepinselt waren. Von der Zementfabrik Yunus in Kartal, die aus ihren hohen Schloten die ganze Umgebung kalkweiß einfärbte, zog ein Rauch herüber, der in der Nacht noch weißer wirkte und sich auf die Kinobesucher herabsenkte wie Märchenschnee.

Orhan Gencebay spielte in dem Film einen armen jungen Fischer namens Orhan, der unter der Protektion eines reichen Bösewichtes stand und sich diesem zur Treue verpflichtet fühlte. Bei der Szene, in der der noch schlimmere Sohn des Bösewichts zusammen mit seinen Freunden die in ihrem ersten Film auftretende Müjde Ar wüst und für den Zuschauer gut sichtbar vergewaltigte, wurde es im Kino ganz still. Auf Befehl seines Protektors hin musste Orhan danach Müjde heiraten, um die Sache zu vertuschen, und sang voller Schmerz und Wut sein »Nieder mit dieser Welt!«, das ihn in der ganzen Türkei berühmt machte.

In besonders rührseligen Szenen verstummte jeweils das Knistern der Leute, die an ihren Kernen knabberten (ich hatte es zunächst für ein Maschinengeräusch aus einer Fabrik gehalten), und wir wurden mit unseren seit langem angehäuften Kümmernissen uns selbst überlassen. Aber die Atmosphäre im Kino, die Regungen der unterhaltungssüchtigen Menschen um mich herum, die schlagfertigen Zwischenrufe der ganz vorne sitzenden Jugendlichen und natürlich auch die Ungereimtheiten des Films hielten mich davon ab, so richtig mitzugehen und mich an meinen verdrängten Ängsten zu ergötzen. Während Orhan Gencebay sich ereiferte: »Überall Dunkelheit, nirgendwo Menschlichkeit!«, war ich froh, in diesem von Bäumen und Sternen umgebenen Kino neben Füsun zu sitzen. Ich hatte ein Auge auf die Leinwand und beobachtete mit dem anderen, wie Füsun bei manchen Szenen unruhig auf dem Holzstuhl herumrutschte, wie sich beim Atmen ihre Brust hob und senkte und wie sie die Beine übereinanderschlug und an ihrer Zigarette zog, während Orhan Gencebay sang: »Schicksal, sei verflucht!«, und ich stellte Vermutungen darüber an, inwieweit sie sich mit dem Geschehen auf der Leinwand identifizierte. Als Orhan sich in seinem Lied immer empörter gab, warf ich Füsun von der Seite her einen gefühlvoll-spöttischen Blick zu und lächelte sie an, doch sie war von dem Film so gefesselt, dass sie mich gar nicht wahrnahm.

Da Orhans Frau vergewaltigt worden ist, schläft er nicht mit ihr und hält sich überhaupt fern von ihr. Als Müjde begreift, dass die Ehe ihre Schande nicht tilgen wird, begeht sie einen Selbstmordversuch, doch Orhan schafft sie gerade noch ins Krankenhaus und rettet sie. Als sie das Krankenhaus wieder verlässt, sagt Orhan zu ihr, sie solle sich bei ihm unterhaken, und Müjde fragt ihn daraufhin in der ergreifendsten Szene des Films: »Schämst du dich wegen mir?« Da fühlte ich, wie mein verborgener Schmerz sich wieder zu regen begann. Die vielen Menschen im Kino waren nun ganz still, sie begriffen, dass es hier um die Scham eines Mannes ging, der eine vergewaltigte Frau geheiratet hatte und sich nun Arm in Arm mit ihr sehen ließ. Auch ich verspürte nun in mir eine Scham, ja eine Wut. Lag das daran, dass hier das Thema der Jungfräulichkeit und der Ehre so offen angesprochen wurde, oder schämte ich mich, weil ich mir das zusammen mit Füsun ansah? Während ich darüber nachdachte, sah ich, wie Füsun sich auf ihrem Stuhl bewegte. Als die Kinder allmählich auf dem Schoß ihrer Mütter einschliefen und auch die Schreier in den ersten Reihen es aufgegeben hatten, den Filmhelden laufend etwas zuzurufen, hätte ich Füsun gerne am Arm genommen. Ihr Arm ruhte übrigens auf der Lehne, die hier ausgestellt ist.

Der zweite Film verwandelte die Scham, die ich empfand, in das, was das ganze Land und selbst die Sterne am Himmel wirklich bewegte, nämlich in Liebesleid. Diesmal hatte Orhan Gencebay es mit der süßen Brünetten Perihan Savaş zu tun, aber angesichts seines unermesslichen Schmerzes verfluchte er nun nicht erbittert sein Schicksal, sondern suchte voller Stolz seine Zuflucht in einer Haltung, die uns noch viel näher ging, nämlich in Selbstbescheidung und Duldsamkeit, und mit einem Lied fasste er sowohl seine Haltung als auch den ganzen Film zusammen:

»Einst warst du meine Geliebte, ich sehnte mich nach dir, selbst wenn du bei mir warst; jetzt hast du eine andere Liebe gefunden; Kummer und Sorgen seien mein, und Glück und Leben dein.«

War es nun wirklich nur deshalb stiller, weil die Kinder schliefen und nicht mehr mit Kichererbsen um sich warfen und die Krakeeler verstummt waren, oder brachten die Zuschauer eine besondere Achtung dafür auf, dass Orhan Gencebay es schaffte, seinen Liebeskummer in Opferbereitschaft umzuwandeln? Hätte ich nicht das gleiche tun und nur für Füsuns Glück leben sollen, anstatt mich noch weiter unglücklich und zum Gespött zu machen? Konnte ich dadurch zur Ruhe kommen, dass ich alles tat, um Füsun eine Filmrolle zu verschaffen?

Füsuns Arm war jetzt weiter weg, und als Orhan Gencebay zu seiner Geliebten sagte: »Das Glück sei dein, und die Erinnerung mein!« und daraufhin einer zur Leinwand hinaufplärrte: »Du Idiot!«, hatte er nur ganz wenige Lacher auf seiner Seite. Sich mit seinem Schicksal abzufinden, das war doch das, worauf sich unser Volk am besten verstand. Vermutlich weil der Film in einer Bosporusvilla gedreht worden war und Erinnerungen an den letzten Sommer und Herbst in mir weckte, schnürte sich mir die Kehle zu. Vor Dragos fuhr ein weißglänzendes Schiff gemächlich zu den blinkenden Lichtern der Prinzeninseln, wo glückliche Menschen ihren Sommer verbrachten. Ich zündete mir eine Zigarette an, schlug die Beine übereinander und sah voll staunender Bewunderung zu den Sternen hinauf. Dass ich dem Film trotz seiner groben Machart etwas abgewinnen konnte, lag daran, dass ich im Dunkel die Anwesenheit der immer stiller werdenden Zuschauer verspürte. Bei mir zu Hause hätte der Film diese Wirkung nicht tun können, ich hätte ihn mir nicht einmal bis zum Ende angesehen und mich lieber zu meiner Mutter gesetzt. Doch hier, neben Füsun, fühlte ich mich den Leuten um mich herum irgendwie verbunden.

Als der Film aus war und die Lichter angingen, waren wir ebenso stumm wie die Eltern, die ihre schlafenden Kinder davontrugen. Im Auto lehnte sich Füsun an die Schulter ihres Mannes und schlief gleich ein, während ich auf die dunklen Straßen hinaussah, auf Fabriken, Slumviertel, auf Jugendliche, die linke Slogans an Mauern schrieben, auf Bäume, die im Dunkel noch älter aussahen, auf Meuten von Straßenhunden und auf Teegärten, die im Begriff waren zu schließen, und rauchend und ohne mich umzudrehen lauschte ich auf Feridun, der mir von hinten unverdrossen zuflüsterte, worauf es bei den gerade gesehenen Filmen vor allem ankam.

Im Yeni İpek, einem hinter Nişantaşı in der Nähe des sogenannten Lindenpavillons zwischen armseligen Schwarzbauten eingeklemmten Kino, saßen wir an einem heißen Abend in einem schmalen, langgezogenen Garten unter Maulbeerbäumen und sahen die beiden Melodrame *Liebesnot geht erst mit dem Tod vorbei* und *Hört den Klageschrei meines Herzens*, in dem der Kinderstar Papatya mitspielte. Als wir in der Pause zwischen den Filmen mit unseren Limonadeflaschen in der Hand dastanden und Feridun sagte, der Schauspieler, der im ersten Film den skrupellosen Buchhalter darstellte, sei ein Freund von ihm und habe sich schon bereiterklärt, auch in unserem Film eine Rolle anzunehmen, da dachte ich mir, dass es mir – um nur in Füsuns Nähe zu sein – nicht sonderlich schwerfallen werde, in die Welt des türkischen Films einzutauchen. Da erkannte ich plötzlich an der schwarzverhangenen Tür eines der vielen Balkons, die auf das Kino hinausgingen, dass es sich bei dem betreffenden Holzgebäude um nichts anderes handelte als um eines der beiden geheimen Luxusbordelle in den Seitenstraßen von Nişantaşı. Die dort arbeitenden Mädchen scherzten gerne darüber, dass in Sommernächten das Liebesgestöhne reicher Freier sich mit Filmmusik, Degengeklirre oder den Rufen vormals blinder Kinder vermischte, die nach einer Spontanheilung jubilierten: »Ich kann sehen! Ich kann sehen!« Wenn in dem Haus, das einst einem bekannten jüdischen Kaufmann gehört hatte, die miniberockten Mädchen sich beim Warten auf Freier langweilten, gingen sie einen Stock höher und sahen sich von einem Balkon aus den jeweiligen Film an.

Im kleinen Yıldız Bahçesi in Şehzadebaşı wiederum führten auf drei Seiten mit Menschen vollgestopfte Balkons wie die Logen in der Scala um die unten sitzenden Zuschauer herum, und zwar so nahe, dass bei dem Film *Meine Liebe und mein Stolz* nach der Szene, in der der reiche Vater seinen Sohn beschimpft (»Wenn du dieses Flittchen von Verkäuferin heiratest, dann enterbe ich dich und du bist nicht mehr mein Sohn!«), einige Zuschauer schon meinten, der auf einem der Balkons ausbrechende Streit gehöre zum Film. Im Çiçek in Karagümrük, wo es neben dem Freilichtkino auch einen richtigen Kinosaal gab, sahen wir uns die nach Feriduns Buch gedrehte *Simit-Verkäuferin* an, eine Neuverfilmung von Xavier de Montepins Roman *Die Brotausträgerin*. Im Gegensatz zur ersten Verfilmung wurde die Hauptrolle nicht mehr von Türkan Şoray, sondern von Fatma Girik gespielt, worüber auf einem Balkon direkt über uns ein dicker Mann im Unterhemd, der im Beisein der ganzen Familie seinen Raki süffelte, überhaupt nicht glücklich war und das auch deutlich zum Ausdruck brachte: »Türkan hätte das nie so gespielt, das ist doch schwachsinnig hier!« Da der Mensch auf dem Balkon den Film schon am Vortag gesehen hatte, meckerte er lautstark im voraus über den Stuss, der gleich kommen würde, und als die Zuschauer hinaufriefen: »Jetzt halt doch mal die Klappe!«, legte er sich sogleich mit ihnen an und machte den Film erst recht herunter. Wann immer Füsun sich an Feridun schmiegte, gab es mir einen Stich. Und wenn wir nach Hause fuhren, vermied ich tunlichst, nach hinten zu sehen, weil Füsun oft den Kopf an Feriduns Schulter legte oder nach seiner Hand griff.

Der von Çetin langsam und vorsichtig chauffierte Wagen glitt lautlos durch die feuchtwarme Nacht, und ich sah durch die halbgeöffneten Fenster ins Dunkel hinaus, hörte Grillen zirpen und sog den Geruch von Geißblatt, Rost und Staub ein. Wenn ich im Kino merkte, wie das junge Paar näher aneinander heranrückte, etwa bei den Verfolgungsjagden der beiden von amerikanischen Filmen und Istanbuls Straßen inspirierten Krimis, die wir in Bakırköy im İncirli sahen, dann verdüsterte sich mein Gemüt. Manchmal fühlte ich mich wie der harte Mann in *Zwischen zwei Feuern*, der seinen Schmerz in sich vergräbt und keinen Laut von sich gibt. Hin und wieder kam es mir so vor, als ob Füsun sich nur deshalb an die Schulter ihres Mannes lehnte, um mich eifersüchtig zu machen, und dann focht ich ein imaginäres Duell mit ihr aus. Wenn die beiden miteinander tuschelten und lachten, tat ich so, als bemerkte ich es gar nicht und sei völlig von dem Film gefesselt, und um das zu beweisen, prustete ich an Stellen los, über die wirklich nur der einfältigste Zuschauer lachen konnte. Oder aber – wie ein Intellektueller, dem nicht geheuer ist, sich überhaupt in so einen Film verirrt zu haben – ich machte meine Überlegenheit an irgendeinem Detail fest, das sonst kein Mensch bemerkte, und kicherte dann vor mich hin, als könnte ich mich gar nicht einkriegen über eine so unfassbare Albernheit. Doch war mir gar nicht wohl in meiner Haut, wenn ich mich so gab. Wenn Feridun in einer zärtlichen Anwandlung seinen Arm um Füsuns Schulter legte – was allerdings nicht häufig der Fall war –, machte mir das gar nichts aus, doch wenn daraufhin Füsun ihren Kopf an Feriduns Schulter lehnte, war es mit meiner Fassung vorbei, und ich konnte nicht umhin, das für Absicht zu halten und sie als herzloses Wesen anzusehen.

Ende August, nachdem schon die ersten Störche vom Balkan her in Richtung Afrika über Istanbul hinweggezogen waren (mir fiel damals nicht einmal ein, dass wir ein Jahr zuvor um diese Zeit unser Sommerabschlussfest gefeiert hatten), sahen wir an einem schon recht kühlen Tag in der großen Außenanlage des Yumurcak-Kinos in Beşiktaş den

Film *Ich liebte ein armes Mädchen*, und ich bemerkte auf einmal, dass Füsun und Feridun unter dem Pullover auf Füsuns Schoß Händchen hielten. Auch in anderen Kinos war das schon vorgekommen, und wenn ich nach einer kurzen Aufwallung von Eifersucht meinte, die Sache wieder vergessen zu haben, musste ich doch, wenn ich die Beine übereinanderschlug oder mir eine Zigarette anzündete, immer wieder einen Blick hinüberwerfen, ob die Hände der beiden noch immer glücklich unter jenem Pullover vereint waren. Wenn sie doch verheiratet waren, ein Bett miteinander teilten und jede Gelegenheit hatten, sich zu berühren, warum mussten sie es dann ausgerechnet hier vor mir tun?

Vor lauter Eifersucht war meine gute Laune dahin, und plötzlich erschien mir nicht nur das, was wir gerade auf der Leinwand sahen, sondern überhaupt alle Filme, die wir uns seit Wochen anschauten, abgrundtief schlecht, unglaublich seicht und bemitleidenswert unrealistisch. Ich hatte die Nase voll von all den Verliebten, die urplötzlich zu singen anfingen, von den Dienstmädchen vom Lande, die Kopftuch und Lippenstift verquickten und innerhalb eines Tages zu Sängerinnen mutierten. Ich konnte auch die Geschichten nicht mehr sehen, in denen jeweils drei Offiziere miteinander befreundet waren und auf der Straße Frauen dumm anmachten: alles – wie Feridun grinsend sagte – »billig abgekupfert von den *Drei Musketieren*«. Im Arzu in Feriköy, wo sie wegen der Konkurrenz dazu übergingen, an einem Abend gleich drei Filme zu zeigen, bis zur Unverständlichkeit zerschnipselt, sahen wir unter anderem *Die Drei von Kasımpaşa* und *Die drei Furchtlosen*. Überdrüssig war ich auch der sich aufopfernden Liebenden (»Halt halt, Tanju ist unschuldig, ich bin es gewesen!« rief Hülya Koçyiğit in *Unter den Akazien*, bevor uns der Regen verscheuchte), der Mütter, die zu allem bereit waren, um ihr blindes Kind operieren zu lassen (wie etwa im Film *Gebrochenes Herz*, den wir im Volksgarten von Üsküdar sahen, wo zwischen zwei Filmen immer ein Seiltänzer auftrat), der Busenfreunde (»Lauf du weg, ich halte sie solange hin«, rief einmal Erol Taş, der angeblich Feridun versprochen hatte, auch in unserem Film mitzuwirken) und der Männer, die ihrem Glück den Rücken kehrten und dabei sagten: »Aber du bist die große Liebe meines Freundes«, wie wir es etwa im Ferah in Şişli hörten. Wenn ich so verzagt war, beeindruckte es mich auch wenig, wenn auf der Leinwand Mädchen sagten: »Ich bin doch nur eine kleine Verkäuferin, und Sie sind der Sohn eines reichen Fabrikanten« oder wenn melancholische Männer zu Hause angaben, einen entfernten Verwandten zu besuchen, und sich statt dessen zu ihrer Geliebten chauffieren ließen.

Das vorübergehende Glück, neben Füsun zu sitzen, in das ich nach und nach auch den Film auf der Leinwand und die Zuschauer im Kino einbezog, konnte durch den Stachel der Eifersucht blitzartig in tiefste Schwermut umschlagen, die mich alles um mich herum verfluchen ließ. Manchmal aber, in einem verzauberten Augenblick, hellte sich alles in mir auf. Während meine Seele gerade vom dunklen Schicksal eines der vielen blinden Helden berührt wurde, wurde mein Arm plötzlich von Füsuns seidigweicher Haut berührt, und um dieses herrlichen Gefühls nicht verlustig zu gehen, bewegte ich meinen Arm keinen Millimeter mehr und starrte dabei weiter auf den Film, ohne noch irgend etwas zu verstehen, und wenn ich merkte, dass auch sie sich regungslos dieser Berührung überließ, meinte ich vor Glück fast zu vergehen. Als wir gegen Ende des Sommers im Çampark in Arnavutköy *Kleines Fräulein* sahen, die Abenteuer einer verzogenen Göre, die vom Chauffeur des Hauses auf den rechten Weg gebracht wird, berührten sich unsere Arme wieder so, und als das Feuer ihres Körpers auf den meinen überging, regte sich bei mir noch etwas anderes. Zuerst kümmerte mich das nicht weiter, und ich genoss einfach dieses schwindelerregende Glück, doch dann gingen plötzlich die Lichter an, und es wurden fünf Minuten Pause angekündigt. Um das Unschickliche meiner Lage zu verbergen, legte ich mir meinen Pullover auf den Schoß.

»Holen wir uns was zu trinken?« fragte Füsun. Normalerweise kaufte sie die Limo und das Knabberzeug immer mit ihrem Mann.

»Ja, aber warte noch einen Augenblick, ich muss noch über etwas nachdenken.«

Dann verfuhr ich so wie seinerzeit auf dem Gymnasium und dachte an den Tod meiner Großmutter, an echte und imaginäre Beerdigungen, an Standpauken meines Vaters, an meine eigene Beerdigung, an das Grabesdunkel, an meine Augen, die sich dann langsam mit Erde füllen würden ... Nach einer halben Minute war ich soweit, dass ich aufstehen konnte.

»Gut«, sagte ich. »Gehen wir!«

Ich wunderte mich wieder, wie groß sie war und wie aufrecht sie dahinging, als sähe ich das zum erstenmal. Wie schön es doch war, zwischen den Stühlen und den herumlaufenden Kindern neben ihr herzugehen, ohne sich schämen zu müssen. Es gefiel mir, dass die Leute uns anschauten, und ich genoss die Vorstellung, sie könnten uns für ein Paar halten. Für diesen kurzen Moment hatte sich all mein Leiden gelohnt, und ich würde ihn immer in Erinnerung behalten, das war mir sofort klar.

Vor dem Limonadenstand drängte sich jeder, ob Erwachsener oder Kind, lautstark vor und wollte als erster bedient werden. Wir stellten uns hinter die Leute.

»Worüber hast du denn vorhin so ernst nachgedacht?« fragte Füsun.

»Über den Film. Der hat mir nämlich gefallen. Ich habe mich gefragt, was ich jetzt plötzlich an diesen Filmen finde, die ich früher nur verachtet habe. Mir war so, als würde ich die Antwort darauf finden, wenn ich mich nur ein bisschen konzentriere.«

»Gefallen dir dic Filme wirklich? Oder gehst du nur gern mit uns ins Kino?«

»Nein, nein, es sind die Filme. Die meisten, die wir diesen Sommer gesehen haben, sind mir irgendwie nahegegangen und hatten oft auch etwas Tröstliches.«

»Das Leben ist aber nicht so einfach wie diese Filme«, erwiderte Füsun, als hielte sie mich für etwas zu verträumt. »Aber ich amüsiere mich, und ich bin froh, dass du mit uns hier bist.«

Wir schwiegen eine Zeitlang. Am liebsten hätte ich gesagt: Es reicht mir schon, wenn ich neben dir sitzen darf. War es denn Zufall, dass unsere Arme sich so lange berührt hatten? Es hätten so viele Worte aus mir herauswollen, aber die Leute um uns herum und überhaupt die ganze Welt, in der wir lebten, ließen das nicht zu. Aus den Lautsprechern in den Bäumen ertönte das Lied von Orhan Gencebay aus dem Film, den wir zwei Monate zuvor in Pendik in dem Kino mit dem wunderbaren Ausblick gesehen hatten: »Einst warst du meine

Geliebte …« Die Musik ließ die Bilder dieses ganzen Sommers an mir vorbeiziehen, all die Bosporus-Restaurants, in denen ich etwas benebelt Füsun und das mondbeschienene Meer angestaunt hatte.

»Ich war in diesem Sommer sehr glücklich«, sagte ich. »Diese Filme haben mir etwas beigebracht. Es kommt im Leben gar nicht darauf an, ob man reich ist oder nicht. Was zählt, sind leider die Nöte und Schmerzen, nicht wahr?«

»Ein Film über die Schmerzen des Lebens«, sagte meine Schöne mit umflortem Blick, »muss aufrichtig sein.«

Neben uns spritzten Kinder mit Limonade herum, und als Füsun dabei angerempelt wurde, zog ich sie an mich. Sie hatte ein paar Limonadespritzer auf der Kleidung.

»Ihr Esel!« schimpfte ein Mann und versetzte einem der Kinder einen Schlag auf den Nacken. Er sah mich beifallheischend an, und dabei fiel sein Blick auf meine Hand, die noch auf Füsuns Hüfte ruhte.

Wie nah wir uns an jenem Abend doch waren, nicht nur körperlich, sondern auch seelisch! Füsun aber brach mir schon allein dadurch das Herz, dass sie meinen Blicken auswich und davonging, um aus der Schüssel, um die sich die Kinder drängten, zwei Flaschen Limonade herauszuholen.

»Eine ist für Çetin«, sagte Füsun und ließ die beiden Flaschen öffnen. Ich bezahlte und brachte eine Flasche Çetin, der nicht mit uns im »Familienbereich« des Kinos, sondern unter den ledigen Männern saß.

»Das hätte es doch nicht gebraucht«, wehrte er lächelnd ab.

Als ich zurückkam, sah ich, dass ein kleiner Junge Füsun bewundernd zuschaute, wie sie ihre Limo aus der Flasche trank. Schließlich wagte der Junge, sie anzusprechen.

»Sind Sie Filmschauspielerin?«

»Nein.«

Mit dieser Frage versuchten damals Schürzenjäger ihr Glück bei so ziemlich jeder jungen Frau, die einen gepflegten Eindruck machte, einigermaßen freizügig gekleidet und geschminkt war, aber nicht unbedingt den höheren Schichten angehörte. Damit hatte der etwa zehnjährige Junge natürlich nichts im Sinn. Er ließ nicht locker.

»Ich habe Sie aber in einem Film gesehen.«

»In welchem denn?«
»In den *Herbstschmetterlingen*, da hatten Sie doch dieses Kleid an!«
»Und welche Rolle soll ich da gespielt haben?« fragte Füsun amüsiert. Aber nun sah der Junge ein, dass er sich getäuscht hatte, und verstummte.
»Ich frag mal meinen Mann, der kennt alle Filme.«
Dass sie daraufhin mit Blicken in der Menge zu suchen begann und der Junge somit begriff, dass nicht ich Füsuns Mann war, betrübte mich verständlicherweise. Aber ich schluckte meinen Ärger hinunter, und noch voll des Glücks, dort neben Füsun meine Limonade trinken zu dürfen, sagte ich unschuldig: »Der Junge muss geahnt haben, dass wir bald einen Film drehen und du die Hauptrolle bekommst.«
»Dass heißt also, du rückst jetzt doch einmal mit dem Geld heraus und wir drehen den Film tatsächlich? Du musst schon entschuldigen, Kemal, aber Feridun traut sich das Thema schon gar nicht mehr anzusprechen, so lange hältst du uns schon hin.«
»Ach so?«

53
Groll und ein gebrochenes Herz nützen niemandem

Den Rest des Abends über gab ich keinen Ton mehr von mir. Da das, was ich damals erlebte, auch in zahlreichen anderen Sprachen auf gleiche Weise versinnbildlicht wird, dürfte das hier ausgestellte gebrochene Herz aus Porzellan den Museumsbesuchern meinen Kummer wohl verdeutlichen. Ich erlebte mein Liebesleid nicht mehr wie im letzten Sommer in Form von Erregung, Verzweiflung, Wut. Der Schmerz floss in meinem Blut nun zäher dahin, denn dadurch, dass ich Füsun alle paar Tage sah, hatte die Intensität meines Leidens abgenommen, und um mit dieser neuen Art von Schmerz fertig zu werden, hatte ich neue Strategien entwickelt, die sich den Sommer über in meiner Seele verankert und aus mir einen anderen Menschen gemacht hatten. Einen Großteil meiner Tage verbrachte ich nicht mehr damit, den Schmerz zu bekämpfen, sondern ihn zu unterdrücken, zu verdecken, zu ignorieren. Mein Liebesschmerz war zurückgegangen, doch an seine Stelle war ein anderer getreten, nämlich der Schmerz der Erniedrigung. Ich dachte zuerst, Füsun trachte danach, diesen bei mir nicht zu wecken und sich von heiklen Themen fernzuhalten, doch nach ihren kränkenden Worten war an dergleichen nicht mehr zu denken.

Zuerst bemühte ich mich noch, die harten Brocken, die mir andauernd im Kopf herumgingen, zu ignorieren, so als hätte ich sie einfach nicht gehört. Aber mein dahingemurmeltes »Ach so?« war ja der Beweis dafür, dass ich sie sehr wohl vernommen hatte. So machte ich noch einen zaghaften Versuch, so zu tun, als seien Füsuns Worte kein Grund, beleidigt zu sein, aber dazu war es zu spät, es sperrte sich etwas in mir. Mir war meine verdorbene Laune anzusehen, und damit auch, dass ich mir der Erniedrigung bewusst war. Ich setzte mich mit der Limoflasche in der Hand an meinen Platz zurück, und die beleidigenden Worte frästen sich durch meinen Kopf. Mich schmerzte jede Bewegung. Noch kränkender als die Worte selbst war, dass Füsun mitbekam, wie sehr sie mich trafen.

Ich zwang mich mit aller Kraft, mich abzulenken und so zu tun, als ob nichts geschehen sei. Wie in jüngeren Jahren, wenn ich vor Langeweile schier platzte und mich in metaphysischen Gedanken verlor, stellte ich mir die Frage: Was denke ich jetzt gerade? Ich denke darüber nach, was ich gerade denke! Diese Worte wiederholte ich eine ganze Weile mechanisch im Kopf, dann wandte ich mich entschlossen zu Füsun um und sagte: »Die wollen die leeren Flaschen zurückhaben.« Ich nahm ihr ihre Flasche aus der Hand und ging damit davon. In der anderen Hand hielt ich meine eigene Flasche. Ich hatte noch nicht ganz ausgetrunken. Als ich mich unbeobachtet fühlte, schüttete ich den Rest aus meiner Flasche in Füsuns leere Flasche und übergab meine dann dem Limoverkäufer. Mit der hier ausgestellten Flasche von Füsun kehrte ich an meinen Platz zurück.

Füsun und ihr Mann redeten miteinander und hatten anscheinend nichts mitbekommen. Ich wiederum bekam bis zum Schluss des

Films nichts mehr von dem mit, was auf der Leinwand geschah. Ich hielt in meinen zitternden Händen die Flasche, die gerade noch Füsun mit den Lippen berührt hatte. An etwas anderes wollte ich nicht mehr denken, ich wollte nur noch nach Hause, in meine Welt, zu meinen Sachen. Diese Flasche hatte danach jahrelang einen Ehrenplatz am Kopfende meines Bettes im Merhamet Apartmanı. Wer sie sich näher ansieht, wird feststellen, dass es sich um eine Meltem-Flasche handelt, aber ihr Inhalt entsprach ganz und gar nicht dem Geschmack, den Zaim so rühmte. Meltem war inzwischen in etwa der Hälfte der Türkei auf dem Markt, und die leeren Flaschen wurden oft von lokalen Produktpiraten bei den Krämerläden abgeholt und in illegalen Klitschen mit Billiglimonade gefüllt. Als Feridun, dem die Missstimmung zwischen Füsun und mir entgangen war, auf der Heimfahrt sah, dass ich mir die Flasche manchmal an die Lippen führte, sagte er: »Schmeckt gar nicht so schlecht, dieses Meltem, was, Kemal?« Ich erklärte ihm, es sei gar kein echtes Meltem. Da war ihm gleich alles klar.

»Hinter Bakırköy ist eine illegale Gasabfüllstation, da füllen sie die Aygaz-Flaschen mit Billiggas auf. Wir haben das auch mal machen lassen, und ob du's glaubst oder nicht, das hat besser gebrannt als das echte!«

Ernst setzte ich die Flasche an meine Lippen an und sagte: »Das da schmeckt auch viel besser.«

Während der Wagen im fahlen Laternenlicht über leere Straßen rumpelte, sah ich durch die Windschutzscheibe die Schatten der Bäume und Blätter dahinhuschen wie im Traum. Ich fühlte den Schmerz meines gebrochenen Herzens nun so richtig und drehte mich gar nicht nach hinten um. Dennoch wurde im Auto wieder über Filme gesprochen. Çetin, der sich im allgemeinen kaum in unsere Gespräche einmischte, war vermutlich durch das Schweigen im Auto unangenehm berührt und sagte deshalb, er habe an dem Film einiges unglaubwürdig gefunden. So würde etwa ein Istanbuler Chauffeur die Tochter seines Dienstherrn nie und nimmer so ausschimpfen, und sei es auch in höflichem Ton.

»Aber das war ja kein Chauffeur, das war der berühmte Schauspieler Ayhan Işık«, erwiderte Feridun.

»Ja natürlich«, sagte Çetin, »und deshalb hat mir der Film auch gefallen. Weil er auch etwas Lehrreiches hatte. Die Filme, die wir diesen Sommer gesehen haben, waren nicht nur amüsant, sondern man hat auch etwas fürs Leben gelernt.«

Füsun und ich schwiegen. Dass Çetin »diesen Sommer« gesagt hatte, ließ meine Stimmung noch tiefer sinken. Die schönen Sommerabende, in denen ich mit Füsun unter den Sternen saß, waren vorbei. Um Füsun nicht merken zu lassen, wie verletzt ich war, hätte ich am liebsten drauflosgeplaudert, aber es kam mir nichts über die Lippen, und ich fühlte, dass ich ihr lange böse sein würde.

Ich wollte sie gar nicht mehr sehen. Was sollte ich auch mit jemandem, der sich nur des Geldes wegen an mich heranschmiss? Noch dazu war sie nicht einmal mehr bemüht, das vor mir zu verheimlichen. Es würde mir also leichtfallen, von ihr loszukommen. Als die beiden vor ihrem Haus ausstiegen, machte ich keinerlei Anstalten, ein neues Treffen zu vereinbaren, und drei Tage lang rief ich sie dann auch nicht an. Inzwischen machte sich langsam ein Gefühl in mir breit, das ich als diplomatisches Schmollen bezeichnete und das nicht auf meinem Kummer an sich, sondern auf einer einfachen Notwendigkeit gründete.

Wenn jemand uns schlecht behandelt, dann müssen wir ihn dafür bestrafen, damit er uns das nicht noch einmal antut und wir unseren Stolz bewahren. Die Strafe, die ich Füsun auferlegen würde, bestand natürlich darin, ihrem Mann kein Geld für seinen Film zu geben und damit ihre Träume vom Ruhm zu vereiteln. Nachdem ich ihr also zuerst spontan gezürnt hatte, begann ich mir am zweiten Tag detailreich vorzustellen, was genau ihr weh tun würde. Und obwohl auf der Hand lag, dass vor allem der finanzielle Aspekt sie treffen würde, dachte ich mir aus, sie würde nicht wegen des Filmes traurig sein, sondern weil sie mich nicht mehr sähe. Und vielleicht war das ja gar keine Täuschung, sondern die Wahrheit. So gewann die genüssliche Vorstellung von Füsuns Reue allmählich die Oberhand über meinen eigentlichen Verdruss. Als ich am Abend des zweiten Tages mit meiner Mutter in Suadiye still am Esstisch saß, spürte ich, dass ich mich nach Füsun sehnte und mein Zorn eigentlich längst verraucht war, so dass ich ihn allenfalls als Strafmaßnahme noch künstlich aufrechterhalten konnte.

Ich versuchte mich während des Abendessens an Füsuns Stelle zu versetzen und begann aus ihrer Warte eine erbarmungslose Logik zu entwickeln. Wäre ich eine junge schöne Frau wie sie und hätte mit einem dahingeplapperten Satz einen reichen Produzenten gekränkt und mich damit um die Chance gebracht, zum Filmstar aufzusteigen, so würde ich von gewaltiger Reue geplagt. Zwischendurch brachte mich meine Mutter mit ihren Fragen (»Wieso isst du denn dein Fleisch nicht auf? Gehst du heute abend noch aus? Das ist ja gar kein Sommer mehr, wenn du willst, gehen wir gleich nach Nişantaşı zurück, sag mal, das wievielte Glas ist das eigentlich?«) immer wieder aus dem Konzept. Während ich herauszufinden versuchte, was in Füsun vorging, kam ich noch auf etwas anderes: Im Grunde genommen war schon von dem Moment an, als ich die hässlichen Worte vernahm (»Du rückst jetzt doch mit dem Geld heraus ...«), mein Groll von vornherein ein auf Rache abzielendes diplomatisches Schmollen gewesen. Ich wollte ihr die Sache heimzahlen, aber da ich mich zugleich für so eine Haltung schämte, hatte ich mir eingeredet, Füsun wirklich nicht mehr sehen zu wollen. Dieser Vorwand erschien mir ehrenvoller und gab mir die Möglichkeit, mich bei meinem Rachefeldzug unschuldig zu fühlen. Mein echter Groll war gar nicht so echt, und um meine Rachewünsche zu verbrämen, übertrieb ich die Sache mit dem gebrochenen Herzen. Kaum war mir das klar, beschloss ich, mich wieder mit Füsun zu treffen, und alles sah gleich wieder viel rosiger aus. Und doch kostete mich der Gedanke, einfach wieder zu den beiden zu gehen, noch einiges an Überwindung.

Nach dem Abendessen ging ich auf die Bagdad-Straße, die ich früher mit meinen Freunden immer auf und ab promeniert war, und als ich auf dem breiten Gehsteig so dahinspazierte, versuchte ich mich wieder in Füsuns Lage zu versetzen, um zu begreifen, was es für Füsun bedeuten würde, sollte ich auf eine Strafe verzichten. Und da traf es mich wie ein Blitz: Eine kluge, schöne Frau wie sie, die genau wusste, was sie wollte, konnte doch zur Unterstützung ihres Gatten mühelos irgendeinen anderen Produzenten auftreiben! Mich durchfuhr eine Welle der Eifersucht. Am darauffolgenden Nachmittag schickte ich Çetin los, um herauszukriegen, was in den Freiluftkinos von Beşiktaş gerade gespielt wurde, und als ein Film ausgemacht war, den wir unbedingt sehen mussten, rief ich die beiden an. Ich saß in meinem Büro bei Satsat, presste den Hörer ans Ohr, und sobald ich vernahm, wie es bei Füsun klingelte, war mir klar, dass ich – egal, wer abhob – nicht in der Lage sein würde, in natürlichem Ton zu sprechen.

Dieses Künstliche trat zutage, weil ich immer noch hin und her schwankte zwischen insgeheim fortlebendem echtem Groll und jenem diplomatischen Schmollen, zu dem ich mich verpflichtet fühlte, solange Füsun sich nicht bei mir entschuldigte. So verbrachte ich die letzten Sommerabende damit, zusammen mit Füsun und ihrem Mann in Freiluftkinos wortkarg den Beleidigten zu spielen. Meine mürrische Haltung übertrug sich natürlich auch auf Füsun. Da sie mich gewissermaßen zu dieser Rolle nötigte, auch wenn mir gar nicht danach zumute war, wurde ich dann manchmal tatsächlich auf sie böse. Und mit der Zeit wurde mir die Persönlichkeit, in die ich an der Seite Füsuns schon ganz von selbst schlüpfte, zu einer zweiten Haut. Da begann ich zu ahnen, dass für die meisten Menschen das Leben nicht einfach unbeschwert zu leben ist, sondern sich zu einem Lügengebäude verengt, in dem man durch Druck und Strafen gezwungen wird, andauernd eine Rolle zu spielen.

Zwar wurde in den Filmen immer angedeutet, durch Wahrhaftigkeit sei der Falschheit zu entkommen, doch vermochte ich in den immer leerer werdenden Gartenkinos an die Gefühlswelt dieser Filme nicht mehr recht zu glauben. Das Yıldız in Beşiktaş war einmal so leer, dass ich zwischen Füsun und mir einen Stuhl frei ließ, damit es nicht so aussah, als rückte ich bewusst an sie heran, und diese künstliche Distanziertheit erzeugte im Verein mit dem kühlen Wind in mir ein Gefühl der Reue, das mich eiskalt durchfuhr. Vier Tage darauf gingen wir ins Kulüp in Feriköy und stellten – eigentlich eher erfreut – fest, dass der Film ausfiel, weil die Gemeindeverwaltung eine Beschneidungsfeier für Kinder aus armen Verhältnissen organisiert hatte. Die aufgeputzten Jungen lagen leidend im Bett, wurden von ihren Kopftuchmüttern getröstet, während Zauberer, Jonglierer und Tänzerinnen versuchten, sie aufzumuntern, und als der joviale Bürgermeister sah, dass wir von dem bunten Treiben angetan waren, lud er uns gleich dazu, aber weil wir uns ja angeblich böse waren, lehnten wir ab.

Es machte mich wahnsinnig, dass Füsun auf meinen Unmut mit

einem künstlichen Unmut reagierte, der so fein dosiert war, dass ihr Mann davon nichts mitbekam. Sechs Tage lang gelang es mir, die beiden nicht anzurufen. Andererseits kränkte es mich, dass in dieser Zeit auch Füsuns Mann nicht auf den Gedanken kam, sich bei mir zu melden. Falls nämlich das Thema des Kunstfilms erledigt war, unter welchem Vorwand sollte ich sie dann noch besuchen? Ich musste ihnen also, um sie wiederzusehen, tatsächlich Geld geben, mit dieser schrecklichen Wahrheit hatte ich mich abzufinden.

Zuallerletzt gingen wir Anfang Oktober ins Majestik in Pangaltı. Es war ein warmer Tag, und das Kino war ziemlich voll. Ich hoffte, dass dieser vielleicht letzte schöne Abend des Sommers harmonisch verlaufen und unsere Missstimmung sich verflüchtigen würde. Bevor wir unsere Plätze einnahmen, traf ich Cemile, die Mutter eines früheren Schulkameraden von mir. Sie war zugleich eine Bésigue-Freundin meiner Mutter und schien mit zunehmendem Alter finanziell nicht mehr so gut gestellt zu sein. Wie Leute, die früher einmal reich waren und sich nun ihrer Armut schämen, sahen wir uns an, als wollten wir sagen: Mensch, was hast du denn hier zu suchen?

»Ich bin hier, weil ich auf das Haus von Mükerrem neugierig bin«, sagte sie im Ton eines Geständnisses.

Mir war nicht klar, was sie damit meinte. Ich dachte mir, dass vielleicht eines der ansehnlichen Häuser, die auf den Kinogarten hinausgingen, einer gewissen Mükkerem gehörte, und setzte mich in dieser Erwartung neben Cemile. Füsun und Feridun saßen sechs, sieben Reihen vor mir. Als der Film begann, begriff ich, dass das Haus von Mükkerem das Haus war, in dem der Film spielte. Es war eine stattliche Holzvilla in Erenköy, die dem Sohn eines hochrangigen Militärs gehörte; als kleiner Junge war ich öfter mit dem Fahrrad daran vorbeigefahren. Da die Familie das Gebäude nicht mehr ohne weiteres unterhalten konnte, griff sie zu dem gleichen Mittel wie auch einige Bekannte meiner Mutter und vermietete es zeitweise für Dreharbeiten. So war es nicht Cemiles Absicht, bei *Bitterer als Liebe* mitzubangen, sondern sie wollte die Zimmer mit den Holzintarsien sehen, in denen im Film die bösen Neureichen wohnten. Eigentlich hätte ich nun aufstehen und mich zu Füsun setzen sollen, ich tat es aber nicht, aus irgendeinem Schamgefühl heraus. Und wie ein Jugendlicher, der sich im Kino lieber weit entfernt von seinen Eltern hinsetzt, wollte ich gar nicht so genau wissen, wofür ich mich eigentlich schämte.

Diese Scham, die ich auch heute noch nicht ganz ergründen kann, vermischte sich mit meinem Groll. Als der Film zu Ende war, gesellte ich mich wieder zu Füsun und Feridun, von Cemile genauestens beobachtet. Füsun sah griesgrämiger drein denn je, und so blieb mir nichts übrig, als weiter den Gekränkten zu spielen. Das unerträgliche Schweigen danach im Auto hätte ich liebend gerne mit einem Scherz, mit einem Lachen aufgelöst, um dieser aufgedrängten Rolle zu entschlüpfen, aber ich tat nichts dergleichen.

Wiederum rief ich fünf Tage lang nicht an. Ich konnte mich so lange beherrschen, weil ich mir inzwischen lustvoll vorstellte, wie Füsun mich reuevoll anflehte und ich ihr erwiderte, dass alles nur ihre Schuld sei, und an die Vergehen, die ich ihr dann einzeln vorwarf, glaubte ich schließlich so aufrichtig, dass ich mich furchtbar ungerecht behandelt fühlte.

Trotzdem vergingen diese Tage quälend langsam. Der stechende Schmerz, den ihre Abwesenheit auslöste, nahm fast schon wieder die dunkle, zähe Beschaffenheit an wie in den eineinhalb Jahren, in denen ich Füsun überhaupt nicht gesehen hatte. Die Gefahr, wegen eines Fehlers wieder dazu verurteilt zu werden, Füsun für lange Zeit nicht zu sehen, schreckte mich so sehr, dass ich sie meinen Groll nicht allzusehr merken lassen wollte. Dadurch verwandelte er sich in etwas nach innen Gewandtes, das nur mir zusetzte, in eine selbstauferlegte Strafe. Mein Groll und mein gebrochenes Herz nützten niemandem. Als ich eines Abends in Nişantaşı unter den herabtrudelnden Herbstblättern dies alles bedenkend so dahinging, kam ich zu dem Schluss, dass für mich die glücklichste und damit hoffnungsvollste Lösung darin bestünde, Füsun drei-, viermal pro Woche zu sehen (mindestens aber zweimal). Nur so konnte ich zu einem normalen Alltagsleben zurückfinden, ohne allzusehr in Schwermut zu verfallen. Gleichgültig, ob nun ich sie oder sie mich damit bestrafen wollte: Ein Leben ohne Füsun würde mir schlichtweg unerträglich sein. Wenn ich also die Leiden des letzten Jahres nicht noch einmal durchmachen wollte, musste ich Füsun endlich die Perlenohrringe meines Vaters bringen.

Als ich am nächsten Tag zum Mittagessen nach Beyoğlu hinaufging, hatte ich die Ohrringe in der Tasche. Es war Dienstag, der 12. Oktober 1976, ein strahlend sonniger Nachsommertag. Die Schaufenster verströmten bunten Glanz. Ich aß bei Hacı Salih zu Mittag und machte mir dabei nichts vor: Ich war nur deshalb gerade hierher gekommen, weil ich – falls mir gerade danach war – jederzeit auf ein halbes Stündchen zu Tante Nesibe hinuntergehen konnte. Von dem Tisch, an dem ich saß, war es nur ein Katzensprung bis Çukurcuma. Im Vorbeigehen hatte ich gesehen, dass im Saray um 13.45 Uhr eine Vorstellung war. Ich konnte also auch gut und gerne ins Kino gehen, in der feuchten Kühle dort alles vergessen und für eine Weile in eine andere Welt eintauchen. Aber um 13.40 Uhr zahlte ich, stand auf und ging hinunter nach Çukurcuma. Im Magen hatte ich mein Mittagessen, im Nacken die Sonne, in der Seele ein Beben und im Herzen ein leises Stechen.

Tante Nesibe machte mir auf.

»Ich geh gar nicht rauf, Tante Nesibe«, sagte ich und zog das Etui mit den Ohrringen aus der Tasche. »Die gehören Füsun. Ein Geschenk meines Vaters. Ich dachte mir, ich schau vorbei und geb sie ihr.«

»Ich mach dir erst mal einen Kaffee, Kemal. Bevor Füsun kommt, muss ich dir was erzählen.«

Das sagte sie so geheimnisvoll, dass ich mich nicht lange zierte und mit ihr die Treppe hinaufging. Es war strahlend hell oben, und Limon scharrte zufrieden im Sonnenlicht. Überall lagen Tante Nesibes Schneiderutensilien herum.

»Ich hatte zwar mit dem Schneidern aufgehört, aber jemand hat mich ganz dringend gebeten, und so muss ich jetzt ein Hochzeitskleid fertigkriegen. Füsun hilft mir, sie kommt bald.« Tante Nesibe servierte mir den Kaffee und kam ohne Umschweife zum Thema. »Es ist leider viel Porzellan zerschlagen worden, Kemal, und meine Tochter hat sehr gelitten. Du musst aber über Füsuns Verstimmtheit hinwegsehen und dich mit ihr versöhnen.«

»Natürlich«, erwiderte ich mit wissender Miene.

»Wie das anzustellen ist, weißt du bestimmt besser als ich, aber tu bitte, was Füsun will, damit sie so bald wie möglich von diesem Holzweg herunterkommt.«

Ich sah sie fragend an, welchen Holzweg sie denn meinte.
»Schon vor deiner Verlobung, am Verlobungstag selbst und erst recht danach hat sie viel mitgemacht«, sagte Tante Nesibe. »Sie hat monatelang geweint, hat nichts mehr gegessen, nichts getrunken, ist nicht mehr aus dem Haus gegangen. Und da ist dann jeden Tag der Junge gekommen und hat sie getröstet.«
»Feridun?«
»Ja, aber keine Sorge, er weiß nichts von dir.« Dann erzählte sie, ihre Tochter habe nicht mehr ein noch aus gewusst, bis Onkel Tarık den Gedanken aufgebracht habe, sie zu verheiraten, und da habe sie sich schließlich auf eine Ehe mit jenem »Jungen« eingelassen. Feridun habe Füsun seit vier Jahren gekannt und sei sehr in sie verliebt gewesen, doch sie habe ihn ignoriert, ja ihn mit ihrem Desinteresse regelrecht gequält. Nun sei er nicht mehr sonderlich in sie verliebt (das sagte sie mir fast zuzwinkernd, als sei es eine gute Nachricht für mich), und abends halte es ihn nicht zu Hause, denn er habe nur das Kino und seine Freunde vom Film im Kopf. Sein Zimmer in einem Studentenwohnheim in Kadırga habe er wohl weniger wegen seiner Ehe aufgegeben als vielmehr, um näher an den Filmbars in Beyoğlu zu sein. Die beiden jungen Leute verständen sich zwar jetzt ganz gut, wie das oft bei arrangierten Ehen der Fall sei, doch dürfe ich das nicht allzu ernst nehmen. Nach dem, was Füsun widerfahren sei, hätten Tante Nesibe und Onkel Tarık eben gedacht, es sei gut, wenn sie sogleich heiraten würde, und bis jetzt hätten sie das auch noch nicht bereut.

Mit dem, was Füsun »widerfahren« war, meinte sie – das verrieten ihre unmissverständlichen und auch ein wenig strafenden Blicke – weniger die aus Liebesgründen verpatzte Zulassungsprüfung als vielmehr den vorehelichen Geschlechtsverkehr, diesen von mir verschuldeten Makel, von dem eine Heirat sie befreit hatte. »Der Junge taugt nicht viel und kann Füsun kein richtiges Leben bieten, das weiß sie so gut wie wir. Aber er ist nun mal ihr Mann! Er will aus seiner Frau einen Filmstar machen, das ist sein ehrliches Anliegen, und wenn du meine Tochter wirklich liebst, dann unterstütz bitte die beiden! Wir haben es einfach für besser gehalten, Füsun mit Feridun zu verheiraten als mit irgendeinem reichen Alten, der sie wegen ihres Makels doch nur verachtet hätte. Tja, und jetzt soll sie zum Film. Pass dort auf sie auf, Kemal!«

»Natürlich, Tante Nesibe.«

Lächelnd sagte sie noch, Füsun dürfe ja nicht erfahren, dass wir über diese Familiengeheimnisse geplaudert hätten, sonst werde sie fürchterliche Strafen über uns verhängen. »Es hat Füsun natürlich beeindruckt, dass du sie so bemitleidet und dann auch die Verlobung mit Sibel aufgelöst hast. Dieser filmverrückte Junge meint es wirklich gut mir ihr, aber bald wird sie selber merken, wie unfähig er ist, und ihn verlassen. Natürlich nur, wenn du immer um sie bist und ihr Vertrauen einflößt.«

»Ich möchte den angerichteten Schaden wiedergutmachen«, sagte ich. »Tante Nesibe, bitte hilf mir dabei, ihr Herz wiederzugewinnen.« Ich zog das Etui aus der Tasche. »Das gehört Füsun.«

»Danke«, sagte sie und nahm das Etui an sich.

»Tante Nesibe, als ich das erste Mal hierhergekommen bin, habe ich Füsun einen Ohrring von ihr zurückgebracht, aber sie hat ihn anscheinend nicht bekommen. Weißt du, wo er ist?«

»Nein, keine Ahnung. Das Geschenk solltest du ihr vielleicht selbst geben.«

»Nein, nein. Es ist ja auch kein Geschenk, die gehören ihr schon.«

»Was sind das für Ohrringe?« fragte sie. Als sie mein Zögern bemerkte, sagte sie: »Ach, wenn sich doch alles mit einem Paar Ohrringen lösen ließe! Als Füsun krank war, ist Feridun jeden Tag zu ihr gekommen. Sie konnte sich ja kaum mehr auf den Beinen halten vor lauter Kummer, aber der Junge hat sie am Arm genommen und nach Beyoğlu ins Kino geschleppt. Jeden Tag hat er bei uns zu Abend gegessen, mit uns ferngesehen, sich um Füsun gekümmert ...«

»Ich kann noch viel mehr tun, Tante Nesibe.«

»Hoffentlich, Kemal. Du kannst abends kommen, wann du willst. Sag deiner Mutter einen schönen Gruß, aber weih sie nicht zu sehr ein, damit sie sich keine Sorgen macht.«

Mit einem Blick zur Tür deutete sie mir an, dass Füsun jeden Augenblick eintreffen und uns ertappen konnte, und so verließ ich sofort das Haus. Als ich wieder nach Beyoğlu hochstieg, stellte ich erfreut fest, dass mein Groll völlig verschwunden war.

54
Die Zeit

Geschlagene sieben Jahre und zehn Monate lang fuhr ich zum Abendessen nach Çukurcuma, um Füsun zu sehen. Da ich zehn Tage nach Tante Nesibes Einladung (»… wann du willst«), also am Samstag, den 23. Oktober 1976, zum erstenmal dort auftauchte und Füsun, Tante Nesibe und ich am Sonntag, den 26. August 1984, in Çukurcuma unser letztes Abendessen einnahmen, handelt es sich um eine Zeitspanne von 2864 Tagen. In diesen 409 Wochen war ich meinen Aufzeichnungen zufolge 1593mal beim Abendessen dort, was auf einen Durchschnitt von viermal pro Woche hinausläuft, aber nicht bedeuten soll, dass ich Woche für Woche tatsächlich genau viermal kam. Zu manchen Zeiten ging ich jeden Tag hin, doch es kam auch vor, dass mich irgendeine Empfindlichkeit überkam oder dass ich meinte, Füsun vergessen zu können, und dann waren meine Besuche viel seltener. Da aber hintereinander nie mehr als zehn Tage ohne Füsun zusammenkamen, weil sonst der Schmerz wieder unerträglich wurde, lässt sich sagen, dass ich Füsun und ihre Familie fast acht Jahre lang regelmäßig aufsuchte. Ich wurde ebenso regelmäßig von ihnen erwartet, aber nur höchst selten einmal extra eingeladen, da sie ohnehin fast immer errieten, wann ich kommen würde. Sie gewöhnten sich an meine abendlichen Besuche, und ich mich daran, dass ich erwartet wurde. Eingeladen brauchte ich deswegen nicht zu werden, weil am Tisch stets ein Gedeck für mich aufgelegt wurde. Das brachte mich Abend für Abend in Gewissensnöte. Würde es nicht störend wirken, wenn ich schon wieder hinginge? Und falls ich es nicht tat, beging ich dann nicht – ganz abgesehen von meiner Sehnsucht nach Füsun – eine Unhöflichkeit, die ungnädig kommentiert würde?

Meine ersten Besuche in Çukurcuma begannen also mit einer Eingewöhnungsphase, während der ich mich mit derlei Erwägungen herumplagte und mich stets um ungestörten Augenkontakt mit Füsun bemühte. Meine Blicke sollten ihr sagen: Schau, hier bin ich! Nach ein paar Minuten gelang es mir dann, meine Verlegenheit zu überwinden und mich zu meinem Kommen zu beglückwünschen. Wenn es mich derart glücklich machte, in Füsuns Nähe zu sein, was sorgte ich mich dann so? Und da lächelte mich Füsun auch schon an, als sei alles völlig normal und als freute auch sie sich, dass ich da war. Bei meinen ersten Besuchen waren wir allerdings nur selten allein. Dennoch gelang es mir jedesmal, ihr etwa zuzuflüstern: »Ich habe dich so vermisst!«, und sie zeigte mir dann mit ihren Blicken an, wie sehr sie das schätzte. Eine engere Kontaktaufnahme gaben die Umstände nicht her.

Wer sich nun wundert, dass ich fast acht Jahre lang abends zu Füsuns Familie ging und so gleichmütig über einen Zeitraum von immerhin doch mehreren tausend Tagen spreche, dem möchte ich zu bedenken geben, dass die Zeit eine große Täuscherin ist und wir ferner neben der offiziellen Zeit, die wir mit den anderen teilen, jeder unsere eigene Zeit haben. Dies ist von Belang, weil ich die Achtung derjenigen meiner Leser gewinnen möchte, die mich wegen meiner achtjährigen Liebesfron für einen besessenen Sonderling halten, und weil sonst das Leben im Hause Füsuns nicht zu verstehen ist.

Beginnen wir am besten mit der großen Wanduhr deutschen Fabrikats in Füsuns Haus. Sie hatte einen fein gearbeiteten hölzernen Uhrenkasten, einen Pendelkasten mit Fenster und einen Gong. Sie hing gleich neben der Haustür, aber nicht um die Zeit zu messen, sondern um der ganzen Familie ein Gefühl für die Beständigkeit des Hauses und des Lebens zu vermitteln und um an die offizielle Welt draußen zu erinnern. Da letzteres inzwischen von Radio und Fernsehen auf ungleich unterhaltendere Weise besorgt wurde, büßte die Uhr wie Hunderttausende anderer Wanduhren in Istanbul an Bedeutung ein.

Noch stattlichere Exemplare fanden gegen Ende des neunzehnten Jahrhunderts bei westlich orientierten Amtsträgern und nichtmuslimischen Reichen Verbreitung, bis sie Anfang des zwanzigsten Jahrhunderts und in den Gründungsjahren der Republik auch bei der um Nacheiferung des Westens bemühten Mittelschicht Einzug hielten. In meiner Kindheit hingen solche meist recht dekorativen Uhren bei uns zu Hause und bei Bekannten entweder im Hauseingang oder im Korridor, aber beachtet wurden sie kaum noch. Sie gerieten in Vergessenheit, weil in den fünfziger Jahren allmählich jeder, selbst die Kinder, schon eine Armbanduhr hatte und außerdem in jedem Haus andauernd das Radio lief. Als in den siebziger Jahren der Fernseher aufkam, änderten sich die Sitz- und Essgewohnheiten der Leute, und es erklangen neue Töne im Haus, aber die Wanduhren tickten weiter vor sich hin. Da bei uns zu Hause weder vom Wohnzimmer noch von den Schlafzimmern aus das Ticken oder der zur halben und vollen Stunde ertönende Gong zu hören waren, kam es niemandem in den Sinn, das geräuschvolle Wirken der Wanduhr zu unterbinden, und immer wieder stieg jemand auf einen Stuhl, um sie wieder aufzuziehen. Wenn ich wegen Füsun viel getrunken hatte und dann nachts aus unruhigem Schlaf erwachte und ins Wohnzimmer schlurfte, um zu rauchen, hörte ich im Korridor manchmal den Gong, und mir wurde ganz warm ums Herz. Dass die Uhr in Füsuns Haus mal ging und mal nicht, hatte ich gleich im ersten Monat festgestellt und mich schnell daran gewöhnt. Spätabends vor dem Fernseher, wenn wir gerade einen türkischen Film sahen oder eine Sängerin, die kokettierend alte Lieder trällerte, oder einen Gladiatorenfilm, von dem wir sowieso kaum etwas mitbekamen, weil wir ihn vor lauter Plauderei erst mittendrin eingeschaltet hatten und die miserable Synchronisierung ein übriges tat, passierte es dann immer wieder, dass auf dem Bildschirm gerade Stille herrschte und in diese hinein – für uns jedesmal überraschend – plötzlich der Gong schlug. Dann sah einer von uns, meist Tante Nesibe, manchmal auch Füsun, bedeutungsvoll zu der Uhr hin, und Onkel Tarık fragte: »Wer hat denn die schon wieder aufgezogen?« Sie wurde manchmal aufgezogen und dann wieder längere Zeit vergessen. Selbst zu Zeiten, in denen man sie regelmäßig aufzog, blieb ihr Gong manchmal über Monate hinweg stumm, oder aber er tat nur immer zur halben Stunde einen Schlag; und hin und wieder war wochenlang selbst das Ticken nicht zu hören, und die Uhr passte sich der im Hause vorherrschenden Stille an. Mich schauderte manchmal bei dem Gedanken, wie furchtbar alles sein musste, wenn niemand zu Hause war. In meinen ersten Monaten dort hätte ich mir nicht vorstellen können, dass sich an diesem und anderen Details mit der Zeit nichts ändern und ich acht Jahre damit verbringen würde, in Füsuns Haus vor dem Fernseher zu sitzen und zu essen und zu schwatzen. Bei meinen ersten Besuchen kam mir noch jedes Wort Füsuns, jeder Gesichtsausdruck von ihr, das ganze Treiben im Haus neu und bedeutend vor, und das Ticken der Uhr war mir nicht wichtig. Was zählte, war nur, dass ich mit Füsun am gleichen Tisch sitzen und sie anschauen durfte, und wenn ich dann als Phantasiegebilde aus mir selbst herausfuhr und sie küsste, verharrte ich reglos und war glücklich.

Ob die Uhr nun bloß tickte oder mit ihrem Gong auch die Viertelstunden anzeigte: Niemand benützte sie, um die Uhrzeit zu erfahren, und dennoch bot die Frage, ob man sie nun aufziehen sollte oder nicht und ob es ratsam war, sie durch leichtes Anschubsen des Pendels wieder in Gang zu bringen, immer wieder reichlich Gesprächsstoff. »Lass sie doch ticken!« sagte Onkel Tarık oft zu seiner Frau. »Daran merken wir doch, dass wir ein Heim haben.« Diese Auffassung teilten auch Füsun, Feridun, ich und gelegentliche Besucher. Die Wanduhr sollte nicht an die Zeit erinnern, also daran, dass sich etwas änderte, sondern ganz im Gegenteil den Eindruck erwecken, als ob alles immer gleich bliebe. Wir nahmen das Ticken zwar nicht immer wahr, aber es vermittelte uns das beruhigende Gefühl, dass wir, die wir am Tisch saßen, und die Dinge um uns herum unverändert erhalten blieben. Mit ihren zwei Funktionen – die Zeit vergessen zu lassen und an das Jetzt und unsere Beziehungen zu den anderen zu erinnern – war die Uhr über die acht Jahre hinweg Gegenstand eines zwischen Onkel Tarık und Tante Nesibe immer wieder aufflammenden kalten Krieges. »Wenn sie nicht tickt, dann fehlt einfach was im Haus«, sagte Onkel Tarık an einem windigen Dezembertag des Jahres 1979. »Und im alten Haus hat sie ja auch getickt.« »Aha, der Herr hat sich also noch immer nicht an Çukurcuma gewöhnt!« (In solchen Fällen war ihr Mann immer »der Herr«.)

Besonders virulent wurden diese Sticheleien und Seitenhiebe immer dann, wenn uns das Ticken oder der losdröhnende Gong wieder einmal überraschten. »Da hat sie der Herr also wieder mal aufgezogen, damit ich mich schlaflos im Bett wälze«, klagte Tante Nesibe. »Füsun, tu mir den Gefallen und halt das Ding an!« Wenn man nämlich das Pendel mit dem Finger zum Anhalten brachte, blieb die Uhr unweigerlich stehen. Füsun sah dann erst lächelnd ihren Vater an, der ihr meist mit Blicken zu verstehen gab: Na, mach schon! Aber manchmal leistete er auch Widerstand. »Ich hab sie gar nicht angefasst! Wenn sie von selber in Gang gekommen ist, soll sie auch von selber wieder aufhören!« Wenn Tante Nesibe und Onkel Tarık merkten, dass einem Besucher – einem Kind etwa – die Sache nicht ganz geheuer war, machten sie sich einen Spaß daraus, sich in raunenden Anspielungen zu ergehen.»Da haben wieder böse Geister an unserer Uhr herumgefuhrwerkt«, sagte Tante Nesibe etwa. Und Onkel Tarık zog drohend die Augenbrauen hoch:»Fasst die Uhr bloß nicht an, sonst packen sie euch noch!« Tante Nesibe sagte:»Gegen das Ticken der Geister sag ich ja nichts, solange sie uns nur nicht um Mitternacht die Ohren volldröhnen wie Kirchenglocken!«»Ach woher«, wehrte Onkel Tarık ab,»dir wäre es ja am liebsten, wenn du die Zeit ganz und gar vergessen würdest!« Unter Zeit war hier die moderne Welt zu verstehen, die Epoche, in der wir lebten. Sie war etwas sich ständig Wandelndes, und von diesem Wandel versuchten wir uns durch das Ticken der Uhr fernzuhalten.

Wer bei den Keskins wissen wollte, wie spät es war, der informierte sich durch den Fernseher, der grundsätzlich eingeschaltet war, wie bei uns zu Hause in den fünfziger und sechziger Jahren der Radioapparat. Ganz egal, was damals im Radio lief – eine Musiksendung, eine Diskussion, ein Mathematikkurs –, zu jeder vollen und halben Stunde erklang ein kleines»Düt«, das die Zeit anzeigte. Beim abendlichen Fernsehen wurde ein solches Zeichen gar nicht mehr für nötig erachtet, weil jeder ohnehin schon wusste, wie spät es war, um nur ja im Fernsehen nichts zu verpassen. Die hier ausgestellte Uhr Füsuns und die Westentaschenuhr, die ihr Vater an einer Kette trug, wurden überhaupt nur angeschaut, wenn einmal pro Tag, nämlich abends um sieben Uhr, eine Minute vor den Nachrichten, auf dem Bildschirm ein riesiges Zifferblatt erschien, nach dem man seine Uhr zu Hause stellen konnte. Ich sah gerne mit an, wie Füsun mit gespitzter Zunge konzentriert auf die große Fernsehuhr starrte und beim Uhrenstellen den gleichen kindlichen Ernst an den Tag legte wie ihr Vater. Füsun hatte meine Vorliebe für diese Szene gleich erkannt und lächelte mich dann immer an.»Hast du sie wirklich genau gestellt?« fragte ich immer wieder, und sie erwiderte»Ganz genau!« und lächelte mich noch warmherziger an.

Mir wurde im Lauf der Zeit immer klarer, dass ich nicht nur kam, um Füsun zu sehen, sondern auch, um eine Weile in ihrer Welt die gleiche Luft zu atmen wie sie. Eine Besonderheit dieser Welt war nun einmal ihre Zeitlosigkeit. Das nämlich meinte Onkel Tarık, wenn er zu seiner Frau sagte:»Vergiss die Zeit!« Wer sich nun in unserem Museum all die kaputten, verrosteten Uhren besieht, dessen besonderes Augenmerk soll auf dem ganz eigenen Zeitrahmen liegen, den sie untereinander bilden, darauf kommt es mir an. Diese besondere Zeit machte die Atmosphäre aus, die ich in jenen Jahren atmete.

Jenseits dieser Atmosphäre gab es die Außenzeit, die einem durch Radio, Fernsehen und Gebetsruf vermittelt wurde, und die Zeit zu erfragen hieß nichts anderes, als unsere Beziehungen zur Außenwelt zu regeln, so empfand ich das.

Nun war ja Füsuns sekundengenaues Uhreneinstellen keine Erfordernis, die sich aus einem termingeplagten Alltag ergeben hätte; sie geschah vielmehr, wie bei ihrem pensionierten Vater, aus einer Art Achtung vor dem aus Ankara – vom Staat also – ihr gewissermaßen persönlich gesandten Zeichen. Wir sahen auf das Zifferblatt wie bei Sendeschluss auf die Fahne, zu deren Flattern die Nationalhymne ertönte. Da setzten nun wir paar Menschlein uns um sieben zum Abendessen hin oder schickten uns an, vor dem Zubettgehen den Fernseher auszumachen, und fühlten in beiden Fällen doch auch die Präsenz von Millionen anderer Familien, die in dem Moment das Gleiche taten, und fühlten auch, was es hieß, ein Volk zu sein und wie groß doch der Staat war und wie klein wir selbst.

In seiner *Physik* unterscheidet Aristoteles zwischen den einzelnen Augenblicken und der Zeit als solcher. Die einzelnen Augenblicke gelten ihm so unteilbar wie Atome, während die Zeit diesen Augenblicken Linearität verleiht. Doch wie sehr wir uns auch anstrengen, bekanntlich kann, wer nicht an Idiotie oder Gedächtnisschwund leidet, die Zeit nie wirklich vergessen, sondern nur immer wieder versuchen glücklich zu sein. Meine Beobachtungen stützen sich auf das, was meine Liebe zu Füsun mich gelehrt hat, und auf meine Erlebnisse in dem Haus in Çukurcuma. Möge doch bitte keiner meiner Leser geringschätzig das Vergessen der Zeit mit dem Vergessen von Uhren und Kalendern verwechseln. Uhren und Kalender sind nicht dazu erfunden worden, um uns an vergessene Zeit zu erinnern, sondern um unsere Beziehungen zu den anderen und im Grunde genommen die ganze Gesellschaft zu regeln, und so werden sie auch verwendet. Wenn wir abends vor den Nachrichten auf das schwarzweiße Zifferblatt sahen, dachten wir an andere Leute, an unsere Treffen mit ihnen und an die Uhren, die diesem Zwecke dienten, nicht aber an die Zeit als solche. Wenn Füsun vor dem Fernseher zufrieden lächelte, dann lag es bloß daran, dass ihre Armbanduhr auf die Sekunde genau stimmte oder sie sie nun so genau einstellen konnte, oder vielleicht auch daran, dass ich ihr liebevoll dabei zusah. Das Leben hatte mich gelehrt, dass es für die meisten Menschen recht unangenehm ist, sich an die Zeit zu erinnern. Es betrübt uns, uns die Linie vorzustellen, die jene Augenblicke verbindet – oder wie bei unserem Museum die Dinge, die solche Augenblicke in sich tragen –, da diese Linie uns an ihr unvermeidliches Ende, nämlich den Tod, erinnert und wir uns mit fortschreitendem Alter der schmerzlichen Erkenntnis beugen müssen, dass auch die Linie an sich gar nicht den Sinn besitzt, den wir uns oft vorgaukeln.

Die Augenblicke, die wir Jetzt nennen, können uns aber – so wie es bei mir in jenen ersten Tagen der Fall war, wenn Füsun mich nur anlächelte – ein hundert Jahre währendes Glück schenken. Ich begriff schon ganz zu Anfang, dass ich zu den Keskins ging, um mir genügend Glück für den Rest meines Lebens zu holen, und so nahm ich aus dem Haus immer wieder kleine, von Füsun berührte Gegenstände an mich, um diese glücklichen Augenblicke zu bewahren.

Im zweiten Jahr saß ich einmal bis spätabends mit Onkel Tarık vor dem Fernseher, und nach Sendeschluss erzählte er mir von seiner Zeit als junger Lehrer in Kars. Jene harten Jahre, in denen Onkel Tarık sich gegen karges Entgelt mit der Einsamkeit und zahlreichen anderen Misshelligkeiten herumplagen musste, kamen ihm nun, in der Erinnerung, geradezu süß vor, und das nicht etwa, wie oft gemeint wird, weil uns im Lauf der Jahre selbst böse Erinnerungen in einem angenehmen Licht erscheinen, sondern weil er eben Freude daran hatte, sich aus einer bösen Phase (der linearen Zeit) nur an die schönen Augenblicke (die jetzt nur Punkte waren) zu erinnern. Nachdem er auf diesen Dualismus verwiesen hatte, zeigte er mir eine damals in Kars gekaufte Uhr mit einem doppelten Zifferblatt: Auf der einen Seite waren arabische, auf der anderen lateinische Buchstaben.

Um ein Beispiel von mir selbst zu geben: Wann immer ich diese zierliche Uhr der Marke Buren sehe, die Füsun im April 1982 zu tragen begann, tritt mir sofort vor Augen, wie ich sie ihr zu ihrem fünfundzwanzigsten Geburtstag schenkte, wie Füsun mich, kaum hatte sie die Uhr dem heute verlorengegangenen Etui entnommen, hinter der halb geöffneten Küchentür auf die Wangen küsste (die Eltern sahen es nicht, und Feridun war wieder mal nicht da), und wie sie dann am Esstisch strahlend die Uhr ihren Eltern zeigte, die mich schon längst als ein seltsames Mitglied der Familie angenommen hatten und sich einzeln bei mir bedankten. Glück ist für mich, solche unvergesslichen Momente noch einmal nacherleben zu dürfen. Wenn wir lernen, unser Leben nicht linear zu denken, sondern als einzelne intensive Augenblicke, dann kommt es uns schon nicht mehr so aberwitzig vor, acht Jahre lang am Tisch einer geliebten Frau auszuharren, sondern wir sehen dann, so wie ich heute, dass ich bei Füsuns Familie 1593 glückliche Abende verbracht habe. Ja, an jeden einzelnen Abend in Çukurcuma, selbst an den schwersten, hoffnungslosesten und erniedrigendsten, erinnere ich mich heute als ein großes Glück.

55
Komm doch morgen wieder,
dann sitzen wir wieder

Zu Füsuns Haus ließ ich mich stets von Çetin mit dem Chevrolet meines Vaters bringen. Von dieser Regel wich ich über die Jahre hinweg höchstens ab, wenn die Straßen zugeschneit oder überschwemmt waren, wenn Çetin einmal krank war oder Urlaub hatte oder wenn das Auto repariert werden musste. Innerhalb weniger Monate legte sich Çetin in den umliegenden Kaffeehäusern einen kleinen Bekanntenkreis zu. Wir parkten nicht direkt vor Füsuns Haus, sondern jeweils in der Nähe eines jener Etablissements, die Schwarzmeer-Kaffeehaus oder Abend-Teesalon hießen. Dort sah Çetin dann das gleiche Fernsehprogramm wie ich bei Füsun, oder er las Zeitung, unterhielt sich mit den Leuten, spielte Tavla oder sah beim Kartenspielen zu. Die Leute im Viertel hatten schon bald heraus, wer er und ich waren, und falls Çetin nicht übertrieben hat, sahen sie mich als eine treue Seele an, die unermüdlich ihre armen Verwandten besuchte. Natürlich gab es im Verlauf der acht Jahre auch Leute, die mir alle möglichen bösen Absichten unterstellten. Da gab es Gerüchte, ich wolle alte Häuser aufkaufen und nach deren Abriss Neubauten hochziehen lassen, oder ich sei auf der Suche nach ungelernten Arbeitern, um sie in einer Fabrik auszubeuten, oder ich sei ein Deserteur oder ein illegitimer Sohn Onkel Tarıks (und somit ein Bruder Füsuns), aber das alles nahm niemand wirklich ernst. Die Mehrheit der Leute stützte sich vernünftigerweise auf die von Tante Nesibe ausgestreuten halb wahren, halb falschen Informationen, laut denen ich ein entfernter Verwandter Füsuns war und mit deren Cineasten-Mann ein Filmprojekt bespreche, das Füsun zum Star machen werde. Ich schloss aus dem, was Çetin im Lauf der Jahre durchblicken ließ, dass mein Auftreten die Leute nicht befremdete, und wenn ich auch nicht geradezu geliebt wurde, so brachte man mir in Çukurcuma doch eher positive Gefühle entgegen. Ab dem zweiten Jahr gehörte ich mehr oder weniger zum Viertel dazu.

Es war eine sehr durchmischte Gegend: Arbeiter vom Galata-Hafen, Ladenbesitzer und Kellner aus Beyoğlu, aus Tophane zugezogene Zigeunerfamilien, alevitische Kurdenfamilien aus Tunceli, die verarmten Kinder und Enkel von Italienern und Levantinern, die im Bankenwesen gearbeitet hatten, griechische Familien, die es genau wie letztere noch nicht geschafft hatten, Istanbul zu verlassen, Lagerarbeiter, Bäcker, Taxifahrer, Postboten, Krämer, mittellose Studenten ... Es gab dort nicht das gleiche Gemeinschaftsgefühl wie in traditionellen muslimischen Vierteln wie Fatih, Vefa oder Kocamustafapaşa, doch an so mancher schützenden Geste, die mir zuteil wurde, und an der Geschwindigkeit, mit der sich Gerüchte und Nachrichten verbreiteten, merkte ich bald, dass doch eine gewisse Solidarität vorhanden war, eine dem Viertel ganz eigene Lebendigkeit.

Das Haus der Keskins lag an der Ecke der engen Dalgıç-Straße und der Çukurcuma-Straße. Wie auch aus dem Stadtplan hervorgeht, gelangt man von dort über steile, gewundene Straßen in etwa zehn Minuten nach Beyoğlu zur Istiklal-Straße hinauf. Auf dem Heimweg saß ich oft rauchend auf der Rückbank des Autos, ließ mich durch enge Gassen chauffieren und sah in Wohnungen und Geschäfte hinein. Die baufälligen Holzhäuser dort, früher von Griechen, nun hingegen illegal von armen Kurden bewohnt, hingen so schief nach vorne, als könnten sie jederzeit auf das Kopfsteinpflaster herabstürzen, und mit den zum Fenster herausstehenden Ofenrohren wirkten sie regelrecht bedrohlich. Noch um Mitternacht war alles geöffnet: dunkle kleine Nachtlokale, Kneipen, Büfettstände, Krämerläden, Totoannahmestellen, Tabakläden, in denen auch Drogen und geschmuggelte amerikanische Zigaretten und Whiskeysorten zu kriegen waren, und sogar Plattenläden, und so armselig die meisten dieser Stätten auch aussahen, machten sie doch einen recht lebendigen Eindruck. Das heißt, so kam es mir vor, wenn ich aus Füsuns Haus in gehobener Stimmung herauskam. An manchen Abenden aber schwor ich mir, dies sei nun unwiderruflich das letzte Mal gewesen, und warf mich, fast besinnungslos vor Kummer, auf die Rückbank des Chevrolets. Solche verunglückten Abende gab es vor allem in den ersten Jahren.

Çetin holte mich abends um sieben Uhr in Nişantaşı ab, dann kämpften wir uns durch den Verkehr in Harbiye, Taksim und Sıraselviler, wanden uns durch Cihangir und Firuzağa und kamen am historischen Çukurcuma-Hamam vorbei. Unterwegs ließ ich vor einem Geschäft halten und kaufte etwas zu essen oder einen Blumenstrauß. Etwa jedes zweite Mal gab ich Füsun möglichst beiläufig irgendein kleines persönliches Geschenk, etwa ein Päckchen Kaugummi oder eine Brosche aus Beyoğlu oder dem Großen Basar. Bei sehr dichtem Verkehr konnte es auch sein, dass wir über Dolmabahçe fuhren, in Tophane rechts abbogen und durch die Boğazkesen-Straße kamen. Jedesmal, wenn in diesen neun Jahren das Auto in die Straße der Keskins einbog, schlug mein Herz schneller, so wie früher, wenn ich morgens an der Grundschule ankam, und es bemächtigte sich meiner eine innere Unruhe, eine Erregung, ein Glücksgefühl.

Onkel Tarık hatte das Haus in Çukurcuma gekauft, als er es satt hatte, für die Wohnung in Nişantaşı ständig Miete zu zahlen. Die Keskins selbst bewohnten den ersten Stock des Hauses, während im Erdgeschoss wechselnde Mieter lebten, die im Verlauf der Jahre wie Gespenster ein- und wieder auszogen. Da die kleine Wohnung im

Erdgeschoss, die später ebenfalls Bestandteil des Museums der Unschuld wurde, ihren Eingang seitlich, also in der Dalgıç-Straße hatte, begegnete ich den Leuten, die dort lebten, kaum. Irgendwann erfuhr ich, Füsun habe sich mit einem Mädchen namens Ayla angefreundet, das mit seiner verwitweten Mutter eine Zeitlang dort lebte und dessen Verlobter seinen Wehrdienst ableistete. Im allgemeinen aber verheimlichte mir Füsun, zu wem im Viertel sie Kontakt hatte.

Wenn ich läutete, öffnete mir in den ersten Monaten immer Tante Nesibe die Tür. Sie musste dazu eine Treppe hinuntergehen, und angesichts der Tatsache, dass ansonsten bei jedem Läuten, und sei es auch spätabends, Füsun hinuntergeschickt wurde, vermittelte mir allein dieses Detail schon das Gefühl, es wisse jeder über den Grund meines Kommens Bescheid. Allerdings gewann ich dann immer öfter den Eindruck, Feridun schöpfe tatsächlich keinerlei Verdacht, und Onkel Tarık lebte ohnehin in seiner eigenen Welt und bereitete mir noch am wenigsten Sorgen.

Tante Nesibe jedenfalls schien mir stets auf dem Stand der Dinge zu sein, und um kein peinliches Schweigen aufkommen zu lassen, hatte sie nach dem Öffnen der Tür immer einen kleinen Satz parat. Meist bezogen sich diese Eröffnungssätze auf die Fernsehnachrichten: »Hast du von der Flugzeugentführung gehört?« »Sie zeigen gerade die Bilder von dem Busunfall.« »Wir schauen uns den Staatsbesuch in Ägypten an.« Kam ich noch vor Beginn der Nachrichten, empfing sie mich mit dem Standardsatz: »Du kommst gerade rechtzeitig zu den Nachrichten!«, den sie immer wieder mit der gleichen Überzeugung vortrug. Manchmal hieß es auch: »Es ist noch von den Pasteten da, die du so magst«, oder: »Füsun hat gefüllte Weinbeerblätter gemacht, die sind ein Gedicht!« Wenn mir besonders bewusst wurde, dass so ein Satz nur dem Überspielen einer peinlichen Situation dienen sollte, schwieg ich manchmal beschämt. Ansonsten sagte ich einfach: »Tatsächlich?« oder: »Na, da komme ich ja gerade richtig!«, und sobald ich Füsun sah, wiederholte ich das gleiche ganz übertrieben, um mein Glück und meine Scheu zu verbergen.

Einmal sagte ich: »Ich will den Flugzeugabsturz auch sehen«, und Füsun antwortete: »Der war gestern, Kemal.«

Im Winter konnte ich den Mantel ausziehen und dazu sagen: »Ist das kalt draußen!« oder:»Ah, Suppe gibt es? Wunderbar!« Im Februar 1977 wurde ein elektrischer Türöffner installiert, von da an musste ich den Eröffnungssatz erst beim Betreten der Wohnung sagen, was mir noch schwerer fiel. Tante Nesibe war viel mitfühlender, als sie gelegentlich wirkte, und wenn sie merkte, dass ich Mühe hatte, mich zu akklimatisieren, stand sie mir sogleich bei und sagte Sachen wie:»Setz dich doch Kemal, bevor die Böreks kalt werden!« oder:»Der Kerl hat in das Kaffeehaus hineingeschossen und erzählt das in aller Seelenruhe!«, und dann setzte ich mich auf der Stelle hin.

Über den heiklen Moment beim Betreten des Hauses halfen mir auch manchmal meine kleinen Mitbringsel hinweg. In den ersten Jahren waren dies etwa die von Füsun heißgeliebten Baklava mit Pistazien, Böreks von dem bekannten Pastetenbäcker Latif in Nişantaşı oder Tarama. Ich reichte Tante Nesibe das Päckchen ohne jedes Aufhebens, gab aber immer eine Erklärung dazu ab.»Das wäre doch nicht nötig gewesen!« hieß es dann immer. Ich drückte inzwischen Füsun ihr kleines Geschenk in die Hand oder legte es, wenn sie mich gerade ansah, irgendwo unauffällig an den Rand, und zugleich sagte ich abwehrend zu Tante Nesibe:»Ich kam gerade an dem Laden vorbei, und es hat so verlockend geduftet, da konnte ich nicht widerstehen« und fügte noch ein paar Sätze über den Pastetenbäcker hinzu, bevor ich mich an meinen Platz verdrückte wie ein Schüler, der zu spät zum Unterricht gekommen ist. Ab dann fühlte ich mich gut, und sobald ich den ersten Blick von Füsun erhaschte, war ich unbeschreiblich glücklich.

Es war dies aber auch ein kritischer Moment für mich, denn Füsuns Blick zeigte mir sogleich an, wie der Abend verlaufen würde. Verriet er auch nur das leiseste Anzeichen von Zufriedenheit und Glück, war der Abend gerettet. Wenn Füsun dagegen nicht lächelte, dann hielt ich es ebenso und versuchte zumindest in den ersten Monaten auch gar nicht, sie zum Lachen zu bringen, sondern saß einfach möglichst unauffällig da.

Mein Platz am Tisch war zwischen Onkel Tarık und Füsun, an der dem Fernseher zugewandten Längsseite; mir gegenüber saß Tante Nesibe. Wenn ausnahmsweise Feridun oder selten einmal irgendein Gast da war, setzte er sich neben mich. Da Tante Nesibe, auch wenn wir schon aßen, immer wieder in die Küche musste, blieb sie zuerst auf dem Platz sitzen, wo sie dem Fernseher den Rücken zuwandte. Wenn dann alles erledigt war, setzte sie sich zu meiner Linken zwischen Füsun und mich, um bequemer fernsehen zu können. So saß ich acht Jahre lang Ellbogen an Ellbogen neben Tante Nesibe. Da wir beim Essen immer fernsahen, blieb die andere Tischseite leer. Dort nahm dann manchmal Feridun Platz, wenn er spätabends nach Hause kam. Dann setzte sich Füsun neben ihren Mann, und Tante Nesibe rückte an Füsuns Platz. So ließ sich zwar nicht gut fernsehen, doch zu so später Stunde war meistens ohnehin schon Sendeschluss.

Wenn im Fernsehen etwas Besonderes kam und in der Küche noch etwas zu erledigen war, überließ Tante Nesibe das manchmal Füsun. Die ging dann zwischen dem Tisch und der gleich nebenan liegenden Küche immer wieder mit Tellern und Töpfen hin und her und kam ständig in mein Gesichtsfeld. Während ihre Eltern einen Film verfolgten, eine Quizsendung, den Wetterbericht, die geharnischte Rede eines Putschgenerals, die Balkan-Ringermeisterschaft, das Lutschbonbonfestival in Manisa oder die Feierlichkeiten zum 60. Jahrestag der Befreiung Akşehirs aus Feindeshand, widmete ich mich genussvoll dem Hin und Her meiner Schönen, das ich ja nicht, wie ihre Eltern, als Ablenkung vom Eigentlichen wahrnahm, sondern als das Eigentliche selbst.

Einen Großteil meiner 1593 Abende bei den Keskins verbrachte ich am Esstisch vor dem Fernseher. Doch so leicht es mir fällt, die Zahl der Tage herzusagen, so schwer tue ich mich, wenn ich angeben soll, wie lange ich dort jeweils saß. Da die Sache ja auch etwas Peinliches an sich hatte, bildete ich mir immer ein, ich sei doch meist schon recht früh wieder daheim, doch war das jeweils eine Zeit, zu der ich in Wirklichkeit Füsuns Haus noch nicht einmal verlassen hatte. An die Zeit erinnerte uns natürlich der Sendeschluss im Fernsehen. In einer vierminütigen Zeremonie, die auch in allen Kaffeehäusern und Spielhöllen der Türkei verfolgt wurde, marschierten Soldaten im Gleichschritt zu einem Fahnenmast, zogen die Fahne auf und salutierten, während im Hintergrund die Nationalhymne ertönte. Wenn man davon ausgeht, dass ich im Durchschnitt gegen sieben Uhr eintraf und das Haus verließ, sobald das Fernsehprogramm beendet und die

Fahne hochgezogen war, also gegen Mitternacht, so kommt man auf rund fünf Stunden, die ich abends bei Füsun verbrachte, doch manchmal waren es auch mehr.

Vier Jahre nach dem Beginn meiner Besuche, am 12. September 1980, kam es zu einem Militärputsch, und es wurde eine nächtliche Ausgangssperre verhängt, die abends um zehn Uhr begann, so dass ich eine ganze Weile das Haus der Keskins immer schon um Viertel vor zehn verlassen musste, ohne mich an Füsun satt gesehen zu haben. Wenn wir dann auf dem Heimweg rasch durch die sich hastig leerenden dunklen Straßen fuhren, fühlte ich mich schmerzlich um meinen Abend mit Füsun betrogen. Selbst heute noch, wenn es in den Zeitungen manchmal heißt, das Militär sei über den Zustand des Landes besorgt und werde vielleicht wieder die Macht an sich reißen, fällt mir als erster Unsegen eines Putsches unweigerlich dieser Umstand ein.

Natürlich durchlief unsere Beziehung im Laufe der Jahre verschiedene Phasen; unsere Gespräche, unsere Erwartungen, die Bedeutung eines Schweigens, all das war in unseren Köpfen einem fortlaufenden Wandel unterworfen. Für mich änderte sich nur eines nie, nämlich der Grund meines Kommens: Ich wollte einzig und allein Füsun sehen. Dass Füsun und die anderen damit einverstanden waren, davon ging ich ganz einfach aus. Da mein Beweggrund aber nicht offen zugegeben werden konnte, brauchten wir einen anderen, einen offiziellen sozusagen. Wir hätten nun sagen können, dass ich »zu Besuch« kam, aber instinktiv wählten wir einen anderen Begriff, der uns noch unverfänglicher erschien. So kam ich also viermal pro Woche zu den Keskins zum »Sitzen«.

Wenn auch jeder türkische Leser natürlich weiß, was damit gemeint war, soll doch für den ausländischen Besucher erläutert werden, dass dieses Wort hier im Sinne von »gemütliches Beisammensitzen« verwendet wurde, und zwar vor allem von Tante Nesibe. Wenn ich spätabends das Haus verließ, sagte sie immer höflich zu mir: »Komm doch morgen wieder, Kemal, dann sitzen wir wieder!«

Das soll nun nicht bedeuten, dass wir nichts anderes taten, als einfach den ganzen Abend nur dazusitzen. Wir sahen fern, mal schweigend, mal in lebhafter Unterhaltung begriffen, und natürlich aßen wir und tranken Raki. Wenn Tante Nesibe mich für den folgenden Abend einlud, hob sie in den ersten Jahren manchmal diese Tätigkeiten hervor: »Kemal, komm doch morgen wieder, dann *essen* wir die gefüllten Kürbisse, die du so magst.« oder: »Morgen *schauen* wir Eiskunstlauf, es wird live übertragen.« Wenn sie so etwas sagte, warf ich einen Blick auf Füsun, um ein zustimmendes Lächeln zu erhaschen. Wenn Tante Nesibe mich einfach zum »Sitzen« einlud und Füsun daraufhin nickte, dachte ich, dass die Worte uns hier nicht täuschten und wir tatsächlich nichts anderes machten, als miteinander am gleichen Ort zu sein und eben zu »sitzen«. Dieses Wort passte vorzüglich, da es auf schlichteste Weise an meinen eigentlichen Wunsch rührte, nämlich mit Füsun an ein und demselben Ort zu sein. Ganz im Gegensatz zu manchen Leuten, die herablassend verkündeten, diesem Wort zufolge hätten in der Türkei anscheinend jeden Abend Millionen von Leuten nichts Besseres zu tun, als einfach gemeinsam herumzusitzen, empfand ich vielmehr, dass sich durch das »Beisammensitzen« das legitime Bedürfnis der Menschen ausdrückte, anderen nahe zu sein, denen sie sich aus Liebe, Freundschaft oder ganz unbewussten, noch tiefer liegenden Instinkten verbunden fühlten.

Hier habe ich nun, als Einstieg und als Zeichen der Achtung für jene acht Jahre, ein Modell vom ersten und zweiten Stock des Hauses in Çukurcuma ausgestellt. Im zweiten Stock waren die Schlafzimmer und ein Bad. Wer das Modell genau betrachtet, kann auf der Längsseite des Tisches meinen Platz sehen. Für diejenigen, die das Museum nicht besuchen können, hier ein paar Erläuterungen: Der Fernseher stand mir schräg links gegenüber, die Küche schräg rechts. Hinter mir war ein Büfett, an das ich manchmal stieß, wenn ich mit dem Stuhl wippte. Dann klirrte es immer leise in dem Büfett, das vollgestellt war mit Kristallgläsern, Zuckerdosen aus Silber oder Porzellan, Likörgläsern, nie benutzten Kaffeetassen, Objekten aus Streifenglas, wie sie damals in jedem besseren Haushalt zu finden waren, kleinen Vasen, alten Uhren, ausgedienten Feuerzeugen und allerlei anderem Kram.

Wie jeder am Tisch sah ich meist zum Fernseher hin, konnte aber dabei aus dem Augenwinkel heraus jederzeit unauffällig Füsun beobachten. Das tat ich eigentlich fortwährend und brachte es darin zu wahrer Meisterschaft. Ich liebte es ganz besonders, mit anzusehen, was sich auf Füsuns Gesicht abspielte, wenn es in einem Film melodramatisch zuging oder irgendeine wichtige Nachricht gesendet wurde, und noch Tage und Monate danach fielen mir die packendsten Filmszenen immer zusammen mit Füsuns Gesichtsausdruck ein. Manchmal kam mir auch zuerst dieser in den Sinn und erst dann die entsprechende Filmszene (das hieß dann, dass ich mich nach Füsun sehnte und am Abend zu ihr gehen musste). So haben sich mir die ergreifendsten Stellen aus acht Jahren Fernsehen zusammen mit Füsuns Mienenspiel eingeprägt. Ich verstand mich bald so gut darauf, dieses zu interpretieren, dass ein Blick aus dem Augenwinkel mich hinreichend darüber aufklärte, was sich auf dem Bildschirm tat, wenn ich zu müde, zu betrunken oder zu beleidigt war, um konzentriert fernzusehen.

Neben Tante Nesibes Fernsehplatz stand ein Tischchen mit einer Lampe darauf, deren Schirm immer ganz schief hing, und daneben eine L-förmige Couch. Wenn wir vom vielen Fernsehen und Essen und Reden manchmal besonders müde waren, sagte Tante Nesibe: »Rücken wir doch auf die Couch rüber.« oder: »Trinken wir den Kaffee lieber drüben.« Und dann nahm ich auf der Couchseite neben dem Büfett und Tante Nesibe am anderen Ende Platz, während mein Onkel sich in einen der beiden Sessel beim Erker setzte. Damit wir von dort weiter fernsehen konnten, musste der Apparat gedreht werden, was Füsun übernahm, die meist am Tisch sitzen blieb. Manchmal setzte sie sich aber zu uns, lehnte sich an ihre Mutter, die ihr die Haare und Schultern streichelte, und diese Vertrautheit zwischen Mutter und Tochter aus dem Augenwinkel zu beobachten machte mir ganz besonderes Vergnügen, ja selbst Limon in seinem Käfig schien Freude daran zu haben.

Wenn ich mich in die Couchkissen fläzte, wurde ich – nicht zuletzt wegen des Rakis – manchmal sehr schläfrig und sah nur noch mit einem Auge auf den Fernseher, während das andere gleichsam in die Tiefen meiner Seele blickte, und dann schämte ich mich, dass das Leben mich an einen so seltsamen Ort geführt hatte, und am liebsten wäre ich aus dem Haus gerannt. So ging es mir vor allem an jenen düsteren Abenden, an denen eine mürrische Füsun mir kein Lächeln schenkte und jede versehentliche Berührung zwischen uns mit abweisender Kühle quittierte. Ich stand dann auf, zog im Erker am mittleren oder am rechten Fenster die Gardine ein wenig zurück und sah hinaus auf die Straße. An regnerischen Tagen glänzte das Kopfsteinpflaster herauf. Manchmal gab ich mich mit dem Kanarienvogel ab, der in seinem Käfig im Erker allmählich alt und matt wurde. Onkel Tarık und Tante Nesibe riefen dann herüber, ohne den Blick vom Fernseher zu wenden: »Hat er was gefressen?« »Er bräuchte wieder frisches Wasser.« oder: »Heute ist er aber still.«

Im ersten Stock war noch ein Hinterzimmer mit Balkon, das tagsüber viel genutzt wurde. Tante Nesibe erledigte dort ihre Näharbeiten, und Onkel Tarık las seine Zeitung, wenn er zu Hause war. Ich weiß noch gut, wie ich nach dem ersten halben Jahr, wenn mich bei Tisch eine Unruhe packte und ich das Bedürfnis verspürte, ein wenig auf und ab gehen, immer öfter in jenes Zimmer ging, vor allem, wenn dort das Licht schon brannte, und wie ich dann zum Balkonfenster hinaussah, zufrieden eine Weile zwischen diversen Schneiderutensilien, einer Nähmaschine, alten Zeitungen, offenstehenden Schränken und allerlei Zeug herumstand und hin und wieder eine Kleinigkeit einsteckte, die meine Sehnsucht nach Füsun stillen konnte.

Im Fenster spiegelte sich das Wohnzimmer, und zugleich sah ich über die ärmliche Gasse hinweg in einige Wohnungen. Oft beobachtete ich lange eine dicke Frau, die jeden Abend in ihrem wollenen Nachthemd vor dem Zubettgehen noch eine Medizin einnahm und immer wieder den Beipackzettel studierte. Erst als dabei einmal Füsun neben mir stand, schloss ich aus deren Worten, dass es sich um die Frau von Rahmi Efendi handelte, dem Arbeiter mit der künstlichen Hand aus der Firma meines Vaters.

Füsun hatte mir zugeflüstert, sie sei mir in das Hinterzimmer nachgekommen, um zu sehen, was ich da wohl machte. Gemeinsam standen wir dann im Dunkel am Fenster und sahen hinaus. Der Zwiespalt, den ich dabei empfand, war grundlegend für meine acht Jahre währenden Besuche bei den Keskins und meiner Ansicht nach ganz allgemein für die Beziehungen zwischen Mann und Frau in jenem Teil der Welt, so dass ich näher darauf eingehen möchte.

Dass Füsun sich zu mir gesellt hatte, wertete ich als Beweis ihrer Zuneigung. Dafür sprach auch, dass wir dann so einträchtig still nebeneinander standen. Als wir auf die Ziegel- und Zinkdächer hinaussahen, die mir unglaublich poetisch vorkamen, nur weil Füsun bei mir war, auf die leise rauchenden Schornsteine, das Treiben der Familien in hellerleuchteten Fenstern, hätte ich am liebsten die Hand auf Füsuns Schulter gelegt, sie umarmt und berührt.

Meine Erfahrung in Çukurcuma war damals erst auf wenige Wochen beschränkt, doch ahnte ich schon: Sollte ich das machen, so würde Füsun sich verärgert abwenden (als wäre sie belästigt worden) und das Zimmer verlassen, und dieses Verhalten würde mir unendlich weh tun. Jeder von uns beiden würde dann den Beleidigten spielen (worauf wir uns schon glänzend verstanden), und ich würde dann vielleicht eine Weile überhaupt nicht mehr zu den Keskins gehen. Obwohl mir das bewusst war, drängte ganz tief in mir drinnen etwas machtvoll, Füsun zu berühren, sie zu küssen oder mich doch wenigstens an sie zu lehnen. Auch der Raki mochte dabei eine Rolle spielen. Doch auch ohne Alkohol hätte ich dieses Dilemma mit voller Wucht verspürt.

Wenn ich mich beherrschen konnte und sie nicht berührte, dann würde Füsun – das hatte ich schnell heraus – sich noch etwas näher zu mir stellen, mich vielleicht »aus Versehen« berühren und etwas herzlichere Worte an mich richten. Sie würde mich vielleicht, wie ein paar Tage zuvor, zärtlich fragen: »Bedrückt dich etwas?« An jenem Abend nun sagte sie: »Ich mag es, wenn es so still ist und die Katzen über die Dächer schleichen«, und schmerzlich spürte ich sogleich wieder meinen Zwiespalt. Durfte ich sie jetzt berühren und küssen? Ich wollte es so sehr. Aber wie ich mir in den ersten Wochen und Monaten – und, tja, schließlich jahrelang – dachte, war ihr Verhalten keineswegs als Aufforderung gedacht, sondern lediglich die gebührende Höflichkeit eines wohlerzogenen Mädchens gegenüber einem reichen und verliebten Verwandten.

Über dieses Dilemma habe ich die acht Jahre über verzweifelt nachgedacht. Wir sahen damals vielleicht zwei, drei Minuten auf das nächtliche Schauspiel hinaus, von dem hier ein Bild zu sehen ist. Der Museumsbesucher möge doch bitte versuchen, mein Dilemma nachzuempfinden, und nicht vergessen, dass Füsun sich letztendlich mir gegenüber sehr anständig verhielt.

»Mir gefällt die Aussicht deshalb so gut, weil du bei mir bist«, sagte ich schließlich.

»Komm jetzt, meine Eltern werden sich schon wundern.«
»Mit dir neben mir könnte ich jahrelang glücklich dastehen.«
»Dein Essen wird kalt«, sagte Füsun und ging ins Wohnzimmer zurück.

Sie merkte, wie kühl das geklungen hatte. Als ich kurz darauf auch wieder an meinem Platz saß, entspannten sich ihre Züge. Sie lachte mich ein paarmal aus vollem Herzen an, und als sie mir den Salzstreuer reichte, den ich später in meine Sammlung aufnahm, gewährte sie unseren Händen eine echte Berührung, und alles war wieder gut.

56
Limon-Film GmbH

Als Onkel Tarık seinerzeit erfahren hatte, dass Füsun, unterstützt von ihrer Mutter, an dem Schönheitswettbewerb teilnehmen wollte, hatte er zunächst getobt, dann aber ihrem Flehen nicht widerstehen können, doch als er danach die Reaktionen darauf mitbekam, reute ihn sehr, dass er zu jener Schande doch noch seine Zustimmung erteilt hatte. Früher, zu Atatürks Zeiten, seien die Mädchen bei solchen Veranstaltungen noch im schwarzen Badeanzug aufs Podium gestiegen und hätten dann unter Beweis stellen müssen, wie gut sie in türkischer Geschichte und Kultur bewandert waren, und so habe die Welt sich überzeugen können, wie modern es in der Türkei zuging, während nun an solchen Veranstaltungen vorwiegend ungebildete Möchtegern-Sängerinnen und -Mannequins teilnähmen. Früher hätten die Moderatoren die jeweilige Kandidatin gefragt, was für einen Mann sie später gern heiraten würde, und dabei unterschwellig angedeutet, dass sie noch Jungfrau sei, während nun Leute wie Hakan Serinkan bei der Frage, worauf es dem Mädchen bei einem Mann so ankomme (die richtige Antwort: auf seinen Charakter), gleich ein schmieriges Lächeln aufsetzten. Mehrfach hatte Onkel Tarık seinem Schwiegersohn schon deutlich zu verstehen gegeben, dass seine Tochter sich nur ja nicht wieder auf solche Abenteuer einlassen solle.

Da Füsun fürchtete, ihr Vater könne ihr nun Steine in den Weg legen, sprachen wir über den bewussten Kunstfilm immer so, dass Onkel Tarık es nicht hören konnte, oder zumindest sollte unser Geflüster diesen Eindruck erwecken. Mir kam es allerdings so vor, als ob mein Onkel unser Getuschel einfach geflissentlich überhörte, weil ihm mein Interesse an seiner Familie und das Trinken und Reden mit mir eigentlich lieb waren. Jener Kunstfilm war in den ersten Jahren ein willkommener Vorwand zur Verschleierung meiner – Tante Nesibe wohlbekannten – tatsächlichen Motivation. Bei Feridun ging es mir so, dass ich anfangs bei jedem Blick in sein gutmütiges Gesicht den Eindruck hatte, er habe keine Ahnung von meinen wahren Motiven, während mir später immer häufiger der Verdacht kam, er könne womöglich genauestens Bescheid wissen, aber seiner Frau eben völlig vertrauen, so dass sie vielleicht hinter meinem Rücken über mich spotteten und mich nur ausnützten, um ihren Film drehen zu können.

Von Füsun genötigt, legte Feridun Ende November letzte Hand an das Drehbuch, und eines Tages, als wir nach dem Essen auf dem Treppenabsatz standen, überreichte er es mir unter Füsuns strengem Blick in meiner Eigenschaft als künftiger Produzent, auf dass ich meine endgültige Entscheidung fällte. Es trug den Namen *Blauer Regen* und enthielt nichts, was auf die Beziehung zwischen Füsun und mir oder unsere Geschichte insgesamt irgendein neues Licht geworfen hätte: Wenn dieser Feridun, dem ich diesen Sommer noch Intelligenz und kluge Analysen bescheinigt hatte, doch unbedingt gehaltvolle Kunstfilme nach westlichem Vorbild drehen wollte, warum machte er dann höchstselbst gerade das, was er mir gegenüber immer als Fehler der türkischen Filmemacher aufzählte, als da wären Nachahmung, Künstlichkeit, Moralismus, Holzschnittartigkeit, Melodramatik und gieriger Populismus? Während ich das langweilige Drehbuch las, kam mir in den Sinn, dass der Drang zur Kunst genauso wie die Liebe eine Art Krankheit ist, die uns blendet, uns vergessen lässt, was wir eigentlich wissen. Die drei Nacktszenen mit Füsun, die Feridun aus kommerziellem Kalkül in den Film eingebaut hatte (einmal beim Geschlechtsverkehr, einmal – ganz im Stil der Nouvelle Vague – im Schaumbad nachdenklich rauchend und einmal im Traum in einem Paradiesgarten), waren nichts anderes als geschmacklos und überflüssig. Allein schon wegen dieser Szenen war ich nun völlig gegen das Filmprojekt, dem ich auch vorher schon nicht viel zugetraut hatte. Ich war so zornig, dass selbst die Reaktion von Onkel Tarık nicht härter hätte ausfallen können. Nachdem mein Beschluss gefasst war, das Projekt so lange wie möglich hinauszuzögern, sagte ich den beiden sogleich, das Drehbuch sei hervorragend, beglückwünschte Feridun dazu und teilte ihm mit, um endlich loslegen zu können, sei ich als Produzent (hierbei warf ich mich spöttisch in Pose) nunmehr bereit, mich mit in Frage kommenden Schauspielern und Filmleuten zu treffen.

So machten wir uns zu Beginn des Winters zu dritt auf zu den entsprechenden Orten in den Seitengassen von Beyoğlu, in Produzentenbüros, in Kaffeehäuser, in denen zweitklassige Schauspieler, ehrgeizige Filmsternchen, Statisten und Setarbeiter Okey spielten, und in die Bars, in denen bis spät in die Nacht Produzenten, Regisseure und mittelberühmte Schauspieler aßen und tranken. All diese Orte, die wir im Laufe der Jahre immer wieder aufsuchten, waren vom Haus der Keskins keine zehn Minuten zu Fuß entfernt; man brauchte nur die steile Straße hochzugehen, was mich oft an Tante Nesibes Bemerkung denken ließ, Feridun habe einzig und allein geheiratet, um nur einen Katzensprung von jenen Bars entfernt zu wohnen. Mal holte ich Füsun und Feridun in Çukurcuma ab, mal aßen wir auch erst mit Füsuns Eltern zu Abend und zogen danach los.

Die Pelür-Bar, in der wir uns am meisten aufhielten, wurde hauptsächlich von reichen Pinkeln, Filmkritikern, Klatschschreibern und Söhnen von Provinzgrößen besucht, die sich eine Jungdarstellerin anlachen wollten. Den Winter über schlossen wir Bekanntschaft mit zahlreichen Leuten, die in den Filmen, die wir im Sommer gesehen hatten, Nebenrollen gespielt hatten (darunter auch mit Feriduns schnurrbärtigem Bekannten, dem »schmierigen Buchhalter«), und wurden allmählich zum Teil dieser Gemeinschaft aus eigentlich liebenswerten, oft zornigen, doch von ihren Hoffnungen nicht ablassenden Menschen, die erbarmungslos übereinander herzogen, jedermann ihre Lebensgeschichte und ihre Filmprojekte erzählten und ohne einander schlichtweg nicht mehr auskamen.

Da der in diesem Milieu recht beliebte Feridun oft stundenlang mit Filmleuten beisammensaß, mit denen er gut auskommen wollte (für manche hatte er schon als Assistent gearbeitet, andere bewunderte er ganz einfach), blieben Füsun und ich meist allein am Tisch, doch waren dies für mich keine glücklichen Momente. Von dem halb unschuldigen, halb künstlichen Ton, dessen Füsun sich in Gegenwart von Feridun mir gegenüber befleißigte, ließ sie höchst selten ab, und auch dann nur, um über unser Filmabenteuer und über die diversen Leute, die unablässig an unseren Tisch kamen, das eine oder andere mahnende Wort zu sprechen.

Als wir wieder einmal zu zweit am Tisch saßen und ich zu sehr dem Raki zugesprochen hatte, gingen mir die kleinlichen Berechnungen, die Füsun zu ihren Filmplänen anstellte, plötzlich so gegen den Strich, dass ich meinte, mit einer radikalen Lösung aufwarten zu müssen, auf die sie bestimmt gleich eingehen werde.

»Komm, verlassen wir auf der Stelle diesen entsetzlichen Ort. Gehen wir nach Paris oder Patagonien oder ans Ende der Welt, vergessen wir diese Leute und werden wir bis ans Lebensende glücklich!«

»Kemal«, erwiderte sie, »was redest du denn da? Wir gehen doch schon lang getrennte Wege.«

Für die vielen Betrunkenen, die sich als Stammgäste betrachteten, war Füsun das hübsche Mädchen von nebenan, während sie in mir voller Herablassung den dämlichen Millionär sahen, der es aber mit seinem Kunstfilmprojekt nur gut meinte. Es kam aber immer wieder einer an den Tisch, der uns noch nicht kannte oder uns zwar kannte, es aber trotzdem einmal bei Füsun probieren wollte, oder aber Füsun auf seinem Zug durch die Gemeinde von weitem erblickt hatte oder eben unbedingt seine Lebensgeschichte an den Mann oder die Frau bringen wollte (übrigens die größte Gruppe), Ruhe hatten wir jedenfalls so gut wie nie. Es schmeichelte mir, wenn ich von den Leuten, die mit dem Rakiglas in der Hand an den Tisch kamen und sofort zu reden anfingen, für Füsuns Ehemann gehalten wurde, aber Füsun wies immer lächelnd und mit grausamer Zuverlässigkeit darauf hin, ihr Mann sei vielmehr »der Dicke an dem Tisch da drüben«, was jeweils zur Folge hatte, dass der Neuankömmling mich fortan ignorierte und sich aussichtsloserweise an Füsun heranmachte.

Das tat nicht jeder auf die gleiche Weise. Der eine gab an, er sei für einen Fotoroman auf der Suche nach einer dunkelhaarigen Schönheit von türkischem Typus und mit unschuldigem Gesicht, ein anderer bot ihr ohne Umschweife eine Hauptrolle in einer Neuverfilmung von *Abraham* an, ein dritter sah ihr stundenlang schweigend in die Augen, ein vierter erzählte ihr von Subtilitäten, die in unserer vom Mammon beherrschten Welt von niemandem beachtet würden, und wieder ein anderer las ihr von Sehnsucht und Vaterlandsliebe triefende Verse eines im Gefängnis schmachtenden Dichters vor, während manchmal jemand an einem fernen Tisch unsere Rechnung bezahlte oder uns einen Obstteller schicken ließ. In all diesen Lokalen, die wir dann gegen Ende des Winters wegen meiner inneren Widerstände gegen das Projekt immer seltener aufsuchten, begegneten wir fast immer einer sehr beleibten Frau, die in Filmen meist die Rolle der grausamen Gefängniswärterin oder der Handlangerin einer bösen Frauengestalt übernahm. Sie lud uns zu Tanzpartys in ihrem Haus ein, auf denen, wie sie sagte, viele gebildete junge Mädchen wie Füsun waren. Einmal legte ein kleiner ältlicher Kritiker mit Fliege, Hosenträgern und einem Riesenwanst seine skorpionartige Hand auf Füsuns Schulter und prophezeite ihr, es erwarte sie ungeheurer Ruhm und sie werde vielleicht einmal die erste türkische Schauspielerin von Weltruf sein, wenn sie nur ihre Karriere umsichtig plane.

Füsun hörte sich alle ernstgemeinten oder auch völlig unseriösen Rollen- und Fotomodellangebote aufmerksam an, behielt alles im Kopf, bedachte sämtliche bekannte und unbekannte Schauspieler mit schamlos übertriebenen Lobhudeleien, wie sie es wohl als Verkäuferin gelernt hatte, versuchte es jedermann recht zu machen und doch nur an sich selbst zu denken und wollte überhaupt so oft wie möglich mit uns beiden an solche Orte gehen. Als ich ihr einmal zu bedenken gab, ihr Vater werde wohl nicht sehr erfreut darüber sein, dass sie jedem, der ihr ein Angebot machte, ihre Telefonnummer gab, erwiderte sie schnippisch, sie wisse schon, was sie tue, und wenn aus Feriduns Projekt nichts werde, dann könne sie ja immer noch in einem anderen Film mitspielen. Ich setzte mich daraufhin betrübt an einen anderen Tisch, zu dem sie aber dann bald mit Feridun kam und sagte: »Gehen wir doch zusammen essen, so wie im Sommer.«

In diesem Film- und Barmilieu, in das ich fast wider Willen allmählich hineinwuchs, freundete ich mich mit zwei Menschen an, die mich über den neuesten Klatsch auf dem laufenden hielten. Die eine war Sühendan Yıldız, eine Schauspielerin mittleren Alters, der bei einer der ersten türkischen Experimente mit Schönheitsoperationen die Nase gebrochen und seltsam verformt worden war, was ihr aber zu zahlreichen Rollen als »Femme fatale« verholfen hatte. Der andere war Salih Sarılı, ein Charakterdarsteller, der jahrelang hartgesottene Offiziere und Polizisten gespielt hatte und nun sein Geld mit der Synchronisierung von Pornofilmen verdiente, und was ihm dabei alles an Lächerlichkeiten widerfuhr, das gab er mit seiner röchelnden Stimme oft prustend und hustend zum besten.

Mit der Zeit bekam ich heraus, dass nicht nur Salih Sarılı, sondern die meisten der Schauspieler, mit denen wir in der Pelür-Bar Bekanntschaft schlossen, in der Pornoindustrie tätig waren, und das verblüffte mich so, als hätte ich erfahren, dass alle meine Freunde einer Untergrundorganisation angehörten. Schauspielerinnen mittleren Alters und von damenhaftem Auftreten sowie Charakterdarsteller wie Salih Sarılı arbeiteten für importierte und manchmal gar nicht so üble Filme als Synchronsprecher und mussten dabei in den Sexszenen so übertriebenes Gestöhne und Schreien von sich geben, dass sich einem der Verdacht aufdrängte, der Film würde wohl nicht ungeschnitten gezeigt. Schauspieler, die verheiratet waren, Kinder hatten und für ihre Seriosität bekannt waren, behaupteten, sie täten dies, um während der anhaltenden Wirtschaftskrise nicht ganz aus dem Filmgeschäft herauszukommen, aber sie taten sich doch nicht groß damit und verheimlichten vor allem ihren Familien, woran sie arbeiteten. Insbesondere in der Provinz wurden sie jedoch oft von Fans an der Stimme erkannt und erhielten dann wütende oder anerkennende Briefe. Manche unerschrockenen und geldgierigen Schauspieler und Produzenten, ebenfalls Stammgäste in der Pelür-Bar, verlegten sich gleich auf das Drehen von Streifen, die als die ersten muslimischen Sexfilme in die Geschichte eingehen müssten. Es handelte sich dabei meist um eine Mischung aus Sex und Humor, und wieder mussten in den Sexszenen die gleichen ritualisierten Lustschreie ausgestoßen werden. Aus heimlich in Europa besorgten Sexratgebern wurden sämtliche Liebesstellungen abgekupfert, aber wie auf ihre Unversehrtheit bedachte Jungfrauen zogen die Schauspieler dabei nie ihre Unterhosen aus.

Wenn wir so unterwegs waren, um den Filmmarkt zu erkunden, warnten meine beiden neuen Freunde – vor allem die vornehme Sühendan – mich vor so einigen Leuten. So sagten sie etwa, ich solle Füsun regelrecht verbieten, mit dem Produzenten zu sprechen, der mit seiner gelben Krawatte, dem tadellos gebügelten Hemd und dem Chaplinbart aussah wie ein echter Herr, denn sobald er in seinem berühmt-berüchtigten Büro im ersten Stock des Atlas-Kinos mit einer Frau unter Dreißig allein sei, sperre er die Tür zu und vergewaltige die Frau, und wenn sie dann hinterher weine und klage, dann verspreche er ihr eine Hauptrolle in einem Film, die sich bei Beginn der Dreharbeiten immer als etwas Drittklassiges entpuppe (das deutsche Kindermädchen, das im Haushalt eines gutherzigen reichen Türken Intrigen spinnt und alle gegeneinander aufbringt). Und zumindest Feridun müsse ich vor Muzaffer warnen, einem Produzenten, an den Feridun sich immer heranschmiss und über dessen Witze er lachte, weil er sich für seinen Film Unterstützung von ihm erhoffte; noch keine zwei Wochen sei es her, da habe der Mann ebenfalls in der Pelür-Bar mit dem Eigentümer zweier mittelgroßer Filmgesellschaften zusammengesessen und mit ihm um eine Flasche Champagner gewettet, dass er binnen eines Monats Füsun herumkriegen werde (mit dem westlichen Luxusprodukt Champagner wurde übrigens damals auch in den Filmen ein ziemlicher Fetischismus betrieben). Wenn Sühendan, die in der Boulevardpresse als »Sühendan, die Verräterin« firmierte, mir diese Erläuterungen zukommen ließ, hielt sie immer ihr Strickzeug in Händen, mit dem sie ihrem kleinen Enkel einen dreifarbigen Winterpullover anfertigte, nach einem Modell in der *Burda*, wie sie mir eifrig zeigte. Wer sie verspottete, weil sie in jeder Bar immer mit ihren roten, blauen und grünen Wollknäueln dasaß, dem rief sie zu: »Wenn ich auf Arbeit warte, dann drehe ich eben nicht nur Däumchen so wie ihr Saufköpfe!« und schickte – alles Damenhafte kurz hintanstellend – gleich noch einen wüsten Fluch hinterdrein. Mein lebenskundiger Freund Salih Sarılı sah mir an, dass solche Grobheiten – unvermeidlich an einem Ort, an dem abends das Film- und Intellektuellenvölkchen sich betrank – mich unangenehm berührten, und mit einer romantischen Geste, die an seine vielen Rollen als gerechter, idealistischer Polizist erinnerte, wandte er den Blick von mir ab, sah sinnend in die Ferne, zu dem Tisch hinüber, an dem Füsun saß und lachte, und dann sagte er, wenn er selbst ein so reicher Geschäftsmann wäre wie ich, dann würde er nie und nimmer seine hübsche Verwandte, nur damit sie Schauspielerin würde, an solch einen Ort bringen, womit er die Pelür-Bar meinte. Das tat mir natürlich weh. Ich beschloss daraufhin, den Guten auf die Liste der Männer zu setzen, die begehrliche Blicke auf Füsun warfen. Auch Sühendan sagte einmal etwas, was mir lange nicht aus dem Kopf ging, nämlich dass Füsun eine genauso gute Mutter werden könne wie ihre eigene Tochter, für deren Kind sie gerade strickte, und dass sie außerdem ein sehr hübsches Mädchen und ein ganz lieber Mensch sei.

Ich wurde immer empfänglicher für solche Gedanken, die sich unter dem Rubrum: Was haben wir eigentlich hier verloren? zusammenfassen ließen, und gab daher Feridun Anfang 1977 zu verstehen, dass wir nun bezüglich des Filmstabs allmählich zu einer Entscheidung kommen müssten. Woche für Woche lernte Füsun in Beyoğlu neue Leute kennen, deren Bewunderung für sie sich in Angeboten für Filme, Fotoromane oder Werbeaufnahmen äußerte. Ich hingegen hatte fast jeden Tag einen kurzen Moment, in dem ich ganz fest daran glaubte, Füsun und Feridun würden sich bald schon trennen, und aus der Art, wie Füsun mich freundschaftlich anlächelte, mich am Arm fasste und mir lustige Geschichten ins Ohr flüsterte, schloss ich, jener Tag könne nicht mehr fern sein.

Ich hatte ja vor, Füsun zu heiraten, sobald sie sich von Feridun getrennt hätte, und erachtete es deshalb für sinnvoll, wenn sie sich von jener Welt ein wenig fernhielt. Wir würden aus Füsun eine Schauspielerin machen, auch ohne ständig mit jenen Leuten herumzuhängen. So kamen wir zu dem Schluss, dass es besser sei, unsere Angelegenheiten nicht mehr in der Pelür-Bar, sondern von einem Büro aus zu leiten. Da die Vorbereitungen hinreichend gediehen waren, würden wir für Feriduns Filme eine eigene Firma gründen.

Auf einen Vorschlag Füsuns hin benannten wir diese Firma nach ihrem Kanarienvogel Limon. Wie aus unseren Visitenkarten mit der netten Vogelzeichnung darauf hervorgeht, war das Büro von Limon-Film direkt neben dem Yeni-Melek-Kino.

Von meinem Privatkonto bei der Filiale der Ziraat-Bank in Beyoğlu ließ ich zum Ersten jedes Monats an Limon-Film 1200 Lira überweisen. Das war etwas mehr als das Doppelte von dem, was bei Satsat der höchstbezahlte Direktor verdiente, und die Hälfte davon sollte an Feridun persönlich gehen, während er mit dem Rest die Büromiete bezahlen und die Ausgaben für den Film bestreiten sollte.

57
Nicht aufstehen können

Zwar spürte ich von Tag zu Tag mehr, dass ich es mit dem Beginn der Dreharbeiten alles andere als eilig hatte, doch Feridun nunmehr Geld zu geben war mir eine Beruhigung. Ich schämte mich nun nicht mehr so wegen meiner Besuche bei Füsuns Familie. Oder sagen wir so: Wenn ich an manchen Abenden das dringende Verlangen spürte, Füsun zu sehen, mich aber zugleich eine ebenso starke Scham erfüllte, dann sagte ich mir, dass ich den Leuten ja nun Geld gab und mich daher nicht mehr zu schämen brauchte. Meine Sehnsucht hatte mich so verblendet, dass ich mich schon gar nicht mehr fragte, inwiefern dieses Geld meine Schmach eigentlich mildern sollte. Im Herbst 1977 saß ich einmal abends eine halbe Stunde lang im Sessel meines Vaters wie versteinert vor dem Fernseher, hin und her gerissen zwischen Wunsch und Beschämung.

Meine Mutter sagte, was sie meistens sagte, wenn sie mich abends zu Hause sah: »Jetzt bleib doch mal einen Abend hier, dann essen wir schön zusammen!«

»Nein, Mama, ich gehe noch aus.«

»Diese Stadt muss ja einiges an Spaß zu bieten haben! Abend für Abend rennst du fort.«

»Meine Freunde haben aber gesagt, ich soll unbedingt kommen.«

»Tja, eine Freundin von dir müsste ich eben sein, und nicht deine Mutter. Ich bin doch ganz allein jetzt. Pass auf, Bekri kann doch gleich zu Kazım hinuntergehen und ein paar Koteletts holen, die isst du dann mit mir, und nachher kannst du immer noch zu deinen Freunden!«

»Ich geh gleich runter zum Metzger«, rief Bekri aus der Küche.
»Nein, Mama, heute ist ein wichtiges Essen beim Sohn der Karahans«, sagte ich. Die Ausrede sog ich mir aus den Fingern.
»Dass ich davon gar nichts weiß?« erwiderte meine Mutter skeptisch. Inwieweit sie, Osman und andere über meine ständigen Besuche bei Füsun wohl Bescheid wussten? Daran wollte ich gar nicht denken. Damit meine Mutter nicht misstrauisch wurde, aß ich manchmal zuerst mir ihr zu Abend und dann noch einmal bei Füsun. Tante Nesibe fragte dann: »Na, Kemal, keinen Appetit heute? Hat dir der Eintopf nicht geschmeckt?«

Es kam auch vor, dass ich mit meiner Mutter zusammen aß und mir dachte, ich würde vielleicht den kritischen Moment überwinden und mich dann beherrschen und zu Hause bleiben können, doch eine Stunde und zwei Glas Raki später wurde mein Verlangen so dringend, dass meine Mutter sagte: »Jetzt zappelst du schon wieder mit den Beinen herum! Geh doch ein bisschen raus und lauf herum, wenn du willst. Aber nicht zu weit, es wird immer gefährlicher auf der Straße!«

In der Zeit spielten sich im Gefolge des kalten Krieges auf den Straßen Istanbuls heftige Auseinandersetzungen ab, in deren Verlauf überzeugte Nationalisten und überzeugte Kommunisten sich gegenseitig niedermetzelten. Tag für Tag wurden auf offener Straße Verbrechen begangen. Bomben explodierten, es wurden Kaffeehäuser beschossen, an den Universitäten gab es Besetzungen oder Boykotts, und zur Geldbeschaffung wurden Banken überfallen. Alle Hausmauern waren über und über mit politischen Slogans beschmiert. Wie die überwiegende Mehrheit der Istanbuler befasste ich mich überhaupt nicht mit Politik und war der Meinung, dass dieser Straßenkrieg niemandem etwas nützte und von grausamen, in politischen Gruppierungen zusammengerotteten Leuten geführt wurde, die mit uns nichts zu tun hatten. Draußen sagte ich zu Çetin, er solle vorsichtig fahren, und dann sprachen wir über Politik, als sei es eine Naturkatastrophe wie ein Erdbeben oder eine Überschwemmung, jedenfalls etwas, von dem normale Bürger wie wir uns fernzuhalten hatten.

Wenn ich es zu Hause nicht aushielt – also so gut wie jeden Abend –, musste ich aber nicht unbedingt zu den Keskins gehen. Manchmal ging ich tatsächlich zu Einladungen, in der Hoffnung etwa, ein nettes

Mädchen kennenzulernen, das mir über Füsun hinweghelfen würde, oder einfach, um mich mit meinen Freunden zu amüsieren. Wenn ich auf einer Party, zu der Zaim mich mitnahm, oder im Haus eines ganz neu in der Society mitmischenden Verwandten auf Nurcihan und Mehmet stieß oder von Tayfun in einen Nachtclub geschleppt wurde und dort mit alten Freunden zusammentraf und zu türkischer Popmusik – größtenteils bei Italienern und Franzosen abgekupfert – eine neue Whiskeyflasche aufmachte, meinte ich wieder einmal fälschlicherweise, ich könne allmählich in mein altes Leben zurückfinden.

Am deutlichsten trat mir der Ernst meiner Lage vor Augen, wenn ich spätabends, nachdem gegessen und ferngesehen worden war und ich eigentlich hätte gehen sollen, noch mehr Unentschlossenheit an den Tag legte als zu dem Zeitpunkt, bevor ich zu Füsun ging. So hatte ich neben der allgemeinen Scham, die ich in diesen acht Jahren gehörig auslebte, noch mit einer ganz speziellen Scham zu kämpfen: An manchen Abenden kam und kam ich aus dem Haus in Çukurcuma nicht weg.

Wenn gegen halb zwölf oder zwölf zum Programmschluss die Fahne, das Atatürk-Mausoleum und unsere Soldaten schon ihren Auftritt gehabt hatten, starrten wir noch eine Weile auf das einsetzende Flimmern – als ob da aus Versehen eine neue Sendung anfinge –, bis Onkel Tarık zu seiner Tochter sagte: »Na, jetzt mach doch den Kasten mal aus«, oder Füsun das irgendwann von selber tat. Und damit begann dann meine ganz besondere Not. War es nicht unhöflich, jetzt sofort zu gehen? Ich hielt es für besser, noch eine Weile sitzen zu bleiben. Schließlich hatte ich ja oft genug mit angehört, was für Verwünschungen man den Nachbarn hinterherschickte, die nur kamen, weil sie keinen eigenen Fernseher hatten, und sich nach Sendeschluss auf der Stelle verdrückten, ohne auch nur eine gute Nacht zu wünschen. So wie sie wollte ich wahrlich nicht sein. Nun kam ich zwar unverkennbar nicht zum Fernsehen, sondern wegen Füsun, aber da ich manchmal, um meinem Besuch einen offiziellen Anstrich zu verleihen, Tante Nesibe anrief und etwa sagte: »Ich komme heute abend, da läuft wieder die Geschichtssendung«, hätte ich eigentlich danach sofort gehen müssen. Wenn der Fernseher aus war, blieb ich zunächst noch sitzen, und dann drängte sich mir immer mehr der Gedanke auf, dass es nun an der Zeit wäre aufzustehen, aber das brachte ich irgendwie nicht fertig. Ich saß wie festgeklebt am Tisch oder auf der Couch, vor lauter Scham begann ich zu schwitzen, Augenblick folgte auf Augenblick, das Ticken der Wanduhr wurde immer eindringlicher, und Dutzende von Malen sagte ich mir: Jetzt stehst du aber auf! und blieb doch regungslos sitzen.

Auch heute noch habe ich für die Lähmung, die mich damals befiel – genauso wie überhaupt für meine ganze Liebe –, noch keine befriedigende Erklärung parat. Es fallen mir lediglich die hier aufgezählten Gründe ein, die meinen Willen jeweils brachen:

1. Jedesmal, wenn ich tatsächlich sagte: »So, jetzt gehe ich aber allmählich«, kam von Onkel Tarık oder Tante Nesibe unweigerlich: »Aber Kemal, wo wir doch gerade so gemütlich beieinandersitzen!« und es war um mich geschehen.

2. Wenn sie nichts dergleichen sagten, lächelte Füsun mich so zärtlich und geheimnisvoll an, dass ich erst recht durcheinanderkam.

3. Dann erzählte einer irgendeine Geschichte oder schnitt ein neues Thema an, und solange das nicht beendet war, konnte ich nicht gut aufstehen und saß also noch weitere zwanzig Minuten da.

4. Da Füsun mich währenddessen anschaute, vergaß ich die Zeit, und wenn ich dann unauffällig auf meine Uhr blickte, waren es schon vierzig Minuten geworden, so dass ich gleich wieder sagte: »Aber jetzt muss ich wirklich ...« und eisern sitzen blieb. Ich ärgerte mich über meine Willenlosigkeit und schämte mich so, dass mir jeder Augenblick, den ich so erlebte, unerträglich wurde.

5. Zugleich suchte ich ständig nach einem neuen Vorwand, um noch ein wenig sitzen bleiben zu können, und setzte mir immer wieder eine neue Frist.

6. Wenn Onkel Tarık sich noch einen Raki einschenkte, musste ich doch mittrinken, oder?

7. Und wenn ich noch bis zwölf Uhr wartete, würde es mir leichter fallen, zu sagen: So, Punkt Mitternacht, jetzt gehe ich!

8. Unten im Kaffeehaus war Çetin vielleicht gerade mitten in der schönsten Unterhaltung, da wartete ich lieber noch ein bisschen.

9. Sowieso standen unten vor der Haustür gerade Jugendliche beisammen und rauchten, und wenn ich gerade jetzt hinausging, würden sie über mich tratschen (mich machte zwar über Jahre hinweg das

Schweigen nervös, mit dem mich die jungen Männer des Viertels meist bedachten, aber da sie ja sahen, dass ich zu Feridun ein gutes Verhältnis hatte, konnten sie die Ehre des Viertels nicht gut in Gefahr sehen). Am meisten hing meine innere Unruhe davon ab, ob Feridun gerade zu Hause war oder nicht. Feridun hatte mich entweder schon nach kurzer Zeit als harmlos eingestuft, oder er verbot sich einfach jeden Gedanken an eine Unziemlichkeit, da wir ja verwandt waren und ich Abend für Abend mit Füsuns Eltern zusammensaß. Womöglich ahnte er sogar, dass ich mich auf irgendeine seltsame Weise in seine Frau verguckt hatte, aber er sah das als so unsinnig und unmöglich an, dass er es gar nicht ernst nahm. Wenn ich so überlegte, wie sehr Feridun seiner Frau vertraute, sagte ich mir wehmutsvoll, dass sie wohl eine glückliche Ehe führten.

Da legte ich mir die Sache doch lieber so zurecht, dass hinter Feriduns Gleichgültigkeit Tabus und Traditionen steckten. Feridun musste ganz einfach denken, dass in einer Gesellschaft, in der es insbesondere unter der einfacheren Bevölkerung vom Lande ein todeswürdiges Vergehen sein konnte, ein Mädchen in Gegenwart seiner Eltern auch nur schief anzusehen, es mir nie und nimmer einfallen würde, inmitten der trauten Familienatmosphäre vor dem Fernseher mit Füsun zu flirten. Meine Liebe und der geheiligte Familientisch waren mit unzähligen Ritualen und Verboten umgeben, und selbst wenn herausgekommen wäre, dass ich unsterblich in Füsun verliebt war, hätten wir allesamt so tun müssen, als ob es so eine Liebe unter gar keinen Umständen geben könne, und über diese Verpflichtung hätten wir uns niemals hinweggesetzt. Als mir das so recht bewusst wurde, begriff ich auch, dass ich nicht trotz dieser Sitten und Verbote, sondern gerade ihretwegen Füsun so oft sehen konnte. Anders herum gesagt: Wenn ich in einer Gesellschaft mit freieren Beziehungen zwischen den Geschlechtern, also irgendwo im Westen, vier-, fünfmal pro Woche zu den Keskins gegangen wäre, wäre schließlich jedermann klargewesen, dass ich nur wegen Füsun kam, und ein eifersüchtiger Ehemann hätte dann einschreiten müssen. Weder hätte ich in einer solchen Gesellschaft Füsun so oft sehen können, noch hätte meine Liebe zu Füsun überhaupt solche Formen annehmen können.

Wenn ich nach Sendeschluss so dasaß, ohne recht zu bedenken, dass ein »Bleib doch noch sitzen, Kemal!« und ein »Noch ein Gläschen Tee!« gut und gerne Höflichkeitsfloskeln sein konnten, versuchte ich manchmal mein Verbleiben mit dem Eintreffen von Feridun abzustimmen. Die ganzen acht Jahre über war ich mir aber nie so recht im klaren, ob ich nun lieber gehen sollte, bevor er kam, oder eher nachher.

In den ersten Monaten und Jahren plädierte ich eher dafür, schon vorher zu gehen. Wenn nämlich Feridun hereinkam und wir uns ansahen, fühlte ich mich immer als fünftes Rad am Wagen. Wenn ich dann nach Hause kam, brauchte ich zum Einschlafen immer mindestens drei Raki. Einfach aufzustehen, sobald er eintraf, hätte ganz offensichtlich bedeutet, dass ich ihn nicht mochte und nur wegen Füsun da war. So musste ich also, wenn Feridun nach Hause kam, anstandshalber noch mindestens eine halbe Stunde lang sitzen bleiben, so dass mir die Hände gebunden waren und ich mich noch mehr schämte.

Ging ich aber, noch bevor er kam, so kam das quasi einem Schuldgeständnis gleich, und ich lief also geradezu vor ihm weg. Das gehörte sich nicht. Ich konnte mich doch nicht so schändlich benehmen wie ein Weiberheld aus einem europäischen Roman, der der Gräfin unverhohlen den Hof macht und dann aus dem Schloss huscht, sobald der Gatte herannaht. Wenn ich schon vor Feridun gehen wollte, dann musste es sehr zeitig sein, damit eine Anstandsfrist gewahrt blieb. So früh zu gehen war mir unmöglich. Spät konnte ich somit nicht gehen und früh erst recht nicht.

So kam ich gar nicht aus meinem Sessel hoch, sondern steckte fest wie ein aufgelaufenes Schiff. Wenn ich in einem lichten Moment begriff, dass ich es nicht schaffte, aufzustehen und zu gehen, jetzt nicht und auch nicht kurze Zeit später, wie ich gerade noch gehofft hatte, dann suchte ich krampfhaft nach Entschuldigungen für mein Verweilen. In der ersten Zeit sagte ich mir manchmal noch, ich müsse auf Feridun warten, um mit ihm das eine oder andere Drehbuchproblem durchzusprechen. Wenn Feridun dann kam, probierte ich das einige Male.

»Hast du schon gehört, es soll jetzt einen schnelleren Weg geben, um von der Zensurbehörde Nachricht zu bekommen«, sagte ich einmal. Egal ob es nun genau dieser Satz war oder ein ähnlicher, auf jeden Fall herrschte plötzlich eisige Stille am Tisch.

»Im Panayot haben sich die Leute von der Filmgesellschaft Erler getroffen«, sagte Feridun nach einer Weile. Dann gab er Füsun einen Begrüßungskuss, so routinemäßig wie die nach Hause zurückkehrenden Ehemänner in amerikanischen Filmen. Wenn ich aber bisweilen an Füsuns zärtlicher Reaktion merkte, dass so ein Kuss tatsächlich von Herzen kam, war ich furchtbar geknickt.

Meist traf sich Feridun in Kaffeehäusern, Bars oder Wohnungen mit Drehbuchautoren, Kameraleuten und Setarbeitern und führte mit diesen lärmenden, tratschenden, geplagten Menschen, von denen die meisten irgendwie miteinander verkracht waren, ein intensives Gemeinschaftsleben. Da er so viel mit ihnen zusammen war, nahm er allzu großen Anteil an ihren Streitereien und ihren Träumen, und sosehr er sich mitfreute, wenn sie gerade eine Glückssträhne hatten, so geknickt war er auch, wenn wieder eine Hoffnung den Bach hinunterging. Wenn ich das so mit ansah, dachte ich mir, dass ich wahrlich kein schlechtes Gewissen zu haben brauchte, wenn Füsun und ihr Mann nicht zusammen ausgehen konnten, weil gerade ich zu Besuch war. Einmal pro Woche, wenn ich nicht zu den Keskins kam, zog Füsun ohnehin eine ihrer schicken Blusen an, ging mit ihrem Mann nach Beyoğlu hinauf und saß dann mit ihm stundenlang in der Pelür-Bar oder im Perde. Was sie dort machten, erfuhr ich dann immer von Feridun, und zwar in allen Einzelheiten.

Was das Drehbuch anging und die Art von Film, die wir drehen wollten, kamen wir kaum einen Schritt voran, aber dass Füsun von übelgesinnten, gierigen Produzenten möglichst fernzuhalten war, darauf hatte ich mich mit Feridun schnell geeinigt.

Vielleicht war es deshalb so schlecht angekommen, dass ich Feridun zu so später Stunde auf die Arbeit angesprochen hatte. Feridun, Tante Nesibe und ich wussten alle, wie sehr Füsun darauf aus war, so bald wie möglich in irgendeinem Film mitzuspielen. Andererseits ziemte es sich wohl nicht, das in Gegenwart von Onkel Tarık zu erörtern. Onkel Tarık war wohl stillschweigend auf unserer Seite, aber man durfte ihn damit nicht konfrontieren. Trotzdem wäre es mir lieb gewesen, wenn Onkel Tarık gewusst hätte, dass ich Feriduns Bemühungen unterstützte, und erst ein Jahr nach Gründung von Limon-Film erfuhr ich, dass dies tatsächlich der Fall war.

Zu Feridun entwickelte ich inzwischen außerhalb des Hauses der Keskins ein kollegiales, geradezu freundschaftliches Verhältnis. Feridun war ein vernünftiger, herzlicher Mensch, dem Freundschaft viel bedeutete. Wir trafen uns im Büro von Limon-Film und redeten über das Drehbuch, die Probleme mit der Zensurkommission und die Schauspieler, die für die männliche Hauptrolle in unserem Film in Frage kamen. Es hatten sogar schon zwei sehr bekannte, gutaussehende Darsteller prinzipiell zugesagt, aber Feridun und ich waren recht skeptisch. Den beiden angeberischen Schürzenjägern, die in historischen Filmen byzantinische Priester niedermetzelten und mit einem Schlag vierzig Räuber über den Haufen warfen, trauten wir vom Menschlichen her nicht über den Weg und waren uns sicher, dass sie sich sofort an Füsun heranmachen würden. Es gehörte zum Berufsethos der beiden schnauzbärtigen Schwadroneure, dass sie sich ständig in Andeutungen darüber ergingen, mit welchen – teilweise noch nicht einmal achtzehnjährigen – Schauspielerinnen sie bei Dreharbeiten jeweils geschlafen hatten. Schlagzeilen wie »Filmküsse wurden zu echten Küssen« oder »Verbotene Liebe auf dem Set« waren zwar wichtiger Bestandteil des Filmgeschäfts, weil sie den Schauspielern Publicity verschafften und die Leute ins Kino lockten, doch Feridun und ich wollten Füsun vor solchen Widerwärtigkeiten bewahren. Da Feridun dadurch Geld einbüßen würde, stockte ich das Budget von Limon-Film ein wenig auf.

Damals machte mir Sorgen, wie Füsun sich plötzlich verhielt. Als ich eines Abends in das Haus in Çukurcuma ging, teilte mir Tante Nesibe fast entschuldigend mit, Füsun sei mit Feridun in Beyoğlu unterwegs. Ich ließ mir meinen Kummer darüber nicht anmerken und setzte mich zu Onkel Tarık und Tante Nesibe vor den Fernseher.

Als ich zwei Wochen später feststellen musste, dass die beiden wieder ausgegangen waren, lud ich kurze Zeit später Feridun zu einem Mittagessen ein und setzte ihm nochmals auseinander, dass es auch für unseren Kunstfilm nicht gut sei, wenn Füsun so viel mit betrunkenen Filmmenschen herumhänge. Feridun solle doch bitte unter dem Vorwand, dass ich zu Gast sei, dafür sorgen, dass Füsun öfter zu

Hause bleibe. Das komme sowohl der Familie als auch unserem Film zugute.

Es beunruhigte mich, dass meine Warnungen offenbar nicht genügend ernst genommen wurden. Feridun und Füsun gingen zwar nicht mehr so oft, aber immer noch oft genug gemeinsam ins Pelür. Das musste ich feststellen, als ich eines Tages zu den Keskins ging und die beiden wieder nicht antraf. Ich verbrachte den Abend still vor dem Fernseher mit Tante Nesibe und Onkel Tarık. Auch nach Sendeschluss saß ich mit den beiden noch zusammen und erzählte von meiner Studienzeit in den USA, bis gegen zwei Uhr nachts Füsun und Feridun nach Hause kamen. Ich schilderte die Amerikaner als fleißige und gutherzige, aber etwas naive Menschen, die abends immer früh zu Bett gingen und die selbst dann, wenn sie reich waren, ihre Kinder dazu anhielten, sich morgens mit dem Fahrrad als Milch- oder Zeitungsboten zu verdingen. Tante Nesibe und Onkel Tarık sahen mich an, als ob ich einen Witz erzählte, aber sie hörten mir aufmerksam zu. Dann fragte mich Onkel Tarık, warum in den amerikanischen Filmen das Telefon immer so komisch läute. Sei das in Wirklichkeit auch so oder nur in den Filmen? Ich stutzte, da ich tatsächlich vergessen hatte, wie dort die Telefone läuteten. So spät nach Mitternacht überkam mich das Gefühl, damals in Amerika eine ziemliche Freiheit empfunden zu haben. Onkel Tarık wollte mir auf die Sprünge helfen und ahmte das Telefonläuten nach. In Krimis klinge das Telefon sogar noch schriller; auch das führte er mir vor. Als es schon zwei war, saßen wir immer noch bei Tee und Zigaretten da und amüsierten uns.

Ich wüsste heute nicht mehr zu sagen, ob ich damals so lange dortblieb, um zu unterstreichen, dass Füsun an »meinen« Abenden gefälligst zu Hause bleiben solle, oder ob ich Füsun einfach sehen musste, und wenn es noch so spät sei. Nachdem ich Feridun aber noch einmal in aller Deutlichkeit darauf hinwies, dass es geradezu unsere Pflicht sei, Füsun vor dem betrunkenen Filmvolk zu bewahren, gingen die beiden nicht mehr zusammen aus, wenn ich zu Besuch kam.

Wir kamen damals auf den Gedanken, zur finanziellen Unterstützung unseres Kunstfilms einen kommerziellen Film zu drehen. In dem sollte Füsun allerdings nicht mitspielen, was einen prächtigen Vorwand abgab, sie abends zu Hause zu lassen. Füsun rächte sich dafür, indem sie an manchen Abenden schon ins Bett ging, bevor ich überhaupt eingetroffen war. Sie verlor aber nicht die Hoffnung, ein Filmstar zu werden, und beim nächsten Mal kümmerte sie sich dann um so eifriger um mich, fragte nach dem Ergehen meiner Mutter und lud mir eine Extraportion Reis auf den Teller, so dass ich es wieder mal nicht schaffte, rechtzeitig aus dem Haus zu kommen.

An meiner abendlichen Krise zu Sendeschluss änderte auch meine zunehmende Freundschaft mit Feridun nichts. Sobald Feridun den Raum betrat, empfand ich mich als fünftes Rad am Wagen. Wie in einem Traum gehörte ich nicht zu der Welt, die ich sah, und wäre doch so gern ein Teil davon gewesen. Ich werde nie vergessen, wie im März 1977, als in den Nachrichten unentwegt von Attentaten auf politische Versammlungen und Kaffeehäuser und von erschossenen Oppositionspolitikern berichtet wurde, Feridun einmal erstaunt dreinsah, als er sehr spät nach Hause kam (vor lauter Scham wagte ich schon gar nicht mehr, auf die Uhr zu sehen) und mich immer noch dasitzen sah. Er schien sich ernsthaft Sorgen um mich zu machen und hatte zugleich dieses naiv Hoffnungsvolle im Blick, das mir den jungen Mann zum Rätsel machte.

Nach dem Militärputsch vom 12. September wurde durch die um zehn Uhr abends einsetzende Ausgangssperre meiner abendlichen Krise ein Limit gesetzt, aber beendet wurde sie damit keineswegs, sondern lediglich auf einen kurzen Zeitraum zusammengepresst und dadurch intensiviert. Ab halb zehn war ich in der akuten Phase, konnte mich aber nicht von der Stelle rühren, auch wenn ich mir noch so oft sagte: Jetzt stehe ich sofort auf! Ich hatte keinerlei Spielraum für Erholungspausen, und um zwanzig vor zehn war die Spannung unerträglich. Wenn ich dann endlich auf die Straße stürzte und Çetin und ich uns fragten, ob wir es wohl rechtzeitig nach Hause schaffen würden, waren wir meist ein paar Minuten zu spät dran. Die Soldaten hielten in den ersten Minuten nach zehn Uhr (später wurde der Beginn des Ausgangsverbots auf elf Uhr verschoben) keines der dahinrasenden Autos auf. Auf dem Heimweg über Taksim, Harbiye und Dolmabahçe kamen wir oft an Unfallstellen vorbei, weil die nach Haus Eilenden es mit der Geschwindigkeit übertrieben, und wir sahen Fahrer, die ausstiegen und sogleich mit Fäusten aufeinander losgingen.

Ich kann mich noch an einen betrunkenen Herrn mit Hund erinnern, der hinter dem Dolmabahçe-Palast einem bläulich rauchenden Plymouth entstieg. Am Taksim-Platz war nach einem Frontalzusammenstoß einem Taxi der Kühler geplatzt, und es dampfte wie das Çağaloğlu-Hamam. Die leeren, dunklen Straßen flößten uns Furcht ein. Wenn wir endlich zu Hause waren, trank ich noch ein letztes Glas, und einmal flehte ich doch tatsächlich Gott an, wieder in ein normales Leben zurückzudürfen. Ob ich aber damals wirklich und wahrhaftig diese Liebe, diese Fixierung auf Füsun loswerden wollte, weiß ich bis heute nicht genau.

Wenn ich vor dem Nachhausegehen irgendein positives Wort über mich vernahm, und mochte es auch nicht von Füsun selbst kommen und in anderes, weniger Schmeichelhaftes eingebettet sein, dann durchzuckte mich der Gedanke, ich könne Füsun zurückgewinnen und all meine Besuche seien nicht umsonst, und fast mühelos konnte ich aufstehen und nach Hause fahren.

Manchmal, wenn Füsun unerwartet etwas Nettes zu mir sagte wie etwa: »Du warst beim Friseur, was? Ganz schön kurz jetzt, steht dir aber gut« (16. Mai 1977), oder wenn sie zu ihrer Mutter liebevoll über mich äußerte: »Er verdrückt die Köfte wie ein richtiger Junge, was?« (17. Februar 1980) oder sie mir, ein Jahr später, an einem verschneiten Abend, kaum dass ich zur Tür hereinkam, zurief: »Wir haben uns noch nicht zu Tisch gesetzt, weil wir gehofft haben, du kommst noch!«, dann war ich überglücklich, und mochte ich auch mit noch so dunklen Gedanken gekommen sein und beim Fernsehen irgendwelche unguten Zeichen wahrnehmen, ich konnte dann, wenn die Zeit gekommen war, entschlossen aufstehen, in einem Schwung meinen Mantel von dem Garderobenständer neben der Tür nehmen und mich ohne zu zögern verabschieden. Überhaupt wurde mir das Gehen leichter, wenn ich gleich zur Tür ging, den Mantel anzog und sagte: »Ich empfehle mich!« Wenn ich es früh aus dem Haus schaffte, fühlte ich mich im Fond des Wagens immer gut und dachte gar nicht an Füsun, sondern an die Arbeit des nächsten Tages. Und wenn ich ein paar Tage nach einem solchen »Erfolg« wieder zum Abendessen zu den Keskins ging und dort Füsun erblickte, begriff ich gleich wieder, was mich dorthinzog.

War ich fern von Füsun, erschien die Welt mir wie ein Puzzle, dessen Teile ganz durcheinander waren. Beim Anblick von Füsun fanden alle Teile wieder an ihren Platz, und ich erinnerte mich wieder, dass die Welt sinnvoll und schön war.

Wenn ich abends zu den Keskins kam und Füsun und ich uns anschauten, erfüllte mich immer ein Triumphgefühl. Trotz aller Kränkungen und Widerstände hatte ich es wieder dorthin geschafft, und das Funkeln dieses Glücks sah ich meist auch in Füsuns Augen. Oder ich bildete mir das zumindest ein und hatte das Gefühl, dass meine Hartnäckigkeit und meine Entschlossenheit ihr imponierten, und so hielt ich das Leben, das ich führte, wieder für schön.

58
Bingo

In der Silvesternacht 1976 ging ich zu den Keskins zum Bingospielen. Das mag mir eingefallen sein, weil ich gerade davon sprach, wie schön doch mein Leben war, aber auch, weil es ein unleugbares Zeichen für die Veränderung in meinem Leben war. Ich hatte mich von Sibel getrennt, hatte gezwungenermaßen meinen Freundeskreis verloren und verzichtete durch meine Besuche bei den Keskins auf so manche meiner bisherigen Gewohnheiten, aber bis zu jenem Silvesterabend versuchte ich noch immer, mich selbst und meine Angehörigen davon zu überzeugen, dass ich irgendwie doch mein altes Leben weiterführte oder es doch zumindest jederzeit wiedergewinnen konnte.

Von Zaim wurde ich ab und an darüber unterrichtet, wie es meinen Bekannten ging, mit denen ich mich nicht mehr treffen konnte, um nicht irgendwo auf Sibel zu stoßen, jemanden mit unangenehmen Erinnerungen zu verletzen oder erklären zu müssen, warum ich mich nirgends mehr blicken ließ. Ich kam mit Zaim im Fuaye oder im Garaj zusammen, und wie zwei dicke Freunde, die angeregt über Geschäftliches reden, unterhielten wir uns lange über das, was die anderen so machten, und über das Leben im allgemeinen.

Von seiner neuen Freundin Ayşe, einem Mädchen im Alter Füsuns, war Zaim nicht mehr so recht angetan. Sie sei zu kindisch, er könne mit ihr nicht über seine Sorgen reden, und zu unseren Freunden passe sie auch nicht besonders. Auf meine Fragen hin behauptete er, er habe noch keine andere, nicht einmal in Sicht. Außer Küssen sei zwischen ihm und Ayşe noch nichts gewesen, das Mädchen sei sehr auf der Hut, und solange es Zaims nicht völlig sicher sei, wolle es sich nicht hingeben.

»Was lachst du?« fragte Zaim dann.

»Ich lache doch gar nicht.«

»Doch, du lachst«, sagte Zaim, »aber das kümmert mich nicht. Ich kann dir was sagen, was du noch lustiger finden wirst. Nurcihan und Mehmet treffen sich fast sieben Tage die Woche und gehen abends ins Maksim oder ins Bebek Gazinosu, da hören sie alttürkische Musik. Sie gehen zu siebzig- und achtzigjährigen Sängern, die sie mal im Radio gehört haben, und singen mit.«

»Sag bloß! Ich wusste ja gar nicht, dass Nurcihan sich für so was interessiert.«

»Sie hat aus Liebe zu Mehmet damit angefangen. Mehmet kennt sich selber nicht besonders aus, aber er will eben Nurcihan imponieren. Sie gehen in Antiquariate und kaufen sich Bücher über diese Musik, und auf dem Flohmarkt kriegen sie alte Platten. Abends sind sie im Maksim oder im Bebek Gazinosu und hören Müzeyyen Senar. Aber ihre Platten hören sie nie gemeinsam an.«

»Warum denn nicht?«

»Sie gehen Abend für Abend in Musikrestaurants, aber sie sind nie mal irgendwo allein und schlafen miteinander.«

»Woher willst du denn das wissen?«

»Wo sollen sie sich denn treffen? Mehmet wohnt doch noch bei seinen Eltern.«

»Ja, aber er hat doch eine Wohnung in Maçka, wo er immer Frauen hinbringt.«

»Dahin hat er mich mal mitgenommen, zum Whiskeytrinken«, sagte Zaim. »Eine richtige Junggesellenbude. Wenn Nurcihan einen Funken Verstand hat, dann geht sie nie in dieses Loch mit, und wenn doch, dann wird sie sehen, dass Mehmet sie deswegen nicht mehr heiraten will. Sogar ich habe mich dort komisch gefühlt. Die Nachbarn haben durch den Spion geguckt und sich gefragt, ob der Kerl mal wieder eine Nutte mitbringt.«

»Was soll Mehmet denn machen? Glaubst du etwa, für einen Junggesellen ist es leicht, eine anständige Wohnung zu mieten?«

»Sollen sie doch ins Hilton gehen«, sagte Zaim. »Oder Mehmet soll sich eine Wohnung kaufen, in irgendeinem guten Viertel.«

»Dafür lebt er viel zu gern bei seinen Eltern.«

»Na, du doch auch. Darf ich dir mal unter Freunden was sagen? Sei mir aber nicht böse, ja?«

»Ach woher!«

»Hättest du dich mit Sibel nicht immer im Büro getroffen, als würdet ihr irgend etwas Verbotenes tun, sondern im Merhamet Apartmanı, so wie mit Füsun, dann wärt ihr heute noch zusammen.«

»Hat das etwa Sibel gesagt?«

»Von wegen, die redet doch über so was nicht, keine Sorge.«

Wir schwiegen eine Zeitlang. Mir war gar nicht recht, dass wir von unserer gemütlichen Tratscherei in das Fahrwasser meiner Probleme geraten waren und darüber sprachen, als sei mir eine Katastrophe widerfahren. Zaim spürte das, und um mich abzulenken, erzählte er, wie er sich einmal mit Mehmet, Nurcihan, Tayfun und Fare Faruk spätabends in Beyoğlu auf eine Kuttelsuppe getroffen hatte und sie dann mit zwei Autos eine Spazierfahrt am Bosporus entlang unternommen hatten. Ein andermal hatte er in Emirgân zusammen mit Ayşe im Auto Tee getrunken und Musik gehört, und da hatten sie Bastard-Hilmi und noch ein paar andere getroffen und waren mit ihnen zuerst in das neu eröffnete Parizyen in Bebek gegangen und von da in den Nachtclub Lalezar, wo die Silberblätter spielten. Zaim schilderte mir seine Unternehmungen in den buntesten Farben, um mir wieder Lust auf das alte Amüsierleben zu machen. Zwar hörte ich ihm gar nicht richtig zu, doch abends dann, im Haus der Keskins, ertappte ich mich dabei, wie ich an seine Worte zurückdachte. Keineswegs aber sehnte ich mich danach, mich wie früher mit meinen Kumpels herumtreiben zu können. Es war nur so, dass ich am Tisch der Keskins manchmal den Eindruck gewann, draußen auf der Welt geschehe rein gar nichts, und wenn doch, so seien wir meilenweit davon entfernt.

In jener Silvesternacht muss das wieder einmal der Fall gewesen sein, denn ich überlegte, was Zaim, Sibel, Mehmet, Tayfun, Fare Faruk und die anderen wohl gerade machten (Zaim hatte in seinem Sommerhaus elektrische Öfen installieren lassen und zusätzlich seinen Hausmeister zum Anzünden des offenen Kamins vorgeschickt, um für alle eine große Silvesterparty zu geben).

»Schau doch, Kemal, die siebenundzwanzig, die hast du doch auch!« sagte Füsun. Sie sah, dass ich nicht bei der Sache war, und bedeckte auf meiner Bingokarte die siebenundzwanzig lächelnd mit einer Bohne. »Du musst ein bisschen aufpassen«, sagte sie zuvorkommend, ja geradezu liebevoll und sah mir dabei in die Augen.

Um von Füsun genau diese Aufmerksamkeit zu erlangen, kam ich doch zu den Keskins! Ich war überglücklich. Es war allerdings nicht leicht gewesen, dieses Glück zu erhaschen. Um meine Mutter nicht mit der Nachricht zu betrüben, dass ich den Silvesterabend bei den Keskins verbrachte, hatte ich erst daheim zu Abend gegessen. Als dann meine Neffen bettelten: »Oma, fangen wir mit dem Bingo an!«, spielte ich eine Runde mit. Auch Berrin nahm an dem Bingo teil, das bei uns zur Silvestertradition gehörte, und als sich einmal unsere Blicke kreuzten, sah sie mich an, als sei ihr dieses traute Familienglück nicht ganz geheuer und als wollte sie sagen: Was ist denn mit dir los?

»Na, wir amüsieren uns doch!« flüsterte ich ihr zu.

Dann sagte ich, ich müsse jetzt los zu Zaims Party, und als ich eilig das Haus verließ, blickte mich Berrin noch einmal spöttisch an, aber ich ging nicht darauf ein.

Ich war ganz aufgeregt auf dem Weg nach Çukurcuma, aber voller Zufriedenheit. Sie erwarteten mich bestimmt zum Essen. Als ich einmal mit Tante Nesibe allein war, hatte ich sie auf den Abend angesprochen und gesagt, dass ich bestimmt kommen würde. Das sollte die Botschaft vermitteln: Bitte lass Füsun an dem Tag nicht mit Feridun und seinen Freunden ausgehen! Tante Nesibe empfand es nämlich als ungehörig, wenn Füsun bei einem meiner Besuche nicht da war, wo ich doch ihre Filmpläne so großzügig unterstützte und der Familie so nahe stand. Dass Feridun immer außer Haus war, wenn ich kam, bezeichnete sie einmal als kindisch. Da niemand sich darüber beklagte, wurde diese Kinderei allerdings stillschweigend übergangen, und für Tante Nesibe war Feridun, wenn sie über ihn sprach, sowieso einfach nur »der Junge«.

Bevor ich aus dem Haus gegangen war, hatte ich noch eine Plastiktüte mit den kleinen Preisen eingesteckt, die meine Mutter für das Bingo immer vorbereitete. Kaum war ich nun bei den Keskins, zog ich – natürlich erst, nachdem ich wie immer den ersten Blickaustausch mit Füsun genossen hatte – die kleinen Gegenstände aus der Tüte und reihte sie auf. »Für die Gewinner beim Bingo!« sagte ich. Nun hatte auch Tante Nesibe, genauso wie meine Mutter das schon seit meiner Kindheit handhabte, ein paar Kleinigkeiten als Bingopreise hergerichtet, die wir mit denen meiner Mutter vermischten. Das gemeinsame Bingospielen an jenem Abend amüsierte uns so sehr, dass uns jahrelang das Silvesterbingo mit den vermischten Preisen zur unverzichtbaren Gewohnheit wurde.

Hier das Bingospiel, das wir über acht Jahre hinweg benutzten. Mit genau so einer Garnitur hat bei uns zu Hause von Ende der fünfziger bis Ende der neunziger Jahre meine Mutter Silvester für Silvester vierzig Jahre lang zuerst meinen Bruder, meine Cousins und mich und später dann ihre Enkel unterhalten. Am Ende jeder Silvesternacht, wenn das Bingo vorbei war und die Preise verteilt waren und wenn die Kinder und die Nachbarn allmählich zu gähnen und einzuschlafen begannen, räumte Tante Nesibe genau wie meine Mutter immer das Bingospiel auf, zählte die während des Spiels aus einem Samtbeutel gezogenen Holzzahlen ab (90 Stück), schnürte den Stoß Bingokarten zusammen, füllte die als Spielmarken verwendeten Trockenbohnen wieder in ihr Säckchen und hob das Ganze für den nächsten Silvesterabend auf.

Wenn ich heute jemanden, so ehrlich es geht, über meine Liebe aufklären möchte und dabei alles mögliche einzeln vorzeige, dann wird mir klar, dass unser alljährliches Silvesterbingo über den Geist jener seltsamen, geheimnisvollen Jahre einiges aussagt.

Unter dem Namen Tombola war Bingo ursprünglich ein Spiel, das von neapolitanischen Familien am Weihnachtsabend gespielt wurde, und wie zahlreiche Neujahrstraditionen fand es nach der von Atatürk durchgeführten Kalenderreform über levantinische und italienische

Familien in Istanbul Verbreitung und wurde schon bald zum typischen Silvestervergnügen. In den achtziger Jahren bedachten viele Zeitungen ihre Leser vor dem Jahreswechsel mit Bingokarten aus Pappe und mit Plastikzahlen. Auf den Straßen trieben sich damals Tausende von Bingoanbietern mit schwarzen Säckchen in der Hand herum, die den Gewinnern geschmuggelte Zigaretten und Spirituosen auszahlten. Sie zogen den Leuten, die stets bereit waren, ihr Glück zu versuchen, das Geld aus der Tasche, indem sie getürkte Säckchen verwendeten.

Hier eine Auswahl der Preise, die meine Mutter und Tante Nesibe damals für die Gewinner aussetzten. Ich habe sie mit der Sorgfalt eines begeisterten Museumskurators zusammengestellt, der seine Geschichte als die Geschichte von Gegenständen erzählen will.

Bei meiner Mutter gehörte jedes Jahr unweigerlich ein Taschentuch für Kinder und speziell kleine Mädchen zu den Bingopreisen. Hatte das nicht zu bedeuten: An Silvester Bingo zu spielen ist eigentlich ein Vergnügen für kleine Mädchen, aber wir Erwachsene amüsieren uns an diesem Abend wie die Kinder? Wenn bei uns zu Hause früher ein Erwachsener etwas gewann, das eigentlich für ein Kind vorgesehen war, dann sagte er bestimmt etwas wie: Genau so ein Taschentuch habe ich gebraucht! Dann zwinkerten sich mein Vater und seine Freunde immer genauso zu, wie wenn sie in Gegenwart von Kindern irgend etwas Zweideutiges gesagt hatten. Mich störte das, weil es nur zeigte, dass die Erwachsenen beim Bingospielen gar nicht wirklich bei der Sache waren. Als ich Jahre später, nämlich am verregneten Silvesterabend 1982, im Haus der Keskins als erster meine Karte voll hatte und wie ein Kind »Bingo!« rief, beglückwünschte mich Tante Nesibe und überreichte mir dieses Taschentuch. Und ich sagte doch tatsächlich: »Genau so ein Taschentuch habe ich gebraucht!«

»Füsun hatte es, als sie klein war«, sagte Tante Nesibe ziemlich ernst.

Ich merkte damals, dass ich ohne jeden ironischen Abstand gespielt hatte, mit der gleichen Unschuld wie die Nachbarskinder. Während Füsun, Tante Nesibe und auch Onkel Tarık letztendlich doch nur so taten, als ob, war mir die Sache völlig ernst. Wenn ich auch das, wozu meine Liebe mich veranlasst hat, manchmal mit an Spott grenzender ironischer Distanz erzähle, so mögen doch die Leser bitte in Erinnerung behalten, dass ich damals das alles im Zustand inniger Unschuld erlebte.

Meine Mutter mischte jedes Jahr einige Paar Kindersocken unter die Bingopreise. Das erweckte zwar den Eindruck, als würden da als Preise Dinge ausgesetzt, die sowieso für den Haushalt gekauft worden wären, verlieh aber dennoch später im täglichen Gebrauch den Socken und Taschentüchern, dem Mörser, in dem wir Walnüsse zerstießen, und dem bei Alaaddin gekauften billigen Kamm für eine Weile den Glanz des Außergewöhnlichen. Im Haus der Keskins dagegen ging es beim Bingospielen sogar den Nachbarskindern nur ums Gewinnen an sich und nicht um die Preise. Das hatte vielleicht damit zu tun, dass bei den Keskins immer alles der ganzen Familie zu gehören schien und nie einem einzelnen persönlich, aber das stimmt natürlich auch nicht ganz, denn dass Füsun einen Stock höher ein Zimmer hatte, das sie mit ihrem Mann teilte, und dass dort ein Schrank mit ihren persönlichen Sachen stand, war mir sehr wohl bewusst, und oft genug stellte ich mir ja auch voll süßem Schmerz diese Sachen und Füsuns Kleider vor, aber an Silvester spielten wir gleichsam Bingo, damit ich das alles vergessen konnte. Manchmal drängte sich mir am Tisch der Keskins nach zwei Glas Raki auch der Gedanke auf, dass wir auch nur vor dem Fernseher saßen, damit ich das beim Bingospielen empfundene Gefühl der Unschuld wieder erleben konnte.

Wenn ich beim Bingospielen oder an einem gewöhnlichen ruhigen Fernsehabend bei den Keskins etwas einsteckte (etwa einen der Löffel mit dem Geruch von Füsuns Hand daran, von denen ich später einmal eine stattliche Zahl besitzen sollte), dann verlor sich für kurze Zeit meine kindliche Unbefangenheit und ich hatte statt dessen plötzlich das Gefühl, jederzeit aufstehen und gehen zu können. Zum Silvesterabend 1980 brachte ich als Überraschungspreis aus dem Merhamet Apartmanı ein antikes Glas mit (ein Erbstück von meinem Großvater Ethem Kemal), aus dem Füsun und ich bei unserem letzten Treffen am Verlobungstag zusammen Whiskey getrunken hatten. Da stillschweigend hingenommen wurde, dass ich seit 1979 die von mir entwendeten Gegenstände durch andere, ungleich wertvollere ersetzte, empfand man es auch nicht als befremdend, dass ich zu den Stiften,

Socken und Seifen, die als Preise ausgesetzt waren, jenes teure Glas aus dem bekannten Antiquitätengeschäft von Rafi Portakal stellte. Mich hingegen kränkte ganz ungemein, dass Füsun von dem Glas, das doch vom kummervollsten Tag unserer Liebe zeugte, überhaupt keine Notiz nahm. Als Onkel Tarık das Spiel gewann und Tante Nesibe den Hauptpreis präsentierte, sah Füsun nicht einmal richtig hin. Oder tat sie vielleicht nur so, weil sie das Glas erkannt hatte und sich über meine Dreistigkeit in Feriduns Gegenwart ärgerte?

Immer wenn später Onkel Tarık zu dem Glas griff, um daraus seinen Raki zu trinken, wollte ich in der Erinnerung daran schwelgen, wie ich das letztemal mit Füsun geschlafen hatte, aber trotz all meiner Bemühungen gelang mir das am Tisch der Keskins nicht richtig, so wie ein Kind manchmal an etwas Verbotenes gar nicht zu denken wagt.

Wie sehr ein Gegenstand uns beeinflussen kann, hängt natürlich nicht nur von den objektiv damit verbundenen Erinnerungen ab, sondern auch von den Launen unserer Phantasie und unseres Erinnerungsvermögens. Dieses Körbchen mit Palmseife aus Edirne in Form von Trauben, Quitten, Aprikosen und Erdbeeren, das ich unter anderen Umständen eher peinlich gefunden hätte, erinnert mich, da es ein Bingopreis war, an die tiefe innere Ruhe, die ich an jenen Silvesterabenden verspürte, und wenn ich es sehe, dann glaube ich wieder, dass die am Tisch der Keskins verbrachten Stunden die glücklichsten meines Lebens waren, und ich vermeine die schlicht dahintönende Musik unseres Daseins zu hören. Ich bin aber der festen Überzeugung, dass diese Gefühle nicht mir allein gehören, sondern dass sich den Museumsbesuchern Jahre später über die hier gezeigten Gegenstände ähnliche Empfindungen erschließen werden.

Als weiteres Beispiel für diese Ruhe sollen diese Silvesterlose der Staatlichen Lotterieverwaltung dienen. Sowohl bei mir zu Hause als auch bei den Keskins gehörte zu den Bingopreisen immer auch ein Los für die Sonderziehung zum Jahreswechsel. Wer das gewann, dem wurde unisono beschienigt, bei so viel Glück werde er bestimmt auch bei der Ziehung erfolgreich sein.

Komischerweise ging an den Silvesterabenden zwischen 1977 und 1984 das Lottolos ganze sechs Mal an Füsun. Der Zufall wollte aber, dass sie bei der Ziehung, die noch am gleichen Abend im Radio und

Fernsehen übertragen wurde, kein einziges Mal einen Treffer landete oder auch nur den Loseinsatz zurückgewann.

Wer bei uns zu Hause oder bei den Keskins an einem Glücksspiel teilnahm und verlor (vor allem, wenn Onkel Tarık mit seinen Gästen Karten spielte), der bekam natürlich den Spruch zu hören, durch den man Verlierer zugleich mit Spott und mit Trost bedenkt: Pech im Spiel, Glück in der Liebe.

Als sich 1982 bei der Direktübertragung der unter notarieller Aufsicht durchgeführten Ziehung wieder einmal herausstellte, dass Füsun nichts gewonnen hatte, sagte ich zu Füsun aus trunkener Gedankenlosigkeit den bewussten Satz und ahmte dabei die vornehmen englischen Filmhelden nach, die wir immer im Fernsehen sahen. »Daran gibt es gar keinen Zweifel, Kemal!« versetzte Füsun schlagfertig.

Da mir zu jener Zeit die Hindernisse, die sich vor unserer Liebe auftürmten, fast zur Hälfte aus dem Weg geräumt schienen, hielt ich ihre Worte erst für eine harmlose Bemerkung, doch dann, als ich beim Neujahrsfrühstück mit meiner Mutter wieder so richtig nüchtern war, dämmerte mir, dass Füsuns Worte vielleicht einen Hintersinn hatten. So spöttisch, wie sie geäußert wurden, war mit dem »Glück in der Liebe« vielleicht nicht gemeint, dass Füsun sich irgendwann von ihrem Mann trennen und mit mir leben würde, sondern etwas ganz anderes. Später dann beruhigte ich mich mit dem Gedanken, dass ich mir nur etwas eingebildet hatte und Füsun (und ich) nur deshalb solche Zweideutigkeiten von uns gaben, weil jener leidige Spruch um den Jahreswechsel herum schier unumgänglich war. Mit all den Lottoziehungen, Karten- und Bingospielen und den Riesenanzeigen für Partys in Restaurants und Clubs war Silvester zu einer einzigen Sause geworden, bei der getrunken und gespielt wurde, und in konservativen Zeitungen wie *Milli Gazete*, *Tercüman* oder *Hergün* wurde das ausführlich und sehr kritisch thematisiert. Wenn in Şişli, Nişantaşı oder Bebek wohlhabende muslimische Familien gegen Jahresende eine geschmückte Tanne aufstellten, wie sie das aus Filmen von den christlichen Weihnachtsfeiern her kannten, und solche Tannen am Straßenrand verkauft wurden, dann störte sich daran auch meine Mutter, die Bekannte von uns, die einen Weihnachtsbaum aufstellten, zwar nicht –

wie die religiöse Presse – als entartet und ungläubig bezeichnete, aber doch als »Dummköpfe«. Zu Osmans Sohn, der um einen Weihnachtsbaum bettelte, sagte sie bei Tisch einmal: »Wir haben sowieso so wenig Wald, da werden wir doch nicht das bisschen auch noch abholzen!« In den besseren Vierteln verkleideten sich damals manche Losverkäufer allen Ernstes als Weihnachtsmänner. Als ich im Dezember 1980 eines Abends damit beschäftigt war, die Preise zu besorgen, die ich zum Bingo bei den Keskins mitbringen wollte, sah ich, wie vor unserem Haus ein paar Schülerinnen und Schüler einen als Weihnachtsmann auftretenden Losverkäufer umringten und ihn frech an seinem Wattebart zupften. Der Mann, den ich beim Näherkommen schließlich als Haydar, den Hausmeister von gegenüber, erkannte, ließ es mit sich geschehen und sah mit seinen Losen in der Hand nur beschämt zu Boden. Als einige Jahre später in der mit einem Weihnachtsbaum dekorierten Konditorei des Marmara-Hotels am Taksim-Platz eine von Islamisten gelegte Bombe explodierte, wurde der Hass bestimmter Kreise auf mit Alkohol begangene Silvesterfeiern deutlich spürbar. Am Tisch der Keskins war die Bombe ebenso ein Thema wie die Bauchtänzerin, die im staatlichen Fernsehkanal TRT als Höhepunkt der Silvestersendung auftreten sollte. Als diese trotz heftiger Proteste von konservativer Seite tatsächlich angekündigt wurde und wir im Haus der Keskins ungeduldig ihres Erscheinens harrten, erlebten wir – und mit uns das ganze Land – eine herbe Überraschung: Die TRT-Verantwortlichen knickten nämlich ein und steckten die wohlgeformte Tänzerin Sertap in so lange, wallende Kleider, dass von ihrem berühmten Bauch und ihrem Busen nichts mehr zu sehen war, ja nicht einmal von ihren Beinen.

»Dann lasst sie doch gleich im Tschador tanzen, ihr Armleuchter!« rief Onkel Tarık. Dabei regte er sich sonst vor dem Fernseher nie auf, und auch wenn er noch soviel trank, ließ er nie so wie wir Schimpfkanonaden über die Leute auf dem Bildschirm los.

Oft brachte ich zum Bingo bei den Keskins den Abreißkalender mit, den ich immer bei Alaaddin kaufte. Füsun gewann ihn an Silvester 1981 und hängte ihn dann auf mein Drängen hin zwischen Küche und Fernseher an die Wand, doch wenn ich nicht da war, wurde der Kalender von niemandem beachtet, obwohl auf jedem Blatt jeweils ein Gedicht stand, ein geschichtliches Ereignis, die offiziellen Gebetszeiten (für Analphabeten auch durch ein Zifferblatt angezeigt), ein Kochrezept, ein Witz und eine Lebensweisheit.

»Tante Nesibe, es hat wieder keiner das Kalenderblatt abgerissen«, monierte ich abends manchmal, wenn das Fernsehprogramm zu Ende war, die Fahne hochgezogen und der Raki getrunken.

»Wieder ein Tag herum«, sagte Onkel Tarık dann. »Gott sei Dank sind wir weder hungrig noch obdachlos, wir sitzen hier mit vollem Bauch in einem warmen Haus, was will der Mensch mehr im Leben.«

Irgendwie gefiel es mir ganz besonders, wenn Onkel Tarık das so sagte, und deshalb erwähnte ich das mit dem Kalender immer erst um jene Uhrzeit, obwohl es mir schon beim Eintreffen auffiel.

»Und noch dazu sind wir mit unseren Liebsten zusammen«, fügte Tante Nesibe hinzu. Dann reckte sie sich immer zu Füsun hinüber und küsste sie, und wenn Füsun nicht neben ihr saß, rief sie sie zu sich: »Na komm schon her, du Kratzbürste, und lass dich umarmen!«

Füsun gab dann das kleine Mädchen, setzte sich ihrer Mutter auf den Schoß und wurde von ihr lange geherzt und liebkost. Selbst wenn Mutter und Tochter gerade mal nicht gut aufeinander zu sprechen waren, verzichteten sie nicht auf dieses Zeremoniell, das mich immer faszinierte. Wenn ich sie glücklich miteinander sah, fühlte ich mich auch selbst besonders gut und konnte mühelos aufstehen und nach Hause gehen.

Es konnte vorkommen, dass Füsun auf diesen Satz hin nicht zu ihrer Mutter ging, sondern statt dessen den kleinen Nachbarsjungen Ali zu sich auf den Schoß zog und ihn küsste und umarmte, bis sie ihn dann mit den Worten: »Jetzt aber ab mit dir, sonst meinen deine Eltern noch, wir lassen dich gar nicht mehr fort!« nach Hause schickte. Wenn Füsun morgens noch mit ihrer Mutter gestritten hatte, antwortete sie auf das »Nun komm schon her zu mir« mit einem »Ach, Mama!«, und dann sagte Tante Nesibe: »Na dann reiß doch wenigstens das Kalenderblatt ab, damit wir wissen, was heute für ein Tag war.«

Daraufhin wurde Füsun ganz kregel, stand auf, riss das Blatt ab und las uns lachend vor, was der Essensvorschlag des Tages gewesen wäre. Tante Nesibe sagte dann: »Ja, genau, Kaltschale mit Quitten und Rosinen hatten wir schon lang nicht mehr!« oder: »Stimmt, jetzt ist schon Artischockenzeit, aber aus diesen kleinen Artischocken lässt sich ja kein Essen zubereiten.« Manchmal stellte sie mir auch eine Frage, die mich eher peinlich berührte.

»Wie wär's mal wieder mit Spinatbörek?«

Wenn Onkel Tarık keine Antwort gab, weil er die Frage nicht mitbekommen oder einen seiner melancholischen Tage hatte, sagte Füsun ebenfalls nichts und sah statt dessen erwartungsvoll mich an. Ich wusste genau, dass sie dieses grausame Spielchen mit Absicht betrieb, weil sie dachte, dass ich ja nicht gut so tun konnte, als wäre ich ein vollwertiges Mitglied der Familie Keskin, das mitbestimmte, was auf den Tisch kam.

»Gute Idee, Tante Nesibe, Füsun mag doch Börek so gerne!« sagte ich dann, um mich aus der Affäre zu ziehen.

Manchmal bat Onkel Tarık Füsun, das Kalenderblatt abzureißen und vorzulesen, was sich in der Geschichte zu jenem Datum ereignet hatte.

»Am 3. September 1658 begann das Osmanische Heer mit der Belagerung der Festung Doppio«, las Füsun dann etwa vor. Oder: »Am 26. August 1071 stießen die Türken durch die Schlacht von Manzikert die Tore zu Anatolien auf.«

»Hm, bei Doppio haben sie sich vertan«, urteilte Onkel Tarık.

»Wie lautet denn der Tagesspruch?«

»Der Mensch ist da zu Hause, wo er sich satt isst und wo sein Herz schlägt!« las Füsun aufgedreht vor. Da kreuzten sich unsere Blicke, und sogleich wurde sie ernst.

Wir schwiegen alle, als dächten wir über den tieferen Sinn dieses Spruches nach. Am Tisch der Keskins stellte sich des öfteren so ein andächtiges Schweigen ein, und mir kamen dabei grundsätzliche Fragen in den Sinn, Gedanken über die Dimensionen unserer hiesigen Existenz, über das Wozu unseres Lebens, Dinge mithin, über die ich mir anderweitig nie den Kopf zerbrach, und dabei sah ich doch nur zerstreut zum Fernseher, schielte zu Füsun hinüber oder hielt dann höchstens mit Onkel Tarık ein belangloses Schwätzchen. Ich liebte jenes Schweigen und begriff im Laufe der Zeit, dass diese Augenblicke, die uns das Geheimnis unseres Lebens spüren ließen, nur wegen meiner Liebe zu Füsun so tief und kostbar waren, und immer wieder nahm ich Gegenstände an mich, die mich später wieder daran erinnern sollten. So griff ich manchmal zu dem Kalenderblatt, das Füsun nach dem Vorlesen beiseite legte, und erst tat ich so, als wollte ich etwas nachlesen, dann steckte ich das Blatt unbemerkt ein.

So einfach war das natürlich nicht immer zu bewerkstelligen. Ich möchte den Leser gar nicht mit den diversen Schwierigkeiten behelligen, auf die ich stieß, wenn ich aus dem Haus der Keskins irgendwelche Kleinigkeiten mitgehen ließ. Nur so viel: Als ich am Silvesterabend 1982 mit dem gewonnenen Taschentuch aus dem Haus gehen wollte, kam der kleine Ali, der Füsun immer mehr anhimmelte, auf mich zu und sagte viel weniger frech als sonst immer: »Kemal, Sie haben doch heute so ein Taschentuch gewonnen ...«

»Ja?«

»Das hatte Füsun, als sie noch klein war. Darf ich mir das noch mal anschauen?«

»Ich weiß gar nicht, wo ich das jetzt hingesteckt habe.«

»Aber ich weiß es«, sagte der Schlingel. »In Ihre Tasche, da muss es immer noch sein.«

Fast hätte er mir selbst in die Tasche gefasst. Ich wich einen Schritt zurück. Draußen ging ein heftiger Schauer nieder, deshalb standen alle am Fenster, und niemand hatte die Bitte des Jungen gehört.

»Pass auf, Ali, es ist schon ziemlich spät, und du bist immer noch hier«, sagte ich. »Deine Eltern werden uns böse sein.«

»Ich geh ja schon. Krieg ich das Taschentuch?«

»Nein!« flüsterte ich mit zusammengezogenen Augenbrauen. »Das brauch ich selber.«

59
Wie man ein Drehbuch durch die Zensur bringt

Es war äußerst aufwendig, für Feriduns Film eine Genehmigung der Zensurbehörde zu bekommen. Aus Zeitungsmeldungen und aus dem, was man sich so erzählte, wusste ich natürlich schon seit Jahren, dass jeder Film, ob nun einheimisch oder ausländisch, erst mal durch die Zensur musste. Wie groß aber der Anteil war, den bei der Herstellung eines Films die Beschäftigung mit der Zensur ausmachte, das merkte ich erst nach Gründung von Limon-Film. Die Zeitungen berichteten über das Thema eigentlich nur, wenn ein im Westen stark beachteter und auch in der Türkei kommentierter Film bei uns rundweg verboten wurde. Das war der Fall bei *Lawrence von Arabien*, der nicht in die Kinos gelangte, weil er angeblich das Türkentum beleidigte, während aus dem *Letzten Tango in Paris* alle Sexszenen herausgeschnitten wurden, so dass die in der Türkei gezeigte Fassung noch »künstlerischer« und langweiliger war als das Original.

Einer der Teilhaber der Pelür-Bar, der Drehbuchautor Traum-Hayati, der ständig bei uns am Tisch saß, war seit Jahren in der Zensurbehörde tätig und sagte mir eines Abends, er sei eigentlich noch mehr für Meinungsfreiheit und Demokratie als die Europäer, aber man könne es ganz einfach nicht zulassen, dass jemand die türkische Filmkunst dazu zweckentfremde, um unser gutgläubiges Volk mit irgendwelchen Abwegigkeiten zu konfrontieren.

Traum-Hayati war zugleich auch Regisseur und Produzent, und seine Mitarbeit in der Zensurbehörde begründete er wie einige andere im Pelür einfach damit, er wolle die anderen zum Wahnsinn treiben, und wie immer, wenn er einen Scherz machte, zwinkerte er Füsun zu. Dieses Zwinkern hatte sowohl etwas Onkelhaftes an sich als auch etwas leicht Provokatives. Traum-Hayati wusste, dass Füsun »nur« eine entfernte Verwandte von mir war und machte ihr daher in angemessenem Rahmen den Hof. Seinen Spitznamen hatte man ihm verpasst, weil er – auf der Suche nach Klatsch von Tisch zu Tisch ziehend – immerfort von den Filmen schwadronierte, die er dereinst einmal dre-

hen würde und die alle »ein Traum« sein würden. Immer wenn Füsun kam, setzte er sich zu ihr an den Tisch, sah ihr in die Augen und erzählte ihr von einem seiner Filmträume, und sie sollte dann immer gleich offen und ehrlich sagen, was sie davon halte, ganz ohne das Kommerzielle zu denken.
»Ein sehr interessanter Stoff«, sagte Füsun jedesmal.
»Wenn der Film gedreht wird, müssen Sie unbedingt mitspielen«, erwiderte dann Traum-Hayati mit ebensolcher Regelmäßigkeit. Er gab gerne den Mann, der sich nur von der Stimme seines Herzens leiten lässt, betonte aber zugleich: »Eigentlich bin ich ein sehr realistischer Mensch.« Mich schaute er nur hin und wieder an, weil es unhöflich gewesen wäre, mich gänzlich zu übergehen, und ich lächelte dann freundlich zurück. Wir merkten, dass es lange dauern würde, bis wir unser erstes Filmprojekt richtig in Angriff nehmen konnten.

Traum-Hayati zufolge hatte der türkische Film eigentlich alle Freiheiten, die er nur wollte, solange nur nichts Unpassendes über den Islam, über Atatürk, die türkische Armee, die Religionsvertreter, den Staatspräsidenten, die Kurden, die Armenier, die Juden und die Griechen geäußert wurde und es nicht zu ungehörigen Liebesszenen kam. Aber manchmal gab Hayati lachend zu, dass selbst das nicht stimmte. Seit einem halben Jahrhundert hätten die Mitglieder der Zensurkommission sich nämlich angewöhnt, nicht nur Filme zu verbieten, die den Interessen des Staates und der Mächtigen zuwiderliefen, sondern auch solche, an denen sie aus irgendwelchen Gründen persönlich Anstoß nahmen, und dieses »Recht« übten sie nach Gutdünken und mit großer innerer Befriedigung aus, und sogar nicht ohne Humor.

Traum-Hayati war ein launiger Erzähler, und mit dem Eifer, mit dem ein Jäger über einen Bären spricht, der ihm endlich in die Falle gegangen ist, berichtete er darüber, wie solche Verbote manchmal zustande kamen, und brachte uns damit mehr als einmal zum Lachen. Einen Film, in dem die Abenteuer eines Fabrikpförtners geschildert wurden, hatte er wegen Beleidigung des türkischen Pförtnerwesens verbieten lassen, und einen anderen, in dem eine verheiratete Frau mit Kind eine Beziehung zu einem anderen Mann hatte, wegen unziemlicher Herangehensweise an die Institution Mutter, während er einen dritten, in dem man einen Schulschwänzer fröhlich herumstrolchen sah, mit der Begründung untersagte, dadurch würden Kinder der Schule entfremdet.

Falls auch wir ins Filmgeschäft einsteigen wollten und es darauf anlegten, den unschuldigen türkischen Kinobesucher wirklich zu erreichen, so sollten wir uns um ein gutes Auskommen mit den Mitgliedern der Zensurbehörde bemühen, die samt und sonders auch ins Pelür kamen und mit Traum-Hayati befreundet waren. Als Hayati uns diesen Ratschlag gab, sah er ganz bewusst mich an, vermutlich um Füsun zu beeindrucken.

Inwiefern aber auf den Mann Verlass war, wenn es darum ging, einen Film durch die Zensur zu bringen, das musste dahingestellt bleiben. Der erste Film nämlich, den er nach seinem Ausscheiden aus der Behörde gedreht hatte, war prompt verboten worden, und zwar wegen einer persönlichen Manie von ihm, wie er sich ausdrückte. Wenn Traum-Hayati auf dieses Thema zu sprechen kam, wurde er sehr wütend. In dem Film, der mit so viel Aufwand gedreht worden war, erregte sich ein Mann beim Abendessen darüber, dass der Salat mit zu wenig Essig angemacht sei, und schrie daraufhin seine Frau und seine Kinder an, woraufhin der gesamte Film der Zensur zum Opfer fiel, und zwar zum Schutz der Familie als Grundlage der Gesellschaft.

Mit der Miene von jemandem, dem bitteres Unrecht widerfahren ist, erzählte uns Hayati, die betreffende Szene sowie zwei weitere von der Zensur beanstandete Familienzwiste entstammten geradewegs seinem eigenen Leben, und was ihn an der Sache am meisten aufrege, sei die Tatsache, dass ausgerechnet seine früheren Kollegen den Film verboten hätten. Es hieß, eines Nachts hätten sie gemeinsam bis in den Morgen hinein gezecht und Hayati habe sich dann mit einem von ihnen, seinem engsten Freund, draußen auf der Straße wegen eines Mädchens geprügelt. Die Polizei habe die beiden aus der Gosse aufgelesen und auf die Wache gebracht, wo sie dann aber unter gutem Zureden der Polizisten von einer gegenseitigen Anzeige abgesehen und sich versöhnt hätten. Um seinen Film doch noch zeigen zu können und sich selber vor dem Ruin zu retten, hatte Hayati alle familiengefährdenden Streitigkeiten sorgfältig herausgeschnitten, mit Ausnahme einer Szene, in der ein grobschlächtiger Jugendlicher, angestiftet von seiner bigotten Mutter, seinen kleinen Bruder verprügelte, was die Zensurbehörde durchgehen ließ.

Hayati erklärte uns, wenn die Zensur nur an einem Film herumschnipsele, dann könne man noch von Glück reden, denn ein etwas gekürzter Film sei ja immerhin noch im Kino aufführbar, und wenn er noch einigermaßen verständlich sei, bringe er auch sein Geld wieder herein. Am schlimmsten sei es, wenn ein schon vollständig abgedrehter Film kurzerhand verboten werde. Um solches zu verhindern, hatten auf Vorschlag der klugen türkischen Filmproduzenten, zu denen ich mich allmählich auch zählen durfte, die Behörden den Zensurvorgang gutwilligerweise in zwei Phasen aufgeteilt.

Zuerst wurde der Zensurbehörde das Drehbuch eingesandt und damit die Genehmigung für das Thema an sich und die einzelnen Szenen eingeholt. Wie in allen Fällen, für die in der Türkei irgendeine Genehmigung vonnöten war, hatte sich auch hier rasch eine Genehmigungs- und Bestechungsbürokratie herausgebildet, und als Reaktion darauf waren wiederum Vermittler aus dem Boden geschossen, die dabei halfen, die Bearbeitung der Anträge zu beschleunigen. Im Winter 1977 saßen Feridun und ich oftmals rauchend im Büro von Limon-Film zusammen und beratschlagten, wie der *Blaue Regen* wohl am vorteilhaftesten durch die Zensur zu bringen sei.

Es gab da einen fleißigen Griechen namens Schreibmaschinen-Demir, der sich großer Beliebtheit erfreute. Seine Methode, ein Drehbuch auf die Zensur vorzubereiten, bestand darin, es auf seiner berühmten Schreibmaschine im eigenen Stil umzuformulieren. Der grobschlächtig wirkende, aber feingeistige Mann (als Amateurboxer hatte er einst die Farben des Stadtteils Kurtuluş vertreten) schliff jedem Drehbuch die Ecken und Kanten ab. Wo immer es Gegensätze zwischen reich und arm, gut und böse, Arbeiter und Chef, Vergewaltiger und Opfer gab, da griff er besänftigend ein, und wie kein zweiter verstand er sich darauf, energische und kritische Worte, wie sie bei den Zuschauern sehr beliebt waren, aber eben meist an der Zensur hängenblieben, durch markige Sprüche über Fahne und Vaterland, Allah und Atatürk wieder auszugleichen. Seine Hauptfähigkeit bestand darin, jeder in einem Drehbuch auftauchenden Härte durch eine humorvolle Wendung einen Zug ins Märchenhafte zu verleihen. Die großen Filmgesellschaften, die regelmäßig Bestechungsgelder an die Mitglieder der Zensurkommission zahlten, gingen allmählich dazu über, auch Drehbücher, an denen kaum etwas zu beanstanden war, dennoch erst Schreibmaschinen-Demir zu überantworten, auf dass sie in dessen süßlichem, kindlich-unschuldigen Stil neu erstünden.

Wir wussten nun, wem das Märchenhafte zu verdanken war, das wir den Sommer über in vielen türkischen Filmen wahrgenommen hatten, und eines Tages machten wir uns auf Feriduns Bestreben zusammen mit Füsun zu dem Haus des »Drehbuchdoktors« in Kurtuluş auf, wo wir neben einer laut tickenden großen Wanduhr die berühmt-berüchtigte alte Remington-Schreibmaschine sahen, der er seinen Spitznamen verdankte und uns gleich in die besondere Atmosphäre so vieler Filme versetzt vorkamen. Demir bat uns ausgesucht höflich, das Drehbuch dazulassen; wenn es ihm gefalle, werde er es der Zensur gemäß umschreiben, doch könne dies eine Weile dauern, da er sehr beschäftigt sei. Dabei deutete er auf die Papierstapel, die sich zwischen Kebab- und Obsttellern türmten, und über seine beiden bebrillten Zwillingstöchter, die an einem riesigen Esstisch weiterhalfen, wo der Vater nicht mehr nachkam, sagte er stolz: »Die beherrschen das schon besser als ich!« Das etwas vollere der beiden Mädchen konnte sich daran erinnern, dass Füsun bei dem Schönheitswettbewerb vier Jahre zuvor zu den Finalistinnen gehört hatte, was Füsun nicht wenig freute, da ansonsten kaum jemand mehr davon wusste.

Bis Demir allerdings das umgeschriebene und extra für Füsun aufpolierte Drehbuch von ebenjener Tochter zurückbringen ließ (»Ein richtiger europäischer Kunstfilm, hat mein Vater gesagt«), sollten drei volle Monate vergehen. Dass Füsun das alles zu lange dauerte, gab sie durch manch mürrische Blicke und Worte immer wieder zu verstehen, doch ließ ich dann gerne durchblicken, dass ihr Mann eben auch nicht der Schnellste sei.

Wir hatten im Haus nur wenige Gelegenheiten, einmal vom Tisch aufzustehen und ungestört miteinander zu reden.

Fast jeden Abend gingen wir zu Limons Käfig und schauten nach seinem Futter, seinem Wasser und nach der Sepia-Schale, an der er so gerne knabberte (ich hatte sie auf dem ägyptischen Markt für ihn gekauft). Der Käfig stand aber zu nah am Tisch, und von intimer Atmosphäre konnte auch da keine Rede sein; wir mussten also flüstern oder reichlich unvorsichtig sein.

Dann tat sich aber wie von selbst eine günstigere Gelegenheit auf. Wenn Füsun nicht gerade mit ihren Freundinnen aus dem Viertel ins Kino ging (die meisten davon waren ledige oder frischverheiratete junge Frauen, denen ich nie vorgestellt wurde), mit Feridun in den Filmbars herumhing oder ihrer Mutter bei den Schneiderarbeiten half, die sie immer noch annahm, dann malte sie ab einem bestimmten Zeitpunkt Vogelbilder; für sich selbst, wie sie sagte, doch spürte ich den Eifer, mit dem sie dieser Beschäftigung nachging, und mochte sie wegen dieser Bilder um so mehr.

Angefangen hatte es mit einer Krähe, die sich – genauso wie im Merhamet Apartmanı – im Hinterzimmer auf das Balkongitter gesetzt hatte und auch nicht weggeflogen war, als Füsun näher herantrat. Die so gar nicht scheue Krähe kam noch öfter und sah Füsun nach Vogelart seitlich aus ihrem glänzenden Auge an, und es war eher Füsun, die sich fürchtete. Eines Tages fotografierte Feridun das Tier, ließ die hier ausgestellte Schwarzweißaufnahme vergrößern, und Füsun malte nach diesem Foto mit Wasserfarben ein Bild, das mir ausnehmend gefiel. Später wiederholte sich das Spiel mit einer Taube und einem Spatz, die ebenfalls auf dem Gitter gesessen hatten.

Wenn Feridun nicht zu Hause war, fragte ich nun Füsun vor dem Essen oder während einer langen Reklamepause im Fernsehen:»Und wie geht's so mit dem Malen?«

Manchmal erwiderte sie ganz fröhlich:»Ich zeig's dir!«, und dann gingen wir in das Hinterzimmer, in dem lauter Schneiderutensilien herumlagen, und unter dem schwachen Licht eines kleinen Kronleuchters sahen wir uns gemeinsam das jeweilige Bild an.

»Sehr schön, wirklich«, sagte ich meist, und zwar völlig aufrichtig. Zugleich verspürte ich immer einen unheimlichen Drang, ihre Hand oder ihren Rücken zu berühren. In einem Schreibwarengeschäft in Sirkeci besorgte ich ihr Zeichenpapier, Hefte und Wasserfarben, gute Importware aus Europa.

»Ich möchte alle Vogelarten malen, die es in Istanbul gibt«, sagte sie eines Tages. »Feridun hat einen Spatz fotografiert, der ist als nächstes dran. Die Sache macht mir einfach Spaß. Meinst du, es setzt sich auch mal eine Eule auf den Balkon?«

»Du musst die Sachen unbedingt einmal ausstellen«, sagte ich.

»Lieber würde ich einmal nach Paris fahren und mir die Museen dort ansehen.«

Manchmal sagte sie auch nur mutlos: »In den letzten Tagen habe ich gar nicht gemalt, Kemal.«

Wenn sie geknickt war, hatte das natürlich auch damit zu tun, dass wir mit der Drehbuchsache nicht vorankamen, geschweige denn mit dem Film als solchem. Bisweilen bat sie mich auch ins Hinterzimmer, wenn sie eigentlich gar nichts Neues gemalt hatte, aber mit mir über den Film sprechen wollte.

»Feridun gefallen die Eingriffe ins Drehbuch nicht, er will jetzt alles umschreiben«, klagte sie einmal. »Sag ihm doch du auch, dass er dafür nicht ewig brauchen soll. Lass uns endlich anfangen mit meinem Film!«

»Ich werde es ihm sagen.«

Drei Wochen später waren wir wieder einmal im Hinterzimmer. Füsun war mit der Krähe fertig und arbeitete nun am Spatz. Ich sah mir das neue Bild lange an und sagte dann wieder: »Wirklich sehr schön!«

»Kemal, mir ist jetzt klar, dass sich die Geschichte mit Feriduns Kunstfilm noch ewig hinziehen kann«, sagte Füsun. »So was bringen wir nicht leicht durch die Zensur, die haben da ihre Vorbehalte. Aber neulich im Pelür, da ist Muzaffer zu uns an den Tisch gekommen und hat mir eine Rolle angeboten. Hat Feridun dir davon erzählt?«

»Nein. Ihr wart schon wieder im Pelür? Sieh dich vor, Füsun, das sind hungrige Wölfe dort.«

»Keine Angst, wir passen schon auf, Feridun und ich. Im Prinzip hast du ja recht, aber das war wirklich ein ernsthaftes Angebot.«

»Hast du das Drehbuch gelesen? Passt es zu dir?«

»Drehbuch gibt es noch keines. Sie lassen eins schreiben, falls ich die Rolle annehme. Erst mal wollen sie sich mit mir unterhalten.«

»Und worum soll es gehen?«

»Was spielt das schon für eine Rolle? Es wird eben was Melodramatisches sein, wie immer bei Muzaffer. Ich habe vor, ja zu sagen.«
»Überstürz das nicht, Füsun. Das sind keine guten Menschen. Lass lieber Feridun mit ihnen reden, vielleicht haben sie böse Absichten.«
»Was meinst du damit?«
Aber ich wollte nicht mehr darüber reden und ging verärgert zum Tisch zurück.

Besorgt stellte ich mir vor, ein geschickter Regisseur wie Muzaffer werde Füsun mit einem kommerziellen Melodram auf einen Schlag von Edirne bis Diyarbakır in der ganzen Türkei berühmt machen. In mit Kohleöfen beheizte, stickige, muffige Provinzkinos gepfercht, würden Schulschwänzer, Arbeitslose, verträumte Hausfrauen und unbeweibte zornige Männer von Füsuns Schönheit und Menschlichkeit natürlich reinweg betört werden. Ich ertappte mich bei dem Gedanken, dass Füsun, sobald sie ihr erklärtes Ziel, ein Star zu werden, einmal erreicht hätte, nicht nur mich, sondern auch Feridun schlecht behandeln, ja uns beide verlassen würde. Zwar schätzte ich Füsun nicht als jemanden ein, der für Ruhm und Geld zu allem bereit war und sich mit der Journaille gemein machen würde, aber in der Pelür-Bar sah ich so manchem an, dass er alles tun würde, um mir Füsun abspenstig zu machen und sie von mir zu trennen – spontan nannte ich das so. Wäre Füsun erst einmal ein Star, dann würde ich mich leider noch mehr in sie verlieben und erst recht befürchten, sie zu verlieren.

An jenem Abend sah ich Füsun bis zum Ende des Essens bang in die Augen und erkannte an ihren gereizten Blicken, dass sie in Gedanken weder bei mir noch bei ihrem Gatten, sondern vielmehr bei ihren Star-Träumen war, und ich erschrak noch mehr. Sollte Füsun sich mit einem der Produzenten oder Schauspieler, die in dem Lokal verkehrten, auf und davon machen und mich – nun ja: ihren Mann – verlassen, dann würde ich noch Schlimmeres zu erleiden haben als im Sommer 1975, das war mir jetzt schon klar. Inwieweit war sich Feridun der Gefahr bewusst, die uns da drohte? Er war sich zwar im klaren darüber, dass manche Produzenten seine Frau für fragwürdige Ziele zu missbrauchen suchten, aber ich gab ihm doch bei jeder sich bietenden Gelegenheit auch noch diskret zu verstehen, dass im Falle von Füsuns Mitwirken in trivialen Melodramen sein Kunstfilmprojekt für mich gestorben sei, und wenn ich dann spätnachts im Sessel meines Vaters saß und Raki trank, fragte ich mich wieder, ob ich mich Feridun gegenüber nicht zu weit vorgewagt hatte. Anfang Mai, als die für Dreharbeiten günstigste Saison nahte, kam einmal Traum-Hayati in das Büro von Limon-Film und berichtete, eine halbwegs bekannte Schauspielerin sei von ihrem eifersüchtigen Freund krankenhausreif geprügelt worden, und ihre neue Filmrolle könne gut und gerne von Füsun übernommen werden, denn für so ein hübsches, gebildetes Mädchen sei das doch eine erstklassige Gelegenheit. Doch da lehnte Feridun, dem ja meine Bedenken nun sattsam bekannt waren, das Angebot höflich ab, und soweit ich weiß, setzte er Füsun nie darüber in Kenntnis.

60
Bosporus-Abende im Lokal Huzur

Was wir unternahmen, um Füsun in der Pelür-Bar von den hungrigen Wölfen und Schakalen fernzuhalten, amüsierte selbst uns manchmal. Der als Weiße Nelke firmierende Klatschjournalist, der dem Leser noch von der Verlobung her in Erinnerung sein dürfte, wollte über Füsun einmal einen Artikel mit der Überschrift »Ein Stern geht auf« verfassen, doch wir bekamen Wind davon, und da wir dem Mann nicht über den Weg trauten, machten wir uns alle drei davon. Als er sich einmal an Füsuns Tisch setzte, auf eine Serviette spontan ein Gedicht schrieb und es ihr salbungsvoll widmete, sorgten wir über Tayyar, den altgedienten Kellner des Pelür, dafür, dass das Werk umgehend im Müll verschwand, bevor irgendein Leser es zu Gesicht bekam. Wenn wir dann wieder unter uns waren, erzählten wir uns lachend diese Geschichten (allerdings nicht alle).

Im Gegensatz zu vielen Filmleuten und anderen Künstlern, die in der Pelür-Bar und ähnlichen Orten immer gleich in Selbstmitleid badeten, sobald sie ein bisschen etwas intus hatten, wurde Füsun von zwei Glas Raki erst so richtig heiter und alberte dann herum wie ein

Kind. Mir war so, als sei ein Teil ihrer Fröhlichkeit auch der Tatsache geschuldet, dass wir eben zu dritt unterwegs waren, so wie früher in den Kinos und Bosporus-Restaurants. Ich war das Geschwätz in der Pelür-Bar so leid, dass ich immer seltener hinging, und wenn, dann wachte ich über Füsun und suchte sie und Feridun so bald wie möglich dazu zu überreden, irgendwo am Bosporus essen zu gehen. Wenn wir früh aus dem Lokal aufbrachen, zog Füsun immer ein Gesicht, aber kaum waren wir dann im Auto, unterhielt sie sich mit Çetin und wurde wieder so aufgekratzt, dass ich mir dachte, es würde uns allen guttun, wieder öfter in jene Restaurants zu gehen. Als erstes musste ich Feridun davon überzeugen, denn schließlich konnten Füsun und ich nicht allein ins Restaurant gehen wie ein Liebespaar. Da Feridun nur schwer von seinen Filmkumpels loszueisen war, lud ich kurzerhand Tante Nesibe und ihren Mann zusammen mit Füsun zum Blaufischessen ins Urcan in Sarıyer ein.

Selbst Onkel Tarık willigte ein, und noch dazu gerne, und so kam es, dass wir im Sommer 1977 alle miteinander, so wie wir bei den Keskins immer vor dem Fernseher saßen, in ein Bosporus-Restaurant gingen. Da es mir darauf ankommt, dass jeder, der dieses Museum besucht, unsere Aufenthalte dort in ebenso glücklicher Erinnerung behält wie ich, möchte ich von einigen Details berichten. Ist nicht eigentliches Ziel von Roman und Museum, unsere Erinnerungen so aufrichtig wie möglich zu erzählen und dadurch unser Glück in das Glück anderer zu verwandeln? Jedenfalls unternahmen wir solche Ausflüge von da an regelmäßig. In den folgenden Jahren zogen wir, ob Sommer oder Winter, recht oft – also etwa einmal pro Monat – gemeinsam los in Bosporus-Restaurants oder in eines der Lokale, in denen die alten Lieder gesungen wurden, die Onkel Tarık so liebte, und wir lachten und scherzten dabei immer, als wären wir zu einer Hochzeit unterwegs. Zu anderen Zeiten ließen Spannungen zwischen Füsun und mir, der Ärger etwa über den immer noch nicht gedrehten Film, unsere schöne Tradition in Vergessenheit geraten, und wenn wir dann nach freudlosen Monaten zum erstenmal wieder gemeinsam ins Auto stiegen, merkte ich, wie sehr wir uns doch zusammen amüsierten, wie sehr wir uns aneinander gewöhnt hatten und wie sehr wir uns mochten.

Der beliebteste Ausflugsort für die Istanbuler war damals Tarabya

(Touristen kamen keine hin). Es gab ein Lokal neben dem anderen, in den meisten waren Sänger oder kleinere Orchesterformationen engagiert, die Tische standen bis auf die Gehsteige hinaus, und dazwischen wuselten Muschel-, Mandel- und Eisverkäufer herum, und Fotografen knipsten und brachten den Leuten eine Stunde später den Abzug. Tante Nesibe war immer voller Bewunderung für die Kellner, die zwischen den eng zusammenstehenden Tischen rasch und kühn Tabletts voller Vorspeisen balancierten. Wir gingen ins Huzur, ein vergleichsweise bescheiden wirkendes Restaurant. An unserem ersten Abend dort wählten wir es einfach, weil dort noch Platz war, und Onkel Tarık gefiel es sofort, weil gleich nebenan aus dem schicken Mücevher alte Lieder heraustönten, die er aus der Ferne gratis mithören konnte. Als wir ihm beim nächstenmal vorschlugen, doch gleich ins Mücevher zu gehen, um die Musik besser zu hören, wehrte er ab: »Für dieses miese Orchester und die krächzenden Sängerinnen geben wir doch kein Geld aus, Kemal!«, aber während des Essens lauschte er dann doch wieder auf die Töne von nebenan, und regte sich immer wieder auf. Laut korrigierte er, wie man die eine oder andere Stelle wirklich hätte singen müssen. Er kannte sämtliche Texte, was er uns dadurch bewies, dass er Lieder schnell zu Ende sang, bevor die Sängerin – »sie hat weder Stimme noch Gehör« – selbst damit fertig war, und nach dem dritten Raki schloss er dann andächtig die Augen und nickte im Takt der Musik mit dem Kopf.

Sobald wir aushäusig waren, legten wir auch unsere Rollen teilweise ab. Ich genoss es sehr, dass Füsun sich, anders als in Çukurcuma, direkt neben mich setzte. So dicht an dicht, wie wir alle zusammensaßen, bemerkte niemand, dass mein Arm ständig Füsuns Arm berührte, und während ihr Vater der Musik lauschte und ihre Mutter auf die zitternden Lichter des Bosporus hinausblickte, flüsterten wir beide über das Essen, die schöne Nacht und Füsuns netten Vater, wie zwei schüchterne junge Leute, die gerade die Freuden des Flirts für sich entdecken. Während Füsun es ansonsten immer tunlichst vermied, in Gegenwart ihres Vaters zu rauchen, paffte sie hier am Bosporus, was das Zeug hielt, wie eine eigenständige europäische Frau, die sich ihr Geld selber verdiente. Einmal versuchten wir bei einem verwegenen Straßenhändler unser Glück im Bingo, und als wir nichts gewannen, sahen wir uns an und sagten: »Pech im Spiel!«, und erst erröteten wir darüber, aber dann waren wir glücklich. Neben der von den Dichtern besungenen Weinseligkeit war es das Glück, außer Haus zu sein, unter Leuten, neben dem geliebten Menschen. Die Straße war durch die vielen Tische draußen recht eng geworden, es kam zu Staus, zu Streit auch zwischen Restaurantgästen und Vorbeifahrenden: »Starr das Mädchen nicht so an!« hieß es, und: »Was wirfst du uns die Kippe vor die Füße?« Betrunkene begannen zu singen, man applaudierte von Tisch zu Tisch, rief sich Scherze zu. Als eine Bauchtänzerin aus einer Kneipe heraus zu ihrem nächsten Auftritt huschte und die Pailletten an ihrem Kleid und ihr bronzener Teint im Licht der Autoscheinwerfer glänzten, hupten die Fahrer so eifrig wie sonst immer die Stadtdampfer am 10. November, dem Todestag Atatürks. Da rauschte es plötzlich in den Bäumen, in der warmen Nacht kam ein Wind auf und wirbelte feinen Sand, Staub und Unrat hoch, Plastiktüten, Haselnussschalen, Möwendreck, Zeitungsfetzen, und Tante Nesibe schrie auf und breitete schützend ihre Hände über das Essen. Dann drehte der Wind, und vom Schwarzen Meer wehte ein kühler, nach Jod riechender Poyraz herüber. Der Abend ging zu Ende, hier und da hörte man Streit über zu hoch ausgefallene Rechnungen, es erklangen Lieder, und unsere Hände, Arme, Beine kamen einander noch näher, so unendlich nahe, dass ich vor Entzücken fast verging. Manchmal rief ich einen Straßenfotografen herbei, der unser Glück verewigte, oder ich ließ uns allen von einer Zigeunerin aus der Hand lesen. Mir kam es oft so vor, als hätte ich Füsun gerade erst kennengelernt. Da saß ich neben ihr, wir berührten uns, und ich stellte mir vor, ich würde sie heiraten, und träumte unter dem Vollmond Glücksträume, trank eiskalten Raki, merkte dann genussvoll schaudernd, wie ich ganz hart wurde, geriet aber darüber nicht in Aufregung, sondern fühlte, dass ich wie unsere Vorfahren im Paradies in einen Zustand der Läuterung von allen Sünden geriet, und nicht nur ich, wir alle, und ich überließ mich der Lust und dem Glück, neben Füsun sitzen zu dürfen.

Warum wir uns hier, außer Haus, umgeben von so vielen Menschen, vor der Nase von Füsuns Eltern, so viel näher kamen als in Çukurcuma, begriff ich selbst nicht. Aber mir wurde an diesen Abenden klar, dass wir ein harmonisch zusammenlebendes Paar werden konnten und dass wir – wie es in den Klatschblättern immer hieß – wie füreinander geschaffen waren. Wir spürten das beide. Ich weiß noch, wie glücklich ich war, als wir einmal gerade im schönsten Gespräch waren und sie sagte: »Willst du probieren?« und ich dann mit meiner Gabel von ihrem Teller eine kleine Frikadelle und ein andermal ein paar Oliven aufpickte (deren Kerne übrigens hier ausgestellt sind). Einmal saß am Nebentisch ein ähnliches Paar wie wir (er war dunkelblond und um die dreißig, sie etwa zwanzig, dunkelhaarig und von blassem Teint). Wir drehten unsere Stühle einander zu und unterhielten uns lange miteinander.

Am gleichen Abend traf ich Nurcihan und Mehmet, die gerade aus dem Mücevher kamen. Ohne ein Wort über unsere gemeinsamen Freunde zu verlieren, standen wir eine Weile beisammen und sprachen mit dem gebotenen Ernst darüber, wo um diese Zeit am Bosporus das beste Eis zu bekommen war. Als wir uns voneinander verabschiedeten, ließ Çetin gerade Füsun und ihre Eltern in den Chevrolet einsteigen, und ich deutete auf sie und sagte, ich hätte gerade Verwandte auf eine Bosporus-Tour mitgenommen. Heutigen Museumsbesuchern sei erläutert, dass in den fünfziger und sechziger Jahren in Istanbul noch relativ wenige Privatfahrzeuge unterwegs waren. Wer es sich leisten konnte, aus Amerika oder Europa ein Auto zu importieren, der hatte dann des öfteren mit Verwandten und Bekannten Spritztouren zu unternehmen. Als Kind hörte ich oft meine Mutter etwa sagen: »Saadet will mit ihrem Mann und den Kindern ein bisschen herumgefahren werden, kommst du auch mit, oder soll ich das mit Çetin« – manchmal sagte sie auch: »mit dem Chauffeur« – »allein erledigen?«, und mein Vater brummte dann nur: »Ach, mach lieber du das, ich habe zu tun!«

Auf der Heimfahrt wurde viel gesungen. Den Anfang machte immer Onkel Tarık. Erst murmelte er vor sich hin, versuchte sich an einen Text zu erinnern, dann ließ er das Radio anmachen und ein altes Lied suchen, und während ich am Radio herumdrehte, fing er an, eine vom Mücevher gehörte Melodie zu summen. Manchmal stieß ich im Radio auf die seltsamen Töne eines ausländischen Senders, und dann verstummten wir alle im Auto. »Radio Moskau«, sagte Onkel Tarık geheimnisvoll. Allmählich kam er in Stimmung und stimmte das erste Lied an, und Tante Nesibe und Füsun fielen ein. So fuhren wir den Bosporus entlang unter hohen dunklen Platanen dahin, und ich lauschte dem Konzert in meinem Auto oder drehte mich nach hinten und versuchte – etwa bei Gültekin Çekis *Alte Freunde* – mitzuhalten, aber nur sehr zögernd, da ich alles andere als textsicher war.

Am glücklichsten wirkte dabei Füsun, und doch zog es sie statt dessen immer wieder in die Pelür-Bar zu den Filmleuten. Wenn ich einen Bosporus-Ausflug plante, musste ich daher als erstes immer Tante Nesibe überreden. Das war allerdings nicht schwer, denn Tante Nesibe wollte keine Gelegenheit versäumen, um Füsun und mich zusammenzubringen. Die andere Methode war, Feridun die Sache schmackhaft zu machen. So nahmen wir einmal Yani mit an den Bosporus, einen Kameramann, mit dem Feridun unzertrennlich war. Mit Yani zusammen drehte Feridun aus dem Etat von Limon Werbefilme, wogegen ich nichts hatte, es konnte nicht schaden, wenn ein bisschen Geld hereinkam. Fatal wäre nur gewesen, wenn er genug verdient hätte, um mit seiner Frau in eine eigene Wohnung zu ziehen, denn wie hätte ich Füsun dann noch sehen können? Beschämt merkte ich, dass ich wohl deshalb versuchte, mit Feridun gut auszukommen.

Da an jenem Abend Onkel Tarık und Tante Nesibe nicht mit von der Partie waren, lauschten wir weder in Tarabya auf die Lieder von nebenan, noch wurde auf dem Heimweg im Auto gesungen. Füsun hatte auch nicht neben mir gesessen, sondern neben ihrem Mann, und nur dem Kinogequassel zugehört.

Der Abend war für mich so unerquicklich verlaufen, dass ich beim nächstenmal beim Verlassen der Pelür-Bar einem anderen Bekannten Feriduns beschied, im Auto sei kein Platz mehr für ihn, da wir gleich Füsuns Eltern abholen und gemeinsam an den Bosporus fahren würden. Ich musste das etwas unhöflich gesagt haben, denn ich sah, wie bei dem Mann mit der schönen, breiten Stirn sich die dunkelgrünen Augen vor Erstaunen weiteten, vor Wut sogar. Wie dem auch sei, ich verbannte den Kerl sofort aus meinem Gedächtnis. Dann fuhren wir nach Çukurcuma und überredeten Tante Nesibe und Onkel Tarık zu einem Besuch im Huzur.

Als wir dort schon eine Weile saßen und tranken, merkte ich Füsun eine gewisse Anspannung an und dachte mir schon, dass ich den Abend nicht recht würde genießen können. Ich sah mich um, ob nicht irgendwo zur Aufheiterung ein Bingoanbieter oder ein Nussverkäufer aufzutreiben war, und da sah ich zwei Tische weiter den grünäugigen Menschen von zuvor. Er saß mit einem Freund zusammen da und blickte zu uns herüber. Feridun merkte, dass ich die beiden gesehen hatte.

»Dein Freund scheint uns nachgefahren zu sein«, sagte ich zu ihm.

»Tahir Tan ist kein Freund von mir.«

»Aber das ist doch der Mann, der vorhin mit uns mitfahren wollte?«

»Ja, schon, aber er ist kein Freund von mir. Er spielt in Fotoromanen und in Actionfilmen mit. Ich mag ihn nicht.«

»Und warum ist er uns dann nachgefahren?«

Wir schwiegen ratlos. Füsun hatte unser Gespräch mitbekommen und wurde unruhig. Onkel Tarık war in seine Musik versunken, aber Tante Nesibe hatte ebenfalls aufgehorcht. Da merkte ich aus Füsuns und Feriduns Blicken, dass der Mann auf uns zukam, und drehte mich um.

»Pardon, Kemal«, sagte Tahir Tan zu mir, »ich möchte Sie nicht stören. Ich würde nur gerne mit Füsuns Eltern sprechen.«

Dazu setzte er eine Miene auf wie ein vornehmer junger Mann, der auf einer Offiziershochzeit das Mädchen, das er anbetet, zum Tanz auffordern will, aber vorher – wie auf den Benimmseiten der Zeitungen empfohlen – die Erlaubnis ihrer Eltern einholt.

»Entschuldigen Sie bitte, aber ich möchte über ein bestimmtes Thema mit Ihnen reden«, sagte er zu Onkel Tarık gewandt. »Füsun hat in einem Film –«

»Tarık, pass doch auf, der Mann will dir was sagen!« sagte Tante Nesibe.

»Ihnen möchte ich es aber auch sagen, Sie sind doch Füsuns Mutter, nicht wahr? Ich weiß ja nicht, ob Sie wirklich Bescheid wissen, aber zwei der bekanntesten Filmproduzenten der Türkei, nämlich Muzaffer und Traum-Hayati, haben Ihrer Tochter bedeutende Filmrollen angeboten, und Sie sollen wegen einiger Kuss-Szenen darin Ihre Erlaubnis dazu verweigert haben.«

»Das stimmt alles nicht«, sagte Feridun kühl.
Wie üblich war es in Tarabya sehr laut. Onkel Tarık hatte nichts mitbekommen oder tat zumindest so – wie türkische Väter oft in solchen Situationen.
»Was stimmt nicht?« fragte Tahir Tan herausfordernd. Er hatte eindeutig getrunken und war auf Streit aus.
»Hör mal zu, Tahir«, sagte Feridun ruhig. »Wir machen hier einen Familienausflug und möchten nicht über Filmgeschichten reden.«
»Ich aber schon! Füsun, warum haben Sie Angst? Sagen Sie doch, dass Sie in dem Film mitspielen wollen!«
Füsun sah weg und zog gelassen an ihrer Zigarette. Feridun und ich standen gleichzeitig auf. Wir bauten uns zwischen dem Mann und unserem Tisch auf. An den anderen Tischen reckten sich Köpfe. Wir hatten wohl die Kampfhahnposition des türkischen Mannes vor einer Schlägerei angenommen, denn schon rückten Schaulustige heran, die sich die Sache nicht entgehen lassen wollten. Auch Tahirs Freund kam auf uns zu.
Da trat ein älterer, mit Wirtshausschlägereien erfahrener Kellner dazwischen. »Aber meine Herren, gehen Sie doch bitte auseinander! Wir haben alle ein bisschen was getrunken, da kommt es leicht mal zu Missverständnissen. Kemal, wir bringen an Ihren Tisch gerade fritierte Muscheln und Makrelen.«
Den Angehörigen jener glücklichen Generationen, die unser Museum erst in Jahrhunderten besuchen, sei zu unserer Entschuldigung gesagt, dass türkische Männer damals aus nichtigsten Anlässen im Kaffeehaus, im Verkehr, beim Warten im Krankenhaus, bei Fußballspielen oder sonstwo Prügeleien anzettelten und es als ungeheure Schmach galt, dabei den Schwanz einzuziehen.
Tahirs Freund legte ihm von hinten die Hand auf die Schulter, als wollte er sagen: Komm, der Klügere gibt nach, und zog ihn mit sich fort. Mich wiederum lotste mit ähnlichem Mienenspiel Feridun wieder an den Tisch, und ich war ihm dankbar dafür.
Während ein Schiffsscheinwerfer über das vom Poyraz aufgerauhte Meer fuhr, saß Füsun immer noch teilnahmslos da und rauchte. Ich sah ihr lange in die Augen, und sie wich meinem Blick nicht aus. Durch ihre stolze, beinahe herausfordernde Haltung gab sie mir zu

verstehen, was sie in den letzten zwei Jahren erlebt habe und nun vom Leben noch erwarte, sei ungleich größer und gefährlicher als dieser Zwischenfall mit einem betrunkenen Schauspieler. Onkel Tarık hob sein Rakiglas und schwenkte es im Rhythmus des aus dem Mücevher tönenden Liedes *Was liebt' ich dieses grausame Weib* von Selahattin Pınar. Wir hielten es für angebracht, uns ebenfalls der Schwermut des Liedes zu überlassen, und sangen mit. Als wir nach Mitternacht, wiederum gemeinsam singend, nach Hause fuhren, schien der Vorfall, der den Abend eingeleitet hatte, schon längst vergessen zu sein.

61
Blicke

Dabei hatte ich Füsuns Verrat ganz und gar nicht vergessen. Ganz offensichtlich hatte Tahir Tan sich in der Pelür-Bar sofort in Füsun verliebt und dafür gesorgt, dass Traum-Hayati und Muzaffer ihr Rollen anboten. Oder aber, noch logischer, die beiden hatten Tahir Tans Interesse an Füsun bemerkt und ihr die Angebote deshalb gemacht. Und Füsun musste sie auch irgendwie dazu ermutigt haben; das schloss ich zumindest daraus, dass sie wie ein begossener Pudel dasaß, nachdem Tahir Tan abgezogen war.

Als ich das nächstemal bei den Keskins war, ahnte ich schon an Füsuns wütenden Blicken, dass ihr nach jenem Abend im Huzur verboten worden war, die von Filmleuten frequentierten Lokale und insbesondere die Pelür-Bar zu betreten. Bei Limon-Film erklärte mir später Feridun, Tante Nesibe und Onkel Tarık seien durch den Zwischenfall im Huzur ordentlich aufgeschreckt worden. Füsun habe kaum noch eine Möglichkeit, ins Pelür zu kommen, und selbst der Kontakt mit ihren Freundinnen sei ihr eine Weile untersagt worden. Wenn sie aus dem Haus gehen wolle, müsse sie wie ein junges Mädchen erst ihre Mutter um Erlaubnis fragen. Ich weiß noch, wie hart diese Maßnahmen Füsun ankamen, wenn sie auch letztlich nicht lange dauerten. Ein Trost war ihr lediglich, dass Feridun ihr versicherte, er werde in jener Zeit ebenfalls nicht ins Pelür gehen. Uns beiden war bewusst, dass wir mit dem Drehen des Kunstfilms nun endlich anfangen mussten, wenn wir Füsun glücklich machen wollten.

Leider war das Drehbuch noch nicht so weit, dass wir es durch die Zensur bringen konnten, und ich ahnte auch, dass Feridun das nicht so bald fertigbekommen würde. Als ich im Hinterzimmer Füsuns neues Möwenbild bewunderte, merkte ich ihr an, dass auch sie sich dieser Tatsache schmerzlich bewusst war. Da ich mich nicht gerne ihren vorwurfsvollen Fragen stellte, fragte ich sie viel weniger häufig, wie es mit dem Malen vorwärtsgehe, sondern nur noch dann, wenn sie sichtlich frohgemut und ich mir gewiss war, dass sie tatsächlich über ihre Bilder sprechen wollte.

Meist aber war sie mürrisch, und ich fragte sie lieber gar nichts; ich setzte mich nur und ließ ihre strengen Blicke über mich ergehen. Wenn sie merkte, wie sehr sie mich damit beeinflussen konnte, sah sie mich gleich noch intensiver an. Selbst wenn wir dann einmal kurz ins Hinterzimmer gingen und uns das Bild ansahen, verbrachte ich doch den überwiegenden Teil des Abends damit, ihren Blicken irgendeine Bedeutung beizumessen, so wie ich überhaupt bei den Abendessen in Çukurcuma meist versuchte, aus Füsuns Blicken herauszulesen, was sie über mich und über ihr Leben dachte und wie sie empfand. Hatte ich früher über die Gepflogenheit, sich nur mit Blicken zu verständigen, lange die Nase gerümpft, so kam ich jetzt überraschend schnell damit zurecht.

Wenn ich als ganz junger Mensch mit Freunden unterwegs war, im Kino, in einem Restaurant oder auf dem Oberdeck eines Stadtdampfers, und einer von uns sagte: »Schaut mal, Jungs, wie die Mädchen uns hier angucken!«, dann wurden manche gleich ganz aufgeregt, aber ich hatte immer meine Zweifel. In der Öffentlichkeit sahen Mädchen nämlich höchst selten einen Mann direkt an, und wenn sie es doch taten und man sie dabei ertappte, sahen sie rasch weg und blickten dann garantiert nicht mehr in die gleiche Richtung. Wenn sich in meinen ersten Monaten bei den Keskins vor dem Fernseher einmal meine Blicke mit denen Füsuns kreuzten, wandte sich Füsun immer genauso ab. Das kränkte mich, war es doch eigentlich das Verhalten, das ein türkisches Mädchen auf der Straße einem Wildfremden entgegenbringt. Dann aber dämmerte mir, dass Füsun mich damit nur provozieren wollte. Ich war eben in der Kunst der Blicke noch ein Novize.

Wenn ich durch Istanbul streifte, sah ich selbst in Beyoğlu kaum einmal, dass Frauen – ob nun mit Kopftuch oder ohne – Männer direkt ansahen, geschweige denn den Blickkontakt mit ihnen suchten. Andererseits hatte ich von Leuten, die nicht wie die Mehrheit arrangierte Ehen eingegangen waren, mehrfach gehört, sie seien sich mit ihrem Partner gleich zu Anfang über Blicke einig geworden. Meine Mutter, die einfach verheiratet worden war, behauptete ja auch steif und fest, sie habe meinen Vater auf einem großen Ball kennengelernt, bei dem auch Atatürk zugegen gewesen war, und sie hätten sich aus der Ferne ihrer gegenseitigen Zuneigung versichert. Mein Vater widersprach ihr nicht offen, aber mir gegenüber gab er einmal zu, er könne sich zwar an Atatürk erinnern, aber an meine Mutter – damals eine Sechzehnjährige in schickem Kleid und mit weißen Handschuhen – beim besten Willen nicht.

Was in einer Gesellschaft wie der unseren, in der ein Mann und eine Frau sich außerhalb der Familie kaum einmal in Ruhe treffen konnten, Blickkontakte für eine Bedeutung hatten, begriff ich – da ich einen Teil meiner Studienzeit in Amerika verbracht hatte – erst spät, mit über Dreißig, dank Füsun. Dann aber lernte ich den Wert dieser Art von Begegnung schnell schätzen. Füsun sah mich an wie die Frauen in Fotoromanen und Filmen oder auf alten persischen Miniaturen. Wenn ich ihr bei Tisch schräg gegenübersaß, starrte ich nicht einfach auf den Fernseher, sondern las fortwährend in ihren Blicken. Als sie mir nach einer Weile auf die Schliche gekommen war, wich sie meinen Blicken oft aus wie ein schüchternes junges Mädchen, als wollte sie mich damit bestrafen.

Da dachte ich noch, sie wolle eben hier im Familienkreis weder sich noch auch mich daran erinnern, was wir gemeinsam schon erlebt hatten, und vielleicht war sie auch wütend, weil wir immer noch keinen Filmstar aus ihr gemacht hatten, und so empfand ich ihre Reaktion als angemessen. Mit der Zeit aber begann es mich zu ärgern, dass sie vor jedem vorgeblich unschicklichen Kontakt mit mir zurückschreckte und sich gab wie eine scheue Jungfrau im Umgang mit einem völlig Unbekannten. Wenn keiner auf uns achtete und wir nur zerstreut auf den Fernseher glotzten oder ganz im Gegenteil von einer rührseligen Abschiedsszene ganz in Anspruch genommen waren und uns dabei zufällig anblickten, dann machte mich das unheimlich glücklich, und ich merkte voller Freude, dass ich genau dafür gekommen war. Füsun aber tat so, als ob sie das Glück jenes Augenblicks überhaupt nicht wahrnehme, schaute weg und brach mir damit das Herz.

Wusste sie denn nicht, dass ich nur deshalb da war, weil ich nicht vergessen konnte, wie glücklich wir einst gewesen waren? Ich sah ihr dann an, dass sie sehr wohl merkte, wie mich das betrübte. Oder vielleicht bildete ich mir das auch nur wieder ein.

Das Unscharfe, Unbestimmte zwischen Empfindung und Einbildung war meine zweite große Entdeckung, als ich von Füsun die Feinheiten der Blickkunst lernte. Wir bemühten uns, wortlos etwas mitzuteilen, doch zwischen dem, was wir meinten, und dem, was beim anderen ankam, bestand oft eine Diskrepanz, die ihren ganz eigenen Reiz hatte. Manchmal verstand ich einfach das Gemeinte nicht und kam nach einer Weile dahinter, dass das Ausgedrückte in Füsuns Blick an sich lag. Ich erlebte bei Füsun – wenn auch sehr selten –, dass ich plötzlich Wut sah und Entschlossenheit und Stürme, die in ihrem Inneren tobten, und einen Augenblick lang verwirrte mich das, und ich wich gleichsam vor ihr zurück. Wenn am Fernsehen etwas auf unsere glücklichen Erinnerungen verwies, etwa ein Paar, das sich so küsste wie wir einst, und ich daraufhin Blickkontakt mir ihr suchte, dann sah sie nicht nur weg, sondern wandte sich manchmal mit dem ganzen Körper von mir ab. Daraufhin gewöhnte ich mir an, sie erst recht beharrlich anzustarren.

Ich sah ihr geradewegs in die Augen und ließ meinen Blick lange auf ihr ruhen. Damit wir uns aber nicht falsch verstehen: Bei Tisch dauerte das an die zehn, zwölf Sekunden und allerhöchstens einmal eine freche halbe Minute lang. Die modernen, freien Menschen späterer Zeiten mögen dies – nicht zu Unrecht – als Belästigung ansehen. Mit meinen aufdringlichen Blicken trug ich ja in die Familie hinein, was Füsun verbergen und womöglich vergessen wollte, nämlich unsere Liebe, unsere gemeinsame Intimität vergangener Zeiten.

Es darf auch nicht als Entschuldigung gelten, dass es bei Tisch Alkohol gab und ich manchmal betrunken war. Im nachhinein rechtfertige ich dieses Verhalten damit, dass ich verrückt geworden wäre und gar nicht mehr die Kraft gefunden hätte, überhaupt noch zu den Keskins zu gehen, wenn ich nicht wenigstens Füsun betrachtet hätte.

Wenn Füsun merkte, dass ich wieder einmal spleenig aufgelegt war und sie den ganzen Abend fixieren würde, reagierte sie meist völlig gleichmütig und sah mich gar nicht mehr an, wie eben jede türkische Frau, die es gelernt hat, mit lästig insistierenden Männerblicken fertig zu werden. Das machte mich fuchsteufelswild, und ich starrte sie erst recht an. Celâl Salik mahnte in *Milliyet* unermüdlich, die zornigen jungen Männer der Stadt sollten doch auf der Straße nicht jede schöne Frau so anstarren, als wollten sie sie umbringen, und es machte mich rasend, dass Füsun meine Blicke so interpretierte, als wäre ich einer der Männer, die Celâl Salik damit meinte.

Wie sehr ansehnliche, geschminkte Frauen ohne Kopftuch darunter litten, wenn sie von Männern aus der Provinz angestarrt wurden – und sei es bewundernd –, hatte mir Sibel oft erzählt. Manche gingen den Frauen auch nach, machten in belästigender Weise auf sich aufmerksam oder folgten den Frauen einfach wie ein Gespenst, stunden-, ja tagelang.

Im Oktober 1977 war Onkel Tarık eines Abends unpässlich und ging schon früh zu Bett. Füsun und Tante Nesibe unterhielten sich angeregt, und ich sah ihnen – so erschien es mir zumindest – geistesabwesend zu, als Füsun sich plötzlich zu mir umdrehte. Wie so oft in jener Zeit sah ich sie aufmerksam an.

»Lass das!« rief sie da.

Ich zuckte zusammen. Füsun ahmte nach, wie ich sie anschaute. Vor lauter Scham wollte ich mir zuerst nichts eingestehen.

»Was meinst du denn?« murmelte ich.

»Das meine ich!« rief sie und imitierte mich noch übertriebener. Ich begriff nun, dass ich wie in einem Fotoroman geschaut hatte.

Tante Nesibe lächelte über die Szene. Dann aber wurde ihr unheimlich, wie bedrückt ich war. »Jetzt mach doch nicht immer alle Leute nach, du bist doch kein Kind mehr!« schimpfte sie.

Ich riss mich zusammen und sagte: »Nein, nein, Tante Nesibe, ich verstehe Füsun schon.«

Doch verstand ich sie wirklich? Natürlich ist es wichtig, den Menschen zu verstehen, den man liebt. Oder sich das wenigstens einzubilden. Zugegebenermaßen wurde mir selbst letzteres in den acht Jahren nur selten zuteil.

Ich merkte, dass es mir wieder schwerfallen würde, aufzustehen. Unter Aufbietung meiner ganzen Kraft erhob ich mich, murmelte, es sei schon spät, und ging. Zu Hause nahm ich mir vor, nie wieder zu den Keskins zu gehen, und trank mich dann in den Schlaf. Im Nebenzimmer hörte ich noch meine Mutter etwas wimmernd, aber doch recht gesund schnarchen.

Wie sich vorstellen lässt, war ich wieder einmal beleidigt. Aber das hielt nicht lange an. Zehn Tage später klingelte ich wieder bei den Keskins, als sei nichts gewesen. Als ich Füsun ansah, dass sie sich über mein Kommen freute, war ich wieder der glücklichste Mensch der Welt. Wir setzten uns an den Tisch und fuhren mit dem Spiel unserer Blicke fort.

Aus den traulichen Fernsehabenden bis zur Fahnenzeremonie und den Gesprächen mit Tante Nesibe und Onkel Tarık – in die sich auch Füsun ein wenig einmischte – bezog ich schließlich Genüsse, wie ich sie bis dahin nicht gekannt hatte. Ich erwarb gewissermaßen eine neue Familie. Nicht weil ich Füsun gegenübersaß, sondern weil ich mit den Keskins plauderte, überkam mich manchmal eine Leichtigkeit und Lebenszuversicht, die mich vergessen ließ, weshalb ich ursprünglich gekommen war.

Das fiel mir erst wieder ein, wenn ich fast zufällig Füsun ansah, und dann richtete ich mich auf, als sei ich gerade wach geworden, wurde ganz aufgeregt und wünschte mir, Füsun würde die gleiche Erregung empfinden. Sollte sie nun ebenfalls wie aus einem unschuldigen Traum erwachen, sich der viel echteren und tieferen Welt erinnern, in der wir einmal gemeinsam gelebt hatten, dann würde sie schon bald ihren Mann verlassen und mich heiraten. Da ich aber ein solches Erwachen in Füsuns Blicken nicht sah, war ich enttäuscht und verfiel wieder in eine Krise.

In jener Zeit, in der es mit unserem Film nicht vorwärtsging, sah

Füsun fast nie so drein, als würde sie sich an unser vergangenes Glück noch erinnern. Ganz im Gegenteil waren ihre Blicke so teilnahmslos wie nur möglich, und wenn sie doch Teilnahme zeigten, dann an irgendeinem Fernsehgeschehen oder dem Klatsch über die Nachbarn. Füsun verhielt sich oft so, als sei es Sinn und Zweck ihres Lebens, mit Vater und Mutter schwatzend und lachend am Tisch zu sitzen. Da kam es mir so vor, als würde sie sich nie von ihrem Mann trennen und als hätten wir überhaupt keine gemeinsame Zukunft.

Jahre später vermeinte ich in Füsuns bedeutungsvollen Blicken von damals Anklänge an die Mimik türkischer Schauspielerinnen zu sehen. Aber nein, das war keine Nachahmung, sondern wie jene Filmheldinnen konnte Füsun eben in Gegenwart von Männern und ihren Eltern ihre Wünsche und Gefühle nur durch Blicke zum Ausdruck bringen.

62
Damit die Zeit vergeht

Dadurch dass ich Füsun regelmäßig sah, kam auch mein Arbeitsleben wieder in Ordnung, und ich ging morgens ausgeschlafen ins Büro. Von der Hausmauer in Harbiye lächelte immer noch Inge herunter, doch laut Zaim wurde der Verkauf von Meltem dadurch nicht sonderlich gefördert. Da ich nicht mehr völlig von Füsun beansprucht war, konnte ich mich nun auch der Intrigen erwehren, die gegen mich gesponnen wurden. Kenan, der sich bei meiner Verlobung durch seinen Tanz mit Füsun hervorgetan hatte, war danach von mir nicht eben gut behandelt worden und hatte sich schließlich auf die Seite meines Bruders geschlagen, bei Satsat gekündigt und die Leitung der von Osman und Turgay neu gegründeten Vertriebsfirma Tekyay übernommen.

Wie nicht anders zu erwarten, entwickelte sich Tekyay innerhalb kürzester Zeit zum Konkurrenten von Satsat. Das lag allerdings nicht so sehr an den Managementfähigkeiten von Kenan und Osman, sondern an Turgay, der einen Teil seiner Produkte nun von Tekyay vertreiben ließ. Immer wenn ich an Turgay dachte, an seinen Mustang, seine Firma und seine Liebe zu Füsun, wurde mir schwer ums Herz, doch eifersüchtig war ich nicht mehr auf ihn. Er freundete sich mit Osman auch auf privater Ebene an. Sie fuhren mit ihren Familien gemeinsam zum Skifahren an den Uludağ und zu Einkaufstouren nach Paris oder London und hatten die gleichen Reisemagazine abonniert.

Ich beobachtete staunend, mit welcher Aggressivität Tekyay expandierte, aber dagegen ausrichten konnte ich nur wenig. Sowohl die jungen, ehrgeizigen Manager, die ich eingestellt hatte, als auch die beiden älteren Mitarbeiter, die mit ihrem Fleiß und ihrer Ehrlichkeit jahrelang das Rückgrat von Satsat gebildet hatten – der kahlköpfige Kamil und Cemil, der früher immer für meinen Vater und später dann leider für Osman spioniert hatte –, wurden von Kenan abgeworben, der ihnen unverschämt hohe Gehälter zahlte.

Manchmal beklagte ich mich bei meiner Mutter darüber, dass Osman aus Geldgier und aus Freude daran, mir eins auszuwischen, gegen das von meinem Vater gegründete Satsat arbeitete. Meine Mutter aber versagte mir ihre Hilfe, weil sie angeblich nicht zwischen uns stehen wollte. Ich hegte allerdings den Verdacht, sie sei den Einflüsterungen Osmans erlegen und habe aus meiner Trennung von Sibel, meinem merkwürdigen Privatleben und meinen Besuchen bei den Keskins, von denen sie wohl Wind bekommen hatte, den Schluss gezogen, ich sei für die von Vater übernommenen Geschäfte kein guter Verwalter.

Meine Aufenthalte in Çukurcuma, meine Blickkontakte mit Füsun, unsere Abendessen und Gespräche, die Bosporus-Touren, die wir nun auch an Winterabenden unternahmen, all das war innerhalb von zweieinhalb Jahren zu zeitloser Normalität (und Schönheit) geworden, zu unablässiger Wiederholung. Mit Feriduns Kunstfilm ging und ging es nicht voran, und doch trafen wir unsere Vorbereitungen, als würden binnen weniger Monate die Dreharbeiten beginnen.

Füsun schien sich damit abgefunden zu haben, dass sie in absehbarer Zeit weder in dem Kunstfilm noch in einem kommerziellen Streifen spielen würde, oder zumindest tat sie so. Die Wut, die sich in ihren Augen ausdrückte, war aber nicht ganz verschwunden. An manchen Abenden schaute sie nicht mehr schüchtern beiseite wie in den ersten

Jahren, sondern sah mir so fest in die Augen, dass mir gleich meine sämtlichen Vergehen wieder einfielen. Dann betrübte es mich zwar, ihre Wut zu spüren, aber zugleich freute ich mich, dass unser Kontakt nun intensiver war.

Ich fragte sie jetzt wieder öfter nach ihren Bildern und tat dies sogar in Gegenwart Feriduns, der seit der Szene im Huzur öfter zu Hause blieb und mit uns aß, da der Film in einer Krise steckte. Ich weiß noch, wie wir einmal alle drei vom Tisch aufstanden und uns das Taubenbild ansahen, an dem Füsun gerade malte.

»Mir gefällt es, dass du so langsam und geduldig arbeitest«, sagte ich fast im Flüsterton.

»Ich sage auch immer, sie soll die Sachen doch mal ausstellen«, raunte Feridun. »Aber sie geniert sich.«

»Ich mache das doch nur zum Zeitvertreib«, wehrte Füsun ab. »Am schwierigsten sind diese glänzenden Kopffedern hinzukriegen, seht ihr?«

»Ja, wir sehen es«, sagte ich.

Dann schwiegen wir eine Weile. Feridun war heute wohl vor allem wegen einer Sportsendung zu Hause geblieben. Als vom Fernseher her Torjubel ertönte, eilte er davon. Mit Füsun still vor dem Bild zu stehen machte mich unbeschreiblich glücklich.

»Füsun, wir müssen unbedingt nach Paris in die Museen.«

Diese Dreistigkeit konnte mich teuer zu stehen kommen. Vielleicht würde Füsun mehrere Besuche lang ein Gesicht ziehen oder gar nicht mit mir reden. Doch nein, sie reagierte ganz offen.

»Das würde ich auch gern machen, Kemal.«

Ich selbst hatte wie viele Kinder gerne gemalt und als Gymnasiast oft im Merhamet Apartmanı an Bildern gesessen und mir vorgestellt, ich würde einmal Maler werden, und damals hatte ich davon geträumt, einmal in Paris all die berühmten Gemälde zu sehen. In den fünfziger und sechziger Jahren gab es in Istanbul noch keine richtigen Kunstmuseen und auch keine Bildbände, in denen man mit kindlicher Freude hätte blättern können. Füsun und ich waren ja auch nicht wirklich an dem interessiert, was sich in der Kunstwelt tat. Das Schwarzweißfoto eines Vogels zu vergrößern und das Tier dann farbig darzustellen war uns schon Freude genug.

Je mehr solcher unschuldiger Freuden ich im Hause der Keskins genoss, um so ungenießbarer erschien mir die Außenwelt, die Straßen von Istanbul.

Mit Füsun ihr neuestes Bild anzuschauen und seine Entwicklung mitzuverfolgen oder flüsternd mit zu überlegen, welchen der von Feridun fotografierten Vögel sie als nächstes malen sollte, die Türkentaube, den schwarzen Milan oder doch lieber die Schwalbe, das verschaffte mir ein-, zweimal pro Woche ein unaussprechliches Glücksgefühl.

Aber Glück ist nicht der richtige Ausdruck – es war reine Poesie, was ich in jenem Hinterzimmer erlebte, war eine drei bis fünf Minuten währende tiefe Befriedigung, und ich dachte, die Zeit bleibe stehen und es werde alles ewig so weitergehen. Es war zugleich ein Gefühl der Geborgenheit, der Dauerhaftigkeit und Bewahrung, dem noch dazu der erquickende Glaube innewohnte, die Welt sei ein einfacher und zutiefst guter Ort; ja es war, um es noch verwegener auszudrücken, eine Art Weltanschauung. Selbstverständlich nährte sich mein Empfinden aus Füsuns eleganter Schönheit, aus meiner Liebe zu ihr. Mit ihr diese paar Minuten genießen zu dürfen war schon Glück an sich. Anteil daran hatte aber auch der Ort, an dem dies geschah, eben jenes Hinterzimmer. (Hätte ich mit Füsun im Fuaye gegessen, wäre ich ebenfalls glücklich gewesen, doch auf andere Art.) Zu meinem tiefen Seelenfrieden trug alles bei, was mich an diesem magischen Ort umgab, von Füsuns nur langsam voranschreitenden Vogelbildern über den ziegelroten Teppich, die Stoffreste und Knöpfe, die alten Zeitungen und die Aschenbecher bis hin zu Onkel Tarıks Lesebrille und Tante Nesibes Strickzeug. Ich sog den Geruch des Zimmers in mich ein und vergaß nicht, vor dem Hinausgehen eine Kleinigkeit an mich zu nehmen, einen Fingerhut oder einen Knopf, der mir dann im Merhamet Apartmanı alles wieder ins Gedächtnis rief und mein Glück noch etwas verlängerte.

Wenn Tante Nesibe nach dem Essen die Töpfe weggeräumt und die Servierteller mit den Resten des Essens im Kühlschrank verstaut hatte (auf den Kühlschrank der Keskins, der mir immer ganz verzaubert vorkam, mögen die Museumsbesucher doch bitte ihr ganz besonderes Augenmerk richten), holte sie ihr Strickzeug, das in einem großen Plastikbehälter lagerte, oder sie bat Füsun, es ihr zu bringen. Da dies meist zu der Zeit geschah, wenn wir gerade ins Hinterzimmer gingen, sagte sie oft zu ihrer Tochter: »Sei doch so gut und bring mir mein Strickzeug mit!« Sie selbst hatte zwar nichts dagegen, dass Füsun und ich im Hinterzimmer allein blieben, doch hatte sie wohl wegen Onkel Tarık Bedenken und kam uns manchmal nach. »Ich hol nur mein Strickzeug. Jetzt geht gleich *Herbstwinde* los, schaut ihr euch das an?«

Wir schauten es uns an. In meinen acht Jahren dort muss ich Hunderte von Filmen und Serienepisoden gesehen haben, aber sosehr ich mir ansonsten jedes Detail bis hin zur größten Absurdität einprägte, so rasch vergaß ich schon nach kürzester Zeit all die Filme und Serien, die zu Feiertagen gesendeten Debatten (Welchen Platz nimmt die Eroberung Istanbuls in der Weltgeschichte ein? Wie definiert sich Türkentum? oder: Wie können wir Atatürk noch besser verstehen?) und Hunderte, ja Tausende anderer Fernsehsendungen.

Von dem, was ich im Fernsehen sah, blieben mir nur ein paar Augenblicke in Erinnerung, die aber dann auf ewig im Gedächtnis hafteten. Es konnte ein Bild aus einer kurzen Fernsehszene sein oder auch nur ein Ausschnitt davon. Es waren etwa die Hosenbeine eines amerikanischen Detektivs, der eine Treppe hinauflief; der Schornstein eines alten Hauses, der nur zufällig ins Blickfeld der Kamera geraten war; die Haare und das Ohr einer Frau in einer Kuss-Szene (bei der am Tisch beklommenes Schweigen herrschte); ein kleines Mädchen, das sich bei einem Fußballspiel zwischen lauter schnurrbärtigen Männern verschreckt an seinen Vater drückte (er hatte es wohl bei niemandem lassen können); der bestrumpfte Fuß des Hintersten in einer Reihe von Betenden, die sich in der Moschee alle zugleich vorbeugten; ein Dampfschiff auf dem Bosporus; die Dose, aus der ein Bösewicht gerade Farciertes aß. Dies und vieles mehr vermischte sich in meinem Kopf mit dem, was ich im gleichen Moment aus dem Augenwinkel heraus an Füsun beobachtete, die vielleicht gerade den Mundwinkel verzog, die Stirn runzelte, ihre Hand auf eine ganz bestimmte Weise hielt oder verträumt die Gabel sinken ließ. Später dann fielen mir diese Bilder immer wieder ein, so wie Träume, an die man sich erinnert. Den Malern, die diese Bilder für das Museum der Unschuld erstehen lassen sollten, erzählte ich unzählige Details. Aber auch sie hatten keine Antwort auf die Fragen, die ich mir stellte: Warum war Füsun bei jener Szene so gerührt? Was hatte bewirkt, dass sie bei der Handlung am Bildschirm so mitging? Am liebsten hätte ich sie gefragt, doch bei den Keskins wurde nach dem Ende eines Films kaum einmal über das geredet, was man empfunden hatte, sondern vor allem über den moralischen Aspekt des Gesehenen.

»Der gemeine Hund hat seine Strafe bekommen, aber mir hat das Kind leid getan«, sagte etwa Tante Nesibe. »Um das hat sich kein Mensch gekümmert. Die Kerle denken doch alle nur ans Geld! Komm, mach aus, Füsun!« sagte Onkel Tarık.

Die Kerle – seltsame Figuren aus europäischen Filmen, amerikanische Gangster, verkommene Familien oder auch die unseriösen Drehbuchautoren und Regisseure, die sich so etwas überhaupt ausdachten – verschwanden durch Füsuns Knopfdruck in ewiger Dunkelheit wie das in einer Badewanne weggurgelnde Schmutzwasser.

Kaum war der Fernseher aus, sagte Onkel Tarık oft: »Gut, dass der Quatsch zu Ende ist!«

Mit dem Quatsch konnten türkische und ausländische Filme gemeint sein, aber auch Debatten oder Quizshows mit siebengescheiten Moderatoren und dümmlichen Kandidaten. Ich empfand das Wort Quatsch jedenfalls als Wohltat, weil es suggerierte, dass es auch den Keskins am wichtigsten war, dass wir unter uns waren. Dann wollte ich immer erst recht noch sitzen bleiben und erklärte mir das nicht nur durch meine Freude, mit Füsun im selben Zimmer und am selben Tisch zu sitzen, sondern durch mein Behagen mit der ganzen Familie Keskin. (Der Museumsbesucher wird an jenem verzauberten Ort umherwandeln, als vollführe er eine Zeitreise.) Meine Liebe zu Füsun erstreckte sich allmählich auf Füsuns ganze Welt, auf alles, was nur irgend mit ihr zu tun hatte, und die Museumsbesucher sollten sich dies immer vor Augen halten.

Gestört wurde die beim Fernsehen empfundene Zeitlosigkeit nur, wenn wir Nachrichten sahen. Das Land ging nämlich einem Bürgerkrieg entgegen.

Ab 1978 explodierten auch in unserem Viertel nachts immer wieder Bomben. Die Straßen in Richtung Tophane und Karaköy wurden von den Nationalisten beherrscht, und in den Zeitungen hieß es immer, dass in den dortigen Kaffeehäusern so manches Verbrechen geplant werde. In den Gassen, die sich in Richtung Cihangir hinaufwanden, hatten sich hingegen Kurden, Aleviten und diversen Linksfraktionen nahestehende Arbeiter und Studenten eingenistet, die ebenfalls gerne von der Waffe Gebrauch machten. Die Kämpfer der beiden Gruppierungen lieferten sich immer wieder Gefechte um eine Straße, einen Platz oder ein Café, und manchmal sorgte auch der Geheimdienst oder ein vom Staat ferngelenkter Bombenleger dafür, dass die beiden Lager wieder aneinandergerieten. Der arme Çetin wusste schon gar nicht mehr, wo er den Chevrolet parken und in welchem Kaffeehaus er auf mich warten sollte, doch wenn ich ihm vorschlug, ich könne auch einmal allein zu den Keskins fahren, lehnte er empört ab. Vor allem auf dem Nachhauseweg waren uns die Straßen von Çukurcuma, Tophane und Cihangir nicht ganz geheuer. Wir sahen immer wieder Leute, die Plakate klebten und Slogans an die Mauern schrieben.

Wenn in den Abendnachrichten von Schießereien und Anschlägen berichtet wurde, dankten die Keskins zwar immer dem Himmel, dass wir gemütlich zu Hause sitzen durften, aber sie machten sich doch Sorgen um die Zukunft. Und da der Inhalt der Nachrichten manchmal unerträglich war, beschäftigten wir uns lieber mit der hübschen Nachrichtensprecherin Aytaç Kardüz und kommentierten ihre Gestik und Mimik. Ganz anders als die locker wirkenden Sprecherinnen im westlichen Fernsehen saß Aytaç Kardüz stocksteif da, verzog den Mund nie zu einem Lächeln und las die Nachrichten in Höchstgeschwindigkeit vom Blatt.

»Jetzt hol doch mal Luft, Mädel, du erstickst uns ja noch!« sagte Onkel Tarık hin und wieder.

Obwohl er diesen Scherz unzählige Male machte, lachten wir jedesmal von neuem, da die sehr gewissenhafte Sprecherin, die sichtlich darum bemüht war, ja nichts falsch zu machen, immer erst nach jedem Satz einatmete, so dass sie bei besonders langen Sätzen gegen Ende immer schneller redete, um nicht zu ersticken, und ganz rot dabei wurde.

»Schau, wie rot sie schon wieder ist«, sagte dann Onkel Tarık.

»Ach Schätzchen, schluck doch zwischendurch wenigstens mal«, schlug Tante Nesibe vor.

Als ob Aytaç Kardüz Tante Nesibes Worte vernommen hätte, sah sie plötzlich von ihrem Blatt auf, und wie ein frisch an den Mandeln operiertes Mädchen schluckte sie dann schwer.

»Brav!« lobte Tante Nesibe.

Dass Elvis Presley in seinem Haus in Memphis starb, die Roten Brigaden Aldo Moro entführten und töteten und Celâl Salik zusammen mit seiner Schwester in Nişantaşı vor dem Laden Alaaddins ermordet wurde, das alles erfuhren wir aus dem Mund von Aytaç Kardüz.

Eine weitere, mir sehr zusagende Methode der Keskins, zwischen sich und der Welt einen Puffer zu schaffen, bestand darin, dass sie für Prominente, die auf dem Bildschirm auftauchten, Doppelgänger aus unserem Umkreis suchten und dann beim Essen ausführlich darüber debattierten, inwiefern jene Ähnlichkeiten tatsächlich bestanden. Sowohl Füsun als auch ich nahmen an diesen Diskussionen eifrig teil.

Als Ende 1979 Bilder aus dem von den Sowjets besetzten Afghanistan gesendet wurden, stritten wir uns lange darüber, wer in der Bäckerei unseres Viertels dem neuen afghanischen Staatspräsidenten Babrak Karmal glich. Damit angefangen hatte Tante Nesibe, die an dem Spiel mindestens ebensoviel Gefallen fand wie Onkel Tarık. Erst wussten wir gar nicht, wen sie überhaupt meinte. Da ich aber manchmal Çetin an der Bäckerei halten ließ, um ofenfrisches Brot zu kaufen, waren auch mir die Gesichter der dort arbeitenden Kurden mehr oder weniger vertraut, so dass ich Tante Nesibe recht gab. Füsun und Onkel Tarık hingegen behaupteten steif und fest, der bewusste Mann an der Kasse sehe dem afghanischen Präsidenten nicht im mindesten ähnlich.

Manchmal hatte ich den Eindruck, Füsun nehme absichtlich immer die Gegenposition zu mir ein. Als ich zum Beispiel die Ansicht vertrat, der ägyptische Präsident Sadat, der während einer Militärparade, wie man sie auch bei uns gern abhielt, auf der Ehrentribüne von Islamisten erschossen wurde, sehe doch haargenau aus wie der Zeitungsverkäufer Ecke Çukurcuma- und Boğazkesen-Straße, hielt Füsun strikt dagegen. Da über die Ermordung Sadats noch tagelang berichtet wurde, entwickelte sich diese Diskussion zu einem Nervenkrieg zwischen Füsun und mir, der mir gar nicht behagte.

War ein Doppelgänger am Tisch der Keskins erst einmal akzeptiert worden, dann hieß der entsprechende Prominente eben nicht mehr Sadat, sondern Bahri, der Kioskmann. So wurde Jean Gabin, den wir schon in vielen Filmen gesehen hatten, zu Nazif, dem Bettenverkäufer; die verschreckt dreinblickende Sprecherin, die manchmal den Wetterbericht präsentierte, nannten wir Ayla, nach der Freundin Füsuns, die mit ihrer Mutter im Erdgeschoss wohnte; der alte Vorsitzende einer islamistischen Partei, der Abend für Abend unversöhnliche Reden schwang, wurde bei uns nach dem verstorbenen Rahmi benannt; ein bekannter Sportreporter galt uns als der Elektriker Efe, und unser Çetin wurde von mir (vor allem wegen seiner Augenbrauen) mit Ronald Reagan identifiziert.

Wenn dann einer jener Prominenten im Fernsehen kam, fühlte sich jeder von uns zu einem kleinen Scherz ermutigt.»Kommt schnell her und schaut euch an, was Çetin in Amerika für eine hübsche Frau hat!«

Manchmal bemühten wir uns auch vergebens um einen Doppelgänger. Als Kurt Waldheim Generalsekretär der Vereinten Nationen war und in der Palästinenserfrage zu vermitteln suchte, sagte Tante Nesibe immer wieder:»Der muss doch irgendwem ähnlich sehen«, und während wir uns redlich bemühten, kehrte eine Stille ein, die auch dann noch anhielt, als längst schon wieder neue Nachrichten und Reklamen über den Bildschirm liefen.

Dann hörte ich irgendwo von Tophane oder Karaköy her einen Dampfer tuten, und während ich mir vorzustellen versuchte, wie der Dampfer an die Anlegestelle heranfuhr, wo sich schon die Leute drängten, fiel mir unwillkürlich ein, wie lange ich nun schon am Leben der Keskins teilhatte, wie viel Zeit ich an ihrem Tisch verbracht hatte und wie doch unter dem Tuten der Dampfer unmerklich die Monate und Jahre vergingen.

63
Die Klatschspalte

Die fast schon bürgerkriegsähnlichen Zustände ließen die Zahl der Kinogänger rapide sinken und versetzten der Filmindustrie einen herben Schlag. Die Pelür-Bar und andere Filmkneipen waren zwar voller denn je, aber da sich Familien abends nicht mehr in die Kinos trauten, war jeder nur darauf aus, sich mit Reklamespots oder den immer häufiger gedrehten Sex- und Actionfilmen über Wasser zu halten. Da die großen Produzenten nicht mehr in die Art von Filmen investierten, die wir im Jahr zuvor in den Freilichtkinos mit so großem Vergnügen gesehen hatten, gewann ich als wohlhabender Filmfreund, der Limon-Film unter die Arme griff, deutlich an Ansehen. Als ich eines Abends auf Drängen Feriduns doch wieder in die Pelür-Bar ging, war die Kneipe brechend voll, und ich erfuhr, dass die Arbeitslosigkeit im Filmmilieu den Bars zugute kam, da ganz Yeşilçam jetzt soff.

Auch ich trank an jenem Abend mit deprimierten Filmleuten bis in den Morgen hinein Raki. Selbst mit Tahir Tan, der in Tarabya sein Interesse an Füsun offenbart hatte, führte ich irgendwann ein angenehmes Gespräch. Mit einer netten jungen Schauspielerin namens Papatya hatte ich bald schon Freundschaft geschlossen, wie sie das nannte. Sie hatte früher in Familienfilmen das kleine Mädchen gespielt, das zur Unterstützung der blinden Mutter auf der Straße Simits verkaufte und unter den Gemeinheiten der von Yıldız Sühendan dargestellten bösen Stiefmutter zu leiden hatte, und 1976 hatten wir sie dann als Sechzehnjährige in Erwachsenenrollen bewundern dürfen – lächelnd erzählte sie mir, wie sie sich gerichtlich hatte bescheinigen lassen, sie sei schon achtzehn. Nun beklagte sie sich wie die anderen darüber, dass sie wegen der Arbeitslosigkeit ihre Träume nicht verwirklichen könne und sich zur Synchronisierung von Pornofilmen hergeben müsse, und sie erwähnte noch, dass sie zur Verfilmung eines Drehbuchs, das auch Feridun für gelungen halte, meine Unterstützung gut brauchen könne. Betrunken wie ich war, merkte ich doch, dass Feridun an dem Mädchen nicht uninteressiert war, ja dass es zwischen den beiden irgendwie gefunkt hatte, wie es in der einschlägigen Presse immer hieß. Schließlich verließen wir zu dritt das Lokal, und vorbei an vollgepissten und -geschmierten Hausmauern gingen wir im Dunkel in Richtung Cihangir, wo Papatya mit ihrer Mutter lebte, die als Sängerin in billigen Etablissements auftrat. Als uns in den kalten Straßen auch noch Straßenköter anknurrten, überließ ich es Feridun, Papatya nach Hause zu bringen, und kehrte in mein ruhiges Heim in Nişantaşı zurück.

Wenn ich mich in solchen trunkenen Nächten unruhig im Bett wälzte, dachte ich oft bitter, meine Jugend sei nun unwiderruflich vorbei. Es ging mir nicht anders als allen türkischen Männern: Mit kaum Fünfunddreißig hatte sich in meinem Leben schon alles verfestigt, und ich würde nie wieder ein großes Glück erleben. Dass ich die Zukunft von Tag zu Tag enger und finsterer sah, mochte aber – so tröstete ich mich – auch eine Täuschung sein, die nur durch die ständigen Meldungen über politische Verbrechen, Inflation und Konkurse hervorgerufen wurde.

Wenn ich dann am Tisch der Keskins saß, Füsun in die Augen sah und mit ihr sprach, und wenn ich von dort wieder etwas mitgehen ließ und zu Hause damit spielte, dann erschien es mir wieder, als würde ich überhaupt nicht unglücklich sein können.

Dann wieder überkam mich der Gedanke, irgendwo anders müsse es ein besseres Leben für mich geben, mit solcher Macht, dass ich mich krampfhaft ablenken musste. Sobald ich aber von Zaim den neuesten Klatsch erfahren hatte, sah ich es wieder gar nicht als Verlust an, dem langweiligen Leben meiner reichen Freunde fernzubleiben.

Zaim behauptete, Nurcihan und Mehmet hätten auch nach drei Jahren immer noch nicht miteinander geschlafen. Sie hätten allerdings nun beschlossen zu heiraten. Das war die größte Neuigkeit. Obwohl jeder, inklusive Mehmet, darüber Bescheid wisse, dass Nurcihan in Paris schon mit Franzosen geschlafen habe, sei sie entschlossen, mit Mehmet damit bis zur Hochzeit zu warten. Mehmet tat sich zugleich ebenso wie Nurcihan damit hervor, über die Weisheit unserer Vorväter, die Schönheit der alttürkischen Musik und die Genügsamkeit der alten Meister zu dozieren. Trotz ihrer Vorliebe für die alten Osmanen und für Altvätersitten wurden Nurcihan und Mehmet in ihren Kreisen nicht als bigott oder reaktionär abgestempelt, und Zaim zufolge lag dies unter anderem daran, dass die beiden fleißig dem Alkohol zusprachen. Selbst Zaim imponierte es, dass sie auch stockbetrunken nichts von ihrer Höflichkeit und Vornehmheit einbüßten. Mehmet hielt beim Trinken immer stark dafür, wenn in der osmanischen Dichtung vom Wein die Rede sei, dann sei das nicht bildlich, sondern ganz konkret gemeint gewesen, und er zitierte Verse von Nedim und Fuzuli, von denen keiner wusste, ob sie nun echt waren oder nicht, und sah dann Nurcihan in die Augen und hob sein Glas auf die Liebe zu Gott. Zaim meinte, man habe in der Gesellschaft nicht zuletzt deswegen so viel Verständnis für die Haltung der beiden, weil die Auflösung meiner Verlobung mit Sibel ganz schön viel Staub aufgewirbelt habe. Unsere Geschichte diene in der Istanbuler Society jungen Mädchen als warnendes Beispiel dafür, sich nicht vor der Ehe mit Männern einzulassen. Wenn man den Gerüchten Glauben schenken durfte, schärften damals Mütter gerade wegen uns ihren Töchtern im heiratsfähigen Alter so sehr ein, nur ja aufzupassen. Aber ich will mich hier nicht zu wichtig nehmen. Die Istanbuler Society war eine kleine, empfindliche Welt, in der man, wie innerhalb einer Familie, keine tiefe Scham darüber empfand, was den einzelnen zustieß.

1979 hatte ich mich ja auch schon sehr an die materiellen und seelischen Umstände jenes neuen Lebens gewöhnt, das ich mir da zwischen zu Hause, dem Büro, dem Haus Füsuns und dem Merhamet Apartmanı geschaffen hatte. Wenn ich ins Merhamet Apartmanı ging, um an die glücklichen Stunden zu denken, die ich dort mit Füsun verbracht hatte, wunderte ich mich immer mehr über die in der Wohnung anwachsende Sammlung. Die vielen Gegenstände wurden immer mehr zu Zeichen für die Intensität meiner Liebe. Ich sah sie oft schon nicht mehr als Tröster an, sondern als greifbare Zeichen für das Wüten in meiner Seele. Manchmal schämte ich mich dieser Ansammlung regelrecht und wollte auf keinen Fall, dass jemand sie zu Gesicht bekam, und ich dachte auch gar nicht so weit, dass, wenn es so weiterging, in ein paar Jahren alle Räume des Merhamet Apartmanıs vollgestopft sein würden. Was ich bei den Keskins mitnahm, sollte mich nur an die Vergangenheit erinnern, weiter hatte ich keine Pläne damit. Schließlich verbrachte ich ja einen Großteil jener acht Jahre in der

Vorstellung, innerhalb weniger Monate – allerhöchstens einem halben Jahr – würde ich Füsun so weit bekommen, mich zu heiraten. Am 8. November 1979 erschien in der als »Gesellschaftsnachrichten« figurierenden Klatschspalte der Zeitung *Akşam* folgender Artikel (der entsprechende Ausschnitt liegt als Exponat vor):

FILM UND SOCIETY: EIN KLEINER RATSCHLAG
Wir rühmen uns gerne, dass die Türkei nach Hollywood und Indien die weltweit drittgrößte Filmproduktion unterhält. Damit wird es bald nicht mehr weit her sein. Wegen des Straßenterrors rechter und linker Gruppierungen trauen sich die Leute abends nicht mehr ins Kino, und durch die Welle der Sexfilme werden die Familien vergrault. Anspruchsvolle Produzenten bringen nicht mehr das nötige Kapital auf, um noch Filme zu drehen. Yeşilçam ist daher heute mehr denn je auf wohlhabende Geschäftsleute angewiesen, die sich mit der Absicht tragen, einen Kunstfilm zu drehen. Früher steckten hinter solchen Vorhaben meist Neureiche aus der Provinz, denen es nur darauf ankam, mit hübschen Schauspielerinnen in Kontakt zu kommen. Entgegen zahlreicher Behauptungen haben die von den Kritikern hochgejubelten Kunstfilme nie das Interesse westlicher Intellektueller geweckt, ja noch nicht einmal bei irgendeinem europäischen Provinzfestival einen Förderpreis gewonnen, aber dafür haben ein paar Neureiche mit »Künstlerinnen« ihr Liebesleben aufgefrischt. Aber das war einmal. Jetzt ist eine neue Mode aufgekommen. Die reichen Kunstfreunde kommen nicht mehr nach Yeşilçam, um mit Schauspielerinnen anzubandeln, sondern um aus Mädchen, in die sie ohnehin schon verliebt sind, Schauspielerinnen zu machen. Das neueste Beispiel dafür ist K. (Name ist der Redaktion bekannt), Spross einer reichen Familie, einer der begehrtesten Junggesellen Istanbuls, der sich in eine junge Frau, die er als entfernte Verwandte bezeichnet, maßlos verliebt hat, aber zugleich so eifersüchtig ist, dass er nun angeblich sein eigenes Filmprojekt sabotiert, für das er ein Drehbuch hat schreiben lassen. »Ich ertrage es nicht, wenn ein anderer sie küsst!« soll er gesagt haben und weicht nun der jungen Frau und ihrem Mann, einem Regisseur, nicht mehr von der Seite, treibt sich mit dem Rakiglas in der Hand in Filmbars und Bosporuskneipen

herum und will nicht einmal, dass die Frau überhaupt noch aus dem Haus geht. Vor wenigen Jahren haben wir in dieser Spalte noch über die grandiose Feier im Hilton berichtet, auf der sich unser junger Mann mit der reizenden Tochter eines Diplomaten im Ruhestand verlobt hatte. Nun heißt es, er habe diese Verlobung fahrlässig aufgelöst, um aus seiner hübschen Verwandten einen Filmstar zu machen. Wir möchten aber nicht mit ansehen, dass der verantwortungslose Schnösel nach der Diplomatentochter und Sorbonne-Absolventin nun auch noch der angehenden Schauspielerin F., die mit ihrer Schönheit besonders Schwerenötern den Kopf verdreht, die Zukunft verdirbt. Die Leser mögen mir also verzeihen, wenn ich mich bemüßigt fühle, unserem K. den folgenden Ratschlag zu geben: Mein lieber Herr, in unserer modernen Welt, in der die Amerikaner sogar auf den Mond fliegen, ist kein Platz mehr für »Kunstfilme«, in denen nicht geküsst werden darf! Sie müssen sich endlich entscheiden: Entweder Sie heiraten ein braves Landmädel mit Kopftuch und vergessen die Sache mit der westlichen Filmkunst, oder aber Sie verzichten darauf, ein Mädchen, das ein fremder Mann nicht einmal anschauen darf, zur Schauspielerin zu machen. Falls das überhaupt je Ihr Ziel war …

WN

Ich las den Artikel, als ich mit meiner Mutter beim Frühstück saß. Meine Mutter las jeden Tag zwei Zeitungen von vorne bis hinten, und insbesondere die Klatschnachrichten ließ sie sich nie entgehen. Als sie in die Küche ging, riss ich die Seite heraus, faltete sie zusammen und steckte sie ein. »Was hast du denn schon wieder?« fragte meine Mutter, als ich aus dem Haus ging. »Du machst so einen lustlosen Eindruck!« In der Firma versuchte ich mich so unbefangen wie möglich zu geben. Ich erzählte meiner Sekretärin Zeynep einen Witz, ging pfeifend über den Korridor und scherzte mit den älteren Angestellten, die von Tag zu Tag mürrischer dreinsahen und vor lauter Müßiggang die Kreuzworträtsel in *Akşam* lösten. Nach der Mittagspause merkte ich an den Mienen der Leute und an Zeyneps betulicher Art, dass bereits ganz Satsat auf dem laufenden war. Ich redete mir noch ein, dass ich mich vielleicht doch getäuscht hatte. Am frühen Nachmittag rief meine Mutter an, sie habe mich zum Mittagessen erwartet,

schade, dass ich nicht gekommen sei.«»Wie geht's dir denn so?« fragte sie, in etwas liebevollerem Tonfall als üblich. Da war mir sofort klar, dass ihr die Nachricht zu Ohren gekommen war. Sie hatte sich bestimmt die Zeitung besorgt und alles gelesen, hatte geweint (was man auch ihrer Stimme anhörte) und an der herausgerissenen Seite gemerkt, dass auch ich Bescheid wusste. »Die Welt ist voll schlechter Menschen«, sagte sie. »Du darfst dir nichts zu Herzen nehmen.«
»Ich verstehe gar nicht, was du meinst, Mama.«
»Ach nichts, mein Junge.«

Wenn ich ihr jetzt mein Herz ausgeschüttet hätte – wonach mir zumute war –, wäre sie zuerst voller Liebe und Verständnis gewesen, aber dann hätte sie bestimmt gefunden, dass ich mein Päckchen Schuld an der Sache trug, und hätte über die Geschichte mit Füsun Details wissen wollen. Vielleicht hätte sie auch weinend gesagt: »Bestimmt bist du verhext worden. Schau doch mal nach, ob nicht irgendwo im Haus, in der Reisdose oder in einem Einmachglas, oder im Büro in einer Schublade ein Liebesamulett versteckt ist, und wenn ja, dann verbrenn es auf der Stelle!« Es kränkte sie offensichtlich, dass ich mich ihr nicht anvertraut hatte. Andererseits brachte sie meiner Lage Achtung entgegen. Aber war das nicht gerade ein Anzeichen dafür, wie schlimm diese schon war?

Ich fragte mich, inwieweit die Leute diesem Artikel in der *Akşam* Glauben schenkten. Lachten sie schon über die Knallcharge des dämlichen Liebhabers, den ich da gab? Und wie sehr Füsun sich grämen musste, wenn sie das las! Nach dem Gespräch mit meiner Mutter hätte ich am liebsten Feridun angerufen und ihn gebeten, Füsun und ihre Eltern von der Lektüre des *Akşam* abzuhalten. Ich tat es aber doch nicht. Zum einen befürchtete ich, Feridun werde vielleicht gar nicht darauf eingehen. Vor allem aber: Mochte der Artikel auch noch so erniedrigend sein und mir die Rolle des Hanswursts zuweisen, irgendwie war ich doch froh darüber. Damals hätte ich mir das so nicht eingestanden, aber heute sehe ich es mit aller Deutlichkeit: Meine Beziehung zu Füsun, meine Nähe zu ihr – wie immer man es auch nennen wollte – hatte endlich Eingang in die Zeitungen gefunden und war damit in gewisser Weise von der Gesellschaft anerkannt worden! Alles, was in der Rubrik »Gesellschaftsnachrichten« erschien – und noch dazu, wenn es mit so scharfer Feder geschrieben war –, wurde danach monatelang beredet. So versuchte ich mir vorzustellen, dieser Klatsch sei der Anfang eines Prozesses, an dessen Ende ich eines nahen Tages Füsun heiraten und damit wieder ins gesellschaftliche Leben zurückkehren würde.

Diese tröstlichen Gedanken fasste ich aber nur aus meiner Verzweiflung heraus. Durch das Getratsche der Leute und falsche Meldungen war ich viel eher im Begriff, als ein ganz anderer Mensch dazustehen. Ich fühlte mich, als hätte ich nicht durch meine Leidenschaft und meine ureigenen Entscheidungen zu einem so seltsamen Leben gefunden, sondern als würde ich durch jenen Artikel aus der Gesellschaft ausgestoßen.

Das Kürzel WN unter dem Artikel bedeutete natürlich Weiße Nelke. Ich ärgerte mich über meine Mutter, die den Mann zur Verlobung eingeladen hatte, und auch über Tahir Tan, der vermutlich (»... wenn ein anderer sie küsst!«) der Zuträger der Informationen war. Wie sehr verlangte es mich danach, das alles mit Füsun zu besprechen, gemeinsam unsere Feinde zu verfluchen, Füsun zu trösten und von ihr getröstet werden! Ich wusste, was wir hätten tun sollen: Ostentativ gemeinsam in die Pelür-Bar gehen und die Leute herausfordernd anschauen. Am besten mit Feridun zusammen! Nur das hätte bewiesen, was für eine niederträchtige Lüge jene Meldung war, und es hätte nicht nur den besoffenen Filmleuten, sondern auch unseren Society-Freunden das Maul gestopft, das sie sich jetzt über uns zerrissen.

Ich schaffte es aber an dem bewussten Tag nicht einmal, zu den Keskins zu gehen. Ich war mir zwar sicher, dass Tante Nesibe sich bemühen würde, mir die Sache möglichst leicht zu machen, und Onkel Tarık wieder einmal so tun würde, als wisse er von gar nichts, doch was geschehen würde, wenn Füsun und ich uns in die Augen schauten, das war nicht vorherzusagen. Wahrscheinlich würden wir einander ansehen, was jener Artikel in uns angerichtet hatte. Das ängstigte mich. Und da wurde mir plötzlich klar: Ansehen würden wir uns vor allem, dass die Nachricht ja im Grunde genommen stimmte. Nun, ein paar Details waren tatsächlich falsch, denn weder hatte ich die Verlobung mit Sibel aufgelöst, um aus Füsun eine berühmte Filmschauspielerin zu machen, noch hatte ich das Drehbuch schreiben lassen. Aber das waren eben nur Details. Was die Zeitungsleser und überhaupt jeder begreifen würde, war eine ganz einfache Wahrheit: Durch das, was ich aus Liebe zu Füsun tat, hatte ich mich unsterblich blamiert. Ich wurde von jedermann verspottet und bestenfalls noch bemitleidet. In der überschaubaren Istanbuler Gesellschaft kannte zwar jeder jeden, und diese Menschen verfügten weder über große Vermögen und Firmen noch über hehre Prinzipien und Ideale, aber das machte meine Schande nicht geringer, sondern demonstrierte mir nur um so deutlicher, wie ungeschickt und dumm ich mich anstellte. Es war nur wenigen beschieden, in einem armen Land in eine reiche Familie hineingeboren zu werden, und ich hatte diese Möglichkeit, ein anständiges, glückliches Leben zu führen, törichterweise ausgeschlagen. Ich musste, um aus dieser Lage wieder herauszukommen, Füsun heiraten, mich geschäftlich wieder aufrappeln, viel Geld verdienen und danach eine triumphale Rückkehr in die Society feiern, doch wie sollte ich die Kraft aufbringen, um diesen Plan durchzuführen? Vor der Society graute es mir mittlerweile, und bei den Keskins würde nach Lektüre des Artikels die Atmosphäre auch nicht gerade förderlich sein.

So wie meine Liebe und meine Schande mich zugerichtet hatten, blieb mir nichts anderes übrig, als mich noch mehr in mich zurückzuziehen. Eine Woche lang ging ich jeden Abend allein in Kinos wie das Konak, das Site und das Kent und sah mir amerikanische Filme an. Insbesondere in eher desolaten Weltgegenden wie der unseren haben Filme nicht etwa die Tristesse der Realität getreulich abzubilden, sondern eine neue Welt zu erschaffen, die uns ablenkt und erfreut. Wenn ich im Kino saß und vor allem, wenn ich mich in die Filmhelden so richtig hineinversetzen konnte, kam es mir doch so vor, als ob ich meine Leiden übertrieben hätte. Vielleicht hatte ich diesem armseligen Artikel zuviel Bedeutung beigemessen. Es wussten ja gar nicht so viele Leute, dass mit dem Verspotteten ich gemeint war, und bald würde sowieso Gras über die Sache wachsen. Schwerer fiel es mir, mich von dem Drang zu befreien, die Unwahrheiten in dem Artikel richtigstellen zu wollen, denn wenn ich daran dachte, wurde ich schwach und stellte mir vor, wie manche Leute mit gespieltem Bedauern andere in Kenntnis setzten und dabei die Geschichte mit eigenen

Übertreibungen und Lügen noch weiter anreicherten. Jeder würde auch bereitwillig alles glauben, etwa dass ich mich tatsächlich von Sibel entlobt hätte, um aus Füsun einen Star zu machen. Ich warf mir bitter vor, mich so zum Gespött gemacht zu haben, und begann an einige der Lügen schon selbst zu glauben.

Am meisten traf mich, dass ich gesagt haben sollte, ich könne es nicht ertragen, wenn ein anderer Mann Füsun küsse. Wenn ich in schlechter Stimmung war, dachte ich immer, darüber würde am meisten gelacht, und hätte das liebend gerne korrigiert. Das mit dem Küssen klang plausibel, denn trotz meines ganzen europäischen Gehabes war ich jemand, der einen solchen Satz einmal hätte sagen können, und es konnte gut sein, dass ich, betrunken oder im Scherz, es Füsun gegenüber tatsächlich einmal getan hatte. Denn wenn es auch für die Kunst war: Dass Füsun einen anderen küsste, kam für mich nicht in Frage.

64
Brand auf dem Bosporus

In der Nacht zum 15. November 1979 wurden meine Mutter und ich gegen Morgen durch eine gewaltige Explosion aus dem Schlaf geschreckt. Wir sprangen aus unseren Betten und umarmten uns draußen im Gang. Das ganze Haus war durchgerüttelt worden wie bei einem heftigen Erdbeben. Wir dachten noch, es müsse bei uns in der Teşvikiye-Straße eine der vielen Bomben explodiert sein, die tagtäglich in Kaffeehäuser und Buchhandlungen geworfen wurden, als wir am anderen Bosporusufer, in Üsküdar, Flammen hochlodern sahen. Eine Weile sahen wir zu dem weit entfernten Brand hinüber, der den Himmel rötete, dann legten wir uns wieder ins Bett, denn an Gewalt und Bomben waren wir ja gewöhnt.

Am nächsten Tag erfuhren wir, dass vor Haydarpaşa ein rumänischer Öltanker mit einem kleinen griechischen Schiff zusammengestoßen war und die Ölladung sich in den Bosporus ergossen hatte und explodiert war. Die Zeitungen druckten eilig Sonderausgaben, die Leute sprachen über nichts anderes als über den brennenden Bosporus und deuteten immer wieder auf die dichten Rauchwolken, die über Istanbul hingen wie ein schwarzer Regenschirm. Zusammen mit den ältlichen Angestellten und den resignierten Abteilungsleitern bei Satsat fühlte ich den ganzen Tag über, wie der Brand in mir arbeitete, und ich dachte mir, das sei eine gute Gelegenheit, um am Abend wieder einmal zu den Keskins zu gehen. Ich würde bei Tisch das heikle Klatschthema einfach übergehen und andauernd von dem Brand reden können. Es ging mir aber wie allen Istanbulern, und der Brand vermengte sich in meinem Kopf mit den anderen Malaisen, mit den politischen Morden, der gewaltigen Inflation, den Schlangen vor den Geschäften, dem ganzen armseligen Zustand des Landes, und er wurde geradezu zum Symbol dafür. Als ich in den Sonderausgaben die Meldungen über den Brand las, hatte ich das Gefühl, mir sei eine ganz persönliche Katastrophe widerfahren und der Brand gehe mir deshalb so nahe.

Am Abend ging ich nach Beyoğlu hinauf, spazierte durch die ganze Istiklal-Straße und wunderte mich, wie leer sie war. Vor den großen Kinos wie dem Saray oder dem Fitaş, wo drittklassige Sexfilme liefen, standen ein paar verlegene Männer herum, doch ansonsten war niemand unterwegs. Am Galatasaray-Platz kam mir in den Sinn, dass ich ganz nahe an Füsuns Haus war. Die Keskins konnten ja, wie an manchen Sommerabenden, auf ein Eis nach Beyoğlu heraufgekommen sein. Ich konnte ihnen also begegnen. Aber ich sah weder irgendwo eine Frau noch eine ganze Familie. Bei der Tunnelbahn angekommen, fürchtete ich, auf dem Rückweg wieder in gefährliche Nähe der Keskins zu kommen, und ging lieber geradeaus weiter. Ich kam am Galata-Turm vorbei und ging die Yüksekkaldırım-Straße hinunter. An der Kreuzung zu der Straße mit den Bordellen standen wieder Männer herum. Auch sie sahen wie jeder zum rötlichen Schein der dunklen Rauchwolken hinauf.

Zusammen mit vielen anderen überquerte ich die Galata-Brücke und schlug dann wie von selbst und wie die anderen auch den Weg zum Gülhane-Park ein. Die Laternen dort waren wie die meisten Straßenlaternen in Istanbul entweder eingeworfen worden oder sie brannten wegen eines Stromausfalls nicht, aber nicht nur der große Park, der einmal der Garten des Topkapı-Palasts gewesen war, auch die Einfahrt in den Bosporus, Üsküdar, Salacak und der Leander-Turm: alles war von den Flammen taghell erleuchtet. Es war eine ungeheure Menge von Schaulustigen versammelt, und das Licht im Park kam nicht nur direkt von den Flammen, sondern wurde auch von den Wolken zurückgeworfen, so dass fast eine gemütliche Wohnzimmeratmosphäre entstand, die die Menschen entspannter und glücklicher wirken ließ, als sie waren. Vielleicht aber waren die Leute einfach von dem Schauspiel fasziniert. Aus allen Teilen der Stadt waren sie mit Autos, Bussen oder zu Fuß herbeigeströmt, reich oder arm, Neugierige, Besessene gar. Alte Frauen mit Kopftüchern, junge Mütter, die sich an ihren Gatten schmiegten und das Kind auf dem Schoß in den Schlaf wiegten, wie verzaubert starrende Arbeitslose, herumlaufende Kinder, Menschen, die in ihren Autos oder Lastwagen sitzen blieben und den Brand betrachteten und dazu Musik hörten. Von überall her waren Straßenverkäufer gekommen, die Simits, Helva, Muschelreis, Hammelleber, Lahmacun oder Tee feilboten. Um die Atatürk-Statue herum hatten Köfte- und Wurstverkäufer die Holzkohlenöfen in ihren Wägelchen angeworfen, und es roch angenehm nach gegrilltem Fleisch. Mit den Kindern, die lautstark Ayran und Limonade feilboten, wurde der Park vollends zum Marktplatz. Ich kaufte mir einen Tee, setzte mich auf ein frei werdendes Plätzchen auf einer Bank und starrte neben einem zahnlosen Alten glücklich in die Flammen.

Eine Woche lang, bis der Brand nachließ, kam ich jeden Abend in den Park. Manchmal, wenn die Flammen schon ziemlich zusammengesunken waren, schossen sie plötzlich wellenartig wieder hoch, und über die Gesichter der erschreckt oder verwundert blickenden Schaulustigen fuhren dann rötlich-gelbe Schatten, und nicht nur die Bosporuseinfahrt, auch der Bahnhof Haydarpaşa, die Selimiye-Kaserne und die Bucht von Kadıköy erstrahlten in orangenem oder sternfarbenem Licht. Die Leute waren so verzaubert, dass sie sich kaum regten. Dann hörte man eine Explosion, und die Flammen sanken wieder herab, woraufhin die Menschen sich entspannten und wieder zu reden und essen begannen.

Eines Abends begegnete ich in der Menge Nurcihan und Mehmet, aber ich machte mich davon, bevor sie mich bemerkten. Dagegen hätte ich gerne Füsun und ihre Eltern getroffen, und als ich einmal den Schatten einer dreiköpfigen Familie für den ihrigen hielt, wurde mir klar, dass ich mich vielleicht nur deshalb täglich unter die Menge mischte. Mein Herz schlug rasend schnell, wie im Sommer 1975 – vier Jahre waren seither vergangen –, wenn ich jemanden mit Füsun verwechselte. Ich dachte mir die Keskins als eine Familie, die aus tiefem Herzen empfand, dass Katastrophen uns nur enger aneinanderschmiedeten. Noch bevor der Brand des rumänischen Tankers verlosch, musste ich zu ihnen gehen, das Gemeinschaftserlebnis um dieses tragische Geschehen mit ihnen teilen und vergangenes Ungemach vergessen. Konnte nicht der Brand meinem Leben eine Wende geben?

Als ich eines Abends im Park ganz in solchen Träumen befangen nach einem Sitzplatz suchte, traf ich Tayfun und Figen. Da wir direkt aufeinander zuliefen, konnte ich ihnen nicht ausweichen. Sie spielten in keiner Weise auf jene Klatschgeschichte an und schienen nicht einmal darüber Bescheid zu wissen, und darüber war ich so erfreut, dass ich nach dem Verlassen des Parks – die Flammen verloschen nun endgültig – zu den beiden ins Auto stieg und nach Taksim fuhr, wo wir bis in den Morgen hinein tranken.

Am nächsten Tag, einem Sonntag, ging ich wieder zu den Keskins. Ich war bis Mittag im Bett geblieben und hatte dann mit meiner Mutter gegessen. Am Abend war ich ganz aufgekratzt, richtig glücklich. Aber kaum sah ich Füsun, da war es mit meinen Illusionen schon wieder vorbei: Sie war missmutig, mürrisch.

»Na, Kemal, auch mal wieder da?« sagte sie im Ton der selbstsicheren Dame, als die sie sich wohl sehen wollte, dabei merkte man ihr an, dass sie an diese Rolle selbst nicht glaubte.

»Tja«, erwiderte ich dreist, »in der Firma nichts als Arbeit, da konnte ich eben nicht früher.«

Wenn in türkischen Filmen Protagonist und Protagonistin einander näherkommen, dann wird das – um es auch dem zerstreutesten Zuschauer zu vermitteln – gerne dadurch unterstrichen, dass eine mütterliche Frau einen gerührten Blick auf die beiden wirft. So also sah nun Tante Nesibe Füsun und mich an. Dann aber wandte sie den Blick schnell ab, und ich ahnte, dass es auf den Zeitungsartikel hin im

Hause Keskin zu erheblichen Verstimmungen gekommen war und Füsun wie damals nach der Verlobung tagelang geweint haben musste.
»Bring doch unserem Gast seinen Raki, Füsun«, sagte Onkel Tarık.

Ich hatte den Mann stets geachtet, weil er mich drei Jahre lang scheinbar ohne jeden Hintergedanken wie einen Verwandten empfangen hatte, der eben abends mal zu Besuch kommt. Dass er nun aber dem Kummer seiner Tochter, meiner Hilflosigkeit und überhaupt der ganzen Misslichkeit, in die das Leben uns hineinmanövriert hatte, so völlig ungerührt gegenüberstand, das nahm ich ihm übel. Damals wollte ich mir den Verdacht noch nicht recht eingestehen, doch Onkel Tarık ahnte höchstwahrscheinlich, warum ich wirklich in sein Haus kam; aber unter dem Druck seiner Frau war er zu dem Schluss gekommen, dass es für die Familie das beste war, sich ahnungslos zu stellen.

»Ja, Füsun«, sagte ich in ähnlich künstlichem Ton wie ihr Vater, »gib mir wie üblich meinen Raki, damit ich das Glück empfinden kann, wieder zu Hause zu sein.«

Selbst heute könnte ich noch nicht sagen, warum ich das damals so formulierte und was ich eigentlich meinte. Ich musste wohl meiner Verzweiflung irgendwie Ausdruck verleihen. Füsun jedenfalls hatte das Gefühl verstanden, das hinter meinen Worten steckte, und einen Augenblick meinte ich schon, sie würde anfangen zu weinen. Ich sah den Kanarienvogel in seinem Käfig. Mir kam unsere Vergangenheit in den Sinn, mein Leben, der Lauf der Zeit.

Es waren dies die schwärzesten Momente jener Jahre. Es wurde nichts aus Füsuns Schauspielkarriere, und ich kam nicht näher an meine Schöne heran. In dieser blockierten Situation wurden wir auch noch öffentlich durch den Schmutz gezogen. So wie ich an manchen Abenden nicht aus dem Sessel herauskam, konnten wir uns nun aus dieser Lage nicht befreien. Und solange ich vier-, fünfmal pro Woche zu Füsun ging, konnten weder ich noch sie uns ein neues Leben aufbauen.

Als wir an jenem Tag mit dem Abendessen fast fertig waren, fragte ich gewohnheitsmäßig, aber doch in grundehrlicher Absicht: »Wie weit bist du denn mit dem Bild der Türkentaube, das habe ich schon lang nicht mehr gesehen und bin ganz neugierig.«

»Mit der Türkentaube bin ich schon lange fertig«, sagte Füsun.

»Feridun hat eine schöne Schwalbe fotografiert, bei der bin ich gerade.«

»Die Schwalbe wird am allerschönsten«, warf Tante Nesibe ein.

Wir gingen ins Hinterzimmer. Füsun ließ ihre Vögel immer auf irgendeinem Vorsprung des Hauses sitzen, einem Schornstein, Fensterbrett oder Balkongitter, und die zierliche Schwalbe nun thronte, nicht ungeschickt plaziert, auf dem Erker des Wohnzimmers. Im Hintergrund sah man, in etwas kindlich geratener Perspektive, das Kopfsteinpflaster der steilen Çukurcuma-Straße.

»Ich bin stolz auf dich«, sagte ich. Wenn das auch nicht gelogen war, hatte ich doch etwas Resigniertes in der Stimme. »Ganz Paris muss diese Bilder einmal sehen!« Gerne hätte ich auch wieder gesagt: Ich liebe dich so sehr und habe dich wahnsinnig vermisst! Fern von dir zu sein hat so weh getan, und bei dir zu sein ist derartiges Glück!, aber die Unzulänglichkeit in der Welt des Bildes war auch zu einer Unzulänglichkeit in unserer Welt geworden, wie ich beim Betrachten des naiven Schwalbenbilds kummervoll merkte.

»Sehr schön ist es geworden«, betonte ich und fühlte dabei einen inneren Schmerz.

Wenn ich nun sage, das Bild habe etwas von unter englischem Einfluss gemalten indischen Miniaturen an sich gehabt, von japanischen und chinesischen Vogelbildern, von der Präzision eines Audubon oder von den Bildern der Vogelserie, die in den Päckchen mit Schokoladenwaffeln steckte, so mag doch berücksichtigt werden, wie verliebt ich damals war.

Ich sah mir auch an, was Füsun auf ihren Bildern jeweils für einen Hintergrund malte, Häuser und Schornsteine, und wurde ganz wehmütig. Wir liebten diese Welt so sehr, wir gehörten zu ihr, und deshalb waren wir auch der Naivität dieser Bilder verhaftet geblieben.

»Mal doch die Häuser im Hintergrund mal etwas bunter«, schlug ich vor.

»Ach, ist doch nur Zeitvertreib.«

Sie stellte das Bild in eine Ecke. Ich sah noch eine Weile auf die verlockenden Malutensilien, die Pinsel, Malkästen, Flaschen und die farbverschmierten Tuchfetzen. Alles machte einen ebenso ordentlichen Eindruck wie die Vogelbilder selbst. Daneben lagen Tante Nesibes Nähsachen. Ich nahm einen bunten Porzellanfingerhut und den Pastellstift an mich, mit dem Füsun gerade noch nervös herumgespielt hatte.

Die dunklen Monate ab November 1979 waren überhaupt die Zeit, in der ich bei den Keskins die meisten Gegenstände mitgehen ließ. Diese waren mir ja nicht nur Zeugen eines bestimmten Augenblicks, sondern gewissermaßen Teile davon. Als Beispiel dafür sollen die im Museum der Unschuld ausgestellten Streichholzschachteln gelten. Jede einzelne von ihnen wurde von Füsuns Hand berührt und trägt Spuren von ihrem Geruch und einem unbestimmten Rosenwasserduft. Wenn ich später im Merhamet Apartmanı eine dieser Schachteln in die Hand nahm, erlebte ich das Gefühl wieder, mit Füsun an einem Tisch zu sitzen und einen Blick von ihr zu erhaschen. Während ich aber bei den Keskins die Streichholzschachtel vom Tisch nahm und wie zufällig in die Tasche gleiten ließ, verspürte ich noch ein anderes Glück: Es war die Seligkeit, von jemandem, den man verzweifelt liebt, aber nicht bekommen kann, ein winzig kleines Stückchen an sich zu reißen. Gemeint ist natürlich indirekt ein Stück vom vergötterten Leib des geliebten Menschen. Es war aber so bei mir, dass innerhalb von drei Jahren Füsuns Eltern, ihr Esstisch, der Ofen, der Kohleeimer, die Porzellanhunde auf dem Fernseher, die Flacons mit Kölnisch Wasser, die Zigaretten, die Rakigläser, die Zuckerstreuer, einfach alles in dem Haus in Çukurcuma allmählich zu einem Teil des Bildes wurden, das ich mir von meiner Füsun machte. Fast ebenso wichtig wie die Tatsache, vier-, fünfmal pro Woche Füsun zu sehen, war mir das Triumphgefühl, im Haus der Keskins – also aus Füsuns Leben – jedesmal drei oder vier, manchmal auch sechs bis sieben oder – in den schlimmsten Zeiten – zwischen zehn und fünfzehn Gegenstände an mich zu nehmen (»stehlen« wäre das falsche Wort). Etwas in die Tasche gleiten zu lassen, das mit Füsun zu tun hatte, etwa einen Salzstreuer, den sie beim Fernsehen gedankenlos in der Hand herumgedreht hatte, und dann – während ich mich unterhielt und meinen Raki trank – zu wissen, dass der Salzstreuer nun mir gehörte, verschaffte mir ein solches Glück, dass ich am Ende des Abends fast mühelos aus meinem Sessel aufstehen konnte. Durch jene Gegenstände konnten meine Aufstehkrisen ab dem Sommer 1979 gemildert werden.

Nicht nur für Füsun, auch für mich war dies die schwierigste Zeit. Als mich Jahre später das Leben mit obsessiven und unglücklichen Istanbuler Sammlern zusammenbrachte und ich mir vorzustellen versuchte, was diese Brüder im Geiste empfunden hatten, als sie ihre Gemälde oder Limoverschlüsse sammelten, und was jedes einzelne neue Stück für sie bedeutete, erinnerte ich mich an meine eigenen Gefühle im Haus der Keskins.

65
Die Hunde

Als ich, lange nach den hier geschilderten Geschehnissen, Mitte der neunziger Jahre in Peru, Indien, Deutschland, Ägypten und zahlreichen anderen Ländern unterwegs war, um möglichst viele Museen dieser Welt zu besuchen, sah ich mir tagsüber liebevoll zusammengestellte Sammlungen und Tausende und Abertausende von seltsamen kleinen Gegenständen an, trank danach ein paar Gläser und ging abends stundenlang in den Straßen herum. Ich sah in Lima, Kalkutta, Hamburg oder Kairo und vielen anderen Städten durch offene Fenster und halb zugezogene Vorhänge, wie Familien beim Abendessen vor dem Fernseher saßen, wie sie redeten und lachten, und manchmal ließ ich mich auch unter irgendeinem Vorwand in ein Haus hineinbitten oder gar mit dem Hausherrn zusammen fotografieren. So kam ich zu der Einsicht, dass in der überwiegenden Mehrheit der Haushalte dieser Welt auf dem Fernseher ein Porzellanhund steht. Was mochte wohl Millionen von Familien gerade zu dieser Kombination veranlassen?

In kleinerem Maßstab hatte ich mir diese Frage zum erstenmal bei den Keskins gestellt. Schon in ihrer alten Wohnung in Nişantaşı war mir so ein Hund aufgefallen, und später erfuhr ich, dass er früher, als sie noch keinen Fernseher hatten, auf dem Radio stand, vor dem sie sich abends immer versammelt hatten. Wie ich es später in Täbris und Teheran, in Balkanstädten, in Lahore, Bombay und anderswo sehen sollte, war auch bei den Keskins zwischen dem Fernsehapparat und dem Porzellanhund ein Häkeldeckchen ausgebreitet. Neben dem Hund stand auch manchmal eine Vase oder eine Meeresmuschel (Füsun hielt mir einmal lächelnd so eine Muschel ans Ohr und ließ mich das Meeresrauschen darin hören), oder er wurde an eine Zigarettendose gelehnt und sollte sie bewachen. Der Kopf des Hundes war meist auf den Aschenbecher oder die Zigarettendose ausgerichtet. Ich dachte zunächst, diese sinnige Anordnung, die einem den Eindruck vermittelte, der Hund wackle mit dem Kopf oder springe den Aschenbecher an, sei Tante Nesibes Werk, doch im Dezember 1979 sah ich eines Abends zu meiner Verwunderung, dass Füsun den Hundekopf zurechtrückte. Es war eher eine Verlegenheitsgeste, als wir gerade am Tisch auf das Essen warteten und den Hund und selbst den Fernseher gar nicht beachteten. Warum aber stellte man überhaupt einen Hund dorthin? Später gesellte sich ein zweiter Hund dazu, als Stütze für die Zigarettendose, und einmal kamen zwei tatsächlich mit dem Kopf wackelnde Plastikhunde, wie sie damals auf der hinteren Ablage zahlloser Taxis zu sehen waren, doch die beiden waren schnell wieder weg. Der rasche Wechsel der Hunde, über die kaum einmal gesprochen wurde, hatte damit zu tun, dass mein Interesse an den Gegenständen im Haushalt der Keskins immer offener zutage trat. Tante Nesibe und Füsun wussten oder ahnten zumindest, dass ich es war, der die Hunde vom Fernseher wegstahl.

Eigentlich wollte ich weder meine Sammlung noch meinen Sammelwahn mit irgend jemandem teilen, sondern ich schämte mich eher dafür. Hatte ich zunächst nur kleinere Gegenstände wie Streichholzschachteln, Zigarettenkippen, Salzstreuer, Mokkatassen und Haarspangen mitgenommen, so ging ich nun zu auffälligeren Dingen wie Aschenbechern, Gläsern und Pantoffeln über, die ich jedoch nach Möglichkeit ersetzte.

»Neulich haben wir doch über den Hund gesprochen, der auf dem Fernseher stand. Also, der war bei mir, und Fatma hat beim Putzen nicht aufgepasst und ihn fallen lassen. Dafür habe ich jetzt den da mitgebracht, Tante Nesibe! Ich habe ihn auf dem Ägyptischen Markt gesehen, als ich gerade Futter für Limon kaufte.«

»Ach, ist der schön mit seinen schwarzen Ohren! Ein richtiger Straßenhund! Na, du Kleiner, setz dich da hin und pass auf uns auf!«

Und sie stellte den Hund auf den Fernscher. Wie das regelmäßige Ticken der Wanduhr übten manche dieser Hunde durch die Art, in der sie dasaßen, eine beruhigende Wirkung auf uns aus. Einige sahen bedrohlich oder rundweg hässlich aus, aber sie ließen uns doch spüren, dass wir uns an einem von Hunden bewachten, geschützten Ort befanden, während im Viertel immer wieder Schüsse ertönten und die ganze Außenwelt uns gefährlich erschien. Der Hund mit den schwarzen Ohren jedenfalls war mir von den Dutzenden Exemplaren, die sich im Lauf der acht Jahre abwechselten, mit Abstand der liebste.

Dann kam der Militärputsch vom 12. September 1980. Ich war am Morgen als erster aufgestanden und hatte mit einem Blick auf die völlig leere Teşvikiye-Straße sofort begriffen, dass es wieder einmal zu einem Putsch gekommen war, wie es seit meiner Kindheit alle zehn Jahre passierte. Hin und wieder fuhr ein Militärfahrzeug voller singender Soldaten durch die Straße. Ich machte den Fernseher an, sah dort Bilder von Paraden und Fahnenzeremonien, und nach der Rede der Generäle, die die Macht übernommen hatten, ging ich auf den Balkon hinaus. Es gefiel mir, wie still es auf der Teşvikiye-Straße und in der ganzen Stadt war, so dass man das Rauschen der Kastanien im Moscheehof hörte. Fünf Jahre zuvor hatte ich nach unserer Sommerabschlussparty mit Sibel zur gleichen Uhrzeit auf dem Balkon gestanden und den gleichen Ausblick vor mir gehabt.

»Gott sei Dank, wir waren ja am Rande einer Katastrophe«, sagte meine Mutter, als wir später vor dem Fernseher saßen, in dem ein schnauzbärtiger Barde Heldenlieder vortrug. »Aber warum bringen sie jetzt ausgerechnet diesen grobschlächtigen Kerl da im Fernsehen! Bekri kann heute bestimmt nicht kommen. Fatma, koch du uns was! Was haben wir noch im Kühlschrank?«

Für den ganzen Tag galt totale Ausgangssperre. Wir sahen ab und an einen Militärlastwagen durch die Straße brausen und vermuteten, es würden wohl wieder Politiker, Journalisten und andere Menschen aus ihren Häusern geholt, und dankbar dachten wir daran, dass wir uns in politische Dinge nie eingemischt hatten. Sämtliche Zeitungen druckten Sonderausgaben, in denen der Putsch freudig begrüßt wurde. Ich saß den ganzen Tag mit meiner Mutter zusammen, sah immer wieder die Ansprache der Putschgeneräle und diverse Atatürk-Bilder im Fernsehen, las Zeitung und sah auf die Straßen hinaus, die so schön leer waren. Ich fragte mich, wie es wohl in Çukurcuma zuging, denn Gerüchten zufolge wurde wie beim letzten Staatsstreich 1971 in manchen Vierteln wieder Haus um Haus durchsucht. »Endlich können wir wieder in Ruhe auf die Straße gehen!« sagte meine Mutter. Da aber von jenem Tag abends ab zehn Uhr Ausgangssperre herrschte, vergällte mir der Militärputsch meine Abendessen bei Füsun.

Abend für Abend hielten die Putschgeneräle im Fernsehen nicht nur den Politikern, sondern der ganzen Nation vor, wie schlecht sie sich in letzter Zeit betragen habe. Eine ganze Reihe von Leuten, die sich terroristischer Aktivitäten schuldig gemacht hatten, wurden zur Abschreckung kurzerhand hingerichtet. Wenn wir solche Nachrichten im Fernsehen verfolgten, war es immer ganz still am Tisch der Keskins. Ich fühlte mich Füsun irgendwie näher als sonst, als gehörte ich jetzt noch mehr zur Familie. Unterdessen wurden nicht nur Politiker und oppositionelle Intellektuelle ins Gefängnis geworfen, sondern auch Betrüger, Verkehrssünder, Graffitischreiber, Bordellbesitzer, Produzenten und Vertreiber von Sexfilmen und Verkäufer von geschmuggelten Zigaretten. Zwar ging es nicht zu wie beim letzten Putsch, wo etwa bärtige Hippie-Typen auf den Straßen festgenommen und geschoren wurden, aber man jagte zum Beispiel reihenweise Universitätsprofessoren aus ihren Ämtern. Die Pelür-Bar war verwaist. Ich wiederum versuchte nach dem Putsch, ein wenig Ordnung in mein Leben zu bringen, weniger zu trinken, mich nicht mehr um der Liebe willen so bloßzustellen und meiner Sammelei ein wenig Einhalt zu gebieten.

Etwa zwei Monate nach dem Putsch stand ich einmal vor dem Abendessen mit Tante Nesibe in der Küche. Um Füsun länger zu sehen, ging ich jetzt abends früher zu den Keskins.

»Pass mal auf, Kemal«, sagte Tante Nesibe, »der Hund auf dem Fernseher, der mit den schwarzen Ohren, den du uns gebracht hast, der ist plötzlich weg. Wir hatten uns so an ihn gewöhnt, da fällt das natürlich auf. Ich weiß ja nicht, wie das passiert ist, vielleicht ist er ja von selber weggelaufen.« Sie stieß ein kurzes Lachen aus, aber als sie meine trübe Miene sah, wurde sie gleich wieder ernst. »Was sollen wir

jetzt machen?« fragte sie. »Dein Onkel hat schon gefragt, was mit dem Hund los ist.«
»Ich lasse mir etwas einfallen.«
Den ganzen Abend über brachte ich den Mund nicht mehr auf. Trotz meiner Schweigsamkeit – oder gerade deswegen – schaffte ich es dann wieder einmal nicht, aufzustehen. Als es schon sehr auf die Zeit der Ausgangssperre zuging, wurde ich von einer so heftigen »Aufsteh-Krise« erfasst, dass wohl auch Füsun und Tante Nesibe es merkten. Tante Nesibe musste ein paarmal sagen: »Es wird aber höchste Zeit jetzt!« Erst um fünf nach zehn kam ich endlich aus dem Haus.
Zum Glück wurden wir auf dem Rückweg nicht angehalten. Zu Hause sinnierte ich lange darüber nach, was die Hunde auf dem Fernseher für eine Bedeutung hatten und warum ich zuerst einen mitbrachte und ihn dann wieder wegnahm. Die Keskins hatten das Fehlen des Hundes erst nach acht Monaten und meiner Ansicht nach auch erst wegen der putschbedingten Rückbesinnung auf Ordnung bemerkt, und doch war Tante Nesibe der Meinung, ihr sei die Sache sofort aufgefallen. Die auf dem Häkeldeckchen schlafenden oder sitzenden Hunde waren ja ein Relikt aus der Zeit, als man noch gemeinsam Radio hörte. Man starrte damals den Radioapparat an, und da brauchte das Auge etwas, an dem es sich festsehen konnte. Als die Radios beiseite geschafft wurden und man alles auf den Fernseher ausrichtete, bekamen dort auch die Hunde ihren Platz. Da man aber nunmehr auf den Bildschirm blickte, nahm niemand die Tiere mehr wahr. Und ich konnte sie nach Herzenslust wegstehlen.
Zwei Tage nach jenem Abend brachte ich den Keskins zwei Porzellanhunde mit.
»Die habe ich heute in Beyoğlu im Japanischen Markt gesehen. Sind sie nicht wie geschaffen für unseren Fernseher?«
»Die sind ja wirklich süß«, sagte Tante Nesibe. »Aber das hätte es doch nicht gebraucht, Kemal!«
»Mir hat es um den Kerl mit den schwarzen Ohren leid getan«, sagte ich. »Und zuvor hat mir schon leid getan, dass er auf dem Fernseher immer so einsam war. Und als ich gesehen habe, wie schön die beiden da harmonieren, habe ich mir gedacht, dann haben wir auf dem Fernseher mal zwei glückliche Hunde.«

»Es hat dich tatsächlich betrübt, dass der Hund allein war?« fragte Tante Nesibe. »Du bist doch ein ganz eigenartiger Mensch. Aber deswegen mögen wir dich ja auch so.«

Füsun lächelte mich an.

»Mir tun eben Dinge leid, die überhaupt nicht beachtet werden«, sagte ich. »Die Chinesen glauben angeblich daran, dass die Dinge eine Seele haben.«

»Bevor die Türken aus Zentralasien gekommen sind, hatten sie engen Kontakt zu den Chinesen, darüber kam neulich was im Fernsehen«, sagte Tante Nesibe. »Du warst nicht da an dem Abend, wie hieß noch mal die Sendung, Füsun? Schön hast du die Hunde hingestellt! Aber sollen sie sich jetzt gegenseitig anschauen oder lieber uns?«

»Der linke soll zu uns gewandt sein und der andere seinen Freund anschauen«, sagte da Onkel Tarık.

Manchmal mischte er sich unvermutet ins Gespräch ein, wenn wir dachten, er habe überhaupt nicht zugehört, und dann merkten wir oft, dass er etwas besser durchdacht hatte als wir.

»Dann haben sie untereinander eine Beziehung und langweilen sich nicht, und zugleich gehören sie doch zur Familie.«

Wenn es mich auch sehr in den Fingern juckte, wagte ich mich über ein Jahr lang nicht an die beiden Hunde heran. Als ich sie 1982 endlich entführte, war es schon so, dass ich für entwendete Dinge irgendwo ein wenig Geld zurückließ oder den betreffenden Gegenstand durch einen neuen, teureren ersetzte. So tauchten auf dem Fernseher zeitweilig Kuriositäten auf wie der Hund, der zugleich als Nadelbüchse diente, oder das Maßband, das auch als Hund zu verwenden war.

66
Was ist das eigentlich?

Als ich vier Monate nach dem Putsch eines Abends etwa eine Viertelstunde vor der Ausgangssperre mit Çetin unterwegs nach Hause war, wurden wir in der Sıraselviler-Straße von einer Militärpatrouille angehalten. Ich saß bequem auf die Rückbank gefläzt, denn ich hatte mir nichts vorzuwerfen. Als aber der Soldat, der sich meinen Personalausweis geben ließ, einen Blick ins Auto warf und die neben mir liegende Quittenreibe sah, wurde ich etwas unruhig.

Ich hatte die Reibe kurz zuvor bei den Keskins in gewohnter Manier unbemerkt eingesteckt. Das stimmte mich so fröhlich, dass ich mühelos früh aus dem Haus gehen konnte, und wie ein Jäger, der die gerade erlegte Schnepfe jederzeit vor Augen haben will, hatte ich die Reibe aus der Manteltasche genommen und neben mir auf den Sitz gelegt.

Als ich bei den Keskins angekommen war, hatte ich sofort gemerkt, dass es nach Quittengelee duftete. Im Gespräch erwähnte Tante Nesibe dann, sie habe am Nachmittag zusammen mit Füsun Quitten eingekocht, und ich stellte mir vor, wie die beiden sich dabei lebhaft unterhalten hatten und Füsun, während ihre Mutter mit etwas anderem beschäftigt war, mit einem Holzlöffel in der zähen Masse gerührt hatte.

Manche Fahrer durften gleich nach der Ausweiskontrolle weiterfahren, andere mussten aussteigen und wurden gründlich durchsucht, so auch wir.

Çetin und ich stiegen aus. Unsere Ausweise wurden genauestens geprüft, und dann mussten wir wie im Film die Arme ausgestreckt auf den Chevrolet legen. Zwei Soldaten filzten das ganze Auto. Ich kann mich noch erinnern, dass der Gehsteig auf der zwischen hohe Häuser eingezwängten Sıraselviler-Straße nass war und uns aus vorbeifahrenden Autos neugierige Blicke zugeworfen wurden. Passanten waren so kurz vor der Ausgangssperre schon keine mehr unterwegs. Wir standen nicht weit von dem berühmt-berüchtigten Bordell Sechsundsechzig (nach der Hausnummer), das fast unsere ganze Abiturienten-

klasse besucht hatte und das auch Mehmet nur allzugut kannte. In keinem der Fenster brannte ein Licht.
»Wem gehört denn das da?« fragte einer der Soldaten.
»Mir.«
»Und was ist das?«
Da merkte ich plötzlich, dass es mir unmöglich sein würde, ganz einfach zu sagen, das sei eine Quittenreibe. Mir war, als würden die Soldaten sonst auf der Stelle merken, dass ich seit Jahren eine Familie aufsuchte, weil ich in die verheiratete Tochter des Hauses unsterblich verliebt war, dass meine Lage somit grotesk und hoffnungslos war und ich ein höchst seltsamer, ja böser Mensch. Zwar war mein Kopf ganz betäubt von dem vielen Raki, weil Onkel Tarık und ich uns reichlich zugeprostet hatten, aber ich glaube auch heute noch nicht, dass ich deshalb die Situation falsch einschätzte. Die Quittenreibe hatte gerade noch in der Küche der Keskins gelegen, und dass sie nun jener vermutlich aus Trabzon stammende, eigentlich gutmütige Soldat in der Hand hielt, befremdete mich, aber die Sache ging irgendwie noch tiefer und hatte mit dem Menschsein als solchem zu tun.
»Gehört das da Ihnen?«
»Ja.«
»Was ist das eigentlich?«
Ich brachte wieder nichts heraus. Ich wurde von einer verzagten Starre erfasst, die meinen Aufsteh-Krisen ähnelte, und am liebsten wäre es mir gewesen, wenn der Soldat mich verstanden hätte, ohne dass ich meine Schuld zugeben musste, aber das ging nun mal nicht.
In der Grundschule hatte ich einen merkwürdigen, etwas beschränkten Schulkameraden gehabt. Wenn der Lehrer ihn an die Tafel rief und ihn fragte, ob er seine Rechenhausaufgabe gemacht habe, hüllte er sich immer in Schweigen, sagte weder ja noch nein und trat nur so lange von einem Bein auf das andere, bis der Lehrer vor Wut ganz außer sich war. Damals begriff ich nicht, dass jemand, der sich einmal aufs Schweigen verlegt hatte, davon nicht mehr loskam und dann jahrelang schweigen konnte, jahrhundertelang. Ich selbst war ja glücklich und frei aufgewachsen. Jahre später jedoch, an jenem Abend in der Sıraselviler-Straße, erkannte ich, was es hieß, nicht reden zu können. Geahnt hatte ich ja schon, dass meine Liebe zu Füsun mich

letztendlich in Trotz und Verstockung hineinmanövrierte. Meine Liebe, meine Sucht oder was immer sonst es war, lief nicht gerade darauf hinaus, mit jemandem frei und glücklich die Welt zu teilen. Tief im Innersten hatte ich schon lange gespürt, dass dies in der Atmosphäre, von der ich hier berichte, unmöglich war, und so hatte ich mich statt dessen darangemacht, Füsun in mir selbst zu suchen, und Füsun hatte das wohl schon begriffen. Es würde noch alles gut werden.

»Herr Kommandant, das ist eine Reibe«, sagte da Çetin, »eine ganz gewöhnliche Quittenreibe.«

Wie hatte Çetin das so schnell erkannt?

»Und warum sagt er das dann nicht?« Der Soldat wandte sich wieder mir zu. »Hören Sie mal, wir sind im Ausnahmezustand. Sind Sie taub oder was?«

»Er ist nur sehr traurig momentan, Herr Kommandant.«

»Und warum?« fragte der Kommandant, aber seine Arbeit ließ Anteilnahme nicht zu. »Warten Sie im Auto!« befahl er. Dann ging er mit unseren Ausweisen und der Reibe davon.

Im Scheinwerferlicht eines der hinter uns wartenden Autos sah ich noch, wie die Reibe kurz aufblitzte, dann wurde sie in ein Militärfahrzeug geworfen.

Çetin und ich warteten im Chevrolet. Je näher die Sperrzeit heranrückte, um so schneller fuhren die Autos an uns vorbei. Von weitem sahen wir, wie Autos um den Taksim-Platz herumhuschten. Es herrschte das beklommene Schweigen zwischen uns, das ich schon oft beobachtet hatte, wenn Leute bei Ausweiskontrollen und ähnlichem mit der Polizei zu tun hatten. Wir hörten das Ticken der Autouhr und rührten uns nicht, um kein Geräusch zu verursachen.

Der Gedanke, dass die Reibe gerade von irgendeinem Hauptmann befingert wurde, machte mich ganz unruhig. Während wir stumm dasaßen und warteten, ahnte ich jedenfalls, dass ich sehr leiden würde, falls die Soldaten die Reibe beschlagnahmen sollten, und diese Sorge war so heftig, dass ich mich Jahre später noch daran erinnerte. Çetin machte das Radio an. Es wurden Bekanntmachungen verlesen, Verbote, Listen von Gesuchten oder Festgenommenen. Ich bat Çetin, einen anderen Sender einzustellen. Er drehte herum, und nach einigem Rauschen stieß er auf Musik aus einem fernen Land, die zu unserer seelischer Verfassung passte. Während wir andächtig lauschten, tröpfelte leichter Regen auf die Windschutzscheibe herab. Zwanzig Minuten nach zehn kam ein Soldat und gab uns die Ausweise zurück.

»In Ordnung, Sie können weiterfahren.«

»Und was ist, wenn wir jetzt von einer anderen Patrouille angehalten werden?« fragte Çetin besorgt.

»Dann sagen Sie einfach, dass wir Sie so lange kontrolliert haben.«

Çetin ließ den Motor an, und der Soldat trat zur Seite. Ich aber stieg noch einmal aus und ging zu dem Militärfahrzeug.

»Herr Kommandant, wegen der Quittenreibe meiner Mutter ...«

»Schau, schau, Sie sind also doch nicht taubstumm, Sie können ja wunderbar reden.«

Ein anderer Soldat sagte: »Die hat eine scharfe Schneide, so etwas dürfen Sie nicht bei sich tragen.« Er war von höherem Rang als der erste. »Aber nehmen Sie sie schon, und lassen Sie sie zu Hause. Was machen Sie denn beruflich?«

»Ich bin Geschäftsmann.«

»Zahlen Sie Ihre Steuern ordentlich?«

»Natürlich.«

Weiter sagten sie nichts mehr. Es war eine etwas peinliche Situation gewesen, aber ich war froh, meine Reibe wiederzuhaben. Während Çetin mich sicher heimchauffierte, wurde mir klar, wie glücklich ich war. Die leeren, dunklen Straßen Istanbuls, die nun den Meuten streunender Hunde überlassen waren, und sogar die Betonbauten, die mir tagsüber in all ihrer Hässlichkeit und Heruntergekommenheit auf dem Gemüt lasteten, kamen mir nun geheimnisvoll und poetisch vor.

67
Kölnisch Wasser

Im Januar 1980 saß ich einmal mit Feridun im Rejans, um bei Fisch und Raki unsere Filmgeschäfte zu besprechen. Ich hatte nichts dagegen, dass er mit dem Kameramann Yani zusammen Werbefilme drehte, doch Feridun hatte Bedenken, sich mit etwas rein Kommerziellem abzugeben. Es mochte mich ein wenig befremden, dass der Lebenskünstler Feridun, der immer alles auf die leichte Schulter zu nehmen schien, sich mit solchen moralischen Erwägungen abplagte, doch war ich ja durch alles, was mir widerfahren war, schon in jungen Jahren gereift und hatte mitbekommen, dass die meisten Menschen ganz anders waren, als sie wirkten.

»Da wäre so ein fertiges Drehbuch«, hatte Feridun gesagt. »Wenn ich schon etwas nur des Geldes wegen mache, dann lieber das. Es ist zwar ziemlich seicht, aber eine gute Gelegenheit.«

Der Begriff »ein fertiges« oder »ein völlig fertiges« Drehbuch war mir aus der Pelür-Bar geläufig. Es war damit gemeint, dass das Drehbuch sämtliche staatlichen Kontrollinstanzen erfolgreich durchlaufen hatte. In einer Zeit, in der es kaum einmal publikumswirksame Drehbücher durch die Zensur schafften, mussten die Produzenten und Regisseure wenigstens ein oder zwei Filme pro Jahr drehen und nahmen sich daher, um nicht untätig zu bleiben, auch solcher Drehbücher an, von denen sie ansonsten die Finger gelassen hätten. Da die Zensurbehörden schon seit Jahren an jeder einigermaßen originellen Filmidee so lange herumhobelten, bis nichts mehr davon übrigblieb, glichen die Filme einander ohnehin immer mehr, und da machte es dann gar nichts aus, wenn ein Regisseur ein Drehbuch übernahm, von dem er nicht viel Ahnung hatte.

»Passt denn das Buch zu Füsun?« hatte ich Feridun gefragt.

»Überhaupt nicht. Aber zu Papatya. Sie muss sich ein bisschen ausziehen dabei. Und die männliche Hauptrolle spielt Tahir Tan.«

»Auf keinen Fall.«

Und als wäre es nicht das eigentliche Thema, dass er den Film mit Papatya anstatt mit Füsun drehen wollte, redeten wir ausführlich über Tahir Tan. Dass ich ihm wegen der Szene, die er uns im Huzur gemacht hatte, immer noch böse war, tat Feridun als Gefühlsduselei ab. Wir sahen uns an. Wieviel dachte er überhaupt noch an Füsun? Ich fragte ihn nach dem Inhalt des Films. »Ein reicher Mann verführt eine hübsche Verwandte und verlässt sie dann. Um sich für den Verlust ihrer Jungfernschaft zu rächen, wird sie Sängerin ... Die Lieder sind extra für Papatya geschrieben worden. Erst sollte Traum-Hayati den Film drehen, aber weil Papatya sich von ihm nicht triezen ließ, hat er wütend hingeschmissen. Das Drehbuch ist jetzt frei und wäre für uns eine Chance.«

Das Drehbuch, die Lieder, der ganze Film waren nicht nur für Füsun, sondern auch für Feridun viel zu niveaulos. Doch wenn schon Füsun mir zürnte und mir beim Abendessen wütende Blicke zuwarf, wollte ich wenigstens Feridun zufriedenstellen, und da der Raki ein übriges tat, willigte ich schließlich ein, die Produktion zu finanzieren.

Im Mai begann Feridun das »fertige« Drehbuch zu verfilmen. Der Film hieß *Gebrochene Leben*, nach dem gleichnamigen Liebes- und Familienroman von Halit Ziya aus den zwanziger Jahren, doch mit jenem Werk, das im Milieu der westlich orientierten spätosmanischen Elite spielte, hatte das in den siebziger Jahren in schmuddeligen Gassen und Varietés angesiedelte Drehbuch nicht das geringste zu tun. Die von Papatya voller Inbrunst gespielte kleine Sängerin, die Liebeslieder singt und jahrelang verbissen darauf hinarbeitet, einmal berühmt zu werden und sich dann für den Verlust ihrer Jungfernschaft zu rächen, war denn auch nicht deshalb unglücklich, weil sie verheiratet war, sondern weil sie es eben nicht war.

Die Dreharbeiten fanden im Peri-Kino statt, in dem damals viele Gesangsszenen aus Varietéfilmen gedreht wurden. Man hatte dazu die Kinositze herausgenommen und Tische aufgestellt. Die Bühne war zwar nicht so groß wie in den größten Varietéteatern jener Jahre, nämlich im Maksim und im Çakıl in Yenikapı, das in einem riesigen Zelt untergebracht war, aber sie war doch ziemlich stattlich. Nach dem Vorbild französischer Varietéteater, in denen die Gäste bewirtet wurden und zugleich auf einer Bühne Attraktionen wie Sänger, Conférenciers und Zauberkünstler geboten bekamen, hatte man in Istanbul ähnliche Etablissements gegründet und sie »Gazino« genannt, und von den fünfziger bis zu den siebziger Jahren wurden dort auch Szenen aus Musikfilmen gedreht. Die Protagonisten brachten darin schwülstig all ihr Sehnen und Leiden zum Ausdruck, und wie aus dem begeisterten Beifall und den Tränen der Zuschauer hervorging, war das Gazino dann auch die Bühne ihrer Triumphe.

Wie es die Produzenten anfingen, billig an Statisten heranzukommen, die in der Rolle wohlhabender Gäste dem Schmerz armer junger Menschen applaudieren sollten, erzählte mir einmal Feridun: Als früher in den Musikfilmen noch echte Stars wie Zeki Müren oder Emel Sayın auftraten, die sich meist ganz einfach selbst spielten, wurde jeder hereingelassen, der in Anzug und Krawatte anständig am Tisch sitzen konnte. Das Gazino füllte sich also ganz von selbst mit Leuten, die umsonst ihre Lieblinge sehen wollten, und das Statistenproblem war damit ohne jeglichen Aufwand gelöst. In den letzten Jahren dagegen wurden anstatt der Stars eher unbekanntere Schauspieler wie Papatya aufgeboten. (Diese spielten im Film zwar dann viel berühmtere Sänger, als sie selbst es in Wirklichkeit waren, doch den Ruhmvorsprung, den sie im Film hatten, versuchten sie so rasch wie möglich im Leben aufzuholen und möglichst auch noch zu übertreffen, so dass sie ein paar Filme später vielmehr jemanden spielten, der weniger bekannt war als sie nun selbst. Muzaffer aber sagte mir einmal, der türkische Kinobesucher sei gar nicht scharf darauf, immer nur Leute zu sehen, die sowohl auf der Leinwand als auch im wirklichen Leben reich und berühmt seien. Der Reiz eines Filmes leite sich eher aus der Diskrepanz zwischen Leben und Film und deren Überbrückung ab.) Da kaum jemand gewillt war, sich um unbekannter Sänger willen in Schale zu werfen und in das staubige Peri-Kino zu gehen, wurden Männer in Anzug und Krawatte sowie Frauen ohne Kopftuch mit einem Gratis-Kebab angelockt. Tayfun, der im Freundeskreis gerne zum besten gab, was er in den Freiluftkinos so alles gesehen hatte, imitierte oft das künstliche Getue der aufgeputzten Hungerleider, die für eine warme Mahlzeit reiche Leute spielten, aber dann empörte er sich ganz beleidigt, die türkischen Reichen seien doch in Wirklichkeit ganz anders.

Aus dem, was mir Feridun vor Beginn der Dreharbeiten aus seiner

Zeit als Regieassistent erzählt hatte, war mir schon klar geworden, dass die falsche Darstellung der Wohlhabenden und die Beschaffung der Statisten noch das geringste Problem waren. Manche Statisten aber wollten sich davonmachen, sobald sie ihr Kebab gegessen hatten, andere lasen am Tisch Zeitung oder scherzten miteinander, wenn die Sänger gerade bei den gefühlvollsten Szenen angelangt waren (das allerdings war gar nicht so realitätsfern), und einige schliefen aus Langeweile am Tisch ganz einfach ein.

Als ich zum erstenmal zum Dreh von *Gebrochene Leben* ging, sah ich, wie der Aufnahmeleiter mit hochrotem Gesicht Statisten herunterputzte, die direkt in die Kamera sahen. Wie ein richtiger Filmproduzent, ein echter Chef also, hielt ich mich still im Hintergrund. Dann ertönte die Stimme Feriduns, und mit einem Schlag stellte sich der eigenartige Zauber jener Filme ein, eine Mischung aus Märchenhaftem und Gewöhnlichem, und auf dem Laufsteg zwischen den Zuschauern schritt mit dem Mikrofon in der Hand Papatya einher.

Vor fünf Jahren hatten wir Papatya in einem Freiluftkino noch in der Rolle eines pfiffigen Mädchens gesehen, das seine Eltern, die sich nach einem Missverständnis getrennt haben, wieder zusammenbringt, und nun, nach so kurzer Zeit, als wäre das ein Verweis auf das Schicksal türkischer Kinder, spielte sie schon ein lebensüberdrüssiges, wütendes und leidendes Opfer. Die Rolle der tragisch umflorten Frau, die ihre Unschuld verloren hat, so dass ihr nun der Tod auf die Stirn geschrieben steht, passte Papatya wie angegossen. Wenn ich mich an Papatya als Kind erinnerte, an ihren unschuldigen Zustand damals, dann begriff ich, wie sie inzwischen war, und in ihrer jetzigen zornigen Art sah ich wiederum ihre Kindheit aufblitzen. Begleitet von einem nicht vorhandenen Orchester – die entsprechenden Musikstücke würde Feridun sich später bei Filmkollegen besorgen –, schritt Papatya auf der Bühne dahin wie ein Mannequin, und ihr verzweifeltes Aufbegehren klang fast wie eine Anklage gegen Gott, während ihr Rachewunsch uns naheging, weil er uns daran erinnerte, was sie alles erlitten hatte. Während die Szene gedreht wurde, spürten wir alle, dass Papatya wie ein ungeschliffener Diamant war. Die Statisten dösten mit einemmal nicht mehr, und die Kellner, die seit Drehbeginn das Kebab servierten, hatten nur noch Augen für sie.

Papatya hielt das Mikrofon wie eine Pinzette mit zwei Fingern, und dass sie dieser Geste, mit der sich damals die Sänger um eine persönliche Note bemühten, noch einmal etwas Originelles abzuringen vermochte, war nach Ansicht eines Journalisten, den ich aus dem Pelür kannte, ein weiterer Beweis dafür, dass sie bald schon zum Star avancieren würde. Man ging damals in den Gazinos gerade vom Standmikrofon zum tragbaren Mikrofon über, mit dem die Sänger die Bühne verlassen und sich unter die Gäste mischen konnten. Sie zogen lediglich ein langes Kabel hinter sich her, mit dem sie oft zu kämpfen hatten, wie eine Hausfrau, die mit ihrem Staubsauger bis in die letzte Ecke kommen will. Obwohl Papatya eigentlich Playback sang und ihr Mikrofonkabel nirgends angeschlossen war, bewältigte sie diese Aufgabe mit außergewöhnlicher Eleganz. Der erwähnte Journalist sagte hinterher bewundernd zu mir, die Bewegung, die sie dabei vollführte, habe ihn an ein kleines Mädchen erinnert, das für seine Spielkameradinnen grazil den Hüpfgummi zurechtrückt.

Die Dreharbeiten gingen rasch voran, und in einer Pause beglückwünschte ich Papatya und Feridun und sagte ihnen, alles laufe sehr gut. Kaum hatte ich das ausgesprochen, da kam ich mir auch schon vor wie einer der Produzenten, wie man sie aus Zeitungen und Magazinen kennt. Vielleicht deshalb, weil einige Journalisten doch tatsächlich mitschrieben! Aber auch Feridun legte nun echtes Regisseursgebaren an den Tag. Durch das konzentrierte Arbeiten am Set hatte er das Kindliche abgelegt, das ihm bis dahin noch angehaftet hatte, und er wirkte gute zehn Jahre älter als noch zwei Monate zuvor, wie ein entschlossener, manchmal auch allzu strenger Mann, der zu Ende bringt, was er einmal angefangen hat.

Ich spürte an jenem Tag, dass sich zwischen Papatya und Feridun eine Liebe oder zumindest eine Beziehung entwickelte. Ganz sicher war ich mir allerdings nicht. Im Beisein von Journalisten taten alle Stars und Sternchen so, als hätten sie irgendwie heimlich etwas miteinander. Oder aber in den Blicken der Journalisten, die für die Kultur- oder Klatschspalten ihrer Zeitungen berichteten, lag etwas, das so sehr auf Verbotenes und Sündiges aus war, dass die Schauspieler und sonstigen Filmleute diese Sünden dann auch gleich begingen. Als Fotos geschossen wurden, hielt ich mich abseits. Füsun las Woche für

Woche Zeitschriften wie *Ses* und *Hafta Sonu*, die über alles, was mit Film zu tun hatte, ausführlich berichteten. Was sich zwischen Feridun und Papatya tat, würde sie jenen Blättern über kurz oder lang entnehmen. Papatya hätte auch andeuten können, dass sie mit dem männlichen Hauptdarsteller Tahir Tan eine Affäre hatte, oder gar mit mir – dem Produzenten! Und nicht einmal angedeutet brauchte so etwas zu werden, denn die Journalisten legten sich selber zurecht, welche Nachricht sich am besten verkaufen würde, und erfanden diese dann einfach und schmückten sie nach Gutdünken aus. Manche dieser Lügen offenbarten sie ganz freimütig den betroffenen Schauspielern, die dann nicht selten mitspielten und gleich die gewünschten »vertraulichen Posen« einnahmen.

Es konnte vorkommen, dass eine Schauspielerin, die sowohl im Film als auch im richtigen Leben – was für den Zuschauer ohnehin das gleiche bedeutete – einen starken Hang zur Rolle der Femme fatale an den Tag legte, dann auf dem Höhepunkt ihrer Karriere plötzlich einen Schwenk zum züchtigen Weibchen vollzog und fortan nur noch Rollen annahm, in denen sie als Dame agierte. Ob Füsun wohl solche Träume hegte? Dazu musste man sich aber einen Beschützer suchen, einen Unterweltkönig oder einen reichen Herrn mit Durchsetzungskraft. Sobald so jemand mit einer berühmten Schauspielerin eine Beziehung anfing, durfte diese in ihren Filmen nicht mehr küssen oder freizügig gekleidet sein, wobei unter freizügig schon zu verstehen war, wenn ein bisschen Schenkel oder eine nackte Schulter zu sehen war. Der Beschützer verbot auch jegliche Art unbotmäßiger Berichterstattung. Als ein junger Journalist, dem dies entgangen war, einmal über eine vollbusige Schauspielerin schrieb, sie habe sich schon zu Gymnasialzeiten als Bauchtänzerin hervorgetan und sei die Mätresse eines Fabrikanten gewesen, musste er das mit einem Pistolenschuss ins Bein büßen.

Einerseits lebte ich am Set richtig auf, andererseits war ich froh, Füsun von diesem Milieu ferngehalten zu haben, und dann tat es mir doch auch wieder leid, dass sie kaum zehn Minuten entfernt in ihrem Haus untätig herumsaß. Falls beim Abendessen mein Platz am Tisch der Keskins leer blieb, würde Füsun wohl denken, dass ich lieber auf den Set ging, als mit ihr zusammenzusein; das versetzte mir immer einen Stich. So ging ich abends doch immer wieder vom Peri-Kino zu den Keskins hinunter, schuldbewusst und zugleich von einer mir selbst heute noch unerklärlichen Verheißung erfüllt. Füsun würde schließlich doch mein werden. Ich hatte gut daran getan, sie aus dem Filmgeschäft herauszuhalten. Uns verband inzwischen eine Art Leidensgenossenschaft, die mich manchmal noch glücklicher machte als die Liebe. Dann konnte ich alles und jedes genießen: die Abendsonne, die auf die Straßen herabschien, den Modergeruch, der aus alten Wohnungen drang, die Kinder, die auf der Straße Fußball spielten und mir spöttisch Beifall klatschten, wenn der Ball auf mich zuhüpfte und ich ihn mit einem satten Volleyschuss zurückdrosch, oder die Straßenverkäufer, die Reis mit Kichererbsen und gedünstete Hammelleber feilboten.

Es gab damals ein Thema, das sowohl am Filmset als auch bei Satsat und genauso in den Kaffeehäusern und am Tisch der Keskins die Gemüter erregte, und das waren die gewaltigen Zinsen, die von manchen dubiosen Privatbankiers gezahlt wurden. Da die Inflation bald schon an die hundert Prozent heranreichte, fürchtete jeder um seine Ersparnisse und wollte sein Geld irgendwo anlegen. Bei den Keskins sprachen wir oft darüber, bevor wir uns überhaupt zum Essen hinsetzten. Onkel Tarık hatte in dem Kaffeehaus, in das er hin und wieder ging, gehört, dass manche Leute aus Sorge um den Werterhalt ihr Geld im Großen Basar in Gold umtauschten und andere es bei Banken anlegten, die einen Zinssatz von hundertfünfzig Prozent boten, während wiederum andere lieber ihr Gold verkauften und ihre Bankkonten leerten, und um sich in diesem Wirrwarr zurechtzufinden, fragte Onkel Tarık mich als Geschäftsmann verlegen um Rat.

Feridun, der unter dem Vorwand der Dreharbeiten und der Ausgangssperre kaum noch nach Hause kam, gab Füsun nichts von dem Geld ab, das ich an Limon-Film überwies. Während ich früher die von mir eingesteckten Gegenstände, sei es nun eine Zuckerdose, ein Aschenbecher oder der Hund auf dem Fernseher, durch andere ersetzte, ließ ich daher nun an der entsprechenden Stelle ein wenig Bares zurück. Das hatte sich so ergeben, als ich einmal einen alten Satz Spielkarten von Onkel Tarık einsteckte, ohne das sonderlich zu verheimlichen.

Ich wusste, dass Füsun damit hin und wieder zum Spaß Karten legte. Wenn Onkel Tarık und Tante Nesibe Bezigue spielten, verwendeten sie dagegen andere Karten, auch wenn sie äußert selten einmal mit einem Besuch ein Spielchen wagten. Die von mir entwendeten Karten waren nämlich schon ziemlich speckig und ramponiert, und bei einigen waren Ecken eingeknickt oder gar abgerissen. Füsun sagte mir einmal schmunzelnd, da sie die Karten an jenen Zeichen erkenne, ginge alles, was ihr durchs Kartenlegen vorausgesagt wurde, auch tatsächlich in Erfüllung. Einmal hielt ich mir die Karten vor die Nase und sog den für alte Spielkarten ganz typischen Geruch ein, der sich mit dem Duft von Füsuns Hand vermischt hatte. Mir wurde regelrecht schwindlig dabei, und obwohl ich merkte, dass Tante Nesibe mir dabei zusah, steckte ich die Karten schon beinahe demonstrativ ein.

»Meine Mutter legt auch immer Karten«, sagte ich zu Tante Nesibe, »aber immer ohne Erfolg. Die Karten da sollen Glück bringen. Wenn meine Mutter erst mal die Flecken und abgerissenen Ecken alle kennt, wird es vielleicht mit der Wahrsagerei besser klappen. Sie klagt doch ziemlich viel in letzter Zeit.«

»Bestell ihr doch einen schönen Gruß von mir.«

Als ich Tante Nesibe dann sagte, dass ich in Alaaddins Laden neue Karten kaufen würde, wehrte sie erst lange ab. Dann aber erzählte sie mir von Spielkarten, die sie in einem Laden in Beyoğlu gesehen habe.

Füsun war im Hinterzimmer. Etwas geniert nahm ich ein paar Geldscheine aus der Tasche und legte sie an den Tischrand.

»Tante Nesibe, würdest du bitte von diesen Karten einen Satz für dich und einen Satz für meine Mutter besorgen? Über Spielkarten aus diesem Haus würde meine Mutter sich bestimmt freuen, ob sie nun alt oder neu sind.«

»Natürlich«, sagte Tante Nesibe.

Zehn Tage später nahm ich eine Flasche Kölnisch Wasser der Marke Pe-Re-Ja an mich und hinterließ da, wo sie gestanden hatte, wieder verschämt einen Geldbetrag. Ein paar Monate lang war ich überzeugt, dass Füsun von meinen Tauschgeschäften nichts mitbekam.

Flaschen mit Kölnisch Wasser nahm ich aus dem Haus der Keskins schon eine ganze Weile mit und hortete sie im Merhamet Apartmanı.

Bis dahin allerdings hatte es sich stets um leere oder fast leere Flaschen gehandelt, für die sich außer Kindern niemand interessierte. Wenn bei den Keskins nach dem Abendessen Kölnisch Wasser angeboten wurde, rieb ich mir immer willig Hände und Stirn damit ein wie mit einer heiligen Flüssigkeit. Daneben schaute ich auch gerne dabei zu, wie Füsun und ihre Eltern mit dem Kölnisch Wasser jeder auf seine Art umgingen. Onkel Tarık schraubte mit Blick auf den Fernseher den großen Drehverschluss der Flasche auf, und dann wussten wir schon, dass er sie in der ersten Reklamepause Füsun reichen und sagen würde: »Frag doch mal, ob jemand Kölnisch Wasser möchte!« Füsun bediente erst ihren Vater, und der rieb sich so gewissenhaft die Handgelenke damit ein, als bekomme er eine medizinische Anwendung, und roch danach immer wieder hingebungsvoll an seinen Fingern, als litte er unter Atemnot. Tante Nesibe ließ sich nur ganz wenig Kölnisch Wasser geben und rieb dann mit dezenten Bewegungen, wie ich sie auch von meiner Mutter her kannte, die Handflächen aneinander, als bringe sie Seife zum Schäumen. Feridun hingegen, wenn er schon mal zu Hause war, hielt Füsun die Handflächen hin wie ein Verdurstender und schmierte sich dann so viel Kölnisch Wasser ins Gesicht, dass man meinen konnte, er würde es trinken. Über den Duft und das Frischegefühl hinaus (schließlich wurde die gleiche Zeremonie auch an kalten Winterabenden veranstaltet) musste das Kölnisch Wasser also noch eine andere Funktion haben.

So wie das Kölnisch Wasser, das bei Überlandfahrten mit dem Reisebus vom Gehilfen des Fahrers allen Passagieren gereicht wird, ließ das Kölnisch Wasser auch uns, die wir uns abends um den Fernseher versammelten, deutlicher spüren, dass wir eine Gemeinschaft waren und das gleiche Schicksal teilten (was besonders bei den Nachrichten stärker zur Geltung kam) und dass das Leben, auch wenn man abends immer nur fernsah, doch insgesamt ein Abenteuer darstellte und es schön war, etwas Gemeinsames zu unternehmen.

Wenn ich selbst an der Reihe war, hielt ich Füsun ungeduldig meine Handflächen hin, und wir sahen uns kurz in die Augen wie ein frischverliebtes Paar. Auch während Füsun mir das Kölnisch Wasser auf die Hand träufelte, schaute ich ihr weiter unverwandt in die Augen, und die wilde Liebesentschlossenheit, die dann in meinem Blick lag, zauberte manchmal ein Lächeln auf Füsuns Lippen, vom dem dann noch lange in den Mundwinkeln eine leise Spur verblieb. In diesem Lächeln lag zärtlicher Spott über meine Verliebtheit und meine ständigen Besuche, aber das machte mir nichts aus. Am liebsten hätte ich dann sogleich die Kölnisch-Wasser-Flasche mit nach Hause genommen, die ja ohnehin bei einem meiner nächsten Besuche, wenn sie leer genug war, in meiner Manteltasche verschwinden würde.

Als *Gebrochene Leben* gedreht wurde, ging ich immer kurz vor der Abenddämmerung vom Peri-Kino nach Çukurcuma hinunter und hatte dabei oft das Gefühl, diesen Teil meines Lebens schon einmal erlebt zu haben. Und in dem Lebensabschnitt, den ich jetzt noch einmal durchmachen würde, war mir weder großes Unglück noch großes Glück beschieden. Aus dem ersten Leben stammte lediglich ein bestimmter Kummer, der mir das Herz beschwerte. Vermutlich, weil ich das Ende der Geschichte schon gesehen hatte und wusste, dass mich weder große Siege noch große Erfüllung erwarteten. In den sechs Jahren, seit ich in Füsun verliebt war, war ich von einem Mann, dem ein Teil des Lebens als Abenteuerspielplatz galt, zu einem sich selbst und dem Leben gegenüber verschlossenen Menschen geworden. Immer schwerer lastete auf mir das Gefühl, es werde sich in meinem Leben nichts mehr tun.

»Füsun, schauen wir uns deinen Storch an?« fragte ich dann etwa.

»Nein, ich bin damit nicht vorwärtsgekommen.«

Einmal mischte sich Tante Nesibe ein: »Sag doch nicht so etwas. Kemal, dieser Storch fliegt von unserem Schornstein so hoch in die Luft, dass er über ganz Istanbul hinwegsieht!«

»Jetzt bin ich aber neugierig.«

»Ich habe keine Lust heute abend«, sagte Füsun.

Ich sah, wie betrübt Onkel Tarık dreinsah, als er diese Worte hörte, und wie gern er seine Tochter vor Kummer bewahrt hätte. Mich wiederum machte betroffen, dass Füsun damit wohl nicht nur jenen bestimmten Abend meinte, sondern auch die Sackgasse, in der ihr ganzes Leben sich befand, und so beschloss ich, die Dreharbeiten von *Gebrochene Leben* nicht mehr aufzusuchen (ein Vorsatz, den ich dann auch in die Tat umsetzte). Füsuns Antwort mochte sogar Teil des Krieges sein, den sie seit Jahren gegen mich führte. Aus Tante Nesibes Blicken las ich heraus, dass sowohl mein eigenes Verhalten als auch das von Füsun sie bekümmerte. Wenn sich uns durch die Misshelligkeiten des Lebens die Seele verdüsterte wie der Himmel über Tophane, an dem sich damals dunkle Wolken zusammenzogen, dann hüllten wir uns in Schweigen und taten schließlich die drei gleichen Dinge wie immer: Erstens sahen wir fern, zweitens schenkten wir uns Raki nach, und drittens zündeten wir uns eine Zigarette an.

68
4213 Zigarettenkippen

In meinen acht Jahren bei den Keskins habe ich insgesamt 4213 Zigarettenkippen Füsuns gesammelt. Diese Kippen, deren Enden Füsuns Lippen berührt hatten, in ihren Mund gedrungen waren, von ihrer Zunge angefeuchtet und meist von ihrem Lippenstift herrlich rote Spuren trugen, stellten für mich – wie leicht vorzustellen ist – ganz besonders intime Gegenstände dar, von denen jeder mich an einen traurigen oder schönen Moment erinnerte. Die ganzen acht Jahre über rauchte Füsun nur Samsun-Zigaretten. Ich wiederum rauchte anfangs noch Marlboro, schwenkte aber dann auf Samsun um. Meine Marlboro Lights kaufte ich damals illegal bei Straßenhändlern. Ich weiß noch, wie wir an einem Dezemberabend des Jahres 1976 darüber sprachen, dass sowohl die Marlboro Lights als auch die Samsun stark aromatisierte, süße Zigaretten waren. Füsun sagte, die Samsun brächten einen leichter zum Husten, während ich den Verdacht äußerte, die Amerikaner mischten dem Tabak irgendwelche giftigen chemischen Stoffe bei, die die Marlboro noch schädlicher machten. Onkel Tarık saß noch nicht am Tisch, und so schauten wir uns in die Augen und boten uns aus unseren Päckchen gegenseitig Zigaretten an. Die ganzen acht Jahre über pafften also Füsun und ich wie die Schlote, doch um künftigen Generationen kein schlechtes Vorbild zu geben, möchte ich hier nur ganz kurz auf die in Filmen und Romanen so beliebten Raucherszenen eingehen.

Die in Bulgarien hergestellten und mit Fischerbooten in die Türkei geschmuggelten falschen Marlboro brannten genauso wie die echten Marlboro aus Amerika ohne weiteres bis zum Ende durch, sobald sie einmal angezündet waren. Die Samsun dagegen gingen immer wieder von selber aus, weil ihr Tabak grob und nicht trocken genug war. Sie enthielten manchmal holzartige Partikel, die nicht genügend zermahlen worden waren, feuchte Tabakpfropfen und zu dicke Blattfasern, und so rieb Füsun ihre Zigarette immer erst zwischen den Fingern, bevor sie sie anzündete. Ich gewöhnte mir diese Geste bald selber an, und wenn wir sie im gleichen Augenblick vollführten und uns dabei anschauten, war ich vollends glücklich.

In den ersten Jahren bei den Keskins gab sich Füsun in Gegenwart ihres Vaters beim Rauchen noch so, als rauchte sie eigentlich gar nicht. Sie hielt ihre Zigarette in der hohlen Hand und schnippte die Asche nicht in denselben Kütahya-Aschenbecher wie ihr Vater und ich, sondern verstohlen in einen anderen. Während Onkel Tarık, Tante Nesibe und ich unseren Zigarettenrauch ungeniert in die Gegend bliesen, drehte sich Füsun immer zur Seite wie eine Schülerin, die mitten im Unterricht einer Klassenkameradin ganz eilig etwas Wichtiges zuflüstern muss, und blies den blauen Rauch hastig so weit wie möglich vom Tisch weg. Es gefiel mir, wie sie dabei immer ganz schuldbewusst tat, und ich dachte dann, dass ich bis an mein Lebensende in sie verliebt sein würde.

In Gegenwart des Vaters nicht zu rauchen oder sich nicht mit übergeschlagenen Beinen auf das Sofa zu fläzen gehörte zum traditionellen Verhaltenskodex in der Familie, mit dem der älteren Generation Ehrerbietung bezeigt werden sollte, aber im Lauf der Zeit verlor sich das immer mehr. Natürlich sah Onkel Tarık, dass seine Tochter rauchte, aber er reagierte nicht wie ein autoritärer Vater, sondern gab sich damit zufrieden, dass Füsun zumindest symbolisch die Formen wahrte. Diese Als-ob-Rituale, deren Feinheiten selbst von Anthropologen nicht immer ganz durchschaut werden, beobachtete ich für mein Leben gern und fand sie auch gar nicht heuchlerisch. Wenn ich Füsun bei ihren entzückenden Gesten zusah, fiel mir auch immer wieder ein, dass ich ja überhaupt nur bei den Keskins sitzen und mit Füsun zusammensein konnte, weil wir jeden Abend so taten, als ob.

Ich saß schließlich nicht als der Verliebte da, der ich in Wirklichkeit war, sondern als der entfernte Verwandte, der nur zu Besuch kam. Wenn ich nicht im Haus war, rauchte Füsun ihre Zigaretten fast ganz herunter. Das merkte ich an den Kippen, die zerdrückt im Aschenbecher lagen. Ihre Kippen und die der anderen konnte ich leicht auseinanderhalten, was nicht so sehr an der Marke lag als vielmehr an der Art, wie Füsun ihre Zigaretten ausdrückte, und damit an ihren Gefühlen. In meiner Gegenwart rauchte Füsun ihre Samsun nicht bis kurz vor dem Filter, sondern nur bis etwa zur Hälfte, so wie Sibel und ihre Freundinnen es mit ihren amerikanischen Ultralight-Zigaretten hielten. Mit einer nervösen Handbewegung drückte sie die Zigarette dann im Aschenbecher aus. Manchmal verriet diese Geste Ungeduld oder auch Wut. Es konnte sein, dass Füsun die Zigarette nur so lange auf den Boden des Aschenbechers tupfte, bis sie verlosch, und dann wieder, vor allem wenn sie sich unbeobachtet fühlte, zerdrückte sie eine Kippe mit aller Kraft, als würde sie einen Schlangenkopf zermalmen. Da hatte ich dann das Gefühl, sie ließe ihren ganzen Überdruss an dieser einen Zigarette aus. Wenn sie fernsah oder dem Tischgespräch lauschte, kam es auch vor, dass sie die Zigarette ausmachte, ohne überhaupt hinzusehen. Oft, wenn sie etwa einen Löffel oder eine Orange nehmen wollte, drückte sie ihre Zigarette mit einer einzigen Bewegung aus, um schnell die Hand freizubekommen. In fröhlichen Momenten löschte sie ihre Zigarette mit einem kurzen Druck des Zeigefingers, als wollte sie ein Insekt töten, ohne es leiden zu lassen. Wenn Füsun in der Küche beschäftigt war, hielt sie genau wie Tante Nesibe die Zigarette kurz unter den Wasserhahn und warf sie dann in den Müll.

All diese verschiedenen Methoden verliehen jeder von Füsun traktierten Kippe eine ganz besondere Form und eine Art Beseeltheit. Ich holte sie im Merhamet Apartmanı aus der Tasche, untersuchte sie ganz genau und interpretierte in jede einzelne alles mögliche hinein, so dass ich etwa schwarzgesichtige kleine Männchen sah, bucklig, unterdrückt und mit zerquetschtem Kopf, oder seltsam schaurige Fragezeichen. Manche kamen mir vor wie die Schlote der Stadtdampfer oder wie kleine Krebse. Ich sah Ausrufezeichen, die mich vor einer

Gefahr warnten, sah manchmal nur stinkenden Müll und dann wieder Stücke von Füsuns Seele, und ich roch an den Lippenstiftspuren und verfiel in tiefes Sinnen über Füsun und über das Leben an sich.

Beim Anblick der genauen Zeitangabe unter jeder der hier ausgestellten 4213 Kippen könnte der werte Museumsbesucher auf den Gedanken verfallen, ich hätte die Vitrinen mit überflüssigen Informationen ausgestattet, doch gebe ich zu bedenken, dass die Form jeder einzelnen Kippe Ausdruck eines ganz bestimmten Gefühls ist, das Füsun in dem Moment empfand, als sie ihre Zigarette ausmachte. Vielleicht ein paar Beispiele dafür. Diese drei Kippen, die ich Füsuns Aschenbecher entnahm, als am 17. Mai 1981 im Peri-Kino die Dreharbeiten zu *Gebrochene Leben* begannen, erinnern mich mit ihrer stark nach innen gekrümmten Form nicht nur allgemein an jene schrecklichen Monate, sondern ganz spezifisch an Füsuns Schweigen an jenem Tag, an ihre geistige Abwesenheit und scheinbare Gleichgültigkeit.

Von diesen beiden stark zerdrückten Kippen hier wurde die eine gelöscht, als in dem Film *Verlogenes Glück*, den wir uns gemeinsam ansahen, der uns aus dem Pelür bekannte Hauptdarsteller Ekrem (der seinerzeit auch den Abraham gespielt hatte) sagte: »Nurten, der größte Fehler im Leben ist, wenn man zu viel Glück verlangt!« und seine arme Geliebte Nurten daraufhin betroffen schwieg und den Kopf senkte. Die andere Kippe landete genau zwölf Minuten später im Aschenbecher (Füsun rauchte eine Samsun in durchschnittlich neun Minuten fertig).

Der Fleck auf dieser relativ unversehrten Kippe rührt von dem Kirscheis her, das Füsun an einem heißen Sommerabend aß. Der Eisverkäufer Kamil, der im Sommer glockenschwingend seinen dreirädrigen Handwagen über die Kopfsteinpflaster von Tophane und Çukurcuma rattern ließ, bot im Winter mit dem gleichen Wagen Helva feil. Von Füsun erfuhr ich einmal, dass der Handwagen von dem gleichen Mann repariert wurde, zu dem Füsun als Kind immer ihr Fahrrad brachte.

Diese Kippe hier erinnert mich an Sommerabende, an denen wir gegrillte Auberginen mit Yoghurt aßen und danach gemeinsam zum offenen Fenster hinausschauten. Füsun stellte sich dazu einen kleinen Aschenbecher aufs Fensterbrett, in den sie immer ganz vornehm ihre

Asche streifte. Ich stellte mir dann vor, sie sei eine Frau auf einer schicken Party. Oder vielleicht war es so, dass sie im Gespräch mit mir so eine Frau einfach nachahmte. Sie hätte ja wie türkische Männer die Asche auch zum Fenster hinausschnippen können und die Zigarette dann am Fensterbrett ausdrücken und hinunterwerfen oder auch die noch brennende Zigarette davonschnipsen und zusehen können, wie sie glühend durch die Nacht wirbelte. Aber nein, sie tat nichts von alledem und diente mir mit ihren eleganten Gesten als Vorbild. Von weitem hätte man uns für ein Paar halten können, das sich in einem westlichen Land, in dem die Mädchen sich nicht immer verstecken müssen, auf einer Party zum näheren Kennenlernen in ein Eckchen verzog oder so wie wir eben an ein Fenster. Wenn wir so hinausblickten, ohne uns dabei anzuschauen, unterhielten wir uns über den Film, den wir gerade gesehen hatten, über die Sommerhitze oder über die Kinder, die draußen lachend Verstecken spielten. Vom Bosporus her wehte dann manchmal eine leichte Brise herüber, und es duftete betörend nach Meer, nach Geißblatt, nach Füsuns Haaren und ihrer Haut und eben nach dieser Zigarette.

Wenn Füsun ihre Zigarette ausdrückte, sahen wir uns manchmal unvermutet an. Wenn wir einen tragischen Liebesfilm anschauten oder einen mit dramatischer Musik untermalten Dokumentarfilm über den Zweiten Weltkrieg, drückte Füsun manchmal ihre Zigarette aus, ohne darauf zu achten. Wie in diesem Beispiel hier konnte es passieren, dass wir in jenem Moment zufällig Blickkontakt hatten und plötzlich beide wie elektrisiert waren. Dann fiel uns wieder ein, warum ich eigentlich dasaß, und die Zigarette nahm beim Ausdrükken eine ganz besondere Form an, die unsere Verwirrung deutlich widerspiegelte.

Mal steckte ich nur eine einzige Kippe ein, mal mehrere, und wenn ich sie dann im Merhamet Apartmanı wieder einzeln zur Hand nahm, erinnerte ich mich an bestimmte, in der Vergangenheit verbliebene Augenblicke. Überhaupt machten diese Kippen mir so recht bewusst, dass alles, was ich aus dem Haus der Keskins fortschleppte, jeweils genau einem Aristotelischen Augenblick entsprach.

Selbst wenn ich die Gegenstände nicht berührte, sondern sie nur ansah, konnte ich mir die gemeinsamen Abende mit Füsun in Erinnerung rufen. Ich verband all die Dinge – den Salzstreuer aus Porzellan, das Maßband in Hundegestalt, den gemeingefährlichen Dosenöffner oder das aus der Küche der Keskins nicht wegzudenkene Sonnenblumenöl der Marke Batanay – mit einzelnen Augenblicken, die sich dann im Lauf der Jahre in meinem Gedächtnis zu einem breiten Zeitband verflochten. Und ob es nun Kippen waren oder andere Gegenstände, jedes einzelne Stück erinnerte mich daran, was wir im Lauf der Zeit am Tisch der Keskins so alles machten.

69
Manchmal

Manchmal machten wir gar nichts und saßen nur schweigend da. Manchmal fand Onkel Tarık – wie wir alle – das Fernsehprogramm langweilig und las nebenbei in seiner Zeitung. Manchmal horchten wir auf, wenn ein Auto hupend und reifenquietschend die steile Straße hinuntersauste. Manchmal lauschten wir dem Regen, der an die Fensterscheiben trommelte. Manchmal sagten wir: »Mein Gott, ist es heiß heute!« Manchmal vergaß Tante Nesibe, dass sie im Aschenbecher noch eine Zigarette hatte, und steckte sich in der Küche eine neue an. Manchmal sah ich unbemerkt fünfzehn, zwanzig Sekunden auf Füsuns Hand und bewunderte meine Schöne dann noch mehr. Manchmal wurde im Fernsehen genau für das Reklame gemacht, was wir gerade aßen. Manchmal ertönte in der Ferne eine Explosion. Manchmal stand Tante Nesibe oder Füsun auf und legte etwas Kohle nach. Manchmal überlegte ich, ob ich Füsun beim nächstenmal statt einer Haarspange nicht lieber ein Armband mitbringen sollte. Manchmal vergaß ich einen Film schon, noch während wir ihn ansahen, und dachte indessen an meine Grundschule zurück. Manchmal sagte Tante Nesibe: »Ich koch euch jetzt einen Lindenblütentee!« Manchmal gähnte Füsun so herzhaft, als holte sie aus den Tiefen ihrer Seele neuen Lebensatem, so wie man an heißen Tagen aus dem Brunnen kühles Wasser hochzieht. Manchmal sagte ich mir, nun sei es aber wirklich Zeit zum Aufstehen und Gehen. Manchmal hallte es im ganzen Viertel wider, wenn der Friseur von gegenüber spätabends nach dem letzten Kunden den Rollladen herunterrasseln ließ. Manchmal wurde das Wasser gesperrt und lief erst nach zwei Tagen wieder. Manchmal hörten wir im Ofen neben dem Prasseln der Flammen noch andere Geräusche. Manchmal kam ich am folgenden Tag gleich wieder, nur weil Tante Nesibe gesagt hatte: »Die Bohnen in Olivenöl haben dir doch so geschmeckt, von denen ist morgen auch noch was da.« Manchmal sprachen wir über Themen wie den kalten Krieg, die den Bosporus durchquerenden sowjetischen Kriegsschiffe oder die amerikanischen U-Boote im Marmara-Meer. Manchmal saß Füsun ganz versunken da, und dann wünschte ich mir, ich könnte ins Land ihrer Träume gehen, aber wie ich so am Tisch dasaß, kam mir mein ganzes Leben hoffnungslos schwerfällig vor. Manchmal erschien mir der gedeckte Tisch wie eine Landschaft mit Bergen und Tälern, Hügeln und Ebenen. Manchmal lachten wir vor dem Fernseher alle zugleich los. Manchmal war mir, als habe es etwas Erniedrigendes an sich, dass wir uns vom Fernsehen so in den Bann ziehen ließen. Manchmal ärgerte es mich, wenn der Nachbarsjunge Ali sich zu Füsun auf den Schoß setzte und sich an sie schmiegte. Manchmal erörterte ich mit Onkel Tarık in verschwörerischem Ton die allgemeine Wirtschaftslage. Manchmal ging Füsun in den zweiten Stock hinauf und kam lange nicht herunter, und das machte mich kreuzunglücklich. Manchmal klingelte das Telefon, aber es hatte sich nur jemand verwählt. Manchmal sagte Tante Nesibe: »Nächsten Dienstag mach ich euch süßen Kürbis!« Manchmal zog eine Gruppe junger Männer Richtung Tophane hinunter und grölte dabei Fußballlieder. Manchmal war ich Füsun beim Kohlenachlegen behilflich. Manchmal sah ich über den Küchenboden eine Schabe huschen. Manchmal merkte ich, wie Füsun unter dem Tisch ihren Hausschuh auszog. Manchmal pfiff der Nachtwächter genau vor unserem Haus. Manchmal stand entweder Füsun oder ich vom Tisch auf und riss die vergessenen Kalenderblätter einzeln ab. Manchmal, wenn keiner hinschaute, nahm ich noch einen Löffel vom Grießschmarren. Manchmal war plötzlich das Fernsehbild unscharf, und Onkel Tarık sagte zu Füsun: »Schau doch mal nach, was da wieder los ist«, und Füsun drehte hinten am

Fernseher ein wenig herum, und ich sah ihr dabei zu. Manchmal sagte ich: »So, noch eine Zigarette, und dann gehe ich.« Manchmal vergaß ich völlig die Zeit und streckte mich aus, als legte ich mich jetzt schon in ein weiches Bett. Manchmal war mir, als sähe ich im Teppich lauter Mikroben und Parasiten. Manchmal holte Füsun zwischen zwei Sendungen kaltes Wasser aus dem Kühlschrank, und Onkel Tarık ging nach oben auf die Toilette. Manchmal wurden in einem Topf Kürbisse, Tomaten, Auberginen und Pfefferschoten zusammengekocht und an zwei Abenden hintereinander gegessen. Manchmal stand Füsun nach dem Essen vom Tisch auf, ging zum Käfig Limons und redete liebevoll auf den Vogel ein, und ich meinte dabei, sie spräche mit mir. Manchmal kam im Sommer durch das Erkerfenster ein Falter herein und flatterte wie wild um die Lampe. Manchmal erzählte Tante Nesibe alte Klatschgeschichten aus dem Viertel, die sie erst neu erfahren hatte, etwa dass der Vater des Elektrikers Efe ein gefürchteter Räuber gewesen sei. Manchmal vergaß ich ganz, wo ich war, und wähnte uns allein, so dass ich Füsun einen langen schmachtenden Blick zuwarf. Manchmal fuhr ein Auto so leise vorbei, dass wir es nur am Zittern der Fenster merkten. Manchmal ertönte von der Füruzağa-Moschee der Gebetsruf her. Manchmal stand Füsun plötzlich auf, ging zum Erkerfenster und sah so sehnsuchtsvoll hinaus, als erwarte sie jemanden, und ich war dann gekränkt. Manchmal dachte ich beim Fernsehen an etwas ganz anderes und stellte mir etwa vor, wir seien Reisende und hätten uns gerade erst in einem Schiffsrestaurant kennengelernt. Manchmal versprühte Tante Nesibe an Sommerabenden im oberen Stockwerk Insektenspray und ließ dann unten im Wohnzimmer auch noch ein paar Sprüher los, die einige Fliegen das Leben kosteten. Manchmal redete Tante Nesibe darüber, was für ein trauriges Leben in der europäischen Society nun Kaiserin Soraya führte, von der der Schah sich hatte scheiden lassen, weil sie ihm keine Kinder gebären konnte. Manchmal sagte Onkel Tarık vor dem Fernseher: »Jetzt müssen wir uns den Kerl schon wieder anschauen!« Manchmal fragte Tante Nesibe: »Will jemand Eis?« Manchmal zog Füsun zwei Tage hintereinander dasselbe Kleid an und sah für mich doch anders darin aus. Manchmal sah ich im Haus gegenüber jemanden am Fenster stehen und rauchen. Manchmal aßen wir gebratene

Sardellen. Manchmal merkte ich, dass die Keskins fest daran glaubten, dass es eine Gerechtigkeit gebe und die Bösen entweder in dieser oder in der jenseitigen Welt mit Sicherheit ihre Strafe finden würden. Manchmal saßen wir sehr lange schweigend da. Manchmal schienen nicht nur wir still zu sein, sondern die ganze Stadt. Manchmal rief Füsun: »Papa, doch nicht aus der Schüssel«, und dann dachte ich, dass sie sich wegen mir sogar am heimischen Tisch zu benehmen hatten. Manchmal aber dachte ich ganz im Gegenteil, dass sie sich eigentlich keinen Zwang antaten. Manchmal steckte sich Tante Nesibe eine Zigarette an und war dann so vom Bildschirm gebannt, dass sie das Zündholz zu löschen vergaß und sich verbrannte. Manchmal aßen wir überbackene Nudeln. Manchmal dröhnte nachts ein Flugzeug im Sinkflug ziemlich dicht über das Haus hinweg. Manchmal hatte Füsun eine Bluse an, die ihren langen Hals bis zum Brustansatz sehen ließ, und ich musste beim Fernsehen dann aufpassen, sie nicht allzusehr anzustarren. Manchmal fragte ich Füsun: »Wie kommst du mit deinem Bild vorwärts?« Manchmal wurde im Fernsehen Schnee angesagt, und es schneite dann doch nicht. Manchmal hörten wir das klagende Tuten eines großen Öltankers. Manchmal hörten wir in der Ferne Schüsse. Manchmal schlug der Nachbar die Haustür so fest zu, dass im Büfett hinter mir die Gläser klirrten. Manchmal hielt Limon das Telefonklingeln für einen weiblichen Kanarienvogel und tirilierte drauflos, was uns alle zum Lachen brachte. Manchmal kam ein Ehepaar zu Besuch, und ich wurde ganz verlegen. Manchmal sang im Fernsehen der Frauenchor des Musikvereins Üsküdar ein altes Lied, und Onkel Tarık stimmte augenblicklich ein. Manchmal kamen in der engen Straße zwei Autos nicht aneinander vorbei, und keiner der Fahrer wollte nachgeben, bis schließlich beide fluchend ausstiegen und sich prügelten. Manchmal war es im Haus, auf der Straße, im ganzen Viertel geheimnisvoll still. Manchmal brachte ich neben Pasteten und eingelegtem Thunfisch auch Makrelen mit. Manchmal sagten wir: »Ganz schön kalt heute!« Manchmal zog Onkel Tarık nach dem Essen lächelnd Pfefferminz der Marke Ferah aus der Tasche und bot uns davon an. Manchmal miauten sich vor der Tür zwei Katzen an und gingen dann fauchend aufeinander los. Manchmal legte Füsun eine Brosche, die ich ihr mitgebracht hatte, sofort an, und ich sagte ihr dann leise, wie gut sie ihr stand. Manchmal waren wir so gefesselt davon, dass am Bildschirm zwei Liebende zusammenfanden und sich küssten, dass wir fast vergaßen, wo wir uns befanden. Manchmal sagte Tante Nesibe: »Ich habe ganz wenig Salz reingetan, es kann jeder nach Belieben nachsalzen.« Manchmal blitzte und donnerte es in der Ferne. Manchmal fuhr uns das Tuten eines alten Bosporusdampfers ins Herz. Manchmal wirkte in einem Film oder einer Werbung ein uns aus dem Pelür bekannter Schauspieler mit, über den wir uns ab und an lustig machten, und ich suchte dann Füsuns Blick; sie aber wandte ihn ab. Manchmal fiel der Strom aus und wir sahen dann im Dunkeln unsere glühenden Zigarettenspitzen. Manchmal ging an der Haustür jemand vorbei und pfiff dabei ein altes Lied. Manchmal sagte Tante Nesibe: »Oje, heute abend habe ich aber viel geraucht!« Manchmal verstummten wir alle zugleich, und Tante Nesibe sagte: »Jetzt muss irgendwo jemand gestorben sein.« Manchmal funktionierte Onkel Tarıks Feuerzeug nicht, und ich dachte dann, es sei an der Zeit, ihm ein neues zu schenken. Manchmal holte Tante Nesibe etwas aus dem Kühlschrank und fragte uns dann, ob sie im Fernsehen etwas verpasst habe. Manchmal kam es in der Dalgıç-Straße in der Wohnung direkt gegenüber zu einem Ehestreit, und da der Mann seine Frau schlug, vernahmen wir Schreie, die uns durch und durch gingen. Manchmal hörten wir draußen den Boza-Verkäufer mit der Handglocke schellen und sein »Booozaaa!« rufen. Manchmal sagte Tante Nesibe zu mir: »Heute bist du aber gut aufgelegt!« Manchmal musste ich mich sehr beherrschen, um Füsun nicht zu berühren. Manchmal, besonders an Sommerabenden, kam ein Wind auf und ließ die Türen zuschlagen. Manchmal dachte ich an Zaim und Sibel und meine ganzen alten Freunde. Manchmal setzten sich Fliegen auf unser Essen, und Tante Nesibe regte sich auf. Manchmal holte Tante Nesibe für Onkel Tarık Mineralwasser aus dem Kühlschrank und fragte uns, ob wir auch welches wollten. Manchmal ging draußen der Nachtwächter schon pfeifend vorbei, obwohl es noch keine elf Uhr war. Manchmal verspürte ich den sehnlichen Wunsch, zu Füsun zu sagen: »Ich liebe dich«, doch durfte ich nicht mehr tun als ihre Zigarette anzünden. Manchmal merkte ich, dass der Flieder, den ich beim Mal zuvor mitgebracht hatte, noch immer in der Vase steckte. Manchmal ging gegenüber ein Fenster auf, und jemand warf Müll hinaus. Manchmal fragte Tante Nesibe: »Und wer isst jetzt den letzten Köfte?« Manchmal, wenn ich im Fernsehen Generäle sah, dachte ich an meinen Wehrdienst zurück. Manchmal empfand ich schmerzlich, dass nicht nur ich, sondern wir alle höchst bedeutungslos waren. Manchmal sagte Tante Nesibe: »Ratet mal, was es zum Nachtisch gibt!« Manchmal bekam Onkel Tarık einen Hustenanfall, und Füsun stand auf und brachte ihrem Vater ein Glas Wasser. Manchmal legte Füsun eine Haarnadel an, die ich ihr vor Jahren geschenkt hatte. Manchmal fragte mich Füsun nach einem Theatermann, einem Literaten oder einem Professor, der gerade im Fernsehen war. Manchmal brachte ich das schmutzige Geschirr in die Küche. Manchmal war es bei Tisch still, weil alle kauten. Manchmal fing einer zu gähnen an, und die anderen wurden davon angesteckt, so dass wir alle lachen mussten. Manchmal fand Füsun einen Film so spannend, dass ich am liebsten ein Held darin gewesen wäre. Manchmal hielt sich der Geruch nach gegrilltem Fleisch den ganzen Abend über im Haus. Manchmal fühlte ich mich einfach glücklich, nur weil ich neben Füsun sitzen durfte. Manchmal sagte ich: »Gehen wir doch wieder mal am Bosporus essen!« Manchmal überkam mich das Gefühl, dass das Leben nicht irgendwo anders, sondern genau hier an diesem Tisch stattfand. Manchmal diskutierten wir über bestimmte Themen nur deshalb, weil wir im Fernsehen irgend etwas darüber gesehen hatten, zum Beispiel über verschwundene Königsgräber in Argentinien, die Anziehungskraft auf dem Mars, den Rekord im Freilufttauchen, die Gefahren des Motorradfahrens in Istanbul oder die Entwicklung der Erdpyramiden in Ürgüp. Manchmal drückte ein heftiger Wind gegen die Fenster und fuhr brausend in das Ofenrohr. Manchmal erinnerte Onkel Tarık wieder daran, dass die Schiffe, die Sultan Mehmet bei der Eroberung Istanbuls über Land vom Bosporus ins Goldene Horn schaffen ließ, damals ganz hier in der Nähe vorbeigekommen waren, nämlich da, wo nun die Boğazkesen-Straße verlief, und dann sagte er: »Und damals war der Sultan erst neunzehn!« Manchmal stand Füsun nach dem Essen auf und ging zu Limons Käfig, und kurze Zeit später kam ich ihr nach. Manchmal sagte ich mir: »Gut, dass ich heute gekommen bin!« Manchmal schickte Onkel Tarık Füsun um seine Brille, seine Zeitung oder einen Lottoschein hinauf in das Obergeschoss, und Tante Füsun rief ihr dann hinterher:»Vergiss nicht, das Licht auszumachen!« Manchmal sagte Tante Nesibe, zur Hochzeit einer entfernten Verwandten von uns in Paris könnten wir es noch schaffen. Manchmal sagte Onkel Tarık:»Seid doch mal still!« und deutete auf die Decke, und dann horchten wir, ob das Rascheln über uns wohl von einer Maus oder von einem Dieb stammte. Manchmal fragte Tante Nesibe Onkel Tarık:»Ist der Fernseher laut genug?«, denn Onkel Tarık wurde allmählich schwerhörig. Manchmal schwiegen wir uns lange an. Manchmal schneite es, und der Schnee blieb auf den Gehsteigen und den Fensterbrettern liegen. Manchmal war draußen ein Feuerwerk, und wir standen alle auf und sahen uns den bunt erleuchteten Himmel an, und danach roch es im Zimmer nach Schwarzpulver. Manchmal fragte mich Tante Nesibe:»Soll ich dir nachschenken?« Manchmal sagte ich zu Füsun:»Schauen wir uns dein Bild an?«, und manchmal schauten wir es dann auch gemeinsam an, und dann wusste ich, dass ich immer mit ihr glücklich sein würde.

70
Gebrochene Leben

Feridun, der sich schon eine ganze Weile kaum mehr blicken ließ und immer behauptete, er übernachte am Set, kam eine Woche nachdem die Ausgangssperre auf elf Uhr verlegt worden war, eines Abends um halb elf sturzbetrunken nach Hause. Er machte einen recht unglücklichen Eindruck, rang sich aber, als er uns am Tisch sitzen sah, höflichkeitshalber ein paar Worte ab. Füsun und er schauten sich kurz an, dann zog er sich nach oben ins Schlafzimmer zurück wie ein Krieger, der geschlagen aus einem langen Feldzug kommt. Eigentlich hätte Füsun nun aufstehen und ihm gleich nachgehen müssen, aber das tat sie nicht.

Ich beobachtete sie aufmerksam, und das war ihr auch bewusst. Sie zündete sich eine Zigarette an und rauchte sie schweigend, als ob gar nichts Besonderes sei. Mittlerwiese blies sie den Rauch nicht mehr zur Seite, als ob sie sich vor Onkel Tarık schäme. Sie löschte behutsam die Zigarette. Ich geriet wieder in eine Aufsteh-Krise. Diese Krankheit, die ich überwunden wähnte, trat sogar immer heftiger auf.

Als sich Füsun kurz vor elf mit etwas verlangsamten Bewegungen wieder eine Samsun zwischen die Lippen steckte, sah sie mir direkt in die Augen. Wie im Film sagten wir uns mit unseren Blicken derart viel, dass ich das Gefühl hatte, wir hätten uns den Abend über stundenlang unterhalten. Wie von selbst streckte sich meine Hand aus, und ich zündete die Zigarette zwischen ihren Lippen mit meinem Feuerzeug an. Dann widerfuhr mir etwas, das türkische Männer sonst nur aus ausländischen Filmen kannten, denn Füsun hielt beim Anzünden kurz meine Hand fest.

Ich steckte mir ebenfalls eine Zigarette an. Und als wäre gar nichts Besonderes, rauchte ich sie in aller Seelenruhe fertig, bis es fünf Minuten über die Sperrzeit hinaus war. Tante Nesibe merkte durchaus, dass etwas los war, und fürchtete wohl die Konsequenzen, doch gab sie keinen Ton von sich. Auch Onkel Tarık schwante etwas, aber er wusste nicht so recht, was er nun eigentlich ignorieren sollte. Um zehn nach elf verließ ich das Haus. Ich denke, an jenem Abend wurde mir klar, dass ich Füsun eines Tages heiraten würde. Das Gefühl, dass Füsun schließlich doch mir den Vorzug gab, brachte mich so aus dem Häuschen, dass ich gar nicht merkte, wie sehr ich nicht nur mich, sondern auch Çetin in Gefahr brachte. Çetin ließ mich in Teşvikiye vor unserem Haus aussteigen, brachte dann den Wagen in die eine Minute entfernte Garage in der Şair-Nigâr-Straße und schlich sich durch kleine Gassen möglichst unauffällig nach Hause. Wie ein kleiner Junge konnte ich in jener Nacht vor lauter Aufregung nicht schlafen.

Als sieben Wochen später im Saray-Kino in Beyoğlu die Filmgala für *Gebrochene Leben* stattfinden sollte, war ich abends bei den Keskins. Eigentlich hätten sowohl Füsun als Ehefrau des Regisseurs als auch ich in meiner Eigenschaft als Produzent (mir gehörten mehr als fünfzig Prozent von Limon-Film) an der Gala teilnehmen müssen, aber wir gingen beide nicht hin. Füsun brauchte nicht lange nach einer Entschuldigung zu suchen, denn sie war mit Feridun verkracht. Feridun lebte ja im Grunde genommen woanders, aller Wahrscheinlichkeit nach mit Papatya zusammen. Hin und wieder brachte er seine schmutzige Wäsche vorbei oder holte sich ein Buch, das er gerade brauchte. Von diesen Blitzbesuchen erfuhr ich nur über Tante Nesibe, die ab und an so tat, als würde ihr etwas herausrutschen, und obwohl mich die Sache natürlich sehr interessierte, ging ich auf diese »verbotenen« Themen nicht ein. Dass sie in meiner Gegenwart nicht erörtert wurden, hatte bestimmt Füsun verfügt, das sah ich ihr deutlich an. Von dem Streit zwischen ihr und Feridun aber hatte mir Tante Nesibe berichtet.

Wäre ich zur Filmgala gegangen, hätte Füsun das bestimmt aus den Zeitungen erfahren und mich deshalb sicher bestraft. Andererseits wurde ich als Produzent natürlich auf der Gala erwartet. So ließ ich kurz nach dem Mittagessen meine Sekretärin Zeynep bei Limon-Film anrufen und sagen, meine Mutter sei schwer erkrankt und ich könne deshalb auf keinen Fall das Haus verlassen.

Als abends *Gebrochene Leben* zum erstenmal dem Kinopublikum vorgestellt werden sollte, holte mich Çetin in Teşvikiye ab und brachte mich bei regnerischem Wetter zu den Keskins, doch ließ ich ihn nicht über Tophane fahren, sondern über Taksim und Galatasaray. Als wir in Beyoğlu am Saray-Kino vorbeikamen, sah ich durch die nassen Autoscheiben hindurch elegant angezogene Menschen mit Regenschirmen und ein paar mit dem Geld von Limon-Film finanzierte Plakate, aber das Ganze glich so gar nicht der Gala, die ich mir Jahre zuvor für den Film vorgestellt hatte, in dem Füsun mitspielen sollte.

Beim Abendessen in Çukurcuma wurde das Thema nicht einmal erwähnt. Wir rauchten allesamt, was das Zeug hielt, und aßen Nudeln mit Hackfleisch und Lorbeerblättern, Zaziki, Tomatensalat, Schafskäse sowie das gute Eis, das ich bei Ömür in Nişantaşı gekauft und bei den Keskins gleich ins Tiefkühlfach gesteckt hatte, und immer wieder standen wir auf und schauten aus dem Fenster auf die verregnete Straße hinunter.

Obwohl *Gebrochene Leben* von der Kritik recht ungnädig behandelt wurde, fand der Film sowohl beim Istanbuler als auch beim Provinzpublikum großen Anklang und stellte Kassenrekorde auf. Vor allem die letzten Filmszenen, in denen Papatya zwei herzzerreißende Lieder singt, rührten insbesondere in der Provinz zahlreiche

Menschen, und viele Frauen, ob jung oder alt, kamen aus feuchten und stickigen Kinos mit vor Weinen verquollenen Augen heraus. Auch die Szene davor, in der Papatya den ekelhaften reichen Mann, der sie fast noch im Kindesalter verführt und damit ihre Ehre beschmutzt hat, um sein Leben winseln lässt und ihn schließlich tötet, wurde mit Begeisterung aufgenommen. So wirkungsvoll war sie, dass der Schauspieler Ekrem, der den Reichen spielte – und ansonsten oft byzantinische Priester und armenische Rebellen –, es bald satt hatte, auf der Straße von Leuten angespuckt oder gar geschlagen zu werden, und eine Weile lieber gar nicht mehr aus dem Haus ging. Hoch angerechnet wurde dem Film auch, dass er nach den »Terrorjahren«, wie die Zeit vor dem Militärputsch nunmehr genannt wurde, die Menschen wieder in die Kinosäle zurückbrachte. Die Belebung des Filmgeschäfts wirkte sich auch auf die Pelür-Bar aus, den Marktplatz der Filmschaffenden, wo sich wieder alle zeigen wollten. Als ich Ende Oktober an einem windigen, regnerischen Abend zwei Stunden vor der Ausgangssperre auf Drängen Feriduns mit in die Pelür-Bar ging, stellte ich fest, dass mein Ansehen dort gehörig gestiegen war. Da *Gebrochene Leben* eingeschlagen hatte, galt ich nunmehr als erfolgreicher und vor allem gewiefter Produzent, zu dem man sich – vom Kameramann bis zum berühmten Schauspieler – gerne an den Tisch setzte, um Freundschaft zu schließen.

Zu später Stunde, von den Lobhudeleien und dem vielen Raki schon ganz benommen, saß ich einmal mit Traum-Hayati, Ekrem, Feridun, Papatya und Tahir Tan an einem Tisch. Ekrem, mindestens genauso betrunken wie ich, machte Anspielungen auf die Vergewaltigungsszene in dem Film, von der in den Zeitungen immer wieder Fotos zu sehen waren, und erging sich in Anzüglichkeiten gegenüber Papatya. Diese wiederum sagte hohnlachend, mit kaputten und armseligen Männern habe sie nichts zu schaffen. Am Nebentisch saß ein Kritiker, der *Gebrochene Leben* als übles Melodram abgetan und die Hauptdarstellerin regelrecht verspottet hatte, und so stachelte nun Papatya Feridun immer wieder an, dem Kerl doch eine Lektion zu erteilen und ihn ordentlich zu verprügeln, aber irgendwann geriet das in Vergessenheit.

Als Ekrem erzählte, nach dem Film habe er viele Angebote für

Bankreklamen erhalten, obwohl doch ansonsten für Filmbösewichte in der Werbung kein Platz sei, kamen wir auf die aus dem Boden schießenden Banken zu sprechen, die zweihundert Prozent Zinsen boten, was angesichts der hundert Prozent Inflation nicht schlecht war. Dass Banken bei ihrer Zeitungs- und Fernsehwerbung nunmehr auf Schauspieler zurückgriffen, wurde im Filmmilieu mit Befriedigung aufgenommen. Da die umnebelten Stammgäste der Pelür-Bar mich als erfolgreichen und modernen Geschäftsmann ansahen (»Ein Geschäftsmann, der etwas für Kultur übrig hat, ist modern«, sagte Traum-Hayati), verfielen sie bei solchen Themen oft in achtungsvolles Schweigen und fragten gerade mich nach meiner Meinung. Man war darin übereingekommen, ich sei ein weitsichtiger, beinharter »Kapitalist«, und dass ich einst ins Pelür gekommen war, um aus Füsun eine bekannte Schauspielerin zu machen, war mit Füsun zusammen vergessen worden. Als mir bewusst wurde, wie schnell Füsun aus dem Gedächtnis dieser Leute verdrängt worden war, beflügelte das meine Liebe zu ihr erst recht, und ich wollte so rasch wie möglich zu ihr, hatte sie es doch geschafft, sich von diesem schmierigen Milieu nicht anstecken zu lassen. Wieder einmal beglückwünschte ich mich dazu, sie von solch schlechtgesinnten Menschen ferngehalten zu haben.

Papatyas Lieder in dem Film waren eigentlich von einer Freundin ihrer Mutter gesungen worden, einer unbekannten älteren Sängerin. Auf den Erfolg des Films hin sollte Papatya nun die Lieder selbst interpretieren und eine Platte herausbringen. Wir beschlossen an dem Abend, dass Limon-Film dieses Vorhaben unterstützen und außerdem eine Fortsetzung von *Gebrochene Leben* drehen würde. Das mit der Fortsetzung war im Grunde nicht unsere eigene Idee, sondern ging auf die Kinobetreiber und Filmverleiher in Anatolien zurück, die uns so damit in den Ohren lagen, dass Feridun meinte, sich diesem Drängen zu verweigern sei »wider die Natur der Dinge« (wie damals gerne gesagt wurde). Nun hatte aber Papatya wie alle Mädchen, die nicht mehr Jungfrau sind – seien sie nun gutherzig oder nicht –, am Ende des Films kein Happy-End als Ehefrau und Mutter erleben dürfen, sondern war gestorben. Wir ließen uns daraufhin einfallen, sie habe sich nach ihrer Schussverletzung nur totgestellt, um den Bösen zu entgehen. Der zweite Film sollte dann in einem Krankenhaus einsetzen.

Drei Tage später gab Papatya in einem Interview mit *Milliyet* bekannt, dass die Dreharbeiten bald beginnen würden. Interviews mit ihr erschienen nun Tag für Tag. Als der erste Film herausgekommen war, hatte es noch geheißen, zwischen Papatya und Tahir Tan bestehe eine Liebesbeziehung, doch damit waren keine Schlagzeilen mehr zu machen und Papatya leugnete sie auch mittlerweile. Feridun rief mich an und sagte, inzwischen wollten die bekanntesten Schauspieler mit Papatya drehen, und Tahir Tan könne es mit ihr ohnehin nicht mehr aufnehmen. In den jüngsten Interviews erklärte Papatya dann, bei Männern sei sie über Küsse noch nie hinausgegangen. In unvergesslicher Erinnerung sei ihr der erste Kuss, den sie mit ihrer Jugendliebe getauscht habe, und zwar in einem Weinberg, von Bienen umschwirrt. Der junge Mann sei dann leider auf Zypern im Kampf gegen die Griechen gefallen. Sie habe sich daraufhin nie wieder einem Mann nähern können, und nur ein anderer Leutnant könne sie über dieses Liebesleid hinwegtrösten. Als Feridun ihr wegen diverser Interviewlügen einmal Vorhaltungen machte, erwiderte Papatya, das alles erzähle sie doch nur, um den neuen Film durch die Zensur zu bringen.

Das erfuhr ich zwar nicht von Feridun direkt, aber andererseits gab dieser sich auch keine Mühe, seine Beziehung zu Papatya vor mir zu verbergen. Um seine Art, arglos durchs Leben zu gehen, ohne sich je zu streiten oder um irgend etwas zu scheren, konnte ich ihn wahrhaft nur beneiden.

Papatyas Single »Gebrochene Leben« kam im Januar 1982 heraus und hatte ziemlichen Erfolg, wenn auch nicht so viel wie der Film. An die Hauswände, die nach dem Putsch frisch gekalkt worden waren, hatte man kleine Reklamezettel geklebt, und auch in den Zeitungen wurde ein wenig Werbung für die Platte betrieben. Die Zensurkommission des türkischen Rundfunks (die unter dem harmloseren Namen Musikkontrollkommission firmierte) fand die Platte zu seicht und verwehrte ihr daher den Zugang zu Fernsehen und Radio. Dennoch führte die Platte wieder zu einer Reihe von Interviews, in denen Papatya sich zur Steigerung ihres Bekanntheitsgrades auf Streitgespräche einließ, die teils ernst gemeint, teils völlig abgekartetes Spiel waren. Sie mischte sich in Debatten ein, die da etwa lauteten: »Soll die im Geiste Atatürks erzogene moderne junge Frau eher an ihren Mann denken oder an ihre Arbeit?«, erklärte dann, den Mann ihrer Träume habe sie leider noch nicht gefunden, spielte auf dem dazugehörigen Foto vor dem Spiegel ihres Zimmers (umgeben von einer halb popartigen, halb traditionellen Möbelgarnitur) mit ihrem Teddybären, und während sie mit ihrer Mutter, die ganz auf tüchtige Hausfrau machte, in der Küche Spinatpasteten zubereitete – die gleichen Emailtöpfe waren auch in der Küche der Keskins –, betonte sie, sie sei viel solider, unschuldiger und ausgeglichener als die weidwunde, zornige Heldin Lerzan aus *Gebrochene Leben* (dabei hatte sie woanders noch getönt:»Irgendwie sind wir doch alle so wie Lerzan!«). Ganz stolz tat mir Feridun einmal kund, Papatya handhabe das alles völlig professionell und nehme in keiner Weise ernst, was in Zeitungen und Magazinen über sie veröffentlicht werde. Anders als so manche törichten Starlets, die wir aus dem Pelür kannten, jammerte sie nicht herum, die Presse entwerfe ein völlig falsches Bild von ihr, sondern sie log sich ihr Image ganz einfach selbst zurecht und behielt damit das Heft in der Hand.

71
»Sie kommen ja überhaupt nicht mehr, Kemal«

Da es unserem heimischen Erzeugnis Meltem immer noch schwerfiel, sich gegen Coca-Cola und andere große ausländische Marken durchzusetzen, beschloss Zaim, für die Werbekampagne zum Sommeranfang Papatya zu engagieren – den Reklamefilm dazu sollte Feridun drehen –, und da kam es zwischen mir und meinem alten Freundeskreis, zu dem ich, ohne Zorn, auf Abstand gegangen war, zu einem letzten Schlagabtausch, der mir ziemlich weh tat.

Zaim wusste natürlich, dass Papatya mit Limon-Film zu tun hatte. Um uns über die Sache freundschaftlich zu unterhalten, nahmen wir im Fuaye ein ausgedehntes Mittagessen ein.

»Coca-Cola gewährt den Händlern Kredite, liefert ihnen gratis

Plexiglastafeln, macht ihnen kleine Geschenke, da können wir nicht mithalten«, sagte Zaim. »Sowieso reicht es schon, dass die jungen Leute Maradona mit einer Cola in der Hand sehen, und schon denkt keiner mehr daran, dass Meltem billiger und gesünder ist und noch dazu hier bei uns hergestellt wird, nein: Es muss unbedingt Coca-Cola sein.«

»Sei mir nicht böse, aber wenn ich alle heiligen Zeiten mal eine Limo trinke, dann Coca-Cola.«

»Ich trinke es ja auch«, sagte Zaim. »Weil ich es mir leisten kann. Aber Papatya soll jetzt in Anatolien dafür sorgen, dass unsere Botschaft richtig ankommt. Wie ist sie denn so? Kann man ihr vertrauen?«

»Ich weiß nicht. Sie kommt aus einfachen Verhältnissen und ist sehr ehrgeizig. Ihre Mutter war mal Barsängerin, von ihrem Vater hört man nichts. Was genau willst du denn wissen?«

»Na ja, wir geben so viel Geld aus, da wollen wir natürlich nicht, dass sie dann in einem Pornofilm herumhüpft oder beim Ehebruch erwischt wird, das würde in Anatolien nämlich nicht gut ankommen. Sie soll ja mit dem Mann von deiner Füsun zusammensein.«

Es gefiel mir nicht, dass er so von »meiner Füsun« sprach und mich dabei ansah, als wolle er sagen: »Na, du dürftest diese Leute doch mittlerweile ganz gut kennen?« Eingeschnappt fragte ich: »Verkauft sich Meltem in der Provinz denn besser?« Der sehr europäisch eingestellte Zaim hatte ganz auf eine Werbekampagne im westlichen Stil gebaut, und nun setzte ihm zu, dass Meltem ausgerechnet in Istanbul und den anderen großen Städten am schlechtesten lief.

»Ja, in der Provinz hat man mehr für uns übrig. Weil die Menschen dort keinen verdorbenen Geschmack haben und noch richtige Türken sind! Du brauchst aber nicht so empfindlich zu sein und vom Thema abzulenken. Ich verstehe sehr gut, was du für Füsun empfindest. Über die Jahre hinweg so eine Liebe aufrechtzuerhalten ist etwas sehr Achtenswertes, da können die Leute sagen, was sie wollen.«

»Was sagen sie denn so?«

»Nichts sagen sie«, erwiderte Zaim bedächtig.

Das sollte bedeuten: »Die haben dich vergessen.« Wir schwiegen

betreten. Ich rechnete es Zaim hoch an, dass er mir einerseits die Wahrheit sagte, aber andererseits auf meine Gefühle Rücksicht nahm. Zaim merkte das. Er lächelte mich gewinnend an und fragte mit gehobener Braue:»Und, wie steht's denn so mit dir?«
Ich hätte die Frage übergehen können, und Zaim hätte dafür auch Verständnis gehabt. Dass ich so einfach vergessen worden sein sollte, nagte aber an mir.
»Es läuft alles gut«, sagte ich.»Ich werde Füsun heiraten und in der Society wieder mitmischen. Das heißt, wenn ich diesen Klatschmäulern verzeihen kann.«
»Ach, kümmere dich nicht um die. In drei Tagen ist das alles vergessen. Man sieht dir doch an, dass es dir gutgeht. Als ich von der Geschichte mit Feridun hörte, dachte ich mir schon, dass Füsun endlich zur Vernunft kommen würde.«
»Wie hast du denn das mit Feridun erfahren?«
»Ist doch egal.«
»Na, und wann heiratest du endlich mal?« fragte ich, um das Thema zu wechseln.»Hast du eine Neue?«
»Ah, da kommen Bastard-Hilmi und seine Frau Neslihan!« sagte Zaim und deutete zur Tür.
»Na, wen haben wir denn da!« rief Hilmi und kam auf unseren Tisch zu. Neslihan und Hilmi hatten kein Vertrauen zu den Schneidern von Beyoğlu und zogen sich immer italienisch an. Ihr Flair von Reichtum und Eleganz gefiel mir. Dennoch war mir klar, dass ich nicht auf alles mit einem Scherzchen würde reagieren können, wie sie es wohl gerne gehabt hätten. Mir kam es so vor, als würde mich Neslihan etwas furchtsam anblicken. Ich schüttelte den beiden die Hand, blieb aber sehr zurückhaltend, geradezu abweisend. Dass ich so ein seltsames Wort wie»Society« überhaupt in den Mund genommen und mich noch dazu gebrüstet hatte, dort wieder einzusteigen, war unpassend gewesen; ich schämte mich nun dafür. Ich wollte zurück in Füsuns Welt, nach Çukurcuma. Das Fuaye war wieder sehr gut besucht, und ich ließ meinen Blick auf den leeren Wänden, den Blumentöpfen und den schicken Lampen ruhen, als stehe mir eine angenehme Erinnerung vor Augen. Und doch erschien mir das Fuaye irgendwie gestrig, überholt. Würden wohl Füsun und ich eines Tages hier sitzen

können, ohne uns um irgend etwas zu sorgen, einfach nur in dem freudigen Bewusstsein, zu leben und beieinander zu sein? Höchstwahrscheinlich schon, dachte ich.

»Bist wieder mal ganz traumverloren«, sagte Zaim.

»Nein, ich denke nur wegen dir über Papatya nach.«

»Nun ja, wenn Papatya diesen Sommer in unserer Reklame auftreten und quasi das Gesicht von Meltem sein soll, dann muss sie auch zu unseren Terminen und Einladungen kommen. Was hältst du davon?«

»In welcher Hinsicht?«

»Na ja, wird sie sich benehmen können?«

»Warum nicht, sie ist schließlich Schauspielerin, und sogar ein Star.«

»Genau das meine ich ja. Du weißt doch, wie in türkischen Filmen reiche Leute immer gespielt werden. So wie die sollten wir uns zum Beispiel nicht verhalten.«

Dass Zaim »wir« sagte, war nur seiner guten Kinderstube geschuldet; eigentlich meinte er natürlich »sie«. Er sah nicht nur auf Papatya so herab, sondern im Grunde auf jeden, den er der Unterschicht zuordnete. Ich merkte aber gerade noch, dass es Unsinn gewesen wäre, mich über diese Art Engstirnigkeit zu ärgern und mir die Laune verderben zu lassen.

Den Oberkellner Sadi, den ich schon seit Jahren kannte, fragte ich, welchen Fisch er uns empfehlen könne.

»Sie kommen ja überhaupt nicht mehr, Kemal«, sagte er. »Und Ihre Frau Mutter genausowenig.«

»Meine Mutter geht nicht mehr gerne ins Restaurant, seit mein Vater tot ist.«

»Bringen Sie sie doch zu uns, wir heitern sie schon auf. Als bei den Karahans der Vater starb, haben sie ihre Mutter mehrmals pro Woche hierher zum Essen ausgeführt, da saß sie dann immer an ihrem Lieblingsplatz am Fenster, aß ihr Beefsteak und sah draußen die Passanten vorbeigehen.«

»Sie war früher im Sultansharem«, sagte Zaim. »Eine Tscherkessin mit grünen Augen. Sie ist hoch in den Siebzigern, aber noch immer eine Schönheit. Was für einen Fisch empfehlen Sie uns denn jetzt?«

Oft zählte Sadi mit unentschlossener Miene eine ganze Reihe von Fischen auf, Wittling, Goldbrasse, Meerbarbe, Schwertfisch, Seezunge, und unter bedeutungsreichem Einsatz von Augenbrauen und Schnurrbart klärte er uns bei jedem einzelnen darüber auf, was von seiner Frische und Schmackhaftigkeit zu halten war; aber manchmal machte er es auch kurz.

»Sie kriegen Seebarsch in der Pfanne. Was anderes kann ich Ihnen heute nicht empfehlen.«

»Und was gibt's dazu?«

»Gekochte Kartoffeln, Rucola, was Sie wollen.«

»Und als Vorspeise?«

»Haben wir eingelegten Thunfisch.«

»Bringen Sie uns auch rote Zwiebeln«, sagte Zaim, ohne von der Speisekarte aufzusehen. Als er auf der letzten Seite mit den Getränken anlangte, stöhnte er: »Na wunderbar, Pepsi haben Sie, Ankara-Limo, sogar Elvan, aber Meltem natürlich nicht!«

»Aber Zaim, Sie wissen doch, dass Ihre Leute nur alle heiligen Zeiten liefern. Und wir haben dann wochenlang die leeren Flaschen dastehen.«

»Ja, stimmt schon, der Vertrieb in Istanbul läuft nicht richtig«, sagte Zaim. Und zu mir gewandt: »Du kennst dich doch mit so etwas aus, wie macht ihr das bei Satsat? Wie kriege ich meinen Vertrieb auf Vordermann?«

»Hör bloß auf mit Satsat. Osman hat zusammen mit Turgay eine neue Firma gegründet und uns ausgestochen. Nach dem Tod unseres Vaters hat Osman einen krankhaften Ehrgeiz entwickelt.«

Es war Zaim nicht recht, dass Sadi hier unsere Misserfolge mitbekam. »Bringen Sie uns doch zwei doppelte Kulüp-Raki mit Eis«, sagte er. Als Sadi fort war, sah Zaim mich erwartungsvoll an: »Dein lieber Bruder Osman will auch mit uns zusammenarbeiten.«

»Ich mische mich da nicht ein und bin dir auch nicht böse, wenn ihr Geschäftspartner werdet. Tu, was dir beliebt. Weißt du sonst noch was Neues?«

Zaim begriff sofort, dass ich damit Gesellschaftstratsch meinte, und gab ein paar schöne Geschichten zum besten. So erfuhr ich, dass der Schiffeversenker Güven diesmal zwischen Tuzla und Bayramoğlu einen verrosteten Schlepper am Strand hatte auflaufen lassen. Er kaufte immer im Ausland ausgemusterte und umweltverpestende Schiffe zum Schrottpreis, wies sie bei den Behörden durch irgendwelche Taschenspielereien als neuwertig aus, gelangte damit über Bekannte in der Regierung und über Bestechungsgelder an zinslose Kredite aus dem Fond zur Förderung der türkischen Schiffahrt, und wenn er die Schiffe dann stranden ließ, bekam er erst einmal von einer staatlichen Versicherung große Summen ausgezahlt und verhökerte dann die Schiffe an befreundete Schrotthändler, so dass er ohne von seinem Schreibtisch aufzustehen einen Riesenreibach machte. Nach zwei Glas Raki tönte er gerne: »Ich bin der größte Reeder, der noch nie im Leben ein Schiff betreten hat!«

»Aufgekommen ist die Sache natürlich nicht wegen seiner Tricksereien, sondern nur, weil er den Schlepper aus praktischen Gründen ganz in der Nähe des Sommerhauses hat stranden lassen, das er seiner Geliebten gekauft hatte. Jetzt gibt es Zeter und Mordio, weil der ganze Strand versaut wurde, und seine Geliebte heult sich die Augen aus.«

»Und sonst noch?«

»Die Avunduks und die Mengerlis haben ihr Geld dem Privatbankier Deniz anvertraut und alles verloren. Es heißt, dass die Avunduks deswegen jetzt ihre Tochter vom Gymnasium Dames de Sion herunternehmen und schnell noch verheiraten.«

»Die ist doch furchtbar hässlich. Und überhaupt: Deniz? Von dem habe ich noch nie was gehört, das muss ja der allerletzte sein. Wie kann man so einem vertrauen?«

»Und du, hast du Geld bei einem Privatbankier? Und traust du denen, von denen du schon mal was gehört hast?«

Dass die sogenannten Privatbankiers – ehemalige Döner-, Reifen- oder Losverkäufer – sich mit ihren extrem hohen Zinsen nicht lange würden halten können, musste einem der gesunde Menschenverstand sagen. Einigen aber gelang es eben doch, durch viel Reklame rasch Kunden zu gewinnen und so eine ganze Weile nicht unterzugehen. Es hieß sogar, einige Wirtschaftswissenschaftler, die sich in den Zeitungen über solche Betrüger mokierten, hätten sich schließlich dazu verführen lassen, wenigstens für ein paar Monate ihr Geld so anzulegen.

»Ich habe überhaupt kein Geld bei einem Privatbankier«, sagte ich, »und unsere Firmen auch nicht.«

»Die zahlen so hohe Zinsen, dass man schon blöd sein muss, um noch ehrliche Arbeit zu leisten. Wenn ich das Geld, das ich in Meltem investiert habe, bei Kastelli angelegt hätte, wäre es heute doppelt so viel.«

Wenn ich heute an unser Gespräch im Fuaye und an die Leute dort zurückdenke, kann ich wieder das Gefühl der Leere nachempfinden, das mich damals erfasste. Doch während ich mir heute beim Erzählen zusammenreime, dass eben in einem bestimmten Milieu eine gewisse Unvernunft oder – vornehm ausgedrückt – Unlogik vorherrschte, erschien mir damals jenes Gebaren einem bedenklichen Leichtsinn zu entspringen, den ich mir aber, anstatt besorgt zu sein, eher sogar stolz lachend zu eigen machte.

»Wirft Meltem denn gar keinen Gewinn ab?« fragte ich. Das war nur so dahingesagt, aber Zaim war dennoch eingeschnappt.

»Wir bauen ganz auf Papatya, was bleibt uns sonst übrig? Hoffentlich macht sie uns keine Schande. Bei der Hochzeit von Mehmet und Nurcihan soll Papatya zusammen mit den Silberblättern das Werbelied von Meltem singen. Die Hochzeit ist im Hilton, und die ganze Presse wird dasein.«

Betroffen schwieg ich. Mir hatte niemand etwas von der Hochzeit gesagt.

»Ja, ich weiß, sie haben dich nicht eingeladen«, sagte Zaim. »Aber ich dachte, du hättest trotzdem schon davon gehört.«

»Und warum werde ich nicht eingeladen?«

»Da ist schon viel darüber diskutiert worden. Wie du dir vorstellen kannst, will Sibel dich dort nicht sehen. Wenn du eingeladen wirst, dann kommt sie nicht, hat sie gesagt. Sie ist schließlich Nurcihans beste Freundin, und sie hat die beiden ja auch miteinander bekannt gemacht.«

»Und ich bin Mehmets bester Freund. Und mir ist es nicht weniger zu verdanken, dass sie sich kennengelernt haben.«

»Jetzt nimm dir doch das nicht so zu Herzen.«

»Warum geschieht ausgerechnet das, was Sibel will?« sagte ich, aber das überzeugte nicht einmal mich selbst.

»Sibel ist nun mal in aller Augen diejenige, der ein Unrecht widerfahren ist«, sagte Zaim. »Ihr habt euch verlobt und schon zusammengewohnt, und dann hast du sie verlassen. Das ist natürlich von jedermann beredet worden. Mütter zeigen ihren Töchtern euren Fall als warnendes Beispiel. Sibel ist das gleichgültig, aber sie tut trotzdem allen leid. Und dir sind die Leute natürlich böse. Stell dich also nicht so an, wenn sie jetzt auf Sibels Seite sind.«

»Ich stell mich ja gar nicht an«, sagte ich, aber ich tat es eben doch. Schweigend tranken wir unseren Raki und aßen unseren Fisch. Es war bestimmt das erste Mal, dass Zaim und ich uns im Fuaye beim Essen anschwiegen. Ich horchte auf die Schritte der umhereilenden Kellner, auf das Reden und Lachen der Gäste, das Besteckgeklapper. Wütend beschloss ich, nie wieder ins Fuaye zu kommen. Dabei wusste ich doch, wie sehr ich dieses Lokal mochte und dass das eben meine Welt war.

Zaim erzählte mir dann, er wolle sich im Sommer ein Sportboot kaufen und sei momentan auf der Suche nach einem Außenbordmotor, aber in den entsprechenden Läden in Karaköy sei er noch nicht fündig geworden. »Jetzt zieh doch nicht so ein Gesicht«, sagte er dann plötzlich. »Es braucht dich doch nicht gleich umzuhauen, wenn dir eine Hochzeit im Hilton entgeht. Warst du da etwa noch nie?«

»Es passt mir nun mal nicht, dass meine Freunde mich jetzt wegen Sibel schneiden.«

»Das tun sie doch gar nicht.«

»Und wie hättest du entschieden?«

»Wie hätte ich was entschieden?« fragte er gekünstelt zurück.

»Ach so! Na, mir wäre es natürlich recht, wenn du kommen würdest. So wie wir beide uns auf Hochzeiten immer amüsieren!«

»Jetzt geht es aber nicht ums Amüsieren, sondern um mehr.«

»Sibel ist ein ganz besonderes Mädchen«, sagte Zaim. »Du hast ihr das Herz gebrochen, und darüber hinaus hast du sie in eine schwierige Lage gebracht. Anstatt mich so böse anzuschauen, solltest du das endlich einmal einsehen, Kemal. Glaub mir, dann würde es dir viel leichter fallen, wieder zu deinem alten Leben zurückzufinden und das alles zu vergessen.«

»Dann habe ich deiner Meinung nach also etwas verbrochen.« Ich

wusste jetzt schon, dass ich es gleich bereuen würde, noch weiter über die Sache zu reden, und dennoch tat ich es. »Wenn es immer noch wichtig ist, Jungfrau zu sein, was soll dann unser modernes Getue? Dann seien wir doch wenigstens ehrlich!«
»Das sind wir ja. Aber du täuschst dich eben, wenn du meinst, du könntest zum Thema Jungfräulichkeit wirklich mitreden. Für dich und für mich ist sie vielleicht nicht wichtig, aber für ein Mädchen in diesem Land eben doch, da kann sie so modern sein, wie sie will.«
»Du hast doch gesagt, Sibel ist das gleichgültig.«
»Sibel vielleicht schon, aber den Leuten nicht. Und auch wenn es dir gleichgültig ist: Denk doch mal daran, wie es war, als die Weiße Nelke über dich diese Klatschgeschichte schrieb, da war das in aller Munde, und erbaut hat dich das damals auch nicht gerade, stimmt's?«

Es war wohl Absicht von Zaim, dass er diese Details hervorkramte und Ausdrücke wie »dein altes Leben« benützte. Nun, wenn er mich schon treffen wollte, dann konnte ich ihm das genauso gut heimzahlen. Ich merkte zwar noch, dass ich lieber hätte den Mund halten sollen, weil auch der Raki aus mir sprach, aber in meinem Zorn war ich nicht mehr zu halten.

»Das eine sag ich dir, Zaim: Dass Papatya im Hilton mit den Silberblättern ein Werbelied singen soll, finde ich abgeschmackt.«
»Na hör mal, wo wir doch einen Werbevertrag mit ihr unterschreiben! Sei mir doch nicht böse deswegen!«
»Die feine Art ist das wirklich nicht.«
»Na, wegen ihrer feinen Art haben wir die Frau ja auch nicht ausgesucht«, versetzte Zaim. Ich dachte schon, gleich würde er mir vorwerfen, das Unfeine an Papatya hätten schließlich wir mit unserem Film erst groß herausgebracht, aber Zaim war ein guter Kerl, und so etwas wäre ihm nicht einmal eingefallen. Mit Papatya würden sie schon zurechtkommen, sagte er. »Als Freund möchte ich dir aber noch das eine sagen, Kemal«, fügte er dann ganz ernst hinzu. »Nicht du wirst von diesen Leuten geschnitten, sondern du schneidest sie.«
»Was habe ich denn getan?«
»Völlig zurückgezogen hast du dich. Und unser Milieu nicht mehr interessant und amüsant genug gefunden. Du hast dich auf etwas cin-

gelassen, das dir ganz bedeutungsvoll erscheint. Diese Liebe ist wie eine große Herausforderung. Schön und gut, aber uns darfst du deswegen nicht böse sein.«

»Aber es war doch die einfachste Sache der Welt: Wir haben uns körperlich sehr gut verstanden, und dann habe ich mich einfach in sie verliebt. So etwas passiert doch. Und dann habe ich mich eben auch für ihr Umfeld interessiert, für ihr Leben. Mit euch hat das nichts zu tun!«

Dieser letzte Satz war mir nur so herausgerutscht. Plötzlich merkte ich, dass Zaim mich wie aus weiter Ferne ansah, als habe er mich schon aufgegeben. Beim Zuhören achtete er nicht mehr auf mich, sondern nur noch auf das, was er den Freunden sagen würde. Dabei war Zaim ein intelligenter, feinfühliger Mensch, der normalerweise nicht so handelte; er musste mir also wirklich böse sein. Während sein Blick sich von mir zurückzog, schien auch ich mich von meiner Vergangenheit und von Zaim zu lösen.

»Du bist ein Gefühlsmensch«, sagte Zaim, »und darum mag ich dich auch so.«

»Was sagt denn Mehmet zu dem Ganzen?«

»Der mag dich genauso, und das weißt du auch. Aber er ist mit Nurcihan so glücklich, wie wir beide uns das gar nicht vorstellen können, und dieses Glück soll von nichts und niemandem getrübt werden.«

»Verstehe.« Ich beschloss, das Thema zu beenden.

Zaim begriff sofort. »Nimm Vernunft an!« sagte er nur noch.

»Gut, wird gemacht«, erwiderte ich, und von da an bis zum Ende der Mahlzeit sprachen wir nur noch über Belangloses.

Zaim versuchte noch ein paarmal, mich mit Klatschgeschichten aufzuheitern, und scherzte mit Bastard-Hilmi und Neslihan, die noch einmal kurz zu uns an den Tisch kamen, aber ich taute nicht mehr auf. Die Eleganz von Neslihan und Hilmi kam mir nun bemüht und künstlich vor. Ich hatte mit diesen Leuten nichts mehr zu schaffen. Das mochte mir einerseits selbst leid tun, aber zum anderen hatte sich eine unbändige Wut in mir angestaut. Gegen Ende unseres Aufenthalts im Fuaye träumte ich wieder davon, mit Füsun in Europa herumzureisen. Ich ließ die Rechnung kommen und zahlte. Vor der Tür umarmten wir uns noch einmal, wie zwei alte Freunde, die sich jahrelang nicht sehen werden, weil der eine zu einer großen Reise aufbricht. Dann ging jeder in seiner Richtung davon. Zwei Wochen später rief mich Mehmet bei Satsat an, bat mich um Verzeihung, weil er mich nicht zu seiner Hochzeit einladen konnte, und erwähnte wie beiläufig, dass Zaim und Sibel schon eine ganze Weile zusammen waren. Er hatte wohl gedacht, auch ich würde schon wissen, was doch inzwischen jeder wusste.

72
Das Leben ist genau wie die Liebe

Als ich mich Anfang 1983 eines Abends bei den Keskins gerade an den Tisch setzen wollte, kam mir im Wohnzimmer plötzlich irgend etwas ungewohnt vor, und ich sah mich um. Weder waren die Sessel verrückt worden, noch stand auf dem Fernseher ein neuer Hund, und dennoch strahlte das Zimmer eine Fremdheit aus, als wären die Wände alle schwarz gestrichen worden. Mir kam es damals immer mehr so vor, als ob mein Leben nicht etwas sei, das ich bewusst und aus eigener Entscheidung heraus lebte, sondern als würde es mir – so wie die Liebe – gleichsam wie im Traum ganz einfach zustoßen, und um mit dieser pessimistischen Einstellung weder kämpfen noch mich ihr gänzlich ausliefern zu müssen, versuchte ich sie soweit wie möglich zu ignorieren. Man kann auch sagen, dass ich einfach alles sich selbst überließ. So beschloss ich auch, das befremdliche Gefühl, das mich da im Wohnzimmer überkam, einfach zu ignorieren.

Im Kulturkanal TRT 2 kamen damals gerade Filme mit der kurz zuvor verunglückten Grace Kelly. Präsentiert wurden sie jeden Donnerstagabend von Ekrem, der seinen Text von einem Blatt ablas, das er hinter einer Vase voller Rosen versteckte, weil man sonst sein Alkoholikerzittern bemerkt hätte. Der Text stammte von einem jungen Filmkritiker, mit dem Feridun einst befreundet gewesen war, bis jener über *Gebrochene Leben* einen Verriss schrieb. Ekrem las die einführenden Worte herunter, ohne sie selber so recht zu verstehen, doch bevor er dann den Fernsehzuschauern gute Unterhaltung wünschte, erlaubte er sich noch eine Bemerkung. Bei einem Filmfestival habe er die »zarte amerikanische Prinzessin« einmal persönlich kennengelernt, und sie habe ihm damals anvertraut, dass sie viel für die Türken übrig habe. Damit sollte uns vermittelt werden, dass er gut und gerne mit dem schönen Star eine Romanze hätte erleben können. Füsun ließ sich keinen dieser Filme entgehen, denn in ihren ersten Ehejahren hatte sie von Feridun und dem jungen Kritiker viel über Grace Kelly gehört, und da ich für mein Leben gern mit ansah, wie Füsun Grace Kellys zerbrechliche und doch frische Art anhimmelte, stellte ich mich jeden Donnerstagabend zuverlässig bei den Keskins ein.

An jenem Abend sahen wir Hitchcocks *Fenster zum Hof*. Anstatt mir über meine innere Unruhe hinwegzuhelfen, machte der Film sie nur noch schlimmer. Acht Jahre zuvor nämlich hatte ich ihn im Kino gesehen und dabei an Füsuns Küsse gedacht, während ich eigentlich mit den Leuten von Satsat hätte zu Mittag essen sollen. Nun war es mir seltsamerweise kein Trost, aus dem Augenwinkel heraus an der gebannt zuschauenden Füsun etwas von Grace Kellys schlichter Eleganz zu entdecken. Trotz oder vielleicht auch wegen des Films erfasste mich ein bestimmtes Gefühl, das an meinen Abenden in Çukurcuma immer wieder über mich kam. Es war ein traumartiges Gefühl, als ob ich aus einem Zimmer, das immer enger wurde, nicht herauskäme und selbst die Zeit sich zusammenschnürte.

Ich habe mich im Museum der Unschuld sehr um eine adäquate Wiedergabe dieses Gefühls bemüht, das ich a) als Seelenzustand und b) als Täuschung darstellen wollte.

a) Als Seelenzustand gleicht das Gefühl, sich in einem Traum zu befinden, ein wenig dem Erleben des Alkohol- oder Haschischkonsumenten. Und doch ist es auch wieder anders. Man meint, man könne den jetzigen Augenblick nicht richtig leben. Bei den Keskins kam es mir oft so vor, als ob ich in der Vergangenheit lebte. Den Grace-Kelly-Film, vor dem wir gerade saßen, hatten wir irgendwie schon gesehen, und die Tischgespräche glichen sich sehr; aber das allein machte noch nicht dieses Gefühl aus. Ich erlebte den jeweiligen Moment eben nicht, als sei er gerade jetzt, sondern als sähe ich ihn eher aus der Ferne. Während mein Körper, als sei er der Körper eines anderen, auf einer Theaterbühne das Jetzt erlebte, stand ich etwas abseits und beobachtete Füsun und mich selbst. Mein Körper lebte im Heute, und meine Seele sah ihm dabei von ferne zu. Was ich erlebte, war etwas Erinnertes. So sollen auch die Besucher des Museums der Unschuld die ausgestellten Objekte, seien es nun Knöpfe, Gläser oder Füsuns Kämme, nicht als etwas tatsächlich Vorhandenes betrachten, sondern als Erinnerungen von mir.

b) Wenn man einen Augenblick als Erinnerung erlebt, liegt eine Zeittäuschung vor und daneben auch eine Raumtäuschung. Am nächsten kommt diesem Gefühl das Unbehagen, das ich immer empfand, wenn ich früher in Kinderheften über optischen Täuschungen (»Welcher von den dreien ist der kleinste?«) und Vexierbildern grübelte. Wenigstens hatten jene Aufgaben (»Wo hat der König sich versteckt?«, »Wie findet der Hase wieder aus dem Wald heraus?«) auch noch etwas Amüsantes an sich, wohingegen das Haus der Keskins im siebten Jahr meiner Besuche allmählich zu einem immer ungemütlicheren Ort wurde. An jenem Abend bemerkte Füsun das.

»Hat dir der Film nicht gefallen?«

»Doch.«

»War vielleicht kein Thema für dich«, setzte sie nach.

»Sogar sehr«, sagte ich.

Dass Füsun auf meine Missstimmung einging, und noch dazu in Gegenwart ihrer Eltern, war etwas so Außergewöhnliches, dass ich mir über den Film und über Grace Kelly doch noch ein paar Worte abrang. Füsun ließ jedoch nicht locker.

»Aber du hast doch etwas, Kemal, mach uns nichts vor.«

»Na gut. Also, ich habe so ein Gefühl, dass hier im Zimmer irgend etwas anders ist als sonst, aber ich komme nicht darauf, was es ist.«

Da lachten alle los.

»Wir haben Limon ins Hinterzimmer verfrachtet, Kemal«, sagte Tante Nesibe. »Und wir haben uns schon gewundert, dass du es so lange nicht merkst.«

»Tatsächlich! Wie konnte mir das nur entgehen? Wo ich Limon doch so mag!«

»Wir mögen ihn auch«, sagte Füsun stolz, »und deshalb male ich ihn jetzt.«

»Ach ja? Hast du schon angefangen? Darf ich sehen?«

»Klar.«

Zur Fortsetzung ihrer Serie der Vögel Istanbuls hatte Füsun lange Zeit keine Lust gehabt. Als ich das Hinterzimmer betrat, sah ich daher zuerst nicht auf den Vogel selbst, sondern auf das neu angefangene Bild.

»Feridun bringt mir jetzt auch keine Vogelfotos mehr«, sagte Füsun, »und bevor ich selber welche mache, male ich lieber nach der Natur.«

Wie sie da seelenruhig von Feridun sprach, als gehörte er schon der Vergangenheit an, machte mich ganz schwindelig. Ich beherrschte mich aber. »Ein guter Anfang«, sagte ich. »Das Bild von Limon wird bestimmt dein bestes, weil du ihn so gut kennst. In der Kunst bringt man es am weitesten, wenn man sich mit Themen beschäftigt, die einem nahestehen.«

»Aber ganz realistisch soll das Bild nicht werden.«

»Wie meinst du das?«

»Den Käfig lasse ich weg. Limon soll auf dem Fensterbrett sitzen wie ein Vogel, der aus freien Stücken hergeflogen ist.«

In jener Woche kam ich noch dreimal zu den Keskins. Nach dem Essen gingen wir jeweils ins Hinterzimmer und besprachen Details von Füsuns Bild, auf dem Limon viel lebhafter und fröhlicher aussah als in seinem Käfig. Immer wieder kam ich auf die Idee zu sprechen, die Pariser Museen zu besichtigen.

Am Dienstagabend holte ich dann wie ein nervöser Gymnasiast zu meiner Rede aus.

»Füsun, wir müssen endlich aus diesem Haus heraus, aus diesem Leben«, flüsterte ich. »Das Leben ist kurz, und die Tage und Jahre gehen unbarmherzig vorbei. Wir müssen irgendwohin und dort gemeinsam glücklich werden.« Füsun tat so, als hätte sie mich gar nicht gehört. Nur Limon piepste eine kurze Antwort. »Wir brauchen uns vor nichts mehr zu fürchten. Gehen wir weg von hier, du und ich, und werden wir in einem anderen Haus glücklich, in unserem Haus, bis an unser Lebensende. Du bist erst fünfundzwanzig, Füsun, wir haben noch ein halbes Jahrhundert vor uns. Um diese fünfzig Jahre Glück zu verdienen, haben wir in den letzten sieben Jahren doch weiß Gott genug durchgemacht! Gehen wir endlich weg! Wir sind jetzt eigensinnig genug gewesen.«

»Eigensinnig? Davon weiß ich gar nichts, Kemal. Nimm deine Hand da weg, du machst Limon angst.«

»Nein, schau mal, er frisst mir aus der Hand. In unserem Haus bekommt er einen Ehrenplatz.«

»Du, mein Vater wird sich schon fragen, was wir so lange machen«, sagte Füsun dann vertraulich.

Am darauffolgenden Donnerstag sahen wir Grace Kelly wieder in einem Hitchcock-Film: *Über den Dächern von Nizza*. Ich hatte wiederum nur Augen dafür, wie Füsuns blaue Halsader schlug, wie ihre Hand unruhig über den Tisch fuhr, wie sie an ihren Haaren zupfte und wie sie ihre Samsun hielt, denn in alledem drückte sich intensives Interesse an der Fürstin aus.

Als wir danach ins Hinterzimmer gingen, sagte Füsun: »In Mathematik soll sie damals auch schlecht gewesen sein. Und bevor sie Schauspielerin wurde, hat sie auch als Fotomodell gearbeitet. Aber worum ich sie beneide, das ist das Autofahren.«

Beim Präsentieren des Films hatte Ekrem in wissendem Ton darauf hingewiesen, dass Grace Kelly im vergangenen Jahr in einer Kurve verunglückt sei, die sie auch in jenem Film passiert habe.

»Warum beneidest du sie gerade darum?«

»Weiß auch nicht. Dass sie Auto fahren kann, macht sie irgendwie stark und frei.«

»Ich kann es dir beibringen.«

»Ach was!«

»Doch, Füsun, du hast Talent dazu, das weiß ich. Ich bringe dir in zwei Wochen so viel bei, dass du den Führerschein machen und in aller Ruhe in Istanbul herumfahren kannst. Ich habe es auch erst mit Çetin gelernt, als ich so alt war wie du.«

Das war allerdings gelogen.

»Du brauchst nur ein wenig Geduld zu haben.«

»Geduld? Die hab ich!« sagte Füsun.

73
Füsuns Führerschein

Im April 1983 begannen wir uns auf Füsuns Führerscheinprüfung vorzubereiten. Dem endgültigen Entschluss dazu waren fünf Wochen mit vielem Hin und Her vorausgegangen, mit Geziere und Schweigen und Erwägungen allerlei Art. Es war uns beiden bewusst, dass uns damit neben der eigentlichen Fahrprüfung auch eine Prüfung unserer Beziehung bevorstand. Außerdem würde dies unsere zweite Prüfung sein, und da ich nicht glaubte, dass uns noch eine dritte vergönnt sein würde, war ich ziemlich angespannt.

Daneben war es überhaupt eine großartige Gelegenheit, Füsun wieder näherzukommen, und dass Füsun sie mir geboten hatte, machte mich glücklich. Es sei darauf verwiesen, dass ich damals wieder zu mehr Ruhe und Heiterkeit zurückfand. Nach einem langen, dunklen Winter brach wieder die Sonne durch die Wolken.

An solch einem sonnigen Frühlingstag, nämlich am Freitag, den 15. April 1983 (und damit drei Tage nach Füsuns 26. Geburtstag, den wir mit einem Schokoladenkuchen aus der Konditorei Divan gefeiert hatten), holte ich nachmittags Füsun mit dem Chevrolet vor der Firuzağa-Moschee ab. Ich fuhr den Wagen selbst, und Füsun nahm vorerst neben mir Platz. Sie wollte nicht direkt vor dem Haus in Çukurcuma abgeholt werden, sondern etwas abseits, um sich nicht neugierigen Blicken auszusetzen.

Nach acht Jahren waren wir zum erstenmal wieder zu zweit unterwegs. Natürlich war ich sehr glücklich darüber, aber mehr noch war ich aufgeregt und nervös. Obwohl ich endlich wieder mit dem Mädchen zusammen war, mit dem ich so vieles durchgemacht hatte, kam es mir eher so vor, als würde ich zum erstenmal mit einer Heiratskandidatin zusammentreffen, die andere für mich ausgesucht und mir als die perfekte Frau empfohlen hatten.

Füsun trug ein weißes und orangefarbenes Kleid mit Rosen- und Blattmuster, das ihr sehr gut stand. Dieses Kleid mit dem V-Ausschnitt, das ihr bis knapp übers Knie reichte, zog sie bei jeder unserer Fahrstunden an, wie ein Sportler, der immer im gleichen Jogginganzug trainiert, und nach den Fahrstunden war das Kleid auch genauso nassgeschwitzt. Als ich das Kleid drei Jahre später in Füsuns Kleiderschrank wiederentdeckte, dachte ich gerührt an unsere angespannten und doch berauschenden Fahrstunden zurück, an das Glück, das wir im Yıldız-Park nicht weit von Abdülhamits Palast erlebt hatten, und um mich wieder in die Atmosphäre von damals hineinzuversetzen, schnüffelte ich instinktiv an den Ärmeln und dem Brustteil des Kleides, auf der Suche nach Füsuns unvergleichlichem Duft.

Das Kleid wurde damals immer zuerst in den Achseln nassgeschwitzt, dann breitete sich die Feuchtigkeit allmählich auf Brust, Arme und Bauch aus. Manchmal, wenn Füsun im Park der Motor abstarb, schien die warme Frühlingssonne auf uns herab wie damals im Merhamet Apartmanı, wenn wir miteinander schliefen, und uns war schon allein deshalb warm. Was aber erst Füsun und dann auch mich noch viel mehr ins Schwitzen brachte, war die Atmosphäre im Auto, unsere Anspannung und Verlegenheit. Wenn Füsun einen Fehler machte und etwa mit dem rechten Vorderrad an der Gehsteigkante entlangschleifte, beim Gangwechseln das Getriebe malträtierte oder den Motor abwürgte, wurde sie wütend, bekam ein rotes Gesicht und schwitzte noch mehr. Am meisten machte ihr immer die Kupplung zu schaffen.

Die Verkehrsregeln hatte Füsun schon zu Hause aus einem Buch gelernt, das Fahren an sich bereitete ihr keine großen Probleme und sie brachte auch die zum Autofahren notwendige Umsicht auf, aber die Sache mit der Kupplung bekam sie – wie viele Fahrschüler – nur schwer in den Griff. Auf der Strecke, die wir uns im Park als Übungsparcours erwählt hatten, fuhr Füsun manchmal mit deutlich verringerter Geschwindigkeit auf eine Wegkreuzung zu wie ein Dampferkapitän auf eine Anlegestelle, und ich wollte schon »Bravo!« rufen, da rutschte sie wieder zu schnell von der Kupplung, und das Auto begann zu röcheln und zu husten wie ein kranker alter Mann, und während wir von dem Ruckeln durchgerüttelt wurden, schrie ich: »Die Kupplung! Die Kupplung!« Füsun trat jedoch in ihrer Aufregung statt dessen aufs Gas oder auf die Bremse. Wenn sie das Gas erwischte, tat das Auto noch größere Sätze und blieb schließlich stehen. Von

Füsuns hochrotem Gesicht, von der Stirn, der Nasenspitze und den Schläfen troff der Schweiß.

»Ich hab es satt«, sagte Füsun beschämt und wischte sich den Schweiß ab. »Ich werde das nie lernen, ich geb's auf! Ich bin fürs Fahren einfach nicht geschaffen.« Manchmal stieg sie auch einfach wortlos aus, wischte sich mit diesem Taschentuch hier den Schweiß ab, ging vierzig, fünfzig Schritte weg und rauchte dann gierig eine Zigarette. (Einmal waren ihr zwei Männer auf die Pelle gerückt, die gedacht hatten, sie sei allein im Park.) Oder sie rauchte ihre Samsun gleich im Auto und drückte die schweißnasse Kippe im Aschenbecher aus und sagte, sie werde den Führerschein sowieso nie bekommen und wolle ihn auch gar nicht.

Da sah ich dann nicht nur den Führerschein in Gefahr, sondern meine ganzen Felle davonschwimmen, und ich flehte Füsun an, sich doch zu beruhigen und geduldiger zu sein.

Das nasse Kleid klebte ihr an den Schultern. Ich sah mich an ihren wohlgeformten Armen satt, ihrer sorgenvollen Miene, ihrer angestrengten Stirn, an dem schönen Körper, der wieder genauso schweißgebadet war wie an den Nachmittagen im Merhamet Apartmanı. Füsun begann schon zu schwitzen, sobald sie auf dem Fahrersitz Platz nahm, sie wurde rot vor lauter Anstrengung, machte die obersten Knöpfe ihres Kleides auf und schwitzte dann nur noch mehr. Wenn ich ihr auf den feuchten Hals sah, auf die Schläfen und hinter das Ohr, dann versuchte ich mich an ihre wunderbaren birnenförmigen Brüste zu erinnern, die ich acht Jahre zuvor in den Mund genommen hatte. (Abends zu Hause, nach ein paar Gläsern Raki, glaubte ich dann auch die erdbeerfarbenen Brustwarzen vor mir zu sehen.) Füsun wurde gewahr, dass ich beim Zusehen ganz außer mir geriet, und wenn ich spürte, dass ihr das nicht einmal missfiel, wurde mir erst recht ganz anders. Ich beugte mich zu ihr hinüber, um ihr zu zeigen, wie man den Gang sanfter einlegt, und berührte dabei ihre Hand, ihren Arm, ihre Hüfte, und mir war, als würden nicht unsere Körper, sondern unsere Seelen sich vereinigen. Dann ging Füsuns Fuß wieder zu früh von der Kupplung herunter, der Chevrolet schüttelte sich wie ein fieberkrankes Pferd, und als der Motor schließlich erstarb, merkten wir, wie still es in dem Park war und wie still in dieser Welt.

Wir lauschten dann auf ein vorbeischwirrendes Insekt und erfühlten verzaubert, was für ein Glück es doch war, an diesem Frühlingstag in diesem Park und dieser Stadt leben zu dürfen.

Der große Garten des Palastes, von dem aus Sultan Abdülhamit in aller Zurückgezogenheit die Geschicke des Osmanischen Reiches gelenkt hatte, wenn er nicht gerade draußen an dem großen Teich mit seinem Modellschiff spielte wie ein Kind (die Jungtürken hatten einmal geplant, ihn mitsamt diesem Schiff in die Luft zu jagen), war nach Gründung der Republik in einen Park umgestaltet worden, in dem Wohlhabende mit ihren Autos herumkurven und Fahranfänger üben konnten. Zwischen hundertjährigen Platanen und Kastanien gab es verschwiegene Plätzchen, dort hielten sich – wie ich von Hilmi, Tayfun und Zaim erfahren hatte – oft Liebespaare auf, die sonst nicht wussten, wohin. Wenn Füsun und ich solche Paare sahen, die sich hinter Bäumen küssten, verfielen wir in tiefes Schweigen.

Auch wenn unsere Fahrstunde zu Ende war, die mir immer stundenlang vorkam wie unsere Nachmittage im Merhamet Apartmanı, kehrte im Auto eine Art Ruhe nach dem Sturm ein.

»Sollen wir nach Emirgân fahren und einen Tee trinken?« fragte ich etwa, wenn wir den Park verließen.

»Ja, gut«, flüsterte Füsun wie ein schüchternes junges Mädchen.

Ich fühlte mich wie ein junger Mann, der freudig überrascht ist, wie gut es gleich beim ersten Treffen mit der potentiellen Braut läuft, mit der man ihn verkuppeln will. Wenn ich den Bosporus entlangfuhr, in Emirgân am Kai parkte und wir im Auto Tee tranken, war ich so glücklich, dass ich gar nichts mehr herausbrachte. Füsun stand noch ganz unter dem Eindruck des gerade Erlebten und sagte entweder auch nichts oder sprach vom Autofahren und unseren Fahrstunden.

Hinter den vom Teedampf beschlagenen Scheiben des Chevrolet versuchte ich Füsun auch zu berühren und zu küssen, doch wie ein prinzipienfestes, tugendhaftes Mädchen, das vor der Ehe keinerlei Annäherung zulässt, wies sie mich jedesmal höflich, aber bestimmt zurück. Mich erfreute jedoch, dass mein Verhalten sie nicht verstimmte und sie mir also keineswegs böse war. Wie ein provinzieller Heiratskandidat stellte ich mit Genugtuung fest, dass meine Zukünftige »prinzipientreu« war.

Um die Papiere zusammenzubekommen, die für die Fahrprüfung nötig waren, kamen wir beide im Juni 1983 in ganz Istanbul herum. Nachdem wir einmal im Militärkrankenhaus von Kasımpaşa, in das die Prüflinge damals geschickt wurden, den ganzen Vormittag damit verbracht hatten, in der Schlange vor dem Sekretariat zu warten, um uns schließlich von einem gereizten Arzt bescheinigen zu lassen, dass Füsuns Nervenkostüm in Ordnung war und sie die notwendigen Reflexe besaß, gingen wir in dem Viertel noch spazieren und kamen dabei bis zur Piyalepaşa-Moschee. Ein andermal warteten wir in einem Krankenhaus in Taksim geschlagene vier Stunden auf einen Arzt, bis wir erfahren mussten, er sei inzwischen nach Hause gegangen, und um unseren Ärger zu verdauen, gingen wir dann in ein kleines russisches Restaurant in der Gümüşsuyu-Straße und nahmen ein frühes Abendessen ein.

Als wir Füsuns Hals-Nasen-Ohren-Arzt gebraucht hätten, war er gerade in Urlaub, und man verwies uns an ein Krankenhaus in Haydarpaşa, so dass wir mit dem Stadtdampfer nach Kadıköy übersetzten und dabei vom Hinterdeck aus den Möwen Simit-Stücke zuwarfen. In der Medizinischen Fakultät ließen wir unsere Papiere zur Bearbeitung im Sekretariat und gingen dann lange in engen, steilen Straßen spazieren, bis wir zufällig am Hotel Fatih vorbeikamen. Das Gebäude, in dem ich sieben Jahre zuvor wegen Füsun gelitten hatte wie ein Hund und in dem mich auch die Nachricht vom Tod meines Vaters erreicht hatte, erschien mir nun wie in einer anderen Stadt.

Jedesmal wenn wir aus einem Krankenhaus kamen und unser Dossier, auf dem mit der Zeit schon zahlreiche Tee-, Kaffee-, Tinten- und Fettflecke prangten, wieder um eine neue Bescheinigung angereichert hatten, gingen wir, um diesen Erfolg zu feiern, ins nächstbeste Gasthaus und ließen uns ein Essen schmecken. Füsun rauchte dort ihre Zigaretten völlig entspannt und ohne sich zu verstecken, und manchmal nahm sie ungeniert meine Zigarette aus dem Aschenbecher und steckte sich – wie unter Militärkameraden – die eigene damit an und sah mit unbefangenen Augen in die Welt hinaus wie jemand, der Neues entdecken und sich amüsieren will.

So kam ich erst dahinter, wie offen meine Füsun dafür war, in anderen Vierteln anderes Leben zu sehen, das Stadtleben zu genießen, neue

Leute kennenzulernen und unbefangen Freundschaften zu schließen, und ich verliebte mich nur noch mehr in sie.

»Hast du den da gesehen?« sagte sie etwa. »Der schleppt sich mit einem Spiegel ab, der größer ist als er selbst.« Wir schauten Kindern zu, die auf dem Kopfsteinpflaster Fußball spielten, und Füsun schien daran mehr Spaß zu haben als ich und kaufte uns dann beim Krämer zwei Flaschen Limo (Meltem hatte der gute Mann natürlich nicht!). Füsun zeigte auch kindliches Interesse an einem Kloakenreiniger, der mit langen Eisenstangen und Pumpen durch die Straßen eines alten Viertels mit lauter Holzhäusern zog und lautstark seine Dienste anbot, und besah sich auf einem Stadtdampfer das feilgebotene neue Küchengerät, das sich angeblich als Kürbisschäler, als Zitronenpresse und als Fleischmesser verwenden ließ.

»Hast du den Jungen gesehen?« sagte sie auf der Straße. »Der hätte seinen kleinen Bruder ja fast erwürgt!« Wenn an einer großen Kreuzung neben einem schlammigen Kinderspielplatz eine Menschenmenge beisammen stand, war sie es, die gleich darauf zustürzte (»Was ist denn da los, was wird da verkauft?«). So sahen wir Zigeuner, die einen Bären tanzen ließen, Schulkinder in schwarzen Kittelschürzen, die mitten auf der Straße übereinanderliegend eine Riesenrauferei veranstalteten, und die verstörten Blicke zweier Hunde, die beim Paaren nicht mehr voneinander loskamen (was von den Umstehenden teils mit spöttischen Rufen, teils mit verlegenem Grinsen quittiert wurde). Wenn zwei Autos aufeinander auffuhren und die Fahrer kampfeswütig ausstiegen, wenn aus einem Moscheehof ein orangefarbener Plastikball herausflog und dann wunderschön die abschüssige Straße hinunterkullerte, wenn an einer Großbaustelle lärmend ein Bagger herumfuhrwerkte oder ganz einfach in einem Schaufenster ein Fernseher lief, blieben wir stehen und schauten zu.

Ich genoss es einfach, mit Füsun erneut Bekanntschaft zu schließen, mit ihr Istanbul zu entdecken und jeden Tag eine neue Facette an ihr kennenzulernen. Zudem kamen wir uns auch dadurch näher, dass wir gemeinsam mehr von den dunklen Seiten des Lebens mitbekamen, von den armseligen Zuständen in den Krankenhäusern, von den Alten, die in aller Herrgottsfrühe vor den Universitätskrankenhäusern Schlange stehen mussten, um überhaupt einen Arzt zu Gesicht zu bekommen, von den Metzgern, die auf brachliegenden Grundstücken hastig illegale Schlachtungen durchführten. Wenn man das Seltsame, ja Abstoßende an unserer Geschichte mit dem verglich, was die Stadt – lief man nur lange genug darin herum – an Dunklem und Furchterregendem bot, fiel es gar nicht mehr so ins Gewicht. Die Stadt ließ uns das Gewöhnliche an unserem Leben spüren und lehrte uns, bescheiden zu sein, ohne in Schuldgefühle zu verfallen. Wir mischten uns auf der Straße, im Sammeltaxi, im Bus unter die Leute, und ich sah bewundernd zu, wenn Füsun auf dem Dampfer mit einer älteren Frau mit Kopftuch, die ihren schlafenden Enkel auf dem Schoß hatte, munter ins Plaudern kam.

Ich durfte in jenen Tagen miterleben, wieviel Freude und auch Anspannung es bedeutete, in Istanbul mit einer schönen Frau ohne Kopftuch unterwegs zu sein. Sobald wir in das Sekretariat eines Krankenhauses kamen oder über die Schwelle irgendeiner Behörde traten, wandten sich sämtliche Köpfe Füsun zu. Ältere Beamte, die es gewohnt waren, mittellose Patienten und alte Frauen äußerst herablassend zu behandeln, verwandelten sich bei Füsuns Anblick in dienstbeflissene Musterbeamte und sprachen Füsun ungeachtet ihres Alters mit »Gnädige Frau« an. Da gab es solche, die andere Patienten duzten, während sie Füsun ganz betont siezten, und wieder andere, die ihr gar nicht ins Gesicht zu sehen wagten. Mancher junge Arzt spielte den vollendeten Gentleman aus einem europäischen Film und fragte Füsun: »Womit kann ich Ihnen behilflich sein?«, und abgebrühte Professoren, die mich zunächst nicht bemerkten, machten Füsun mit Scherzchen und Artigkeiten den Hof. Die allgemeine Kopflosigkeit, ja Panik rührte wohl nicht so sehr daher, dass jene Herren der weiblichen Anziehungskraft gleich bedingungslos verfallen und auf Sündenpfaden gewandelt wären, sondern einfach aus der Furcht, als Beamter einer unverhüllten schönen Frau gegenüber irgend etwas falsch zu machen. Auf so eine Gefahr ließen manche sich erst gar nicht ein und stotterten nur herum oder suchten nach einem männlichen Begleiter Füsuns, über den sie kommunizieren konnten. Wenn sie dann mich als ihren Ehemann ausmachten, waren sie erleichtert, und ich gleich mit.

»Sie braucht für den Führerschein ein Attest von einem Hals-Na-

sen-Ohren-Arzt«, sagte ich. »Wir sind von Beşiktaş hierher verwiesen worden.«
»Der Doktor ist noch nicht da«, erwiderte ein junger Mann, der im Korridor unter den Wartenden für Ordnung sorgte. Er warf einen Blick in unser Dossier. »Melden Sie sich im Sekretariat an, lassen Sie sich eine Nummer geben und warten Sie dann.« Als er sah, wie verzagt wir auf die lange Schlange blickten, meinte er nur: »Es kommt jeder an die Reihe. Ohne Warten geht es nun mal nicht.«
Am liebsten hätte ich ihm einfach ein wenig Geld in die Hand gedrückt, doch Füsun war dagegen. »Das geht doch nicht. Wir warten wie alle anderen auch.«
Es gefiel mir, für Füsuns Mann gehalten zu werden, wenn wir uns mit dem Personal und mit anderen Patienten unterhielten. Ich interpretierte das immer so, dass die Leute in uns ein gut zusammenpassendes Paar sahen, doch in Wahrheit wurde eben eine Frau nie von einem Mann ins Krankenhaus begleitet, mit dem sie nicht verheiratet war. Einmal hatten wir in der Medizinischen Fakultät zu warten und vertrieben uns die Zeit mit einem Spaziergang in den Gassen von Cerrahpaşa, und als ich Füsun aus den Augen verlor, ging nach einer Weile in einem heruntergekommenen Holzhaus ein Fenster auf, und eine ältere Frau rief mir zu, »meine Frau« sei eine Straße weiter in einen Krämerladen gegangen. Wir wurden in diesen abgelegenen Vierteln neugierig, aber ohne Befremden empfangen. Manchmal liefen uns Kinder hinterher, oder wir wurden für Leute gehalten, die sich verlaufen hatten, oder gar für Touristen. Es konnte vorkommen, dass ein junger Kerl sich in Füsun verguckte und uns nachging, um sie wenigstens aus der Ferne besehen zu können, doch wenn ich ihm dann einen Blick zuwarf, drehte er sogleich ab und ließ uns in Frieden. Oft wurden wir aus einer Tür oder einem Fenster heraus gefragt, welche Adresse und wen wir denn suchten, wobei Männer sich immer an mich und Frauen sich an Füsun wendeten. Einmal sah eine Frau, wie Füsun in eine der Pflaumen beißen wollte, die sie gerade bei einem Straßenhändler gekauft hatte, und sie rief ihr zu, die müssten doch erst gewaschen werden, worauf sie gleich aus dem Haus herausliefs, uns die Tüte abnahm und die Pflaumen in der Küche wusch, uns dann einen Kaffee kochte und uns fragte, wer wir denn seien und was wir

hier suchten, und als wir uns für ein Ehepaar ausgaben, das auf der Suche nach einem schönen Wohnhaus aus Holz sei, fing sie gleich an, allen Nachbarn Bescheid zu sagen.

Unterdessen setzten wir unsere schweißtreibenden Fahrstunden im Yıldız-Park fort und bereiteten uns auch auf die theoretische Prüfung vor. Wenn wir in einem Teegarten saßen, zog Füsun manchmal Broschüren wie »Autofahren leichtgemacht« oder »Amtlicher Fragenkatalog für die theoretische Führerscheinprüfung« aus der Tasche und las mir vergnügt ein paar Fragen und Antworten vor.

»Was ist eine Fahrbahn?«

»Ja, was denn?«

»Eine Fahrbahn ist eine für den öffentlichen Verkehr zugelassene Straße«, sagte Füsun halb auswendig, halb ins Buch lugend. »Und was versteht man unter Straßenverkehr?«

Diese Definition hatte ich schon oft gehört und legte daher gleich los: »Straßenverkehr ist die Bewegung von Fußgängern und Tieren …«

»Da ist kein ›und‹ dazwischen«, unterbrach mich Füsun. »Straßenverkehr ist die Bewegung von Fußgängern, Tieren, motorisierten und nicht motorisierten Fahrzeugen sowie gummibereiften Traktoren auf einer Fahrbahn.«

Eigentlich mochte ich diese Frage-Antwort-Spielchen ganz gerne, weil sie mich an das Auswendiglernen in der Schule und an die Zeugnisse mit der Betragensnote erinnerten, und so kehrte ich den Spieß um und stellte Füsun eine Frage.

»Was versteht man unter Liebe?«

»Was denn?«

»Liebe wird als das Gefühl der Zuneigung definiert, das Kemal empfindet, wenn er auf Fahrbahnen und Gehsteigen, in Häusern und Gärten, Cafés und Restaurants und beim Abendessen in der Familie seine Füsun sieht.«

»Hm, ganz nett. Das heißt also, wenn du mich nicht siehst, dann ist auch keine Liebe mehr da.«

»Dann wird es zur Marotte, zur Krankheit.«

»Möchte bloß wissen, wie mir das bei der Prüfung weiterhelfen soll!« sagte Füsun. Sie ließ mich spüren, dass sie es nicht goutierte, wenn wir in unserer Situation weiter so scherzten und herumkokettierten, und so unterließ ich von da an solche Bemerkungen.

Die theoretische Prüfung fand in einem Palais statt, in dem ein Sohn Abdülhamits, der verrückte Numan Efendi, seine Zeit damit totgeschlagen hatte, Haremsfrauen beim Lautenspiel zuzuhören und impressionistische Bosporus-Ansichten zu malen. In dem Gebäude, das nach wie vor kaum zu beheizen war, hatte man eine Behörde untergebracht, und während ich davor auf Füsun wartete, dachte ich daran zurück, wie ich acht Jahre zuvor vor dem Tor der Taşkışla-Kaserne gestanden hatte, in der Füsun über ihrer Aufnahmeprüfung schwitzte, und ich fragte mich, was ich damals wohl hätte tun sollen. Wenn ich damals die Verlobung mit Sibel abgesagt und meine Mutter zu Füsuns Eltern geschickt hätte, damit sie um Füsuns Hand anhielt, hätten wir inzwischen drei Kinder gehabt. Aber wenn wir jetzt bald heirateten, hatten wir immer noch Zeit für drei Kinder oder vielleicht noch mehr. Als Füsun freudestrahlend herauskam (»Ich habe alles beantwortet!«), hätte ich ihr am liebsten gleich gesagt, wie viele Kinder ich mit ihr wollte, doch konnte ich mich gerade noch beherrschen. Noch dazu, wo wir doch am Abend wieder nur ganz normal am Esstisch saßen und fernsahen.

Füsun bestand den theoretischen Teil fehlerlos, aber bei der Fahrprüfung fiel sie mit Pauken und Trompeten durch. Beim erstenmal ließ man grundsätzlich jeden Prüfling scheitern, damit er den Ernst der Lage erkannte, nur hatten wir uns seelisch darauf nicht eingestellt.

Die Prüfung ging sehr schnell zu Ende. Füsun stieg mit den drei männlichen Prüfern in den Chevrolet, ließ den Wagen an, und kaum war sie ein paar Meter gefahren, da dröhnte einer der Prüfer von hinten: »Sie haben nicht in den Rückspiegel gesehen!«, und als sich Füsun zu ihm umdrehte und »Wie bitte?« fragte, sagte man ihr, sie solle den Wagen sofort anhalten: Während der Fahrt dürfe man sich niemals umdrehen. Die Prüfer stiegen hastig aus, als wollten sie mit so einer schlechten Fahrerin kein weiteres Risiko eingehen. Vor allem dieses betont Demütigende kränkte Füsun.

Für den zweiten Versuch bekam sie vier Wochen später, Ende Juli, einen Termin. Wir gingen erst einmal in das Teehaus gleich nebenan, wo alles beieinandersaß, was in Istanbul irgendwie mit der Führerscheinprüfung zu tun hatte (an der Wand hingen vier Atatürk-Bilder und eine riesige Uhr). Man lachte dort über unsere betrübte Miene, und von Leuten, die sich mit dem Komplex Führerscheinbürokratie, Fahrschulen und Bestechung bestens auskannten, bekamen wir nützliche Tips. Um die Prüfung leicht zu bestehen, konnte man sich bei einer teuren Privatfahrschule anmelden, die von pensionierten Verkehrspolizisten betrieben wurde (die Anmeldung reichte; hinzugehen brauchte man nicht). Wer sich diese Fahrschule leisten konnte, an der auch die Prüfer beteiligt waren, absolvierte die Fahrprüfung dann in einem alten Ford, der neben dem Fahrersitz ein ziemlich großes Loch aufwies, durch das man auf die Straße sah. Beim rückwärts Einparken an einer dazu präparierten Stelle konnte der Prüfling dann – nach Lektüre eines Zettels hinter dem Rückspiegel – an den verschiedenen Farben, die er durch das Loch sah, genau ablesen, wann er wie einzuschlagen hatte, und brachte das Auto damit mühelos in die Parklücke. Anstatt sich bei einer Fahrschule einzuschreiben, konnte man auch direkt einfach einen Batzen Geld zahlen. Ich als Geschäftsmann wusste natürlich, dass nur selten etwas ohne Bestechung ging, aber da Füsun erklärte, den Polizisten, die sie hatten durchfallen lassen, gönne sie keinen roten Heller, machten wir eben mit unserem Training im Yıldız-Park weiter.

Im Vorbereitungsbuch waren zahllose kleine Regeln aufgelistet, und den Prüfern musste man nicht nur zeigen, dass man Auto fahren konnte, sondern auch in übertriebener Manier beweisen, dass man all diese Kleinigkeiten verinnerlicht hatte, indem man etwa am Rückspiegel ein wenig herumrückte, während man hineinschaute.

Ein in Fahrstunden und -prüfungen ergrauter Polizist formulierte es einmal Füsun gegenüber väterlich ermahnend so: »Bei der Prüfung müssen Sie erstens Auto fahren und zweitens so tun, als ob Sie Auto fahren. Das erste ist für Sie selber und das zweite für den Staat.«

Nach den Übungsstunden im Park war es so ein Genuss für mich, nach Emirgân zu fahren und am Ufer Kaffee und Limonade zu trinken oder in einem Café in Rumelihisarı einen Tee aus dem Samowar, dass darüber der Ärger mit der Fahrerei gleich wieder verblasste. Wie zwei Jungverliebte sahen wir allerdings nicht gerade aus. »Wir werden das besser hinkriegen als damals die Mathematik«, sagte ich einmal, und Füsun antwortete skeptisch: »Das werden wir ja sehen.« Wenn wir so unseren Tee tranken, saßen wir oft stumm da wie ein altes Ehepaar, das sich längst nichts mehr zu sagen hat, und wir schauten den Stadtdampfern und den russischen Tankern nach, die an uns vorbeizogen, als sehnten wir uns nach einem anderen Leben und einer anderen Welt.

Füsun fiel auch bei der zweiten Prüfung durch. Diesmal verlangte man viel Schwierigeres von ihr, nämlich rückwärts Einparken am Berg. Als sie den Motor dabei abwürgte, musste sie wieder auf die gleiche erniedrigende Weise den Fahrersitz räumen.

Da, wo die Prüfung stattfand, standen neben mir noch zahlreiche Männer beisammen, vom Straßenschreiber bis zum Teejungen, daneben Prüfer und Prüflinge, und alle spähten neugierig nach dem Chevrolet, und als das Auto zurückkam und der bebrillte Prüfer am Steuer saß, sagte einer aus der Gruppe: »Die haben sie wieder durchfallen lassen!« Ein paar andere lachten.

Auf der Heimfahrt sagte Füsun kein Wort. Ohne sie zu fragen, hielt ich unterwegs in Ortaköy an und parkte vor einer Kneipe. Wir gingen hinein, und ich bestellte uns Raki.

»Das Leben ist kurz und eigentlich sehr schön, Füsun«, sagte ich nach ein paar Schluck. »Lass dich doch von diesen Fieslingen nicht mehr piesacken.«

»Warum sind sie denn so gemein zu mir?«
»Weil sie Geld sehen wollen. Geben wir es ihnen doch einfach.«
»Glaubst du, Frauen sind keine guten Autofahrer?«
»Ich glaube das nicht, aber die.«
»Jeder glaubt es.«
»Sei doch nicht schon wieder so stur.«
Diesen letzten Satz bereute ich sofort.
»Ich war in meinem ganzen Leben noch nie stur, Kemal«, sagte sie. »Aber wenn einem jemand die Ehre abschneiden will, dann darf man sich das nicht bieten lassen. Jetzt hör mir mal gut zu, Kemal, ich werde dich jetzt um etwas bitten, und ich will, dass du das ernst nimmst. Ich werde den Führerschein machen, ohne diese Leute zu bestechen, und du mischst dich da bitte nicht ein. Versuch ja nicht, hinter meinem

Rücken etwas zu zahlen oder deine Beziehungen spielen zu lassen, ich kriege das nämlich heraus, und dann werde ich sehr böse.«

»In Ordnung«, sagte ich mit gesenktem Kopf.

Schweigsam tranken wir dann jeder noch ein Glas Raki. Die Kneipe am Marktplatz war gegen Abend ziemlich leer. Auf die Teller mit den gebackenen Muscheln und den Fleischbällchen setzten sich unentwegt nervöse Fliegen. Um jene einfache Kneipe, die mir sehr am Herzen lag, einmal wiederzusehen, fuhr ich Jahre später nach Ortaköy, doch hatte man das Gebäude wohl inzwischen abgerissen, denn ich fand nur noch Andenkenläden vor. Als wir an jenem Abend wieder zum Auto gingen, nahm ich Füsun am Arm.

»Weißt du eigentlich, dass wir beide seit acht Jahren zum erstenmal wieder allein in einem Lokal gegessen haben?« »Ja.« Ihre Augen leuchteten auf und machten mich unheimlich glücklich.

»Pass auf«, sagte sie, »jetzt gibst du mir den Autoschlüssel, und ich fahre.«

»Nun gut.«

An den großen Kreuzungen in Beşiktaş und Dolmabahçe kam sie zwar ins Schwitzen, doch obwohl sie getrunken hatte, brachte sie den Chevrolet ziemlich problemlos bis vor die Firuzağa-Moschee. Als ich sie drei Tage später am selben Ort zu einer neuen Fahrstunde abholte, wollte sie sofort wieder selbst ans Steuer, aber das redete ich ihr aus, da es in der Stadt vor Polizisten nur so wimmelte. Unsere Fahrstunde aber verlief trotz der Hitze recht gut.

Auf der Rückfahrt sahen wir das strudelnde Bosporuswasser und bereuten, unsere Badeanzüge nicht dabeizuhaben. Das Mal darauf trug Füsun unter ihrem Kleid den hier ausgestellten blauen Bikini. Am Strand von Tarabya zog sie das Kleid aus und rannte dann sofort ins Wasser, als liefe sie vor mir weg. Es machte mich verlegen, nach Ablauf von acht Jahren zum erstenmal wieder ihren schönen Körper zu sehen. Das hinter Füsun aufspritzende Wasser, die Schaumkronen, das ganz besondere Licht, das Blau von Bikini und Bosporus, all das vermengte sich zu einem unvergesslichen Bild, einem einmaligen Gefühl. Später sollte ich jahrelang auf alten Fotos und Ansichtskarten nach diesem Gefühl und dieser Farbe suchen.

Ich rannte Füsun hinterher und stürzte mich ebenfalls ins Wasser.

Mir kam der absurde Gedanke, irgendein Meeresungeheuer könne sie angreifen. Ich musste sie erreichen und sie im Meeresdunkel beschützen. Ich fahndete im aufgepeitschten Wasser nach ihr, erfüllt von ekstatischem Glück und zugleich einer panischen Angst, dieses Glück zu verlieren, so dass ich vor lauter Aufregung fast meinte, ertrinken zu müssen. Füsun war vielleicht von der Strömung des Bosporus erfasst und fortgerissen worden! Dann wollte auch ich sterben, und zwar auf der Stelle. Da ließ das kapriziöse Bosporusgewoge etwas nach, und ich sah Füsun vor mir. Wir waren beide außer Atem. Wie zwei glücklich Verliebte lächelten wir uns an. Doch als ich ihr näherkommen wollte, sie berühren und küssen, sah sie gleich wieder ernst drein wie ein tugendhaftes Mädchen und wandte sich ab. Ich schwamm ihr hinterher und sah dabei die Bewegungen ihrer wohlgeformten Beine. Nach einer Weile merkte ich, dass wir ganz schön weit hinausgeschwommen waren.

»Das reicht jetzt!« rief ich. »Schwimm nicht weiter, hier fangen die Strömungen an, sonst werden wir noch mitgerissen und ertrinken alle beide!«

Ich drehte mich um und erschrak ein wenig. Wir waren mitten in der Stadt. Die Bucht von Tarabya, das Huzur, in dem wir immer gegessen hatten, die anderen Restaurants, das Tarabya-Hotel, die Autos auf der sich windenden Küstenstraße, die roten Stadtbusse, die Hügel dahinter, die ärmlichen Viertel auf der Anhöhe von Büyükdere, all das war plötzlich so weit weg.

Mir war, als blickte ich nicht nur auf den Bosporus und auf die Stadt, sondern gleichsam auf mein ganzes Leben, und als hätte ich eine übergroße Miniatur vor mir. Dass ich von der Stadt und meiner eigenen Vergangenheit so weit entfernt war, hatte etwas Traumartiges an sich. Als Füsun von einer größeren Welle überrascht wurde, stieß sie einen kleinen Schrei aus und schlang dann ihren Arm um meine Schulter, um sich an mir festzuhalten. Nun wusste ich, dass ich bis zum Tod nie von ihr weichen würde.

Diese Berührung – oder auch Umarmung – durchfuhr mich wie Feuer, doch Füsun deutete sogleich auf einen herannahenden Kohlenschlepper und war auch schon wieder weg.

Sie war eine ausgezeichnete Schwimmerin, und ich kam kaum hinterher. Als wir am Strand anlangten und uns umzogen, waren wir keineswegs wie Liebende, die sich voreinander ihres Körpers nicht mehr schämen, sondern schauten uns kaum an und schwiegen verlegen, als seien wir erst kürzlich von unseren Familien füreinander bestimmt worden.

Durch unsere Übungsstunden und die Fahrpraxis, die sie in der Stadt erlangte, wurde aus Füsun allmählich eine recht ordentliche Fahrerin. Die Prüfung Anfang August schaffte sie allerdings wieder nicht.

»Ich bin durchgefallen«, sagte Füsun, »aber vergessen wir diese Idioten. Fahren wir ans Meer?«

»Gut.«

Wie zahlreiche Kandidaten, die sich von Freunden begleiten und fotografieren ließen, als würden sie zum Militär verabschiedet, setzte sich auch Füsun nach der gescheiterten Prüfung demonstrativ ans Steuer und fuhr nach einem Kavaliersstart hupend davon. (Jahre später sah ich, dass der kahle, hässliche Hügel von damals mittlerweile von Luxusvillen mit Swimmingpools überzogen war.) Wir setzten unsere Fahrstunden im Yıldız-Park bis zum Ende des Sommers fort, aber sie waren für uns nur noch Vorwand für Ausflüge ans Meer und für Kneipenbesuche.

Ein paarmal mieteten wir am Anlegeplatz von Bebek ein Boot, ruderten bis zu einer Stelle, die frei von Quallen und Ölflecken war, und stiegen dann ins Meer, wo wir gleich mit der Strömung zu kämpfen hatten. Um nicht davongetragen zu werden, hielt einer von uns beiden sich am Boot fest und gab dem anderen die Hand. Wegen des Vergnügens, Füsuns Hand zu halten, liebte ich es, in Bebek ein Boot zu mieten.

Wir lebten unsere neu aufkeimende Liebe nicht überschwenglich, sondern sehr behutsam, wie eine ermattete Freundschaft, denn durch das, was wir in den acht Jahren durchgemacht hatten, war die Liebe, die wir in uns trugen, in ziemliche Tiefen verdrängt worden. Ihre Existenz als solche spürten wir selbst dann noch, wenn wir gerade am wenigsten damit beschäftigt waren, aber ich sah ja, dass Füsun nicht bereit war, sich auf die Gefahren einer vorehelichen Beziehung einzulassen, so dass ich meinem Drang, sie zu umarmen und zu küssen, widerstand. Ich sagte mir immer wieder, dass Paare, die sich vor der Heirat vergaßen und miteinander schliefen, sich damit in der Ehe nur Enttäuschungen einhandelten. Hie und da sah ich noch meine Freunde Bastard-Hilmi, Tayfun oder Mehmet, die in Puffs gingen und sich ihrer Schürzenjägerei rühmten, aber ich fand sie doch recht derb. Daneben erging ich mich in der Vorstellung, dass ich nach meiner Heirat mit Füsun meine Verschrobenheiten vergessen und gereift wieder in den Kreis meiner Freunde zurückkehren würde.

Als der Sommer zu Ende ging, absolvierte Füsun nochmals die Prüfung, wieder mit denselben Prüfern, und wieder fiel sie durch. Sie stritt sich eine Weile mit den dreien herum und warf ihnen vor, sie hätten Frauen am Steuer gegenüber schlimme Vorurteile. Dabei setzte sie eine Miene auf wie damals, als sie mir von den bösen Onkels berichtete, die sie in ihrer Kindheit belästigt hatten.

Eines Abends saßen wir nach dem Üben am Strand von Sarıyer und tranken Meltem (die Werbekampagne mit Papatya hatte also doch ihre Früchte getragen), als wir Mehmets Freund Faruk und seiner Verlobten begegneten. Mir war das peinlich, aber nicht, weil Faruk im September 1975 oft in die Villa in Rumelihisarı gekommen war und mein Leben dort mit Sibel genauestens kennengelernt hatte, sondern weil ich mit Füsun so unlustig herumsaß. Füsun und ich waren schweigsam, weil wir schon ahnten, dass wir den letzten Tag am Meer verbracht hatten. Dann zogen auch noch die ersten Störche über uns hinweg und erinnerten uns daran, dass der schöne Sommer vorüber war. Eine Woche später setzte der Regen ein, die Strände wurden geschlossen, und weder Füsun noch ich hatten Lust, im Yıldız-Park zu üben.

Füsun fiel noch dreimal durch, bevor sie im Frühjahr 1984 den Führerschein endlich schaffte. Sie hatten wohl die Nase voll von ihr und auch begriffen, dass sie ihnen nichts zahlen würde. Zur Feier des Tages lud ich Füsun, Tante Nesibe und Onkel Tarık ins Maksim ein, wo Müzeyyen Senar ihre alten Lieder sang.

74
Onkel Tarık

An jenem Abend im Maksim in Bebek sprachen wir reichlich dem Alkohol zu. Als Müzeyyen Senar schließlich auf der Bühne stand, sang bei manchen ihrer Lieder gleich der ganze Tisch mit. Wenn wir alle in den Refrain einfielen, sahen wir uns lächelnd in die Augen. Heute kommt es mir so vor, als hätte der Abend damals Anklänge einer Abschiedsfeier gehabt. Mit Müzeyyen Senar tat man eigentlich mehr Onkel Tarık einen Gefallen als Füsun, aber Füsun war bestimmt glücklich, dass ihr Vater trank und sich amüsierte und vor allem bei dem Lied *Keiner ist wie du* so ganz besonders mitging. Weiterhin ist mir von dem Abend unvergesslich in Erinnerung, dass Feriduns Abwesenheit als ganz natürlich angesehen wurde. Dankbar dachte ich daran zurück, wieviel Zeit ich nun mit Füsun und ihren Eltern schon verbracht hatte.

Wie schnell die Zeit enteilte, merkte ich verwundert, wenn wieder ein vertrautes Gebäude abgerissen wurde, aus einem kleinen Mädchen plötzlich eine vollbusige Frau mit Kindern geworden war oder ein Laden, den ich schon immer kannte, mit einemmal seine Pforten schloss. Als damals die Boutique Champs-Élysées zumachte, betrübte mich das nicht nur, weil damit meine Erinnerungen verlorengingen, sondern weil mir auch bewusst wurde, dass ich mein Leben vergeudete. In dem Schaufenster, in dem einst die Jenny-Colon-Tasche ausgestellt war, prangten nun Salamiringe, Käseräder und aus Europa importierte Salatsoßen, Nudeln und Erfrischungsgetränke.

So gerne ich ansonsten meiner Mutter zuhörte, wenn sie mir ausführlich berichtete, wer wieder geheiratet oder Kinder bekommen hatte, war ich in jenen Tagen für solche Geschichten weniger empfänglich. Als meine Mutter mir begeistert mitteilte, Fare Faruk, der doch erst vor kurzem geheiratet habe (vor drei Jahren!), sei schon zum zweitenmal Vater geworden – noch dazu eines Jungen –, grämte mich wieder, dass ich mein Leben mit Füsun nicht richtig leben durfte, aber meine Mutter merkte das nicht und redete und redete.

Şaziment, eine Bekannte meiner Mutter, hatte ihre älteste Tochter endlich mit dem Sohn der Karahans verheiratet und daraufhin beschlossen, dass sie im Februar ihre einmonatigen Skiferien nicht mehr am Uludağ verbringen würden, sondern statt dessen in der Schweiz. Dort hatte die jüngere Tochter dann im Hotel einen reichen arabischen Prinzen kennengelernt, und als Şaziment sie schon mit dem verheiraten wollte, stellte sich heraus, dass der Mann in seiner Heimat nicht nur schon eine Frau, sondern einen ganzen Harem hatte. Dass die Familie Halis aus Ayvalık ihren ältesten Sohn – als meine Mutter »den mit dem längsten Kinn« sagte, mussten wir beide lachen – an einem Wintertag in ihrem Ferienhaus in Erenköy mit dem deutschen Kindermädchen erwischt hatte, war meiner Mutter von Esat zugetragen worden, unserem Nachbarn in Suadiye. Von den Söhnen des Tabakhändlers Maruf, mit denen ich einst im Sandkasten gespielt hatte, war der jüngste von Terroristen entführt und gegen Lösegeld wieder freigelassen worden, und meine Mutter konnte sich nur wundern, dass ich davon nicht gehört hatte. Man hatte zwar versucht, den Fall nicht an die Presse gelangen zu lassen, doch als die Familie zunächst mit dem Lösegeld nicht herausrücken wollte, sei die Sache monatelang in aller Munde gewesen, wie konnte mir das nur entgangen sein?

Ich witterte hinter diese Frage eine perfide Anspielung auf meine Besuche bei Füsun und erinnerte mich daran, dass meine Mutter mich den Sommer über, als ich oft mit nassen Badesachen nach Hause gekommen war, direkt oder über Fatma danach ausgefragt hatte, mit wem ich zusammengewesen sei. »Ach weißt du, Mama, ich arbeite eben so viel«, sagte ich, um meine Wissenslücke zu überspielen, und wieder einmal schmerzte es mich, dass ich über die seit acht Jahren während Fixierung auf Füsun mit meiner Mutter nicht einmal in Andeutungen reden geschweige denn mich mit ihr einmal richtig darüber aussprechen konnte, und um das zu verdrängen, bat ich meine Mutter, doch weiterzuerzählen. So erfuhr ich, dass Cemile, die ich einmal im Majestik-Kino getroffen hatte, dem Beispiel ihrer Bekannten Mükerrem gefolgt war und ihre achtzig Jahre alte Holzvilla, deren Unterhalt immer schwerer zu finanzieren war, gegen Entgelt für die Dreharbeiten zu einem historischen Film zur Verfügung gestellt hatte. Wegen eines technischen Defekts sei dabei das wunderschöne alte Haus niedergebrannt, und nun heiße es allenthalben, die Familie habe das so inszeniert, um auf dem Grundstück ein Hochhaus bauen zu lassen. Die Art, wie meine Mutter das erzählte, ließ durchblicken, dass sie durchaus im Bilde war, wieviel ich mit dem Filmmilieu zu tun hatte. Vermutlich wurde sie darüber von Osman informiert.

Aus der Zeitung erfuhr ich, dass der frühere Außenminister Melikhan bei einem Ball über einen Teppich gestolpert und hingefallen und zwei Tage später an Gehirnblutung verstorben war; mit dieser Nachricht wollte meine Mutter mich wohl verschonen, weil sie mich an Sibel und an die Verlobung erinnert hätte. Was meine Mutter mir verheimlichte und noch manch anderes hörte ich vom Friseur Basri in Nişantaşı, zum Beispiel dass Fasih Fahir, ein Freund meines Vaters, mit seiner Frau Zarife in Bodrum ein Haus gekauft hatte, dass Rüpel-Sabih eigentlich ein ganz netter Kerl war, dass man nur ja nicht in Gold investieren sollte, da die Preise bald fallen würden, dass der reiche Turgay zwar kaum mehr ein Haar auf dem Kopf hatte, aber trotzdem noch regelmäßig zum Friseur ging, weil sich das so gehörte, und dass man ihm, Basri, vor zwei Jahren die Friseurstelle im Hilton angetragen hatte, dass er aber abgelehnt hatte, weil er schließlich Prinzipien hatte (welche, das sagte er nicht), und im Gegenzug versuchte er dann mir etwas zu entlocken. Es missfiel mir, dass Basri und seine wohlhabenden Kunden aus Nişantaşı über meine problematische Beziehung zu Füsun Bescheid wussten, und um ihnen nicht wieder Klatschmaterial zu liefern, ging ich manchmal lieber in das neue Geschäft von Cevat, dem alten Friseur meines Vaters, und hörte mir dort Geschichten über Beyoğlus Filmleute und Gangster an (letztere wurden nun immer öfter als Mafiosi bezeichnet). So erfuhr ich etwa, dass Papatya angeblich mit dem Produzenten Muzaffer zusammen war. Nie hörte ich aus meinen Nachrichtenquellen etwas über Sibel und Zaim oder über Mehmets und Nurcihans Hochzeit. Daraus musste ich schließen, dass jedermann meine Nöte nur allzugut kannte, und ich nahm das als genauso natürlich hin wie die Tatsache, dass mir oft von Privatbankiers erzählt wurde, die Konkurs gemacht hatten, denn bekanntermaßen war mir damit eine Freude zu machen.

Schon zwei Jahre zuvor war mir in der Firma und anderswo zu Ohren gekommen, dass so mancher jener Bankiers bankrott gegangen war und damit viele Leute um ihr Geld gebracht hatte, und meiner Ansicht nach zeigte das nur die Dummheit der Istanbuler Reichen und des Staates, an den sie sklavisch gebunden waren. Meine Mutter wiederholte gern: »Euer Vater hat immer gesagt, diesen Möchtegernbankiers ist nicht zu trauen«, und freute sich, dass wir nicht so töricht gewesen waren wie die anderen. (Ich konnte mich allerdings des Eindrucks nicht erwehren, Osman habe zumindest einen Teil des mit den neuen Firmen verdienten Geldes so ungeschickt angelegt und versuche das zu kaschieren.) Mitleid hatte meine Mutter nur mit einigen der Geschädigten, mit denen sie befreundet war, etwa mit der Familie von Kova Kadri, deren hübsche Töchter ihr einst für mich vorgeschwebt hatten, mit Cüneyt und seiner Frau Feyzan oder mit Cevdet Bey und den Pamuks, aber dass zum Beispiel die Lerzans fast ihr ganzes Vermögen einem sogenannten Bankier anvertraut hatten, dessen ganze Legitimation darin bestand, dass sein Vater in ihrer Fabrik als Buchhalter (und davor als Wächter) gearbeitet hatte und er selbst, der bis vor kurzem noch in einem Armenviertel gehaust hatte, ein notdürftiges Büro sein eigen nannte, im Fernsehen Reklame machte und das Scheckheft einer angesehenen Bank benützte, darüber konnte sie nur immer wieder den Kopf schütteln (was sie auch ganz theatralisch mit verdrehten Augen tat), und dann sagte sie lachend: »Wenn sie sich doch wenigstens diesen Kastelli ausgesucht hätten, der mit deinen Künstlern befreundet ist!« Auf die Sache mit »meinen Künstlern« ging ich gar nicht ein, sondern lästerte lieber weiter mit meiner Mutter darüber, wie im Grunde genommen vernünftige Menschen – zu denen, wie der Leser weiß, auch Zaim gehörte – nur so dumm sein konnten.

Einer dieser Dummen war auch Onkel Tarık. Er hatte sein Geld bei ebenjenem Kastelli angelegt, in dessen Reklamefilmchen Schauspieler agierten, die wir aus dem Pelür kannten. Zwei Jahre zuvor hatte ich noch gedacht, Onkel Tarık habe nur wenig Geld verloren, denn er vertraute seinen Kummer niemandem an.

Als ich am Donnerstag, den 9. März 1984, zwei Monate nach Füsuns letzter Führerscheinprüfung, von Çetin abends zu den Keskins gebracht wurde, sah ich, dass alle Vorhänge und Fenster geöffnet waren. Im zweiten Stock brannte Licht (dabei achtete Tante Nesibe immer sehr darauf, dass zur Essenszeit im oberen Stockwerk kein Strom verschwendet wurde, und wenn sie merkte, dass dort noch Licht brannte, schickte sie augenblicklich Füsun hinauf, um es zu löschen).

Ich stellte mich schon darauf ein, gleich einem Ehestreit zwischen Feridun und Füsun beizuwohnen. Es saß niemand am Tisch, der noch nicht einmal gedeckt war. Der Fernseher lief, und ich sah unseren Ekrem als Großwesir die Ungläubigen schmähen, und ein benachbartes Ehepaar stand untätig da und schielte auf den Film.

»Kemal«, sagte der Nachbar (es war der Elektriker Efe), »Tarık ist gestorben. Mein Beileid.«

Ich eilte die Treppe hinauf, und instinktiv ging ich nicht in das Schlafzimmer von Tante Nesibe und Onkel Tarık, sondern in Füsuns kleines Zimmer, das ich seit Jahren nur aus meiner Vorstellung kannte.

Füsun lag zusammengekrümmt auf dem Bett und weinte. Als sie mich sah, nahm sie sich zusammen und richtete sich auf. Ich setzte mich zu ihr. Plötzlich umarmten wir uns heftig. Sie lehnte den Kopf an meine Schulter und schluchzte.

Mein Gott, wie glücklich ich war, sie in meinen Armen zu halten! Ich empfand, wie tief, wie schön und wie grenzenlos doch diese Welt war. Mit ihrer Brust an der meinen war mir, als umarmte ich nicht nur Füsun, sondern die ganze Welt. Ihr Schluchzen betrübte mich zwar, aber es machte mich auch glücklich. Ich streichelte ihr liebevoll durch die Haare, als kämmte ich sie. Jedesmal, wenn ich wieder an ihrer Stirn ansetzte, brach sie erneut in Tränen aus.

Um mich in sie hineinzufühlen, dachte ich an den Tod meines eigenen Vaters. Den hatte ich zwar geliebt, doch hatte zwischen uns auch eine Spannung bestanden, eine Art Konkurrenz. Füsun dagegen hatte ihren Vater ganz bedingungslos geliebt, aus tiefem Herzen, so wie man die Welt und die Sonne und sein Heim liebt. Mir war, als würden ihre Tränen nicht nur über den Vater vergossen, sondern über den Zustand der Welt, die Gestalt des Lebens.

»Keine Angst«, flüsterte ich ihr zu, »jetzt wird alles gut. Wir werden sehr glücklich miteinander.«

»Ich will überhaupt nichts mehr!« rief sie aus und weinte noch heftiger. Ich fühlte sie in meinen Armen zittern und ließ dabei ganz langsam meinen Blick durch ihr Zimmer gleiten, über den Schrank, die

Schublade, die kleine Kommode, Feriduns Filmbücher. Wie sehr hatte ich mir die acht Jahre über gewünscht, einmal dieses Zimmer zu betreten, in dem Füsun all ihre Kleider und Sachen hatte.

Als Füsun immer lauter schluchzte, kam schließlich Tante Nesibe herein. »Ach, Kemal«, seufzte sie, »was soll nur aus uns werden? Wie soll ich denn ohne ihn leben?« Sie setzte sich aufs Bett und weinte ebenfalls. Ich blieb die ganze Nacht über im Haus. Manchmal ging ich hinunter und setzte mich zu den Leuten, die uns ihr Beileid aussprechen wollten. Dann ging ich wieder hinauf, tröstete Füsun, strich ihr übers Haar, gab ihr ein frisches Taschentuch. Während im Nebenzimmer ihr toter Vater lag und unten Nachbarn und Freunde bei Tee und Zigaretten zusammensaßen und stumm auf den Fernseher starrten, lag ich eng umschlungen mit Füsun auf dem Bett und sog den Duft ihrer Haare und ihrer vom vielen Weinen verschwitzten Haut ein. Dann ging ich wieder hinunter und servierte Tee.

Feridun, der noch gar nicht Bescheid wusste, kam an jenem Abend nicht nach Hause. Wie feinfühlig es von den Nachbarn war, meine Gegenwart als ganz natürlich hinzunehmen und mich geradezu wie Füsuns Gatten zu behandeln, weiß ich erst heute richtig zu schätzen. Es war eine gute Ablenkung für Tante Nesibe, Füsun und mich, diese Menschen, die ich im Lauf der Jahre im Haus oder auf der Straße kennengelernt hatte, mit Tee, Kaffee und eilig besorgten Böreks zu bewirten und ihnen die Aschenbecher zu leeren. Drei von ihnen, Lase, der in der Straße ein Schreinergeschäft hatte, der älteste Sohn von Rahmi, der den Museumsbesuchern noch von der künstlichen Hand her in Erinnerung sein dürfte, und ein alter Freund Onkel Tarıks, mit dem er sich nachmittags immer zum Kartenspielen getroffen hatte, kamen im hinteren Zimmer gemeinsam auf mich zu, umarmten mich nacheinander und sprachen vom Leben, das weitergehen müsse. Wenn ich auch um Onkel Tarık trauerte, spürte ich doch einen so unbändigen Lebenswillen in mir, dass ich an dem Abend regelrecht glücklich war und mich dessen schämte.

Als der Bankier, bei dem Onkel Tarık sein Geld angelegt hatte, 1982 in Konkurs ging und sich ins Ausland absetzte, gründete Onkel Tarık zusammen mit anderen »Bankiergeschädigten« (wie es damals in den Zeitungen immer hieß) einen Verein, zu dessen Sitzungen er dann regelmäßig ging. Ziel des Vereins war es, Rentnern und kleinen Beamten, die sich um ihre Einlagen geprellt sahen, auf dem Rechtsweg wieder zu ihrem Geld zu verhelfen, aber diesem Unternehmen war kein Erfolg beschieden. Wie Onkel Tarık abends manchmal schmunzelnd erzählte, als ob ihn das selber gar nichts anginge, konnten sich die Vereinsmitglieder (von ihm auch Idiotenhaufen genannt) oft nicht auf einen Beschluss einigen und fingen dann übel zu streiten an, wobei es auch zu Handgreiflichkeiten kam. Hin und wieder verfassten sie unter großem Trara ein Gesuch und zogen damit vor ein Ministerium, vor irgendeine Zeitung, die sich um ihre Sache nicht scherte, oder vor eine Bank. Manchmal versuchten sie sich Gehör zu verschaffen, indem sie Banken mit Steinen bewarfen und Bankbeamte verprügelten. Es kam zu Plünderungen von Büros und Privathäusern, und nach einem Streit schied Onkel Tarık aus dem Verein, den er dann erst wieder im letzten Sommer aufsuchte, als Füsun und ich wegen des Führerscheins immer ans Meer gingen.

An jenem Tag hatte er sich nachmittags im Verein über etwas aufgeregt, war mit Herzbeschwerden nach Hause gekommen und – wie der Arzt später bestätigen konnte – an einem Herzinfarkt gestorben. Es bedrückte Füsun sehr, dass sie zu dem Zeitpunkt nicht zu Hause gewesen war. Onkel Tarık musste sich aufs Bett gelegt und lange auf Frau und Tochter gewartet haben. Die beiden hatten an dem Tag ein gerade noch fertig gewordenes Kleid nach Moda bringen müssen. Trotz der finanziellen Zuwendungen, die ich der Familie zukommen ließ, ging Tante Nesibe immer noch ab und an mit ihrem bunten Nähkästchen auswärts zum Schneidern. Im Gegensatz zu manchen Männern sah ich das gar nicht als persönliche Kränkung an, sondern hatte Hochachtung davor, dass sie noch arbeitete, obwohl sie es gar nicht nötig hatte, doch wenn ich hörte, dass auch Füsun sie begleitete, war mir das weniger recht. Ich fragte mich trübselig, was mein ein und alles denn im Haus fremder Leute zu suchen habe, doch wenn Füsun von diesen seltenen und noch seltener erwähnten Gängen erzählte, dann hörte sich das Ganze eher wie ein Ausflug an, so wie damals, als Tante Nesibe manchmal zu meiner Mutter nach Suadiye kam, und Füsun berichtete so unbeschwert, dass sie bei der Dampferüberfahrt

Ayran getrunken und den Möwen Simit-Stücke zugeworfen hätten und wie herrlich es auf dem Bosporus gewesen sei, dass ich gar nicht ansprechen wollte, wie peinlich es doch werden könnte, wenn wir dereinst nach unserer Heirat im Kreis unserer reichen Freunde jemandem begegnen würden, bei dem sie früher einmal genäht hatte.

Als weit nach Mitternacht alle gegangen waren, legte ich mich zum Schlafen auf die Couch im hinteren Zimmer. Ich empfand es als großes Glück, zum erstenmal im Leben im selben Haus wie Füsun zu übernachten. Vor dem Einschlafen hörte ich noch Limon in seinem Käfig scharren und das Horn eines Stadtdampfers tuten.

Ich wurde am Morgen wach, als der Gebetsruf ertönte und auch die Dampfer schon wieder zu hören waren. In meinem Traum hatte sich Füsuns Überfahrt von Karaköy nach Kadıköy mit Onkel Tarıks Tod vermischt.

Ich vernahm auch Nebelhörner. Im Haus schimmerte das für neblige Tage ganz typische perlmuttfarbene Licht. Als bewegte ich mich in einem weißen Traum, ging ich leise die Treppe hinauf. Füsun und Tante Nesibe schliefen umschlungen in dem Bett, in dem Füsun mit Feridun die ersten Nächte ihrer Ehe verbracht hatte. Ich merkte, dass Tante Nesibe mich gehört hatte, und sah genauer hin: Füsun schlief tatsächlich, Tante Nesibe tat nur so.

Ich ging ins andere Zimmer hinüber, lüpfte ein wenig das Bettlaken, das man über Onkel Tarık gebreitet hatte, und sah mir seinen Leichnam an. Er hatte noch das Jackett an, mit dem er zum Verein der Bankiergeschädigten gegangen war. Sein Gesicht war käseweiß, und alles Blut war in den Nacken abgesackt. Alle Flecken und Falten in seinem Gesicht schienen durch den Tod noch markanter geworden zu sein. Lag das daran, dass seine Seele entschwunden war oder dass sein Körper schon zu verwesen begann?

Die erschreckende Präsenz des Todes gewann über meine Liebe zu Onkel Tarık schnell die Oberhand. Ich wollte Onkel Tarık nicht verstehen und mich an seine Stelle versetzen, sondern vor dem Tod davonlaufen. Und doch blieb ich vorerst im Zimmer stehen.

Ich hatte Onkel Tarık gemocht, weil er Füsuns Vater war und wir jahrelang am selben Tisch Raki getrunken und ferngesehen hatten. Und doch hatte ich ihn nicht richtig liebgewonnen, weil er sich mir gegenüber nie ganz öffnete. Wir beide waren uns nicht ganz grün, konnten das aber gut überspielen.

Ich begriff nun – oder besser gesagt: ich gestand mir nun ein –, dass Onkel Tarık von Anfang an genausogut wie Tante Nesibe über meine Liebe zu Füsun Bescheid wusste. Ihm war höchstwahrscheinlich schon seit Beginn meiner Besuche klar, dass ich in unverantwortlicher Weise mit seiner kaum achtzehnjährigen Tochter geschlafen hatte, und er hielt mich daher für einen rücksichtslosen reichen Schürzenjäger. Da er seine Tochter wegen mir mit einem dahergelaufenen Hungerleider hatte verheiraten müssen, verabscheute er mich womöglich! Er ließ mich das aber nie spüren. Oder ich wollte es nur nicht merken. Er verabscheute mich und verzieh mir doch zugleich. Wir hatten uns benommen wie zwei Ganoven, deren Freundschaft nur darauf beruht, dass sie sich ihre Missetaten nicht gegenseitig vorwerfen. So waren wir im Lauf der Jahre aus Gastgeber und Gast zu Komplizen geworden.

Beim Blick auf Onkel Tarıks erstarrtes Gesicht erinnerte mich tief in der Seele etwas an die Verwunderung und die Furcht, die sich angesichts des Todes im Gesicht meines Vaters abgebildet hatten. Onkel Tarıks Herzinfarkt hatte vermutlich eine Weile gedauert, er war dem Tod so richtig begegnet, ja musste mit ihm gekämpft haben, und von Verwunderung war in seinem Gesicht keine Spur. Einer seiner Mundwinkel war schmerzhaft nach unten verzerrt, der andere zu einem Grinsen verzogen. In dem grinsenden Mundwinkel hatte er bei Tisch immer eine Zigarette gehabt, und vor sich stets einen Raki. Das gemeinsam Erlebte übte in dem Zimmer aber keine Kraft mehr aus, es gab dort nur noch den Nebel von Tod und Leere.

Das weiße Licht im Zimmer kam vor allem durch das linke Erkerfenster herein. Ich sah auf die enge, leere Gasse hinaus. Da der Erker fast bis zur Mitte der Gasse vorragte, fühlte ich mich wie draußen auf der Straße. Die Kreuzung mit der Boğazkesen-Straße war im Nebel nur zu erahnen. Das ganze Viertel schlief, nur eine Katze schlich vorbei.

Über dem Kopfende des Bettes hatte Onkel Tarık ein gerahmtes Foto aus seiner Zeit als Lehrer in Kars aufgehängt, das seine Schüler bei einer Aufführung im berühmten russischen Theater zeigte. Beim Anblick des Nachttischs mit seiner halbgeöffneten Schublade musste ich unwillkürlich an meinen Vater denken. Der Schublade entströmte ein angenehmer Geruch nach Staub, Medikamenten, Hustensaft, vergilbtem Zeitungspapier. Auf dem Nachttisch stand das Glas mit dem Gebiss darin, daneben lag ein Buch von Reşat Ekrem Koçu, den Onkel Tarık sehr schätzte. In der Schublade lagen Zigarettenmundstücke, Telegramme, zusammengelegte Arztberichte, Zeitungsartikel über die Bankieraffären, Gas- und Stromrechnungen, angebrochene Medikamentenpackungen, alte Münzen und anderer Kram.

Bevor bei den Keskins die Trauergäste eintrafen, fuhr ich nach Nişantaşı. Meine Mutter war schon wach. Fatma hatte ihr das Frühstück ans Bett gebracht: Toast, Ei, Konfitüre und schwarze Oliven. Als meine Mutter mich kommen sah, war sie hocherfreut, doch ich musste ihr von Onkel Tarıks Tod berichten. Sosehr sie dann mit Tante Nesibe mitfühlte, spürte ich doch noch etwas anderes bei ihr mitschwingen, eine Art Wut.

»Ich fahre jetzt wieder hin«, sagte ich. »Zur Beerdigung bringt dich dann Çetin.«

»Ich gehe nicht zur Beerdigung.«

»Warum denn nicht?«

Erst kam sie mir mit zwei fadenscheinigen Gründen.

»Es steht ja noch nicht einmal eine Todesanzeige in der Zeitung, warum beeilen sie sich denn so?« sagte sie. Und dann: »Warum ist denn die Trauerfeier nicht in der Teşvikiye-Moschee? Was soll denn das?«

Aus unserem ganzen Umfeld ließ jede Familie Trauerfeiern nur in der Teşvikiye-Moschee abhalten. Aber das allein hätte meine Mutter natürlich nie daran gehindert, dem Mann ihrer Nesibe, mit der sie einst beim Nähen so viel Spaß gehabt hatte, das letzte Geleit zu geben. Ich ahnte, dass noch etwas anderes dahintersteckte. Als ich nicht lockerließ, wurde sie wütend.

»Soll ich dir sagen, warum ich nicht komme? Weil du sonst dieses Mädchen heiratest!«

»Wie kommst du denn darauf? Die ist doch schon verheiratet!«

»Das weiß ich. Es tut mir ja so leid wegen Nesibe, aber ich weiß seit Jahren über alles Bescheid. Wenn du dich darauf versteifst, das Mädchen zu heiraten, dann macht das keinen guten Eindruck.«

»Aber Mama, ist es denn so wichtig, was die Leute sagen?«

»Versteh mich nicht falsch!« versetzte meine Mutter und knallte den Toast und das Buttermesser aufs Tablett. »Auf das Gerede der Leute kommt es wirklich nicht an. Wichtig ist das, was man fühlt, dagegen sage ich keinen Ton. Du liebst also diese Frau, meinetwegen! Aber liebt sie dich auch? Wieso hat sie dann acht Jahre lang ihren Mann nicht verlassen?«

»Das wird sie aber jetzt tun, ich weiß es.«

»Ich will dir mal was sagen. Dein Vater hat sich mal in ein Mädchen vernarrt, das seine Tochter hätte sein können. Er hat ihr sogar eine Wohnung gekauft. Aber er hat das alles heimlich getan und sich nicht wie du in aller Augen lächerlich gemacht. Nicht einmal sein engster Freund wusste Bescheid.«

Da kam Fatma herein.

»Fatma, wir haben was zu besprechen.«

Fatma kehrte gleich wieder um und schloss die Tür hinter sich.

»Euer Vater war ein starker, intelligenter Mann und ein richtiger Herr, aber sogar er hatte seine Schwächen. Als du vor Jahren den Schlüssel zum Merhamet Apartmanı von mir wolltest, habe ich ihn dir gegeben, aber da ich wusste, dass in dir die gleiche Schwäche steckt, habe ich dich gewarnt. Pass auf, habe ich gesagt, oder etwa nicht? Du hast aber nicht auf mich gehört. Nun, das ist deine Schuld. Jetzt wirst du mich fragen, was Nesibe damit zu tun hat. Das will ich dir sagen: Zehn Jahre hat sich diese Sache hingezogen, und dass Nesibe zusammen mit ihrer Tochter dir das angetan hat, kann ich ihr nicht verzeihen!«

Nicht zehn, sondern acht Jahre, wollte ich sagen, aber ich ließ es bleiben.

»Gut, Mama, ich lasse mir eine Entschuldigung für dich einfallen.«

»Junge, du wirst mit diesem Mädchen nicht glücklich, sonst wärst du es schon lange geworden. Und ich bin auch dagegen, dass du zu dieser Beerdigung gehst.«

Die Worte meiner Mutter ließen mich nicht etwa empfinden, dass ich mein Leben verpfuscht hatte, sondern vermittelten mir ganz im Gegenteil das Gefühl, das ich damals immer öfter hatte, nämlich dass ich bald mit Füsun glücklich sein würde. Deswegen war ich meiner

Mutter auch gar nicht böse und hörte ihr sogar mit einem Lächeln zu. Ich wollte nur so schnell wie möglich wieder zu Füsun.

Als meine Mutter sah, wie unbeeindruckt ich blieb, wurde sie erst recht wütend.

»In einem Land, in dem Männer und Frauen nie richtig beisammen sein können, gibt es gar keine Liebe«, erklärte sie. »Und weißt du auch, warum? Weil die Männer, sobald sich mit irgendeiner Frau eine Gelegenheit ergibt, sich sofort wie hungrige Wölfe auf sie stürzen, egal, ob sie hübsch oder hässlich, nett oder boshaft ist. Das ist hier allgemein Usus. Und nennen tun sie das dann Liebe. Wie soll es hier denn Liebe geben? Mach dir doch nichts vor!«

Nun war es ihr doch noch gelungen, mich aufzuregen.

»Na gut, Mama! Ich geh jedenfalls jetzt!«

»In diesen kleinen Moscheen gehen Frauen sowieso nicht zur Trauerfeier!« rief sie mir noch hinterher, als sei das der wahre Grund gewesen.

Unter den Leuten, die nach der Feier Tante Nesibe umarmten, waren dann doch Frauen, allerdings tatsächlich nicht viele. Ich weiß noch, dass ich Şenay und Ceyda sah. Neben mir stand Feridun, der eine auffällige schwarze Sonnenbrille trug.

An den darauffolgenden Tagen fuhr ich Abend für Abend schon früh nach Çukurcuma. Bei Tisch empfand ich ein tiefes Unbehagen. Es war, als seien der Ernst meines Verhältnisses zu Füsun und das Künstliche an der Situation endgültig zutage getreten. Onkel Tarık hatte sich am besten darauf verstanden, über alles hinwegzusehen und so zu tun, als ob. In seiner Abwesenheit konnten wir nun weder natürlich sein noch zu dem halb ehrlichen, halb aufgesetzten Gesprächston zurückfinden, den wir acht Jahre lang gepflegt hatten.

75
Konditorei İnci

An einem regnerischen Tag Anfang April hatte ich morgens lange mit meiner Mutter geschwatzt und fuhr dann am späten Vormittag zu Satsat. Als ich dort Kaffee trank und meine Zeitung las, rief Tante Nesibe an. Sie sagte, ich solle eine Weile nicht zu ihnen kommen, im Viertel werde übel über uns geklatscht, am Telefon könne sie mir nicht alles erzählen, aber es gebe gute Nachrichten für mich. Ich wollte nicht zu neugierig wirken, und im Nebenzimmer lauschte noch dazu meine Sekretärin Zeynep, also stellte ich keine Fragen.

Zwei Tage lang platzte ich fast vor Neugier, dann kam, wiederum am späten Vormittag, Tante Nesibe zu Satsat. Obwohl wir in acht Jahren viel Zeit miteinander verbracht hatten, befremdete es mich so sehr, sie in meinem Büro zu sehen, dass ich sie zunächst anstarrte wie eine Kundin aus der Provinz, die ein fehlerhaftes Satsat-Produkt umtauschen oder sich kostenlos einen Satsat-Kalender oder -Aschenbecher abholen wollte und sich in den ersten Stock hinauf verirrt hatte.

Zeynep hatte schon begriffen, dass es sich um wichtigen Besuch handelte (sie sah mir das an oder wusste vielleicht ohnehin schon Bescheid). Als sie uns fragte, wie wir unseren Nescafé gerne hätten, erwiderte meine Tante: »Mir wäre eigentlich ein Mokka lieber.«

Ich machte hinter Zeynep die Tür zu. Tante Nesibe nahm auf der anderen Seite des Schreibtischs Platz und sah mir geradewegs ins Gesicht.

»Es hat sich alles erledigt«, sagte sie auf eine Art, als käme es ihr nicht auf die Botschaft an sich an, sondern darauf, wie leicht das Leben doch sein konnte. »Füsun und Feridun trennen sich. Wenn du Limon-Film Feridun überlässt, kann alles im guten geregelt werden. Füsun möchte das auch so. Aber zuerst müsst ihr miteinander reden.«

»Mit Feridun?«

»Nein, mit Füsun.«

Sie las mir die Freude vom Gesicht ab, zündete sich dann eine Zigarette an und erzählte mir genüsslich die ganze Geschichte, ohne aber allzusehr ins Detail zu gehen. Zwei Tage zuvor sei Feridun abends ziemlich betrunken nach Hause gekommen und habe gesagt, er habe sich von Papatya getrennt und wolle zu Füsun zurück, doch die habe ihn natürlich abgewiesen. Es sei zu einer peinlich lauten Auseinandersetzung gekommen, die in der ganzen Nachbarschaft jeder mitbekommen habe. Das sei auch der Grund, warum ich abends nicht mehr kommen sollte. Später habe Feridun angerufen und sich mit Tante Nesibe in Beyoğlu getroffen, und da sei dann die Trennung beschlossen worden.

Schweigend sahen wir uns an. Dann sagte Tante Nesibe: »Ich habe unten das Türschloss auswechseln lassen. Das ist jetzt nicht mehr Feriduns Haus.«

Nicht nur die Busse, die sonst immer an Satsat vorbeidröhnten, die ganze Welt schien plötzlich ganz still zu sein. Als Tante Nesibe merkte, dass ich ihr mit der Zigarette in der Hand wie verzaubert zuhörte, erzählte sie wieder von vorn, diesmal ausführlicher. »Böse bin ich dem Jungen nie gewesen«, sagte sie großspurig, als habe sie von Anfang an alles geahnt. »Er meint es ja gut, aber er ist einfach zu schwach. Welche Mutter möchte für ihre Tochter schon so einen Schwiegersohn!« Dann schwieg sie, und ich machte mich schon darauf gefasst, gleich ein »Aber wir hatten ja keine Wahl« zu hören zu bekommen, aber sie sagte etwas ganz anderes.

»Ich selber habe ja Ähnliches erlebt. Eine ansehnliche Frau hat es in diesem Land noch schwerer als ein hübsches Mädchen. Du weißt ja, Kemal, wie gemein Männer oft zu Frauen sind, die sie nicht bekommen können, und vor solchen Gemeinheiten hat Feridun Füsun bewahrt.«

Ob die Sache mit den Gemeinheiten wohl auch auf mich gemünzt war?

»Natürlich hätte das Ganze nicht so lange dauern dürfen«, schloss sie.

Ich sah sie verwundert an, als merkte ich jetzt erst, wie seltsam mein Leben sich gestaltet hatte.

»Natürlich hat Feridun Anspruch auf Limon-Film«, sagte ich dann. »Ich werde mit ihm sprechen. Ist er mir denn nicht böse?«

»Nein. Aber Füsun muss ein ernstes Wort mir dir reden. Sie hat natürlich vieles auf dem Herzen. Am besten, ihr sprecht euch richtig aus.«

Wir beschlossen, dass Füsun und ich uns drei Tage später um zwei Uhr nachmittags in der Konditorei İnci in Beyoğlu treffen würden. Als fühlte Tante Nesibe sich in der fremden Umgebung plötzlich unwohl, brach sie dann gleich auf, doch war ihr anzusehen, wie glücklich sie war.

Als ich am Sonntag, den 9. April 1984, gegen Mittag nach Beyoğlu losfuhr, war ich aufgeregt wie ein junger Kerl, der sich zum erstenmal mit der Schülerin trifft, die er schon monatelang anschwärmt. Ich hatte vor lauter Ungeduld kaum schlafen können, den Vormittag bei Satsat nur mühevoll hinter mich gebracht und mich dann von Çetin schon früh nach Taksim hinaufbringen lassen. Von dem sonnigen Platz ging ich in die schattige Istiklal-Straße, wo es mir guttat, an den Schaufenstern und Kinos vorbeizuschlendern und in den Passagen, in denen ich als Kind schon mit meiner Mutter gewesen war, den feuchten, staubigen Geruch einzuatmen. Mir war fast schwindlig von all den Erinnerungen und den Verheißungen einer glücklichen Zukunft, und ich fühlte mich im Einklang mit den frohgestimmten Menschen, die etwas Gutes essen, sich einen Film ansehen oder einkaufen wollten.

Auf der Suche nach einem Geschenk für Füsun ging ich zu Vakko, Beymen und noch in ein paar andere Geschäfte, doch ich konnte mich für nichts entscheiden. Um meine Nerven zu beruhigen, marschierte ich weiter in Richtung Tunnelbahn, und plötzlich, eine Stunde vor unserem Rendezvous, erblickte ich vor einem Schaufenster Füsun. Sie trug ein hübsches weißes Frühlingskleid mit großen Punkten, und zu einer auffälligen dunklen Sonnenbrille hatte sie die Ohrringe meines Vaters angelegt. Sie war so in die Schaufensterauslage vertieft, dass sie mich nicht kommen sah.

»Ist das nicht ein Zufall?« sprach ich sie an.

»Ah, hallo Kemal! Wie geht's?«

»Ich bin einfach raus aus dem Büro, bei dem schönen Wetter«, sagte ich, als ob wir uns völlig zufällig träfen und nicht eine halbe Stunde später eine Verabredung hätten. »Gehen wir ein bisschen spazieren?«

»Erst muss ich für meine Mutter Knöpfe kaufen. Sie muss heute unbedingt noch ein Kleid fertignähen, und ich helfe ihr nachher dabei. Versuchen wir's mal in der Aynalı-Passage?«

Wir gingen dann auch noch in andere Passagen und in mehrere Geschäfte. Es war schön, ihr zuzusehen, wie sie sich von den Verkäuferinnen beraten ließ und aus einer großen Auswahl einen Satz alter Holzknöpfe zusammenstellte.

Als sie die Knöpfe beieinanderhatte, zeigte sie sie mir. »Wie findest du die?«

»Schön.«

»Gut!«

Sie bezahlte die Knöpfe, die ich neun Monate später unangetastet in ihrem Kleiderschrank finden sollte.

»So, aber jetzt gehen wir spazieren!« sagte ich. »Seit acht Jahren träume ich davon, dich mal in Beyoğlu zu treffen.«

»Ach ja?«

»Natürlich.«

Schweigend gingen wir dann dahin. Hin und wieder sah auch ich in ein Schaufenster, aber nur um zu bewundern, wie schön Füsun sich darin spiegelte. Füsun wurde nicht nur von Männern, sondern auch von Frauen angeschaut und genoss das.

»Sollen wir nicht irgendwo Kuchen essen?«

Bevor Füsun noch antworten konnte, kam mit einem Freudenschrei eine junge Frau auf sie zu und umarmte sie. Es war Ceyda. Sie hatte zwei quicklebendige Jungen dabei, einen acht- oder neunjährigen und einen jüngeren, in kurzen Hosen und weißen Socken. Die beiden hatten die großen Augen ihrer Mutter und musterten mich, während die Frauen miteinander sprachen.

»Das ist aber schön, euch zusammen zu sehen!« sagte Ceyda.

»Wir haben uns gerade zufällig getroffen«, erwiderte Füsun.

»Ihr passt wirklich gut zusammen.« Dann flüsterten sich die beiden etwas zu.

»Mama, mir ist langweilig, gehen wir weiter?« sagte der größere der beiden Jungen.

Ich dachte daran zurück, wie ich vor acht Jahren, als Ceyda mit dem Jungen schwanger gewesen war, mit ihr im Taşlık-Park gesessen und mit Blick auf den Dolmabahçe-Palast über meinen Liebeskummer gesprochen hatte. Wehmütig stimmte mich das aber nicht.

Nachdem wir uns von Ceyda verabschiedet hatten, blieben wir vor dem Saray-Kino stehen. Es lief *Verfluchte Melodie*, mit Papatya als Hauptdarstellerin. Wenn man der Presse glauben durfte, hatte Papatya innerhalb eines Jahres in nicht weniger als siebzehn Filmen und Fotoromanen die Hauptrolle gespielt und damit einen neuen Weltrekord aufgestellt. Magazine fabulierten von phantastischen Angeboten aus Hollywood, und Papatya trug das ihre dazu bei, indem sie mit Longman's *Englisch für Anfänger* herumlief und schwadronierte, sie werde alles tun, um die Türkei dort würdig zu vertreten. Füsun merkte wohl, dass ich sie aufmerksam beobachtete, als sie sich die Fotos in der Kinolobby ansah.

»Komm, gehen wir«, sagte ich.

»Keine Sorge, ich beneide sie nicht«, erwiderte sie abgeklärt.

Schweigend gingen wir weiter und sahen wieder in die Schaufenster.

»Die Sonnenbrille steht dir gut«, sagte ich. »Gehen wir da rein und essen Windbeutel?«

Genau zu der Zeit, die ich mit ihrer Mutter ausgemacht hatte, standen wir vor der Konditorei İnci. Wir gingen sogleich hinein, und wie ich es mir seit drei Tagen ausgemalt hatte, war auch hinten ein Platz frei. Wir setzten uns und bestellten Windbeutel, die Spezialität der Konditorei.

»Die Sonnenbrille setze ich nicht wegen der Schönheit auf«, sagte Füsun. »Wenn ich an meinen Vater denke, schießen mir manchmal Tränen in die Augen, und das soll niemand sehen. Dass ich auf Papatya nicht neidisch bin, hast du doch kapiert, oder?«

»Ja.«

»Ich habe aber Hochachtung vor ihr. Sie hat sich etwas in den Kopf gesetzt, hat wie die Amerikaner in den Filmen beharrlich daran festgehalten und schließlich Erfolg gehabt. Dass ich keine Filmschauspielerin wie Papatya geworden bin, macht mir nichts aus, aber ich werfe mir vor, dass ich nie bei irgend etwas so beharrlich gewesen bin.«

»Ich bin schon seit neun Jahren beharrlich, aber damit lässt sich auch nicht alles erreichen.«

»Mag sein«, sagte sie kühl. »Mit meiner Mutter hast du ja schon geredet, jetzt sind wir beide dran.«

Entschlossen griff sie zu einer Zigarette. Als ich sie ihr anzündete, sah ich ihr in die Augen und sagte ihr im Flüsterton, um in der kleinen Konditorei nicht belauscht zu werden, dass die schlechten Tage nun vorbei seien und uns trotz all der verlorenen Zeit noch großes Glück bevorstünde.

»Ich denke das auch«, sagte sie gemessen. An ihrer Angespanntheit und ihrem unnatürlichen Gesichtsausdruck merkte ich, dass es in ihr tobte, sie sich aber unter Aufbietung all ihrer Kräfte beherrschte. Dafür, dass sie sich so entschlossen um Besonnenheit bemühte, liebte ich sie um so mehr, denn die Stürme, die in ihr wüteten, fürchtete ich.

»Wenn ich von Feridun offiziell geschieden bin, möchte ich alle deine Freunde und Verwandten kennenlernen und eine Beziehung zu ihnen aufbauen«, sagte sie im Ton einer Einserschülerin, die kundtut, was sie später einmal werden will. »Ich habe es aber nicht eilig damit. Erst muss natürlich nach der Scheidung deine Mutter zu uns kommen und bei meiner Mutter um meine Hand anhalten. Die beiden verstehen sich ja gut. Deine Mutter sollte aber vorher anrufen und um Verzeihung bitten, dass sie nicht zur Beerdigung meines Vaters gekommen ist.«

»Es ging ihr wirklich nicht gut.«

»Ich weiß.«

Schweigend löffelten wir unsere Windbeutel. Mehr liebevoll als verlangend sah ich auf Füsuns schönen, mit Schokolade und Vanillecreme gefüllten Mund.

»Ich erwarte, dass du mir glaubst, was ich dir jetzt sage, und dass du dann entsprechend handelst. Ich habe meine ganze Ehe über nie mit Feridun geschlafen. Das musst du mir unbedingt glauben! In gewisser Weise bin ich also noch Jungfrau. Ich werde mein Leben lang nur mit dir zusammensein. Von dem, was vor neun Jahren über zwei Monate hinweg geschehen ist« – eigentlich waren es nicht ganz eineinhalb Monate, verehrte Leser –, »brauchen wir niemandem etwas zu sagen. Es ist also so, als würden wir uns gerade erst kennenlernen. Wie man es manchmal in Filmen sieht, war ich mit jemandem verheiratet, bin aber immer noch Jungfrau.«

Bei den letzten beiden Sätzen hatte sie zwar gelächelt, aber da ich merkte, wie ernst ihr die Sache war, nickte ich würdevoll: »Verstehe.«

»So werden wir glücklicher«, sagte sie mit wissender Miene. »Und ich habe noch einen Wunsch. Aber der geht sowieso auf dich zurück. Ich will, dass wir alle zusammen eine Autotour durch Europa machen. Meine Mutter soll auch mit nach Paris. Dann gehen wir in die Museen dort und kaufen die Ausstattung für unser Heim.«

Bei »unser Heim« musste ich schmunzeln. Auch Füsuns Lippen wurden von einem leichten Lächeln umspielt, das ganz im Widerspruch zu ihrem fordernden Auftreten stand, wie bei einem Kommandanten, der nach einem langen, siegreich beendeten Krieg seine berechtigten Ansprüche nunmehr entspannt und in scherzhaftem Ton vorbringt. »Und ich will eine große Hochzeit im Hilton, so wie alle anderen auch!« rief sie dann. »Ordentlich und schön, mit allem Drum und Dran«, sagte sie so ungerührt, als ob sie an meine Verlobung vor neun Jahren keinerlei schlechte Erinnerung habe und einfach nur auf eine anständige Hochzeit aus sei.

»Das will ich auch«, sagte ich.

Wir schwiegen eine Weile.

Die kleine Konditorei, die meine Mutter und ich oft angesteuert hatten, wenn wir in meiner Kindheit in Beyoğlu unterwegs waren, hatte sich in dreißig Jahren überhaupt nicht verändert. Es war nur voller als früher, und man hatte Mühe, sich zu unterhalten.

Als doch einmal eine plötzliche Stille eintrat, flüsterte ich Füsun zu, ich würde tun, was sie nur wolle, und hätte auf der Welt keinen anderen Wunsch, als den Rest meines Lebens mit ihr zu verbringen.

»Wirklich?« fragte sie so kindlich wie damals, als sie bei mir Mathematik lernte.

Sie war selbstbewusst genug, über ihre Frage lachen zu können. Umständlich zündete sie sich eine Zigarette an und zählte dann ihre übrigen Wünsche auf. Ich dürfe ihr nichts verheimlichen und müsse ihr vor allem jede Frage über meine Vergangenheit ehrlich beantworten.

Jedes ihrer Worte und alles, was ich dabei sah, von Füsuns strenger Miene über die alte Eismaschine bis hin zu dem gerahmten Foto von Atatürk, dessen Brauen so zusammengezogen waren wie die von Füsun, grub sich mir ins Gedächtnis ein. Wir beschlossen, uns vor der Fahrt nach Paris im Familienkreis zu verloben. Über Feridun redeten wir voller Hochachtung.

Wir sprachen noch einmal das Thema an, dass es vor der Ehe zwischen uns zu keinerlei Zärtlichkeiten kommen würde. Füsun sagte: »Zwingen kannst du mich ja nicht.«
»Weiß ich doch. Am liebsten würde ich dich sogar über eine Heiratsvermittlerin heiraten.«
»Tust du ja irgendwie auch!« sagte sie selbstsicher. Da nun kein Mann mehr im Haus sei, könne es im Viertel falsch aufgefasst werden, wenn ich jeden Abend zu ihnen käme. »Das mit dem Viertel ist natürlich nur ein Vorwand«, sagte sie. »Ohne meinen Vater ist es einfach nicht mehr das gleiche. Ich bin sehr traurig.«
Ich dachte schon, sie würde weinen, aber sie nahm sich zusammen. Die Konditorei war nun so voll, dass die Schwingtür schon gar nicht mehr zuging. Es war eine lärmende Gruppe von Schülern in blauen Schuluniformen mit schiefsitzenden schmalen Krawatten hereingekommen. Sie kicherten und stießen sich gegenseitig an. Wir machten, dass wir fortkamen. Ohne noch ein Wort zu sagen, begleitete ich Füsun bis Çukurcuma und genoss es, durch Beyoğlu neben ihr herzugehen.

76
Die Kinos von Beyoğlu

Wir hielten uns an die Abmachungen, die wir in der Konditorei İnci getroffen hatten. Für Füsun nahmen wir bewusst einen Anwalt von außerhalb des Nişantaşı-Milieus, nämlich einen in Fatih wohnenden Militärkameraden von mir. Da die Ehe in beiderseitigem Einverständnis geschieden wurde, gab es ohnehin keine Komplikationen. Füsun berichtete mir amüsiert, dass Feridun sogar daran gedacht habe, sich bei der Suche nach einem Anwalt von mir beraten zu lassen. Ich konnte nun abends nicht mehr nach Çukurcuma, doch alle zwei Tage gingen wir nachmittags in Beyoğlu ins Kino.
Schon als Kind war ich wahnsinnig gerne in kühle Kinos gegangen, wenn es im Frühling draußen auf den Straßen schon ganz warm wurde. Füsun und ich trafen uns in Galatasaray, sahen uns lange Zeit

Filmplakate an, bis wir uns für einen Film entschieden, traten dann ins Dunkel eines wenig besuchten Kinos, wählten im Leinwandlicht weit hinten einen möglichst einsamen Platz aus, und händchenhaltend sahen wir uns dann den Film mit der Gelassenheit von Leuten an, die endlos Zeit haben.

Als man gegen Sommeranfang für eine Kinokarte schon zwei oder gar drei Filme zu sehen bekam, war ich einmal gerade dabei, mich umständlich hinzusetzen und meine Zeitungen auf dem Nebensitz zu verstauen, als ich merkte, dass Füsuns Hand schon ganz rastlos war und schließlich wie ein ungeduldiger Spatz auf meinem Schoß landete, als wollte sie sagen, wo bist du denn, und da nahm ich sie auch schon, schneller, als ich denken konnte, und drückte sie ganz sehnsüchtig.

Wo zwei Filme (im Emek und im Fitaş) oder gar drei (im Rüya, im Alkazar und im Lâle) gezeigt wurden, gab es nicht die im Winter übliche Pause mitten im Film, so dass wir erst nach dem ersten Film sahen, mit was für Leuten wir da im Kino saßen. Wenn die fahlen Lichter angingen, schauten wir zu, wie die Menschen in dem miefigen Kinosaal sich reckten und streckten, sahen einsame Männer in verknitterten Kleidern und mit zerknüllten Zeitungen auf dem Schoß, eingenickte Alte und Zuschauer, die Mühe hatten, aus der Filmwelt wieder in die Realität des staubigen Kinos zurückzufinden, und Füsun flüsterte mir währenddessen zu, wie die Dinge sich entwickelten. (In den Pausen ließen wir das Händchenhalten sein.) Dass endlich eingetreten war, was ich mir acht Jahre lang gewünscht hatte, nämlich dass Füsun von Feridun rechtskräftig geschieden war, erfuhr ich so während einer Pause in einer Loge des Saray-Kinos.

»Der Anwalt hat die Papiere bekommen. Ich bin jetzt offiziell geschieden.«

Den Anblick, den ich in diesem Moment vor mir hatte, nämlich das ehemals prächtige Saray-Kino mit seiner vergoldeten Decke, der abblätternden Farbe an den Wänden, mit seiner Bühne, den Sitzen, den Vorhängen und den verschlafenen Kinobesuchern, würde ich bis an mein Lebensende nicht vergessen, das wusste ich auf der Stelle. Die Lagen von Kinos wie dem Atlas und dem Saray waren genauso wie der Yıldız-Park Orte, wohin sich Pärchen zurückzogen, die sich ansonsten nirgends liebkosen konnten, doch Füsun ließ sich auch dort nicht küssen und erlaubte lediglich, dass ich ihr die Hand aufs Knie legte.

Unsere letzte Unterredung mit Feridun verlief im Grunde zufriedenstellend, hinterließ aber bei mir einen unerwartet bitteren Nachgeschmack. Als Füsun in der Konditorei behauptet hatte, sie habe in den acht Jahren nie mit Feridun geschlafen, was ich auch unbedingt glauben müsse, war mir das sehr nahegegangen. Wie viele Männer, die in verheiratete Frauen verliebt sind, hatte ich mich ja selbst schon an diesen Gedanken geklammert. Dieser Glaube war der springende Punkt meiner Geschichte und hatte meine Liebe zu Füsun überhaupt erst so lange aufrechterhalten.

Wenn ich mir über längere Zeit hinweg hätte vorstellen können, Füsun und Feridun wären ein richtiges Ehepaar mit einem erfüllten Liebesleben (versucht hatte ich mich daran, es aber dann hübsch wieder bleibenlassen), hätte meine Liebe zu Füsun nie und nimmer so lange anhalten können. Als jedoch Füsun das, was ich mir jahrelang eingeredet hatte, gebieterisch als eine Wahrheit darstellte, an der kein Zweifel aufkommen dürfe, hatte ich sofort ganz explizit gedacht, dann könne es nicht stimmen, und mich sogar betrogen gefühlt. Da Feridun seine Frau aber im sechsten Jahr ihrer Ehe ohnehin verlassen hatte, hätte ich ja akzeptieren können, wie die Dinge wirklich lagen. Sofort empfand ich aber Feridun gegenüber eine unerträgliche Eifersucht und Wut und hätte ihn am liebsten irgendwie erniedrigt. Dadurch, dass jene acht Jahre über nie solche Gefühle in mir aufgekommen waren, hatte ich mit Feridun fast jegliche Auseinandersetzung vermeiden können. Und dass Feridun mich vor allem in den ersten Jahren überhaupt ertrug, lag ebenfalls daran, dass er mit seiner Frau sexuelles Glück erlebte, wie mir jetzt erst richtig klar wurde. Wie jeder Mann, der eine glückliche Ehe führt, aber auch der Geselligkeit zugetan ist und gerne mit seinen Kumpels in der Kneipe sitzt, wollte Feridun abends ausgehen. Dass ich in den ersten Jahren – ohne es wahrhaben zu wollen – das Glück der beiden beeinträchtigte, hatte ich Feridun manchmal an den Augen abgelesen, mich aber doch nicht schuldig gefühlt.

Die Eifersucht, die in mir jahrelang verborgen gewesen war wie an der tiefsten, unzugänglichsten Stelle eines Meeres, begann sich bei unserer letzten Begegnung mit Feridun plötzlich zu regen. Über Jahre hinweg hatte ich zu Feridun, der vor mir lange Zeit unglücklich in Füsun verliebt gewesen war, eine geradezu freundschaftliche Beziehung entwickelt, und ausgerechnet jetzt, da die Dinge sich klärten, wurde ich auf ihn wütend. Vielleicht deshalb, weil ich Feridun, der mir immer ein Rätsel gewesen war, nunmehr zu verstehen begann.

Feridun wiederum sah ich an, dass er mir mein künftiges Glück mit Füsun ein wenig neidete. Doch bei dem ausgiebigen Mittagessen im Divan-Hotel tranken wir beide so viel Raki, dass unsere Nerven sich entspannten. Nachdem wir die Überschreibung von Limon-Film hinter uns hatten, widmeten wir uns einem Thema, das uns auf andere, heitere Gedanken brachte: Feridun würde endlich beginnen, seinen Kunstfilm *Blauer Regen* zu drehen.

Wegen des vielen Alkohols ging ich gar nicht mehr zu Satsat, sondern direkt nach Hause und legte mich ins Bett. Zu meiner Mutter, die sorgenvoll nach mir sah, konnte ich gerade noch sagen: »Das Leben ist wunderschön!«, dann war ich weg. Zwei Tage später lag ein Gewitter in der Luft, als Çetin meine Mutter und mich nach Çukurcuma brachte. Meine Mutter tat so, als hätte sie vergessen, dass sie nicht zu Onkel Tarıks Beerdigung gehen wollte, und sie redete in einem fort, wie immer, wenn sie angespannt war. »Hier haben sie aber schöne Gehsteige! Ich wollte schon immer in dieses Viertel, schau mal, wie nett es hier ist!« Als wir das Haus betraten, wirbelte ein kühler Wind, der Regen ankündigte, auf dem Kopfsteinpflaster den Staub auf.

Meine Mutter hatte Tante Nesibe zuvor schon angerufen und ihr kondoliert, und dann hatten die beiden sich mehrfach getroffen. Bei unserem Besuch, der eigentlich in einen Heiratsantrag münden sollte, dominierten dennoch zunächst wieder Beileidsbezeigungen, und wir fühlten sogar, dass es um noch Tieferliegendes ging. Nach einem kurzen Austausch von Höflichkeiten lagen sich Tante Nesibe und meine Mutter bald in den Armen und weinten gemeinsam. Füsun zog sich daraufhin in ihr Zimmer zurück.

Als es ganz in der Nähe blitzte und donnerte, richteten die beiden Frauen sich auf. »Hoffentlich schlägt es nirgends ein!« rief meine Mutter aus. Es ging ein heftiger Regen nieder, und während es noch

immer blitzte, trug schließlich Füsun nach traditioneller Art das Tablett mit dem Kaffee herein wie eine achtzehnjährige Braut in spe.
»Nesibe, Füsun ist dermaßen nach dir geraten!« sagte meine Mutter. »Wie aus dem Gesicht geschnitten. Sie ist genauso hübsch geworden und lächelt auch so klug.«
»Ach was, sie hat viel mehr im Kopf als ich«, sagte Tante Nesibe.
»Mein Mümtaz selig sagte auch immer, Osman und Kemal seien viel intelligenter als er, aber ich weiß nicht, ob er wirklich daran glaubte. Ist die neue Generation wirklich intelligenter?«
»Die Mädchen auf jeden Fall«, erwiderte Tante Nesibe. »Weißt du, Vecihe, was mich im Leben am meisten reut?« Dann erzählte sie, sie habe sich früher sehr gewünscht, einen Laden aufzumachen und darin ihre eigenen Kreationen zu verkaufen und sich einen Namen zu machen, aber dieses Wagnis sei sie eben nie eingegangen. »Heute gibt es viele, die können keine Schere richtig halten und bringen keine Naht zustande, aber trotzdem haben sie ein Modehaus.«

Wir gingen zum Fenster und sahen zu, wie das Regenwasser die steile Straße hinunterfloss.

»Mein Tarık hatte viel für Kemal übrig«, sagte Tante Nesibe, als wir uns zu Tisch setzten. »Jeden Abend sagte er: ›Warten wir noch ein bisschen mit dem Essen, vielleicht kommt ja Kemal noch vorbei!‹«

Das missfiel meiner Mutter, wie ich deutlich spürte.

»Kemal weiß, was er will«, sagte sie.

»Füsun ist auch sehr entschlossen«, erwiderte Tante Nesibe.

»Sie haben ja beide schon ihren Entschluss gefasst«, ließ wiederum meine Mutter wissen.

Aber weiter kamen wir mit dem Heiratsantrag nicht voran.

Tante Nesibe, Füsun und ich hatten jeder ein Glas Raki getrunken. Meine Mutter trank selten, aber auch sie hatte ein paar Schluck genippt und war – wie mein Vater zu sagen pflegte – allein vom Rakigeruch schon angeheitert. Sie erinnerte daran, wie Nesibe und sie mehrfach bis in die Morgenstunden hinein an einem Abendkleid für sie genäht hatten. Das war ein Thema, für das sie sich beide erwärmen konnten, und sie erzählten von Hochzeiten und von dafür genähten Kleidern.

»Über das Faltenkleid von Vecihe ist so viel geredet worden, dass manche Frauen aus Nişantaşı schon wollten, dass ich es für sie nach-

schneidere. Es haben welche sogar aus Paris den gleichen Stoff besorgt und ihn mir ins Haus gebracht, aber ich habe es nicht gemacht.«
Als Füsun sich würdevoll erhob und zu Limons Käfig ging, stand ich ebenfalls auf.
»Gebt euch doch um Gottes willen während des Essens nicht mit dem Vogel ab!« rief meine Mutter. »Keine Sorge, ihr werdet euch schon noch oft genug sehen. Und wascht euch unbedingt die Hände, bevor ihr euch wieder an den Tisch setzt!«
Ich ging zum Händewaschen nach oben. Füsun hätte sich die Hände auch unten in der Küche waschen können, doch kam sie mir nach. Oben auf dem Treppenabsatz fasste ich sie an den Armen, sah ihr in die Augen und küsste sie dann gierig auf die Lippen. Es war ein etwa zehn Sekunden langer inniger Kuss, der uns durch und durch ging. Vor neun Jahren hatten wir uns geküsst wie Kinder. Dieser Kuss aber in seiner Fülle und Beseeltheit war von allem Kindlichen weit entfernt. Dann machte Füsun sich los und hastete hinunter.
In nicht allzu fröhlicher Stimmung brachten wir das Essen hinter uns, redeten nur noch voller Bedachtsamkeit und machten uns dann auf den Heimweg, sobald der Regen aufhörte.
»Mama, du hast vergessen, um ihre Hand anzuhalten«, sagte ich im Auto.
»Wie oft warst du bei ihnen in all den Jahren?« fragte sie mich. Als sie mich betroffen schweigen sah, winkte sie ab. »Na ja, egal. Was Nesibe da gesagt hat, hat mir schon ein wenig zugesetzt. Wenn du jahraus, jahrein kaum einmal Zeit findest, um abends mit mir zu essen, kann das einem Mutterherz schon weh tun.« Dann strich sie mir über den Arm. »Keine Angst, wirklich böse bin ich dir nicht. Aber ich kann auch nicht so tun, als ob wir es hier mit einem Schulmädchen zu tun hätten. Füsun ist eine erwachsene Frau, sie war verheiratet und ist geschieden, und sie weiß genau, was sie will. Und ihr beide habt sowieso schon alles untereinander besprochen und seid euch einig geworden, was sollen wir da noch lange Theater spielen? Wegen mir bräuchte es auch gar keine Verlobung. Ihr könnt doch ganz einfach heiraten, ohne dass es um die Sache noch viel Gerede gibt. Und nach Europa braucht ihr auch nicht. In Nişantaşı ist mittlerweile alles zu kriegen, was müsst ihr da nach Paris!«

Als ich keine Antwort gab, hakte sie auch nicht weiter nach.
Bevor sie zu Hause ins Bett ging, sagte sie noch: »Du hast schon recht, sie ist ein hübsches, intelligentes Mädchen, und sie wird dir eine gute Ehefrau sein. Aber sei auf der Hut, sie scheint viel mitgemacht zu haben. Genau weiß ich es ja nicht, aber sie hat da so eine Wut in sich, die euch hoffentlich nicht das Leben vergällt.«

»Bestimmt nicht!«

Ganz im Gegenteil kamen wir uns immer näher, und damit auch dem Leben, den Straßen von Istanbul, den Menschen. Wenn ich im Kino Füsuns Hand ergriff, spürte ich manchmal, wie sie ein Schauer durchfuhr. Manchmal lehnte sie sich nun an meine Schulter oder legte gar den Kopf darauf. Um sie noch mehr zu mir herüberzulocken, rutschte ich dann tiefer in meinen Sitz, nahm ihre Hand in beide Hände und fuhr auch manchmal zart über ihren Schenkel. Sie sträubte sich auch nicht mehr, wie zu Anfang, gegen Logenplätze. Wenn ich ihre Hand hielt, übertrug sich auf mich, wie Füsun den Film wahrnahm, und wie ein Arzt beim Pulsfühlen in den Fingerspitzen die geheimsten Leiden seines Patienten registriert, so verfolgte ich mit großem Genuss Füsuns gefühlte Kommentare.

Zwischen den Filmen beredeten wir unsere Vorbereitungen auf die Europareise und unser Vorhaben, allmählich gemeinsam unter Leute zu gehen, doch was meine Mutter in puncto Verlobung gesagt hatte, erwähnte ich lieber nicht. Mir wurde klar, dass eine Verlobung einen unguten Verlauf nehmen und es viel Gemunkel geben würde, allein schon innerhalb der Familie und erst recht wegen der Gäste, denn ob wir nun im großen oder im kleinen Kreis feierten, stets würde man es uns negativ auslegen. Mir war so, als ob auch Füsun langsam zu einer ähnlichen Einschätzung kommen und vermutlich deshalb das Thema ebenfalls nicht anschneiden würde. Schließlich beschlossen wir, fast ohne darüber zu reden, dass wir uns überhaupt nicht verloben, sondern nach unserer Rückkehr aus Europa sogleich heiraten würden. Zwischen den Filmen oder danach, wenn wir in einer der Konditoreien, in die wir immer öfter gingen, bei einer Zigarette saßen, sprachen wir lieber darüber, wie wir uns unsere Europareise vorstellten.

Füsun hatte den Führer *Mit dem Auto durch Europa* gekauft und kam damit immer ins Kino. Wir blätterten darin herum und legten uns eine Reiseroute zurecht. Wir hatten vor, die erste Nacht in Edirne zu verbringen und dann über Jugoslawien und Österreich zu fahren. Füsun sah sich auch gerne die Bilder in meinem Paris-Führer an oder sagte: »Nach Wien möchte ich auch.« Beim Betrachten der Aufnahmen europäischer Städte verfiel sie manchmal in ein seltsam melancholisches Schweigen.

»Was hast du denn, mein Schatz?« fragte ich sie dann.

»Ich weiß auch nicht.«

Da Tante Nesibe, Füsun und Çetin zum erstenmal ins Ausland fuhren, mussten sie sich erst einen Reisepass ausstellen lassen. Um sie vor endloser Warterei in den Behörden zu bewahren, schaltete ich wieder den pensionierten Kommissar Selami ein, der sich für Satsat um solche Dinge kümmerte. (Aufmerksame Leser werden sich erinnern, dass ich den Mann seinerzeit damit beauftragt hatte, Füsun und ihre Familie ausfindig zu machen.) Erst da merkte ich, dass ich wegen meiner Liebesgeschichte neun Jahre lang kein einziges Mal im Ausland gewesen war und auch keinerlei Bedürfnis danach verspürt hatte. Dabei war ich früher immer ganz unglücklich gewesen, wenn ich nicht alle drei, vier Monate unter irgendeinem Vorwand ins Ausland konnte.

Zum Unterschreiben der Pässe mussten wir schließlich in die Passabteilung des Regierungspräsidiums.

Das Gebäude, in dem früher die osmanische Regierung untergebracht war und die letzten Großwesire gewohnt hatten, war Schauplatz zahlreicher in den Geschichtsbüchern verzeichneter Bluttaten gewesen und hatte wie so mancher historische Bau nach der Gründung der Republik viel von seinem einstigen Gepränge eingebüßt. Alle Gänge und Treppen standen voller Menschen, die ewig lange auf irgendein Dokument, einen Stempel oder eine Unterschrift warten mussten und dabei herumplärrten und miteinander stritten. Es war so heiß und feucht, dass uns die Unterlagen schier in den Händen zerfielen.

Gegen Abend mussten wir wegen eines anderen Papiers nach Sirkeci in das Sansaryan Hanı. Als wir die Babıali-Straße hinuntergingen, verschwand Füsun plötzlich, etwas oberhalb des Meserret-Cafés, in einem Teehaus, ohne vorher einem von uns Bescheid zu sagen.

»Was hat sie denn jetzt wieder?« fragte Tante Nesibe.
Ich ließ Çetin und Tante Nesibe draußen warten und ging hinein.
»Was ist denn los, mein Schatz, bist du müde?« sagte ich.
»Ich geb's auf, ich will nicht mehr nach Europa.« Sie zündete sich eine Zigarette an und sog den Rauch tief ein. »Geht ihr schon und lasst euch eure Pässe ausstellen, ich kann nicht mehr.«
»Komm, beiß die Zähne zusammen, jetzt haben wir es doch fast schon geschafft!«
Erst zierte sie sich noch ein wenig, aber schließlich konnte ich sie doch überreden. Eine ähnliche Krise machten wir durch, als wir uns im österreichischen Konsulat um ein Visum bemühten. Um den dreien langes Warten und demütigende Fragen zu ersparen, hatte ich ihnen Belege ausgestellt, laut denen sie als hohe Angestellte bei Satsat über ein hübsches Gehalt verfügten. Es bekamen auch alle ihr Visum, doch Füsun erregte wegen ihres jugendlichen Alters Verdacht und wurde zu einer Unterredung geladen, zu der ich sie dann begleitete.

Ein halbes Jahr zuvor war ein Mann, dem man jahrelang ein Visum verweigert hatte, im Schweizer Konsulat durchgedreht und hatte einem Beamten vier Kugeln in den Kopf gejagt, woraufhin man in den Visumsabteilungen der Istanbuler Konsulate strenge Sicherheitsmaßnahmen ergriffen hatte. Wie man es aus amerikanischen Gefängnisfilmen kannte, waren die Antragsteller von den Beamten durch Gitter oder Panzerglas getrennt und konnten nur über eine Sprechanlage mit ihnen kommunizieren. Vor den Konsulaten war alles voller drängelnder Leute, die sich zur Visumsabteilung oder wenigstens in den Konsulatshof oder -garten vorzukämpfen versuchten. Die türkischen Konsulatsangestellten (insbesondere über die beim deutschen Konsulat Beschäftigten hieß es: »Innerhalb von zwei Tagen sind die deutscher geworden als die Deutschen!«) beschimpften die Leute, weil sie sich nicht ordentlich anstellten, schubsten sie herum und trafen schon eine Vorauswahl, indem sie etwa einen ärmlich Gekleideten gleich abwiesen und sagten, bei ihm habe es sowieso keinen Sinn. Wer es geschafft hatte, einen Termin zu bekommen, der saß dann drinnen vor dem Panzerglas lammfromm und selig und zitterte zugleich wie ein Schüler vor einer schwierigen Prüfung.

Da wir über Protektion verfügten, ging Füsun frohgemut lächelnd hinein, ohne sich anstellen zu müssen, doch kam sie schon recht bald mit hochrotem Kopf wieder heraus und marschierte schnurstracks auf die Straße hinaus, ohne mich eines Blickes zu würdigen. Ich eilte ihr hinterher und holte sie erst ein, als sie stehenblieb, um sich eine Zigarette anzuzünden. Ich fragte sie, was denn geschehen sei, bekam aber keine Antwort. Schließlich setzten wir uns in eine Imbissbude mit dem hochtrabenden Namen: Erfrischungsgetränke- und Sandwich-Palast Vaterland.

»Was ist denn los? Kriegst du es etwa nicht?«

»Die haben mich nach meinem ganzen Leben ausgefragt. Sogar, warum ich geschieden bin und wovon ich als geschiedene Frau überhaupt lebe. Ich will nicht mehr nach Europa. Und ich will von keinem Menschen ein Visum.«

»Ich besorge uns das Visum irgendwie anders. Oder wir fahren mit dem Schiff, über Italien.«

»Kemal, glaub mir, ich will keine Europareise mehr. Außerdem kann ich kein Wort in irgendeiner Fremdsprache und habe mich schämen müssen.«

»Aber dann sehen wir ein bisschen was von der Welt! Woanders gibt es Menschen, die glücklicher leben als hier. Dort gehen wir dann händchenhaltend durch die Straßen. Die Welt besteht nicht nur aus der Türkei.«

»Ich soll wohl Europaerfahrung bekommen, damit ich deiner würdig bin, was? Aber heiraten will ich jetzt auch nicht mehr!«

»In Paris werden wir sehr glücklich sein, Füsun.«

»Du weißt, wie eigensinnig ich bin, also lass mich jetzt in Ruhe, Kemal, sonst versteife ich mich bloß noch mehr.«

Ich ließ dennoch nicht locker, und wenn ich Jahre später voll bitterer Reue daran zurückdachte, dann fiel mir auch ein, dass ich mir immer vorgestellt hatte, unterwegs in einem Hotelzimmer mit Füsun zu schlafen. Ich spannte Snob-Selim ein, einen Freund von mir, der aus Österreich Papier importierte, und eine Woche später hatten wir das Visum. Zur gleichen Zeit waren dann auch die Zollformalitäten für das Auto erledigt. Als ich Füsun in einer Loge des Saray-Kinos ihren Pass übergab, der durch die vielen Visumsstempel ganz bunt geworden war, empfand ich einen seltsamen Stolz, einen Gattenstolz sozusagen. Jahre zuvor, als ich überall in Istanbul Phantome von Füsun gesehen hatte, war ich einem davon ja auch in diesem Kino begegnet. Füsun nahm den Pass lächelnd an sich, wurde dann aber ganz ernst, als sie ihn durchblätterte und sich jedes Visum genauestens ansah.

Über ein Reisebüro ließ ich in Paris im Hôtel du Nord drei große Zimmer reservieren, eines für mich, eines für Çetin und eines für Füsun und ihre Mutter. Wenn ich früher Sibel besuchte, als sie »an der Sorbonne« – also eigentlich an irgendeiner Uni – studierte, wohnte ich in anderen Hotels, doch wie ein Schüler, der sich ausmalt, wo er hinfahren wird, wenn er später einmal reich ist, machte ich mir ein Bild von den glücklichen Stunden in diesem Hotel, das genau meinen romantischen Vorstellungen entsprach.

»Was soll denn das, ihr könnt doch zuerst heiraten und dann hinfahren«, wandte meine Mutter ein. »Dir gönne ich natürlich eine Reise mit dem Mädchen, das du liebst, aber wozu nehmt ihr denn Nesibe und Çetin mit? Ihr solltet erst mal heiraten und dann auf Hochzeitsreise nach Paris fliegen. Ich rede mal mit der Weißen Nelke, der schreibt in seiner Kolumne irgendeine rührselige Geschichte zusammen, und in zwei Tagen ist alles vergessen. Es ist ja heute sowieso nicht mehr so wie früher. Alles ist voll von diesen Neureichen aus der Provinz. Und wie soll ich denn ohne Çetin auskommen? Wer soll mich dann herumfahren?«

»Mama, den ganzen Sommer über bist du aus deinem Haus und deinem Garten in Suadiye ganze zwei Mal herausgekommen. Keine Angst, vor Ende September sind wir wieder da, und Anfang Oktober bringt Çetin dich wieder nach Nişantaşı zurück, versprochen. Und Tante Nesibe sucht dir für die Hochzeit ein Kleid aus.«

77
Grand Hotel Semiramis

Am 27. August 1984 um Viertel vor zwölf trafen Çetin und ich in Çukurcuma ein, zum Auftakt unserer Europareise. Seit meiner ersten Begegnung mit Füsun in der Boutique Champs-Élysées waren genau neun Jahre und vier Monate vergangen, doch dachte ich weder darüber nach noch über das Ausmaß, in dem inzwischen mein Leben und meine Persönlichkeit sich verändert hatten. Die Tränen und die zahllosen Ratschläge meiner Mutter sowie der dichte Verkehr hatten uns in Verzug gebracht. Ich wollte jene Phase meines Lebens beenden und so bald wie möglich aufbrechen. Als Çetin endlich das Gepäck von Füsun und Tante Nesibe im Kofferraum verstaute, war unser Auto schon lange von Kindern umstanden, und während ich zu den Nachbarn hinübergrüßte, fühlte ich mich einerseits unwohl, aber auch irgendwie stolz. Als wir schließlich in Richtung Tophane losfuhren, kam gerade Ali vom Fußballspielen zurück, und Füsun winkte ihm zu. Ich dachte, dass ich von Füsun bald auch so ein Kind bekommen würde.

Auf der Galatabrücke kurbelten wir die Autofenster herunter und sogen begierig die Istanbuler Luft ein, ein Gemisch aus Algen, Meer, Taubendreck, Kohlenrauch, Autoabgasen und Lindenblüten. Füsun und Tante Nesibe saßen hinten und ich vorne neben Çetin, so wie ich mir das schon tagelang vorgestellt hatte. Während wir durch Aksaray fuhren und in ärmlichen Vorortvierteln von Schlagloch zu Schlagloch über das Kopfsteinpflaster ratterten, legte ich immer wieder den Arm über die Rückenlehne und strahlte Füsun an.

Hinter Bakırköy, zwischen Werkstätten, Lagerhallen, neuen Siedlungen und Motels, fiel mein Blick plötzlich auf die Textilfabrik von Turgay, zu der ich neun Jahre zuvor einmal hinausgefahren war, doch an meine quälende Eifersucht von damals konnte ich mich kaum noch erinnern. Kaum hatten wir Istanbul hinter uns gelassen, war all die Qual, die ich jahrelang um Füsuns willen erlitten hatte, zu einer süßen, in einem Atemzug erzählten Liebesgeschichte geworden. Und Liebesgeschichten, die glücklich enden, verdienen ja kaum mehr als ein paar Sätze. Vielleicht lag es daran, dass es im Auto immer stiller wurde, je weiter wir uns von Istanbul entfernten. Selbst Tante Nesibe, die zu Anfang noch in einem fort dahinplapperte, sich ständig fragte, ob sie nicht dieses oder jenes vergessen hätten, und alles, was sie durchs Fenster sah, verwundert kommentierte – etwa die klapprigen alten Pferde, die irgendwo grasten –, schlief dann schon ein, noch bevor wir über die Brücke von Büyükçekmece fuhren.

Als Çetin kurz hinter Çatalca tankte, stiegen Füsun und ihre Mutter aus. Bei einer Verkäuferin am Straßenrand kauften sie Käse, nahmen in einem Teegarten Platz und ließen sich den Käse zu Tee und Simits schmecken. Ich setzte mich zu ihnen und dachte mir, in diesem Tempo würde unsere Europareise nicht Wochen, sondern Monate dauern. Sollte ich mich darüber etwa beklagen? Ganz im Gegenteil! Ich saß Füsun gegenüber, schaute sie fortwährend an und verspürte dabei ein Kribbeln in Bauch und Brust, so wie früher, wenn mir bei einer Tanzparty oder in den Sommerferien ein schönes Mädchen begegnete. Kein stechender Liebesschmerz war das, sondern lediglich eine süße Liebesungeduld.

Gegen sieben Uhr vierzig ging über den Sonnenblumenfeldern die Sonne unter und schien uns dabei direkt in die Augen. Als wir weiterfuhren, schaltete Çetin das Licht ein, und Tante Nesibe meinte schon bald: »Mein Gott, in dieser Dunkelheit sollten wir doch nicht unterwegs sein!«

Auf der vierspurigen Landstraße kamen uns zahllose Lastwagen mit aufgeblendeten Scheinwerfern entgegen. Kurz hinter Babaeski schien mir das Grand Hotel Semiramis, dessen violette Neonlampen ins Dunkel leuchteten, der geeignete Ort für uns zu sein. Ich ließ Çetin vor einer Tankstelle von Türk Petrol umkehren (ein Hund stieß dabei drei kurze Beller aus) und vor dem Hotel parken, und mein Herz spürte, dass das, was ich mir seit acht Jahren erträumte, sich hier verwirklichen würde, und es begann wie wild zu pochen.

In dem dreistöckigen Hotel, das außer dem Namen so gar nichts Pompöses an sich hatte, bestellte ich an der ordentlich wirkenden Rezeption bei einem pensionierten Unteroffizier (an der Wand hing ein Foto, das ihn strahlend in Uniform und Waffen zeigte) ein Zimmer für Çetin, eines für Füsun und Tante Nesibe und eines für mich. Als ich mich dann in meinem Zimmer aufs Bett legte und an die Decke starrte, begann mir zu dämmern, dass mir während unserer langen Reise die Nächte im Zimmer neben Füsun noch schwerer fallen würden als das neunjährige Warten davor.

Als ich später den kleinen Speisesaal betrat, merkte ich, dass Füsun für die Überraschung empfänglich sein würde, die ich ihr zu bereiten gedachte. Als befänden wir uns in einem Etablissement vom mondänen Chic eines europäischen Badeortes der Jahrhundertwende und in einem Speisesaal mit seidenen Vorhängen, hatte Füsun sich sorgfältig geschminkt, einen roten Lippenstift aufgelegt, sich mit Le soleil noir aus diesem Flakon parfümiert, den ich ihr vor Jahren einmal geschenkt hatte, und ein rotes Kleid angezogen. Durch den Schimmer ihres Kleides kamen ihre Schönheit und der Glanz ihres Haares ganz besonders gut zur Geltung. Von den Nebentischen voll müder Gastarbeiterfamilien auf Heimaturlaub schauten neugierige Kinder und lüsterne Väter immer wieder zu uns herüber.

»Das Rot steht dir ausgezeichnet«, sagte Tante Nesibe. »Und zum Hotel und zu den Straßen von Paris wird es noch besser passen. Aber unterwegs solltest du es nicht gerade jeden Abend anziehen.«

Sie warf mir einen Blick zu, der Zustimmung heischte, aber ich brachte nichts heraus. Nicht nur, weil es mir am liebsten gewesen wäre, Füsun hätte das Kleid, in dem sie umwerfend aussah, jeden Tag angezogen. Wie alle Jungverliebten, die das Glück schon als ganz nahe, aber doch auch schwer erreichbar empfinden, war ich angespannt und sagte lieber gar nichts. Und ich merkte auch, dass es Füsun, die mir gegenüber saß, ähnlich erging. Sie wich meinen Blicken aus, rauchte ihre Zigarette linkisch wie eine Schülerin und blies den Rauch zur Seite.

Während wir dann in die einfache Speisekarte des Hotels sahen, verfielen wir in ein seltsames Schweigen, als ob wir die hinter uns liegenden neun Jahre noch einmal Revue passieren ließen.

Ich bestellte beim Kellner eine große Flasche Yeni-Raki.

»Heute abend stoße ich mit dir auch mal an«, sagte ich zu Çetin. »Du brauchst mich ja nirgends mehr hinzufahren.«

»Darauf haben Sie aber lange warten müssen, Çetin!« sagte Tante Nesibe anerkennend. Dann sah sie kurz zu mir her. »Es gibt doch kein Herz und keine Festung, die sich durch Geduld und Gottvertrauen nicht erobern ließen, was?«

Als der Raki kam, schenkte ich Füsun genausoviel ein wie den anderen und sah ihr dabei in die Augen. Ich sah, dass sie beim Rauchen auf die Spitze ihrer Zigarette blickte, wie immer, wenn sie nervös und angespannt war, und das gefiel mir. Wir begannen genussvoll unseren eiskalten Raki zu trinken, auch Tante Nesibe. Bald fühlte ich mich ganz ruhig.

Die Welt war eigentlich schön, das schien ich jetzt erst richtig zu merken. Ich wusste nun, dass ich bis an mein Lebensende Füsuns schlanken Körper, ihre langen Arme, ihre schönen Brüste streicheln und abends zum Einschlafen meinen Kopf an ihren Hals legen und ihren Duft einatmen würde.

Wie seinerzeit als Kind vergaß ich scheinbar absichtlich, was mich gerade glücklich machte, sah mit neuen Augen auf die Welt und fand um mich herum einfach alles schön: das Foto an der Wand mit einem schicken, befrackten Atatürk, die Schweizer Berglandschaft daneben, das Bild der Bosporusbrücke und die Meltem trinkende Inge. Die Uhr zeigte zwanzig nach neun an, und an der Rezeption hing ein Schild: »Paare bitte Heiratsurkunde vorzeigen«.

»Heute kommt *Windige Anhöhen*«, sagte Tante Nesibe. »Sollen wir uns den Fernseher einschalten lassen?«

»Es ist noch zu früh, Mama«, sagte Füsun.

Ein Paar um die Dreißig betrat den Speisesaal. Alle drehten sich zu ihnen um, und die beiden grüßten höflich. Es waren Franzosen. Damals kamen nicht viele westliche Touristen in die Türkei, doch wenn, dann meist mit dem Auto.

Schließlich machte der Hotelbesitzer den Fernseher an und setzte sich mit seiner Frau und den beiden erwachsenen Töchtern (alle drei trugen Kopftuch; eine der Töchter hatte ich zuvor in der Küche arbeiten sehen) mit dem Rücken zu uns gewandt still und stumm davor.

»Kemal, von da siehst du ja gar nichts«, sagte Tante Nesibe. »Setz dich doch zu uns.«

So zwängte ich meinen Stuhl zwischen Füsun und Tante Nesibe und sah mir ebenfalls *Windige Anhöhen* an, eine Serie, die auf den Hügeln Istanbuls spielte. Ich kann aber nicht behaupten, dass ich irgendetwas davon mitbekommen hätte. Füsuns nackter Arm drückte sich nämlich ganz fest an meinen nackten Arm! Vor allem der obere Teil meines linken Oberarms brannte nur so durch die Berührung. Ich starrte zwar auf den Bildschirm, doch meine Seele drang in die Seele Füsuns ein.

Vor meinem inneren Auge sah ich Füsuns Hals, ihren schönen Busen, ihre erdbeerfarbenen Brustwarzen, ihren weißen Bauch. Und Füsun drückte ihren Arm immer mehr an den meinen. Ich achtete weder darauf, wie sie ihre Zigaretten in einem Aschenbecher mit der Aufschrift »Batanay Sonnenblumenöl« ausdrückte, noch auf die Zigarettenkippen selbst, deren Enden vom Lippenstift rot gefärbt waren.

Als die Episode zu Ende war, wurde der Fernseher ausgemacht. Die ältere der beiden Töchter drehte am Radio herum und fand eine eingängige Melodie, die zwei französischen Gästen, einem Paar um die Dreißig, sichtlich gefiel. Als ich meinen Stuhl wieder an seinen alten Platz stellte, wäre ich beinahe gestürzt. Ich hatte einiges getrunken. Auch Füsun war schon beim dritten Glas Raki, wie ich aus den Augenwinkeln heraus beobachtet hatte.

»Wir haben vergessen anzustoßen«, sagte Çetin.

»Ja, stoßen wir jetzt an«, erwiderte ich. »Und zwar auf etwas ganz Besonderes. Çetin, steck uns bitte unsere Verlobungsringe an.«

Mir großer Geste zog ich das Etui mit den eine Woche zuvor im Großen Basar gekauften Ringen hervor und öffnete es.

Çetin ging sogleich darauf ein. »So ist es richtig. Ohne Verlobung heiratet man nicht. Darf ich um Ihre Finger bitten!«

Aufgeregt lächelnd streckte Füsun ihren Ringfinger vor.

»Jetzt gibt es kein Zurück mehr«, sagte Çetin. »Sie werden sehr glücklich sein, das spüre ich. Die andere Hand, Kemal.«

Ohne zu zögern, steckte er uns die Verlobungsringe an. Vom Nebentisch, wo die Franzosen saßen, ertönte Beifall, ein paar andere Gäste schlossen sich müde an. Füsun lächelte und sah auf ihren Ring, als sei sie beim Juwelier.

»Passt er?« fragte ich.

»Wie angegossen.«

»Und er steht dir auch gut.«

»Ja.«

»Une danse, une danse!« riefen die Franzosen.

»Ja, auf geht's!« sagte Tante Nesibe.

Zu der Musik, die gerade im Radio lief, ließ sich durchaus tanzen. Ob ich mich aber auf den Beinen halten konnte? Wir standen beide gleichzeitig auf. Ich fasste Füsun an der Taille und umarmte sie. Sie duftete wunderbar, und ich spürte ihre Hüfte und ihre Wirbelsäule unter meinen Fingern. Füsun war nüchterner als ich. Sie nahm das Tanzen ernst und schmiegte sich an mich. Ich wollte ihr ins Ohr flüstern, wie sehr ich sie liebte, aber irgend etwas hemmte mich.

Wir waren gerade so betrunken, dass wir uns noch nicht gehenließen. Nach dem Tanz setzten wir uns, und die Franzosen spendeten wieder Beifall.

»So, ich gehe jetzt«, sagte Çetin. »Ich muss morgen früh nach dem Motor sehen. Wir fahren doch früh los, oder?«

Wenn Çetin nicht so abrupt aufgebrochen wäre, hätte Tante Nesibe vielleicht noch etwas sitzen bleiben wollen.

»Çetin, gib mir doch bitte den Autoschlüssel«, sagte ich.

»Kemal, wir haben heute abend einiges getrunken, setzen Sie sich ja nicht mehr ans Steuer!«

»Ich habe noch eine Tasche im Kofferraum, da ist mein Buch drin.«

Er reichte mir den Schlüssel. Dann wurde er ganz förmlich und deutete eine Verneigung an, wie er es gegenüber meinem Vater gehalten hatte.

»Mama, wie machen wir das mit dem Zimmerschlüssel?« fragte Füsun.

»Ich sperre einfach nicht zu.«

»Nein, ich begleite dich einfach rauf und nehme den Schlüssel dann mit runter.«

»Das ist doch nicht nötig. Ich lasse den Schlüssel innen stecken, und du kommst, wann du willst.«

Als Tante Nesibe und Çetin gegangen waren, fühlten wir uns zugleich erleichtert und angespannt. Füsun wich meinen Blicken aus wie eine junge Braut, die zum erstenmal mit dem Mann allein ist, mit dem sie ihr ganzes Leben verbringen wird. Ich merkte aber, dass dahinter mehr steckte als einfach nur Schüchternheit. Ich wollte Füsun berühren und beugte mich vor, um ihre Zigarette anzuzünden.

»Du willst also auf dein Zimmer gehen und lesen?« fragte Füsun und tat so, als wollte sie gleich aufstehen.

»Nein nein, ich habe nur gedacht, wir könnten noch eine Spritztour unternehmen.«

»Bei dem, was wir getrunken haben? Nein, Kemal.«

»Fahren wir doch ein bisschen herum!«

»Geh jetzt rauf und leg dich ins Bett.«

»Hast du Angst, dass wir einen Unfall bauen?«

»Nein.«

»Dann fahren wir doch einfach los, in den Wald, bis wir gar nicht mehr wissen, wo wir sind.«

»Nein, geh lieber ins Bett, los. Ich stehe jetzt auf.«

»Willst du mich an unserem Verlobungstag hier alleine sitzenlassen?«

»Nein, ich bleibe schon noch. Eigentlich sitze ich ja gerne hier mit dir.«

Die Franzosen sahen zu uns herüber. Wir müssen eine knappe halbe Stunde lang schweigend so dagesessen haben. Hin und wieder sahen wir uns an, aber viel mehr waren unsere Blicke nach innen gerichtet. In meinem Kopf lief ein zusammengestückelter Film ab, aus Erinnerungen, Ängsten, Begierden und vielen Bildern, auf die ich mir gar keinen Reim machen konnte. Schließlich mischten sich zwei große schwarze Fliegen in den Film, die auf dem Tisch zwischen den Gläsern herumkrabbelten, danach auch meine Hand, Füsuns Hand mit der Zigarette, die Gläser und die Franzosen. Trotz all meiner Liebe und Betrunkenheit hielt ich den Film in meinem Kopf irgendwie für gänzlich logisch und meinte, die ganze Welt solle unbedingt merken, dass es zwischen Füsun und mir nichts anderes gab als Liebe und Glück. Diesem Problem musste ich ebenso schnell beikommen, wie die Fliegen zwischen unseren Tellern herumwuselten. Ich lächelte den Franzosen gewinnend zu, um unser Glück zu demonstrieren, und die beiden lächelten zurück.

»Lach du sie doch auch an«, sagte ich zu Füsun.

»Hab ich schon. Was soll ich denn sonst noch tun? Einen Bauchtanz aufführen?«

Ich vergaß, wie betrunken Füsun war, und nahm ihre Worte zu

ernst. Aber gar so leicht war mein Glück nicht zu beschädigen. Ich hatte mir die Welt zu einer makellosen Einheit schöngetrunken. Der Film in meinem Kopf mit all den Fliegen und Erinnerungen war ein Ausdruck davon. Was ich für Füsun jahrelang empfunden und ihretwegen erlitten hatte, verschmolz mit der Komplexität und der Schönheit der Welt zu einem großen Ganzen, und dieses Gefühl der Einheit und Vollkommenheit erschien mir unwahrscheinlich berückend und verlieh mir eine tiefe innere Ruhe. Irgendwann war ich ganz mit der Frage beschäftigt, wie eine Fliege so schnell krabbeln konnte, ohne sich die Beinchen zu verknoten. Dann war plötzlich keine Fliege mehr da.

Ich hielt Füsuns Hand auf dem Tisch in der meinen und spürte, wie Ruhe und Schönheit von meiner Hand aus auf sie übergingen, und von ihr dann wieder zurück auf mich. Füsuns linke Hand lag wie ein müdes Tier auf der Tischplatte, und ich hielt sie mit meiner Rechten gefangen, unterdrückte sie fast. In meinem Kopf, unseren Köpfen, drehte sich die ganze Welt.

»Tanzen wir?« fragte ich.
»Lieber nicht.«
»Warum denn?«
»Ich will jetzt nicht. Es genügt mir, hier so zu sitzen.«
Ich begriff, dass sie unsere Hände meinte, und lächelte. Die Zeit schien angehalten, und ich meinte, schon stundenlang händchenhaltend hier zu sitzen und doch gerade erst angekommen zu sein. Irgendwann wusste ich nicht mehr, was wir hier überhaupt machten. Dann sah ich, dass außer uns niemand mehr da war.
»Die Franzosen sind weg.«
»Das waren keine Franzosen«, erwiderte Füsun.
»Woher willst du das wissen?«
»Ich habe ihr Autokennzeichen gesehen. Sie sind aus Athen.«
»Wann hast du denn ihr Auto gesehen?«
»Die machen gleich zu hier, komm, gehen wir.«
»Aber wir sitzen doch gerade so schön!«
»Da hast du recht«, sagte sie abgeklärt.
So blieben wir händchenhaltend sitzen.
Mit ihrer freien Hand fischte sie eine Zigarette aus der Schachtel, zündete sie geschickt an und rauchte gemächlich, wobei sie mich

ständig anlächelte. Mir kam es vor, als dauerte das Stunden. In meinem Kopf fing gerade ein neuer Film an, als Füsun sich plötzlich losmachte und aufstand. Ich ging ihr hinterher. Auf der Treppe sah ich das rote Kleid vor mir und ging vorsichtig hinauf, ohne zu schwanken.

»Dein Zimmer ist auf dieser Seite«, sagte Füsun.
»Ich begleite dich noch bis zu dir.«
»Nein, geh jetzt in dein Zimmer«, flüsterte sie.
»Du vertraust mir nicht, das tut mir weh. Wie sollst du denn da dein ganzes Leben mit mir verbringen?«
»Das weiß ich auch nicht. Los, geh in dein Zimmer.«
»So ein schöner Abend. Ich bin sehr glücklich. Unser ganzes Leben wird so glücklich vergehen, glaub mir.«

Sie merkte, dass ich sie küssen wollte, und umarmte mich gleich. Ich küsste sie mit ganzer Kraft, fast schon mit Gewalt. Lange verharrten wir so. Irgendwann öffnete ich die Augen und sah in dem engen, niedrigen Korridor ein Atatürk-Bild. Ich kann mich noch erinnern, dass ich sie zwischendrin immer wieder anflehte, doch in mein Zimmer mitzukommen.

Aus einem der Zimmer war ein künstliches Hüsteln zu vernehmen. Dann wurde an einem Schlüsselloch herumhantiert.

Füsun entschlüpfte meinen Armen und eilte davon.

Sehnsüchtig sah ich ihr nach. Ich ging in mein Zimmer und warf mich angekleidet aufs Bett.

78

Sommerregen

Das Zimmer war nicht völlig dunkel; es kam von der Tankstelle und der Straße nach Edirne ein Lichtschein herein. War hier in der Nähe nicht ein Wald? In weiter Ferne zuckte ein Blitz. Meine Sinne waren für alles um mich herum empfänglich.

So verging lange Zeit. Dann klopfte es an der Tür. Ich stand auf und öffnete.

»Meine Mutter hat die Tür zugesperrt«, sagte Füsun. Sie suchte mich im Dunkeln zu erkennen. Ich nahm sie bei der Hand und zog sie herein. Dann legte ich mich aufs Bett, und Füsun streckte sich neben mir aus. Sie schmiegte sich an mich wie ein schutzbedürftiges Kätzchen und rieb ihren Kopf an meinem Hals. Sie zitterte und zog mich so heftig an sich, als hinge davon unser ganzes Glück ab. Wie im Märchen dachte ich, wir würden sterben müssen, wenn ich sie nicht auf der Stelle küsste. Ich kann mich erinnern, dass wir lange an ihrem roten Kleid herumzerrten und -zupften, bis wir es endlich ausgezogen hatten, und uns dann lange und heftig küssten, und dass wir manchmal verlegen innehielten, weil das Bett gar so quietschte, und dass es mich unheimlich erregte, wie ihre Haare auf meine Brust und mein Gesicht herabfielen, doch diese Beschreibung soll nicht den Eindruck erwecken, als ob ich das alles so ganz bewusst erlebt hätte und mich an jeden Augenblick erinnern könnte.

Durch meine Erregung und Anspannung und den vielen Alkohol vermochte ich die einzelnen Sekunden und Augenblicke erst im nachhinein einigermaßen zu unterscheiden.

Das Gefühl, das seit Jahren Erwartete endlich erleben zu dürfen, der unglaubliche Moment, in dieser Welt mein Glück zu finden, ließ die Lust, die sich mir darbot, und die immer wieder aufblitzenden süßen Augenblicke allesamt ineinanderfließen und zu einem allgemeinen Eindruck verschmelzen. Es war, als ob mir etwas widerfahre, was außer meiner Kontrolle lag, was ich aber wie im Traum aus eigenem Antrieb zu leben und zu denken glaubte.

Als wir unter das Bettlaken krochen und meine Haut die ihre berührte, durchfuhr es mich heiß. Verzaubert nahm ich wahr, dass ich Vergessenes aus unserem Liebesspiel von vor neun Jahren wieder erlebte, angereichert aber durch neue Lebensfülle aus jenen glücklichen Tagen. Mein jahrelang unterdrücktes Glücksverlangen mündete in den Triumph, lang Ersehntes zu empfangen (so nahm ich Füsuns Brüste wieder in den Mund, so weit ich nur konnte), und alles Erlebte vermengte sich zu unbestimmbarer Lust. Ich freute mich unendlich, sie doch noch bekommen zu haben, und empfand für alles an ihr, ihr Wimmern, ihre kindliche Umarmung, das Aufscheinen ihrer seidigen Haut, nichts als Bewunderung und Liebe. Einmal setzte sie sich mir auf den Schoß, und im herannahenden Scheinwerferlicht eines vorbeiratternden Lastwagens, der uns mit dem tiefen Dröhnen seines müden Motors zu imitieren schien, sahen wir uns glücklich in die Augen, ein unvergesslicher Moment. Dann ließ ein plötzlicher Windstoß alles erzittern, irgendwo schlug eine Tür, und die Blätter draußen rauschten, als teilten sie unser Geheimnis. In der Ferne zuckte ein Blitz und erhellte kurz das Zimmer mit seinem Schein.

Wir liebten einander mit immer größerer Lust, in der allmählich alles aufging, unsere Vergangenheit, unsere Zukunft, all unsere Erinnerungen. Schweißgebadet versuchten wir, unsere Schreie zu unterdrücken. Ich war wieder mit der ganzen Welt zufrieden, mit meinem Leben, mit allem. Alles war schön und sinnvoll. Füsun schmiegte sich an mich, kuschelte ihren Kopf an meinen Hals, und mit ihrem angenehmen Duft in der Nase schlief ich schließlich ein.

Im Traum sah ich dann lauter Glücksbilder. Den Museumsbesuchern seien diese Traumgesichte hier vorgestellt. Das Meer, von dem ich träumte, war indigoblau, wie damals in meiner Kindheit. Die Erinnerung an unsere Sommer in Suadiye, an Bootstouren, Wasserski und abendliche Angelpartien, erfüllte mich mit kribbelnder Ungeduld. Das stürmische Meer in meinem Traum weckte in mir angenehme Erinnerungen an jene Frühsommer. Dann sah ich über mir weiche Wolken hinwegziehen, von denen eine meinem Vater ähnelte; auf schwerer See sah ich ein schlingerndes Schiff, sah schwarzweiße Gestalten wie aus meinen Comics früher, sah dunkle und schemenhafte, aber furchterregende Bilder. Sie hatten etwas von vergessenen und dann wiedergefundenen Erinnerungen an sich. Es zogen Istanbul-Ansichten aus alten Filmen an mir vorbei, schneebedeckte Straßen, schwarzweiße Postkarten.

Diese Traumbilder zeigten mir, dass das Lebensglück unzertrennlich mit der Lust verbunden war, diese Welt sehen zu wollen.

Dann ging ein heftiger Wind über mich hinweg, der Bewegung in die Bilder brachte und meinen schweißnassen Rücken erschauern ließ. Die Akazienblätter schimmerten, als verstrahlten sie Licht, und rauschten so schön. Als der Wind noch stärker wurde, verwandelte sich das Rauschen in ein bedrohliches Heulen. Es ertönte ein so langgezogenes Donnern, dass ich schließlich erwachte.

»Wie schön du geschlafen hast!« sagte Füsun und küsste mich.
»Und wie lang habe ich geschlafen?«
»Ich weiß nicht, ich bin gerade erst vom Donner wach geworden.«
»Hast du Angst gehabt?« fragte ich und zog sie an mich.
»Nein, überhaupt nicht.«
»Bald wird es regnen.«
Sie legte ihren Kopf an meine Schulter. Im Dunkel sahen wir lange Zeit schweigend zum Fenster hinaus. Irgendwo in der Ferne leuchtete es ab und zu violett und rosafarben auf. Uns kam es vor, als ob die Insassen der lauten Lastwagen und Busse das ferne Wetterleuchten nicht wahrnähmen und nur wir allein bemerkt hätten, was für ein wunderliches Schauspiel sich da bot.

Vor den Motorengeräuschen drang immer das Scheinwerferlicht in unser Zimmer, wuchs an der Wand zu unserer Rechten allmählich an, erhellte das Zimmer, und wenn die Motoren dann am lautesten dröhnten, schwenkte es um und verschwand.

Ab und zu küssten wir uns. Dann vertieften wir uns wieder in das Lichtspiel an der Wand, wie Kinder, die mit einem Kaleidoskop spielen. Unsere Beine lagen unter dem Bettlaken nebeneinander wie bei einem Ehepaar.

Dann streichelten wir uns, sanft und zärtlich, als entdeckten wir uns ganz neu. Da unsere Trunkenheit sich verflüchtigte, war es nun viel schöner und bedeutsamer, miteinander zu schlafen. Ich küsste Füsuns Busen und ihren duftenden Hals. Als ich in meiner Jugend entdeckte, wie schwer sexueller Begierde zu widerstehen war, dachte ich immer voller Verwunderung: Wenn man mit einer schönen Frau verheiratet ist, schläft man bestimmt von morgens bis abends mit ihr, für anderes bleibt gar keine Zeit mehr. Diesen gleichen kindlichen Gedanken hatte ich nun wieder. Wir hatten unendliche Zeit vor uns. Die Welt war ein paradiesartiger, aber halbdunkler Ort.

Im starken Scheinwerferlicht eines Busses sah ich Füsuns anziehende Lippen und den Ausdruck auf ihrem Gesicht, der in weite Ferne zu schweifen schien. Als das Licht schon verschwunden war, ging dieser Eindruck mir noch lange nach. Dann küsste ich Füsuns Bauch. Manchmal war es draußen still. Wir hörten dann ganz in der Nähe Grillen zirpen. Ich weiß nicht, ob in der Ferne wirklich Frösche quakten oder ob ich durch die Berührung von Füsuns Körper einfach ganz empfänglich für die feineren Töne dieser Welt wurde, für das Wispern der Gräser, das aus Erdentiefen heraustönende stille Rauschen, das unscheinbare Atmen der Natur, das ich im normalen Leben nicht wahrnahm. Ich küsste lange Füsuns Bauch und fuhr träge mit den Lippen über ihre seidige Haut. Wie ein Kormoran, der hin und wieder stolz den Kopf aus dem Wasser reckt, sah ich dann wieder auf und suchte im ständig wechselnden Licht Füsuns Blick. Wir hörten auch ab und zu die Mücke, die sich mir auf den Rücken setzte und mich stach.

Wir liebten uns ausgiebig und genossen es, uns gegenseitig von neuem zu entdecken. Die Freuden, die von sich wiederholenden Bewegungen Füsuns in mir ausgelöst wurden, gruben sich in mein Gedächtnis ein und wurden dort gleich auch klassifiziert.

1. Zur ersten Klasse gehörten gewisse Eigenheiten Füsuns, auf die ich 1975 in den vierzig Tagen unserer Liebe aufmerksam geworden war und die ich nun begeistert wiederfand. Ihr ganz besonderes Wimmern, ihr unschuldig-liebevoller Blick mit dem speziellen Spiel der Augenbrauen, die Harmonie, mit der unsere Körper aufeinanderpassten wie Teile eines einzigen Werkzeugs, wenn ich Füsun kraftvoll um die Taille fasste, die Art, in der sie mir beim Küssen die Lippen entgegenstreckte wie eine aufgehende Blüte, all das hatte ich mir neun Jahre lang unzählige Male vorgestellt und von neuem erleben wollen.

2. Dann gab es Kleinigkeiten, die ich vergessen hatte und erst jetzt voller Überraschung wiedererkannte: Den Griff, mit dem Füsun manchmal pinzettenartig meine Handgelenke umfasste, das Muttermal gleich unterhalb ihrer Schulter (die anderen Muttermale waren alle noch da, wo ich sie vermutet hatte), die umwölkten Augen, die sie auf dem Höhepunkt bekam, das Starre ihres Blickes, mit dem sie plötzlich irgend etwas fixierte (etwa die Uhr auf dem Tisch oder die Windung der elektrischen Leitung an der Decke), oder die Art, in der sie mich erst fest umklammert hielt und dann die Umarmung allmählich löste, so dass ich schon meinte, sie würde mich ganz loslassen, bevor sie mich dann nur noch um so heftiger an sich drückte. Diese kleinen Eigenarten vermochten es, unser Liebesspiel, das mir durch neunjähriges Phantasieren zur Fata Morgana geraten war, in eine Tätigkeit zurückzuverwandeln, die durchaus von dieser Welt war.

3. Dann waren da Eigenheiten, an die ich mich so gar nicht erinnern konnte und die mich verwunderten, beunruhigten und sogar eifersüchtig machten. Sie bohrte mir die Fingernägel in den Rücken, hielt im Augenblick höchster Lust inne, als wolle sie das Erlebte irgendwie abwägen, wurde manchmal ganz puppenhaft leblos, als schliefe sie ein, oder biss mich in Arm oder Schulter, als wolle sie mir wirklich weh tun, und da spürte ich dann, dass Füsun nicht mehr die gleiche war. Neun Jahre zuvor hatten wir nie eine Nacht zusammen verbracht, so mochte das Neue darauf zurückzuführen sein. Doch jetzt spürte ich manchmal eine Härte und eine Gedankenversunkenheit, die mich befremdeten.

4. Füsun war nun eine andere. In dieser neuen Persönlichkeit steckte auch noch die achtzehnjährige Füsun, die ich damals kennengelernt hatte, doch im Laufe der Jahre war der junge Spross umhüllt worden wie ein Baum von seiner Rinde. Und mehr als das junge Mädchen von damals liebte ich nun die neben mir liegende Füsun. Ich war froh, dass jene Jahre vergangen und wir beide verständiger, reifer und erfahrener waren.

Dicke Regentropfen schlugen gegen das Fenster. Es donnerte, und ein heftiger Wolkenbruch ging hernieder. In enger Umarmung lagen wir da und lauschten. Dann schlief ich ein.

Als ich wieder erwachte, hatte der Regen aufgehört und Füsun war nicht mehr neben mir. Sie war aufgestanden und zog ihr rotes Kleid an.

»Gehst du in dein Zimmer?« fragte ich. »Bitte nicht!«

»Ich hole Mineralwasser. Ich habe einen Brand von dem vielen Alkohol gestern.«

»Ich habe auch Durst. Bleib du hier, ich habe unten im Kühlschrank Wasser gesehen.«

Aber bis ich aufstehen konnte, war sie schon hinausgeschlichen und hatte die Tür geschlossen. Ich dachte, sie würde gleich wiederkommen, und schlief glücklich ein.

79
Die Reise in eine andere Welt

Als ich viel später wach wurde, war Füsun immer noch nicht da. Ich dachte mir, sie sei wohl zu ihrer Mutter ins Zimmer gegangen, stand auf, sah zum Fenster hinaus und zündete mir eine Zigarette an. Die Sonne war noch nicht aufgegangen, es herrschte ein fahles Dämmerlicht. Durch das offene Fenster kam der Geruch feuchter Erde herein. Das Licht von den Neonlampen der Tankstelle und von der Leuchtschrift des Grand Hotel Semiramis spiegelte sich in Pfützen am Straßenrand und im Kotflügel unseres Chevrolets wider.

Vor dem Speisesaal, in dem wir zu Abend gegessen und uns verlobt hatten, war zur Straße hin ein kleiner Garten. Die Stühle und Kissen dort waren klatschnass. Im Licht einer nackten Glühbirne, die von einem Feigenbaum herabhing, sah ich auf einer Bank Füsun sitzen. Sie war mir seitlich zugewandt und erwartete rauchend den Sonnenaufgang.

Ich zog mich sofort an und ging hinunter. »Guten Morgen, mein Schatz«, flüsterte ich.

Sie antwortete nicht, sondern nickte nur sehr nachdenklich. Auf dem Stuhl neben der Bank sah ich ein Glas Raki stehen.

»Ich habe eine angebrochene Flasche gesehen, als ich das Wasser holte«, erklärte sie. Über ihr Gesicht huschte ein Ausdruck, der sehr an Onkel Tarık erinnerte.

»Warum sollen wir am schönsten Morgen der Welt nicht trinken!« sagte ich. »Es wird heiß heute, und im Auto können wir den ganzen Tag schlafen. Darf ich mich zu Ihnen setzen, junges Fräulein?«

»Ein junges Fräulein bin ich längst nicht mehr.«

Ich erwiderte nichts und setzte mich einfach neben sie. Wir schauten in die Landschaft, und ich nahm Füsuns Hand, als seien wir im Saray-Kino.

Stumm sahen wir zu, wie es auf der Welt langsam hell wurde. In der Ferne zuckten noch bläuliche Blitze, und über dem Balkan ging irgendwo aus rötlichen Wolken ein Regen hernieder. Ein Reisebus dröhnte vorbei. Wir sahen seinen Schlusslichtern nach, bis er verschwand.

Von der Tankstelle her kam ein Hund mit schwarzen Ohren schwanzwedelnd auf uns zugetrottet. Es war ein ganz gewöhnlicher Straßenhund. Erst schnüffelte er an mir, dann an Füsun, und schließlich rieb er die Schnauze an Füsuns Beine.

»Er mag dich«, sagte ich.

Aber Füsun antwortete nicht.

»Als wir gestern hier ankamen, hat er dreimal gebellt«, sagte ich. »Merkst du was? Er sieht genauso aus wie der Porzellanhund, den ihr mal auf dem Fernseher stehen hattet.«

»Und den du dort gestohlen hast.«

»Stehlen ist nicht das richtige Wort. Deine Mutter, dein Vater, ihr alle wusstet von Anfang an Bescheid.«

»Ja.«

»Und was haben deine Eltern dazu gesagt?«

»Nichts. Mein Vater war nur traurig darüber. Meine Mutter tat die Sache als unwichtig ab. Und ich wollte ein Filmstar werden.«

»Das wirst du auch noch.«

»Kemal, das glaubst du doch selbst nicht, das ist gelogen«, sagte sie ernst. »Es macht mich wirklich wütend, wie leicht dir eine Lüge von den Lippen geht.«

»Wie meinst du das?«

»Du weißt genau, dass du mich nie zum Filmstar machen wirst. Und das ist auch gar nicht mehr nötig.«

»Warum nicht? Wenn du es wirklich willst, dann wird es auch geschehen.«

»Jahrelang wollte ich es wirklich, und das weißt du auch.«

Der Hund drückte liebebedürftig seinen Kopf an Füsun.

»Genau wie der Porzellanhund. Er hat auch das gleiche gelbliche Fell und die schwarzen Ohren.«

»Was hast du eigentlich gemacht mit diesen Hunden, Kämmen, Uhren, Zigaretten und dem ganzen Zeug?«

»Das hat mir eben gutgetan«, sagte ich leicht erbost. »Die Sachen bilden jetzt im Merhamet Apartmanı eine Art Sammlung. Ich schäme mich deswegen nicht vor dir. Wenn wir wieder in Istanbul sind, zeige ich dir alles.«

Sie quittierte das mit einem liebevollen und zugleich spöttischen

Lächeln, wie meine Geschichte und meine Manie es nicht anders verdienten.

»Du willst mich wohl wieder in deine Junggesellenbude verfrachten?«

»Das ist gar nicht mehr nötig«, äffte ich den Satz nach, den sie zuvor gesagt hatte.

»Stimmt. Du hast mich gestern nacht verführt. Du hast meinen teuersten Schatz geraubt, hast mich besessen. So einer wie du heiratet eine Frau dann nicht mehr.«

»Genau«, erwiderte ich, halb im Spaß, halb tatsächlich wütend. »Neun Jahre habe ich darauf gewartet, dafür gelitten. Was soll ich da jetzt noch heiraten!«

Dabei hielten wir uns immer noch an den Händen. Um das Spiel nicht ausarten zu lassen, beugte ich mich zu Füsun hinüber und küsste sie heftig. Erst erwiderte sie den Kuss, dann wandte sie sich ab.

»Am liebsten würde ich dich umbringen«, sagte sie und stand auf.

»Weil du weißt, wie sehr ich dich liebe.«

Ich war mir nicht sicher, ob sie das noch mitbekam. Beleidigt stapfte meine betrunkene Schöne auf ihren hochhackigen Schuhen davon.

Sie ging nicht ins Hotel, sondern auf die Straße nach Edirne. Der Hund trabte ihr hinterdrein. Ich trank Füsuns Rakiglas leer (wie manchmal auch heimlich in Çukurcuma). Lange sah ich den beiden nach. In Richtung Edirne erstreckte sich die Straße völlig eben fast bis in die Unendlichkeit, und da Füsuns rotes Kleid in der aufgehenden Sonne noch deutlicher hervortrat, war mir, als könnte ich sie nicht aus den Augen verlieren.

Irgendwann hörte ich dann aber ihre Schritte nicht mehr. Und während sie so auf den Horizont zuging wie in der letzten Einstellung eines Yeşilçam-Films, verschwand schließlich auch der rote Fleck ihres Kleids, und da begann ich mir Sorgen zu machen.

Dann tauchte der rote Fleck wieder auf. In ihrer Wut marschierte Füsun immer noch dahin. Mich durchflutete eine Welle der Zuneigung. Den Rest unseres Lebens über würden wir uns so lieben wie in der vergangenen Nacht und uns auch so zanken wie gerade eben. Streiten wollte ich aber möglichst wenig mit ihr und sie vielmehr besänftigen und glücklich machen.

Der Verkehr auf der Straße zwischen Edirne und Istanbul nahm nun zu. Eine hübsche, langbeinige Frau in einem roten Kleid würde man da nicht lange in Ruhe lassen. Damit unser Scherz nicht zu weit ging, stieg ich in den Chevrolet und fuhr ihr nach.

Nach anderthalb Kilometern sah ich unter einer Platane den Hund sitzen, als ob er auf Füsun wartete. Mir zog sich das Herz zusammen. Ich sah Gärten, Sonnenblumenfelder, kleine Bauernhäuser. Bei einem riesigen Reklameschild, das für Tomaten warb, war der Buchstabe O anscheinend von Autofahrern als Zielscheibe verwendet worden; er war mit rostigen Schusslöchern durchsiebt.

Als ich nach einer Weile am Horizont den roten Fleck wieder sah, lachte ich vor Erleichterung auf. Ich fuhr bis zu Füsun heran und bremste. Sie ging am rechten Straßenrand dahin und schien mir immer noch böse zu sein. Sie tat so, als bemerkte sie mich gar nicht. Ich beugte mich zur Seite und kurbelte die rechte Fensterscheibe herunter.

»Komm, steig schon ein, sonst kommen wir noch zu spät.«
Sie antwortete nicht.
»Füsun, glaub mir, wir haben heute eine lange Strecke vor uns.«
»Ich komme nicht mit, fahrt ihr schon«, sagte sie kindisch und ging weiter.

Ich fuhr im Schritttempo neben ihr her und rief ihr zu: »Füsun, schau doch mal, wie schön es hier ist! Da hat es doch keinen Sinn, sich mit Streitereien das Leben zu vergällen.«

»Du begreifst aber auch gar nichts!«
»Was soll ich denn begreifen?«
»Dass ich wegen dir mein Leben nicht richtig leben konnte. Ich wollte wirklich Schauspielerin werden.«
»Das tut mir leid.«
»Was soll das heißen, das tut dir leid?« stieß sie hervor.
Manchmal gelang es mir nicht, im Schritttempo neben ihr herzufahren, und wir redeten aneinander vorbei.
»Es tut mir leid!« rief ich laut, weil ich dachte, sie hätte mich nicht verstanden.
»Feridun und du, ihr habt absichtlich verhindert, dass ich in einem Film mitspiele. Ist es das, was dir leid tut?«

»Hättest du etwa werden wollen wie Papatya und diese betrunkenen Frauen im Pelür?«

»Betrunken sind wir jetzt sowieso alle. Und so wie die wäre ich gar nicht geworden. Aber ihr wart doch nur eifersüchtig und habt mich immer zu Hause gelassen, aus Angst, dass ich berühmt werde und euch dann verlasse.«

»Du hattest doch selber Angst, dich ohne einen starken Mann an deiner Seite auf so etwa einzulassen, Füsun!«

»Was?!« Sie war wirklich sehr wütend.

»Jetzt komm schon, heute abend trinken wir wieder, und dann reden wir weiter. Ich liebe dich wahnsinnig. Wir haben das ganze Leben vor uns. Steig ein!«

»Unter einer Bedingung«, sagte sie, auf die gleiche kindliche Art wie damals, als sie mir auferlegte, das Dreirad zu ihr nach Hause zu bringen.

»Nämlich?«

»Ich fahre das Auto.«

»In Bulgarien sind aber die Verkehrspolizisten noch korrupter als bei uns, die halten jede Menge Autos an.«

»Nein, nein«, sagte sie. »Jetzt will ich fahren, zum Hotel zurück.«

Ich hielt den Wagen an und stieg aus. Vor der Kühlerhaube umfasste ich sie und küsste sie, so fest ich konnte. Auch sie schlang mir mit ganzer Kraft die Arme um den Hals und presste sich an mich. Ich wurde ganz benommen.

Sie setzte sich auf den Fahrersitz. Mit der gleichen Bedächtigkeit wie damals bei unseren Übungsstunden im Yıldız-Park ließ sie den Motor an, löste die Handbremse und fuhr los. Genau wie Grace Kelly in *Über den Dächern von Nizza* streckte sie den Ellbogen zum Fenster hinaus.

Wir suchten nach einem geeigneten Ort zum Wenden. Als ein schlammiger Feldweg die Straße kreuzte, versuchte Füsun das Wendemanöver in einem Zug zu vollführen, schaffte es aber nicht, und der Wagen kam rüttelnd zum Stehen.

»Du musst auf die Kupplung achtgeben!« rief ich.

»Du hast nicht einmal meinen Ohrring bemerkt«, sagte sie.

»Welchen Ohrring denn?«

Sie ließ den Motor wieder an, und wir fuhren zurück in Richtung Hotel.

»Den hier, an meinem Ohr«, sagte sie mit schmachtender Stimme, wie jemand, der aus einer Narkose erwacht. Sie trug tatsächlich rechts den einen Ohrring, der andere fehlte. Hatte sie ihn etwa auch getragen, als wir miteinander schliefen? Wieso hatte ich ihn dann nicht bemerkt? Das Auto war ziemlich in Fahrt gekommen.

»Nicht so schnell!« rief ich, doch sie drückte das Gaspedal vollständig durch.

In der Ferne sah ich, wie der zutrauliche Hund aufstand und auf die Straße trottete, als habe er Füsun erkannt. Ich hoffte, er würde erkennen, wie rasend schnell das Auto auf ihn zukam, doch er rührte sich nicht von der Stelle.

Wir fuhren immer noch schneller. Um den Hund zu warnen, hupte Füsun.

Wir kamen ins Schlingern, während der Hund nicht zur Seite wich. Wie ein Segelschiff, das sich bei nachlassendem Wind wieder aus den Wellen emporreckt, bewegte sich das Auto dann wieder auf einer schnurgeraden Linie fort, doch wich diese leicht von unserer Strecke ab. Wir fuhren nicht mehr auf das Hotel, sondern mit voller Geschwindigkeit auf die am Straßenrand stehende Platane zu, und ich begriff, dass ein Unfall unausweichlich war.

Da spürte ich tief drinnen, dass meinem Glück ein Ende beschieden war und ich mich von dieser schönen Welt verabschieden musste. Wir rasten auf die Platane zu, die Füsun sich als Ziel auserkoren hatte. Eine andere Zukunft als die ihre sah ich auch für mich nicht. Wohin wir auch gingen, wir würden es gemeinsam tun, und das Glück dieser Welt hatten wir verpasst. Das war schade, schien aber unvermeidlich.

Dennoch schrie ich instinktiv: »Pass auf!«, als ob Füsun gar nicht merken würde, was los war. Ich schrie wie jemand, der aus einem Alptraum erwachen und ins normale Leben zurückwill. Doch Füsun war zwar noch etwas betrunken, aber meiner Warnung bedurfte sie nicht. Mit einer Geschwindigkeit von hundertfünf Kilometern pro Stunde und als wüsste sie sehr wohl, was sie tat, lenkte sie das Auto gegen eine hundertfünf Jahre alte Platane. Ich begriff, dass unser Leben zu Ende war.

Der Chevrolet meines Vaters, der ein Vierteljahrhundert auf dem Buckel hatte, prallte mit voller Wucht gegen die Platane auf der linken Straßenseite. Inmitten des Sonnenblumenfeldes hinter der Platane stand ein Haus, und das war nichts anderes als die Produktionsstätte des Sonnenblumenöls der Marke Batanay, das bei den Keskins all die Jahre über verwendet worden war. Als kurz vor dem Unfall das Auto immer schneller wurde, hatten sowohl Füsun als auch ich das gerade noch gesehen.

Dadurch, dass ich Monate später einzelne Teile des zu Schrott gefahrenen Chevrolets berührte und viel später noch oft von dem Unfall träumte, kam mir allmählich wieder zu Bewusstsein, dass Füsun und ich uns unmittelbar nach dem Aufprall noch einmal in die Augen geschaut hatten.

Füsun erkannte, dass sie dem Tod geweiht war, und gab mir mit ihrem letzten, flehenden Blick zu verstehen, dass sie doch eigentlich gar nicht sterben wollte und mit jeder Faser am Leben hing. Da auch ich dachte, ich würde sterben, konnte ich meiner lebensvollen schönen Verlobten, der Liebe meines Lebens, lediglich zulächeln, in dem frohen Bewusstsein, mit ihr zusammen in eine andere Welt aufzubrechen.

An das, was danach geschah, konnte ich mich nicht mehr erinnern, weder während meines monatelangen Krankenhausaufenthalts noch in den Jahren danach, und so war ich auf Polizeiberichte und die Aussagen von Zeugen angewiesen.

Durch den Aufprall hatte das Auto sich zusammengeschoben wie eine Konservenbüchse, und Füsun war wenige Sekunden später gestorben. Ihr Kopf war gegen die Windschutzscheibe geprallt (Sicherheitsgurte wurden in der Türkei erst fünfzehn Jahre später eingeführt). Dem hier ausgestellten Unfallbericht zufolge erlitt sie einen Schädelbasisbruch, ein schweres Halswirbeltrauma und einen Membranriss im Gehirn, dessen Wundern ich so verfallen war. Abgesehen von Splittern in den Brustwirbeln und Schnittwunden auf der Stirn waren an ihrem schönen Körper, ihren melancholischen Augen, ihren herrlichen Lippen, ihrer rosa Zunge, ihren samtenen Wangen, ihren geschmeidigen Schultern, an der seidigen Haut ihrer Brust, ihres Nackens, ihres Bauches, an ihren langen Beinen, ihren Füßen, deren Anblick mich immer schmunzeln ließ, ihren langen, schmalen honigfarbenen Armen, ihren Muttermalen und ihren kleinen braunen Härchen, an ihren weichen Hüften und an ihrer Seele, von der ich niemals weichen wollte, keinerlei Schäden.

80
Nach dem Unfall

Die etwa zwanzig Jahre, die seither vergangen sind, möchte ich jetzt nur noch als Detail abhandeln und meine Geschichte damit beschließen. Ich war überhaupt nur deshalb davongekommen, weil ich durch das rechte Seitenfenster, das ich geöffnet hatte, um mit Füsun vom Auto aus sprechen zu können, im Augenblick des Unfalls instinktiv den Arm hinausgestreckt hatte. Durch den Aufprall erlitt ich Blutungen im Gehirn und Geweberisse und fiel ins Koma. Mit einem Krankenwagen wurde ich in die Intensivstation der Çapa-Universitätsklinik in Istanbul gebracht.

Dort lag ich erst einmal einen Monat lang, ohne sprechen zu können. Mir kamen einfach keine Worte in den Sinn, die Welt war wie erstarrt. Nie werde ich vergessen, wie meine Mutter und Berrin mich mit verweinten Augen besuchten, während ich noch einen Schlauch in der Nase hatte. Sogar Osman zeigte sich von seiner mitfühlenden Seite, wenn auch hin und wieder ein Zug um seine Lippen spielte, der nichts anderes besagte als: »Habe ich es nicht gleich gesagt!«

Dass sich auch bei Zaim, Tayfun und Mehmet in die Anteilnahme, mit der sie mich betrachteten, etwas Vorwurfsvolles mischte, verdankte ich der Tatsache, dass das Polizeiprotokoll, in dem als Unfallursache Alkohol am Steuer angegeben war (der Hund wurde nicht erwähnt), in den Zeitungen um Einzelheiten angereichert wurde, die mich in ein sehr schlechtes Licht stellten. Die Mitarbeiter von Satsat machten dennoch einen verständnisvollen, ja sogar gerührten Eindruck.

Nach Ablauf von sechs Wochen musste ich langsam das Gehen wieder erlernen, und das kam mir vor, als würde ich ein neues Leben beginnen. Auch in diesem neuen Leben dachte ich andauernd an Füsun, aber sie war mir eben nicht mehr Zukunft und Ersehntes, sondern Vergangenheit und Erinnerung. Das war sehr schmerzlich, und um ihretwillen Schmerz zu ertragen hieß nicht mehr, nach ihr zu verlangen, sondern nur noch, sich selbst zu bemitleiden. Und während so meine Gedanken um das Erinnern, den Schmerz um einen Verlust und seine Bedeutung kreisten, entstand schließlich die Museumsidee.

Um Trost zu suchen, las ich Proust und Montaigne. Abends saß ich mit meiner Mutter am Tisch, auf dem der gelbe Wasserkrug stand, und blickte teilnahmslos zum Fernseher hin. Für meine Mutter war Füsuns Tod so etwas wie der Tod meines Vaters: Da wir beide den geliebten Menschen verloren hatten, konnten wir nach Herzenslust mit einer Leichenbittermiene herumlaufen und unseren Unmut an anderen Leuten auslassen. Außerdem stand es uns nach zwei Todesfällen frei, uns dem Raki hinzugeben, an einer geheimen inneren Welt zu tragen oder aber ganz im Gegenteil unser Innerstes nach außen zu kehren. Für letzteres war meine Mutter nicht zu haben, ich aber wollte am liebsten alles erzählen.

Oft ging ich ins Merhamet Apartmanı, setzte mich auf das Bett, in dem ich mit Füsun geschlafen hatte, und betrachtete rauchend die mich umgebenden Dinge. Ich ahnte, dass ich meinen Schmerz würde mildern können, indem ich meine Geschichte erzählte. Dazu wiederum musste ich meine Sammlung der Öffentlichkeit zugänglich machen.

Gerne hätte ich mich mit Zaim ausgesprochen, doch von Bastard-Hilmi erfuhr ich im Januar 1985, dass Zaim mit Sibel sehr glücklich war und sie bald ein Kind bekommen würden. Hilmi erzählte mir auch, Nurcihan und Sibel hätten sich wegen irgendeiner Nichtigkeit zerstritten. Die neuen Lokale und Clubs, in die jetzt die Gäste des Fuaye und des Garaj gingen, suchte ich nicht auf, weil meine Geschichte mich zu sehr in Anspruch nahm, weil ich in jedermanns Blick nur immer Füsun gesehen hätte und weil ich auch nicht wollte, dass man mich als gebrochenen Menschen in Erinnerung behielt. Als ich dann doch einmal in das neue In-Lokal Şamdan ging – zum ersten- und zum letztenmal –, übertrieb ich mit meiner aufgesetzten Lustigkeit die Sache ganz gewaltig. Ich tat recht fröhlich mit dem alten Kellner Tayyar, der vom Pelür dorthin übergewechselt war, und handelte mir nur ein, dass es bald über mich hieß: »Jetzt ist er das Mädchen endlich los!«

Als ich eines Tages in Nişantaşı Mehmet begegnete, machten wir gleich aus, eines Abends am Bosporus zusammen zu essen und uns »von Mann zu Mann« zu unterhalten. Zu den Kneipen am Bosporus hinauszufahren war inzwischen keine besondere Attraktion mehr, sondern eine Alltäglichkeit. Mehmet sah mir meine Neugier an und erzählte gleich, was unsere Freunde so trieben, nämlich dass Nurcihan und er zusammen mit Tayfun und seiner Frau Figen gemeinsam an den Uludağ gefahren waren, dass Faruk (den Füsun und ich am Strand von Sarıyer getroffen hatten) mit seinen Dollarschulden durch die Inflation eigentlich konkursreif war, sich aber durch neue Bankkredite gerade noch über Wasser halten konnte, und dass er selbst seit der Verstimmung zwischen Nurcihan und Sibel auch Zaim nicht mehr sah, obwohl er doch mit ihm gar kein Problem hatte. Ohne dass ich gefragt hätte, sagte er dann noch, dass Sibel Nurcihan nun zu altbacken finde und über sie stichele, weil sie zu Konzerten von Müzeyyen Senar und Zeki Müren gehe und im Ramadan das Fasten einhalte (»Das macht sie tatsächlich?« fragte ich lächelnd). Mir schien das aber nicht der echte Grund dafür zu sein, dass die beiden Freundinnen auf Distanz gegangen waren. Mehmet war überzeugt, ich wolle wieder in mein altes Leben zurückkehren, und versuchte mich auf seine Seite zu ziehen, doch unterlag er da einer Fehleinschätzung. Dass ich in dieses Leben nicht zurückwollte, war mir ein halbes Jahr nach Füsuns Tod nun vollkommen klar.

Als Mehmet etwas Raki getrunken hatte, gestand er mir, dass er Nurcihan zwar nach wie vor liebte und schätzte (die Betonung schien nun auf letzterem zu liegen), sie jedoch nicht mehr so attraktiv fand, seit sie ein Kind bekommen hatten. Er hatte sie intensiv geliebt und ja auch geheiratet, doch als das Kind auf die Welt kam, war bald alles wieder in seinen früheren Zustand und Mehmet zu seinen alten Gewohnheiten zurückgekehrt. Bars suchte er nun manchmal wieder alleine auf, manchmal aber ließen sie das Kind auch bei Mehmets Mutter und gingen gemeinsam aus. Um mich aufzuheitern, beschloss Mehmet dann, mich in neue Lokale mitzunehmen, die von Reklameleuten und anderen Neureichen frequentiert wurden.

Einmal, als wir hinter Etiler im Restaurant ein sogenanntes amerikanisches Essen bestellten, kam auch Nurcihan mit. Sie verlor kein Wort über Sibel und fragte mich auch nicht, wie ich mich nach Füsuns Tod fühlte. Allerdings tat sie etwas, was mir ziemlich naheging. Sie sagte nämlich mitten beim Essen, dass ich noch einmal sehr glücklich sein würde, das fühle sie. Das ließ mich erst recht ahnen, dass die Tore zum Glück mir für immer verschlossen waren. Mehmet war noch immer der gleiche, doch Nurcihan kam mir sehr fremd vor, als ob wir gar keine gemeinsamen Erinnerungen hätten. Das mochte auch mit dem Lokal zu tun haben und überhaupt mit der ganzen Gegend, die mir nicht zusagte.

Die Betonviertel, die ohne Unterlass hochgezogen wurden, verstärkten in mir noch das Gefühl, dass Istanbul nach Füsuns Tod zu einer ganz anderen Stadt geworden war. Auf die jahrelangen Fernreisen, die ich bald unternahm, wurde ich wohl vor allem dadurch eingestimmt.

Einzig und allein Besuche bei Tante Nesibe vermittelten mir noch das Gefühl, in dem Istanbul zu sein, das ich liebte. Zunächst weinten wir uns immer gemeinsam aus, doch eines Abends sagte Tante Nesibe ohne Umschweife, ich könne ruhig in Füsuns Zimmer hinaufgehen, dort nach Herzenslust herumstöbern und mitnehmen, was ich nur wolle.

Bevor ich hinaufging, tat ich noch, was ich mit Füsun lange zeremoniell betrieben hatte: Ich schaute, ob Limon genug Wasser und Futter im Käfig hatte. Wenn Tante Nesibe sich an meine Besuche erinnerte, an unsere gemeinsamen Essen und unsere Fernsehabende, an alles, was wir in acht Jahren zusammen erlebt hatten, dann kamen ihr gleich wieder die Tränen.

Tränen ... Schweigen ... Da es uns schwer ankam, so dazusitzen und an Füsun zu denken, versuchte ich, diese Phase möglichst kurz zu halten, bevor ich dann in Füsuns Zimmer hinaufging. Alle zwei Wochen ging ich einmal zu Fuß von Beyoğlu nach Çukurcuma hinunter, sprach dort so wenig wie möglich über Füsun, saß mit Tante Nesibe beim Essen schweigend vor dem Fernseher, stand irgendwann auf und kümmerte mich um den alt und still gewordenen Limon, sah mir Füsuns Vogelbilder an, gab dann vor, mir oben die Hände zu waschen, und betrat schließlich klopfenden Herzens Füsuns Zimmer, wo ich dann in den Schränken und Schubladen herumwühlte.

Alles, was ich Füsun über die Jahre hinweg geschenkt hatte, Kämme, Haarbürsten, kleine Spiegel, Ohrringe, schmetterlingsförmige Broschen, hatte sie in irgendwelchen Schubläden aufbewahrt. Auf diverse Taschentücher zu stoßen, von denen ich gar nicht mehr gewusst hatte, dass ich sie ihr einmal geschenkt hatte, auf die Briefe, die ich ihr über Ceyda geschickt hatte, auf die Holzknöpfe, die sie angeblich für ihre Mutter gekauft hatte, auf beim Bingo gewonnene Strümpfe oder auf Turgays Spielzeug-Mustang, versetzte mich in einen Zustand seelischer Erschöpfung, so dass ich vor den Schränken und Schubläden, die intensiv nach Füsun dufteten, nicht länger als eine halbe Stunde verweilen konnte. Dann setzte ich mich aufs Bett und rauchte zur Beruhigung eine Zigarette, ging, um nicht in Tränen auszubrechen, auf den Balkon hinaus, auf dem Füsun früher Vögel gemalt hatte, oder steckte die eine oder andere Kleinigkeit ein und ging nach Hause.

Mir war nun klar, dass ich alles, was irgend mit Füsun zu tun hatte, seien es nun die Dinge, die ich in den neun Jahren angesammelt hatte, ohne mir dessen wirklich bewusst zu sein, seien es die Sachen in Füsuns Zimmer oder überhaupt alles, was sich in dem ganzen Haus befand, an irgendeinem Ort zusammenführen musste, nur wusste ich nicht, wo. Die Antwort auf diese Frage erschloss sich mir erst, als ich in der Welt herumzureisen begann, um möglichst viele kleine Museen zu besichtigen.

Als ich 1986 an einem verschneiten Winterabend nach dem Essen wieder einmal all die Broschen, Ohrringe und Armreife durchging, die ich Füsun jahrelang ganz vergeblich geschenkt hatte, erblickte ich in einem Kästchen plötzlich die beiden Schmetterlingsohrringe mit dem F darauf, die Füsun während des Unfalls getragen hatte und von denen sie jahrelang behauptet hatte, einer sei ihr abhanden gekommen. Ich nahm die Ohrringe und ging hinunter.

»Tante Nesibe, diese Ohrringe müssen erst seit kurzem in Füsuns Schmuckkästchen sein«, sagte ich.

»Ach, Kemal, was Füsun an jenem Tag anhatte, das rote Kleid, die Schuhe, alles habe ich erst vor dir verborgen gehalten, um dir nicht zu weh zu tun. Die Ohrringe habe ich erst jetzt wieder an ihren Platz gelegt, und prompt sind sie dir aufgefallen.«

»Trug Füsun denn damals beide?«

»Bevor sie an jenem Abend zu dir ging, war sie noch bei mir auf dem Zimmer, und ich dachte, sie würde sich schlafen legen, doch plötzlich nahm sie die Ohrringe aus der Tasche und zog sie an. Ich stellte mich schlafend und sagte auch nichts, als sie hinausging. Ihr solltet endlich einmal glücklich werden.«

Dass Füsun mir gesagt hatte, ihre Mutter habe die Zimmertür zugesperrt, erwähnte ich nicht.

Wie hatten mir die Ohrringe entgehen können, als wir miteinander schliefen? Statt dessen fragte ich etwas anderes.

»Tante Nesibe, als ich damals zum erstenmal hier ins Haus kam, habe ich doch gesagt, dass ich oben im Bad vor dem Spiegel den einen dieser beiden Ohrringe vergessen hätte, und ich habe noch gefragt, ob niemand ihn gesehen hat.«

»Das weiß ich nicht mehr, mein Junge. Bohr lieber nicht länger herum, sonst muss ich wieder weinen. Füsun hat nur gesagt, dass sie in Paris ein bestimmtes Paar Ohrringe anlegen und dich damit überraschen wollte, aber welche das waren, weiß ich nicht. Sie wäre so gerne nach Paris gefahren!«

Sie weinte wieder und entschuldigte sich dann dafür.

Am Tag darauf buchte ich ein Zimmer im Hôtel du Nord. Am Abend sagte ich meiner Mutter, dass ich nach Paris fahren würde, weil eine Reise mir bestimmt guttun würde.

»Na schön«, erwiderte sie. Aber kümmere dich auch ein bisschen um die Geschäfte, um Satsat. Osman soll nicht alles beherrschen.«

81
Das Museum der Unschuld

Ich sagte meiner Mutter nicht, dass ich nicht aus geschäftlichen Gründen nach Paris reiste, denn wenn sie mich gefragt hätte, wozu ich denn dann hinfuhr, hätte ich keine Antwort darauf gewusst, ja ich wollte nicht mal eine wissen. Als ich zum Flughafen unterwegs war, dachte ich noch, es stecke eben irgendeine Besessenheit dahinter, die mit der Abbüßung meiner Sünden zu tun hatte und mit der Tatsache, dass ich mich nicht genug um Füsuns Ohrring gekümmert hatte.

Kaum saß ich aber im Flugzeug, da wurde mir klar, dass ich verreiste, um sowohl zu vergessen als auch zu phantasieren. Schon als das Flugzeug abhob, merkte ich, dass ich außerhalb Istanbuls einen tieferen, umfassenderen Zugang zu Füsun und zu meiner Geschichte hatte. In Istanbul betrachtete ich alles noch aus meiner Manie heraus; im Flugzeug dagegen nahm ich Füsun und meine Manie von außen wahr.

Ein ähnliches Ausmaß an Verständnis und Trost wurde mir zuteil, als ich in Paris müßiggängerisch durch Museen streifte. Ich meine damit nicht überlaufene, pompöse Orte wie den Louvre oder Beaubourg, sondern die vielen unscheinbaren kleinen Museen und Sammlungen in Paris, die von kaum jemandem besucht werden. Wenn ich im Edith-Piaf-Museum, das nur auf Termin zu besichtigen war (ein Verehrer der Sängerin hatte es gegründet, und ich bekam dort Haarbürsten, Kämme und Teddybären zu sehen), im Polizei-Museum, in dem ich einen ganzen Tag verbrachte, oder im Jaquemart-André-Museum, in dem Bilder und Hausrat ganz besonders harmonierten, allein von einem Zimmer in das andere ging, fühlte ich mich außerordentlich wohl. Ich versuchte, den Blicken der Museumswärter zu entkommen, die dann meinen Schritten nachhorchten, lauschte auf das von draußen hereindrängende Großstadtlärmen und kam mir vor wie in einer der Stadt so nahen und doch so anderen Welt, deren Eigenart und Zeitlosigkeit mir über meinen Schmerz hinweghalfen.

Manchmal schwebte mir vor, auch ich könnte meine Sammlung um eine Geschichte herum anordnen und mein Leben, von dem meine Mutter, mein Bruder und überhaupt alle annahmen, es sei verpfuscht, auf belehrende Weise erzählen, indem ich die Überbleibsel aus Füsuns Dasein in einem Museum ausstellte. Das Museum des aus Istanbul stammenden Levantiners Nissim de Camondo hatte eine befreiende Wirkung auf mich, denn nun wusste ich, dass ich Teller und Besteck aus den Beständen der Keskins und selbst die im Laufe von sieben Jahren angehäufte Salzstreuersammlung durchaus voller Stolz zeigen durfte. Im Post-Museum wurde mir bewusst, dass es sich auch mit den Briefen so verhielt, die Füsun und ich uns geschrieben hatten, und im Fundsachen-Museum, dass ich eigentlich so ziemlich alles ausstellen konnte, was mich nur irgend an Füsun erinnerte, also auch Onkel Tarıks künstliches Gebiss und seine Rechnungen und leeren Medikamentenschachteln. Als ich mit dem Taxi ins etwa eine Stunde außerhalb gelegene Maurice-Ravel-Museum fuhr und dort die Zahnbürste des Komponisten sah, seine Kaffeetassen, Puppen und anderes Spielzeug sowie einen Käfig, der mich an den von Limon erinnerte, mit einer eisernen Nachtigall darin, da wurden mir schier die Augen feucht. Ich schämte mich plötzlich nicht mehr meiner Sammlung im Merhamet Apartmanı. Von jemandem, der verlegen irgendwelche Dinge anhäufte, wurde ich allmählich zu einem stolzen Sammler.

Ich begriff noch nicht richtig, was da in mir vorging, sondern war lediglich glücklich, wenn ich ein Museum betrat, und stellte mir vor, wie die Dinge mir einmal dazu verhelfen würden, mich so auszudrükken, wie es mir gemäß war. Als ich eines Abends in der Bar des Hôtel du Nord saß und die vielen Fremden um mich herum beobachtete, ertappte ich mich dabei, dass ich – wie jeder halbwegs gebildete und wohlhabende Türke im Ausland – mich fragte, was die Europäer wohl über mich, über uns so denken mochten. Als ich danach überlegte, wie ich Leuten, die Istanbul, Nişantaşı und Çukurcuma nicht kannten, von meinen Gefühlen für Füsun berichten konnte, kam ich mir vor wie jemand, der jahrelang in fernen Ländern gelebt hat. Als hätte ich lange Zeit unter den Einheimischen Neuseelands verbracht, um ihre Arbeits-, Freizeit- und Fernsehgewohnheiten und überhaupt ihre ganzen Sitten zu studieren, und mich dabei in ein Mädchen verliebt, so dass meine Beobachtungen und meine Liebe ineinander übergingen. Und als könnte ich nun wie ein Anthropologe den dort verbrachten Jahren nur dadurch einen Sinn verleihen, dass ich die angesammelten Dinge, nämlich Küchengeschirr, Schmuckstücke, Kleider und Bilder, in gebührender Weise ausstellte. An einem meiner letzten Tage in Paris ging ich in das Museum des Malers Gustave Moreau, auf den Proust so große Stücke hielt. Ich hatte dabei die Vogelbilder im Sinn, die Füsun gemalt hatte, und wollte auch einfach nur die letzte Zeit herumbringen. Für die historischen Gemälde Moreaus, die in einem etwas gekünstelten Stil gemalt waren, hatte ich nicht viel übrig, doch das Museum an sich gefiel mir sehr. Moreau hatte seine letzten Jahre darauf verwandt, sein zweistöckiges Atelier sowie das danebenliegende Wohnhaus, in dem er einen Großteil seines Lebens verbracht hatte, in ein Museum zu verwandeln, in dem nach seinem Tod seine zahllosen Bilder ausgestellt werden sollten. Alles in dem Museum, das zu einem gefühlsbeladenen Haus der Erinnerung geworden war, erstrahlte in einem besonderen Licht. Als ich auf dem knarzenden Parkettboden mutterseelenallein von Zimmer zu Zimmer ging (die Wächter dösten nur vor sich hin), erfasste mich ein geradezu religiöses Gefühl, das sich auch später wieder einstellte, als ich in den folgenden zwanzig Jahren das Museum noch siebenmal besuchte.

Als ich zurück in Istanbul war, ging ich zu Tante Nesibe. Ich erzählte ihr kurz von Paris und von den Museen, und als wir uns zum Essen setzten, eröffnete ich ihr, was ich vorhatte.

»Du weißt doch, dass ich aus diesem Haus jahrelang Gegenstände fortgenommen habe«, sagte ich im gelassenen Ton eines ehemaligen Patienten, der über seine Krankheit nunmehr milde lächeln kann. »Jetzt möchte ich das Haus selbst haben, also das ganze Gebäude.«

»Wie bitte?«

»Ich möchte, dass du mir das Haus verkaufst, mit allem, was drin ist.«

»Und was soll dann aus mir werden?«

In halb scherzhaftem, halb ernstem Ton erörterten wir die Angelegenheit. Ich versuchte ihr die Sache schmackhaft zu machen, indem ich davon sprach, in dem Haus etwas zu Füsuns Angedenken machen zu wollen, und gab auch zu bedenken, dass sie so ganz alleine in dem Haus nicht glücklich werde. Wenn sie wolle, könne sie auch nach dem Kauf dort wohnen bleiben. Tante Nesibe vergoss ein paar Tränen bei dem Gedanken daran, dass sie nun »so ganz alleine« war. Da sagte ich ihr, dass ich in Nişantaşı in der Kuyulu-Bostan-Straße, in der sie früher gewohnt hatten, eine schöne Wohnung für sie gefunden hätte.

»In welchem Haus denn?« fragte sie.

Einen Monat später kauften wir im schönsten Teil der Kuyulu-Bostan-Straße eine große Wohnung (direkt gegenüber von dem Gemeinen Onkel, dem Tabak- und Zeitungshändler). Tante Nesibe überließ mir dafür das Haus in Çukurcuma mit dem gesamten Inventar. Der befreundete Anwalt, über den sich Füsun hatte scheiden lassen, riet uns zu einer notariellen Bestätigung, und so erledigten wir auch diese Formalität.

Tante Nesibe hatte es mit dem Umzug alles andere als eilig. Wie ein junges Mädchen, das schön langsam seine Aussteuer zusammenstellt, kaufte sie mit meiner Unterstützung für ihre Wohnung neue Sachen und ließ Lampen anbringen, aber jedesmal, wenn wir uns sahen, sagte sie wieder, sie könne das Haus in Çukurcuma einfach nicht verlassen.

»Kemal, ich bring es nicht übers Herz! All die Erinnerungen! Was sollen wir denn tun?«

»Aber wir machen doch das Haus gerade zu einem Ort, an dem wir unsere Erinnerungen ausstellen, Tante Nesibe.«

Da ich zu immer längeren Reisen aufbrach, sahen wir uns nicht allzu oft. Ich wusste immer noch nicht, was ich mit dem Haus und den Sachen darin genau anfangen sollte.

Meine weiteren Reisen liefen nach dem Vorbild meines ersten Paris-Besuchs ab. Wenn ich in einer neuen Stadt ankam, fuhr ich in ein altes, aber komfortables Hotel im Zentrum, das ich schon von Istanbul aus gebucht hatte, und besuchte dann ohne jede Eile sämtliche Museen, über die ich mich schon im Vorfeld aus Reiseführern informiert hatte. Ich ließ keines davon aus, wie ein fleißiger Schüler, der brav seine Hausaufgaben macht, und auch auf Flohmärkten stöberte ich herum und in Läden, die Krimskrams oder Antiquitäten feilboten, und manchmal kaufte ich auch etwas, wie etwa einen Salzstreuer, einen Aschenbecher oder einen Flaschenöffner, von dem die Keskins den gleichen gehabt hatten. Ob in Rio de Janeiro oder in Hamburg, in

Baku, in Kioto oder in Lissabon, überall auf der Welt ging ich um die Zeit des Abendessens in abgelegenen Vierteln lange durch die Straßen und wollte durch geöffnete Fenster möglichst viel von den Leuten mitbekommen, die vor dem Fernseher saßen und in Wohnküchen das Essen zubereiteten, von all den Kindern, Vätern, den jungen Ehefrauen und ihren verdrießlichen Gatten, und von den reichen Verwandten, die in die Tochter des Hauses verliebt waren.

Morgens frühstückte ich gemütlich im Hotel, vertrieb mir dann auf den Straßen und in Cafés die Zeit bis zur Öffnung der Museen, schrieb je eine Ansichtskarte an meine Mutter und an Tante Nesibe, versuchte aus den Landeszeitungen zu erfahren, was sich in der Welt und in Istanbul getan hatte, und machte mich dann gegen elf Uhr mit einem Heft in der Hand frohgemut zu meinen Museumsbesuchen auf.

Als ich an einem kalten, regnerischen Vormittag das Stadtmuseum von Helsinki besichtigte, fand ich darin die gleiche alte Medizinflasche ausgestellt, die ich in Onkel Tarıks Schublade gefunden hatte. Im Hutmuseum des Städtchens Chazelles bei Lyon, einer nach Muff riechenden ehemaligen Hutfabrik, in der ich vollkommen alleine war, sah ich Hüte, die meine Eltern einmal getragen hatten. Das im Turm des alten Stuttgarter Schlosses untergebrachte Württembergische Landesmuseum beherbergte Spielkarten, Ringe, Halsketten, Schachspiele und Ölgemälde, bei deren Anblick ich mir dachte, dass auch die Sachen bei den Keskins und meine Liebe zu Füsun einen Anspruch hatten, dergestalt ins Licht gerückt zu werden. Im südfranzösischen Grasse, der »Welthauptstadt der Parfums« nicht weit vom Mittelmeer, verbrachte ich einen ganzen Tag im Parfum-Museum und versuchte mich an Füsuns Geruch zu erinnern. In der Alten Pinakothek in München, deren Treppe mich bei der Gestaltung des Museums der Unschuld inspirierte, stand ich vor Rembrandts Gemälde »Opferung Isaaks« und dachte daran, dass das Wesen jener Geschichte doch darin bestand, etwas sehr Wertvolles herzugeben, ohne eine Gegenleistung zu erwarten, und dass ich das vor Jahren einmal Füsun erzählt hatte. Im Musée de la Vie Romantique in Paris stand ich eine ganze Weile schaudernd vor Habseligkeiten George Sands: einem Feuerzeug, Juwelen, Ohrringen; auf ein Blatt Papier waren sogar Haare von ihr geheftet. Im Stadtmuseum von Göteborg saß ich ausdauernd vor Porzellan aus Ostindien. Auf Empfehlung eines Schulfreundes von mir, der in der türkischen Botschaft in Oslo arbeitete, besuchte ich im März 1987 das Städtchen Brevik, dessen Stadtmuseum ich aber geschlossen vorfand, so dass ich nach Oslo zurückkehrte, dort übernachtete und am nächsten Tag wieder nach Brevik fuhr, um die dreihundert Jahre alte Poststelle, das Fotoatelier und die alte Apotheke zu sehen. Das Triester Meeresmuseum, dessen Mauern einmal als Gefängnis genutzt worden waren, brachte mich auf die Idee, neben anderen Auswüchsen meiner Manie auch das Modell eines Bosporus-Dampfers auszustellen, knüpften sich doch an jene Schiffe so viele Erinnerungen an Füsun. In Honduras, für das ich nur mit Mühe ein Visum bekommen hatte, kam mir im Schmetterlings- und Insektenmuseum von La Ceiba inmitten kurzbehoster Touristen der Gedanke, ich könnte die Schmuckstücke, die ich Füsun im Laufe der Jahre geschenkt hatte, wie eine echte Schmetterlingssammlung ausstellen und dieses Konzept auch auf die Fliegen, Mücken und anderen Insekten im Haus der Keskins ausdehnen. Im Museum für chinesische Medizin in Hangzhou glaubte ich vor Onkel Tarıks Medikamentenschachteln zu stehen. Dass im neu eröffneten Tabakmuseum in Paris die Sammlung von Zigarettenkippen an meine eigene, im Laufe von acht Jahren erworbene überhaupt nicht heranreichen konnte, erfüllte mich mit Stolz. Als ich in Aix-en-Provence an einem herrlichen Frühlingsmorgen jedes Detail im sonnendurchfluteten Atelier Paul Cézannes bestaunte, erfüllte mich grenzenloses Glück. Im schmucken Rockox-Haus in Antwerpen kam mir wieder einmal so richtig zu Bewusstsein, dass die Vergangenheit den Dingen wie eine Seele innewohnt und ich in jenen kleinen, stillen Museen eine Schönheit und einen Trost fand, die mich wieder ans Leben banden. Aber brauchte ich wirklich ins mit Statuen und alten Sachen vollgestopfte Wiener Freud-Museum zu gehen, um meine eigene Sammlung lieben zu lernen und voller Stolz präsentieren zu wollen? Ging ich nur deshalb bei jedem meiner London-Besuche zu dem alten Friseursalon im Stadtmuseum, weil ich mich nach den Istanbuler Friseuren Basri und dem Geschwätzigen Cevdet sehnte? Als ich im Londoner Florence-Nightingale-Museum nach Zeugnissen für den Istanbul-Aufenthalt der berühmten Krankenschwester während des Krimkriegs suchte, wurde ich zwar nicht fündig, stieß aber auf eine Haarspange, wie auch Füsun sie gehabt hatte. In Besançon lauschte ich stundenlang der Stille, die im Zeitmuseum, einem alten Stadtpalais, herrschte, und dachte über Museen und über die Zeit nach. Als ich im holländischen Haarlem im Teyler-Museum vor hölzernen Schaukästen mit Mineralien, Fossilien, Medaillen, Münzen und alten Werkzeugen stand, vermeinte ich plötzlich sagen zu können, was eigentlich in diesen ruhigen Museen mein Leben auf einmal sinnvoll erscheinen ließ und mir solchen Trost spendete, aber dann kam ich dieser Anziehungskraft doch nicht auf den Grund. Glücklich war ich auch in Madras, als ich im Museum von Fort St. George, der ersten britischen Festung in Indien, Briefe, Ölgemälde, Münzen und Alltagsgegenstände besichtigte, während über mir ein riesiger Ventilator gegen die schwüle Hitze ankämpfte. Als ich in Verona im Museum Castelvecchio die Treppen emporstieg und das seidenweiche Licht sah, das der Architekt Carlo Scarpa auf die Skulpturen fallen ließ, wurde mir auf einmal klar, dass mein Glücksgefühl nicht nur von der Sammlung als solcher herrührte, sondern auch von der Art, wie die Bilder und Gegenstände miteinander harmonierten. Am Beispiel des Museums der Dinge, das erst im Berliner Martin-Gropius-Bau untergebracht war und dann heimatlos wurde, ersah ich dann, dass auch das genaue Gegenteil zutreffen konnte und man also – geschieht es nur in intelligenter und humorvoller Manier – schlichtweg alles sammeln darf und muss, was man liebt und was mit Geliebtem zu tun hat, und dass selbst dann, wenn kein Haus und kein Museum zur Verfügung stehen, eben der Geist der Sammlung die Behausung darstellt. In den Uffizien in Florenz war ich vor Caravaggios »Opferung Isaaks« erst einmal ganz traurig, dass ich das Bild nicht zusammen mit Füsun ansehen konnte, und dann dachte ich, aus jener Opfergeschichte lasse sich vielleicht lernen, dass man an die Stelle von etwas Geliebtem etwas anderes setzen konnte und dass ich an Füsuns im Laufe der Jahre gesammelten Sachen deshalb so sehr hing. In London versäumte ich nie, das Sir-John-Soane-Museum zu besuchen, in dem die Bilder hervorragend zur Geltung gebracht wurden und dennoch ein wundervolles Durcheinander herrschte, und einmal saß ich dort stundenlang still für mich in einem Eckchen, lauschte auf das Rauschen der Stadt und stellte mir vor, dass ich eines Tages Füsuns Sachen auch so ausstellen und Füsun mir dann von ihrer Wolke herab zulächeln würde. Was ich mit Füsuns Hinterlassenschaft am allerbesten anfangen konnte, lehrte mich aber das anrührende Frederic-Marès-Museum in Barcelona, dessen oberstes Stockwerk voller Gürtelschnallen, Ohrringe, Spielkarten, Schlüssel, Fächer, Parfumflakons, Taschentücher, Broschen, Halsketten, Taschen und Armreife war. Dieses Museum fiel mir auch wieder ein, als ich auf meiner ersten, über fünf Monate dauernden Amerika-Tour, die mich in zweihundertdreiundsiebzig Museen führte, das Manhattaner Handschuhmuseum besuchte. Im Museum of Jurassic Technology in Los Angeles kam wieder jenes besondere Gefühl über mich, das mich schon in einigen anderen Museen hatte erschauern lassen, nämlich dass die ganze Menschheit in einer anderen Zeit lebte und ich an einem anderen Ort steckengeblieben war. Im Ava-Gardner-Museum in Smithfield in North Carolina, aus dem ich dieses Schild entwendet habe, das den Star in einer Geschirrwerbung zeigt, sah ich Schulfotos, Abendkleider, Handschuhe und Stiefel von Ava und sehnte ich mich plötzlich so sehr nach Füsun, dass ich die Reise am liebsten abgebrochen hätte, um nach Istanbul zurückzukehren. Zwei Tage musste ich aufwenden, um in der Nähe von Nashville in einem Getränkedosen- und Werbungsmuseum, das damals gerade eröffnet worden war, bald darauf aber schon wieder schließen musste, eine Sammlung von Cola- und Bierdosen zu sehen, und danach hatte ich wieder eine Anwandlung, nach Hause zu fahren, reiste aber weiter. Erst als ich fünf Wochen später in St. Augustine im Staate Florida im Museum der Tragödien der amerikanischen Geschichte, das ebenfalls bald darauf seine Pforten schloss, das verrostete Wrack des 1966er Buick sah, in dem der Filmstar Jayne Mansfield verunglückt war, beschloss ich endgültig, heimzukehren. Ich begriff nun, dass das wahre Haus eines echten Sammlers sein eigenes Museum sein musste.

Ich blieb allerdings nicht lange in Istanbul. Mit Çetins Hilfe machte ich hinter der Straße nach Maslak die Werkstätte des Chevrolet-Reparateurs Şevket ausfindig, und als ich auf dem Gelände dahinter unter einem Feigenbaum unseren 56er Chevrolet sah, wurde ich vor Rührseligkeit ganz benommen. Der Kofferraumdeckel stand offen, im Auto selbst spazierten Hühner herum, und davor spielten Kinder. Wie Şevket mir erläuterte, war das Auto im wesentlichen noch im gleichen Zustand wie nach dem Unfall, während bestimmte unbeschädigte Einzelteile – etwa der Benzindeckel, das Getriebegehäuse oder eine Fensterkurbel – in anderen 56er Modellen, die damals in Istanbul meist als Taxis herumfuhren, neue Verwendung gefunden hatten. Ich steckte auf der Fahrerseite den Kopf in den Wagen, sah das ramponierte Armaturenbrett, schnüffelte an den sonnenwarmen Sitzbezügen und fasste erschüttert an das Lenkrad, das so alt war wie meine Kindheit. Unter der Einwirkung der vielen Erinnerungen, die jedes Detail auslöste, wurde ich ganz benommen.

»Kemal, was haben Sie denn? Setzen Sie sich doch ein bisschen hin«, sagte Çetin teilnahmsvoll. »Kinder, seid so gut und bringt uns ein Glas Wasser!«

Es war nach Füsuns Tod das erste Mal, dass mir im Beisein von anderen die Tränen kamen. Ich fasste mich aber gleich wieder. Ein Lehrling mit ölverschmierter Kleidung, aber sauberen Händen brachte uns auf einem Tablett, auf dem »Zypern ist türkisch« stand (ich schreibe das nur aus Gewohnheit; nicht dass Sie das Tablett dann im Museum der Unschuld suchen!), einen Tee, und nach kurzem Verhandeln mit Şevket kaufte ich das Auto meines Vaters wieder zurück.

»Wo sollen wir denn hin damit?« fragte Çetin.

»Ich möchte bis zu meinem Lebensende mit diesem Auto unter einem Dach wohnen«, sagte ich.

Ich lächelte dabei, aber Çetin begriff, wie ernst es mir damit war, und sagte nicht wie die anderen: Aber Kemal, das Leben muss doch weitergehen! Wenn er es doch gesagt hätte, hätte ich erwidert, das Museum der Unschuld sei ja auch ausgewiesenermaßen ein Ort zum Leben.

Da ich auf dieser Antwort sitzengeblieben war, sagte ich voller Stolz etwas anderes.

»Im Merhamet Apartmanı sind noch viele Sachen, die möchte ich auch alle um mich haben.«

Ich verehrte so einige Museumshelden wie Gustave Moreau, die ihre letzten Lebensjahre mit ihrer Sammlung in einem Haus verbrachten, das nach ihrem Tod zum Museum werden sollte. Ich liebte ihre Museen, und um die Hunderte zu besuchen, die ich schon kannte, und die Tausende, auf die ich neugierig war, ging ich sogleich wieder auf Reisen.

82
Sammler

Meine Reisen durch die ganze Welt und meine Erfahrungen in Istanbul haben mich gelehrt, dass es zwei Arten von Sammlern gibt:

1. Die stolzen Sammler, die sich präsentieren wollen (und vor allen Dingen im Westen anzutreffen sind).

2. Die schamhaften Sammler, die das Angehäufte am liebsten vor allen Augen verbergen würden (eine vormoderne Ausprägung des Sammlertums).

Die stolzen Sammler sehen ein Museum als ganz natürliches Produkt ihres Sammeleifers an. Ihnen gilt, dass eine Sammlung erstellt wird, um irgendwann einmal gezeigt zu werden, ganz gleichgültig, was ihr Ursprung gewesen sein mag. In kleinen amerikanischen Privatmuseen wurde oft auf solch eine Entstehungsgeschichte verwiesen. In der Broschüre des Getränkedosen- und Werbungsmuseums hieß es etwa, ein gewisser Tom habe eines Tages auf dem Nachhauseweg von der Schule eine leere Dose aufgehoben, dann eine zweite und eine dritte, und schließlich habe er sich vorgenommen, einmal sämtliche Arten von Dosen zu besitzen und sie auszustellen.

Die schamhaften Sammler dagegen sammeln um des Sammelns willen. Wie die stolzen Sammler betreiben auch sie anfangs das Anhäufen bestimmter Gegenstände – wie der Leser allein schon an meinem Fall ersieht – aus einem dunklen Trieb heraus, der ihnen irgendeine Zumutung des Lebens zu lindern und gar wie eine Arznei zu wirken verspricht. Da aber die Gesellschaft, in denen der schamhafte Sammler lebt, an Sammlungen und Museen kein besonderes Interesse hat, erntet er nicht etwa Ansehen für seinen Beitrag zur Vermehrung des Wissens, sondern erlebt vielmehr seine Tätigkeit als etwas, dessen man sich eben zu schämen hat, und seine Sammlung gilt lediglich als Hinweis auf seine seelische Wunde.

Als ich Anfang 1992 für das Museum der Unschuld auf der Suche nach Filmplakaten, Aushängefotos und Kinokarten war, suchte ich in Istanbul Leute auf, die alles rund ums Kino sammelten, und wurde von ihnen schnell über jenes bedrückende Gefühl aufgeklärt, auf das ich auch andernorts noch häufig stoßen würde.

Ein Sammler namens Hıfzı, mit dem ich lange um den Preis für Standfotos der Filme *Liebesnot geht erst mit dem Tod vorbei* und *Zwischen zwei Feuern* feilschte, bedankte sich bei mir ausufernd für das Interesse an seiner Sammlung und nahm dann fast eine entschuldigende Haltung an.

»Eigentlich tut es mir ja sehr leid, mich von diesen Sachen zu trennen, aber die Leute, die mich immer verspotten und mich fragen, warum ich mit solchem Mist meine Wohnung vollstopfe, sollen ruhig einmal sehen, dass ein gebildeter Mensch aus guter Familie wie Sie etwas für diese Dinge übrig hat. Wissen Sie, ich trinke nicht, ich rauche nicht, ich spiele nicht, und den Weibern renne ich auch nicht hinterher. Meine einzige Leidenschaft ist das Sammeln von Film- und Schauspielerfotos. Ich habe Fotos, in denen Papatya als Kind in *Hört den Klageruf meiner Mutter* in einem schulterfreien Kleidchen auf einem Dampfschiff spielt, und auch etwas, das außer mir noch niemand zu Gesicht bekommen hat, nämlich Fotos von den Dreharbeiten zum *Schwarzen Schloss*, die dann abgebrochen wurden, weil der Hauptdarsteller Tahir Tan Selbstmord beging. Wenn Sie sich in mein bescheidenes Heim bequemen wollen, zeige ich sie Ihnen. Und noch dazu Standfotos von *Hauptbahnhof*, einer der ersten türkisch-deutschen Koproduktionen. Das Fotomodell Inge, das seinerzeit auch Werbung für eine türkische Fruchtlimo machte, küsst darauf als türkenfreundliche Deutsche unseren Ekrem Güçlü auf die Lippen.«

Als ich fragte, wo ich sonst noch die von mir gesuchten Aushängefotos finden könnte, sagte Hıfzı, es gebe da eine ganze Reihe von Sammlern, deren Wohnungen bis oben hin mit Fotos und Plakaten voll seien. Oft sei es so, dass die Leute vor lauter Fotos und Zeitschriftenpacken gar keinen Platz mehr für sich selbst hätten und schließlich von ihrer Familie verlassen würden (falls sie überhaupt je geheiratet hatten), woraufhin die betreffende Wohnung sich dann erst recht in eine Müllhalde verwandle. Bei irgend jemandem sei das von mir Gesuchte bestimmt vorhanden, doch ob man es dann in so einem Durcheinander auch finde, das sei eine andere Frage, ganz abgesehen davon, dass man in solche Wohnungen manchmal kaum mehr einen Schritt hineintun könne.

Dennoch konnte Hıfzı meinen Bitten nicht widerstehen, und es gelang ihm, mich in einige der zugemüllten Wohnungen hineinzubringen, die im Istanbul der neunziger Jahre als legendär galten.

So einiges, was ich in meinem Museum ausstelle, stammt aus diesen Wohnungen: Aushängefotos, Istanbul-Ansichten, alte Postkarten, Kinokarten, Speisekarten von Restaurants (als wir damals dort gegessen hatten, war mir noch nicht in den Sinn gekommen, sie mitzunehmen), verrostete Konservendosen, alte Zeitungen, mit Werbung bedruckte Papiertüten, Medikamentenschachteln, Flaschen, Fotos von Schauspielern und anderen Prominenten und vor allem Fotos aus dem Alltagsleben, die von dem Istanbul, wie ich es mit Füsun erlebt hatte, besser zeugen konnten als alles andere. Der Besitzer eines zweistöckigen alten Hauses in Tarlabaşı, der inmitten eines Berges von Unrat auf einem Plastikstuhl hockte, aber ansonsten einen verhältnismäßig normalen Eindruck machte, eröffnete mir voller Stolz, er verfüge über nicht weniger als zweiundvierzigtausendsiebenhundertzweiundvierzig Objekte.

Die gleiche Betretenheit wie in jenem Haus empfand ich auch in einer Wohnung in Üsküdar, in der ein ehemaliger Gasableser mit seiner bettlägerigen Mutter und einem Gasöfchen lebte. Die anderen Zimmer der Wohnung waren eiskalt und so vollgestopft, dass sie überhaupt nicht mehr zu betreten waren; von ferne konnte ich ein paar alte Lampen, Vim-Dosen und Spielsachen aus meiner Kindheit ausmachen. Was mich dort so bedrückte, war weniger, dass die Mutter von ihrem Bett aus den Sohn in einem fort herunterputzte, sondern dass all diese Sachen, die voller Erinnerungen an Menschen steckten, die einmal in Istanbul durch die Straßen gelaufen und nun zum Großteil schon tot waren, nie in ein Museum gelangen, nie geordnet und eingerahmt oder in eine Vitrine gestellt würden. Ich hörte damals von einem griechischen Fotografen, der vierzig Jahre lang in

Beyoğlu auf Hochzeiten, Verlobungen, Geburtstagen, Arbeitstreffen und Kneipenabenden fotografiert hatte und schließlich nicht mehr wusste, wohin mit all den Negativen. Selbst als er die Sachen verschenken wollte, fand sich keinerlei Interessent, so dass er schließlich aus lauter Verdruss alles restlos in einem Heizkessel verbrannte.

Die Besitzer von Müllwohnungen wurden zum Gespött der Nachbarn und des ganzen Viertels, und man fürchtete sich gar vor ihnen, weil sie so einsam und sonderbar waren und oft im Müll oder in den Karren von Lumpensammlern herumwühlten. Nicht einmal besonders resigniert, sondern als sei es ganz selbstverständlich, sagte mir Hıfzı, nach dem Tod solcher Menschen würde ihr Angesammeltes von den Nachbarn mit fast als religiös zu bezeichnendem Ingrimm auf dem gleichen Gelände verbrannt, auf dem man sonst Opfertiere schlachtete, oder man gab es einfach Müll- und Lumpensammlern.

Ein vereinsamter Mann namens Necdet Adsız, der ebenfalls Unmengen von Dingen hortete (als Sammler war er wirklich nicht zu bezeichnen), starb im Dezember 1996 in Tophane, etwa sieben Fußminuten vom Haus der Keskins entfernt, einen jämmerlichen Tod, indem er von seinen aufgetürmten Papierbergen schlichtweg erstickt wurde, und selbst das wurde erst vier Monate später entdeckt, als bei Frühlingstemperaturen ein unerträglicher Gestank aus seinem Haus drang. Selbst der Hauseingang war gerammelt voll mit Sachen, so dass die Feuerwehr durch ein Fenster einsteigen musste. Als in den Zeitungen über diesen Fall in halb spöttischem, halb mahnenden Ton berichtet wurde, misstrauten die Istanbuler den hortenden Sonderlingen nur noch mehr. Eine Detailinformation, von der ich hoffe, der Leser möge sie nicht als überflüssig erachten, verdanke ich der Tatsache, dass ich damals alles, was mit Füsun zu tun hatte, gleichzeitig im Kopf hatte: Necdet Adsız war nämlich kein anderer als der Mann, von dem Füsun im Hilton-Hotel bei der Geisteranrufung gesprochen hatte und von dem sie bereits damals meinte, er sei schon tot.

Auch anderen Sammlern, deren Namen ich hier voller Dankbarkeit erwähnen möchte, weil sie meinem Museum und dem Andenken an Füsun wertvolle Dienste geleistet haben, sah ich die Scham darüber an, einer zu verheimlichenden und schändlichen Tätigkeit nachzugehen. Als ich von dem Ehrgeiz gepackt war, von jedem Viertel und nach Möglichkeit auch von jeder Straße, in der ich mit Füsun gewesen war, eine Ansichtskarte zu erwerben, lernte ich Hasta Halit kennen, den berühmtesten Kartensammler von Istanbul. Ein anderer Mann, der ungenannt bleiben will und dessen Türklinken- und Schlüsselsammlung ich hier mit Freuden ausstelle, erklärte mir glaubwürdig, jeder Istanbuler (womit er in erster Linie die Männer meinte) berühre in seinem Leben an die zwanzigtausend Türklinken, und auch die Hand des Menschen, den ich liebte, sei bestimmt schon mit einigen Klinken aus seiner Sammlung in Kontakt gekommen. Ein gewisser Siyami, der die letzten dreißig Jahre seines Lebens der Aufgabe gewidmet hatte, von allen Schiffen, die seit der Erfindung der Fotografie durch den Bosporus gefahren waren, in Istanbul eine Aufnahme zu machen, überließ mir Fotos, die er doppelt hatte, und ich bin ihm zu Dank verpflichtet, weil er mir die Möglichkeit eröffnet hat, hier Fotos von Schiffen auszustellen, deren Sirenen ich hörte, wenn ich an Füsun dachte oder mit ihr unterwegs war, und weil er sich außerdem wie ein Westler nicht schämte, seine Sammlung öffentlich zu präsentieren.

Ein anderer Mann, der seinen Namen ebenfalls nicht veröffentlicht sehen will und dem ich eine Sammlung jener kleinen Bilder zu verdanken habe, die man sich in den Jahren zwischen 1975 und 1980 bei Beerdigungen ans Revers steckte, feilschte mit mir erst ausdauernd um jedes einzelne Bildchen und stellte mir schließlich jene herablassende Frage, die ich mir schon oft hatte anhören müssen und auf die ich schon längst meine Standardantwort parat hatte, die da lautete: »Weil ich ein Museum aufbaue ...«

»Nein, das meine ich nicht«, erwiderte er. »Warum Sie das machen, möchte ich wissen.«

Das sollte heißen, dass hinter jedem Sammler ein gebrochenes Herz stecken musste, ein tiefer Kummer, eine uneingestandene seelische Wunde. Was nun war mein Kummer? War etwa ein geliebter Mensch gestorben und ich hatte bei seiner Beerdigung sein Bild nicht an der Jacke tragen können und war nun deshalb traurig? Oder war es – so wie auch bei dem, der mir die Frage stellte – etwas so Schändliches, dass man es nicht zugeben durfte?

Im Istanbul der neunziger Jahre, in dem der Gedanke eines Privatmuseums noch gar nicht aufkam, verachteten sich die Sammler oft genug selbst wegen ihrer Besessenheit, und erst recht hackten sie bei jeder Gelegenheit auf den anderen herum. Wenn dann auch Sammlerneid ins Spiel kam, wurde es noch schlimmer. Als Tante Nesibe nach Nişantaşı umzog und ich mit Unterstützung des Architekten İhsan begann, das Haus der Keskins in ein Museum umzuwandeln, sprach sich rasch herum, dass sich da einer mit Geld in der Tasche daranmache, ein Privatmuseum wie in Europa aufzubauen. Ich dachte mir, das würde die Geringschätzung der anderen Sammler mir gegenüber vielleicht mildern, denn nun konnten sie davon ausgehen, dass ich nicht wie sie irgendeinen seelischen Schaden mit mir herumschleppte, sondern ganz einfach nur sammelte, weil ich reich war und mich damit hervortun wollte.

Als damals ein Verein für Liebhaber sammelbarer Dinge gegründet wurde, ging ich zu einer seiner Sitzungen, auf Drängen von Hıfzı und auch in der Hoffnung, ich würde dabei das eine oder andere Objekt auftreiben, das in meiner Geschichte seinen Platz haben konnte. In dem kleinen Festsaal, den der Verein einen Vormittag lang gemietet hatte, kam ich mir allerdings vor wie ein Aussätziger. Die Mitglieder, von denen ich manche schon als Sammler wahrgenommen hatte (darunter Streichholzschachtel-Suphi), verachteten sich gegenseitig, blickten aber noch mehr auf mich herab. Sie redeten kaum mit mir, behandelten mich wie einen Verdächtigen, einen Fremden, einen Spion und kränkten mich damit sehr. Wie Hıfzı mir später entschuldigend erläuterte, weckte es bei diesen Leuten Widerwillen und geradezu Hoffnungslosigkeit, dass ich, der ich doch reich war, meinem Kummer dennoch durch die Suche nach Dingen beizukommen suchte. Naiverweise dachten sie nämlich, ihre Sammelwut würde sich legen, sobald sie einmal zu Wohlstand kämen. Als sich jedoch das Gerücht von meiner Liebe zu Füsun allmählich unter ihnen verbreitete, erfuhr ich von diesen ersten ernsthaften Sammlern Istanbuls Hilfe genug, und gemeinsam bemühten wir uns, dem Untergrunddasein dieser Spezies ein Ende zu bereiten.

Bevor ich die Sachen, die im Merhamet Apartmanı lagerten, in das Museumshaus in Çukurcuma überführte, versuchte ich mir einen Überblick über all das zu verschaffen, was in dem Zimmer angehäuft war, in dem Füsun und ich zwanzig Jahre zuvor miteinander geschlafen hatten. (Statt der Schreie und Flüche der damals im Hinterhof Fußball spielenden Kinder war nun das Surren einer Belüftungsanlage zu hören.) Als ich die Sachen dann in Çukurcuma mit all den anderen zusammenbrachte, die ich von Reisen herhatte, von den Keskins, aus Müllhäusern, oder die ich Vereinsmitgliedern oder Bekannten von mir abgekauft hatte, die mit meiner Geschichte in Berührung gekommen waren, erstand vor meinem inneren Auge wie ein Bild ein bestimmter Gedanke, den ich auf Auslandsreisen und dort insbesondere auf Flohmärkten schon des öfteren gefasst hatte.

Die Dinge, all diese Salzstreuer, Porzellanhunde, Fingerhüte, Stifte, Haarspangen und Aschenbecher, verstreuten sich genauso in alle Welt wie die Störche, die zweimal pro Jahr leise über Istanbul hinwegzogen. Dieses Feuerzeug, das ich Füsun einmal geschenkt hatte, hatte ich inzwischen auch auf Flohmärkten in Athen und Rom gesehen und zumindest ähnliche Modelle in Läden in Paris und Beirut. Dieser Salzstreuer, der zwei Jahre lang auf dem Esstisch der Keskins gestanden hatte, stammte aus einer Fabrik in Istanbul, und ich hatte ihn in diversen Istanbuler Lokalen gesehen, aber eben auch in einem muslimischen Restaurant in Neu-Delhi, in einer Garküche in einem alten Viertel von Kairo, bei Trödlern in Barcelona, die sonntags ihre Ware auf Gehsteigen feilboten, und in Rom in einem bescheidenen Küchengeschäft. Der Salzstreuer war irgendwo zum erstenmal hergestellt und dann in anderen Ländern kopiert worden und hatte ausgehend vom Mittelmeerraum und vom Balkan in millionenfacher Ausfertigung in das Alltagsleben von Millionen von Familien Einzug gehalten. Dass er sich in so viele Ecken der Welt verbreiten konnte, war nicht weniger geheimnisvoll als die Frage, wie die Zugvögel miteinander kommunizierten und immer wieder die gleiche Route fanden. Irgendwann kam dann eine neue Welle von Salzstreuern und ersetzte die alten, so wie der Lodos-Wind immer wieder neue Dinge an den Strand spült, und die Menschen vergaßen die alten Salzstreuer, ohne überhaupt je zu merken, dass sie zu diesen Dingen in einer Beziehung gestanden und in ihrer Gegenwart viel Zeit verbracht hatten.

Ich schaffte meine Sammlung aus dem Merhamet Apartmanı zusammen mit dem Bett, der miefig riechenden Decke und dem blauen Leintuch auf den Dachboden des neu zu gestaltenden Museumshauses. Wo zur Zeit der Keskins nur das Wasserreservoir gestanden und Mäuse, Spinnen und Schaben gehaust hatten, war ein heller, sauberer Raum mit Sternenblick entstanden. Nachdem ich das Bett dort oben aufgestellt und danach drei Glas Raki getrunken hatte, wollte ich umgeben von all den Dingen schlafen, die mich an Füsun erinnerten, umhüllt von der Atmosphäre, die sie ausstrahlten, und schwerfällig und gespenstergleich stieg ich die lange, gerade Treppe hinauf, warf mich auf das Bett und schlief augenblicklich ein.

Manche Menschen füllen ihr Haus mit Gegenständen und machen es dann gegen Ende ihres Lebens zum Museum. Ich dagegen bemühte mich, ein schon zum Museum gewordenes Gebäude durch mein Bett, mein Zimmer und meine Anwesenheit wieder in ein Wohnhaus zurückzuverwandeln. Was konnte es Schöneres geben, als nachts an dem Ort zu schlafen, an dem einen erinnerungs- und gefühlsträchtige Dinge umgaben?

Vor allem an Frühlings- und Sommertagen übernachtete ich gerne auf dem Dachboden. Der Architekt hatte in dem Gebäude viel freien Raum geschaffen, dessen Tiefe ich nachts genauso intensiv empfand wie die Gegenwart meiner Sammlung. Wahrhafte Museen sind Orte, an denen sich die Zeit in Raum verwandelt.

Es befremdete meine Mutter zwar, dass ich immer öfter auf dem Dachboden schlief, doch da ich oft mit ihr zu Abend aß, mich (mit Ausnahme von dem Kreis um Sibel und Zaim) wieder mit meinen früheren Freunden traf, mit ihnen Yachttouren nach Suadiye und auf die Prinzeninseln unternahm und allem Anschein nach nur so den Schmerz um Füsun verwinden konnte, verlor sie kaum ein Wort darüber und versuchte auch nicht – im Gegensatz zu den anderen –, mir mein Museumsprojekt auszureden.

»Nimm dir ruhig auch alte Sachen aus meinem Schrank und aus den Schubläden ... Die Hüte hier setze ich doch nie wieder auf, und nimm auch die Taschen da und die Sachen von deinem Vater ... Und das Nähzeug und die Knöpfe, ich werde ja in meinem Alter nicht mehr nähen, und du brauchst die Sachen dann nicht irgendwo zu kaufen.«

Wenn ich in Istanbul war, besuchte ich auch einmal im Monat Tante Nesibe, die mit ihrer neuen Wohnung und dem ganzen Umfeld sehr zufrieden war. Einmal erzählte ich ihr ganz aufgeregt, in Berlin gebe es einen Sammler namens Heinz Berggruen, der mit der Stadt Berlin vereinbart habe, er dürfe bis zu seinem Tod im Dachgeschoss seines eigenen Museums leben.

»Stell dir vor, als Museumsbesucher kann man da in einem Raum oder auf der Treppe plötzlich dem Menschen begegnen, der die Sammlung aufgebaut hat! Ist das nicht ganz was Besonderes, Tante Nesibe?«

»Möge Gott dir langes Leben schenken!« sagte sie und zündete sich noch eine Zigarette an. Dann vergoss sie ein paar Tränen wegen Füsun, und ohne sie abzuwischen, lächelte sie mich mit der Zigarette im Mundwinkel an.

83
Das Glück

In einer Mondnacht wachte ich gegen Mitternacht auf dem vorhanglosen kleinen Dachboden in Çukurcuma auf und sah dann durch eine Luke im Boden hinunter in das noch ziemlich leere Museum. Durch die Fenster des Museums, von dem ich manchmal schon meinte, es würde wohl nie fertig werden, schien silbrig der Mond herein und ließ mir die Leere und das ganze Gebäude erschreckend groß, ja unendlich vorkommen. Ich sah auf den einzelnen Etagen, die sich wie Balkons in die Leere vorschoben, im Halbdunkel meine im Laufe von dreißig Jahren angehäufte Sammlung, vieles davon in Schachteln, daneben die Gegenstände, die Füsun und ihre Familie in diesem Haus benutzt hatten, das verrostete Chevrolet-Wrack, den Ofen, den Kühlschrank, den Fernseher, vor dem wir acht Jahre lang zu Abend gegessen hatten, und wie ein Schamane, der die Seele der Dinge erkennt, spürte ich, wie ihre Geschichten sich in mir regten.

In jener Nacht wurde mir bewusst, dass das Museum unbedingt

einen ausführlichen Katalog brauchte, in dem die Geschichte jedes einzelnen Gegenstandes verzeichnet war. Und die Summe daraus sollte die Geschichte meiner Liebe und Verehrung für Füsun ergeben.

Vom Mond fahl beleuchtet, schienen die vielen Gegenstände fast zu schweben, und wie die unteilbaren Atome des Aristoteles standen sie jeder für einen unteilbaren Augenblick. So wie die Augenblicke durch die Linie der Zeit, so mussten die Gegenstände durch die Linie einer Geschichte verbunden werden. Den Katalog meines Museums konnte also ein Autor niederschreiben wie einen Roman. Ich selbst wollte mich an derlei nicht versuchen. Wer also konnte das für mich übernehmen?

So kam ich dazu, Orhan Pamuk anzurufen, der schließlich dieses Buch – von mir autorisiert – in der Ich-Form verfasst hat. Sein Vater und sein Onkel hatten einst mit meinem Vater Geschäfte gemacht. Er entstammte einer alteingesessenen Familie aus Nişantaşı, die ihr Vermögen eingebüßt hatte, und würde daher den Hintergrund meiner Geschichte so recht begreifen. Außerdem hatte ich von ihm gehört, er sei ein eifriger Geschichtenerzähler und nehme seine Arbeit sehr ernst.

Ich ging nicht unvorbereitet zu unserem ersten Treffen. Bevor ich auf das Thema Füsun zu sprechen kam, erzählte ich ihm, ich hätte in den zurückliegenden fünfzehn Jahren weltweit tausendsiebenhundertdreiundvierzig Museen besucht und deren Eintrittskarten aufgehoben, und um seine Aufmerksamkeit zu wecken, berichtete ich insbesondere von den Museen der von ihm verehrten Schriftsteller. Vielleicht würde er ja schmunzeln müssen, wenn ich ihm erzählte, dass im Dostojewski-Museum in St. Petersburg das einzige authentische Ausstellungsstück ein unter einem Glassturz aufbewahrter Hut mit der Beschriftung »Wirklich von Dostojewski« sei. Und was würde er dazu sagen, dass in derselben Stadt im Gebäude des Nabokov-Museums zur Stalin-Zeit die lokale Zensurbehörde untergebracht war? Ich erwähnte, im Marcel-Proust-Museum in Illiers-Combray hätten die Porträts von Personen, die dem Autor als Romanvorbilder gedient hatten, mich nicht über den Roman, sondern über Prousts Leben nachdenken lassen. Nein, ich fand Schriftstellermuseen keineswegs abwegig. Dass im Spinoza-Haus im niederländischen Rijnsburg die Bücher, die nach dem Tod des Philosophen in einem Protokoll aufgeführt wurden, samt und sonders ausgestellt waren, und zwar – wie im 17. Jahrhundert üblich – der Größe nach geordnet, hielt ich für durchaus gerechtfertigt. Wie glücklich war ich einen ganzen Tag lang im Tagore-Museum gewesen, hatte auf das Brausen von Kalkutta draußen gelauscht, die vom Autor gemalten Aquarelle betrachtet und dabei an den Modergeruch in den frühen Atatürk-Museen gedacht. Ich erzählte dann noch von den Fotos im Pirandello-Haus in Agrigent, die mir vorkamen, als zeigten sie meine eigene Familie, vom Ausblick, den ich aus den Fenstern des Strindberg-Museums auf Stockholm hatte, und von dem mickrigen Haus in Baltimore, in dem Edgar Allen Poe mit seiner Tante und seiner Cousine Virginia gelebt hatte, die er später heiraten sollte. (Nicht ohne Grund machte das Haus, das in einem heruntergekommenen Viertel des heutigen Baltimore steht, mit seinen bescheidenen Zimmern einen vertrauten Eindruck auf mich, denn von allen Museen glich es am meisten dem Haus der Keskins.) Ich berichtete Orhan Pamuk ferner, das hervorragendste Schriftstellermuseum, das mir je untergekommen sei, sei das Mario-Praz-Museum in Rom. Falls er vorhabe, gleich mir mit Voranmeldung das Haus jenes gleichermaßen in Malerei und Literatur beschlagenen großen Romantik-Historikers zu besichtigen, solle er unbedingt vorher das Buch lesen, in dem die Geschichte seiner außergewöhnlichen Sammlung Zimmer für Zimmer und Objekt für Objekt beschrieben wird wie ein Roman. Das Flaubert-Museum für Medizingeschichte in Rouen sei zwar voller Bücher, doch obwohl der Schriftsteller in dem Gebäude geboren sei, gehörten sie allesamt seinem Vater und handelten einzig und allein von Medizin, so dass man sich den Besuch des Museums sparen könne. Dann sah ich unserem Schriftsteller geradewegs in die Augen.

»Sie wissen vermutlich aus den Briefen Flauberts, dass der Autor zu *Madame Bovary* von Louise Colet inspiriert wurde, die er genau wie im Roman in Provinzhotels und in Kutschen geliebt hatte, und dass er bei der Niederschrift des Buches immer wieder aus einer Schublade eine Locke, ein Taschentuch und ein Pantöffelchen jener Louise herausholte und liebkoste und sich vorstellte, wie sie in diesen Schuhen wohl gegangen sein mochte.«

»Nein, das wusste ich nicht. Aber ich finde es schön.«

»Auch ich habe eine Frau so sehr geliebt, dass ich ihre Haare, ihre Taschentücher und tausend andere Dinge gesammelt und mich jahrelang damit getröstet habe. Darf ich Ihnen meine Geschichte ganz aufrichtig erzählen?«

»Aber bitte!«

Bei diesem ersten Treffen im Hünkâr, dem ehemaligen Fuaye, erzählte ich ihm drei Stunden lang die ganze Geschichte, aber so, wie sie mir gerade in den Sinn kam, ziemlich durcheinander also. Ich war sehr aufgeregt, hatte drei doppelte Raki getrunken und im Eifer des Gefechts wohl das, was mir widerfahren war, profaner dargestellt, als es wirklich war.

»Ich kannte Füsun«, sagte er. »Ihr Tod hat mich sehr erschüttert. Sie arbeitete in einer Boutique ganz in der Nähe. Und bei Ihrer Verlobung im Hilton habe ich mit ihr getanzt.«

»Tatsächlich? Was für ein außergewöhnlicher Mensch sie doch war, nicht? Ich meine jetzt nicht ihre Schönheit, sondern ihre Seele. Worüber haben Sie denn beim Tanzen gesprochen?«

»Wenn Sie wirklich alle Sachen Füsuns haben, dann würde ich die gerne sehen.«

Er kam nach Çukurcuma und zeigte sich sehr interessiert an meiner Sammlung, die mittlerweile fast schon in einem richtigen Museumsgebäude untergebracht war. Manchmal nahm er etwas in die Hand, etwa diesen gelben Schuh, den Füsun am ersten Tag in der Boutique Champs-Élysées getragen hatte, und er fragte nach der Geschichte des jeweiligen Gegenstands, die ich ihm dann erzählte.

Danach begannen wir regelmäßig zusammenzuarbeiten. Wenn ich in Istanbul war, kam er einmal pro Woche in mein Dachgeschoss, fragte zum Beispiel, warum die Dinge, die ich meiner Erinnerung nach in einer bestimmten Reihenfolge angeordnet hatte, auch im Museum in bestimmten Vitrinen und im Roman in bestimmten Kapiteln zusammengefasst werden mussten, und ich gab ihm bereitwillig Auskunft. Es gefiel und schmeichelte mir, dass er mir immer sehr aufmerksam zuhörte und sich Notizen machte.

»Schreiben Sie den Roman endlich fertig, damit die Leute mit dem Buch in der Hand ins Museum kommen. Wenn sie von Schaukasten zu Schaukasten gehen, um meiner Liebe zu Füsun auf die Spur zu kommen, kann ich dann im Schlafanzug vom Dachboden heruntersteigen und mich unter sie mischen.«

»Aber Sie werden ja mit Ihrem Museum auch nicht fertig«, erwiderte er.

»Es gibt auf der Welt noch so viele Museen, die ich nicht gesehen habe«, sagte ich lächelnd. Und wieder versuchte ich ihm zu erklären, was die Stille in einem Museum für eine seelische Wirkung auf mich ausübte und wie glücklich es mich machte, in irgendeinem fernen Winkel der Welt an einem gewöhnlichen Dienstag in einem unscheinbaren Museum irgendwo in der Welt herumzuschlendern und dabei möglichst den Blicken der Wächter zu entkommen. Nach jeder Rückkehr von einer solchen Reise rief ich nun immer gleich Orhan Pamuk an, berichtete von den Museen, die ich besucht hatte, und zeigte ihm Eintrittskarten und Broschüren, oder auch Kleinigkeiten, die ich dort einfach eingesteckt hatte, wie etwa kleine Hinweisschilder.

Als ich wieder einmal von einer Reise zurück war und von meiner Geschichte und von Museen berichtete, fragte ich Orhan Pamuk auch wieder, wie weit er denn nun mit dem Roman sei, und er antwortete: »Ich werde das Buch in der ersten Person schreiben.«

»Wie bitte?«

»Sie werden in dem Buch Ihre Geschichte in der Ich-Form erzählen, Kemal. Und deshalb versuche ich mich schon eine Weile an Ihre Stelle zu versetzen und Sie zu werden.«

»Ich verstehe. Haben Sie denn auch schon einmal so eine Liebe erlebt?«

»Äh, um mich geht es hier nicht«, beschied er mir kurz.

Nachdem wir lange gearbeitet hatten, tranken wir auf dem Dachboden Raki. Ich war müde geworden, ihm von Füsun und von meinen Erlebnissen zu erzählen. Als er fort war, streckte ich mich auf dem Bett aus und dachte nach, warum es mir seltsam vorkam, dass er meine Geschichte in der Ich-Form erzählen wollte.

Ich hatte keinen Zweifel daran, dass meine Geschichte mir auch danach noch gehören würde und dass er sie respektierte, doch befremdete mich, dass nicht ich meine Stimme zu Gehör bringen würde, sondern er. Ich sah das als eine Art Schwäche an. Es kam mir schon lange normal vor, dass ich den Besuchern meine Geschichte zeigen und mit ihnen von Schaustück zu Schaustück gehen würde, und oft genug stellte ich mir explizit vor, wie ich das Museum eröffnen und diese Rolle übernehmen würde, doch dass Orhan Pamuk mich nachmachte und man nicht meine Stimme, sondern die seine vernehmen würde, machte mir seltsamerweise zu schaffen.

Zwei Tage später fragte ich ihn nach Füsun. Wir saßen wieder am Abend auf dem Dachboden und hatten schon einen Raki getrunken.

»Würden Sie mir bitte erzählen, wie Sie damals mit Füsun getanzt haben?«

Erst wand er sich ein wenig; die Sache schien ihm peinlich zu sein. Ein Glas später aber schilderte er mir so offenherzig, wie er ein Vierteljahrhundert zuvor mit Füsun getanzt hatte, dass er vollends mein Vertrauen gewann und ich nun überzeugt war, dass niemand den Museumsbesuchern meine Geschichte besser erzählen konnte als er.

Da kam ich auch gleich zu dem Schluss, nun selbst genug geredet zu haben, und dass es angebracht sei, ihn die Geschichte fertigerzählen zu lassen. Vom nächsten Absatz ab bis zum Ende des Buches erzählt meine Geschichte nun Orhan Pamuk. Ich bin sicher, dass er an diese letzten Seiten mit der gleichen Aufmerksamkeit herangehen wird wie damals an Füsun. Auf Wiedersehen!

Hallo, ich bin Orhan Pamuk!

Mit Kemals Erlaubnis möchte ich als erstes meinen Tanz mit Füsun schildern. Sie war das schönste Mädchen des Abends, und die Männer standen Schlange, um mit ihr tanzen zu dürfen. Ich war nicht gutaussehend genug, um ihr Interesse zu erregen, und trotz der fünf Jahre Altersunterschied konnte ich auch nicht mit Selbstsicherheit oder Reife punkten. In meinem Kopf schwirrte es von Büchern und von moralischen Bedenken, die mich davon abhielten, mich an diesem Abend so richtig zu amüsieren. Und was in ihrem Kopf vorging, darüber weiß der Leser ja Bescheid.

Dennoch schlug sie mir den Tanz nicht ab, und als ich hinter ihr her auf die Tanzfläche ging, bestaunte ich ihre hohe Gestalt, ihre nackten Schultern, ihren makellosen Rücken, und als sie mir dann fast aufmunternd zulächelte, kam ich gleich ins Schwärmen. Ihre Hand war leicht und warm. Als sie mir die andere Hand auf die Schulter legte, erfüllte mich das gleich mit Stolz, als sei es nicht ein Teil des Tanzrituals, sondern eine Geste der Vertrautheit. Während wir uns wiegend zum Tanz drehten, war ich ganz benommen davon, wie unglaublich nah ihr schöner, aufrechter Körper vor mir war, ihre Schultern, ihr Busen, und wenn auch mein Verstand noch um inneren Widerstand bemüht war, ging meine Phantasie schon wild mit mir durch. Wir würden danach händchenhaltend von der Tanzfläche auf die Bar zugehen, uns unsterblich ineinander verlieben, uns unter den Bäumen draußen küssen und schließlich heiraten!

Ich wollte Konversation betreiben, aber als Einstieg fiel mir nichts anderes ein, als ihr zu sagen, dass ich sie hin und wieder in Nişantaşı vom Gehsteig aus in ihrem Geschäft gesehen hatte, doch damit erinnerte ich sie nur daran, dass sie nichts weiter als ein hübsches Ladenmädchen war, und sie ging überhaupt nicht darauf ein. Als das erste Lied noch nicht zur Hälfte herum war, merkte sie wohl schon, dass mit mir nicht viel anzufangen war, denn sie hielt über meine Schulter hinweg danach Ausschau, wer an den Tischen saß, wer mit wem tanzte, wer von den Männern, die sich für sie interessierten, sich gerade mit wem unterhielt, was sonst noch für hübsche Frauen anwesend waren, und sie überlegte wohl, was sie als nächstes unternehmen sollte.

Ich hatte ihr behutsam und voller Freude die rechte Hand etwas oberhalb ihrer Hüfte auf den Rücken gelegt und spürte mit den Spitzen meines Mittel- und Zeigefingers die leisesten Regungen ihres Rückgrats, so als würde ich ihr den Puls fühlen. Sie hielt sich so wunderbar aufrecht, dass mir ganz schwindlig wurde. Jahrelang konnte ich das nicht vergessen. Mir war manchmal, als würde ich alles an ihr spüren, ihre Knochen, das Blut, das ihr durch den Körper rauschte, ihre ganze Lebendigkeit, ihr plötzliches Interesse für etwas Neues, die Regungen ihrer inneren Organe, die Zartheit ihres Skelettes, und ich musste mich schon sehr beherrschen, um sie nicht fest zu umarmen.

Als die Tanzfläche sich immer mehr füllte, stießen wir einmal mit einem anderen Paar zusammen und wurden dadurch ganz eng aneinandergepresst. Durch diese elektrisierende Berührung verschlug es mir für eine Weile die Sprache. Ich sah auf ihre Haare und ihren Hals und dachte an das Glück, das sie mir hätte schenken können, und dass ich dafür imstande gewesen wäre, meine Bücher und die Schriftstellerei zu vergessen. Ich war dreiundzwanzig Jahre alt, und wenn meine Freunde und die Bourgeois von Nişantaşı, denen ich eröffnete, ein Autor werden zu wollen, mich nur belächelten und sagten, in jenem Alter könne man das Leben doch noch gar nicht kennen, dann machte mich das ganz wütend. Dreißig Jahre später, während ich nun diese Seiten korrigiere, möchte ich anmerken, dass diese Leute weitgehend recht hatten. Wenn ich damals das Leben schon gekannt hätte, hätte ich während jenes Tanzes alles nur Erdenkliche getan, um Füsuns Aufmerksamkeit auf mich zu lenken, und hätte auch geglaubt, dass sie sich für mich interessieren könnte, anstatt einfach nur hilflos mit anzusehen, wie sie meinen Armen entglitt und davonging. »Ich bin ganz erschöpft«, sagte sie. »Nach dem zweiten Lied möchte ich mich hinsetzen.« Mit aus Filmen erlernter Höflichkeit geleitete ich sie zu ihrem Tisch zurück, als mir plötzlich noch ein Einfall kam.

»Hier ist so ein schrecklicher Trubel«, sagte ich, vermeintlich schlau. »Sollen wir nicht lieber hochgehen und uns dort in Ruhe unterhalten?« Wegen des Lärms hatte sie wohl meine Worte nicht ganz verstanden, aber meinem Gesicht war gut abzulesen, worauf ich hinauswollte. »Ich muss mich jetzt zu meinen Eltern setzen«, sagte sie und wandte sich graziös von mir ab.

Als Kemal sah, dass ich die Geschichte hier abbrach, beglückwünschte er mich sogleich. »Ja, genauso verhielt sie sich immer, das haben Sie wunderbar getroffen! Und ich muss Ihnen auch dafür danken, dass Sie die kränkenden Details nicht ausgelassen haben. Jawohl, um Stolz geht es hier nämlich. Mit meinem Museum will ich nicht nur dem türkischen Volk, sondern allen Völkern der Erde beibringen, auf ihr Leben stolz zu sein. Ich bin viel herumgekommen und habe gesehen, dass die Leute im Westen oft stolz auf sich sind, während der Großteil der Menschheit sich irgendwie schämt. Wenn die Dinge, wegen der wir uns schämen, in einem Museum ausgestellt sind, werden sie sogleich zu etwas, worauf man stolz sein kann.«

Das war der erste Sermon, den Kemal mir um Mitternacht herum in seinem kleinen Zimmer auf dem Dachboden hielt. Mich befremdete das nicht weiter, da sich in Istanbul anscheinend jeder, sobald er einen Schriftsteller vor sich hat, gleich bemüßigt fühlt, in moralischer Hinsicht vom Leder zu ziehen. Was aber genau ich in dem Buch darstellen sollte, und wie, darüber war ich mir noch sehr im unklaren.

»Wissen Sie, wer mir am deutlichsten vor Augen geführt hat, dass das eigentliche Thema von Museen der Stolz ist?« fragte Kemal mich ein andermal. »Die Museumswärter! Wo auch immer auf der Welt ich einen Museumswärter etwas gefragt habe, habe ich eine stolze und eifrige Antwort bekommen. Im Stalin-Museum in Gori hat sich eine alte Wärterin fast eine Stunde lang darüber ausgelassen, was Stalin doch für ein großer Mann gewesen sei. Im Romantik-Museum in Porto klärte mich ein freundlicher Wärter stolz und ausführlich darüber auf, welch bedeutende Rolle es für die portugiesische Romantik gespielt habe, dass der sardische König Carlo Alberto im Jahre 1849 die letzten drei Monate seines Lebens in dem späteren Museumsgebäude verbracht habe. Wenn also in unserem Museum einmal Fragen gestellt werden, dann müssen die Wärter über die Kemal-Basmacı-Kollektion, meine Liebe zu Füsun und die Bedeutung von Füsuns Sachen voller Stolz zu berichten wissen. Schreiben Sie das in dem Buch. Entgegen der landläufigen Meinung besteht die Aufgabe von Museumswärtern nicht darin, die Schaustücke zu schützen (obwohl alles, was mit Füsun zu tun hat, natürlich bis in alle Ewigkeit geschützt werden muss!) und Besucher zurechtzuweisen, die zu laut sind, Kaugummi kauen oder sich küssen, sondern vielmehr, den Leuten zu vermitteln, dass sie an einem ganz besonderen Ort sind, der sie wie eine Moschee zu Bescheidenheit, Achtung und Demut inspirieren sollte. Die Wärter im Museum der Unschuld haben – dem Geist der Sammlung und Füsuns Geschmack entsprechend – seidene Uniformen in dunkler Holzfarbe und darunter hellrosa Hemden zu tragen und dürfen natürlich auf keinen Fall Leute ermahnen, die Kaugummi kauen oder sich küssen. Das Museum der Unschuld muss stets für Verliebte geöffnet sein, die nicht wissen, wo sie sich sonst küssen sollen.«

Manchmal stieß mir der Befehlston auf, in den Kemal verfiel, sobald er zwei Gläser Raki intus hatte, und der mich sehr an das Gehabe politisch engagierter Schriftsteller in den siebziger Jahren erinnerte, und dann hörte ich auf, mir Notizen zu machen, und wollte Kemal erst mal eine Weile nicht mehr sehen. Die Windungen von Füsuns Geschichte und die besondere Atmosphäre in dem Museum ließen mich aber doch nicht los, so dass ich schließlich wieder zu dem müden Mann hinpilgerte, der in seiner Dachkammer trank, sobald er sich an

Füsun erinnerte, und durch die Trinkerei dann nur noch mehr in Fahrt kam, und ich hörte mir seine Predigten dann wieder gerne an.

»Vergessen Sie nur ja nicht, dass die Logik hinter diesem Museum darin besteht, dass von jedem Punkt aus die gesamte Sammlung mit sämtlichen Vitrinen und allem zu überblicken sein muss. Da der Besucher von überall her alle Objekte und damit meine ganze Geschichte sehen kann, wird er allmählich sein Zeitgefühl verlieren. Und darin besteht im Leben der allergrößte Trost. In mit Liebe zusammengestellten, poetischen Museen werden wir nicht dadurch getröstet, dass wir geliebte alte Dinge sehen, sondern durch ebendiese Zeitlosigkeit. Schreiben Sie das bitte auch in Ihrem Buch. Wir sollten übrigens auch den Entstehungsprozess dieses Buches nicht verhehlen. Geben Sie mir auch Ihr handschriftliches Manuskript und Ihre Notizbücher, denn die werden wir auch ausstellen. Wie lange brauchen Sie eigentlich noch? Die Leser werden bestimmt genauso wie Sie hierherkommen wollen, um Füsuns Haare und Kleider und alles andere zu sehen. Und stellen Sie ans Ende des Romans auch einen Stadtplan, damit die Leute von selbst zu unserem Museum finden. Wer meine Geschichte schon kennt, wird dabei in den Straßen Istanbuls genauso wie ich damals an Füsun denken. Alle Leser des Buches sollten außerdem einmal freien Eintritt ins Museum haben. Es wäre wohl am besten, gleich jedem Exemplar eine Eintrittskarte beizugeben, die dann am Eingang mit dem Sonderstempel des Museums der Unschuld entwertet wird.«

»Und wohin soll die Eintrittskarte?«

»Na hierhin!«

»Danke. Und ein Personenverzeichnis brauchen wir. Erst seit wir hier zusammenarbeiten, ist mir bewusst geworden, wie viele Menschen meine Geschichte eigentlich kennen. Ich kann mir selbst schon nicht mehr alle Namen merken.«

Dass ich die betreffenden Leute dann auch aufsuchte, war Kemal gar nicht einmal so recht, doch gefiel ihm meine Gründlichkeit. Manchmal interessierte ihn dann, was der einzelne gesagt hatte und was er mittlerweile so trieb; bei anderen wiederum war er völlig desinteressiert und begriff auch gar nicht, was ich mit ihnen zu schaffen hatte.

So leuchtete ihm etwa nicht ein, warum ich Abdülkerim, dem Vertreter von Satsat in Kayseri, einen Brief schrieb und mich dann in Istanbul einmal mit ihm traf. Abdülkerim wiederum, der inzwischen gar nicht mehr für Satsat, sondern für Osman und Turgays Firma Tekyay arbeitete, schilderte mir Kemals Geschichte als eine Skandalstory, die Satsat in den Ruin getrieben habe.

Ich besuchte auch die Schauspielerin Sühendan Yıldız, die die Anfänge des Pelür noch mitbekommen hatte und in ihren Filmen immer die Femme fatale spielte. Sie hielt Kemal für einen hoffnungslos einsamen Menschen. Natürlich habe sie wie jeder gewusst, wie sehr er in Füsun verliebt gewesen sei, doch habe er ihr nicht leid getan, denn für reiche Pinkel, die sich im Filmmilieu an hübsche Mädchen heranmachen wollten, habe sie nie etwas übrig gehabt. Sie habe sich ihr Mitleid lieber für Füsun aufgehoben, die mit an Panik grenzender Ungeduld darauf ausgewesen sei, Filmschauspielerin zu werden. Wenn sie das jedoch tatsächlich geworden wäre, hätte sie unter diesen Wölfen doch auch ein schlimmes Ende genommen. Warum Füsun »diesen Dickling« (Feridun) geheiratet habe, habe sie nie so recht verstanden. Und ihr Enkel, für den sie damals im Pelür den dreifarbigen Pullover gestrickt habe, sei inzwischen dreißig, und wenn er im Fernsehen die alten Filme mit seiner Großmutter sehe, müsse er immer sehr lachen und sich auch wundern, wie arm Istanbul doch damals gewesen sei.

Der Friseur Basri hatte seinerzeit in Nişantaşı auch mir die Haare geschnitten. Er übte sein Handwerk noch immer aus und sprach vor allem von Kemals Vater Mümtaz voller Achtung; er sei ein fröhlicher, großzügiger und gutherziger Mensch gewesen. Wie auch schon bei

Bastard-Hilmi und seiner Frau Neslihan, bei Kenan, Traum-Hayati und Salih Sarılı, einem anderen Stammgast des Pelür, war jedoch bei dem Friseur die Ausbeute an neuen Informationen recht gering. Füsuns frühere Nachbarin Ayla aus dem Erdgeschoss, über die sie mit Kemal nie geredet hatte, wohnte inzwischen mit ihrem Mann, einem Ingenieur, in Beşiktaş und hatte vier Kinder, von denen das älteste schon studierte. Sie berichtete mir, an ihrer Freundschaft zu Füsun habe ihr viel gelegen, und das ganze Wesen Füsuns habe sie sehr bewundert und sogar nachzuahmen versucht, doch leider sei Füsun anscheinend ihre Beziehung weniger wichtig gewesen. Die beiden Mädchen seien gerne schick angezogen nach Beyoğlu ins Kino gegangen. Im Dormen-Theater hätten sie bei den Proben zuschauen dürfen, weil eine gemeinsame Freundin von ihnen dort als Platzanweiserin gearbeitet habe. Dann hätten sie meist irgendwo ein Sandwich gegessen und Ayran getrunken und sich gegenseitig vor aufdringlichen Männern beschützt. Manchmal seien sie in teure Läden wie Vakko gegangen und hätten so getan, als ob sie wirklich etwas kaufen wollten, und hätten alles mögliche anprobiert und sich köstlich amüsiert. Mitten im Gespräch oder einem Film sei Füsun manchmal ganz trübsinnig geworden, doch woran das lag, habe sie Ayla nie anvertraut. Dass Kemal immer zu den Keskins kam und dass er reich und auch ein wenig verrückt war, habe das ganze Viertel gewusst, aber von Liebe habe niemand etwas gesagt. Über das, was zwischen Füsun und Kemal früher einmal vorgefallen sei, habe auch keiner Bescheid gewusst, und sie selbst habe mit dem Viertel nichts mehr zu tun.

Der Weißen Nelke war nach zwanzig Jahren Klatschberichterstattung der Magazinteil einer der größten Tageszeitungen anvertraut worden. Daneben war der Mann nun Herausgeber von zwei Monatsmagazinen, die sich fast ausschließlich mit Skandalen im Milieu der türkischen Film- und Fernsehproduktion befassten. Wie es bei Journalisten so üblich ist, die mit erlogenen Nachrichten Menschen weh tun, ja sie manchmal sogar ruinieren, hatte auch er völlig verdrängt, was er seinerzeit über Kemal geschrieben hatte, und bestellte schöne Grüße; vor allem aber sollte ich Kemals Mutter Vecihe, die er bis vor kurzem immer wieder mal um Informationen gebeten habe, seine ergebensten Segenswünsche ausrichten. Er meinte, ich sei zu ihm gekommen, weil ich ein Buch schreiben wollte, das im Starmilieu spielte und sich daher gut verkaufen würde, und freundlich teilte er mir mit, er sei zu jeder Unterstützung bereit. Ob ich denn schon wisse, dass der Sohn Papatyas aus der gescheiterten Ehe mit dem Produzenten Muzaffer es in Deutschland schon als ganz junger Kerl zum Chef eines großen Touristikunternehmens gebracht habe? Wenn ich das zu einem Roman ohne irgendwelche politischen Anklänge ausbaute, dann würde ich beim türkischen Leser bestimmt noch mehr Resonanz finden.

Feridun hatte mit dem Filmmilieu nichts mehr zu tun und statt dessen eine erfolgreiche Werbefirma gegründet. Deren Name – Blauer Regen – zeigte recht deutlich, dass er seinen Jugendträumen noch nachhing, aber nach dem nie gedrehten Film fragte ich ihn lieber nicht. Er produzierte jetzt von Fahnen und Fußball strotzende Werbefilme, in denen suggeriert wurde, die ganze Welt zittere vor dem Erfolg türkischer Kekse, Jeans, Rasierklingen und Machos. Kemals Museumsprojekt war ihm schon ein Begriff, doch von dem Buch, das von Füsun erzählen sollte, hatte er noch nichts gehört. Ganz offen bekannte er mir, er sei zu einer Zeit in Füsun verliebt gewesen, als diese nichts von ihm wissen wollte. Um solchen Kummer nicht noch einmal zu erleben, habe er sich dann während ihrer Ehe bemüht, sich nicht noch einmal in sie zu verlieben, denn er habe ja gewusst, dass Füsun ihn nur aus Notwendigkeit geheiratet habe. Ich bewunderte ihn für seine Ehrlichkeit. Als ich sein schickes Büro verließ, richtete er mir höflich einen Gruß an Kemal aus und sagte dann ernst: »Übrigens, falls Sie je irgend etwas Negatives über Füsun schreiben, bekommen Sie es mit mir zu tun, damit Sie es nur wissen!« Dann setzte er wieder die leicht ironische Miene auf, die ihm so gut stand. Da sei noch etwas: Er habe gerade einen Großauftrag von einer Limonadenfirma bekommen, und zwar für ein Nachfolgeprodukt für Meltem namens Bora; ob er da wohl in der Werbung den ersten Satz aus meinem Buch *Das neue Leben* verwenden dürfe?

Çetin hatte sich von seiner Rentenprämie ein Taxi gekauft, das er an einen anderen Fahrer vermietete, doch manchmal setzte er sich trotz seines Alters noch selbst ans Steuer. Als wir uns in Beşiktaş an einem Taxistand trafen, sagte er, Kemal sei sich seit seiner Kindheit stets treu geblieben: Er habe noch immer das lebensbejahende, kindlich-optimistische und für alles offene Wesen wie eh und je. Dass er sein ganzes Leben einer unglücklichen Liebe gewidmet habe, sei insofern recht eigenartig. Doch wenn ich Füsun richtig kennengelernt hätte, dann hätte ich begriffen, dass Kemal sich so sehr in sie verliebte, gerade weil er das Leben an sich liebte. Füsun und Kemal seien eigentlich beide grundgute Menschen gewesen und hätten gut zueinander gepasst, doch Gott habe sie eben nicht zusammengeführt, und das dürften wir nicht allzusehr hinterfragen. Als Kemal von einer langen Reise zurückkehrte, hörte ich mir zuerst seine Museumsberichte an und erzählte ihm dann Wort für Wort, was Çetin über Füsun gesagt hatte.

»Wer in unser Museum kommt, wird unsere Geschichte erfahren und dann sowieso spüren, was Füsun für ein Mensch war«, sagte Kemal, als wir wieder einmal zusammensaßen und tranken (was mir nun immer mehr Spaß machte). »Die Besucher, die sich Schaukasten um Schaukasten alles ansehen, werden merken, wie sehr ich Füsun acht Jahre lang beim Abendessen beobachtete und dabei auf alles unendlich achtgab, auf ihre Hand, ihren Arm, ihr Lächeln, den Fall ihres Haars, ihre Taschentücher, Haarspangen und Schuhe, auf die Art, wie sie ihre Augenbrauen zusammenzog, ihre Zigaretten ausdrückte, den Löffel in der Hand hielt, und dann werden die Leute erkennen, dass Liebe ungeheuer viel mit Aufmerksamkeit und Anteilnahme zu tun hat. Schreiben Sie das Buch jetzt endlich fertig, und vergessen Sie auch nicht zu erwähnen, dass alle Objekte gemäß dem Interesse, das ich ihnen entgegenbringe, von einem weichen, geradezu von innen heraus strahlenden Lichtschein beleuchtet werden müssen. Die Besucher sollen beim Betrachten der Gegenstände meiner Liebe zu Füsun Achtung entgegenbringen und sie mit ihren eigenen Erinnerungen vergleichen. Das Museum soll nie zu voll sein, damit den Menschen der Anblick der vielen Schaustücke und der Bilder von Straßen, durch die ich mit Füsun einst gewandelt bin, zum richtigen Erlebnis wird. Daher sollen sich nie mehr als fünfzig Besucher auf einmal in dem Museum aufhalten. Gruppen und Schulklassen müssen sich ohnehin vorher anmelden. Im Westen werden die Museen immer voller, Herr Pamuk. So wie wir früher sonntags die ganze Familie ins Auto packten und an den Bosporus fuhren, gehen die Europäer heute alle Mann hoch ins Museum. Und während wir uns dann mittags in die Kneipen am Bosporus setzten, sitzen die Europäer heute lärmend im Museumsrestaurant. Bei Proust heißt es einmal, nach dem Tod seiner Tante habe er deren Sachen an ein Bordell verkauft, und bei jedem Besuch in dem Bordell habe er dann gefühlt, wie die Sessel und Tische seiner Tante dort weinten. Wenn sonntags Massen in die Museen drängen, dann weinen die Schaustücke, Herr Pamuk. In meinem Museum wird ja alles immer im eigenen Haus bleiben. Ich fürchte, unsere geschmacksunsicheren reichen Kulturbanausen werden die Museenmode im Westen sehen und sie dann gleich nachmachen wollen und auch moderne Kunstmuseen mit Restaurants eröffnen. Dabei haben wir als Volk in der bildenden Kunst weder Kenntnisse noch Geschmack oder Talent aufzuweisen. Die Türken sollen in ihren Museen nicht im Westen abgekupferte Bilder, sondern ihr eigenes Leben sehen. Und das wirkliche Leben soll es sein, nicht das vermeintlich westliche Lebensgefühl unserer Reichen. Mein Museum ist mit dem Leben von Füsun und mir identisch, und alles, was ich Ihnen erzählt habe, ist wahr. Es kann mal das eine oder andere dem Leser oder Museumsbesucher nicht klar genug vorkommen, denn ich habe Ihnen zwar mein Leben und meine Geschichte so aufrichtig wie möglich erzählt, doch kann ich nicht einmal sagen, inwiefern ich selbst sie überhaupt verstehe. Darüber sollen einmal die Fachleute Aufschluss geben, die in unserer Museumszeitschrift *Unschuld* veröffentlichen werden. Von ihnen werden wir dann erfahren, was zwischen Füsuns Haarspangen und unserem Limon selig für strukturelle Zusammenhänge bestehen. Wenn manche unserer Besucher übertrieben finden, was ich für einen Liebesschmerz und was Füsun für Nöte erlitt, oder dass wir oft schon zufrieden waren, wenn wir uns beim Abendessen in die Augen schauen konnten, oder glücklich gar, wenn wir uns am Strand oder im Kino an der Hand hielten, dann müssen sie von den Museumswärtern darauf hingewiesen werden, dass sich alles tatsächlich so zugetragen hat. Aber keine Sorge, ich bezweifle nicht, dass künftige Generationen unsere Liebe begreifen werden. Ich bin sicher, dass in fünfzig Jahren fröhliche Studentengruppen aus Kayseri und japanische Touristen, die schon beim Schlangestehen am Eingang fotografieren, genauso wie einzeln hereinkommende Frauen und die glücklichen Liebenden des zukünftigen glücklichen Istanbuls beim Anblick von Füsuns Kleidern und Salzstreuern, von Uhren, Speisekarten, alten Istanbul-Fotos und unserem gemeinsamen Kinderspielzeug unsere Liebe und unser ganzes Erleben tief in sich drinnen nachempfinden werden. Die Leute, die ins Museum der Unschuld kommen, werden hoffentlich auch unsere Ausstellungen besuchen und sehen, was meine armen Brüder im Geiste, die ich in vermüllten Wohnungen und bei unseren Vereinsversammlungen kennengelernt habe, für seltsame Sammlungen von Schiffsfotos, Flaschenverschlüssen, Streichholzschachteln, Wäscheklammern, Ansichtskarten, Prominentenfotos und Ohrringen angehäuft haben, damit auch deren Geschichten vielleicht einmal in Katalogen und Romanen erzählt werden. Dann werden die Besucher, die der Liebe von Kemal und Füsun ihre Achtung bezeugen, allmählich begreifen, dass es dabei wie bei den berühmten Liebespaaren Leyla und Mecnun oder Hüsn und Aşk nicht nur um eine Geschichte von Verliebten geht, sondern um die Geschichte einer ganzen Welt, nämlich die Geschichte von Istanbul. Noch einen Raki, Herr Pamuk?«

Unser Romanheld, der Museumsgründer Kemal Basmacı, ist am 12. April 2007, also genau am fünfzigsten Geburtstag von Füsun, im Alter von zweiundsechzig Jahren im Grand Hotel et de Milan in der Via Manzoni, wo er in Mailand immer abstieg, gegen Morgen im Schlaf einem Herzversagen erlegen. Kemal, der bis zu seinem Tod genau 5723 Museen besucht hat, nutzte jede Gelegenheit, nach Mailand zu fahren, um das Bagatti-Valsecchi-Museum zu erleben, wie er sich ausdrückte. (»1. Museen sind nicht zum Besichtigen da, sondern zum Erfühlen und Erleben; 2. Die Seele des zu Erfühlenden wird von der Sammlung gebildet; 3. Ein Museum ohne Sammlung ist lediglich ein Ausstellungsgebäude«; so lauteten Kemals letzten bedeutenden Aussagen, die ich mir notierte.) Das Haus, das zwei Brüder im 19. Jahrhundert im Stil eines Renaissance-Hauses aus dem 16. Jahrhundert gestaltet hatten und das im 20. Jahrhundert in ein Museum umgewandelt worden war, faszinierte Kemal vor allem deshalb, weil die Sammlung (alte Betten und Lampen, Spiegel und Küchengeschirr aus der Renaissance) aus den Alltagsgegenständen besteht, inmitten deren die Brüder in dem Haus gelebt hatten.

Zur Totenfeier in der Teşvikiye-Moschee kamen die meisten der in unserem Personenregister aufgeführten Leute. Kemals Mutter wohnte ihr wie immer von ihrem Balkon aus bei. Sie hatte ein Kopftuch aufgesetzt und verabschiedete sich schluchzend von ihrem Sohn und wurde dabei von uns im Moscheehof feuchten Auges beobachtet.

Die Leute aus dem Umfeld Kemals, die mich zuvor nicht hatten empfangen wollen, meldeten sich in den folgenden Monaten nach und nach bei mir, und zwar in einer Reihenfolge, die einiges zu besagen hatte. Geschuldet war dies der in Nişantaşı aufkommenden falschen Einschätzung, ich würde in dem Buch über jedermann gnadenlos herziehen. Es verbreitete sich leider das Gerücht, ich würde nicht nur meine Mutter, meinen Bruder, meinen Onkel und seine ganze Familie schlechtmachen, sondern auch so manchen angesehenen Bürger Nişantaşıs wie etwa den berühmten Cevdet Bey und seine Söhne, meinen Dichterfreund Ka, ja sogar den von mir verehrten Kolumnenschreiber Celâl Salik, der ermordet worden war, den Ladenbesitzer Alaaddin und zahlreiche staatliche, religiöse und militärische Würdenträger. Zaim und Sibel, die nie ein Buch von mir gelesen hatten, fürchteten sich vor mir. Zaim war nun viel reicher als in seinen Jugendjahren. Meltem selbst war inzwischen vom Markt verschwunden, doch Zaim war Teilhaber einer großen Firma geworden. In ihrem herrlichen Haus mit Bosporus-Blick auf der Anhöhe von Bebek behandelten die beiden mich sehr zuvorkommend. Sie sagten, sie seien stolz darauf, dass Kemals Lebensgeschichte (unter Füsuns Bekannten war immer eher von Füsuns Lebensgeschichte die Rede) gerade von mir verfasst werde. Nur solle ich mich nicht allein auf eine Seite verlassen, sondern auch ihnen Gehör schenken.

Zuerst aber berichteten sie mir von einem ungeheuren Zufall. Sie waren nämlich am Nachmittag des 11. April in den Straßen von Mailand keinem anderen als Kemal begegnet (ich merkte nun, dass sie mich eingeladen hatten, um mir das zu erzählen). Sie seien mit ihren beiden Töchtern, der zwanzigjährigen Gül und der achtzehnjährigen Ebru, zwei hübschen und intelligenten Mädchen, die auch mit uns am Tisch saßen, für drei Urlaubstage nach Mailand geflogen. Von der Familie, die entspannt und Eis essend (Orange, Erdbeere, Honigmelone) durch die Stadt geschlendert sei, habe Kemal als erstes nur Gül gesehen, die erstaunliche Ähnlichkeit mit ihrer Mutter aufwies, und ganz erstaunt sei er auf sie zugegangen und habe gesagt: »Sibel! Ich bin's, Kemal!«

»Gül sieht ungefähr so aus wie ich mit Zwanzig, und noch dazu hatte sie eine Häkelstola um, wie ich damals auch«, sagte Sibel stolz lächelnd. »Kemal dagegen machte einen müden und ungepflegten Eindruck, er sah mitgenommen und sehr unglücklich aus. Es gab mir einen Stich, ihn so zu sehen, und nicht nur mir, sondern auch Zaim. Das war nicht mehr mein lebenslustiger, gutaussehender Verlobter, sondern ein weltentrückter, mürrischer alter Mann mit einer Zigarette im Mundwinkel. Wenn er nicht Gül angesprochen hätte, hätten wir ihn wohl gar nicht erkannt. Er war nicht einfach nur gealtert, sondern regelrecht heruntergekommen. Er hat mir wirklich leid getan. Es war doch unser erstes Wiedersehen nach wer weiß wie vielen Jahren.«

»Einunddreißig Jahre nach Ihrem letzten Essen im Fuaye«, sagte ich.

Bestürzt sah sie mich an.

»Dann hat er Ihnen ja alles erzählt!«

Während sie betroffen schwieg, begriff ich, worauf es den beiden eigentlich ankam: Den Lesern sollte vermittelt werden, dass sie sehr glücklich miteinander waren und ein normales, schönes Leben führten.

Als die beiden Töchter sich in ihre Zimmer zurückzogen und wir noch einen Cognac miteinander tranken, stellte sich heraus, dass sie noch etwas auf dem Herzen hatten. Nach dem zweiten Cognac fand Sibel, anstatt wie Zaim immer um den heißen Brei herumzureden, zu einer Offenheit, die ich nur bewundern konnte.

»Als mir Kemal im Spätsommer 1975 seine Krankheit eingestand, also seine wahnsinnige Verliebtheit in jene Füsun, da tat er mir leid, und ich wollte ihm helfen. Als Therapie gewissermaßen verbrachten wir gemeinsam einen Monat« – in Wirklichkeit waren es drei Monate – »in unserer Villa in Anadoluhisarı. Nun, das ist heute nicht mehr so wichtig, denn um so etwas wie Jungfräulichkeit kümmern sich die jungen Leute nun gar nicht mehr« – auch das stimmte nicht –, »aber trotzdem wäre ich Ihnen sehr verbunden, wenn Sie jene Tage, deren Erwähnung mir unangenehm wäre, in Ihrem Buch übergehen würden. Es mag Ihnen als ein unwichtiges Detail erscheinen, aber ich habe mich mit meiner besten Freundin Nurcihan überworfen, weil sie über diese Sache geklatscht hat. Sollten meine Kinder davon erfahren, wäre es zwar nicht schlimm, aber wenn dann auch noch unter ihren Freunden das Getratsche losgeht ... Tun Sie uns also bitte den Gefallen.«

Zaim betonte dann, wie sehr er Kemal gemocht habe und wie wichtig ihm ihre Freundschaft gewesen sei, die er nun sehr vermisse. »Hat Kemal wirklich alles von Füsun gesammelt und will jetzt damit ein Museum eröffnen?« fragte er dann ungläubig und furchtsam nach.

»Ja, und ich werde mit meinem Buch Reklame dafür machen.«

Als wir uns zu später Stunde fröhlich schwatzend voneinander verabschiedeten, versetzte ich mich an Kemals Stelle. Wenn er noch gelebt hätte und mit Sibel und Zaim noch befreundet gewesen wäre (was ja gut hätte sein können), hätte er an dem Abend auf dem Nachhauseweg sowohl Glück als auch Schuldgefühle empfunden, weil er, wie ich, ein einsames Leben führte.

»Herr Pamuk«, sagte Zaim an der Tür zu mir, »gehen Sie doch auf Sibels Bitte ein. Meine Firma ist bereit, Ihr Museum zu unterstützen.«

Mir wurde an dem Abend klar, wie nutzlos es war, noch mit anderen Zeugen zu sprechen: Ich wollte mehr denn je die Geschichte so schreiben, wie Kemal sie mir erzählt hatte, und nicht, wie die anderen sie schilderten.

Aus Eigensinn fuhr ich nach Mailand und stellte etwas fest, was Kemal sehr getroffen haben musste, kurz bevor er auf Sibel, Zaim und ihre Töchter stieß, nämlich dass das Bagatti-Valsecchi-Museum in einem erbärmlichen Zustand war und ein Teil des Gebäudes an die Firma Jenny Colon vermietet worden war. Den einheitlich gekleideten Museumswärterinnen standen die Tränen in den Augen, und nach Angaben der Museumsleitung musste diese Tatsache den türkischen Herrn, der immer wieder in das Museum kam, recht mitgenommen haben.

Nun war mir um so klarer, dass ich mich beim Fertigstellen des Buches auf niemandes Geschwätz verlassen durfte. Einzig Füsun selbst hätte ich natürlich gerne gesprochen und gesehen. Bevor ich aber zu ihren Angehörigen ging, nahm ich noch ein paar Einladungen von

Leuten an, die sich vor meinem Buch fürchteten und mich unbedingt sprechen wollten, aber ich tat dies einzig und allein um des Vergnügens willen, mit ihnen an einem Tisch zusammenzusitzen.

So bekam ich während eines kurzen Abendessens von Osman den Rat, die Geschichte am besten gar nicht zu schreiben. Zwar sei Satsat tatsächlich durch die Schlamperei seines Bruders in Konkurs gegangen, doch die von seinem Vater gegründeten Firmen seien nun als Basmacı-Holding am türkischen Exportboom maßgeblich beteiligt. Er habe viele Feinde, und so ein verletzendes und Tratsch auslösendes Buch werde natürlich die Holding zum Gespött der Leute machen und dazu führen, dass die Europäer uns wieder belächeln und verleumden würden. Versöhnt wurde ich mit dem Abend dadurch, dass Berrin mir, als wir in der Küche alleine waren, eine Murmel in die Hand drückte, mit der Kemal als Kind gespielt hatte.

Kemals Tante Nesibe, die er mir bereits vorgestellt hatte, konnte mir bei einem neuerlichen Gespräch in ihrer Wohnung in der Kuyulu-Bostan-Straße keine weiterführenden Informationen geben. Sie beweinte nicht nur Füsun, sondern auch Kemal, den sie als ihren »wahren Schwiegersohn« bezeichnete. Das Museum erwähnte sie nur einmal. Sie habe früher mal eine Quittenreibe gehabt, ob die vielleicht in dem Museum abgeblieben sei? Und ob ich so gut sein könne, mal nachzusehen und sie ihr gegebenenfalls vorbeizubringen? Beim Abschied sagte sie weinend: »Herr Pamuk, Sie erinnern mich sehr an Kemal.«

Auch mit Ceyda, die Füsun am nächsten gestanden hatte, um all ihre Geheimnisse wusste und meiner Ansicht nach auch für Kemal am meisten Verständnis hatte, hatte mich Kemal schon ein halbes Jahr vor seinem Tod bekannt gemacht. Sie war eine große Romanleserin und vielleicht von daher schon an einer Begegnung mit mir interessiert. Ihre beiden über dreißig Jahre alten Söhne waren beide verheiratet und Ingenieure, und ihre beiden Schwiegertöchter, von denen sie uns begeistert Fotos zeigte, als Kemal und ich sie damals besuchten, hatten ihr schon sieben Enkel geschenkt. Ihr um einiges älterer und sehr reicher Ehemann (der Sohn der Sedircis!) kam mir etwas betrunken und leicht vertrottelt vor, und ihn kümmerte weder unsere Geschichte noch die Tatsache, dass Kemal und ich ziemlich viel Raki tranken.

Ceyda erzählte mir lachend, den Ohrring, den Kemal bei seinem ersten Besuch in Çukurcuma im Bad vergessen habe, habe Füsun noch am gleichen Abend gefunden, und dann hätten die beiden Mädchen sich einen Spaß daraus gemacht, Kemal damit zu triezen, und Füsun habe deshalb immer wieder nach ihrem Ohrring gefragt. Wie auch andere Geheimnisse Füsuns hatte Kemal das bereits vor Jahren von Ceyda erfahren. Während ich zuhörte, lächelte Kemal daher nur gequält und schenkte uns dann Raki nach.

»Ceyda«, sagte er dann, »um von Füsun etwas zu erfahren, trafen wir uns doch immer im Taşlık-Park in Maçka. Während Sie mir das Neueste berichteten, sah ich oft hinüber zum Dolmabahçe-Palast. Und neulich habe ich gemerkt, dass ich in meiner Sammlung nicht wenige Aufnahmen aus genau dieser Perspektive habe.«

Da wir auf das Thema Fotos zu sprechen gekommen waren und ein wenig wohl auch mir zu Ehren, sagte Ceyda daraufhin, sie habe vor kurzem ein Foto von Füsun gefunden, das Kemal noch gar nicht kenne. Wir wurden gleich ganz neugierig. Wie sich herausstellte, war das Foto beim Finale des von *Milliyet* veranstalteten Schönheitswettbewerbs aufgenommen worden, als der Moderator Hakan Serinkan Füsun die Fragen zuflüsterte, die später auf der Bühne gestellt wurden. Der berühmte Sänger, mittlerweile Abgeordneter einer Islamisten-Partei, hatte sich sehr für Füsun interessiert.

»Wir haben zwar leider beide keinen Preis bekommen, Herr Pamuk, aber an dem Abend haben wir wie zwei Schulmädchen Tränen gelacht, und in so einem Moment ist das Foto entstanden.« Als Kemal das Foto sah, das Ceyda auf ein Beistelltischchen gelegt hatte, wurde er kreidebleich und verfiel dann in langes Schweigen.

Da Ceydas Mann beim Thema Schönheitswettbewerb sichtlich unruhig wurde, konnten wir das Foto nicht mehr lange anschauen. Ceyda aber, verständnisvoll, wie sie war, schenkte es Kemal, als wir uns verabschiedeten.

Auf dem Heimweg von Ceydas Haus in Maçka gingen Kemal und ich durch die stillen Straßen von Nişantaşı. »Ich begleite Sie noch bis zum Pamuk Apartmanı«, sagte er. »Ich werde heute nicht im Museum übernachten, sondern bei meiner Mutter in Teşvikiye.«

Aber fünf Häuser vor dem Pamuk Apartmanı blieb er vor dem Merhamet Apartmanı stehen und lächelte mich an.

»Herr Pamuk, Ihren Roman *Schnee* habe ich bis zum Ende gelesen. Seien Sie mir nicht böse, aber ich habe mich etwas schwer damit getan, weil ich es mit Politik nicht so besonders habe. Doch der Schluss hat mir gefallen. So wie der Romanheld dort, würde ich auch gern am Ende unseres Romans direkt etwas zum Leser sagen. Darf ich das? Wann werden Sie denn fertig mit dem Buch?«

»Wenn Sie mit dem Museum fertig sind«, erwiderte ich. Damit zogen wir uns immer gegenseitig auf. »Was für ein Schlusswort möchten Sie dem Leser denn sagen?«

»Ich werde nicht wie der Held von *Schnee* sagen, dass die Leser uns aus der Ferne nicht verstehen können, denn wer unser Museum besucht und unser Buch liest, der wird uns verstehen. Ich möchte etwas anderes sagen.«

Dann zog er Füsuns Bild aus der Tasche und sah es unter dem fahlen Laternenlicht vor dem Merhamet Apartmanı liebevoll an. Ich stellte mich neben ihn.

»Ist sie nicht schön?« fragte er, genauso wie zweiunddreißig Jahre vorher sein Vater.

Wir zwei Männer blickten voller Bewunderung und Achtung auf Füsun in ihrem schwarzen Badeanzug mit der Nummer 9 darauf, auf ihre honigbraunen Arme, ihr gar nicht so fröhliches, sondern eigentlich eher melancholisches Gesicht, auf ihren makellosen Körper und ihre menschliche Ausstrahlung, die uns sogar vierunddreißig Jahre nach Aufnahme des Fotos noch betörte.

»Stellen Sie dieses Foto doch im Museum aus«, bat ich Kemal.

»So, jetzt kommen also meine letzten Worte in dem Buch, vergessen Sie sie aber nicht.«

»Auf keinen Fall.«

Zärtlich küsste er das Foto und steckte es dann sorgsam in seine Jackentasche zurück. Dann lächelte er mich siegesgewiss an.

»Jeder soll wissen, dass ich ein glückliches Leben geführt habe.«

2001–2002, 2003–2008

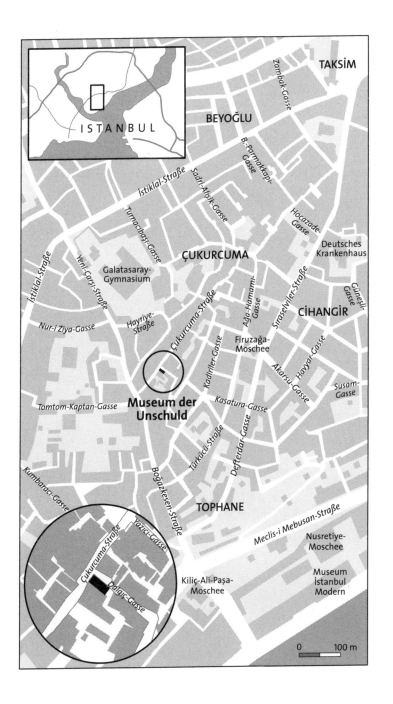

Verzeichnis der fiktiven Personen

Abdülkerim
Ahmet
Alaaddin
Ali
Alptekin
Asena
Avunduk
Ayla
Ayşe
Ayşegül

Bahri (Kioskmann)
Basri (Friseur)
Bastard-Hilmi
Bekri
Belkıs
Berrin Basmacı
Billur Dağdelen

Celâl Salik
Cemile
Ceyda
Cüneyt

Çetin

Dağdelen
Demirbağ
Deniz (Privatbankier)
Doktor Barbut

Efe (Elektriker)
Ekrem Güçlü
Emir Demirbağ
Erçetin
Esat
Ethem Kemal

Fare Faruk
Faris Kaptanoğlu
Fasih Fahir
Fatma
Fazıla
Feridun
Feyzan
Figen

Geschwätziger Cevat

Hakan Serinkan
Halis
Hanife
Harun
Hässlicher Herr
Hasta Halit
Haydar
Hıfzı
Hicabi
Hicri
Hülya

Inge
Işıkçı
İhsan (Architekt)
İpek İsmet
İzak

Ka
Kamil (Eisverkäufer)
Kaptanoğlu
Karahan
Kazım (Metzger)
Kenan
Kova Kadri

Latif
Leclercq
Lerzan
Limon
Luxus-Şermin

Macide
Madame Mualla
Maruf
Mehmet
Mehmet Ali
Melike
Melikhan
Mengerli
Meral
Mihriver

Mükerrem	Saadet	Şaziment
Mümtaz Basmacı	Sadi	Şaziye
Muzaffer	Saffet	Şenay
Nazif (Bettenverkäufer)	Saim	Şevket
Necdet Adsız	Salih Sarılı	Şükran
Nesibe	Samim	Şükrü
Nesime	Schamloser Onkel	
Neslihan	Schiffeversenker Güven	Tahir Tan
Neslişah	Schnurrbärtiger	Tarık
Nevzat (Friseur)	Scheißer	Tayfun
Nigân	Schreibmaschinen-	Tayyar
Nurcihan	Demir	Traum-Hayati
Nurettin	Sedirci	Turgay
	Selami	Türkan
Osman Basmacı	Sertap	
	Sevda	Vecihe Basmacı
Ömer	Sıdıka	
	Sibel	Weiße Nelke (Süreyya
Pamuk (Aydın,	Silberblätter	Sabir)
Gündüz, Orhan)	Siyami	
Papatya	Snob-Selim	Yani
Perran	Solak Nermin	Yeşim
	Somtaş Yontunç	
Rahmi	Streichholzschachtel-	Zaim
Ramiz	Suphi	Zarife
Rezzan	Sühendan Yıldız	Zekeriya
Rıfkı	Süreyya	Zeynep
Rüpel-Sabih		Zümrüt

Verzeichnis der realen Personen

Abdülhamit II. (1842–1918): 34. Osmanensultan. Wurde 1909 nach dreiunddreißigjähriger Herrschaft von den Jungtürken abgesetzt.
Ayhan Işık (1929–1979): Einer der berühmtesten Charakterdarsteller des türkischen Films. Auch »Ungekrönter König« genannt. Wirkte in etwa 200 Filmen mit.
Aytaç Kardüz: In den siebziger Jahren bekannteste Nachrichtensprecherin des Staatssenders TRT.
Emel Sayın (1945–): Eine der berühmtesten Sängerinnen der siebziger und achtziger Jahre. Spielte in den siebziger Jahren die Hauptrolle in zahlreichen Filmen.
Fatma Girik (1942–): Für ihre Freimütigkeit bekannte Schauspielerin.
Fuzuli (1480–1556): Aus Aserbeidschan stammender Verfasser höfischer Lyrik. Schrieb neben arabischer und türkischer Diwan-Dichtung auch die berühmte Liebesallegorie *Leyla und Mecnun* und zahlreiche andere Werke. In seinen Gedichten behandelte er mystische Themen und beeinflusste maßgeblich die klassische osmanische Lyrik.
Gültekin Çeki (1921–2006): Komponist des beliebtesten aller türkischen Lieder: »Alte Freunde«.
Halit Ziya Uşaklıgil (1866–1945): Kritiker, Erzähler und Romancier im Stil Flauberts. Wichtigste Werke: *Blau und Schwarz, Verbotene Lieben, Gebrochene Leben.*
Hülya Koçyiğit (1947–): Schauspielerin, oft in der Rolle des braven Mädchens zu sehen.
Kastelli (1933–2008): Berühmter Privatbankier. Spielte eine große Rolle bei den Bankenkrächen in den achtziger Jahren, die zum Rücktritt des damaligen Ministerpräsidenten führten.
Mehmet II. (1432–1481): 7. Osmanensultan. Wurde nach der Eroberung Istanbuls im Jahre 1453 der »Eroberer« genannt.
Müjde Ar (1954–): Schauspielerin, oft in der Rolle der Verführerin.
Müzeyyen Senar (1919–): Sängerin. Ab den vierziger Jahren Auftritte im Radio und in Varietés. Zahlreiche Platteneinspielungen. Machte sich einen Namen

durch ihre kräftige Stimme und ihre persönlichen Interpretationen klassischer türkischer Musik.

Orhan Gencebay (1944–): Komponist, Sänger und Schauspieler. Kreierte in den siebziger Jahren eine neue Musikrichtung, die sogenannte »Arabeskmusik«, und sang seine Lieder auch in zahlreichen Filmen.

Perihan Savaş (1955–): Schauspielerin, Typus der dunkelhaarigen Schönheit.

Raffi Portakal (1946–): Bekanntester Antiquar und Auktionator der Türkei.

Reşat Ekrem Koçu (1905–1975): Verfasser zahlreicher historischer Romane und populärwissenschaftlicher Abhandlungen über osmanische Geschichte. Wie in Orhan Pamuks Buch *Istanbul* erwähnt, blieb sein Großprojekt einer *Istanbul-Enzyklopädie* nach seinem Tod unvollendet.

Selahattin Pınar (1902–1960): Angesehener Komponist. Seine melancholischen Melodien waren zeitweise sehr erfolgreich.

Türkan Şoray (1945–): Berühmteste dunkelhaarige Schauspielerin des türkischen Films. Wirkte von den sechziger bis zu den neunziger Jahren in fast zweihundert Filmen mit. Vor allem für ihre Kuss-Szenen bekannt.

Zeki Müren (1931–1996): Berühmter Sänger. Nahm ab den fünfziger Jahren mehr als 600 Musikkassetten auf und spielte auch in vielen Filmen mit.

Inhaltsverzeichnis

1 Der glücklichste Augenblick meines Lebens 9
2 Boutique Champs-Élysées 10
3 Entfernte Verwandte 14
4 Sex im Büro 17
5 Im Restaurant Fuaye 19
6 Füsuns Tränen 21
7 Das Merhamet Apartmanı 26
8 Die erste türkische Fruchtlimonade 33
9 F 34
10 Die Lichter der Stadt und das Glück 39
11 Das Opferfest 42
12 Auf die Lippen küssen 50
13 Liebe, Mut und Modernität 57
14 Die Straßen, Brücken und Plätze von Istanbul 63
15 Ein paar leidige anthropologische Tatsachen 70
16 Eifersucht 74
17 Mein ganzes Leben ist nun mit dem deinen verbunden 78
18 Die Geschichte von Belkıs 84
19 Eine Totenfeier 90

20	Füsuns zwei Bedingungen	94
21	Die Geschichte meines Vaters: Perlenohrringe	98
22	Rahmis Hand	107
23	Schweigen	111
24	Die Verlobung	115
25	Quälendes Warten	160
26	Anatomische Verortung des Liebesschmerzes	163
27	Lehn dich nicht so weit nach hinten, sonst fällst du noch runter	168
28	Der Trost der Dinge	171
29	Wenn ich nicht an sie dachte, war sie nicht vorhanden	175
30	Füsun ist nicht mehr da	177
31	Die Straßen, die mich an sie erinnern	180
32	Schatten und Phantome, die ich für Füsun halte	182
33	Billige Zerstreuung	185
34	Wie die Hündin im Weltall	190
35	Der Kern meiner Sammlung	195
36	In der Hoffnung, meinen Schmerz zu lindern	197
37	Eine leere Wohnung	202
38	Die Sommerabschlussparty	204
39	Das Geständnis	209
40	Die Tröstungen des Lebens in der Villa am Bosporus	213
41	Rückenschwimmen	215
42	Herbstmelancholie	217
43	Kalte, einsame Novembertage in der Villa	224
44	Das Hotel Fatih	229
45	Urlaub am Uludağ	235

46 Ist es vielleicht normal, dass man seine Verlobte
 einfach sitzenlässt? 238

47 Der Tod meines Vaters 244

48 Das Wichtigste im Leben ist, dass man glücklich ist 252

49 Ich wollte ihr einen Heiratsantrag machen 257

50 Meine letzte Begegnung mit ihr 268

51 Glück ist nichts anderes, als dem geliebten Menschen
 nah zu sein 277

52 Ein Film über die Schmerzen des Lebens muss
 aufrichtig und echt sein 284

53 Groll und ein gebrochenes Herz nützen niemandem 295

54 Die Zeit 306

55 Komm doch morgen wieder, dann sitzen wir wieder 313

56 Limon-Film GmbH 324

57 Nicht aufstehen können 332

58 Bingo 343

59 Wie man ein Drehbuch durch die Zensur bringt 356

60 Bosporus-Abende im Lokal Huzur 364

61 Blicke 372

62 Damit die Zeit vergeht 378

63 Die Klatschspalte 387

64 Brand auf dem Bosporus 395

65 Die Hunde 402

66 Was ist das eigentlich? 408

67 Kölnisch Wasser 412

68 4213 Zigarettenkippen 422

69 Manchmal 427

70 Gebrochene Leben 433

71	»Sie kommen ja überhaupt nicht mehr, Kemal«	439
72	Das Leben ist genau wie die Liebe	449
73	Füsuns Führerschein	454
74	Onkel Tarık	470
75	Konditorei İnci	482
76	Die Kinos von Beyoğlu	489
77	Grand Hotel Semiramis	500
78	Sommerregen	508
79	Die Reise in eine andere Welt	514
80	Nach dem Unfall	521
81	Das Museum der Unschuld	527
82	Sammler	536
83	Das Glück	544

Stadtplan 567
Verzeichnis der fiktiven Personen 569
Verzeichnis der realen Personen 571